中国古典小说丛书

两汉演义

［清］清远道人 著

上册

江西美术出版社
全国百佳出版单位

图书在版编目（CIP）数据

两汉演义:全2册/（清）清远道人著.--南昌:
江西美术出版社,2018.10（2020.5重印）
ISBN 978-7-5480-6186-1
Ⅰ.①两… Ⅱ.①清… Ⅲ.①章回小说–中国–清代
Ⅳ.①I242.4
中国版本图书馆CIP数据核字（2018）第139115号

出 品 人：周建森
企　　划：北京江美长风文化传播有限公司
责任编辑：楚天顺　康紫苏
责任印制：谭　勋

两汉演义（全2册）
LIANGHAN YANYI (QUAN 2 CE)
（清）清远道人　著

出　　版：江西美术出版社
地　　址：江西省南昌市子安路66号
网　　址：www.jxfinearts.com
电子信箱：jxms163@163.com
电　　话：010-82093808　0791-86566274
邮　　编：330025
经　　销：全国新华书店
印　　刷：北京长宁印刷有限公司天津分公司
版　　次：2018年10月第1版
印　　次：2020年5月第2次印刷
开　　本：690mm × 960mm　1/16
印　　张：42.5
ISBN 978-7-5480-6186-1
定　　价：98.00元

“中国古典小说丛书”出版说明

所谓“古典小说”云者，其义有二焉：一曰，但凡古代之小说，皆可谓之“古典小说”；一曰，但凡技法未受泰西影响之小说，亦可谓之“古典小说”。然此特就今人之观念言之耳。

揆诸坟典，“小说”一词，出自《庄子·外物篇》，其言曰：“饰小说以干县令，其于大达亦远矣。”由此观之，庄子所谓“小说”，不过琐屑之言，以其无关道术，故以小说名之耳。

炎汉成、哀之世，刘向、刘歆父子典校秘书，检讨百家学说，取桓谭《新论》“小说家合丛残小语，近取譬论，以作短书，治身治家，有可观之辞”之意，把《伊尹说》《鬻子说》诸书，归为“小说家”之书，而《汉书·艺文志》（以下简称《汉志》）继之。夷考其说，“小说家者流，盖出于稗官，街谈巷语，道听途说者之所造也”（语出《汉志》），此亦非后世之小说也。

唐修《隋书》，其《经籍志》立论本诸《汉志》，以小说为“街谈巷语之说”（《隋书·经籍志》语）。当此之时，小说之名虽同，而其类目稍广，举凡《燕丹子》《世说》《迩说》之属，皆可入诸小说名下。

后晋修《唐书》，其《经籍志》立论与《隋志》无异，以《博物志》隶小说，此为“神异志怪之书”入小说之始。

天水一朝，欧阳文忠公撰《新唐书·艺文志》（以下简称《新唐志》），以《列异传》《甄异传》《续齐谐记》《感应传》《旌异记》等“史部·杂传类”之书移于“小说类”。至是，小说之部类日棼。

及元脱脱修《宋史》，《艺文志·小说类》承《新唐志》之旧而增广之。

明胡应麟以小说繁夥，派别滋多，于是综核大凡，分小说为六类：一曰“志怪”，一曰“传奇”，一曰“杂录”，一曰“丛谈”，一曰“辩订”，一曰“箴规”。至此，小说一类已蔚为大观，脱《汉志》“街谈巷语”之成规。

清修“四库”，《总目提要》（以下简称《提要》）别小说为三派，“其一叙述杂事……其一记录异闻……其一缀辑琐语”，而又损益之。考诸《提要》，则损益可知：一曰，进“丛谈”“辩订”“箴规”为“杂家”；一曰，隶《山海经》《穆天子传》诸书于小说。小说范围，至是乃稍整洁矣。其分目虽殊，而论述则袭诸旧志。

曩者宋元明清之史志，难觅“平话”“演义”之书，此特士夫习气，鄙其为末流所使然也。史家成见，一至于斯。今人刻书，自当脱古人窠臼。

说部诸书，以文体分，有“白话”“文言”之别；以体裁分，有“话本”“传奇”“演义”之别；以内容分，有“佳话”“世情”“侠义”“家将”“神魔”之别。细玩其文，既有劝世之良言，亦有“诲淫诲盗”之糟粕，而抉择去取，转成读说部书之第一要务。以此之故，编者特于说部诸书择其精者，辑之而为“中国古典小说丛书”，凡百余种。

然说部之书浩如烟海，其精者又何限于区区百十之数？此次出版，难免遗珠之憾。然能俾读者因之而省择取之劳，进而得窥说部精要，示人以津梁，则尚不违出版“中国古典小说丛书”之初心。

说部之书，多出自书坊，脱误错乱，在所难免，故于“取其精华，去其糟粕”外，尚需广施校雠，始得成其为可读之书。以此之故，编者多方搜罗以定底本，精排其版以美其观，躬自校雠以正讹误，然后付诸枣梨，装订成书，以飨读者。

限于编者学力有限，书中疏漏之处，在所难免，尚祈广大方家、读者诸君不吝批评斧正。凡能指出书中一二谬误者，皆为吾师，吾人不胜感激之至。

戊戌仲夏上浣，邵鹏军序于丰台晓月里

两汉演义

西汉演义

目　录

第一回

胜秦师异人被虏

且说七国中，赵国原与秦同姓，祖飞廉，有子季胜，后生造父。当周穆王，有八骏马：一曰绝地，二曰翻羽，三曰奔霄，四曰超景，五曰逾辉，六曰超光，七曰腾雾，八曰挂翼。穆王常乘八骏之车，命造父为御，游行天下，车辙马迹，无处不到。飞至昆仑，会西王母，宴于瑶池，饮之以玉液金浆，食之以龙胞凤脯，穆王乐而忘归。有徐偃王在周作乱，金母谓穆王曰："汝可速回！恐邦国为人所得。"于是造父御王之车，驰驱回国，借兵于楚，伐徐定周。因此有功，赐赵王于邯郸，遂为赵氏。

造父以后生夙，夙生衰，衰生宣子盾。盾生朔，为权臣屠岸贾所灭，止存遗腹子武，乃赵氏孤儿。后长成，领兵报仇，将屠岸贾诛灭，依旧建都于邯郸，传位一十一世，称王者五。

其时正当赵惠王五年季春，秦昭王命大将王龁、王翦、皇孙异人，领兵十万伐赵。三军启行，渐近赵地，安下营寨。先令人巡哨，回报曰："离此五十里，地名漳河，有守臣李继叔守城，四门关闭，城上各立旗帜，城下俱有预备。"王翦曰："赵既有备，且未可轻动。倘我兵初到，一时妄动，恐中其计。再令人去探的实，然后攻打不迟。”

且说漳河守臣李继叔，已知秦兵近城，未敢出敌，令三军紧守各门，急差人飞报赵王曰：“秦遣王龁、王翦、皇孙异人领兵十万，侵犯赵境，已在漳河扎营。”赵王急升殿，会众官商议曰：“秦强赵弱，彼众我寡，兼以王翦善于用兵，今侵犯我境，势不可敌，不知卿等有何退兵之策？”上大夫蔺相如曰：“秦兵远来，人倦马疲，深入重地，不谙向导，此兵法所忌。可差人密领奇兵三万，从蒲吾僻地，兼程前进，偃旗息鼓，两路埋伏，然后遣大将神兵拒敌。如我兵一到，必定空壁来迎，却令兵暗入秦壁，虏其辎重，挠分其势，使彼首尾不能救应。此所谓出其不意，攻其无备。秦兵必走矣！”赵王从其议。随差公孙乾、医和二将，领奇兵二万，由蒲吾小路先行埋伏；随后遣廉颇统兵五万，同谋士王匡，裨将尹纶，来到漳河，传令与李继叔，领兵出城接应。大军近城安下营寨。

次日廉颇出马，与王翦对敌。颇曰：“汝秦王独霸一国，与赵无仇，累次侵扰，乃自取败亡耳！”翦曰：“赵国偏邦，正当归命大国。汝鼠辈不自揣量，乃敢抗天兵乎？”廉颇大怒，举枪直取王翦，王剪挥刀来迎。二马相交，战不三十合，廉颇诈败，翦勒兵不追。王龁在高处望见廉颇败走，随即挥动人马，鼓噪长驱追赶。王翦急止之曰：“颇非真败也，恐有埋伏。”王龁不听，催哨三军追赶。行不十里之地，早有后攒人来报：“赵国军从两路夹攻，劫破寨营，抢掳辎重，已将皇孙捉去。”王龁、王翦听罢大惊，急调回人马，救援大寨。廉颇已知秦兵中计，乘王龁人马回动，把号旗一展，五万精兵，卷地而来，如波翻山倒，势如破竹，秦兵大败。王龁、王翦急回，正遇公孙乾、医和主力军，两路攻来，不能抵当，颇兵在后追袭甚急。王龁、王翦死战得脱，退五十里下寨。随令副将刘平、毛修，领兵山后夹路埋伏，以防追袭；却领其余败残军马，拔寨起程，星夜奔回本国，待罪朝外。

昭王已知兵败，又闻皇孙被虏，十分忧忿。即召王龁、王翦责之曰："汝二人既失军马，皇孙又被虏去，有何面目来见耶？"喝令武士："将王龁王翦斩讫来报！"安国君出班奏曰："王翦乃秦之名将，屡建大功，今若斩首，失此股肱，于国不利，且于皇孙又无益也。"秦王见安国君解劝，怒气少息。遂将王龁废为庶人，王翦降为散骑，仍令待罪领军，以图后效。昭王因与群臣计议，且暂罢兵，要救皇孙回国。群臣曰："皇孙被虏，恐难遽回。不若修书一道，差一能言之士，陈说两国罢兵之利，欲将皇孙为质。待灭诸国之后，唇亡齿寒，赵国孤立，不久称臣于秦，皇孙自有回国之日矣！请大王徐徐图之。"昭王大喜，随遣辩士牛西领书赴赵讲和不题。

且说廉颇大获全胜，独恐王翦有计，不敢追袭，收军回营。即令医和同李继叔添兵紧守漳河，以防秦兵。次日，领兵押解异人回国，来见赵王。赵王大喜，重赏廉颇，犒劳三军毕。唤异人叱曰："汝祖大肆无道，累次举兵犯境，今被擒，有何理说？"命武士推出斩之。蔺相如急止之曰："不可！目今秦国富强，若斩却此子，遂成大隙，日后加兵，赵国恐无宁岁。莫若拘质于此，则秦不敢加兵于我，而赵国无事矣。"赵王曰："然。"

数日后，忽有人来报，秦遣使臣牛西下书。赵王曰："召进来。"牛西捧书上献，书曰：

> 秦王稷再拜，奉书赵王殿下：窃谓赵与秦原一姓，各分疆宇，始相支别。未剖宏猷，各争寸土。持两同气，有伤仁爱。昨异人监军，不知禁忌，被擒为俘，命悬旦夕；兹愿罢兵，以全素好，早赐释归，生死骨肉，惟王亮览。不宣。

赵王读毕，宣西近前曰："汝秦王既知与赵一姓，缘何屡次侵扰？异人受擒，未忍诛戮。今既奉书讲和，姑罢战争，各守疆土，候完好日，再放回异人未迟。"使臣曰："秦赵虽原一姓，国势自有强弱，较分之间，争夺日起。不独秦国为然，大王至此，亦自不能忍其不侵凌也。即今讲和罢兵，二国甚利。大王诚能抚恤异人，恩以结之，他日归国，感恩图报，秦赵两相结好，诚千载骨肉也；大王如囚禁异人，不得生还，大王虽有连城之璧，亦难解不世之仇矣。大王其思之。”赵王听罢，便问西曰：“汝在秦何官？”西曰：“臣在秦亦备员末僚，不过任给使之责耳。”王曰：“如子可谓不辱君命矣！”款待甚厚，修书回秦。

赵王遂命公孙乾曰：“汝监异人于私第，虽不可纵失，亦不可拘禁太严，恐伤性命。凡饮食之费，官领供给。汝宜谨慎！”公孙承命，领异人归宅。一路并马，行过街市。人丛中立着一人，看了异人容仪，不觉失声大叹曰：“奇货可居也！”

不知此人是谁，且看下回分解。

第二回

不韦风鉴识异人

却说见异人者何人？乃是阳翟大贾，姓吕，名不韦，贾于邯郸。其人天资颖悟，识见精明。幼年曾从鬼谷子，授以相法，善能相人。见了异人，便连声赞道："奇货可居也！"当时异人同公孙乾归宅。

却说不韦见了异人，回到私家，见父问曰："耕田之利几倍？"父曰："十倍。""珠玉之赢几倍？"父曰："百倍。""立主定国之赢几倍？"父曰："则无数矣。"不韦曰："商贾劳心，耕田劳力，其利有算。今秦皇孙异人相貌丰雅，此人后必大贵。见今拘质于此，不得还国，愿以千金赂赵侍臣，讨救还国，以图富贵。此无穷之利也。"父曰："此事为之不易。如成，则可以为王侯；如下成，破家之道也！汝宜斟酌为之。"不韦曰："儿之相法，百发百中。料异人后来必贵，儿命亦当发达。此举甚利，父不必忧矣。"

于是不韦遍访公孙乾亲识。城东有一人姓季，名默，与乾姻好，素通关节。不韦备礼往见，以贩贾于此，无所倚托，欲以玉帛之礼，求见公孙一面，以为光宠，再无他图也。默遂允诺。次日见乾，备道不韦行藏，旧与默交厚，欲转托一见，以光蓬荜；不敢骤见，借某以为先容，不知肯容纳否？公孙乾依允。当日默引不韦投见。不韦备黄金十锭，白璧一双进献，乾喜纳，遂留饮竟日，相与接谈。不韦语言便利，应答如流，乾以为相见之晚也。自此，不韦与乾往来情洽，不韦每有好食，或时物，便以送乾。乾以此坦然不疑，遂为契友。

一日值端阳节，公孙乾后园设酒，邀请不韦、季默叙饮，遂请异人出，与不韦相见。不韦佯问："此何人也？"乾曰："此秦皇孙异人也，等闲不与他人接见，公乃契交，请出同坐。"不韦再三谦让曰："皇孙乃秦贵人也，岂敢连席？"乾曰："俱是一样，不必过谦。"不韦遂与异人连席，乾与默对坐。饮至半酣，情甚欢洽。彼此俱无嫌疑。其日甚乐。至晚，不韦辞归。

次日不韦具彩币求见异人，兼以谢酒为由，来到公孙乾宅内。正值公孙乾进朝未出，不韦就与异人相见，献以彩币。异人曰："我秦国弃人也，子何相待之深耶？"不韦因见无人，遂密告曰："吾此来欲大子之门，而不惜千金，以见公孙乾，其意盖深有在也。"异人笑曰："君不大君之门，而乃大吾门也？"不韦曰："子不知也，吾门待子门而大。虽欲大子之门，实欲大吾门也。"异人知其心迹，遂引坐深语。不韦曰："秦王老矣，安国君已为太子，王业大定，国势日强。安国君虽爱幸华阳夫人而无子，若能立嫡嗣者，独华阳夫人耳。况子兄弟二十余人，子为中子，又拘质在赵，日远日疏，猜间益久，若秦王薨，必立安国君为王，诸子旦暮在前者，定争为太子矣。富贵他人得之，吾子徒老死赵国，何能归秦？"异人被不韦说到伤心之处，遂涕泣语曰："子之说，真金玉之论，肺腑之言也！为今之计奈何？"不韦曰："子贫困如此，无以奉献于亲及结好宾客。不韦虽贫，请破家为千金，与子西游，事安国君及华阳夫人，陈说颠末，道子忠爱。料安国君、华阳夫人必喜其说，立子为嫡。得归秦国，将来必为太子。此计如何？"异人乃顿首谢曰："吾父母邦国，久未归省，终日郁郁，生不如死。子能捐金为我图之，他日还国，再见天日，但有得地之时，富贵与子共之。子可速行，早赐佳音。我在此，屈指悬望也。"

不韦乃以五百金与异人，以为日用交结宾客之需。复以千金卖奇物玩好，并金珠宝贝及随身行李，准备起行。

数日完备，遂赴公孙乾宅内告辞曰：“不韦一向在此贸易，货物将尽，欲出兴贩一两月方归，暂辞门下。”乾遂置酒相别，恋恋不舍，嘱不韦曰：“子远涉风霜，自宜保重。即去早归，不可久恋花柳，致我怀念也。”不韦曰：“谨领尊命。”随辞出门，准备行李起程。

未知说秦如何？且看下回分解。

第三回

安国君剖符立嗣

不韦带领心腹从者一二人，离赵前赴咸阳。此地沃野千里，天府之国，有八水三川，五关四塞，风景富丽，人物俊雅。当时七国，以秦中为天下第一。见今昭王在位，兵强国富，十分繁盛。

不韦到咸阳进城，寻一僻净店房安歇。随同从人上街市，密访华阳夫人亲属。有人说夫人无亲，止有姐姐皇姨，就在太子府对门住居，临街有闲房百余间，专住往来客商，以此人称为皇姨店。不韦就假以寻房为由，私托阍人传达皇姨丈，具黄金十两，色币一端，以为进见之礼。皇姨丈相见甚喜，便问不韦："何处乡邑。"不韦曰："某阳翟人也，姓吕名不韦，贾于赵地。与皇孙异人对居，时相往来，心迹相托。皇孙常仰望皇姨与华阳夫人乃同胞至亲，敬专不韦前来投见，敢求转达，拔救还国。外有黄金五十两，奉皇姨为茶果之资。万乞转达周济。"

姨丈听罢，急令侍婢请皇姨出来相见。不韦见皇姨，行礼毕，将情诉说一遍，就将黄金献上。皇姨大喜曰："礼物虽出于皇孙，其实有劳于足下。且问皇孙在赵，起居何如？足下想知其详。"不韦曰："某与皇孙公馆对居，终日相会，交情甚厚，凡事尽心吐露。且皇孙贤明仁孝，仪容非常，结诸侯宾客，天下仰其风采。常曰：‘我以国君夫人为天，日夜思想，不得归省。愿子将我书礼，投献于国君夫人上寿，就如见我国君夫人之面一般’。仰望皇姨转达，今皇孙在赵，度日如年，某不远千里而来，望皇姨救援。倘皇孙得地之日，决不忘大德矣。”皇姨曰：“汝且在我店中安歇，明日引汝见夫人，再从长计议。”不韦乘便，又告皇姨曰：“吾闻以色事人者，色衰而爱弛。今华阳夫人事太子，虽爱而无子。不以此时早自结于诸子中贤孝者，举以为嫡，恐太子他日立为王，定将嫡子立为太子，自相标榜。夫人之门，必生蓬蒿，那时人老花残，虽欲进言，而太子终不听也。况今皇孙异人贤明仁孝，仰慕夫人日切，夫人能当宠爱优沃之时，正言听计从之日，肯荐举一言，立异人为嫡，使异人无国而为有国，夫人无子而为有子，世享秦禄，而皇姨亦得常保富贵。此所谓一言以为万世之利也。”皇姨曰：“足下之言甚善，我就将此言转达夫人，救拔异人还国。”

次日，皇姨早起，引不韦入宫见华阳夫人。皇姨先入内见夫人，各叙礼毕。皇姨曰：“今有皇孙异人，一向在赵为质，昼夜思想夫人。今差心腹吕不韦具书礼来，与国君夫人上寿，今见在宫门外伺候，未敢遽进。”夫人曰：“既是皇孙差来的人，有书礼，着他进来。”不韦闻命，即整衣鞠躬进宫。礼毕，将书物呈上。夫人开看礼物，乃是明珠四颗，玉钗二只，甚喜。来书且不开封，待国君出猎回时开看。夫人曰：“汝且回店，候国君归来，令人请你相见。”不韦辞回不题。

却说皇姨与夫人闲坐间，将不韦前言，从头细说一遍。夫人闻言，悲切感动，不觉泪下，谓皇姨曰：“不韦之言，极是有理，使我日夜戚忧也。但诸皇孙俱有生母，且喜异人无母，今又如此贤明仁孝，正当册立为嫡，待国君回时，当从长计议，想无违阻。”

正话间，宫人报曰：“国君回宫。”夫人急整衣迎接。同皇姨进礼毕，就将异人哀情，并书礼献上。国君看礼物毕，拆其书曰：

> 不肖男异人沐浴顿首百拜，君父安国君，母华阳夫人千秋殿下：男以监军伐赵，师败被虏，敌国为仇，自分必死。幸赖使臣牛西驰书仗义，雄辩剖分，不辱君命，赵国畏服，拘男为质，用阻大兵。赵遂以为得计，而男岂能存活耶？日夜思归，彷徨万状。仰念父母，徒形梦寐耳！跬步不忘，一饭三叹。即今心托吕鸿，珠玉上献。悠悠此心，如临膝下。诸凡委曲，吕能悉陈。万乞俯念孤孽，早赐救援，如得生还，昊天罔极。冒干慈威，无任激切惓惓之至。

国君与夫人看罢书，涕泪如雨。夫人就乘国君想念情切，因而进言曰："异人于诸子中甚贤，凡往来使客，多称誉之。况妾幸充后宫，极蒙眷爱，不幸宠深而无子，孑然一身，形影相吊，虽极目前之欢，恐难永终其好。今闻异人之贤，欲立以为嫡，翕合皇图，实在此举。不识国君许之乎？"夫人于是俯伏在地，颦眉蹙眼，哽咽不起。国君以手扶之曰："夫人且省烦恼，容吾图之。但恐异人拘质在赵，必不易返，须当奏知父王，共与谋士计议，方有长策。"夫人曰："今有捎书人吕不韦在皇姨店中，闻他足智多谋，必有救异人之策。若召来一问，便有奇计。"国君曰："果此人有策，何不请来面议？"随即令人去请。

不一时，不韦跟从人进宫来见安国君。行礼毕，就将破家救异人的一节，从头告说一遍。安国君闻言，大喜曰："诚如是言，想异人还国必矣。足下之功当铭之金石。他日奏过父王，富贵不轻也。"于是不韦又叮咛以立嫡为请。国君遂命匠刻玉符一道定盟，以异人为嫡，即与夫人收执。又与金五百两与不韦，作皇孙归国之费，仍请以下韦为传写手字合同为照。不韦曰："殿下既能托臣以心膂。臣敢不肝脑涂地，以期皇孙回国。如有的信，更望殿下命一大将，率领精兵，沿途接应，以防追袭。"国君曰："不知足下期在何日还国？庶好准备。”不韦曰：“此事恐难遥度，须缓缓图之。多则一年，少则半载，如有的信，先差人预告殿下，不劳多嘱也。”

不韦就拜辞回店，整办行李，辞了皇姨，同从人归赵。

欲知后事，且看下回分解。

第四回

智异人窃通朱氏

却说不韦离秦返赵，一路正值暮秋天气。怎见得?

南陌游人依旧，东篱黄菊飘金。马前西风正急，梧桐叶底鸣禽。正是旗亭唤酒对谁斟？野花虽艳色，无意绕溪寻。

不数日，行抵邯郸。入了城，先到家，见父吕翁，备将前见秦安国君并立嫡一节，告知父亲，吕翁大喜。

不韦归寝，见爱妾朱姬，神思倦怠，态度困懒，便问曰:“我离家才两月余，汝在家或有私情耶?”姬曰:“妾自家君从小抚养成人，幽居闺阁，无事未敢转出中堂，何有私情耶？妾在月前蒙惠，已有娠矣，连日殊觉倦怠，非有他也。”不韦闻言甚喜，低头自思曰:“吾家当大昌矣。”遂与姬就寝，因以言挑之曰:“汝欲为富家妇耶？欲为王家妇也?”姬曰:“君何为出此言耶?”不韦曰:“见今秦王孙异人在赵为质，我看他仪容有龙凤之姿，天日之表，后必大贵，我为他破千金，至秦国说他母亲华阳夫人及他父亲安国君，已刻玉符定盟，立为嫡子矣。异日救还秦国，久后定立为王。我欲明日置酒请来相会，令汝筵前拜见。汝侍酒后，倘异人有留恋之情，汝亦半推半就，与彼私通，我却佯怒，汝即同彼哀告，就许为佳偶。倘他日生子，汝当为太皇后，我亦共富贵，世为秦族矣。汝从小举动不凡，亦当大贵，但成事之后，决不可忘今日也。”姬曰：“妾与君数年恩爱，情如胶漆，岂忍遽舍耶？”不韦曰：“我欲与汝共图富贵，非汝背其德也。古人云：‘成大事者，不矜细行。’虽汝暂屈一时，实为万世之计，胡乐而不为也？”姬曰：“出君之口，本君之心，妾虽依命，实君之愿也。”不韦大喜，遂计议已定。

次日，不韦准备金樽玉斝二副，犀带一条，来见公孙乾。令门人报知。乾急出，遂与不韦相见，叙久阔之怀，情甚欢洽。不韦曰：“某一向在外生理，偶得金樽玉斝二副，犀带一条，奉公少引芹敬。”乾曰：“君远历风霜，经营劳心，得此奇物，归即见惠，辞之不恭，欲受增愧，深感深感。”不韦曰：“微物表敬，何足挂齿。”乾遂收纳。分付整酒席，留不韦叙饮，仍着异人相见，就令陪席。韦偶见乾进内更衣。乘便将投托皇姨，及见国君与华阳夫人，刻玉符，立为嫡子一节，低言告知。皇孙听罢，大喜曰：“如公之恩，当铭刻肺腑，不敢忘也。”话未毕，乾至。又饮数杯，不韦曰：“不胜酒力矣！乞告辞归。某久欲奉屈车驾，增光蓬荜，但俗事羁绊，未得举行。要在明日奉请，就烦皇孙同往，未识台意以为何如？”乾曰：“贤契远来，正欲一拜，明日当同皇孙趋往。”不韦即回家，分付家僮打扫前后洁净，置酒席不题。

次日，公孙乾与皇孙并马同来不韦家赴席，不韦出迎，各叙礼毕。水陆具陈，笙簧齐奏，正是：宾主交欢情更畅，风光晓霁乐偏多。比饮酒将阑，不韦复邀请至小园后翠云轩中消饮。其余从人，留阻在外，命家僮管待。不韦却令女婢，唤爱妾朱姬出来侑酒。公孙乾与皇孙见朱姬恍如月殿嫦娥，瑶池仙子，懒临席上，羞对樽前，真西子不能过也。酒酣近晚，高掌银灯，公孙乾大醉，家僮扶去小轩就寝，不韦亦佯醉假寐。异人独与朱姬对饮，左顾右盼，情各眷恋，况异人客居日久，遂与朱姬就席欢洽。不韦忽醒，佯怒曰："吾爱妾如花，虽千金不易也，汝受我厚恩，反调戏耶？"朱姬跪而言曰："大人破家为皇孙以图富贵，今若为贱妾，而反致大人之怒，既背大人，又失皇孙，两难之地，不若死耳！"就拔壁上剑欲自刎。不韦急抱住低言曰："汝且住，容吾一言。汝今既为皇孙所染，况又皇孙深爱而不舍，两情相入，似难再阻，不若将汝与皇孙为室，他日得地之时，不可忘也。"异人、朱姬含羞向前，顿首谢曰："若得大人垂念至此，虽粉骨身碎，不敢忘盛德也。"

少顷公孙乾酒醒起来，不韦遂将前事隐下，只说："皇孙久留客邸，情况无聊，愿将爱妾朱姬与皇孙为配，庶可以遣岁月矣。不知公意以为如何？"乾曰："子诚可谓大丈夫矣！仗义疏财，世所罕有。"乾即请为媒，就将异人所束碧玉带，留为定礼，容择日过门。是日酒阑，已三鼓矣，二人拜辞回宅。不韦谓朱姬曰："大事定矣！早晚完亲。汝不可负今日之盟也。"

却说异人自别朱姬后，春心荡漾，客馆无聊，再三向乾哀告，早与不韦讲亲，惟恐日久有变。乾即差人催促不韦，择是年九月廿五日，送朱姬赴公孙乾宅，与异人成亲。光阴瞬息，不觉已十个月，是时乃秦昭王五十五年，岁次甲辰六月旦日，朱氏怀娠大期，诞生一子，生得隆准巨目，方额长眉，背上有麟，出世有齿，容貌奇异。皇孙甚喜，取名为政，随差人报知不韦。不韦暗喜曰："大事成矣！"即同从人至乾处，与皇孙各道恭喜罢，乾与不韦握手至后厅，分宾主坐定，留饮至晚方散，自此常常往来会饮不题。

却又值夏尽秋初天气，不韦与父商议曰："异人久未还国，大事如何得成？今日父亲可差老妪往公孙乾处，请朱姬与政来家，暂住几日，儿自有计。"吕翁从其言，即差老妪往公孙乾家，去请朱氏并子政到家看望。异人告过公孙乾，就令朱氏与子政，同车到不韦家。不韦即令父吕翁收拾家财细软之物，同几个心腹从人，带领家小并朱氏子政，星夜先往咸阳，报知秦王去讫。

但不知不韦在此如何脱身？且看下回分解。

第五回

不韦窃异人还国

却说吕翁一夜打点家财仆从，同朱氏子母一簇车马，乘五更未晓，从邯郸北门逃走，星夜奔秦不题。

且说不韦次日打听公孙乾连日教场操演军马不闲。一日，正值乾公事稍暇，不韦正往乾家相望。乾曰：“正欲令人奉请，不意下降，甚慰鄙怀。”遂邀不韦至后园少坐。异人出，一同相见。闲话间，乾曰：“日长无以消遣，欲与贤契对一局棋何如？”韦曰：“棋有胜负，不可空着。如输三局者，罚一席。正是‘三百枯棋消永日，十千美酒赏芳晨。’不亦乐乎？”乾遂令左右设棋枰，与不韦对着，不韦连输三局。不韦曰：“某输一席。”异人偶坐观棋，不韦曰：“殿下亦知棋乎？”异人曰：“秦人多善弈者，某自幼颇知其意。盖着棋之法，贵多算胜，小算不胜，况无算乎？更要布置安详，取舍得宜，心随手应，意在机先，此着棋之法，古人心诀之妙也。”不韦听罢，大喜曰：“殿下深通棋意，难以对着。”乾曰：“贤契亦与皇孙各赌一局，便见高下。”不韦依言，异人饶他四子，一连输三局。不韦曰：“我正欲请二公子城外小园赏荷花，不意连输二席，明早屈车驾枉顾，为竟日之乐。”乾依允。

不韦辞归，即分付心腹家童，准备前后走路。又令一心腹人，先将跟随人安置一处。酒饭则教预先寻极好浓艳酒二十瓶，差人去丽春馆，叫一起女乐，为王臣侑觞之具。先于后门小耳房藏下四匹能快走的好马。都准备停当。

次日，公孙乾、异人出城十里外，到花园下马，与不韦接见。远远的望见一派清音，满园佳景。前人有诗，单道园林景致，诗曰：

盛时作宦暂闲游，更喜郊园景物幽；
山色连云迷晓径，松声绕涧杂清流。
层台渐近朱栏迴，高国悬空翠蔼浮，
喷鼻花香初破蕊，风微帘幕下重楼。

乾甚喜，尽情痛饮，又兼女乐侑觞，雅歌投壶，近晚大醉，卧于对月楼下，不知天晓。跟随从人，亦被家僮灌得大醉，各去清凉树下歇息。异人已知其意，佯为醉容。不韦将女乐打发进城，分付一行从人饱饭毕，遂同异人到后门外上马，星夜望咸阳小路逃走，一夜已行二百里外。

却说这里公孙乾直睡到二更时分方醒，只见烛灭香消，酒阑人散，遍寻不韦、异人，不见踪迹，十分惊惶。即欲起人马追赶，城门已闭，虽有从人，俱沉醉未醒，且又天色甚黑，乾捶胸自悔，坐卧不得安息。等到天明，进城归家，更换朝服，及到朝门外，赵王已升殿毕。乾引从人到不韦家捉拿家小，但见重门锁闭，径无一人。有传说不韦家小在四五日前已远行矣。乾无计奈何，只得到上大夫蔺相如家求计。门人报入，相如出与乾相见，乾将不韦设智盗异人逃走一节，从头细说一遍。相如曰："秦之所以不敢加兵于赵者，以其有异人为质耳。今被盗去，构怨兴兵，在此时矣。为之奈何？"乾又俯伏涕泣求计。相如曰："事不宜迟，当作速奏知主上，快调人马追赶，尽夜兼程前进。况异人行尚不远，状可追袭。使少怠缓，大事去矣！"即同公孙乾进朝，传与使臣，转启赵王。赵王急出殿，便宣二人议事。乾见赵王，忙以头叩地不起，喉咽不能出言。赵王曰："汝有何事，乃如此狼狈耶？"乾曰："昔蒙王命，监押异人，一向小心防管，不敢少纵。不意阳翟大贾吕不韦，与异人私通，买通守门者，将异人窃逃回秦，今行一日矣。奏请大王，即调兵追赶。未敢擅便，自来请死。"赵王大惊曰："汝走脱异人，秦必兴兵结怨矣，汝为大将，有负委任，致我事败，本当诛戮，且与我作速领兵追赶。如异人捉回，免汝重罪；不然罪难逃矣！"相如奏曰："乾虽追赶，恐人马众多，不能兼程前进。不若遣人星夜先到漳河，传与李继叔牢把盘诘，先行捉住，庶为便益。王曰："正合吾意。"当日遣人报与李继叔，用心防守。随差公孙乾领兵五千追赶。

却说不韦自离邯郸，尽夜趱行，况人强马壮，归心似箭，早到漳河隘口，将从人衣服，与异人更换，杂在家僮内，径过漳河。况李继叔素与不韦往来，常有人事馈送，更不盘问，径过关口。未半日，有赵王差人随到，传说走了异人一节，李继叔跌足叹曰："不韦今早方离此地，未及半日，可疾追赶！"随同医和领精锐兵三百，金弓短箭，星夜往前追赶。

且说不韦异人离了漳河将近两日，来到黄河东岸，忽看后面尘头起处，早有追兵到来，异人曰："前有黄河之阻，后有追兵甚迫，吾必受擒矣！"不韦曰："殿下休忧。我看东岸边. 有一支军马来到，必是国君救兵。"言未已，只见一将拍马向前，欠身言曰："吾乃秦将章邯，奉国君命来接应殿下，介胄在身，不能行礼。"遂乃放过异人一行人从，拦住来兵。

李继叔、医和齐出，径奔章邯，邯举枪来迎，交战不十余合，章邯手起处，刺医和于马下。李继叔见折了医和，无心恋战，拨回马便走。邯正欲追杀，忽见尘头起处，早有兵到，乃是赵将公孙乾也。乾曰："汝等快将异人放出，仍回赴赵请罪，以全大信，庶不负两国之好。若听不韦盗去，大兵到此，岂能干休？”章邯笑曰：“昔日牛西致书，不过权为讲和，以存皇孙，实非真和也。汝赵人何痴之甚耶！”乾大怒，抡刀直取章邯，邯举枪交还。战不三回合，公孙乾人马远来，未经歇息，力终不加，更兼章邯的枪法甚熟，人马精锐，不能抵当，只得拍马落荒而走。章邯驱兵大杀一阵，回保皇孙，拔寨起行。

不数日，来到咸阳。不韦曰：“华阳夫人乃楚人也，皇孙当着楚服，以见夫人。”异人依其言，换楚服入宫，拜见国君并夫人，各各伤感。夫人复谓安国君曰：“妾乃楚人也，皇孙着楚服而来见，真吾子也！更其名子楚。”国君曰：“善！”于是子楚复跪而进言曰：“儿被虏为质，幸赖不韦以千金积好左右，又将爱妾与儿为妻，破家竭力，救拔还国，此再生之恩古今绝少。伏望重加官爵，以酬其功。”国君唤不韦进内而谢曰：“吾儿在赵，足下不避斧钺，救拔归秦，希世之功，诚为再造。尊公并家眷到时，已赐田千亩，安置新宅居住矣。明日奏过父王，封官报德。”不韦曰：“微功蒙赐，已荷重恩，岂敢更期望外耶？”就拜辞归宅。子楚同朱氏子政，就在华阳夫人宫中居住不题。

次日，安国君早朝奏曰：“臣子异人，伐赵被虏，久拘于彼，以为质子，我王一向未忍加兵，盖投鼠忌器耳。今阳翟大贾吕不韦，破家废千金，不辞万苦，买赂赵侍臣，今得救拔还国，于秦有光，此不世之功也。奏知我王当加封官。”昭王大喜！即宣不韦朝见，封为太子少傅，兼东宫承局之职。不韦叩头谢恩。自此在秦发迹。又暗嘱皇姨再恳夫人早立子楚为嫡，恐怕有变。皇姨于是入内，见夫人曰：“子楚归秦，皆夫人拔救之力，同玉符合事，盟约已定，须当早立为嫡，以为万世之基。”夫人曰：“此事正欲与国君计议，连日国事不暇，未敢启口。”当乘国君在宫无事，夫人乃进言曰：“国君昔曾许子楚与妾为子，今虽居住宫中，尚未明言于外，恐诸子后日争立，初议有更。”国君曰：“此说正合吾意。”即择日以子楚为华阳夫人之子，宠渥日隆，子楚之业大定矣。此是不韦，化家为国机如海，立种生苗意更深。

毕竟将来如何，且看下回分解。

第六回

吕政立暗绝秦嗣

秦昭王五十六年，季春三月，昭王薨。群臣议立太子安国君为王，以华阳夫人为皇后，子楚为太子，朱氏为夫人。命王翦、章邯统兵伐赵。李继叔失守，城陷，遂得漳河。秦加兵于周王，周兵亦败绩。自此秦日益强大，伐魏，取韩，所到无敌。秦王立一年，薨。群臣立太子子楚为王，封华阳后为华阳太后，生母夏后为夏太后，朱氏为王后，子政为太子，以吕不韦为丞相，封为文信侯，食河南洛阳十万户，佩剑上殿，召命不名，威权日重，群臣莫敢仰视。秦王楚即位三年，薨。太子政立为王，以朱氏为王太后，尊不韦为相国，号称仲父。秦王年少，国政皆不韦统理，出入宫禁，略无忌惮，时时与太后私通。宫门之中，畏不韦之威，莫敢声言。不韦奢侈日极，养家童万人，招致四方食客，常数千人，金玉如山，甲第连云，珍玩奇宝，不可胜数。凡戚属故旧，皆列贵极，金紫满前，任其封赏。又延览天下名士，凡有闻见，著为集论，有八《览》、六《论》、十二《纪》，二十余万言，以为备天地万物，古今之事，号曰《吕氏春秋》。行于咸阳市门外，悬千金于其上，招延诸侯、游士、宾客，有能增损一字者，予千金。悬告十余日，无人敢增损之，不韦以为不刊之典，遂将此书颁行天下不题。

且说秦王虽年少，承父祖之余烈，当国家之强盛，东周不祀，六国益衰，不韦专内，王翦治外，灭楚伐赵，破燕取魏，天下纵横，藩篱固结。人知秦之强，不知秦已灭矣。

却说不韦见秦王盖世，太后荒淫不止，恐祸及己，乃私求大阴人嫪毐以为舍人。太后闻，欲私得之，不韦乃进嫪毐，诈以为宦者，拔其须眉，奉侍太后，遂与私通，心极爱之，封为长信侯。又恐事败，诈卜避时，迁居岐雍大郑宫，凡宫中大小事，皆毐裁决。秦王九年五月五日，太后与毐饮酒，大醉，命御衣夫人季氏进酒，偶酒倾于地，毐怒而叱之曰："老婢乃敢无礼耶！"季氏曰："我居宫禁十余年来，侍秦先王，多有辛苦，尔何骂我耶？"毐大怒，令人笞背逐出。季氏怀恨，即奔告太史赵高，说毐实非宦者，而与后私通，见生二子，藏匿在宫，待王上春秋后，二子争图天下。高闻知大惊！不敢隐讳，见秦王，将季氏之言，一一奏知。秦王大怒！就捉嫪毐下狱追究，具得情实。至九月，夷毐三族，杀太后所生二子，迁太后于雍地，拘相国吕不韦于幽室。诸大臣宾客极力上言，而死者二十七人，俱断其四肢，积之关下。

有齐人茅焦，不避斧钺，愿欲议谏。王大怒，按剑而坐，口沫流出。设油镬于殿傍，令人召焦进见，欲烹之。焦徐徐而行，旁若无人。行至王前，再拜谒起，称曰："臣焦向闻天有二十八宿，今死者二十七人，臣来之，固欲满其数矣。臣非畏死者也，凡生者不讳死，存者不讳亡；讳死者不可以得生，讳亡者不可以得存。死生存亡，圣王所欲急闻也。陛下如欲闻其说，臣当极力上言之；如不欲闻其说，臣即投诸鼎镬，愿死王前，不畏也。"王曰："汝有何说？吾即听之。"焦曰："陛下有狂悖之行，不自知耶？车裂假父，囊扑二弟，迁母于雍，残戮谏士，桀纣之行，不至于是矣！今天下闻之，尽瓦解而去，无一人向秦者，王独立无与，臣窃为陛下危之。臣言已尽，决知必死。”即解衣径赴油镬，王急下殿，手自接之曰：“先生请就衣，愿今受事。”即爵以上卿。

数日后，王命驾虚左方，往迎太后归于咸阳，复为母子如初。释不韦于幽室，以文信侯使就国河南。一岁余，诸侯宾客使者相望于道，请文信侯宴会无虚日。王恐其为乱，召群臣谕之曰：“不韦虽有救先王之功，今隆以重爵，可谓厚矣。况又无汗马血伤之勋，反位居文武百僚之上，恐不足以劝天下也。意欲迁之蜀地，使老死远方，亦不忍加诛之意耳。”群臣莫敢再谏。王乃出手书与不韦曰：

> 君何功于秦？秦封君河南，食禄十万户？君何亲于秦，号仲父？其与家属，徙处蜀地，以全不忍加诛之意。勿违朕命，速令起行！

不韦见其手书，乃哭泣曰：“吾今年老，何能远行？”自度难免诛戮，遂饮鸩而死。王闻知，乃厚葬于河南洛阳北邙道西也。

秦王自灭不韦之后，侈心益盛。一日，召群臣议曰：“我今并吞六国，一统疆宇，古今全盛，天下一人，当更国号，以新天下耳目。今自谓德兼三皇，功过五帝，故立尊号曰皇帝；又自以我为始，可称一世，相继于后为二世，绵延不已，传至万世，故尊始皇帝。”又分天下为三十六郡，销天下之兵，书一统之法，迁徙天下豪杰于咸阳，铸金人十二，以示国富。起章台于上林，通复道于上阪，大兴工作，创立宫室，尽将所得诸侯美女、珍玩、钟鼓充入。

二十七年，始皇召群臣议曰：“古于圣王巡狩天下，以观民风，朕欲效之出巡，与汝百官计议，汝以为何如？”群臣奏曰：“古先有道之君，巡行天下，以观民间疾苦，谓坐明堂而听政也。若深居九重，天下利病，何从知之？陛下此行，正合古意。”始皇随命驾，先巡陇西北山。偶过鸡头山，登高遥望，见东南有云气非烟非雾，隐隐中有五色祥光。命近臣宋无忌问之曰：“此何兆也？”无忌奏曰：“云气之出，各有不同：有祥云，有浮云，有瑞云，有霁云，有庆云，皆谓之云。臣观此云，非云也，乃大贵之气，龙成五色，其应不小也。”始皇曰：“为之奈何？”无忌曰：“此云非陛下不能镇也，当游巡东南以宝物镇之，可以消此应兆也。”始皇曰：“卿言正合吾意。”遂传命旋车驾，复转回东巡，登邹峄山立石颂功德，封东岳太山，遂以所佩太阿宝剑，瘗于山下。遂渡淮浮江，至南郡而还。驾回咸阳，群臣迎接入宫。

始皇自回咸阳之后，一向无事，时常追思东南云气，不知有何应兆，心下不乐。有近臣奏请：“连日天气融和，御园中百花争放，陛下何不命驾一游，以悦圣心？”始皇即命驾，带领近侍妃嫔，前至御花园看景。

未知如何，且看下回分解。

第七回

始皇命徐福求仙

却说始皇驾幸东御花园，入的园来，赏玩佳景，正是：

花迓宫袍云锦重，柳披春仗露梢枝。
风微殿阁飘芬郁，万紫千红蔼翠薇。

侍臣导引，看毕园景，登显庆殿暂憩，不觉困倦，伏几而卧。忽闻一声响亮，骇动天地！见红日坠于面前，从东一小儿，身着青衣，面如钢铁，目有重瞳，向前欲抱太阳，未曾抱起，从南又一红衣小儿，大叫："青衣小儿，未可抱去！我奉上帝敕命，特来抱太阳。"两个不服，各努力争打。青衣小儿，连摔红衣小儿七十二交，红衣小儿不服，跳将起来，用力打讫一拳，青衣小儿仆地便倒，气绝而死。红衣小儿将太阳抱起向南去。始皇叫小儿："且住！我问你是谁家小儿？通个名姓！"小儿曰："我是尧舜之裔，生于丰沛，先入咸阳，蜀封兴义。沙丘汝归，长安我立，帝简命在，四百之祀。"言罢，向南而去。只见云雾迷天，红光满地，小儿不知所往。帝飒然觉来，细思此梦，凶多吉少，我嬴秦天下，恐怕终为他人所得。遂命驾回宫，终日常常不乐，因与近臣计议，要求长生不死之药，万世为君。

有燕人宋无忌奏曰："东海中有三神山，山中十洲三岛，蓬莱方丈，八节如春，四时清明，不知寒暑，不识甲子。中有长生不死之药，服之可以寿算无穷也。"始皇曰："卿曾见此仙境否？"无忌曰："臣有一方士徐福，曾到东海，见蓬莱方丈，遇神仙乘鸾驾鹤，亦与凡人不同，见在臣家暂居。"帝闻说，就召徐福入见，求长生不死之药。徐福曰："求药不难，入海得真药为难；若必欲得此药，须臣入海，方可得也。"帝曰："如求得此真药，与卿共食，羽化登仙，不亦美乎？"福曰："必欲臣去，须用大船十只。诸色匠作，俱要预备。要童男童女，各用五百名，凡金珠宝贝，饮食器用之类，俱不可缺。打点整齐，臣便起行。"帝即传令，打造船只，各色完备，着徐福过海采药。

徐福撑驾船只入海访仙，一去杳无音信。帝见徐福去久不回，心急，又着儒士卢生入海寻访。卢生行至海边，见惊涛万顷，银汉波翻，烟雾茫茫，不知听往，嗟叹良久而回。自思劳民动众，费了许多钱粮，恐难空回，始皇必加谴责。却领数从人，去秦岳山中，遍访真迹。行至东华绝顶，见一人蓬头垢面，卧于石上不起。卢生寻思此高处，人不可居，此人居之，定是异人，虚心向前施礼。其人起问曰："公是何人？来此何干？"生曰："某奉始皇命，来此访仙，求长生不死之药。"其人笑曰："天数已定，大限难逃，世上安有长生不死之药？始皇可谓误矣！"卢生见其人言语不凡，再三哀告恳切，务要指示迷途。其人用手推石成洞，不久取书一册，上有书名，乃《天箓秘诀》，遂付卢生，嘱之曰："此书当与始皇详看，上有死生存亡之数。"卢生再要细问来历，其人复卧于石上，合眼不语。

卢生得书，回见始皇言说："东海茫茫，不知边岸；寻访徐福，杳无踪迹。臣至东华绝顶，见异人授书一册，不敢隐讳，即将原本进上。"帝将书展开观看，上有书名《天箓秘诀》，其中有历代转运之图，上书蝌蚪文字，言语多隐讳不可晓。帝命李斯详译字义，中有一言说："亡秦者，胡也。"帝大惊曰："此《天箓》之言，必谓亡秦之天下者，必北胡也。"遂令蒙恬起人夫八十万，沿边高筑长城，以防北胡。

始皇既命蒙恬北筑长城，又传令东填大海，西建阿房，南修五岭，创立宫殿。兴工动众，连络不绝，改变制度，大肆更张。又恐人非议其过，乃听李斯之计，尽烧历代诗书，并百家之书，如有偶语者弃市，坑侯生、卢生等四百六十余人，诸生不得居中国。长子扶苏谏曰："诸生皆诵法孔子，今陛下以重法绳之，臣恐天下不安也！"始皇大怒，使北监蒙恬军于郡。

始皇惓惓，只思东南旺气，恐人作乱，又命驾东方出巡。那山东地方，连年不收，百姓嗷嗷，不得安生。始皇车驾一出，日费数十万金，百姓皆逃窜，天下大失所望不题。

却说韩国城西三十里，浅山脚下，有一酒店，有几个乡老在内饮酒，将至半酣，各人谈无论地，说古道今，正是："畅饮村醪行欲倒，务中闲乐四时春。"内有一老，姓赵名三公，言说五百年前，天下太平，人人快乐。众老便问："如何是太平？"公曰："熙熙风景，皓皓年光，黎民鼓平，遍处笙簧。三日一风，风不鸣条，不摧折林木；五日一雨，雨不破块，不打伤禾稼。盗贼不生，夜户不扃；行人让路，道不拾遗。边庭无征战之劳，朝野无奸邪之患，野外无蝗虫旱涝之灾，百姓无疲倦艰辛之苦，五谷丰登，天下安乐。此便叫做太平时节。"众老又问："此时如何？"公曰："此时法度严谨，不敢说。"众老便道："我等僻处乡村，又无外客，你便说何妨？"赵三公只是摇头不说。酒店傍边闪出一个人来，那人高冠博带，布袍草履，面如美玉，目若朗星，便道："你不说，听我说。"众人拱听，那人便说："此时秦始皇无道，男不耕种，女罢机织，父子分散，夫妇离别，南修五岭，北筑长城，东填大海，西建阿房，焚书坑儒，大肆狂悖，民不聊生，天下失望。”那人说罢，又要高声道几句言语，只见那赵三公便起身就走，众老拖住道：“你如何便走？”三公曰：“你众人不怕死耶！今始皇法度，偶语者弃市，我等被人捉去，都是死数。”众老听罢，一齐都走了。那人呵呵大笑曰：“愚人不识我机，但此不世之恨，何处发付也？”

未知其人是谁，且看下回分解。

第八回

张良使力士击车

却说此人乃韩国人，姓张名良，字子房，五世相韩。因始皇灭了韩国，一向怀恨在心，只要与本主报仇，用千金结交天下壮士，欲杀始皇。因来到村中，遇见这几个乡老，不觉说出这几句言语来，众人都走了。从店后有一壮士出来，张良见那人，身高一丈，相貌堂堂，向良长揖便曰："贤公适言始皇无道，想要为天下除此暴秦，如有用我之处，自当与公出力。"良曰："此处不可说话，便请壮士到某家求教。"壮士同良到家，分宾主坐定。良便问壮士姓名，其人曰："某姓黎，住居海边，人称某为沧海公。颇有膂力，使一百斤铁枪，单管天下不平事。适见公器宇不凡，语言出众，必是奇特之士，故敢剖露肝胆。愿闻姓名，有何指教？"良曰："某韩国人，姓张名良，五世相韩。今韩被始皇所灭，愿破千金求士，未得其人。今遇壮士，大遂吾愿，况今始皇无道，天下切齿，公若奋力，诛灭此无道，与六国报仇，天下仰德，青史标名，万世不朽也。"壮士曰："谨遵公教，决不食言。"良遂留壮士在家，打听始皇东巡，何处经过。

后数日，良出探问，得知始皇从阳武县过来。良却令壮士在高阜处悬望，见始皇车驾，将行之三里远，正行到博浪沙地方。壮士只见黄罗伞盖之下，想是始皇，即大步奔走向前，用力举锤，将车驾打得粉碎。原来始皇恐人暗算，常有副车在前，壮士不知，误中副车，早有护驾御林军将壮士捉住，始皇追问："谁人主使？"壮士切齿瞑目，大骂曰："吾为天下诛汝无道，岂有人使之耶？"子房见事不成，暗暗叫苦，即于人丛中走脱，始皇又令赵高勘问，壮士不肯招出何人主使，乃撞柱而死。始皇却令天下大索主使之人，十日不获。子房遂逃难于下邳友人项伯家隐藏。项伯乃楚将项燕之后也，与良交甚厚，遂留居住不疑。

良因偶出城外圯桥边闲立，忽见一老人，身着黄衣过桥下，偶将履溺于泥中，不能出，遂呼良曰："孺子可将吾履取出！"良见老人仙风道骨，与寻常人不同，急向泥中取履，跪而进之，极其恭谨。老人行不数步，又将履溺于泥中，又令张良去取，良略无异色，又取跪进之。如此者三次。老人曰："此子可教。"遂指桥边大树曰："汝于后五日，早往此处等我，我与汝一物，不可违也！"至五日，子房早起到树边，见老人坐于树下，老人曰："孺子与长者约，何来太迟耶？汝且退，后五日当早来！"子房至后五日，五更时复来，又见老人先坐于树下相等，怒言曰："孺子何懒惰如此？且退，后五日当早来！"子房至第五日，先夜不寝，即来树下等候，不时老人忽然就到，子房一见，俯伏拜迎。月明之下，见那老人时，比前更精彩，道袍竹杖，皮冠草履，飘然而来，真神仙也。子房跪而言曰："愿领教。"老人曰："汝年富力强，勤心就学，他日贵显，当为帝王之师。幸今相遇，千载难逢，授汝秘书三卷，奇谋神算，虽孙、吴不能及也，功成身退，虽连、蠡不能过。汝留为韩报仇，扶立真主，名垂万世，与日月争光，不可负也！"子房向老人前跪而恳告曰："愿求大名。"老人曰："你记着，后十三年，大谷城东葬一国君空地内得黄石一片，即我也。"言讫飘然而去。子房藏书，回到伯家，开卷看时，名曰《素书》。暗读默记，自觉心胸开豁，识见精明，与前迥然不同也。

不说张良在项伯家隐藏。却说始皇东巡来到徐州，风景不同，民俗自别，桑麻绣野，禾黍铺田。百姓来献嘉禾，一茎三穗。始皇大喜，赏了百姓。复往东南到沛县，又见旺气，想此地必有异人，分付细加访问，倘或有人，即当杀之，以绝后患。李斯曰："云气出没偶然耳，何劳陛下忧心！如若差人访察，恐骚动百姓，反生他患。"始皇曰："卿言是也。"遂命驾起行，来到会稽城中。见十字街人丛中，走出一少年壮士来，要刺杀始皇。

不知性命如何，且看下回分解。

第九回

赵高矫诏立胡亥

却说那少年要刺始皇，有一老者急止之曰："不可！大丈夫当立万世之功，岂可效刺客之流耶？"少年遂止。其人为谁？老者姓项名梁，少者姓项名籍，字羽，楚将项燕之后，下相人也。籍初学书，书不成；学剑，剑不会。梁大怒曰："尔欲何为耶？"籍曰："书，记姓名；剑，不过敌一而已。"梁曰；"汝今欲何学？"籍曰："吾但欲学万人敌也。"梁甚奇之。今日遇见始皇，意欲刺杀，项梁急止之。因此游行于吴楚之间，潜有图天下之志。

却说始皇三十六年，有陨石见于郡，上刻六字："始皇死而地分。"使御史逐一缉访不出，遂命尽诛石傍居人，并燔其石。御史复命讫，李斯乘便谏曰："陛下游巡日久，变诈百出，祥瑞微验，恐难准信。不若回銮归国，修整边备，安抚邦国，高拱无为，自能无事。何必劳车驾远出生事端，致陛下终日不宁也？"始皇从李斯之言，回转车驾。回到兖州，夜作一梦，与东海龙神交战，但见龙神威力骏发，势不能敌，急欲逃走，茫茫苍海，竟无路可出。正在危急之中，忽见一龙，自天而降，遂吞而食之。醒来神思恍惚，四肢困倦，自觉此身若有所失。行至沙丘，病愈沉重，密嘱李斯曰："朕昔年东填大海，触犯龙神，自梦来有病，恐不能起。若我崩之后，当往上郡宣太子扶苏立为君，庶不失秦天下。”即日与李斯玉宝、遗诏、玉玺等宝，李斯哭泣拜领。又曰：“卿事我多年，凡一应大小事务，皆托于卿，卿宜尽心王事，勿违朕命！且太子扶苏，仁爱诚敬，足可承继。惜我一时见错，误贬远方。卿等务要用心，不可失也！朕之遗言，不可轻泄于人。”言毕遂崩。在位三十七年，寿五十岁。是时知始皇崩者，止公子胡亥、赵高、李斯、宦者五六人，秘不发丧，棺载于温凉车中，随所至进饮食，奏事亦如平时，事后以鲍鱼混其味，无有知之者。

却说始皇虽有遗诏立扶苏为君，尚未发使。赵高急来说李斯曰：“大丈夫不可一日无权，无权则爵宠去而身危。我欲君侯改诏立公子胡亥，未知君意以为何如？”斯曰：“此亡国之言，非人臣所当出也！”高曰：“君侯自谓长子之信任蒙恬，与君侯孰优？”斯曰：“不如也。”高曰：“扶苏明而能断，刚而有为，平日与君不相得，若立为君，决以蒙恬为丞相，夺君侯之印而与之，君侯决罢归乡里，废为庶人，徐徐侵害，死无葬地矣。君侯何不自悟耶？”斯沉吟良久曰：“子之言亦自有理，但不忍负遗嘱也。”高曰：“与其遵遗嘱而身危，孰若负遗嘱而权久？二者之间，随君侯取之。”斯起谢曰：“谨如子教。”遂即来说胡亥曰：“今日之权，其存亡在公子与丞相及高耳。如若奉诏立长子为君，必权归于人。招之不来，挥之不去，退处僻地，不过一常人耳。乍当宠沃，一旦失位，心独安耶？我与丞相意欲改诏立公子为君，共享富贵，不知公子之意以为何如？”亥曰：“废兄而立弟，乱伦也；违父命而独擅，不孝也；取人之有而害之，不仁也。三者逆理乱常，天下不服，恐不可为也。”高曰：“信小节而失大事，守微义而泥远图，君子谓其不达也。时不可以错过，权不可以假人，公子急当自思，勿致后悔。”亥曰：“任汝为之。”高大喜，遂与李斯改诏，赐扶苏死，立胡亥为太子。乃遣阎乐赍诏。

阎乐亦不知始皇驾崩，遂于车前承命启行。不一日到上郡，入城传命接诏，扶苏、蒙恬急出迎诏开读，诏曰：

> 三十七年七月十三日，始皇帝诏曰：三代以孝治天下而敦大本，父以此立伦，子以此尽职，违此则悖理逆常，非道也。长子扶苏，不能仰承体命，辟地立功，乃敢上书诽谤，大肆狂逆，父子之情，似若可矜，而祖宗之法，则不可赦。已诏立胡亥为太子，废尔为庶人，赐药酒短刀自决。其将军蒙恬，稽兵在外，不能匡正规谏，本欲加诛，以筑城之工未完，姑留督理。故兹诏示，尽宜知悉。

扶苏读罢诏，涕泣曰："君教臣死，不敢不死，父教子亡，不敢不亡。今君父赐死，愿饮酒以全其躯。"方欲饮，蒙恬急止之曰："皇上使臣统领兵三十万众，驻节边陲，托殿下久住监督，此天下之重任也。既授以重任，而又赐死，中间有诈。不若面见奏过，若果不虚，死未晚也。"扶苏曰："君父命既出，理不可违。使命前来，岂有不实，如若奏请，愈增不孝。"遂饮酒而死。蒙恬覆太子尸，痛哭不止。三军莫不垂泪。

阎乐见扶苏死，回咸阳复命。李斯、赵高启知胡亥，胡亥伤悼不已，遂传秦始皇车驾启行。

未知如何，且看下回分解。

第十回

芒砀山刘季斩蛇

却说李斯、赵高、胡亥扶始皇灵车，从井陉九原，直道至咸阳，始发丧。胡亥袭帝位，是为二世皇帝。九月，葬始皇于骊山下，以宫女无子者，皆令其殉葬墓中，自此大权俱李斯、赵高执掌。又为严刑酷法，残虐百姓，大臣公子有罪者，辄行诛戮，四海怨望，干戈遍起。二世又思蒙恬在外，兄弟子侄在内，恐复作乱，欲召而尽杀之。子婴谏曰；“蒙氏，秦之大臣谋士也。一旦弃绝，而用此无节行之人，是使群臣不自相信，而斗士之意离也。”二世不听子婴之谏，定要尽杀蒙氏九族。蒙恬闻知，叹曰：“吾积功信于秦三世矣，今将兵三十余万，其势足以背叛，而宁守义不妄为者，不敢辱先人之教，不敢忘先王之恩也！”遂饮鸩而死。二世闻蒙恬死，将蒙氏兄弟子侄，尽迁徙于蜀郡。平日李斯、赵高所忌惮者，惟扶苏、蒙恬耳，今皆诛灭，此外一无所畏惮，遂劝二世专行杀伐，凡一应大事，俱按不奏闻。以此盗贼蜂起，山东、山西、河南、河北、吴楚之间，无一处无兵马：陈胜、吴广起兵于蕲；武臣起兵于赵；刘邦起兵于沛；项梁起兵于吴；四海纵横，天下变乱。二世惟荒淫酒色，恣行快乐，终日有奏事者，伺候不得投见，以此各处奏章，略无所闻。

却说刘邦字季，沛县人也。母媪尝休息于大泽堤塘之上，梦与神交会。忽时雷电晦冥，邦父太公往视之，则见蛟龙见于其上，母遂有娠，后生邦。邦为人隆准龙颜，美须鬓，左股上有七十二黑子。爱人喜施，豁达大度，不事生产。及年壮考试，补吏为泗上亭长，好酒喜色，人多狎侮。独单父人吕文见邦状貌，甚奇之，常曰："刘季虽贪酒好色，人多轻之，但时未遇耳！若一发迹，其贵不可言。"因归家谋诸吕媪，愿将女吕颜与邦为妻。吕媪怒曰："往日曾许沛令，今何复许此下贱耶？"文曰："此非汝儿女子所知也！"遂邀邦入座上，留饮酒。说话间，吕公起身举酒，劝邦曰："君状貌有大贵，君当自爱，吾有息女，愿嫁君为箕帚之妇，君勿违。"邦曰："吾有三事未立：第一，幼而失学；二，力弱无勇；三，贫不能自赡。有此三事，岂敢屈公之女耶？"吕公曰："吾意已决，愿君勿阻。"邦遂出座，向公同吕媪拜谢。

酒深辞出，吕公送邦行百步远，忽见一人望邦长揖曰："连日访季，欲想与一见也。"吕公相其人，身材凛凛，相貌堂堂，声若巨雷，暗想此人一盛世诸侯也，随于路傍酒馆，复邀邦与其人入饮，便问壮士姓名，其人答曰："某姓樊名哙，沛人也，以屠狗为事。因访刘季，幸遇贤丈，又辱赐酒，敢问姓氏。"公曰："某姓吕名文，单父人也，客居沛。闻君名久矣，幸得相见。欲有一言，请问君有内助否？"哙曰："某少贫贱，无父母，尚未有配。"公曰："吾长女名颜，已配刘季；次女名须，欲事君，君以为何如？"哙谦退不敢当。邦曰："今日之会，真奇会也！一日之间，公以二女而许吾辈。公能相人，想知他日吾二人足可以保妻子也，君何辞焉？"遂相罗拜，尽醉而散不题。

次日，沛县遣邦送徒夫赴骊山，中途多逃失者。晓至丰西泽中，邦曰："公等拘解赴役，劳无期限，逃之者既得生，见在者恐独苦，不若纵汝各任所往，庶免死役所也。"众皆拜伏曰："秦法甚严，我辈虽得生，恐负累君罪不轻也。"邦曰："公等皆去，吾亦从此逝矣！"

中间有十余壮士，愿相从，不忍舍去。是日，邦饮酒大醉，夜从小路潜走，令一人导引，行至前途，还报曰："前有一大蛇，长十余丈，当径不可进，不如从别路前往，免被伤害也。"邦曰："壮士行路，何所畏惧？"遂撩衣仗剑，大步急趋向前，觑得切近，用力挥蛇，分为两段，开行数里。众壮士大惊曰："刘季平日最怯，今奋力勇敢如此，非偶然也。"遂同隐于芒砀山泽间，沛中子弟多归附者。后有人到断蛇处，有一老妪每夜伏蛇哀哭，声甚悲切，人问妪曰："蛇死除害，尔何哭耶？"妪曰："吾子乃白帝子也，化为蛇当道，今被赤帝子斩之，是以哀哭无所归也。"人皆不信，疑以为怪，急欲杖击之，老妪忽然不见。人以此告邦，邦闻之，心独喜自负。

却说刘邦自斩蛇之后，四方归附者数百人，威声稍振。有沛县吏萧何、曹参，见秦益暴虐，赋役烦重，欲议扶沛令，聚众背秦，乃令樊哙召邦，同其商议。邦同哙领数百人赴沛县来，声势赫奕，沛令惊悔，乃召萧曹曰："尔假以扶我为名，却结引外兵，是招虎为翼，反生内患，侵夺之祸，汝辈起之也。"屡次要斩，众人劝免。是夜，萧、曹纠合心腹数十人，越城投邦举义，因进言曰："沛令庸才，不足与议大事。公今声势浩大，若乘此得沛城，暂屯人马，渐次招抚逃亡在外之人，倡为义举，四方响应，天下可图也。"邦曰："贤公若肯俯从大义，必须赚开沛城，袭杀沛令，立贤主以从人望，然后大事可成也。二公计将安出？"萧何曰："城中父老，正在惊惶之际，若今夜作书，晓谕百姓，陈其利害，束箭射于城中，使其内变，不一二日，城可下也。"邦从其言，即作书，射入城中。书曰：

天下苦秦苛法久矣！民不聊生，豪杰并起。今我倡义聚众，从公议，择沛主，往应诸侯，以共成大事。如若开城早降，免致屠戮，如若罔顺天命，城破之日，玉石俱焚，后悔何及也！

诸父老议曰："见今刘季勒兵围城，萧、曹俱已归附，恐城破之日，吾父子难保也。"遂帅子弟入公署，杀沛令，大开城门，迎邦入城。萧、曹同众共议立邦为沛令，邦曰："不可，方今天下扰乱，诸侯并起，苟立主不善，百姓弗宁。我德薄才疏，恐不能为沛县主也，请择贤者立之！"诸父老曰："闻刘季有奇才，他日当有大贵。且卜筮刘季最吉，当立季为沛主。如若不从，吾辈即解散矣。"邦不能辞，遂立为沛公，萧、曹、樊哙，帅诸父老，拜伏起居。建立旗帜，皆尚赤色，盖谓赤帝子之谶故也。不旬日，得沛县子弟三千人，与陈胜合兵伐秦不题。

是时项梁与兄子项籍，一向潜住会稽，有会稽守殷通，知梁有奇谋，召与计议曰："今二世无道，陈涉起兵，天下纷纷，各相响应，我欲背秦从义，召子共与谋之。"梁佯为应诺，归与籍议曰："大丈夫当自立，奈何郁郁久屈于人下乎？况且殷通又无大志，终难成王业，不若吾与彼计议，汝可暗藏利剑，同入衙内，拔剑斩之，占此大郡，招兵聚众，以成大事，不亦美乎？"籍曰："此正合吾志也。"次日便同项梁来杀殷通。

不知如何，且看下回分解。

第十一回

会稽城项梁起义

次日，项梁与籍见殷通，共谋背秦起义。籍大怒曰：“尔与吾不同！吾家楚将项燕，曾被秦害，誓不共戴天日之仇。汝食秦禄，为会稽郡守，乃兴此叛逆，不忠甚矣！吾杀汝以为人臣不忠之戒。”遂拔剑揪住殷通，剑过头落，提头大呼曰：“殷通背秦，不足以为郡守，今已杀之。愿将印绶与项公执掌，立为郡主，尔等如有不服者，以此头为令。”门卒吏胥，俱各惊惶，尽皆慑伏。时有二牙将季布、钟离昧上堂责之曰：“入其邦，杀其主，夺而自立，非义也。”籍曰：“在殷通为叛臣，在项公为义主，借秦地而报楚仇，天下之大智也。将军若肯相从，共伐暴秦，以复六国之后，名垂竹帛，不朽之功也，何必区区以通为念耶？”二将下堂拜伏曰：“愿从将军指挥。”项梁遂以二将为都骑。旬日，郡县望风归降，得精兵万人。各置部署，赏罚严明，用舍允当，人莫不悦服。

一日，季布、钟离昧复进言曰：“协力足以成谋，得将足以立功。今力虽协，而左右尚未得其助，恐孤立不足以建功也。今会稽涂山中有二将，乃桓楚、于英，统八千精兵，啸聚山林，俱有万夫不当之勇。公如得此二将，可以为助。”梁遂遣籍往招二将。籍同季布等前至涂山，先令一能言小校传说楚将项梁，遣裨将项籍来见将军，人无衣甲，随从不过数人，要陈说大义，以共成王业。桓楚、于英闻说，就请籍同季布相见。籍曰："方今二世无道，英雄并起，天下莫不欲诛此酷暴，以解生民涂炭。二将军负此武勇，正当为天下除害，奈何潜迹山林，埋名丘壑，使天下诸侯闻之者，皆笑将军为怯也？籍今从项公聚精兵数万，共议伐秦，欲为六国报仇，除此残暴。仰将军之名久矣，特来陈说大义，敬请下山，同力以伐秦，如成王业之后，富贵共之。"桓楚曰："秦虽无道，而势力甚强，非有盖世之雄，不足以为敌也。公今欲举大义，恐力未瞻耳。愿比试其强，果能力敌万人，吾二人即从之；不然，所谓画虎不成，反类犬者也。"籍曰："随将军比试，吾力足以当之。"桓楚曰："山下禹王庙前有鼎，不知几千斤，公能推倒扶起，扶起又能推倒，三推三起，公方可谓无敌矣。"籍曰："愿往观之。"随同二将并季布众多小校，来到禹王庙前。看那鼎时，高七尺，围圆五尺，约有五千余斤。籍看了一遍，命一强健小卒，尽力一推，分毫不动。籍乃拽衣向前，用力一推其鼎遂倒，籍又应手扶起。一连三推三起，若有不知其为重者。二将大喜曰："公力足可以敌天下矣！"籍笑曰："如此试力，不足为奇。"复又拽衣近鼎边，用手插入鼎足下。尽力举个平身，绕殿连走三次，面不改容，气不喘息，仍轻轻安于原处，看二将曰："汝以为何如？"二将向籍前抱住曰："公真天神也！吾辈愿随鞭蹬。"众多小校拜伏在地，大呼曰："公真非凡人，虽古之贲育，亦何以敌其勇哉？"二将遂请项籍一行人进寨，置酒延款。俱各收拾行装停当，次日统领人马同籍下山。

正行之次，忽有一族人惊惶驰走。籍策马近前，便问："尔居民为何惊走？"众人马头前告曰："涂山大泽中，有一黑龙忽化为马，每日至南阜村咆哮，揉踏禾黍，民不能禁。闻将军大兵至，愿为民除害。"籍同桓楚等数十人，步行到大泽边，只见那马见人来到，咆哮近前，两足腾起，其势有啮人之状。籍大呼叱咤，捺衣近前，就势将马鬃揪住，直身上马，绕泽边驰骤十余遍，马汗出势弱，遂搭辔徐行一二里，无复跳跃。众居民罗拜于前，愿求大名，籍曰：“某楚将项燕之后，姓项名籍字羽，举义兵伐秦，因招军至此。”中有老人，长揖向前言曰：“某等闻将军之名久矣，幸过荒村，敢望暂将人马屯住，请将军到小庄拜茶，不敢久稽也。”项籍遂同恒楚一行人，入得庄来，施礼毕，老人殷勤进酒，籍问曰：“贤公高姓何名？未曾相识，乃蒙爱如此！”老人曰：“某姓虞，排行第一，人呼某为虞一公。敢问将军青春几何？”籍曰：“某年二十四岁。”虞公曰：“将军有室家否？”籍曰：“尚未择配。”公曰：“某年老无子，止生一女，生有聪慧，幽闲贞静，不轻笑语，虽内戚未尝轻见其面，自幼读书，明大义。其母生时，梦五凤鸣于室，后长成，知其必贵也。村中虽有豪家子弟，皆愚陋不足为配。适才见将军，力能扛鼎，勇敌万人，倡举义兵，志在天下，乃盖世之英雄也。愿以弱息为配。”籍即起再拜称谢。公随呼虞姬出见，兰姿蕙质，真国色也。籍遂解所佩之宝剑为定，又恐人马骚扰，于是传令起行。

来到会稽城内，领二将参见，项梁看那二将时，雄雄将士，赳赳武夫，所领八千子弟，尽是精锐人马。又将所降马，牵过堂下。那马高七尺，长一丈，真龙驹也，梁遂命名曰乌骓。籍又以虞姬许配一节，一一告说一遍。梁大喜曰：“予自起兵来，招亡纳叛，人心顺附，若如此，天下不难图也。”数日，梁遣人娶虞姬归会稽，与籍成亲，就带堂弟虞子期随军听用。

不旬日间，梁续招集四方逃亡之士十余万人，与籍并众将商议伐秦，择日启行。会稽父老遮道告曰：“君去谁与为守？”梁曰：“当日取会稽之时，不过借以屯军马，图大事耳。今大军驻扎日久，恐骚扰地方，欲令过江伐秦，与汝除残去暴，他日成大事，会稽免租税十年。尔照旧各安心生理，自有贤守来，与汝为主也。”众父老拜伏在地，不忍舍去。梁挥动人马起行，由大路过江抵淮，三军不能进。哨马报曰:“前有一军阻路。”项梁遣籍哨探，只见旗开处，一人出马，威武雄健，风神峻烈。籍曰:“尔何人？拦阻大兵！”其人曰:“某姓英名布，六安人也，尝闻兵出有名，是谓正兵。尔出无名之师，潜过淮西，助纣为恶，是以阻子。”籍曰“某姓项名籍，楚将项燕之后。见秦二世无道，会稽起兵，降八千子弟，聚兵十万，要与楚报仇，除此残暴，以安天下，何为无名耶？”两家言未毕，只见桓楚闻是英布，勒马到阵前，大呼曰:“英将军何不下马，我已归降楚矣！愿如前约。”布见是桓楚，遂下马伏地。籍曰:“二公想亦旧识。”桓楚曰:“英将军武勇，天下无敌。昔曾修骊山，亡命过江投某，某留住他，资助盘费，各相约，但得贤主，同心匡辅，以共图富贵。前日闻在此聚义起兵，未得的信，不意今日相会。”布曰:“楚将军兴举义兵，愿与为应。”籍大喜，随引布来见梁，梁喜曰:“千军易得，一将难求。今得英将军，如获万里长城也。”遂后合兵一处起行。

不知伐秦如何，且听下回分解。

第十二回

范增献策立楚后

却说项梁收了英布，威势益盛。一日升帐，与众将计议：“今人马将佐，日渐强大，足可代秦，但中间少一谋士。近闻淮阳居巢，有一老人姓范名增，年七十，足智多谋，虽古孙吴不能过也。欲一能言之士，往说归楚；如此人来，大事可就。”有季布起告曰：“某亦知增久矣，愿往说之。”梁大喜，就具币帛遣季布启行。

不一日到居巢，先投客店安歇。次日，整衣冠来见范增。先于邻近，访问增住居，邻人曰：“增住居虽在城，不喜市廛。离城三里，有旗鼓山，增常居山中养静，等闲不与人相见。”季布闻说，寻思此人不得见面，如何说话？遂于从人中，拣一便利者，同扮做远客，因说：“来居巢生理，消折资本，归家不得，闻先生之名，愿求一见，请问资身之策。”增平日好为奇谋，闻家童传报，远客求见，又久在巢生理，遂许相见。季布同从人进山庄，见增童颜鹤发，葛巾布袍，腹隐甲兵，胸藏妙算，飘然淮楚之逸民也。布行礼毕，增问：“公何处人氏？作何生理？”布遂将项梁所具币帛，令从人持立，跪而告曰：“某非远客，亦未曾在巢生理也，奉楚将项梁之命，具礼拜请先生，恐不得见，遂假以远客为名，庶无嫌疑也。目今二世残暴，英雄并起，各杀郡守，以应诸侯，盖为百姓除害，以安天下。凡怀一材一艺者，尚欲效用，况先生抱经济之才，负孙、吴之策，年已七十，栖身蓬蒿，与草木为休戚，有吕望之年，无吕望之遇，空老牖下，诚为可惜。今项将军，乃楚项燕之后，仗义行仁，文武兼备，会稽起义而四方响应；过江西证，而群凶慑服。闻先生之名，特来恭请，望及时应召，垂名金石，与吕望齐驱，作天下之奇士也。速赐裁决，无烦再思。”增听布一篇说话，意欲想算天时，运筹可否，只奈何季布将币帛捧跪不起。增曰：“某闻二世酷暴，民不聊生；恨无路兴兵，以除此无道。今子奉项将军之命，远来礼请，机会可为，正合吾意。但子初会，且请暂回，明日相见，即来领命。”季布跪伏在地，恳求不已，乃曰：“幸见先生，如获珠玉，若待明日，又生别议，愿先生勿却！”增只得将币礼拜领，延请季布上坐款饮。季布至晚，遂宿于增家。增却沉思楚运，默算兴隆，遂跌足道：“楚非真命，终无远图；但大丈夫一言既许，万金不易，岂可悔耶？”当夜就寝。次日，收拾行装，带一二从人，同季布一行人来见项梁。季布预先报知，梁整衣出迎，延之上坐，乃曰：“某闻先生之名已久，日夜悬心，恨军务烦剧，未得求见。昨遣季布礼请下山，幸先生不弃，屈赐垂顾，大慰平生之愿，万望先生尽心吐露，以匡不及。”增起拜曰：“将军世为楚辅，倡此义举，天下归心，万民属望，威武所及，谁不钦服。增今区区老叟，料无长才，乃蒙以礼徵辟，敢不竭尽心力，务成王业，以报今日知遇之恩耶？”就令籍与相见。梁终日与增谈论，每至夜分，运筹决策，实中肯綮。梁甚喜，自谓相见之晚也。

一日，梁因差人探听陈胜消息，差人去旬日，回报陈胜被章邯大破之，行至汝阴，遂为庄贾所杀，各诸侯皆解散，章邯见屯兵南阳。梁大惊曰：“吾欲纠合诸侯，助胜伐秦，不意败绩已死，我兵似不可轻动。”遂同范增计议，增曰：“陈胜贪利小人，不足成大事。且今之败，实由不立楚后而自立为王，急欲富贵而无远大之图，所以取败也。且如将军义兵一起，而四方之士莫不闻风而来者，非有他也，盖以将军世世为楚将，必能立楚王后而诛无道也。为今之计，莫若先立楚后，以从人望，天下莫不曰：‘项将军非自为也，实欲立楚后，而报六国之仇，为天下之义举也。’人心悦服，诸侯响应，秦虽强，一举而可破矣。”梁曰：“此谋甚善。”于是遂以增为军师，乃差人遍访楚后。

却说楚被秦灭之后，子孙星散，国脉已绝。遍求博访，杳无踪迹。差去的人回说，楚地并无楚后。梁大怒，因痛责去人，于是复差钟离眛务严加寻访。眛与从人商议曰：“楚后又不在城市中，或落乡村僻静去处，埋名隐藏，恐人知觉。”眛遂同从人下乡寻访，并无消息，心下十分忧闷。

一日，行到南淮浦地方，见一群牧羊小童，赶一小童扑打。那小童容貌与众不同，生得丰准大耳，眉清目秀，被群儿赶打甚急，略无愠色。眛向前呼小童曰：“汝为何被众儿赶打？”童曰：“各小童皆是人家亲生之子，独我乃王社长从小雇觅牧羊。因我才说众童虽是亲生之子，皆百姓人家，我虽雇觅之人，却仍王侯之族。众牧童见我说起根基，他众人不信，以此赶打。”眛曰：“汝既是王侯之族，定有个姓名。”小童曰：“我自小在外迷失乡贯。”眛就向前再行追问，小童见眛问得紧，便要走，眛却笑着低语说：“小童！我见你容貌比众不同，后必大贵，你若实说，我便与你做主。”小童曰：“我今年一十三岁，来此已八年矣！尝闻我老母说我是楚怀王嫡派子孙，因兵荒逃走，在外潜住，以此知我是王侯之族。”眛听罢，急下马，招呼众人将小童扶马，径到王社长家草堂上，快请老母出来相见。王社长惊恐，不知何谓，遂拜伏在地曰：“某山僻农夫，不知国法，有何触犯，乞大人赦罪。”眛曰：“汝快将小童母亲请出来相见，有话说。”王社长随即将老母衣服更换了，出到草堂上相见。眛却问小童住居籍贯来历，老母初不肯说，眛再三恳求，老母将贴身旧汗衫取出，递于眛。眛看前襟上有字，不甚分晓，随向日色边细照，有字数行写着：“楚怀王嫡孙米心，楚太子夫人卫氏。”宗派相传，俱有根据，上有国宝钤记。钟离昧看罢，大喜。遂拜伏行礼毕，唤王社长吩咐：“与小殿下更换衣服，同送到淮西，见项将军定有赏赐。”王社长闻说，亦拜伏在地，将衣服与殿下更换了，随同钟离昧一行人赴淮西来。见项梁，将前事一一告说一遍，梁甚喜，就择日领大小将佐立米心为楚王，母夫人卫氏为王太后，封项梁为武信君，项籍为大司马副将军，范增为军师，季布、钟离昧为都骑，英布为偏将军，桓楚、于英为散骑，以下大小将官俱有封赏，仍令王社长回乡，赏金五十两，彩帛一束。

却说楚兵自此日加强盛，各处诸候，望风而来。有楚将宋义，在江夏聚兵，闻项梁立楚之后，遂领兵五万，会合伐秦，先来与梁相见。梁引朝见怀王，封为卿子冠军，统率人马与项籍征进。义曰：“淮西虽楚地，不足为都。现今陈婴驻兵盱眙，可合同将兵会婴一处，立为根本，西向伐秦，攻则可破，归则可守，此万全之策也。”籍曰：“善。”遂与武信君奏知怀王，整率大军，前后三路启行，赴盱眙来。头枝人马将近淮河，只见尘土起处，早有三军来到，范增与武信君勒马看时，旌旗动处红光见，剑戟挥时紫气生。增大惊曰：“此一支人马，与众不同，中间必有真命之王。”言未毕，一人跃马而出，尧眉舜目，隆准龙颜，真四百年开基创业之主也。增见，把头低了，暗思：“我错投了主也！。”

毕竟此人相见，未知如何，且看下回分解。

第十三回

章邯劫寨破项梁

却说此一枝人马，为首的姓刘名邦，字季，沛县人也，芒砀山斩蛇，丰西泽起义，聚兵十万，闻项梁兵到，同夏侯婴、樊哙一干众将领兵来迎，纠合一处，协力伐秦。与项梁、范增相见，甚喜。随后兵马俱到，一同过淮河到盱眙，会合陈婴，聚兵一处，怀王建都盱眙，各文武百官朝见讫。

武信君驻扎大军于泗水河，有淮阴人韩信，仗剑来见项梁。梁见信容貌不悦，欲不用，增曰："此人外貌清癯，中有蕴藉，既来投见，即当留用，如若弃置，恐塞贤路。"梁依增言，封信为持戟郎官，就留帐下听用。初时韩信钓鱼淮下，终日不得一饭。漂母见信有饥色，以饭与之，信谢曰："吾后日得地，当重报母。"母怒曰："大丈夫不能自食，吾哀王孙而进食，岂望报乎？"一日往市卖鱼，江淮有恶少年辱之曰："汝常佩剑上街，能刺我耶？如不能刺，当出我胯下！"于是信俯首出胯下，一市人皆笑之，以为怯。独许负者，善相人，一见信曰："吾子有王侯之贵，当为天下元戎，富贵不轻也。"信笑曰："一日不能一饭，尚望贵乎？"不意闻项梁兵起，遂来投见，梁只与持戟郎官，信闷闷不悦，维于行伍中伺侯不题。

却说楚兵声势振天，随到归附。传入西秦，赵高恐惧，召章邯计议："方今天下兵马纵横，吴楚尤甚。项梁立楚后，以收人心，与陈婴、刘邦合兵一处，屯聚盱眙，十分作乱。汝为大将，坐视不行剿杀，以致猖獗，恐兵临秦地，震动京辅，悔将何及？"邯曰："连日节次传报，正欲具奏出师，不意丞相召邯会议，且兵贵神速，不可迁延，即日启行。"章邯、司马欣、董翳、李由便带领大小将官，统领三十万精兵，出函谷关东向伐魏，以次伐楚。

魏见秦兵势众，不敢出战，便遣二使求救于齐、楚二国。齐王田儋亲领兵救魏；楚以新得襄阳旧将项明兵三万，就令明先领兵临魏境，遥为之势。邯遣司马欣御齐，遣董翳御楚，却自领大兵在后救应。司马欣与齐王田儋对敌，欣令后军分二路为左右翼，却领轻骑一千与儋交战。儋见欣兵少，尽力戮杀，欣诈败，儋驱兵来赶。

忽听金鼓齐鸣，秦兵两路从后突出，箭如飞蝗，儋知中计，急回兵，已中箭落马，被欣就势斩于马下，齐兵大败。董翳兵到南魏，正遇项明，翳兵远来，未及歇息，人马疲乏，明兵一出，翳不能敌。退三十里，驻扎未定，明又领兵追杀，翳大败奔走。正在危急之际，章邯后兵已到，遣李由急出救援，项明追翳昼夜未定，李由生力军初到，不三合，斩明于马下，大杀楚兵。秦兵三路人马，通合一处，魏兵闻知救兵已败，孤城难守，魏王咎遂同魏豹弃城，出西门奔楚。章邯兵入城安抚百姓毕，随启行，前至东阿驻扎，差人探听不题。

却说项明败残人马，回见楚王，奏曰："秦将章邯，兵势浩大，齐魏兵俱败，今屯住东阿，指日东向入寇，乞陛下早遣人剿捕。"王召武信君会议，梁曰："臣亲领一枝兵，先斩章邯，次起兵伐秦。"王准奏。于是项梁同项籍、范增一干众将领兵二十万，赴东阿来，离城三十里下寨。梁遣项籍出马刺探，籍到阵前，大叫章邯出马。邯领兵出阵，与项籍答话，籍曰："尔秦二世无道，赵高大肆恶逆，汝辈结党害民，不过鱼游釜中，尚不知死，乃敢东向入寇耶？"邯曰："某上国天兵，所向无敌，汝乃湖南草莽，妄立楚后，岂足为天人之应哉！”籍大怒，举枪直取章邯，邯举枪相迎。战不三十合，章邯败走，籍遂驱兵来赶。不十里之地，有秦健将李由，李由乃李斯子也，放过章邯，拦住去路，籍大喝一声，暗哑叱咤，李由马倒退二十步之远。籍举枪正欲刺由后心，司马欣、董翳接住，各挺兵器来迎，籍撇了李由，力敌二将，不二十合，二将不能抵敌，拍马望后便走。羽正欲追杀秦军，武信君恐羽深入重地，复差英布、桓楚、于英领兵五千接应，大杀一阵。章邯退五十里远下寨，与秦将商议曰：“楚兵势猛不可力敌，我今渐次退后，当用缓兵之计，使彼将骄兵惰，不相提防，然后一战而楚可破矣。若以力战，项籍勇不可敌，徒自取败耳。”众将曰：“将军所见甚当。”遂按兵不出。

却说项籍领兵回见项梁，备说章邯败兵，已退五十里下寨，明日密统领三路人马，分头截杀，决获全胜。梁曰：“章邯旧有虚名，年老力乏，料彼无能为也。”梁遂宴会诸将，高歌饮酒，尽欢而散。次日，籍仍领兵分三路出战，籍自引兵敌中路，英布敌西路，刘邦敌东路，鼓噪呐喊大进，向章邯营杀来。邯各队人马，见三路大军势众，住扎不定，拔寨通起。楚兵挥动三军，分头追赶，遂将秦兵折为三处，章邯走定陶，司马欣、董翳走濮阳，李由走雍丘。

却说项羽人马，正赶至雍丘，追上李由，由与羽交战，不三合，刺由于马下，秦军大败。刘邦追司马欣等至濮阳，一昼夜行三百里，萧何急止之曰：“穷寇莫追！防有伏兵，以逸待劳，反中其计，不如且屯兵于濮阳，以观其变。”邦遂依言屯住人马不题。

且说英布追章邯兵至定陶，邯进定陶屯住人马，固守不与布战。英布于城下安营，终日搦战，邯兵只是不出，布无计可施。人报武信君大兵到来，英布出迎，项梁大军安营毕。梁曰：“邯兵势穷力竭，逃入孤城，正好极力攻打，如何坐守迁延？恐师老兵疲，救兵或至，将如之何？”布曰：“邯兵虽败，人马尚多，四门坚闭，恐难遽破，意欲相时而动，庶为便益。”梁叱之曰：“为将无谋，俄延时日，伐兵既到，立等破城，何待相时而后动耶？”遂将布喝退。随即分付四边每队军士，各设云梯上城攻打，喊声振举，惊动天地，不期城上火炮火箭齐发，云梯尽着，又兼矢石如雨，站立不住，只得退下城来。梁又安排数百辆冲车，鼓噪呐喊而进，邯急令铁索贯穿铁锤，绕城飞打，冲车皆折。千方百计，城不罢破，梁十分暴躁。有执戟郎韩信密至帐下告禀：“大军人马久住城下，恐敌军窥见我军懒怠，夜黑开城，攻劫营寨，一时无备，反遭毒手，攻城之策小，提防之策大，请将军思之。”梁大怒曰：“吾自起兵会稽，所向无敌，量此孤城，何足为难！章邯闻吾之名，心胆皆碎，何敢出城劫吾营寨耶？尔何等之人，乃敢妄为筹策，以阻军心？”遂将韩信叉出。有宋义闻信言，急说曰：“战胜而将骄卒惰者必败！今士卒懈怠久矣。秦见虽围困在城，连日养精蓄锐，又兼章邯秦之名将，善能用兵，果如信言，甚干利害，信言亦良策也。”梁益不听。是夜章邯果分付将士饱饭毕，人各衔枚，开放城门，统领三军，暗分二路，来到楚寨。楚兵正睡熟，章邯密传将令，一声炮响，金鼓大振，杀入楚营。夜晚兵来，如天覆地陷，山崩海沸一般。此时项梁已带酒不能起，左右扶出辕门，未曾上马，一将杀入中军来，乃秦偏将孙胜也。梁措手不及，被胜一刀斩于门旗下。项梁被诛，各队人马惊惶乱窜，自相践踏。宋义、英布禁止不住，只得弃营逃走。杀到天明，秦兵大获全胜，径趋外黄，入陈留屯住人马，声势复振。

刘邦知梁败绩，领兵来定陶救援，已无及矣。遂同义等收回败残军马，急投雍丘来报，说武信君被邯所杀。

项羽闻知，大叫一声，气倒在地下。不知性命如何，且看下回分解。

第十四回

项羽杀宋义救赵

却说项羽闻武信君被章邯所杀，哭倒在地，诸将再三解劝。羽曰："某自幼无父，蒙叔父抚养成人，教习兵法，视我如子。今一旦功业未竟，中道而殂，此心如碎，安能已于情乎？"言毕又哭。范增曰："为国捐躯，臣子之大节尽矣。项将军虽命数如此，而楚之大业已就，天下望风归附者五十万众，将军果能承继其志，恢宏疆宇，灭秦定楚，追封武信君为王，血食百世，将军之大孝毕矣！何必效儿女子区区于悲泣之间，何足以收服人心耶？"羽起谢曰："谨如先生所教。"遂起兵急趋定陶，会宋义、刘邦，合兵一处，与武信君挂孝，率诸将抚棺行祭，遂收梁尸，以武信君服色，葬于定陶。于是起军径奔陈留而来，未及楚兵到时，章邯军已渡河击赵矣。赵王歙、陈馀、张耳等出战，俱被章邯杀败，遂夜奔钜鹿，坚壁不出，随差人赴楚求救不题。

却说项羽与宋义、范增计议曰："今章邯渡河，声势复振，武信君新葬，怀王独守盱眙，恐非长策。不若回军，迁都彭城再作区处。"众以既定，传令三军回到盱眙。诸将朝见怀王毕，怀王闻项梁死，十分哀痛。项籍复奏曰："武信君新亡，我军锐气已挫矣。见今章邯屯兵钜鹿，破赵后必入寇西楚，不如先调兵征剿，我王迁都彭城，以为犄角之势，不可缓也。”言未毕，有人来报赵遣使求救，王召入，即问章邯虚实，使曰：“秦兵三十万，围钜鹿将一月矣！赵军食尽，人马死者过半，指日城破，生灵受害。愿大王怜而救之。”怀王闻知大惊，即以宋义为大将军，项羽为副将军，范增为军师．领二十万人马，往钜鹿救赵。

兵至安阳，宋义按兵不动，欲遣子宋襄相齐，乃曰：“邯兵困赵日久，今心志懈弛，人无斗志。我兵迟缓数日，坐观其敝，待邯兵懈怠，我却以兵攻之，邯必擒矣。”义遂迁延四十六日不进。羽曰：“秦军围赵甚急，城内死者七八。若能乘彼攻围日久，鼓噪大进攻击其外，赵兵杀出以应于内，内外夹攻，秦军必走，而邯可擒也。”义曰：“不然！搏牛之虫，不可以破虮虱，志在于大，不在于小也。若章邯胜，则秦军疲乏，我却承其敝而攻之，必破矣；若章邯不胜，则我引兵鼓行而西，亦必可破矣，此兵不劳而观胜负也。若夫披坚执锐，我不如公，坐运筹策，公不如我。”遂传令军中曰：“纵使三军之猛如虎，其狠如羊，其贪如狼，苟有违令不从者，必斩。”又阴遣其子宋襄为齐国相，宋义亲送至无盐而回，复饮酒高会。时至天寒，大雨，士卒在雨中冻馁不可当，羽暗行军中，则各营有怨言，羽乃厉色正言曰：“诸将奋勇戮力，急欲攻秦，今却久留不肯引兵渡河，况今年岁饥民贫，士卒不得饱饭，又无积粮，却乃饮酒高会，必待秦兵破而后击之。夫秦兵强大，赵兵怯弱，以弱敌强，何得秦敝？且武信君新丧，楚王坐不安席，今尽将境内之兵总属将军，非专为救赵，实欲假此破秦，以雪前日之恨。国家安危，在此一举，今不恤士卒而终日私宴，非社稷之臣也！”义终不听。羽深恨之。

次日，宋义早升帐，羽仗剑入帐，大呼曰：“宋义与齐谋反，令子宋襄与齐结连外应，故留兵不进，意欲吞取西楚。吾今奉楚王密旨斩义，以晓谕三军。”宋义听罢，便欲从帐后逃走，羽大步赶上，将义拉住，一剑挥为两段。众将俯伏帐下，皆曰：“首立楚后者，将军家也。今将军诛此叛逆，正合人心。”众将俱立羽为假上将军，职专征伐，急使人追赶宋襄，将至齐境，遂杀之。又使桓楚报命与楚王，数宋义叛楚之罪。王遣钟离昧持节封羽为上将军，自此军威大振，名闻诸侯。

于是遣英布为先锋，将军二万，渡河。邯闻布至，急差司马欣、董翳渡河南岸，立营以抵来兵。将领兵渡河，营寨方才立定，英布前军早到，二将出马与布交战，布并不答话，举斧径奔二将，二将来迎。正战之间，只见秦军不战自乱，从后一将杀至，乃上将军项羽也。二将大惊，撇了英布，径投河南营寨，时已被楚军占住，只得弃营望河北逃走。项羽大获全胜，所得军器辎重，不知其数，收军进营。待后军陆续俱到，遂领军北渡河，按剑高坐，候后军渡毕，乃尽将船只沉入河南，釜甑打碎，庐舍烧毁；止持三日行粮，晓谕三军，务要竭力死战，无复退志。三军踊跃大呼曰：“愿从将军决一死战！”鼓噪连夜攻章邯。

不知胜负如何，且看下回分解。

第十五回

楚项羽九败章邯

二世二年十一月，项羽大兵进攻章邯。范增、钟离昧相议曰：“项将军急欲进攻，破釜沉舟，粮食俱在后，倘三日未下而军无粮，将如之何？此时当差心腹牙将，星夜催载粮食近河。如三日胜邯，不必运过河；如三日不能胜，须过河预备军需，庶不失机。”昧曰：“先生所虑甚远。”随即差人催载军需不题。

却说司马欣等被项羽、英布冲杀一阵，回见章邯，备说英布武勇不能敌，项羽人马已北渡河矣，即当作急提备。言未毕，有人来报楚兵过河，破釜沉舟，要与秦兵决一死战，声势甚大。邯闻说，急召秦将王离、涉间、苏角、孟防、韩章、李迈、章平、周熊、王官等至帐下，分付曰：“项羽勇冠三军，不可轻敌。汝各队人马分为九路，连寨结营，待我与彼对敌，每队以次接应，待楚兵深入重地，九路人马合兵截杀，必获全胜。”众将得令，各调人马准备。

只见楚兵已到，项羽一马当先，章邯出马对敌。羽见邯出，咬牙切齿大骂曰：“逆贼杀吾季父，此仇不共戴天！”遂跃马挺枪，直取章邯，邯举枪相迎，二马交战，杀五十合，邯败走。未及五里远，早有王离人马接应，章邯退后，王离出马与羽交战。不二十回合，羽卖了个破绽，让王离一枪刺来，羽却躲过，就势将王离活捉过马来，众军将王离绑缚归阵。邯见王离被擒，拨转马便走，羽大叫："逆贼那里去？"催动人马追赶，羽骑的是乌骓马，日行千里，众军跟之不上，俱落在后，羽一骑马飞奔章邯。章邯见羽无兵，复回马交战，项羽一根枪，恨不得即时刺死章邯，章邯只是架隔遮拦，如何当敌？正在危急之时，早有秦将涉间兵到，接住厮杀。羽更不答语，直取涉间。战不十合，项羽按住火尖枪，顺手取出鞭来，望间一鞭打去，涉间急躲时，早中左肩，翻鞍落马。秦阵上章邯见涉间落马，即领牙将宋文等死战来救，只见项羽大军又到，英布、桓楚各领兵冲杀过来，章邯折军大半，大败而走。

项羽见天色将晚，恐有伏兵，不去追袭，鸣金收军，安下营寨，当有军师范增进言曰："将军深入重地，天色阴晦，须防贼兵劫寨。"羽曰："军师之言是也。"范增即传令于小山口，另安营寨，屯住大军，却于大寨堆积柴草，虚立旗号，以等待敌兵。却唤桓楚、于英、丁公、雍齿四将上帐分付曰："汝四人领兵埋伏，但看大寨火起，章邯必定中计，汝等领兵四面剿杀，阻住去路，不可走脱。"四人领命去讫。又唤英布分付曰："汝可领兵三千，于正西大路埋伏，阻当秦军接应，不可误也。"各各分布已定，请项羽于小寨内专等敌军。

却说章邯领败残军马，投苏角寨来，与司马欣、董翳合兵一处，离楚营三十里下寨。角曰："今楚兵得胜，人马疲倦，不作准备，某引轻骑人马，从东路杀奔楚寨之后，劫彼营垒，将军却从西路杀来，两路夹攻，使彼首尾不能救应，此兵法所谓'攻其不守'，虽不能至大获全胜，亦可以挫其锐气也。"邯曰："正合吾意。"苏角遂领本部一万生力人马，暗暗往楚寨进发。不久，来到楚营，见旗帜不整，辕门紧闭，只说中计，大刀阔斧杀下营来，见是空营，即欲回时，楚寨中一声炮震，四下火起，喊声大振。角急杀出寨来，投西便走，只见左有桓楚、于英，右有丁公、雍齿，一齐拦住去路，不能得出，便望西山东小路而走。只听鼓角齐鸣，喊声大举，一将大叫曰：“无谋匹夫，认得楚将项羽么？”苏角惊慌，莫知所措，被羽一枪刺于马下。

却说章邯听得东路鼓声大振，喊杀连天，又不知苏角胜负，只得领人马缓缓哨探。未及两个更次，只见楚兵大兵已冲杀来。此时天色将明，秦兵各队拔寨前走，章邯断后。早有英布人马先到，与邯决战，二马相交，兵器并举，战五十合，不分胜败。羽军到，见布战邯不下，领人马冲过来，邯兵败走。正欲追赶，刺斜里一军杀来，乃是秦将孟防接应，与楚兵交战。桓楚挺枪直取孟防，孟防来迎，只一合刺防于马下。章邯见折了孟防，拍马投西便走。桓楚自思捉住章邯，胜他将百倍，就拍马追赶。邯马连日困乏，又兼未得草料，前走甚急，后赶又近。马过山冈地，将马绊倒，邯撞于马下。桓楚急向前，用枪便戳，山脚边早转出一枝兵来救应，乃是秦将韩章，一马抵住桓楚，众军士救起章邯。桓楚方欲与章交战，早有于英人马杀到，接住与韩章厮杀。未及十合，项羽大兵又到，韩章不能抵敌，拨回马就走。羽挥动后军，一并追赶。却有秦将李遇原领本部精兵一万，扎住在此未动，章邯同众遂投李遇营暂歇。楚军陆续也都到了，见秦兵当头扎营，未敢前进，传令且屯住人马造饭。

日已平西，范增与项羽曰：“今晚秦兵恐楚劫寨，定于高阳坡下有埋伏人马，却设空营待我去劫，伏兵一起，决中其计。”羽曰：“先生有何妙策？”曰：“将军统一枝人马径奔秦营，鸣锣击鼓，遥为之势，却差两枝精兵，去截住伏兵来路，秦兵决出交战，候两路兵得胜，却三路合兵一处追杀，将计就计，使彼措手不及，邯可擒矣。”羽随即差英布领一万军暗出南路，桓楚领一万军暗出北路，自领三万出中路，各分派已定。

却说章邯与李遇商议：“楚兵连日得胜，今晚定来劫寨。尔可领兵五千南坡下埋伏，韩章领兵五千北坡下埋伏，我同司马欣等众将大营后埋伏。候楚兵到来，三路并攻，必擒项羽。”众将依令调兵去讫。

项羽到晚一更时候，南北两路人马衔枚暗出，项羽却自领精兵三万，密从中路，行至五里远便不动，却大举金鼓火箭火炮，一齐发着。章邯正欲从寨后杀出，只见南北二路秦兵败回本寨边，楚兵杀来，章邯不敢出战，急拔寨便走。项羽知楚兵二路得胜，急催动人马追杀，十分混乱，行二十里，已到赵城。城里听得城外鼓噪震天，知是楚兵已杀到城下，陈馀、张耳等急上城探望，天色渐明，见秦兵大败，遂开城门，领一枝人马杀出来接应。章邯顾不得中军，领数骑落荒逃走。英布望见，带领本部人马追赶，追到东门，正遇秦将章平急来救应，放过章邯，与布交马，战三十回合，章平无心恋战，急回保着章邯，奔曲阳小路来，正遇周熊、王官二枝人马接着。英布见有救应，遂同桓楚合兵一处，回见项羽。

有赵王歙同张耳、陈馀城外置酒拜伏，迎接楚兵进城。羽曰："且未可进城，乘章邯残败之后，直捣秦境，剿杀残孽，灭杀秦之族，正在此举。若人马进城，迁延时日，养成贼势，终是费力。"遂留季布、钟离昧在赵城外，统兵三十万驻扎。斩王离、涉间以示威武，却领精兵三十万，追赶章邯。

未知如何，且看下回分解。

第十六回

秦赵高权倾中外

却说项羽统兵追袭章邯，所到郡县，箪食壶浆，迎候楚军，各路诸侯，膝行而见，羽势益震，以此日行五十里，或三十里，邯兵遂远遁。范增谏曰：“章邯远遁，诸侯顺附，天人响应之时，正将军化家为国之日也，何必亲冒矢石，追此穷寇？况三日之间已经九战，破秦军三十万，古今用兵，将军为首称也。以增愚见，不若且屯兵漳南，养此精锐。吾料赵高乃妒忌小人，二世昏暗，不知征战之苦；章邯居外，兵不应手，心志恍惚，持疑不定，兼之以将军之神武，破邯灭秦指日可见矣。”羽曰：“谨如先生之教。”遂屯兵漳南不题。

且说章邯收拾败残人马十万，过漳河，屯住于函谷关。早有人传入西秦，说章邯折兵三十万，天下诸侯，各据一国，不久楚项羽侵夺秦地，此时关口上十分紧急。近侍宦官宫妾闻了这信，各各惊惶，寝食不安，秦公子族人都在朝门外，又不得进内启奏。赵高只是把持住内外，稍有不顺意者，便寻事害了性命，以此群臣不敢侧目而视。忽一日，高献一只鹿与二世，却指说是马，二世笑曰：“丞相误矣，此鹿也，非马也。”二世问左右近臣，或有不言者，或有阿顺其意言马者，或有直言是鹿者，高却就中阴害其言鹿之人。群臣愈加畏惧，绝口不言国政，大权总是高执掌。李斯常郁郁不乐，高窥见李斯有不乐之意，遂乘便来见斯曰："关东群盗蜂起，章邯新败，国家岌岌乎不宁矣！况阿房宫工程浩大，亦当暂止，我是宦竖，不当进言，此正君侯之事，何不进谏？"斯曰："上在深宫之中，无由得见。"高曰："君侯其奏，我与通之。"于是高侍二世正在宫中燕乐之际，女嫔满前，却使人告李斯曰："此时可奏事矣！"李斯一连请谒三次，二世大怒曰："我在此燕乐，李斯何敢侮慢如此耶？"高曰："沙丘主谋，李斯预力。今陛下贵为天子，斯不得裂土为王，时常怨望。前时长子李由为三川郡守，与楚贼相通，至今未明。李斯居外，权重于陛下，与楚人往来，斯实有意焉。陛下当察之！"李斯闻高有阴谋之意，却上书言高之罪，二世曰："赵君为人，清廉强力，不通人情，上能适朕之意，朕实意赵君之贤，而君乃疑之者，何也？且朕若无赵君，将谁为任哉？如君止我罢阿房工役，阿房宫乃先帝所为，君不能禁止盗贼，却欲我违先帝之志，以成不孝之名，是上不能报先帝，次不能以忠于我，何以居相位耶？"遂下廷议鞫问，以为私通楚盗，谋危社稷，论五刑当腰斩，夷三族。于是缚李斯于咸阳市，斯顾其中子曰："吾欲与尔复牵黄犬，俱出上蔡东门外，逐狡兔为乐，岂可得乎？"父子遂放声大哭，腰斩，夷三族。赵高自害李斯后，权势愈重。

章邯屯军函谷关，士卒无粮，马无草料，各路诸侯皆与楚会合，同力攻秦，势危力极，甚难支持。邯差人节次传报，赵高通不投进。众宫妾风闻这个消息，终日焦愁，独二世恣意快乐，通不理论外事。一日，二世出猎回宫，众宫妾迎入内，二世就寝宫安歇。未睡着，只听众宫妾低言与内使说："今日外边消息如何？"内中一近侍说："今日闻外边人说，章邯领兵，连败九次，折兵三十万，楚兵不日过关，我等却如何是好！"二世听罢，就寝床上起来，急叫才说话的宫嫔内使："快来！我问他说甚的。"众人俱到二世前泣奏曰："今天下诸侯，十分变乱，章邯新折兵三十万，秦地不久为楚兵所夺，臣等死无葬地矣！”二世大惊曰：“汝等如何得知？”众曰：“内外无一人不知，惟陛下被赵高蒙蔽，不得知也！伏望陛下早早发兵遣将征进，免致生灵涂炭也。”二世当时召赵高，大骂曰：“汝为丞相，事无大小，皆汝执掌，今兵败于楚，天下变乱，国家正在危急之秋，汝如何不奏我知，尚终日在我前欺诳？罪当诛戮！”赵高免冠叩首曰：“臣虽备员丞相，只管理得内事，侍奉陛下，坐享太平。若征讨贼寇，却在大将军章邯、王离等掌管，臣一人岂能兼管？如今只差人追问章邯等慢军之罪，再遣大将征进，自然无事。外边声势不过是人传说，况章邯又无奏报，陛下何必听宫宦之言，却怒怪微臣耶？”二世听高遮饰之言，遂依旧安心，不理政事。

高归家，寻思二世责怪之意，定是章邯因前来奏事，不与举行，想密有人通与内宦，以此二世知道，今乃如此怪责，连日正嗔恨章邯，却有人来报说，章邯差长史司马欣来奏事，高曰：“且在朝门外伺候。”一连三日不着见面。欣急躁，用金帛买求门吏，转通家僮，打听音信。忽一日，家僮来说，丞相十分恼怪章邯将军，要追问慢军之罪，汝今来奏事，正入网中，不如不见为妙。欣听说，急离朝门外，到下处同从人吃饭毕，各备鞍马装束，星夜出咸阳，望函谷关逃走。

却说赵高稽留司马欣三日，要寻个圈套，拘留三家老小，追问重罪，不想欣已知此信，径自逃走。高却令门官召欣入见，门官到外边跟寻，并无下落；转问欣下处，人说欣昨日已同从人起身去了，今已两日矣。门官急来回复赵高，说司马欣已去二日。高大怒，即令牙将四人，各备快马，务要捉欣回来。牙将得令，追赶两日不见踪迹，寻问前途人，俱说已去三百里外，如何追得及？牙将闻说，只得回见赵高，备说司马欣已先去二日，如何追得上？高十分忿怒，痛责牙将。随进内奏知二世，说章邯等久专阃外，略无寸功，丧师启衅，招来外寇，关中震动，恐贻患地方。缘情论罪，法当赐死。今再选大将，代彼征伐，庶为便益。二世准奏。高就令侄，赵常为使，召回章邯等问罪不题。

却说司马欣连夜逃回来，见章邯，告说："赵高专权，内外蒙蔽，因二世怪责欺诳之罪，高遂致疑，要谋害将军，故稽留某在外，寻事问罪。某因知此消息，径回与公同作商议。"邯闻说大惊曰："内有权奸，外又有劲敌，两难之地，如何区处？"遂请董翳等众将从长计议。翳曰："赵高心计最难测度，一言之间，李斯夷族。今若嗔怒，吾辈定遭毒手。"傍有谋士人等从咸阳来，亦说："赵高定计，已将三家老小拘禁在狱，目下有人来取将军，为李斯标榜矣。如据兵抗命，尚可存活，苟随之入关定丧全躯。请将军思之。"言未毕，早有使命赵常到营，众将迎接诏书，到营开读，诏曰：

> 征讨之命，皆出于天子，阃外之寄，实主于元戎。建树功勋，威震海内，必克乃济，庶副委托。尔章邯等统兵征伐，丧师辱命；差官奏事，未有旨降，乃敢辄回；上下之分，殊为背叛。今差骑将赵常往拘，系颈来见，顺命不违，尚有酌处，如复违抗，罪不容诛，惟诏奉行！

邯等读罢诏，与众将不跪都起，将使命揪住，乃大呼曰："我等披坚执锐，亲冒矢石，万死一生，受了多少辛苦，前与楚人九战，一连十数日，昼夜不眠，每日不得一餐，今屡次差人奏事，赵高不容报进，却反问我等重罪！与其随使命而赴死，不若斩使命而雪恨。"遂拔剑来斩赵常。

未知性命如何，且看下回分解。

第十七回

项羽听谏伏章邯

却说章邯要斩使命，众将曰："不可！若斩使命，实为矫抗，不若且将赵常拘留在此，却备细奏闻，看二世喜怒何如。"邯遂按剑不斩，却拘留赵常在营。未及具奏，有陈稀等众将劝邯曰："赵高已拘公等老小，蛊惑之言，已入君心，纵有大功，谁则知之？夷族之祸，恐终难免。不若斩使，以决其志。"邯尚犹豫不能决。

后数日，陈馀差人自赵来下书，邯拆书，曰：

> 白起为秦将，两并鄢郢，北抗马服，攻城略地，不可胜计，而卒赐死。蒙恬为秦将，北逐戎人，开榆中地数千里，竟斩阳周。何者？功多秦不能封，因以法诛之。今将军为秦将三世矣，所亡失已十万数，而诸侯并起，赵高素谀日久，今事急，亦恐二世诛之，故欲以法诛将军以塞责，使人更代以脱其祸。君居外，多内隙，有功亦诛，无功亦诛。且天下之亡秦，无愚智皆知之；今将军内不能除佞以清君侧，外不能约诸侯而制强邻，孤立而欲长存，岂不危哉？将军何不还兵，与诸侯为从，南面称孤，孰与身伏斧钺，质妻子为戮乎？陈馀百拜谨书。

邯看罢书，与众将说："馀之言，亦自有理。但不知投何处去为上？"

陈稀曰："别国新立，志多狐疑，未可归附。惟楚将军，功烈震当时，气节盖天下；又兼兵强将猛，威势大振，虽大国诸侯，亦肘膝而见。吾知他日灭秦者，必楚也。公当谛楚，不失封王之贵。"邯曰："吾昔杀项梁，与楚有世仇，楚将军岂能容我？"稀曰："我与将军见楚，陈说便利，料楚定从其议。"邯曰："子往说之，吾专候来命。"

陈稀遂匹马到楚营。传报有秦使见元帅，羽曰："着进来！"稀入营，见羽行礼毕，羽曰："困久不行纳命，欲使汝为说客耶？"稀曰："两军相持，势力俱困，费用不赀，百姓疲敝，非惟不利于秦，抑且不利于楚。"羽曰："尔欲何为？"稀曰："章将军劳苦三年，身经百战，持兵日久，功难报秦，奈何赵高日相陵替，今者抗命拘使，情愿归附将军，共成王业。今其士卒，如赤子之望父母也。不识尊意以为如何？"羽大怒，拍案大呼曰："邯杀吾季父，千载之恨，百世之仇，正欲砍首以为溺器，方可泄吾之恨，岂容其归附于吾左右耶？"陈稀冷笑不止。羽益怒曰："汝冷笑，欲试吾宝剑耶？"稀曰："吾笑将军所为者小，所失者大也。且大丈夫为国忘家，用贤略仇。彼邯之行兵，乃各为其主耳，此人臣之忠，而智者所必取也。将军何拘滞于心，而示人以不广耶？"范增曰："且令陈稀暂在帐外管待，某有一言以告将军。"羽呼稀曰："汝权且暂出帐外酒饭，容吾思之。"稀遂出帐，羽令人管待不题。

增乃进言曰："公威势甚大，而持兵日久，不得入关者，以其有章邯为之藩篱也。今邯为二世赵高疑忌，欲遣使赐死，逼迫甚急，以致邯进无所往，退无所归，两难之际，不得已而仰附于将军。诚使将军不念旧仇，抚之以恩，结之以义，连属其心，而俯纳之，彼必感恩图报，虽蹈汤赴火，而卒为将军用也。且秦之所恃者，邯也；苟邯去，则藩篱撤，而国无所倚重矣。盖国无主将，是谓无国。将军乘其虚，而鼓兵以进，破秦如建瓴之易耳。今苟舍此，拒而不纳，使邯据兵以投他国，结连为援，以图大事，是秦未亡，而又增一秦矣。古人云‘三军易得，一将难求。天与不取，反受其咎。’将军宜舍私仇，速赐刚断，忘小仇而成大谋，天下之豪杰也。”羽闻增言，遂悟曰：“军师之言，诚确论也。”即召陈稀上帐曰：“吾熟思子之言，始恨章邯有杀季父仇，本不容降，但以国家用人，不怀旧恨；季父之仇，一人之私也；国家用人，天下之公也，岂可区区以报仇为念，而忘用人之大公乎？如邯果有实心向我，姑免旧忿，准彼来降。就传吾言，可速斩秦使，统领本部人马，赴漳南来见。如能建立功勋，他日灭秦之后，富贵当与共之。”

陈稀领命拜辞，回复章邯。邯曰：“据子之言，即当斩使投降，但恐范增多谋，或诱我归楚，因而致害，反中其计矣。子可再往，以探虚实。”陈稀仍又赴楚寨见羽曰：“章邯即欲来降，但恐将军犹念旧仇，反自投陷阱矣。”羽曰：“大丈夫一言，重如泰山。欲杀章邯，岂无别计？苟诱而杀之，使人有欲来降者，皆以章邯为藉口矣，不亦自塞贤路耶？”羽遂折箭为誓，付与稀。稀遂以折箭来见章邯，备说项将军如此义气。邯大喜，就升帐取出赵常来，当即斩首示众。纷会诸将，同领十万兵，一声炮响，呐喊摇旗，径赴漳南来。三十里安营，章邯领众多秦将，赴楚寨来，拱手辕门外，听候参见。

范增却令楚兵提列旌旗，严整队伍，两边站立许多将官，俱是鲜明衣甲，十分威仪。羽居中坐定，先发擂三冬，开了辕门，分付着新降章邯等人入见。邯进见行礼毕，流涕告羽曰：“邯因赵高谗言二世，不发救兵，反下诏赐死，拘禁老小，逼迫不过，无处容身，仰归将军，如婴儿之望父母。但因昔日定陶行兵之际，奋不顾私，有伤尊公，罪当万死。今蒙有宽，恩同天地，敢不竭力报效，以图建立微功，上报将军不杀之恩，下雪佞臣谗戮之恨。幸惟收录，以任驱使。”羽因安抚之曰：“尔等既归命于我，我今必当重用，正宜忠心报国，勿兴异念。灭秦之后，富贵共之。”邯等众将，叩头谢恩，就着本部人马，伺候征进。

有函谷关守关将校等，知章邯降楚，飞马报入咸阳，说章邯杀使命，带领十万军降楚，见今项羽统兵会合诸侯，攻函谷关，十万紧急。赵高见杀了他侄儿，只得奏知二世，说章邯素有反心，今果然叛秦降楚。二世大怒，遂将各家老小，夷于咸阳市。

却有人传报与章邯等，说将三家老小，尽夷于咸阳市。邯等闻知，各放声大哭，就来禀告项羽，乘秦无人守关，可统兵杀过漳河，径趋新安、渑池，秦可破矣。羽请增计议，增曰："兵久在外，劳费甚多，怀王移都彭城，未立定业，且秦国兵强民富，未可轻敌。不若且回见怀王，先立定根本，休养兵马，多积粮草，然后命将两路征进，使秦首尾不能相顾，方为上策。若今徒攻其外，而彭城失守，劳苦无功，反损威名，非用兵之善者也。"羽遂依增言，传令大军起行，径回彭城来。

不知见怀王怎的伐秦，且看下回分解。

第十八回

收郦生智借张良

却说项羽收兵，回彭城来见怀王，王曰："将军统兵远出，累建大功，破秦之后，勋业当与金石不磨也。"羽又引众诸侯，并降将士章邯等拜见毕。怀王大喜，分付大排筵席，犒赏众军，封羽为鲁公，封刘邦为沛公，各休养士卒，伺候征进。

沛公选将训兵，招来四方英俊贤士，不数月，有萧何、樊哙、曹参、周勃、王陵、夏侯婴、柴武、靳歙、卢绾、丁复、周昌、傅宽、薛欧、陈沛、张仓、任敷招集将佐五十余员，统兵一十万。鲁公帐下，有范增、英布、季布、钟离昧、桓楚、于英、丁公、雍齿、章邯、司马欣、董翳、魏豹、张耳、陈馀、共敖、臧荼、龙且等，将佐百十余员，统兵五十万。沛公专行仁义，不尚杀伐，广揽英雄，抚安百姓，怀王甚爱之，每与群臣曰："沛公刘邦，仁厚长者，使此人得专征伐，决能安辑地方，抚爱黎庶，足可以为天下主也。"鲁公威权日重，天下诸侯，莫敢仰视，性暴气刚，人不敢近，怀王甚惮之而不发一言，每来奏事，怀王出座立与之语。

一日，细作自咸阳来，传说二世大肆暴虐，百姓重足而立；赵高专权害人，日甚一日。鲁公闻知，奏启怀王曰："臣今久练兵马，正好征进，以杀此无道，岂可容其大乱，以害黔黎？”怀王曰：“吾正欲遣汝二公，分路伐秦。汝今此奏，正合吾意。”随召沛公、鲁公近前，谕之曰：“秦二世无道极矣，天人共愤，理当征讨。但兵分二路，未免各有彼此，须当与群臣计议，庶绝后争。汝且暂出，候吾斟酌得宜，然后差遣。”王召群臣问，曰：“伐秦有东西二路，亦无远近难易之分，但须从公写东西二阄，随二人各取其一，该东者东去，该西者西去，自无争竞。”王曰：“善。”于是写二阄，随二人各取一阄，沛公该行西路，鲁公该行东路。领命毕，二人各整点人马停当，来辞怀王，择日启行。怀王曰：“卿等因秦无道，苦虐百姓，乃立我为王，以服人望。今我质弱才劣，不足以副天下。卿等各领本部兵马，两路征进，以先到咸阳者为王，后到咸阳者为臣，不可负吾之约。卿等安天下之后，安置我于闲散之地，以为养老之所，乃吾之愿也。”鲁沛二公，同众将俯伏于地曰：“臣等尽心王事，务要恢宏帝业，建都长安，以复周家之旧，臣之志也。”怀王曰：“专望将军捷音，以慰我心。”二公拜辞怀王出朝，各领兵马，行至定陶。会合在一处，结拜为兄弟。沛公为兄，鲁公为弟。置酒会饮，尽醉而散。次日分路启行。是时，乃二世三年春二月也。

沛公兵行至北昌邑，四门紧闭，城上各竖旗帜，大军不得前进。樊哙就要出马攻城，沛公因谕之曰：“孤城小邑，百姓艰苦，大军一动，玉石瓦解。我今行师，正欲安民，才至地方，即行强暴，非王者之师也。”三军闻沛公之言，传入城中，鼓动内外父老等，来告邑令曰：“我等苦秦苛法，如蹈水火，今遇沛公，大军到来，地方安堵，如时雨之降。若复抗拒，是逆天也。倘一时奋怒，城破之后，我等皆为齑粉矣。公当开城纳降，庶为顺应。”邑令即从父老之言，大开邑城门，设香花迎接大兵入城。沛公传下将令，省发三军：如有妄取民间一物者，即斩首示众。以此百姓愈加感戴，风声所及，传播远近，随到郡邑，秋毫不犯。各处望风归附，不可胜数。

一日，行至高阳邑，有邑令王德，出城远迎。沛公见其人，语言精爽，器宇出众，因入城延坐，请问："贤侯既有降款之意，何不从刘邦一同伐秦，早晚得以共议国事？"王德拱手启告曰："从将军帐下，某之志也。但某去，高阳无人管理，百姓失所，此心不忍耳！此处有一贤士，姓郦名食其，家贫落魄，好饮酒，醉后高歌，不拘小节，人呼为狂士，年有六十八岁，外貌若不足取，胸中藏万斛珠玑，腹内罗一天星斗，知兴衰之运，识治乱之机，真贤士也。因秦残虐，焚书坑儒，遂假以酒狂自纵，常曰：'吾虽昏醉终日，若遇明主，吾必醒矣'。明公何不请郦生为别驾？早晚咨谋大事，实有补益。"沛公闻之，大喜，遂烦王德去请郦生。

郦生宿酒未醒，披衣出见。王德称颂沛公之德。因曰："某已荐先生为别驾矣。先生有此抱负，未遇真主，吾观沛公，定成王业，何不往而从之？"郦生曰"某闻沛公雅大度，而见贤士多慢侮，恐不以礼接，则狂道从人反取辱矣！"德曰："先生素有机变，何不抗礼往见，以观其志？"生曰："侯之言是也。"遂同邑令来见。

沛公方倨床，使二女子洗足，郦生入内，长揖不拜而言曰："足下欲助秦以攻诸侯乎？欲率诸侯破秦乎？"沛公见郦生老耄，且言语遽峻，乃骂曰："竖儒！天下苦秦苛法久矣，吾奉怀王命，乃由西路伐秦，以诛此无道，何为助秦耶？"生曰："足下既欲伐秦，以诛无道，是欲举义兵以服天下也，岂可倨见长者而待人以无礼耶？若如此，则贤士去，而无与其谋，何足以驱逐天下也？"于是沛公辍洗摄衣，即延郦生以上坐，谢之曰："适来不知先生遽到，有失迎候，休怪休怪！"于是郦生先说六国纵横，后言秦皇无道，口如悬河，滔滔不绝。沛公大喜，又问伐秦之计，郦生曰："以纠合之众，收散乱之兵，不满十万，今欲径入强秦，此所谓驱羊群入虎口者也。夫陈留天下之冲，四通八达之地，城中所积粮甚多，见今太守陈同守把，某往说之；若进得陈留以为根本，招集军马，然后乘机以破关中，此为上策。”

沛公即遣郦生入陈留。陈留令素与郦生善，闻郦生至，遂接入后堂，设酒闲叙。生曰：“良禽相木而栖，贤臣择主而佐。方秦失政，诸侯并起，某假酒为狂，遍求真主，未得其人。昨见沛公隆准龙颜，豁达大度，行仁义之师，布宽厚之政，西行伐秦，郡邑望风归附。贤侯守此孤城，又当冲要之地，倘他兵忽至，以强凌弱，城破民逃，徒延颈受死，失此机会，甚为可惜。贤侯三思之！”陈同低首沉思曰：“先生之言，极是有理。但食秦之禄，不忍叛秦。”郦生曰：“二世残暴，天下切齿。武王伐纣，四海归心，闻诛独夫者纣也，未闻弑君也。二世今之独夫也，何为之叛秦耶？”陈同闻生之言，即起谢更衣，同出城来迎接沛公。沛公同萧何、曹参百十人进城，陈同出城，设宴款待。屯住一月，招徕各处人马，增添五万余众。

沛公深喜，以为得郦生之助也，因召生谢曰：“自会先生以来，下陈留，招士卒，积粮储，此不朽之功也。”遂封为广野君，令常在左右，以匡不及。生曰：“某蒙足下之爱，情好虽日密，未足以建立奇功，为破秦之明辅也。适此地有一人，乃经济之才，天下之士，汤之伊尹，周之吕望也。若得此人，匡辅足下，何愁秦之不破也？”沛公便起问曰：“此人是谁？”生曰：“乃韩国人，姓张名良，字子房，五世相韩。会受异人之术，每欲为韩报仇。奈韩国初立未久，尚未举动耳。若此人归附足下，锦上添花，美中之美也。”沛公曰：“此人既相韩，如何肯来？”生曰：“某有一计，诱张良来见，却以美言挑之，务要归附。”沛公曰：”计将安在？”生曰：“足下可修书差人，只说即今起兵伐秦，为诸侯报仇，但缺粮草为军需，欲问韩王借粮五万石。他若无粮，必令子房来见，其计可成矣。”

沛公就令郦生为使，持书不日来到韩国，入城见韩王，将沛公书呈上。书曰：

楚征西大将军沛公刘邦奉书韩王殿下：伏以始皇无道，并合六国。二世残暴，罪恶贯盈，百姓嗷嗷，恨入骨髓。今统大军，布告天下，仗义除残，以雪世愤。但军行百里，日费万金，所急者惟军需耳。邻近郡邑，十室九空，无处假借。敬遣使郦生，其借粮五万石，破秦之后，加倍偿还。幸念讨罪之师，早赐发下，以济急用。临楮恳切，万惟垂照。不宣。

王览书，与群臣计议："韩国为始皇所灭，今方初立，自费尚缺，岂能济人也？"群臣曰："沛公奉怀王命伐秦，实天下之公也，借粮五万石，虽不能足其数，亦可与其半耳。若通无所与，恐伤大义。幸王思之！"王正在忧疑间，张良出班进言曰："且管待来使，容臣往见沛公，自有方略。"群臣大喜。

未知如何，且听下回分解。

第十九回

望夷宫二世被害

却说张良因韩国无粮，往见沛公，韩王曰："尔去须善为说词，庶不失两家和气。"郦生暗思："此子中了计也！"即拜辞韩王，遂同子房来见沛公。良未入辕门，寻思郦生借粮，实是假意，只欲我从沛公伐秦。我今来，正看沛公是何如人。

却说郦生已与沛公作成圈套，专等子房到辕门外，先使樊哙来迎。子房见了樊哙，便暗想此是一开国功臣也。及到寨门口，只见沛公引着萧何、曹参、靳歙、卢绾、滕公、王陵等立在寨门侧首。看那沛公隆准龙颜，正是治国安邦真命主；看那萧何等，却是开疆展土众元勋。张良不觉自忖道："有一代之君，便有一代之臣。我今欲来下说词，不想看了这起人，非偶然也。正是吾师黄石公吩咐着我辅佐真命，垂名万代；今遇沛公，不可舍也。"遂入帐来见沛公，纳头起拜毕，乃进言曰："明公兴兵伐秦，闻郡邑望风而降，所得粮米甚多，又何听狂士之言，假以借粮为由，欲张良为从士耶？"沛公闻言甚骇愕不能答。萧何在侧即应之曰："吾主借粮者，实借良也。先生来见者，实来说也，来说而不说者，先生见吾主足所以有为，较之力士击车者百倍矣。韩仇可报，奇功可立，借吾主以成其志，所当从之伐秦，而不劳说词也。”子房闻萧何之言，即下帐拜伏曰：“良之心事，足下知之矣！愿从麾下不敢辞。俱须告过韩王，庶好随行。”沛公大喜。

次日传令大军启行，经过均州，来到韩国。韩王君臣出城迎接，沛公吩咐三军，不必进城，止同郦生、张良、萧何、樊哙，领百十骑人马，拜见韩王。因说借粮一事。韩王曰：“国小初立，未有积蓄，无以应命。昨差张良谢罪，未知足下以为何如？”沛公曰：“殿下无粮，不敢强借。今子房多谋，素有大志。欲借随征进，朝夕得以请教，候伐秦之后，仍还殿下，决不敢久羁也。”韩王曰：“张良实不可暂离，但将军为天下诛此无道，愿借张良，以助将军。破秦事成之后，幸吩咐早来，勿失约也！”时沛公即拜谢。子房亦拜辞韩王，随同沛公，一路伐秦，共棹而食，共床而寝。讲说六韬三略，细与开陈，随问随答，沛公了然无一字不通，就如曾讲究过一般。子房叹曰：“我自得受黄石公之教，无人讲论，茫然无知；及今告沛公，无一字滞碍，虽我数年熟读，亦不过如此明白，诚聪明天授，不假人力，真英明仁智之主也！”子房自暗喜不题。

却说有人传说项羽东路伐秦，所过地方，百里火飞，满川流血，杀人惟恐不胜，残暴与秦无异，大失民望，百姓窜乱。兵马众多，又无以应付，一日不过行一二十里。范增屡次谏劝，羽不听，只任性专行杀伐，略无仁爱之意，增亦奈何他不得。以此越显沛公宽仁厚德，民心属望。行至武关，有一军拦路，为首有一将出马大叫：“快请沛公出来相见！”只见沛公阵上早有傅宽、傅弼，与来将对敌。战二十合，被来将活挟傅宽，战败傅弼，又高叫：“我求见沛公，亦无他意。见今聚兵三千，要取关中，情愿合兵一处，一同征进。”子房闻说，就上马来到阵上，问来将姓名，其人不言，只要求见沛公。只见樊哙大怒，摇戟出马，呼来将曰：“汝是无名匹夫，我主公岂可与你相见，汝若敌得过我，得请主公相见。”其人更不答话，与哙战到十合，不分胜败。沛公在门旗内，见他求见之切，又且武艺出众，遂匹马挺身，来到阵上，便问："壮士要见刘邦，有何指教？"只见那人见了沛公，有如此容仪，便滚鞍下马，拜伏在地："某在此等候日久，仰思真主，今始见面。适来与诸将对敌，不过面试武勇，欲我主留用耳，非敢抗阻大兵也。"公曰："壮士高姓大名？"其人曰："某姓灌名婴，洛川人。年少在西川商贾，同伴有五六人，过紫关，忽遇着草寇百余人，吾一人仗剑出敌，遂将草寇杀死，余党尽走，道路宁静，居民至今传说。因见秦二世无道，倡举大义，聚精兵三千，知主公行仁义之兵，所过望风归附，因此投降我主，愿为前部先锋。"沛公大喜，遂留帐下，与诸将相见。就着领本部人马攻武关。

却说把关守将朱蒯，知沛公兵到，不敢出战，分付严加把守，多竖旗帜。却具表星夜赴咸阳，见赵高说楚两路攻秦，十分紧急。赵高惊惶，不敢奏二世，意要遣将调兵抵当，又无人可去。一日十数起奏报，高无法支持，又恐二世见诛，遂托病不朝见。诸公子大臣，俱无所建白，二世全不知，在宫中恣意行乐。一日，夜梦出郊外，忽然大林中，走出一只白虎，啮其左骖马杀之。醒来急召占梦者，卜曰："径水为祟，宜当远避。"二世乃斋居望夷宫，祭泾，沉四白马。以此终日忧闷，因问左右："近日各处盗贼兵马如何？"左右各垂泪不敢言，二世愈疑，便问："有甚话说？"左右奏曰："近日楚兵，已寇武关，各路诸候，分兵攻秦，指日破关，陛下无伫足之地矣！"二世大惊，急差人召高，高以病不能出，乃遣人深责之曰："汝为丞相，兵临城下，尚尔卧病不起！前日蒙蔽妄奏，屈杀李斯；今日危急之际，有何理说？"

高无言回奏，在私宅百样无措手处，遂心生一计，急阴召女婿咸阳令阎乐，并弟赵成，邀至宅后，与心腹家将十数人，乃共谋曰："上下听谏，国事已坏尽矣！兵到武关，十分危笃，却欲归罪我一人；累及宗族，汝等皆是死属。与其被他残害，不若尔等假设言有贼在宫作乱，却调兵卒围绕，尔等就中将二世诛灭，更立公子子婴，为人仁厚恭俭，百姓皆悦服，此计庶免家祸。”阎乐、赵成等应声曰：“此计甚妙。”当日成为内应，诈言有大贼在宫内，可令阎乐引兵卒追扑。内外喧动，阎乐就起人马千余人，至望夷宫门口，遂将守卫人绑缚，责之曰：“大贼入内，汝等如何不能关防？”守卫皆曰：“周围俱有兵卒守把，何得有贼入宫？”乐遂将守卫者斩首，挥动吏卒杀入。有近侍宦者见兵到惊惶，或走或格杀，死者百十人。成与乐径奔二世帏幄前，二世急呼左右，左右皆惶惧不能抵斗，惟有一宦者扶二世急欲向后走，乃曰：“汝何不早告我知，何使彼乃至此耶？”宦者曰：“臣急走不敢言，故得全臣命；若有一言，决死，安得扶陛下到此？”言未毕，赵成、阎乐各持兵刃，已到二世前，逼住不得动，因数其罪曰：“足下骄恣横暴，诛斩太子，神人共怒，诸侯皆叛，乃自取乖戾，以致今日耳！非某等敢侵陵也。”二世曰：“丞相今在何处，可得见乎？”阎乐曰：“不可见。”二世曰“愿以吾言，转致丞相，或得一郡为王，可许之乎？”乐曰：“不许。”又曰：“愿为万户侯，可乎？”乐曰：“不许。”曰：“愿与妻子为黔首，列于诸公子中，可许之乎？”乐曰：“不许。”二世哀求不已，阎乐曰：“臣受命于丞相，为天下以诛足下，足下虽多言，臣不敢转致于丞相。”遂挥动兵卒，逼追不能脱。二世乃自杀。

赵成、阎乐归报赵高曰：“二世已自杀矣！请丞相更立何人？”赵高乃悉召诸大臣公子告之曰：“二世不从吾谏，恣纵暴虐，诸侯叛逆，乃其自取，吾已杀之。况秦本王国，始皇称为帝，今六国皆复自立矣，秦地甚褊小，徒有空名耳！仍立为王，与六国并，庶免争夺。今有二世嫡侄子婴可立为王，汝众议以为何如？”诸大臣公子曰：“丞相所议甚便。”赵高遂将二世尸葬于宜春苑，乃同诸大臣公子，请子婴斋戒五日，受以玉玺，高等亲往致辞上请，子婴曰：“诺。”遂同大臣公子至斋所，更衣独寝。赵高安置停当，乃回私第去讫。子婴因唤二子密言曰："今赵高丞相，杀二世者，恐群臣诛之，佯以义立我，使我斋戒告庙，而受玉玺。你可同韩覃、李毕领兵伏斋宫之外，我自称疾不行，赵高必自来请我，来则你引伏兵杀之，可雪诸父之仇也。"二公子与韩覃等曰："此谋极善。"于是二子引兵埋伏已了，子婴称疾不行。

却说赵高闻子婴有病不行，只得自请，来到斋宫探病，不见子婴，只见韩覃等引兵从外杀入。高急呼："阎乐等安在？"早有子婴二子，并诸甲士已杀出，李毕手起一枪，将高刺倒。子婴出来，令斩首号令。众人将高碎尸万段，夷三族于市。

却说子婴夷了赵高三族，自立为三世皇帝，登大位。百官拜舞毕，三世谓百官曰："朕今初即宝位，楚军犯境，卿等用何计？何以杀退楚兵？"百官奏曰："可速命将拒住峣关，然后可以兴兵。不然，咸阳难保矣！"于是三世以韩荣、耿沛引兵五万，来助守将朱蒯守关。

不知如何，且看下回分解。

第二十回

刘沛公还军灞上

是时沛公引兵抵关下，只见韩荣等守拒要害。沛公不得前进，要以兵击之，张良进曰：“秦兵尚强，未可轻击。臣闻秦将多屠贾之子，易以利动，愿请白璧，使人先行通贿。即遣人益张旗帜于关下山上为疑兵，使陆贾、郦食其往说秦将，陷以重利，待其不备而袭之，必然大获胜也。”公从其说，使人日日遍山插旗帜为疑兵，又使食其、陆贾往说守关将士。

郦生等上关，见了韩荣、朱蒯等，施礼讫，因以言说之曰：“今秦无道，苦虐百姓，天下合兵共伐之，非独沛公一人也。若将军肯惜天下百万生灵之苦，开关纳降沛公，沛公保奏楚义帝，必以千金赏、万户侯，酬将军之功也。”荣曰：“吾食秦禄久矣，背之不义，先生且退下关，待吾等三思而后行。”食其去讫，众将自相商议，或有欲降者，或有不欲降者，两皆犹豫，坦然并无准备。次日，食其等又上关来见韩荣曰：“将军等三思之后何如？”荣曰：“众人不从，奈何？”食其曰：“将军虽不归降，沛公亦深感厚德，愿以千金，与将军为酬德之资。沛公暂退兵，待众诸侯到时再作区画。”荣曰：“我与沛公为敌国，岂有受金之理？”食其曰：“公今不受此礼，是与沛公绝情。他日天下诸侯到关，兼力攻打，料此关终是难保，公等那时如何见面？不若今日且受此礼，以为后日之情，公等思之！”荣曰：“且权收此礼，仍望沛公与众诸侯讲和罢兵，免致生灵涂炭。此则先生之盛德也。”食其曰：“某即与诸侯转道此意，吾料沛公长者，必能见从也。”

食其辞荣，回见沛公，备道前情。张良曰：“可乘此机会，正好用计。陆续差薛欧与陈沛带领十数人，却从山后小路潜过关去，遍山放起火来；我却令樊哙引兵在关前攻打，使他两处不能救应，决弃关而走，吾兵可过矣！”沛公曰：“甚善。”于是令薛欧、陈沛带领十数人，各挑柴担，中间暗藏火炮，从小路潜过关去，已三日矣，却令樊哙等将大张旗帜，鼓噪前进，兼力攻打。不想韩荣自受金之后，终日饮酒，毫无准备，一见兵到来，急欲出马，早有人来报，关后火起，已有人入关；又见炮声不绝，韩荣恐惶，未及对敌。樊哙等抢上关来，大杀秦兵，韩荣等星夜逃走，追至蓝田，遂屯住人马。

却说韩荣收集败兵，整顿队伍，来与沛公决战，公令夏侯婴与战，复驱大队人马，一涌杀出。荣大败，走入咸阳。是时乙未年冬十月，五星聚于东井。沛公领兵追至灞上。三世正坐着，韩荣败走回，入奏前事，三世闻知大惊，谓群臣曰：“此事如何？”有上大夫毕孚出班奏曰：“事已危极矣！陛下可急救一城生灵，暂屈迎候轵道，庶免自身夷族之祸。”于是秦王子婴大哭，依言以素车马系颈，以组封皇帝符玺，出宫至轵道傍，接着沛公。沛公大喜，与秦王施礼讫。王曰：“婴在位无德，闻将军车驾西征，情愿拜降，以安万民。”言讫，将玉玺符组与沛公。沛公受了，言曰：“尔等既降，吾奏义帝，不害汝之命。”言讫，乃以属吏待义帝诏，迁于何地。秦三世王听毕去讫。诸将曰：“秦王苦虐万民，罪不容诛，沛公何故纵之？”公曰：“始怀王遣我，固以我能宽容，而使我西略至此也；且人已降服，杀之不祥也。”于是弗听。入城安民，犒赏三军。

却说沛公打破峣关，子婴投降，公遂引兵西入咸阳，秋毫不伤，百姓市肆不移，诸将皆先争取金帛财物，并库藏聚积，各自分用，独萧何入内，一无所取，止收秦丞相府图籍，闲暇与沛公检看，以此沛公得知天下厄塞，户口多少，强弱之处。

是时沛公与诸将入宫，见宫殿壮丽，规模宏大，有三十六宫，二十四院，兰台椒房，重楼玉宇，十分大喜。遂缓步移入后宫正寝殿中设坐，诸将分班而立。沛公见秦宫室帷帐，狗马重宝，嫔妃美姬有千数，意欲居之，谓众将曰："秦之富贵，亦至此乎！我就居此，以安人心，庶使诸侯无相争夺。"樊哙谏曰："沛公欲有天下耶？将为富家翁耶？凡此奢丽之物，皆秦之所以亡也！沛公何用焉？愿急还军灞上，无留宫中。"沛公不听。张良复谏曰："夫内作色荒，外作禽荒，酣酒嗜音，峻宇雕墙，有一于此，未或不亡。秦惟无道，主公乃得至此。夫为天下除残去暴，宜缟素为资；今始入秦，天下未定，即欲居此以为乐，诸侯入咸阳，决不相容，是复以此取争也，且忠言逆耳利于行，良药苦口利于病，愿公听哙之言，无恋此也！"沛公乃封府库，锁宫门，传令以兵带屯灞上，以待诸侯。

于是萧何近言曰："今发苦秦苛法久矣，主公可约而改之，以宽恤百性，则秦民皆悦服主公之德，天下可得而治安也。"公曰："善。"次日，令人召诸县父老豪杰至灞上，谕之曰："今汝父老苦秦苛法久矣，诽谤者诛族，偶语者弃市，使汝久不安，非民父母为也。吾奉怀王约：'先入关者王之。'我今先入关，当王关中，与汝父老等约法三章：杀人者死；伤人及盗抵罪；余罪量情轻重处之。悉除去秦苛法。尔诸吏民，皆安堵如故。凡吾所以来此者，为尔父老除害，非有所侵暴，尔等无相恐惧。且吾所以还军灞上，待诸侯至而定约束耳。"言讫，遂命各回县。又传令大小三军，不许骚扰居民，如违令者，即斩首示众。父老等以手加额曰："不图今日复见天日矣！"皆欢声满路而去。公又使人与秦吏行县乡邑告谕之。秦民大喜，乃争持羊酒食献与沛公，享劳三军。沛公又让而不受，谓众民曰："仓粟颇多，未至乏用，不欲费民财也。”众民益喜，惟恐沛公不为秦王也，不题。

却说项羽既定河北，率诸侯之兵，欲西入关，乃谓诸侯曰：“今河北大定，不如入咸阳，早定关中。”众曰：“诺。”遂拔寨起行，来取咸阳。

未知如何，且看下回分解。

第二十一回

范增观象识兴衰

是日晚，项羽大军来至新城，屯住人马。羽私出军中巡听，行到秦降卒营寨，只听得众军卒自相谓曰："我等被章邯逆贼哄诱错降项羽，此人专为暴虐，赏罚不明。今闻沛公宽仁大量，不喜杀伐，又先入关，定为天下之主，恨我等不能见也！"言罢各自定铺歇息。鲁公听罢，即回中军，召英布等谓曰："今秦降卒二十万，皆欲谋反，我才自出军中巡哨，听得正在那里私相谋议，不如先除，以免后患。你可引三十万众楚军，尽将秦卒诛之。止可留章邯、司马欣、董翳三人。"范增谏劝不听。于是英布引兵三十万，就夜至城南秦降卒营中，将二十万人不留一个，尽皆杀之，所存者章邯、司马欣、董翳三将而已。可怜二十万生命，尽被羽坑之！是时章邯等三人大惊来见项羽求免。羽曰："非为将军也。昨私行，偶闻汝帐下众军卒欲谋反，吾故坑之，以除后患。"三将始安。次日，引兵又行。

却说樊哙闻项羽兵来，乃入军中说沛公曰："秦富十倍天下，地势强胜。今闻项羽号秦降将章邯为雍王，今在关外，其意必欲违约而图关中。若不早为定计，兵不日至矣！"沛公曰："他若兵来。吾必不得此地矣，奈何？"哙曰："可急使兵守函谷关，无纳诸侯军，复征关中兵自益以拒之，可也。”公曰：“善。”于是使薛欧、陈沛，领兵守关拒羽。

是时羽兵至关下，使人探听，回报沛公令人把住关口，前哨不得进。范增曰：“刘邦先令距关，定欲王关中，如怀王约也。公三年苦战，百计劳心，一旦为他人所得，岂能忽然不动于中乎？”羽曰：“料刘邦兵不满十万，强不如章邯，岂敢距关以敌我耶？”增曰：“亦当急令人攻耳！仍遣人致书与彼达知，庶遵怀王之约，不失前日兄弟之好，免诸侯议论。”羽即令英布领十万人马，鼓噪攻打。薛欧、陈沛只是紧守，不敢出战。羽又遣人写书与沛公，用箭射上关来。薛欧等得书，就差人报知沛公，说羽攻打甚急。沛公召张良、萧何等众将，拆书观看，书曰：

鲁公项籍致书于刘沛公帐下：前日与公共受怀王之约，结为兄弟，兴兵破秦，诛此无道。今公得先入关，虽谋猷方略之速，然非吾之立怀王以服天下，降章邯以制诸侯，公何能以至此耶？乘人之功，而夺为己有，大丈夫所不为也。乃今拒关不欲我入，然此关岂能久拒而不破乎？见今兵雄将勇，破关如拉朽耳。关破之后，公何面目以相见乎？幸早开关，仍存大义，不失兄弟之情。然破秦之功，先入之约，谅自有处也，公无惑焉！籍再拜。

沛公看罢书，问曰：“此事如何？”良曰：“项羽兵势强大，此关岂能久拒？倘攻破之后，彼众我寡，彼强我弱，终为所虏也。不若做个情分，去开关着他进来，臣等自有善解之术。”公即差人执符节分付薛、陈二将开关，着楚兵进关。二将上城大呼曰：“着楚军答话。”只见前面一马到关下，二将曰：“沛公命某守关者，非拒楚也，拒他盗也，适见鲁公书，即令某等开关，请鲁公人马进关。”英布听说，即差人报入中军，催趱前后大队人马，陆续进关，至鸿雁川下寨。

鲁公安定大营，先差细作十数起，各处打听，沛公到关如何行事，好作预备。细作去半日，至晚归寨，将沛公行事，从头细说一遍。鲁公暗思："刘季到关中，观其所为，决然是要遵怀王之约，我却着他空指望一场，关中还是我得。"

不题鲁公私自忖度。且说范增也差人打听沛公行事，心中甚是不乐。到晚，人静时候，邀项伯徐行缓步，来到鸿雁川迤西高阜处所，只见万籁无声，一天星斗。范增与伯低言曰："贤公亦知天文否？"伯曰："某自幼有一友人，乃韩国人，他尝说为将之道，须知天文，察地理，辨风云，观气色，方可行兵。以此某常习读此书，颇知大略，愿先生指教。"增遂与伯定睛观看，先定璿玑，次按经纬，有五星躔度，有十二周天，有二十八宿之方向，有九州分野，有三百六十五度，分至启闭，晦朔互望，何为北辰，何为南极，何为左辅，何为右弼，何为鲁公之景运，何为刘邦之瑞征，周环看了一遍。只见鸿雁川寨中杀气弥空，将星甚壮，但隐伏之间，运气不远；及观灞上，帝星明朗，五彩龙成，如水之始达，如日之初升，绵绵迭现，耿耿悠长，东井聚金璧之光，灞陵显真命之象，云笼旺气，星照木宫。增看罢，与伯曰："公以为刘项如何？"伯曰："帝星结彩，以应灞陵，旺气朦胧，拟在刘季；如我楚营，不过成武玄镇，杀气刚风，主能制伏群雄耳。"增叹曰："昔者徐州天子气，今朝灞上帝星明。公之所见，亦得其仿佛矣！"伯曰："公以为何如？"增曰："征祥虽寓于天象，盛衰实决于人事。申包胥曰：'天定固能胜人，人定亦能胜天，'吾今委身事楚，竭尽忠谋，死而后已，岂有二心？纵使天机有在，安肯少变其心哉？"伯曰："先生可谓忠矣。"增曰："今日之事，惟公与我知耳，不可使播于外也。"

次日鲁公升帐，聚集大小将官，正议事间，辕门外小校报说："有沛公左司马曹无伤，差人持书报机密事。"羽曰："召进来！"其人持书上见，羽拆书观看，书曰：

臣左司马曹无伤顿首百拜，上启鲁公麾下：窃谓天下苦秦残暴，百姓不能安于一日，幸赖明公神武，干戈西指，嬴氏束手，制伏诸侯，四海仰德，明公之功，金石不磨也。若如沛公碌碌，不过因人成事耳！假借威力，侥幸入关，正当扫庐候令，仰听指挥，庶不没人之善，而佐成王业可也。今乃遣兵据守，恐难支持，姑从睟命，智赚入关，意要整甲挥戈，与公为敌，布告中外，必欲如约以王关中。臣虽沛公部下，而实楚臣也，于心不甘，特书上启，非有素恨，实为天下之公论也。仰惟明公察焉！

鲁公看罢书，大怒，召范增等计议。增曰："沛公居山东时，贪财好色。乡人最贱恶之。今入关中，财物无所取，妇女无所幸，与民约法三章，安抚百姓，要买人心，其志不在小也。吾夜观天象，见云成五彩，天子气也。明公急早差人攻击，不可待养成根本，恐难动也。"鲁公即点兵攻打。

未知如何，且看下回分解。

第二十二回

项伯夜走救张良

却说鲁公正欲点兵，范增止之曰："此时且未可就行。兵法十则围之，五则攻之，沛公兵有十余万，将有樊哙等五十余员，况先到关中，深得民心，手下谋士甚多，俱有准备。我兵初到，未可遽动，某有一计，今晚三更时候，整率人马，分兵两路，杀奔灞上，擒刘季杀了，以绝后患。"羽曰："善。"随即分付诸将，照各营点扎兵马伺候不题。

却说项伯知道这个消息，暗思："友人张良，见在灞上，若今晚倘打破营寨，玉石俱焚，张良性命难保。若欲差人密报，恐两家俱有伏路军校，又恐去人不得，反惹起事来。等待近晚，我亲走一遭，方得停当。"

不说项伯在此思想，张良同沛公议事毕，回到帐后，偶看天上气色，虽将近晚，忽见东南隅上生起一缕杀气，十分利害，中间却有一段庆云藏在内；复又到中军来。沛公曰："先生如何尚未歇息？"良曰："方才见天上气色甚不好，今晚必有楚兵来劫寨，其势不小，须急作准备。"沛公曰："刘邦兵微将寡，楚兵势重，如何敌得过？愿先生妙策解救。"良曰："虽杀气太重，而内有庆云守宫保护，似有救处，明公放心，自有方略。”

再说项伯等到黄昏时分，牵一匹能行快马，出到辕门外，方才要行，只见丁公拦住便问：“老大王要往那里去？”伯曰：“急欲打听军情事去。”丁公见是自家人，又是鲁公至亲，更不细问。项伯离营，加上两鞭，急走如飞。将近灞上，有二十里远，随有巡哨副将夏侯婴拦住去路，就问：“汝匹马夜行，又无从人，急往灞上来有何事干？”伯曰：“我要见张子房，有急事相告。”夏侯婴就同项伯到子房营寨，先差把守门旗寨校传报与守门官，守门官传报与中军左哨，然后夜巡官击柝三声，中军左哨小角门开半扇，有一健将出来，高声问道：“有甚军情？”只见周围排列旗帜，各营严整，队伍十分齐备。项伯看罢，寻思道：“沛公不同小可，前范增看他后日必大贵，今观营寨，便见虚实。”当时夏侯婴近前传说：“某巡视左哨二十里远，遇一男子不识姓名，自称是子房故友，匹马只身，亦无军器，未敢擅进，专候台旨。”那健将复又进内传报。

张良正与沛公议事，来人忽报有子房故友在外，急欲求见，良大喜：“此必庆云之兆也！”张良急出，与其人相见，乃项伯也。良遂邀于帐后。项伯将鲁公劫寨之事，告知子房，就要起身。良曰：“沛公借我随军，今闻急而不顾，不义也，不可不告知。请公少坐。”良转入中军，见沛公具说前事，公曰：“此事如何？”良向公耳边低说如此如此，良出见伯曰：“请兄见沛公一面，以诉衷曲。”伯曰：“我之来此，专为子房也，何必复见沛公？”良曰：“沛公长者，不可不一见也。”再三固请，项伯遂同子房入见，沛公整衣出迎，延之上坐，备说鲁公嗔怪之意。沛公随置酒管待，告诉衷情，彼此各无嫌疑。沛公曰：“闻公有贤嗣未婚配，如不弃，愿将吾女与公子结为婚姻，以报今日之德。仍望回营，将刘邦所告真情，乞赐转达，决无抗拒之意；倘鲁公回心，某得再造，皆公之赐也。”伯谢曰：“两家据敌，智勇相角，与公结好，恐人疑议，某不敢奉命也。”良曰：“不然。刘项曾拜兄弟，受约同为伐秦。今得入咸阳，大事已定矣，结为婚姻，正是相当，又何辞焉？”张良遂将项伯衣襟与沛公衣襟结在一处，用剑各分一半，与二家收执。项伯只得依允，与沛公行礼。又饮酒数杯，伯辞谢曰：“明日不可不早来鸿门见鲁公，以解此怒。所告之事，某与公转达，料鲁公必不见罪也。”张良遣夏侯婴领二十骑军卒送伯回营。

却说二更时分，范增请鲁公：“此时好动人马。”鲁公即升帐查点诸将佐，内中少项伯。增曰：“项将军如何不见？”丁公曰：“项老大王黄昏时候一骑马出营向东走，被我拦住，问大王何往，大王说打探军情事，走得甚紧。”增曰：“明公不必动兵，项将军定是走漏消息，他那里决有准备，若去反中其计矣。”羽曰：“我叔父为人忠诚，又是至亲，岂有向外之理？先生不必多疑。”增曰：“项老将军虽不向外，但机事须要严密，若稍有漏泄，便难举动。古人云：‘机不密，则害成。’今晚不必动兵，再作区处。”言未毕，人报项老大王到来，项伯入营来，羽问曰：“叔父何往？”伯曰：“吾有一故友，韩国人，姓张名良，与我极厚，恐今晚动兵，此人难保，我密与他一言，着他回避。因问刘季入关事体，他说刘季并无毫厘别意，遣将拒关，不过防秦盗耳，非敢拒楚也。宝物子女，俱封锁不敢动，子婴亦不敢发落，专候鲁公。某想来若不是刘季先入关，我等如何兵不血刃，容易便得入关，此亦他有功处。人有大功，而听小人之言，反要加害，若今动兵，似于理不可。他明日要来谢罪，公可从容相待，庶不失大义。”羽曰：“就叔父所言，刘季似无大罪，若今动兵，反使诸侯耻笑。”增曰：“某之劝公杀刘季者，以刘季自入关来，约法三章，要买人心，其志实要谋取天下；若今不早除之，恐生后患。老将军被张良说词瞒过，未可准信，幸明公思之！”伯曰：“先生杀刘季自有妙策，又何必夜半劫寨，为此袭取之道哉？”羽曰：“叔父之言是也，先生当再定计。”增曰：“某有三计，可杀沛公，请明公决之。”

不知此计如何，且看下回分解。

第二十三回

贺亡秦鸿门设宴

却说范增进言于鲁公曰："刘邦乃心腹之患，今日乘此机会，不即诛灭，他日养成胚胎，明公悔之晚矣。某有三计：第一，请刘邦赴鸿门会，未入席时，明公即责入关三罪，如彼不能答，拔剑斩之，此为上计；如公不欲自行，可令帐下埋伏百余人，沛公入席后，某举所佩玉玦以为号，即唤出伏兵杀之，此为中计；如二计不成，着一人斟酒，劝沛公大醉，酒后必失礼，因而杀之，此为下计。若依此三计，杀沛公必矣！"羽曰："三计皆可。"于是羽传令各大小众将，俱要准备，着一伶俐小校，下书请沛公赴会。

小校持书来灞上见沛公，其书曰：

> 鲁公项籍书奉沛公麾下：初与公受怀王约，共伐暴秦，以安黎庶；幸今天兵西下，子婴授首，关中收附，嬴氏族灭，神人咸悦，凯歌允奏。百工之绩，三军之劳，宜陈宴乐以庆亡秦。公为元勋，礼请端席，惟乞早临，以倡群僚。不宣。

沛公看罢书，与张良、郦生、萧何等计议："此会非嘉会，乃范增画策，生死所系，不可轻往，恐人陷阱，性命决难保也。诸君以为何如？”萧何曰：“鲁公兵马势重，难以抗衡，不若修一封回书，差一能言之士，将关中所有，纳归项氏，别求一郡，修整兵戎再作区处。”郦生曰：“某愿下书，就往说之。”良曰：“二公言非长策。昔伍子胥保平王赴临潼会十八国诸侯，莫不景仰。蔺相如使秦完璧归赵，天下贤之。良虽不才，愿保明公赴会，使范增无以用其智，鲁公无以用其勇，管教无事而回，他日仍为天下之主。料鲁公不敢加害也。”沛公曰：“全仗先生妙策。”随打发小校回复鲁公，明日早赴会。

却说范增告鲁公曰：“刘季明日赴宴，明公当记前日所云三计，不可失也！”鲁公又分付将校，排列齐备，命丁公、雍齿守把寨门，不许人擅入。次日，沛公领轻骑百人，心腹将佐五人，子房、樊哙、靳歙、纪信、滕公，径赴鸿门会来，一路心怀恐惧，不时便叫张良近前曰：“刘邦此行十分忧疑，恐有不虞，先生何以处之？”良曰：“明公放心，我自有方略，但昨所云应答之言，须照此回复，自然无事矣。”正话间，忽有一枝军马到来，干戈灿灿，甲士雄壮，为首一将，乃英布也，大呼曰：“奉鲁公命来接沛公。”下马行礼毕，先行，沛公随后。到辕门，有陈平出迎，立于道侧。沛公方欲进，只见营中威武森严，金鼓大作，沛公遂立住不敢行，叫张良曰：“鲁公营内，恰如战场一般，全无些宴会和乐之意，似不可入。”良曰：“公既到此，进则有理，退则甚屈；如一回步，必中其计矣！公可少立，待良入见鲁公，然后进营不迟。”

良徐徐缓步入营，有丁公等把住辕门不放，良曰：“禀复鲁公，有沛公借士张良来见。”丁公入营见鲁公曰：“辕门外有沛公借士张良来见。”公曰：“如何为借士？”范增曰：“此韩国人，五世相韩，为人极有见识。今随沛公为谋士，此来必下说词。公当先杀此人，去沛公一肩臂矣。”项伯闻此言，急止之曰：“不可，鲁公今始入关，正要收天下之心，使多士如云，方成王业，如何无故杀此贤士？况张良与伯厚甚，如公爱之，某当荐举麾下，此人足有稗益也。”公分付丁公，召张良进见。良入营，见鲁公全装甲胄，仗剑而坐，良曰：“某尝闻明王之治天下也，耀德不扬兵，善御世者，在德不在险，故大贾深藏而不露，巨富蓄财而下侈，势强示弱而不暴，兵多逆驻而不见，此老成长虑，识见高卓者之所为也。适见明公宴设鸿门，约会诸侯，亦一时之美举也。某意到此，必笙歌节奏，宾主交欢，喜百姓之奠安，庆暴秦之殄灭，宴荣竟日，尽醉而散，不意甲士环列，戈剑森严，金鼓大作，一团杀气，致令人心不安，各思回避。况明公九战章邯，制伏天下，谁人不知？何人不惧？不待恃强而自强，不待言勇而自勇，又何必大张声势而后见其威武哉？见今诸侯在外，见明公全无宾主之礼，所以惧而不敢进也，某不避斧钺入营进见，幸明公察焉。”鲁公闻张良所言有理，遂令甲士退后，离营一里远，金鼓少息，去甲胄并宝剑，更换官服，请众诸侯进营。丁公等人分付各小校，传令不许多带从人，止许带文臣或武将，止一名伺候，答应沛公带张良进见。

沛公不敢行往日兄弟之礼，却趋立陛下鞠躬再拜，称名上见，曰：“刘邦谨候明公麾下。”鲁公正色而言曰：“足下有三罪，可知之乎？”沛公曰：“邦乃沛县亭长，偶为众人所惑，举兵伐秦，得投麾下。凡有进止，惟公指挥，岂敢肆行无忌，干冒威严耶？”鲁公曰：“足下招纳降王子婴，遂尔释放，惟知独擅，而不知王命，罪之一也；要买人心，改秦法律，罪之二也；拒关遣将，阻诸侯之兵，罪之三也。有此三罪，何为不知？”沛公答曰：“容刘邦一言，申明心曲。夫降王子婴，倾心投首，若遽尔杀之，是独擅也；暂令属吏以候明公发落，非敢释放也。秦之法暴酷，百姓如在镬中，悬望垂救，不速为更改，则法存一日，民受一日之害也，邦急为更改，正欲扬公之德，使百姓莫不曰：‘前驱开到者，尚能抚爱百姓，而为王师者，又不知如何抚爱百姓也’；又遣兵拒关者，非阻将军也，恐秦余党复作，不可不防也。今日不意复见明公于此，邦之幸也。明公如念素好，俯赐怜悯，乃人君之度也，岂敢佯为不知耶？”鲁公是个性刚的人，喜人奉承，听了沛公这话，全无一毫杀他的心，遂以手扶起沛公，便道：“非籍责怪足下，只因尔帐下司马曹无伤之言，故加足下有三罪，不然，籍何以至此？”沛公又再拜称谢，遂相让入座。鲁公坐了主席，众诸侯以次皆列坐，范增、张良、项伯亦得与坐，大吹大打，作起军中乐来劝酒。

范增见第一计不成，又见鲁公无杀沛公之意，那埋伏的人亦不敢动，遂以所佩玉玦，连举三次。鲁公见沛公谦逊柔和，因思刘季为人，如何便能成得大事，范增只劝我杀他，今日请来赴会，无故便行杀他，反使诸侯笑我无能，以此不从范增之计。增见鲁公不看玉玦，心内急躁，便使陈平斟酒，以目达意，陈平即举酒向沛公前劝酒，那陈平细看沛公，隆准龙颜，有天日之表，因寻思：“沛公非常人也，他日定有大贵，若顺增意，是逆天矣。”于是斟酒向鲁公处多，向沛公处少。沛公已会其意，遂不致于失礼，此是陈平识沛公为真命，所以有意救援。

范增见三计不成，自叹曰：“若今日不杀沛公，他日必成大患！”因避席急出，要寻个杀沛公的人。正无措划，却见一壮士在帐后弹剑歌曰：

> 我有一宝剑，出自昆仑西。照人如照面，切铁如切泥。
> 两边霜凛凛，匣内风凄凄。寄与诸公子，何日得见兮？

范增听罢大喜，这个人便可杀刘邦。此人姓项名庄，乃鲁公族人。范增使附耳与庄言曰：“君王为人虽性刚，中无决断，今日鸿门会，专为杀刘邦而设，却再三举玉玦，全不理论，若今日放了刘邦，后日再无此机会矣！汝可入筵前，以舞剑为乐，因而杀刘邦，汝之功不小也。”庄遂撩衣大步到筵前，曰：“军中之乐不足观，某愿舞剑，与诸公侑酒。”遂拔剑起舞，其意常在沛公，张良见庄舞剑，有杀沛公之意，急以目视项伯，项伯会张良之意，亦出席拔剑曰：“舞剑须对舞，电锋交措，可以夺目，庶足娱诸公之乐。”羽曰：“诺。”项伯仗剑，与庄对舞，常以身羽翼沛公。增深怅之。张良见事急，且项伯虽身翼沛公，而力尚未加，遂出席到军门外。丁公、雍齿拦住：“子房先生何往？”良曰：“欲出取玉玺。”陈平在后已解其意，便高叫道：“鲁公性急，快放子房出去！”丁公等只得放出。子房到外，见樊哙曰：“今项庄舞剑，意常在沛公，事甚急矣！将军当如申哙救庄公，奋不顾私，勇不惜命。今日鸿门困主，将军若不舍命救援，倘主公被害，千载之下，有愧申哙矣！”哙曰：“先生放心，愿学申哙救主，如有退避，非丈夫也。”哙大步便行，良曰：“你且后来，待我先入营。”丁公等复拦住问曰：“取的玉玺安在？”子房用手回指，撑着衣袖，遂瞒过二人，来到筵上，见项庄项伯，犹自舞剑。

樊哙至寨门外，大呼曰：“鸿门设宴，随从人均无毫厘酒饭，我见鲁公讨些酒饭吃。”遂带剑拥盾径入。丁公等意欲拦挡，怎当樊哙力大，将把门军士都撞倒，直进到中军，披帷而入，用剑将帐帷挑起，直到鲁公面前，仗剑而立，头发上指，目眦尽裂。鲁公便问：“壮士何人？”子房起身曰：“此沛公骖乘樊哙也。”又问：“来此何干？”哙曰：“闻大王作亡秦庆贺之宴，无分大小，皆赐酒食；惟哙从早至午，尚未得餐，肚中饥渴，实是难忍，告求大王一餐。”羽命左右赐酒一卮，哙一饮而尽；又赐生彘一肩，哙以所仗剑切而啖之。羽曰：“壮哉！汝复能饮乎？”哙曰：“臣死且不避，卮酒安足辞？”鲁公曰：“汝欲为谁死耶？”哙曰：“秦有虎狼之心，杀人如不能举，刑人如恐不胜，天下皆叛之。今怀王与诸侯约曰：‘先破秦入咸阳者，王之。’今沛公先破秦入咸阳，秋毫无所取，妇女无所幸，还军灞上，以待将军；劳苦而功高如此，未有封爵之赏，乃听细人之言，欲诛有功之人，此又亡秦之续耳，窃为将军不取也。见今二士舞剑，意在沛公，臣不避诛戮，干冒盛筵，一则为饥渴而来，二则为沛公申此屈抑，臣所以死且不避也。”羽转嗔作喜曰：“沛公有如此骖乘，真是壮士！”遂令项庄不必舞剑。须臾，沛公见羽大醉，只说入厕，即出辕门，丁公、雍齿拦住，张良急出曰：“传鲁公令：众诸侯不胜酒力，着放出。”随后陈平亦出，急呼：“着放出沛公。”丁公只得放出。樊哙保定出营，有靳歙、纪信、夏侯婴同从人接着沛公，急趋灞上。范增因计不成，又见鲁公大醉，甚恼恨，退去后帐纳闷。以此沛公得脱此难。

不说沛公脱离，却有一人在帐后弹戟作歌曰：“饥熊下山，揭石见蚁，吞之入喉，不妨咳嗽而出。危乎哉！危乎哉！”

子房听之，看其人黄白面皮，神清气爽，执戟而立，只是冷笑。良问曰：“壮士如何冷笑？”其人曰：”范老枉费心，张良能识主；今日脱鸿门，他年镇寰宇。”遂不再言而去。良叹曰：“真贤士也！”

不知是谁，且看下回分解。

第二十四回

项羽杀婴屠咸阳

却说张良见作歌之人，语言出众，堪荐举归附沛公，正欲请问姓名，只见人报鲁公酒醒，要寻沛公，张良急急转到帐前曰：“沛公力不胜酒，已告过大王，蒙分付着回灞上去，留张良在此谢酒。”羽大怒曰：“刘邦不辞而去，汝尚巧说！”范增听得羽发怒，急来见鲁公曰：“刘邦言虽柔和，实含奸诈，前献三计，明公统不见信，今观不辞而去，实是欺侮！放沛公回灞上，皆是张良之计，公不可听遮饰之词。”羽闻增言，愈加暴怒，分付左右将张良斩讫报来，只见张良大叫曰：“冤哉冤哉！大王勿怒，臣乃沛公帐下一借士，臣本韩国人，沛公原非主也，臣何故与他遮饰？大王威镇天下，谁人不惧？若杀沛公，反掌之易耳，何必以设筵为由？筵前杀人，甚非长策，使天下诸侯闻之，皆以大王不敢与沛公为敌，却赚来鸿门杀之，纵得天下，不能名正言顺，百世耻笑也。愿大王赦臣回灞上，将传国玉玺，并各样珍宝，取来献与大王，那时即位天下之主，名分自正，天下归服；若今日杀臣，使沛公闻之，决逃走他国，将王玺或献与他人，或弃毁不存，大王失此重宝，岂不所见之误耶？”鲁公闻张良之言，急着放了，便曰：“子房之言是也！不然，使天下之人笑我之怯。况我干戈已定，四海归心，量刘邦草芥耳，岂足与我为敌？若听范老之言，几坏我事！”遂令张良回灞上：“快将玉玺珍宝献来，若复抗违，决统百万雄兵，将灞上踏碎，汝难以保命矣！”张良曰：“谨遵大王之命。”便拜辞回灞上，来见沛公。沛公再三称谢：“若非先生，刘邦之命休矣！”即将曹无伤拿出，斩首示众。

沛公因问张良：“鲁公有何话说？”良曰：“彼因明公回灞上，竟欲杀我，被我一篇言语说过，要我明日献玉玺珍宝，不可失信，须当与他。”沛公曰：“玉玺乃传国之宝，恐不可与人。”良曰：“不然，得天下者在德不在宝。若明公吝而不与，必惹刀兵，终为他所得矣。不若做个人情，明早我持去献与他，他见了决喜，凡事皆不计较，我却得以从容图大事，此所谓舍小以取大也。”沛公曰：“善。”

次日，张良持玉玺并珍宝赴鸿门来见，鲁公令人传入，遂拜见，将玉玺并珍宝献上曰：“沛公昨日蒙赐酒，今日尚病未起，恐失信，使小臣献上，乞赐收录。”鲁公见玉玺并各样珍宝，陈列几上，光润无暇，真天下之奇宝也，心中甚喜。内有一宝，乃照星玉斗，遂命范增曰：“此宝甚佳，与先生珍玩。”增接玉斗在手，掷于地上，以剑击碎，曰：“天下事去矣！我辈皆为沛公虏也，此物奚用焉？”鲁公怒曰：“为臣之道，不敢齿君之辂焉，古人云：‘君赐食，必先尝；君赐生，必畜之。’况玉宝乎？我方赐尔，尔即击碎，是何道理？”增曰：“齐威王耻魏惠王宝照车之珠，言：‘不过照百乘；我有四贤臣，可以照千里。’是古人重贤不重宝也。臣今所重者，沛公之首，乃天下之宝，奈明公不听老臣之言，遂失此机会，今却受此无用之物。此有激于中，所以击碎，非虚君之赐也。”鲁公曰：“沛公怯弱，终不能成大事。”增曰；“昔者邓侯不杀楚文王，而楚卒灭邓；楚子不杀晋文公，而晋卒灭楚子。今明公不杀刘邦，此人必与公争天下矣！今若放之生，如放龙归海，纵虎入山，欲再拘挛，不亦难乎？”良曰：“不然！大王威武，天下莫敌，力能扛鼎，势能拔山，九战章邯，力降子弟，各国诸侯，肘膝而见，较之邓侯楚子，天壤悬绝。况沛公入关，凡事不敢自专，等候大王，可见无远大之志。今君比文公晋侯。抑又过矣！”鲁公曰：“料沛公无能为也！张良，尔且随我议事，沛公处用你不着。”增曰：“大王前日要杀张良，被他掩饬过；今又留在左右，恐非心腹。明公察之。”羽笑曰：“先生过虑！张良不过一儒士耳，在我侧有何欺诳？”增曰：“明害者可防，暗损者难测，明公更思之。”羽曰：“匣有宝剑，谁当我哉？”遂不听范增之谏。张良只是冷笑。

却说鲁公召众将计议曰：“关内已破，玉玺已得，但降王子婴尚未来见，诸侯如何宾服，可差人写书与刘邦，讨子婴来诛之，则大事定矣。”遂修书一封，差人赴灞上讨子婴。

沛公见书曰：

> 我与尔共伐暴秦，扫黔黎，拯民涂炭。吾今入关已十余日矣，三世子婴，久不来见，此必尔占晞不发，意或他图。我统大兵，与尔比武，以为何如？

沛公观罢书，召诸将议曰：“项羽今已违约，竟王关中，书取子婴，诈为降楚，塞诸侯之口，复怀王之命。意欲不与，又恐动兵；意欲与之，甚失初意。”诸将曰：“羽势不可敌，当以子婴与之。倘其诛戮，愈见明公宽德，天下自有公论。”沛公召子婴出，谕之曰：“尔前日归降，念一国王爵，顺天投首，不忍加诛，即时释放。不意鲁公违约，欲王关中，今日持书来取。尔当备宝货妇女投献，彼贪而好杀，若得金宝，彼必喜悦而全汝之命。尔宜一往，不可自误！”子婴大哭曰：“既降沛公，已得生矣，今复投见鲁公，性命决然难保。”诸耆老公子曰：“沛公长者，宽仁容众，决不可失也！”俯伏在地。沛公曰：“鲁公威武甲天下，不可抗违，若或迟延，定遭毒手。”众公子耆老曰：“不可降！不可降！不如弃咸阳而走，尚可以延残命耳！”子婴曰：“我若逃去，百姓决遭残虐。我为君不过数日，又无恩泽及民，使民被害，吾不忍也！”众人闻子婴之言，莫不下泣。

子婴仍来轵道傍请见。只见层层甲士，灿灿干戈，万缕征尘，一天杀气。鲁公一马当先，看那子婴时，素练系颈，缟衣拖身，二绳系背，口衔款表，鲁公接过表来观看，表曰：

> 始皇之孙扶苏之子三世子婴上言：伏以秦祚中绝，嬴图失所，七庙亡祀享之礼，四海蹈涂炭之灾，大丧人心，遂至瓦解。玉符西指，六国从风，黄钺下临，群儿束手。威令衍不速之命，神武昭不杀之恩。臣婴等非敢望宗庙以承宗，惟求守坟墓而延日，百日荷再生之福，一门沾重见之光，早赐生全，愿投肝胆，周封不断，妪锡有根。汤王存夏后之宗，遂成六百之统；武王树殷胄之后，乃开八百之基。大王继殷周而王关中，存嬴氏而宏楚胤，臣婴等下情，无任战栗恐迫之至。

鲁公看罢表文曰：“尔祖虏六国之子孙，害天下之百姓，遗患于汝，汝有何说？”于婴曰：“废关东六国者，乃先祖始皇之所为，非臣之罪也。玉必欲杀臣，臣亦不敢怨。但咸阳遭二世残暴，百姓未得安生一日，今日大王入关，百姓已再见天日矣。愿杀臣以雪天下之恨，惟望存百姓以服天下之心。臣虽死犹生，大王德威兼虚矣。”婴言未尽，鲁公急喝英布下手，只见英布一剑，将子婴杀了。霎时间愁云生大，黑雾漫漫，四下悲哀不绝。

却说秦民见杀了子婴，又见天日昏暗，一齐呐喊，振动天地，尽道沛公有德，万代至君；鲁君不仁，灭门绝户。那鲁公听得这话，大怒，便传令着大小将校，尽将咸阳百姓杀死，范增急下马来谏。

未知如何，且看下回分解。

第二十五回

项羽违约僭王号

鲁公见秦父老宗室，齐声发怨，欲尽杀之，只见范增急下马至鲁公前大呼曰："不可！不可！昔刘邦入关，秋毫无犯，约法三章，深得民心。今大王恩信未施，先杀子婴，却又杀咸阳百姓，恐人心一失，天下不可图也！"鲁公曰："我今率天下诸侯，共伐暴秦，子婴乃秦王也，如何不杀？只百姓齐声毁辱我，即是叛逆，若少存留，定为后患。"增曰："昔鲁公杀一无罪宫女，遂致九年旱涝；景公怒杀宫妃，台倾三里。只因无罪杀人，化为飞蝗，残食五谷。故古人云，'一夫衔慨，六月飞霜；匹妇含冤，三年不雨。'今愁云黑雾，因是无罪杀了子婴，以致上天垂象。可怜百姓无辜，若行屠戮，有伤和气。"范增正苦谏之间，只闻咸阳百姓喊声不止，鲁公愈加忿怒！不听增谏，随令英布催趱人马，大肆屠戮。一时杀秦公子宗族八百余人，文武百姓四千六百余人，积尸满市，流血满渠。咸阳百姓，闭门关户，路上通无人行。鲁公尚怒气不息，又要将咸阳一城百姓，尽数杀灭。范增见了，放声大哭，复又向前拦住，以头抵马首而谏曰："昔汤王时，天下大旱，汤以己为牺牲，祷于桑林之野，以六事自责，三日，遂大雨。汤舍身尚为百姓，况秦民无罪，今日屠戮，上干天和，大王独不惧之乎？”鲁公见增苦谏，然后传下将令，着三军收兵，遂径入秦宫，周迴看了一遍，只见楼台掩映，殿宇巍峨，乃叹曰：“秦有如此富贵，不能守，可惜可惜！”增曰：“只因残虐百姓，不听苦谏，乃至此耳！”羽默然不答，遂出宫至本营。

天色已晚，羽命掌灯，请范增议事。增至帐下，羽曰：“今既入关，已得玉玺，又杀了子婴，秦已灭矣。天下不可一日无主，吾欲继此而王于关中，先生之意，以为何如？”增曰：“诸将佐从明公游者，不过望封侯荫子，攀龙附凤，以享富贵耳。今听公此举，正合众人之意。但须请命怀王，讨一道诏旨，然后即王位，方名正言顺，免天下议论。”羽曰：“善。”遂令项伯赴怀王处请命。

一日，伯到彭城，致命怀王，怀王曰：“吾前已有命，但先入咸阳者为王，又何必请命？”伯又再拜致命曰：“鲁公功高望重，沛公力弱势孤，不若大王命鲁公为王，足以镇抚百姓。”怀王曰：“不然。信者，人君大宝也，前约已定，若复更张，是失信于天下。尔速回，但如约耳！”伯辞怀王，回见项羽，项羽曰：“怀王诏命如何？”伯曰：“怀王惟以先约为王，不肯发诏。我又再三恳告，但曰如约耳。”羽大怒曰：“怀王用乃吾家所立，又无征讨之功，何以得专主约也？况平定天下之绩，皆诸将为我用力耳。今乃仰求于人，非大丈夫之所为也！”遂令择日上号。范增曰：“尊号须要合古，又要称上意，若要停当，必问张良。他多读书，最知历代尊号，如若合上意，便是忠于大王，若是欠当，就是欺昧不肯实说，大王当杀之，以正国法。”鲁公随即召张良。

张良从灞上来，方欲见鲁公，闻召即至。鲁公曰：“我欲王关中，但未有尊号，闻汝多读书，五世相韩，必知帝号，务要斟酌停当，要服天下诸侯。”良自思：“此必是范增见识，将这个担子放着在我身上，若我正名上尊号，定致鲁公猜疑，却用谗言害我，我只从头说起，随他自拣。”张良便曰：“尊号各有不同，容臣细说，在大王拣用。自古圣帝明王，有天下必有国号，如三皇之后有五帝，是那五帝？少昊、颛顼、帝喾、帝尧、帝舜也。少昊名挚，字青阳，姬姓也，以金德王天下，建都于曲阜，凤凰来仪，遂以鸟名官，在位百年而后崩；颛顼，黄帝之孙，昌惠之子，亦姬姓也，以水承金，在北方，主冬。颛顼治天下，十二岁而冠，二十登帝位，以水纪官，在位七十八年，年九十八岁；帝喾，亦姬姓也，其母不觉生而神异，以木承水，建都于亳州，在位七十八年，一百五岁而崩；帝尧姓伊祁氏，其母庆都，怀孕十四月而生尧于丹陵，命名曰放勋，眉有八彩，丰下锐上，十五岁佑帝挚，受封于唐，年二十登帝位，以火承木，建都于平阳，景星耀天，甘露下降，凤凰止于庭，芝草生于郊，厨中有生肉脯，其薄如翣，鼓动则风生，使食物寒而不臭，在位五十年，舜摄位二十八年，寿一百一十八岁而崩；帝舜姓姚氏，其先出自颛顼，母见长虹，意感而生舜于姚墟，因姓姚氏，字都君，家于翼州，以土承火，年六十一岁即帝位，九十五岁使大禹摄政，寿一百岁而崩。此五帝也，盖帝者，天号也，德配天地，不事干戈，不行杀伐，揖逊有天下，大王可称之乎？”羽寻思：“我杀了子婴，以征诛天下，有愧五帝，似此不可以称号。”乃曰：“帝号恐未稳，汝可说王号如何？”良曰：“五帝之后，有三王，夏、商、周是也。夏禹王姓姒，名文命，字高密，长于西羌，尧命为司空，继父鲧治水，以金承土，都安邑，寿百岁；相继十九王，共四百三十二年。殷乃帝喾之后，姓姬，名履，字天乙，是谓成汤，身长九尺，肩四肘，有圣德，放桀于南巢，即天子之位，以水承金，年百岁而崩；相继三十一王，享国六百二十九年。文王因商纣无道，修德政，三分天下有其二；武王继立，观兵于孟津之上，四年始伐纣，为天子，以木承水，年九十二岁而崩；相继三十六王，享国八百六十七年；此三王也。克勤克俭，敦仁尚义，厚德好生，不私一身，而专为百姓，如治水之劳，祷雨之勤，谏纣致囚，皆是三王盛德，大王可称之乎？”羽曰：“王号可称。

但不知王之下，又是何号？汝可再与我一说。”良曰：“王之下有五霸，齐桓公，宋襄公，秦穆公，晋文公，楚庄公，此五霸为天下除残去暴，各霸一国，假仁尚义，威武强大，人皆恐惧，大王可称之乎？”羽曰：“王号虽宜于古而不合于今，霸业虽合于今而未尽乎古。若合古今而兼有之，不若称楚霸王。我生于楚，自淮以北为西楚，尔群臣草诏，当以我西楚霸王，颁行天下。”范增急出止之曰：“王号可称，霸号不可称；古人云：‘大霸不过五，小霸不过三。’大王不可听张良之言，误称霸王。”羽曰：“五霸享年最久，我之所行，正合五霸。今称霸王，乃吾自立，张良不过分列三等，岂敢误我？先生不可见错！”范增低首不语，遂退帐后。羽重赏张良，择日拜郊，布告中外，遂称为西楚霸王，王楚地九郡，以彭城为都，阳尊怀王为义帝，迁于江南彬州，实不用其命。

又说秦府库被沛公兵初入，各争取财货，已空虚矣，至是霸王费用不敷，欲要赏劳功臣将士，无处支给，因问范增曰：“众将士随我征进，一向劳苦，今欲发府库钱粮，以酬其功，但库藏空虚，何以支给？”增曰：“此最容易。沛公先入咸阳，财货所在，他尽知其详，召沛公、张良来问他，必知下落。”霸王差人灞上，召沛公。只见张良闻知，急使人说与沛公可早来，如霸王问钱粮事，但云张良尽知。沛公依言遂来，见霸王毕，霸王曰：“尔先到咸阳，秦府库钱粮，如何不见下落？”沛公曰：“秦府库粮，臣初到未得细查，闻张良曾说他知下落。”霸王即召问张良：“尔知其详，如何不说？”良曰：“大王不问及，臣不敢说，秦之宝货钱粮，自孝昭累积到始皇，他家财富，天下无有其比，今日如何空虚，只因修骊山时将宝物财货，费了一半，其余盖收入始皇墓中，后来胡亥又将府库钱粮浪费，以此空虚。”霸王沉思一会，便问范增曰：“既宝货在始皇墓中，何不差人掘开取出，以劳军士？”增曰：“始皇墓中，不过陈设平日玩好之物，如何有财物？”良笑曰：“军师不知也！闻始皇墓方圆八九里，高五十尺，以珠玉为星斗，以水银作江河，以金银围绕其椁，以百宝设于柩前为珍玩，以宫女数百人为殉葬，六国奇宝，如珊瑚玛瑙，翡翠琉璃，尽在始皇坟墓中，每夜半，常有光彩发现，如何无财物？”霸王听说歆动，便要差人掘墓，增曰：“始皇虽无道，乃帝王坟墓，无故不可轻动，若掘开取物，其迹似劫墓矣！大王初即位，决不可为也。”霸王曰：“始皇无道，并吞六国，费天下之财，竭天下之力，残虐百姓，甚于桀纣，焚书坑儒，恶贯天地。我今既杀子婴，诛灭其族，此恨未解，正欲掘墓鞭尸，然后快于心也，岂独爱秦之宝货哉？”次日，遂领人马十万，来掘始皇坟墓。

未知如何，且看下回分解。

第二十六回

霸王封天下诸侯

却说霸王领兵至骊山，只见：

苍松笼殿宇，古柏映楼台。明堂容万马，山势拥千蛟。石栏盘白玉，神路贯天衢。左右列狮驼虎豹象，东西列文武铁衣郎。戟门壮丽，为千百年之规模；陵寝巍峨，有亿万载之形势。

霸王下马到墓前，亲监军卒掘冢。那三军呐一声喊，人人奋力，个个争先，斧声振地，尘土遮天，鸟兽潜迹，狐狸丧胆。一连三日，大冢已开，不见正穴，百般搜寻，莫知墓所。霸王焦躁，急传令有知穴者重加赏赐。只见一人高叫："大王欲知穴道，惟小臣可以开得。"霸王看其人，乃英布也。霸王便问曰："尔如何知始皇陵寝穴道？"布曰："臣昔时曾修骊山大工，督管夫役修墓，所以尽知穴道。"霸王大喜，使命英布率领众军卒，自正北向正南，平掘有十丈长，入地有五丈深，遂有空隙处。又掘五六尺深，只见有石牌楼竖着，里边都是石城石门，再无土地，两扇石门紧闭，英布便令军士扒上城头，有两条石龙，一升一降，中间有石管心，用铁锤打碎，里面一声响，管心落地，石门遂开。入到石城，中有大路，皆白石砌就，两边俱有栏杆，行有二里远，方是墓门。惟开里边，有大殿、享殿、寝殿，三宫六院，盖造十分齐整。寝殿中便是始皇灵柩，面前陈设宝货，周围堆积金银六十万，各样宝物一百二十件，尽数起出。欲要击碎始皇石柩，英布谏曰:“不可，此石椁也，内藏石柩，中有铁箭铁炮石子，若走动消息，里边箭炮石子打出，决伤军士，不若仍用土填满，庶几无事。”霸王从其言，将金银宝货载回赏军。又见阿房宫楼阁华丽，光耀云霄，联络不绝，霸王叹曰:“此秦之所以亡也，费尽天下财力，方成骊山、阿房二宫。我为王，留此故迹无用。”遂命军士将阿房宫烧毁，相连宫院，尽皆延烧，三个月烟焰不绝。霸王烧尽阿房宫，遍咸阳城中，无一家不惊惶，无一人不怨恨。

众诸侯屯军日久，各有思归之念，因与范增计议曰:“我等长在此屯住，霸王又无封爵之赏，各地方倘有变乱，何以处之?”增曰:“我正欲奏知王上，不意诸公乃有此议。”随同诸人来见霸王，进言曰:“天下诸侯各将士，随陛下伐秦，俱有勤劳，今屯住日久费用甚多，乞奏陛下，照功封赏，使各归故土，深为便益。”霸王曰:“诸侯久住于此，正欲加封，卿等所奏，实合朕意。”因又与增密议:“昔怀王约先入关者王之，今沛公先入关，当王关中，就如照功加封，沛公亦当首先封王，必建都咸阳，但恐据关阻险，深为后患，以此持疑未决，先生有高见，早为区画，然后好以次加封。”增曰:“巴蜀乃秦之罪地，山川险阻，地方艰苦，封沛公为汉王，亦不失为关中之地；却将章邯、司马欣、董翳封为三秦王，阻住汉中之路，使他南无所进，东无所归，老死汉中，虽为加封，实是左迁也。”羽曰:“此计甚妙。”于是传令着军政司，核查诸侯并各将士功绩，依次封赏。乃封沛公汉王，都南郑，管四十一县。其余各有封赏，章邯为雍王，都废丘，管上秦三十八县；司马欣为塞王，都栎阳，管下秦一十八县；董翳为翟王，都高奴，管中秦三十县；申阳为河南王，都洛阳，管河南二十县；司马卬为殷王，都朝歌，管河南三十二县；英布为九江王，都六合，管四十五县；共敖为临江王；吴芮为衡山王；田安力济北王；魏豹为西魏王；张耳为常山王；臧荼为燕王；赵歇为代王；田横为上齐王；田郁为中齐王；郑昌为韩王；陈胜为梁王；田荣为前齐王；田庆为前赵王；陈馀为北赵王；田市为交东王；项正为春胜君；项元为安胜君；范增为丞相，称亚父；项伯为尚书令；钟离昧为左司马；丁公为左将军；龙且为大司马；季布为左司马；雍齿为左将军；刘存为右将军；陈平为都尉；韩生为左谏议；武涉为右谏议；桓楚为大将军；子英为引战大将军；子琪为大将军；韩信为执戟郎。各封爵已毕，排设筵宴管待，遂颁诏传布中外不题。

却说沛公众将，见封沛公为汉王，皆失色，莫不曰："巴蜀秦之罪地，我主公先入咸阳，却反左迁于汉中，此必范增之计也。不若会聚众将，纠集人马，与霸王对敌，务如怀王之约，庶免老死褒中。不然，决不能生还乡里也！"樊哙高叫曰："众将说得是，我便为先锋，同我杀霸王去。"汉王亦大怒曰："王我于关中，建都咸阳，此乃怀王之约！今却迁我于罪地，重山峻岭，岂可以一朝居乎？"丞相萧何等谏曰："虽王汉中之恶，不犹愈于死乎？能诎于一人之下而伸于万人之上者，汤武是也。臣愿陛下王汉中，养其民以致贤人，收用巴蜀，还定三秦，天下可图也。"张良亦谏曰："蜀虽秦之罪地，内有重山之固，外有峻岩之险，进可连并天下，退可距险而守。楚虽有百万之众，岂能寇我耶？此正兴汉之地，养武之国也。大王正当欢欣领命，指日即行可也。若少有不满之意，彼必寻事致害，反中其计。范增终日只要害大王，大王尚不知机，反欲与楚作对。况楚兵强势重，岂能与之抗乎？"汉王起谢曰："若非先生之言，几自误矣！"郦食其曰："居汉中有三利，若居关中有三害。何谓三利？盖蜀地道路险，且人不知虚实，其利一也；操练军卒，惯于登踄，其利二也；人心思归，各相努力，其利三也。何谓三害？盖丰沛虽为故乡，韩魏临境，易知邦内之事，其害一也；苟欲起兵卒以攻楚，范增必知深浅，易得防备攻击，反生不测之患，其害二也；人心或动，莫不喜大而欺小，好强而怯弱，见楚家兴旺，因而奔归，大王谁与为守？此三害也。大王当忍励，卧薪尝胆，王业可图，天下可得也。”汉王大喜，遂议启行不题。

范增忽思刘邦乃火命人，凡旗帜尚赤，今居汉中，乃西方，为金地，金得火，必成大器，急来见霸王曰：“刘邦封他为汉王，甚有不满之意，诸将皆出山东人，又各争忿不平，以为陛下背约。若不就此除之，决有后患。”霸王曰：“封诏已出，业已定矣，又何更张？”增曰：“明日众诸将来见陛下，只问他：‘我封汝为汉王，尔去褒中，去也不去？’他若言去，是自专矣；若言不去，是欲王关中矣，陛下即令斩之，以除此患。”王曰：“善。”次日，汉王等来见霸王，行礼毕，只见霸王问曰：“汉王，我封尔褒中，汝去也不去？即便说来！”汉王曰：“食君之禄，命悬于君手，怎敢说去也不去？臣譬如陛下马也，鞭之则行，揽辔则止耳。”霸王笑曰：“卿可说善喻矣！”遂无杀汉王之意。及退回汉营，子房急求见曰：“大王知今日之危乎？”汉王曰：“不知。”子房曰：“陛下洪福甚大！方才霸王问大王去也不去，若不是大王善于答应，决有杀身之祸。”汉王闻说愕然，便问良曰：“似此久住，恐生不测，为之奈何？”良曰：“待臣会项伯、陈平，再作商量。大王可分付预修行装，待霸王命下，即便起身，庶免谋害。”于是张良会项伯、陈平，备说范增谋害之意，汉王今急欲起身，未有脱身之计，想二公必有妙算搭救，若他日汉王得地，决不敢忘今日也。陈平沉思半晌，向张良附耳云如此如此，良曰：“此计甚妙。”

不知陈平用何计，且看下回分解。

第二十七回

陈平定计救汉王

霸王封诸侯日久，未得差人致命义帝，又闻车驾尚在彭城，不肯幸彬州建都。霸王因召群臣计议此事，何以处之？陈平出班奏曰："天无二日，民无二主。今陛下既颁诏为天子，改号封天下诸侯，却又致命怀王，是有二天子矣。外边百姓皆云：'以臣封臣，古今罕有。'若果有此言，不足以服天下。臣有愚见，此时急差亚父领二骁将，立等义帝起身，远处僻地，就如废置一般，亦不必致命，庶可以塞百姓之言，免天下议论。"羽曰："此言正合吾意。"随命范增："领桓楚、于英，赴彭城催逼义帝往彬州建都。仍将彭城修饰齐整，朕欲往一观，不忘故土之意也。"范增不敢违命，只得启行，因来辞见曰："臣虽领命赴彭城，恐左右蒙蔽圣聪，臣有三事上谏，乞陛下留神：第一不可离咸阳，盖咸阳自古建都之地，沃野千里，天府之国也；二当重用韩信，盖韩信有元戎之才，但时未遇耳，若陛下举而用之，兵随将行，将逐兵行，纵横天下，所到无敌，如不欲用，即杀之，免使归他人，为后患也；三不可使汉王归汉中，且稽留在咸阳，待臣还再作区处。此三事至紧要，不可忽也。"霸王曰："卿去早来，所言三事，朕记在心。"范增遂同桓楚、于英赴彭城去讫。

且说次日陈平上表曰：

国家以理财为先，圣人以俭用为本，财不理则出入无度，费用无经，财力尽而死必去矣；不俭则奢侈日靡，仓库日虚，民不聊生，而国必亡矣。陛下初登大宝，以民为天，若不节用，何以为治？现今诸侯集聚咸阳，每一路诸侯带领本部兵马，不下三四万，总约大数，何止百万？所用不可胜数，仓库空虚，钱粮将尽。如一路诸侯，支酒食二十五担，羊一十五只，猪二十口，大牛五头，麦二百斤，柴四十担，兵吏人等以十万为率，每名日支米二升，杂豆一升，料豆二升，草二束；通算每日总支酒三百担，羊二百只，猪四百口，大牛百头，面四千斤，柴八百担，米二万石，料豆二万石，杂豆一万石，草二万束。以百万算来，费用不资，臣实寒心。若不急令还国恐百姓力难支持矣！伏乞圣裁臣等下情，不胜恳切之至。

霸王看罢表文，即时传令，着新封诸王，限五日内俱还国，惟汉王且留咸阳，另有别议。张良闻知大惊曰："汉王休矣！若范增回关中，必有谋杀之意，如何得走汉中。"急来见汉王。王曰："今日霸王分付诸王皆令还国，惟刘邦另有别议，此必谋害之意，为之奈何？"良曰："大王老小，皆在丰沛，明日可上表，只说给假搬取家小，臣有救大王之计。"

汉王随令郦生作表，次日投进，表曰：

圣王以孝治天下，而天下莫不归于孝，使父子和睦，仁爱浃治，不变时雍，遂成至治。臣邦丰沛小民，从风西向，仰托鸿猷，受封王爵，天下之至荣，千载之遭际也。臣身虽荣，父母妻子，远在故土，未得阖门共居，以享天乐，意欲差人搬取，又不得亲扫坟墓，荣归乡里，以彰陛下恩及殁存之德；伏乞留兵马驻扎咸阳，只身领数骑赴丰沛，给假限三月，搬取家小，共沐王化。下情未敢擅便，伏惟圣裁，不胜惶恐之至。

霸王看罢表曰："卿欲回丰沛，搬取父母，亦是人子孝亲之意，但恐非其本心，或因朕昨日留卿且在咸阳，故有此奏也。”汉王曰：“臣父年老，无人奉侍，怀思日久，见陛下新即位，不敢冒干。今见诸侯还国，皆得归省父母，独臣留此，又不知何日得见臣父。”汉王说到痛切处，哭泣不止。张良出班奏曰：“汉王不可放他搬取家小，只可独遣还国，陛下仍着人取太公并家小为质，庶汉王无别心。”霸王曰：“我意要留汉王且在咸阳，未可放回，正恐他有异志。”陈平出曰：“陛下既封刘邦为王，已布告天下，今复留此，恐不足以取信于中外，不若从张良之谏，以太公为质，乃令汉王还赴褒中，既全大信，又得管束汉王之心。”霸王曰：“既议停当，准着汉王还国，不许给假回丰沛。”汉王拜伏在地不起。霸王曰：“卿且赴褒中去，待朕建都彭城，将卿老小供给养赡，从容着人来取，亦不失奉养之意。”汉王就拜谢曰：“感陛下大恩，生死不能忘也。今即辞陛下赴褒中去。”只见钟离昧上谏曰：“前范亚父临别时，曾说不可放汉王入褒中去，今陛下如何忘了？”霸王曰：“留他老小住彭城，已管束之矣，又何稽留汉王？况封诏已传播内外，如何信亚父之言，使朕失信于天下也？”遂不听钟离昧之谏。有韩信叹曰：“使汉王入褒中，不带家小同行，正中其计矣！他日以思归之心，奋鹰扬之勇，吾辈皆为所虏也！惜亚父之言成画饼耳！”

却说汉王回营，即令分付大小将士，作急起行。于是众将整率人马，簇拥汉王离咸阳。只见关中百姓，闻知得汉王启行，扶老携幼，塞满道路，何止有数万人哭倒在地，为首有数十老人曰：“我等指望大王为关中之主，不想今大王往汉中去，又不知何日东归，得再见天颜！”攀辕拊辙，恋恋不忍去。汉王抚之曰：“尔等各安生理，无生异心，他日入关，又得相见。”百姓又要远送，萧何急止之曰：‘霸王法度甚严，汝等不可只顾远送，恐知觉，汝等反其受害。作速回去！”百姓尚哭不止，张良令樊哙快挥人马，奔峡山驿大路而行，九十里，至安平县；四十五里，至扶风县；四十五里，至凤翔郡；三十里，至迷魂寨；三十里，至宝鸡县；五十里，至大散关；六十里，至清风阁；六十里，至凤州，入栈道。汉王人马俱山东人，不识险路，看见连云栈如此险峻，各人大叫曰："我等过此险路，若有人在此把住，要害我等，再不想得生还矣！与其束手而死，不如与楚决一死战，大丈夫之所为也！"那樊哙便道："说得是！"大喊一声，率领众将，又要杀上咸阳。

不知如何，且看下回分解。

第二十八回

张子房烧绝栈道

却说樊哙等见栈道十分险恶，人人有思归之意，各呐一声喊，便要杀回关中来；汉王亦怒曰："我奉怀王约，先入关者为王，谁想背了前约，听范增奸计，左迁我来到这等险峻去处！又着章邯等三人，阻塞东归之路，纵使腾云也出不去。不如从众人之意，此时三秦尚未据守，正好杀上咸阳，与他拼个死活，倒是良策。"萧何、张良、郦生下马跪伏在地曰："不可信众人一时暴性，决误了大事。褒中虽险，乃大王兴王之地。况西南静僻，随大王招军养士，霸王决不得知。待人马强壮，兵势严整，那时还定三秦，天下不难图也。若今听众人之言，倒转东向，霸王率三秦而西来，势如压卵，欲求再用为汉中王，不亦难乎？"汉王从其言，即令樊哙催趱人马，向褒中来。前到金牛岭，汉王曰："如何为金牛岭？"郦生曰："昔蜀道无路往来，秦惠王要兼并六国，闻蜀中有五个力士，俱有神力，秦乃用生铁铸五个铁牛，置于秦地，诈言铁牛每日粪金五斗，秦国以此富强。蜀主闻知，遂以为为实，乃令五丁力士开山凿路，通入秦国，盗窃铁牛。五丁既开了山路，来到秦地，不想铁牛俱是假设。遂伐蜀。"

汉王正行之际，只见子房下马近前奏曰："臣良送陛下到此，欲辞回韩国。”汉王大惊曰：“先生一向与邦相从，深得教益，一时不相舍，今欲辞归，使刘邦何所依附？”良曰：“臣辞陛下往东行，虽看故主，实与陛下去干三件大事。”王曰：“那三件事？”良曰：“一者说霸王迁都彭城，留关中与陛下为建都之地；二者说诸侯反楚归汉，且令霸王无西征之意；三者与陛下寻一个兴刘灭楚定天下之大元帅。干了这三件事，臣在咸阳与陛下相会。愿陛下百事忍耐，不要急躁。汉中不过暂居，多则三年，少则一二年，管教陛下东归。”汉王曰：“果如先生之言，刘邦虽受苦万千，亦不敢埋怨。但先生所举元帅，有何凭信？”良曰：“臣有角书一纸，内有臣手字，并与陛下平日密言之事，陛下须留用，不可失也。”汉王执良之手涕泣曰：“先生不可失信！如见太公，为我恳恳拜上，善加调摄，抚养老小，一日得东归，尚有迎养之日。非是敢抛弃父母，只因霸王背约强暴，不得已赴褒中以图苟免耳。”良曰：“谨遵王命。”又与萧何相别，拉在无人去处，暗与定计道：“这般这般，如寻得破楚元帅来，丞相可用意举荐。”何曰：“先生放心，凭你角书，已知其为大将，焉敢蔽贤误国耶？”张良辞了汉王及众将，带领五个从人，复回旧路，往关中来不题。

且说汉王大军正行之间，只听得后军一齐叫苦不迭。汉王回头看时，只见烈焰连天，浓烟遍野，随处火焚三百里，相缘燎彻万家村。汉王亦大叫曰：“此必是张良孺子放的火，烧绝栈道，使我不得东归矣！却不知又是何主意？”诸将士齐声怨骂张良，各各放声大哭曰：“我等生为关内人，死作褒中鬼，何日修起栈道？”众人正嚷闹间，又只见萧何向前附王耳曰：“大王不可怨骂张良。臣昨日与张良相别时，曾说烧绝栈道，有四件利益：一者使霸王闻知烧绝栈道，料我主再无东归之意，他亦无西顾之忧矣；二者使三秦高枕，不为严备；三言使随来人安心在汉中，奉事大王，再无思归之意；四者使诸侯无相攻击，而盗我之兵也。有此四益，大王何故怨骂张良？”汉王闻说，大喜曰：“若非丞相之言，几几误怪子房矣！”遂令三军前进。

一日，汉王到褒中，择日即王位，安抚百姓，施仁布德，治民以宽，汉民莫不悦服，此年五谷丰熟，家家快乐，处处笙歌，汉王甚喜。于是封萧何为相国，曹参、樊哙、周勃、灌婴等以下，各有封赏。招贤纳士，积聚粮草，汉中不数月，道不拾遗，夜户不扃，行人让路，家给人足，国中大治。

且说张良烧了栈道，来到凤岭，暂歇半日，过凤州，出益门，将到宝鸡，只见一支人马，拦往来路，高叫曰："子房公休走，亚父着我在此专等，谁想果从这里来！"张良大惊，正要下马询问来历，那马上将军便道："子房公不要忙，我有话说。"

不知说出甚话来，且看下回分解。

第二十九回

张良复为韩报仇

却说拦住张良者，乃项伯所使也。伯恐栈道难行，预先差心腹人，暗于关津隘口，迎接张良，不意果在此处接着。其人备道项伯奉迎之意，良曰："项公如此远虑，可谓极厚友道矣。"随叫入城见了项伯，深谢差人远接，遂更换衣服，近晚出城，打听霸王消息。因访问各路诸侯还国如何？又问韩王曾来见霸王否？有人传说韩王姬成来见霸王，因是来迟，又见张子房随汉王入褒中，听信谗言，将韩王杀了，昨日灵柩发回本国去了。张良听罢，只是暗暗叫苦，慌忙回到项伯家，一夜不睡，泪如雨下。等到天明来辞项伯，要回本国。项伯曰："一向因国事不闲，未得请教，今专人接先生来家，正欲朝夕问候，如何方到，就欲相别？"良曰："昨因更衣出外，访问韩国本主，不意因为张良从汉王入褒中，被霸王杀了。良闻此信，恨不能死，急欲回国葬本主，就安置家小停当，一月内就来相见。"伯曰："虽是如此，某何忍遽别？"良曰："明公若留良一日，是增良一日之罪矣！"项伯见良去意甚急，不敢苦留，遂赍发盘费，当日辞别就行。伯曰："我一月内差人远迎先生，不可失信！"良曰："当差心腹数人接我，不可使人知道，尤见明公始终交情也。"伯曰："谨领尊命。"

张良同原带数人，星夜奔回韩国来，见了韩国诸公子，遂致祭于韩王，放声大哭，以头触地曰：“良实不忠，致使项羽误害我主，不世之仇，良当为我主报之，虽肝脑涂地，亦不惜也！”言罢又哭。诸公子劝解，遂回本家省问家小，停当数日后启行。

来到中途，果见项伯差人远接，临晚进城，径投项伯家来，相见礼毕，遂在书房中安歇。伯见良来，甚喜，因问：“先生今往何处去？”良曰：“故主已死，残躯多疾，欲效老子玄默之术，学庄周放荡之游，羡箕山之巢许，爱首阳之夷齐，罢名利，喜观云水，避是非，乐处山林；倘遇蹈隐高人，得闻妙语，使性学复明，身心无病，是我之实心，乃良之至愿也。至如佩王鸣鸾，乘轩衣冕，宰正百官，仪刑四海，折冲樽俎之上，却敌谈笑之间，今日赐官獬豸，他年图画麒麟，不足以动良之念也。”项伯闻张良之言，知他无仕进之心，遂留闲住数月，以尽故旧之情。

子房往了十数日，一日，项伯入朝未回，子房信步闲行，来到后花园内，只见墙高数仞，门阔三寻。花萼池边，蔷薇丛里，见一座小楼，槐荫遮枕席，松影荫阶除。子房看楼匾，题曰：“万卷书楼。”尝闻古语云：“欲穷千古事，朝暮伴书楼。”子房登楼闲玩，只见左壁一带书架上，尽是石刻竹简；右壁一带书架上，尽是各处进来文策。揭开观看，有六国诸侯谏议奏章。盖因项伯是尚书令，以此进来各处文策，先与项伯看过，方敢封进，正本俱留在内，副本项伯留看。子房从头揭过，其中或有一偏之见，或有不通之说，或有私相标榜，或有因而嫉害，或有迎合上意，子房看了，皆不喜。临后揭开一策，语言超众，立意深远。子房看了一遍，嗟叹不已，又惊又喜！惊者恐项王任用此人，喜者喜其得见此奇特之士，若使归刘作破楚大元帅，韩仇可报，汉业可兴，项羽从此休矣。展开表曰：

臣闻治天下之道，贵审天下之势，贵识天下之机。势者明强弱，察虚实，知利害，详得失，然后天下可得而理也；不然则虽强胜一时，不过恃其勇力，终必败己，未足以与其势也。机者辨兴亡，定治乱，穷几微，明隐伏，然后天下可得而图也；不然，则草莽倥忽，苟简得国，终难久安，未足以会其机也。今陛下虽霸关中，人心未服，根本未立，民畏其强而已，惧其威而已，格其面而已；然强可弱也，威可抑也，面非心也，三者乃陛下之所恃，使一旦馁而不振焉，天下不可一朝居也！欲望长治，岂可得乎？此臣之所以寒心，而为陛下忧也。且刘邦昔居山东时，贪财好色，今入关中，发政施仁，财物无妄取，妇女无所幸，约法三章，收束人心，秦民悦服，恨不得为关中主也。陛下入关，不闻善政，而惟见杀戮，听让邪之言，蹈亡秦之弊，杀子婴，掘骊山，烧阿房，大失民望，盖不知势之可立，机之可察，而弊端恶孽，隐伏于天下而未动耳！刘邦一倡，诸侯从风，不期强而自强，不期胜而胜，陛下之所恃者，皆为刘邦得之矣，就如近日烧绝栈道，使陛下不疑其东归，三秦不为严备，然后收用巴蜀之民，复取关中之地，此正审天下之势，识天下之机，刘邦先得我心之所同然耳，而陛下茫然莫之知也。左右将士，惟知用武，而承顺风旨，陛下惟在独胜，而以为天下无敌，然不知败亡之机，已萌于不测之中，此臣不顾众人之诮己，而敢为陛下言之也。为今之计，莫若益兵严备，巡哨边关，收回章邯等三人别用，另选智勇之士，阻塞关隘，更取刘邦家属，拘于辇毂之下，昭布仁义，整饬兵马，训练行伍，内求贤相，外访元戎，制服诸侯，通行周政，如此则刘邦不敢东向，而社稷有磐石之固矣。臣诚惶诚恐稽首顿首，谨言。

子房又看一遍，大惊曰：“此人是磻溪子牙、莘野伊尹，真大将之才，天下之奇士也！我若得此人，着数句言语，管教他弃楚归汉，但此人不知在否？”随将文策仍放旧处，移步下楼，复到书房中闲坐。

只见项伯朝罢归来，谓曰：“贤弟客情不惯？”子房曰：“疏散之人，忘心世故，安得客情不惯。”项伯遂置酒相款。酒至半酣，子房曰：“闻兄有花园，可一游乎？”项伯曰：“今日正欲与贤弟游玩。”遂令家童导引，行至花园内，子房曰：“此园景物鲜好，足娱心目。”来到小楼边，项伯遂邀上楼。子房来到楼上，诈看文字，佯问曰：“此许多文策，何人所作？”项伯曰：“六国奏策，未得举行，因放在此。”子房又揭到一策，因问曰：“此是何人所作？”项伯曰：“鲁麟周凤，未遇其时！此人乃淮阴人，家贫乞食，人多贱之，范增屡次举荐，霸王不用，止与执戟郎之职。前进此文策，霸王扯碎其文，欲要问罪，被我劝免。”子房再不揭看，寻思此正是鸿门会上之人，心中暗喜，遂下楼来。

子房在项伯家，又住数日，因思韩仇何日得报？汉王何日东归？霸王强暴，百姓受害，在此饱食终日，是何道理？忽心生一计。次日辞别项伯，要寻僻静去处。修真养性。项伯苦留曰："贤弟来此，未及一月，如何便要相别？”良曰："此是繁华之地，非某养性之所。明公若是见爱，放我归韩，寻个深山穷谷，埋名隐姓，求师访友，练真悟道，得为长生之客，于心足矣。尝闻云林夫人云：'玉醴金浆，交梨火枣，当与山中许道士，不与人间许长史。'似这等言语，若不弃其尘世之荣华，焉能得物外之仙术乎？”项伯知良不可以富贵动心，乃与相别。子房便辞了项伯，出离咸阳。

不知何处去，且看下回分解。

第三十回

霸王拒谏烹韩生

且说张良辞项伯出咸阳，离城不远，换了衣服，扮做一道士，复入城中，向小街僻巷，风魔狂荡，言语不循道理，腰串铜钱，袖藏梨果，道袍拿在手里，打动渔鼓简板，口中唱着道情，或古庙寺观，营房店肆，或抛钱散果，引得街市上儿童，三五成群，都来看疯道士唱歌。初时儿童尚不相熟，跟走了一二日，彼此通不计较。张良看那其中有一小儿生得聪明，引到一古庙无人处所，与了些铜钱果饼，教他念着说道："今有一人，隔壁摇铃，只闻其声，不见其形，富贵不还乡，如锦衣夜行。"教了几遍，那小儿牢记在心。张良又分付："然有人问你，只说我睡梦中有人教我来，你但到个去处，教小儿唱，你日后寿命延长，百病不生；若还说是人教你的，便有大祸。"那小儿便道："师父教我，我只依师父说。"张良大喜，又与铜钱数十文。离了咸阳，出到城外，更换道衣，如客人打扮，寻个僻静店房安歇，打听城里消息。

只说霸王因思左迁诸侯，恐有人在外议论，常使的当近侍，诈作远客，探听事情。到街市上，听见了小儿谣言，便入内奏知霸王，霸王未信，临晚亦更换衣服，私行来到市上，果闻此语；因问小儿：

“何人教你此语？”小儿云：“乃上天教我的。”霸王大惊，自思：“此必是上天欲我迁都，况咸阳烧得残缺，我正要东迁，不料天意如此，非偶然也！”

霸王闻了童谣，次日早朝，谓群臣曰：“天降谣言，汝等不来奏知，何也？且如‘今有一人’，乃谓朕也；‘隔壁摇铃，只闻其声，不见其形’，言朕虽有声名，而未得传闻于人也；‘富贵不还乡，如锦衣夜行’，言朕虽得天下，而不归故乡，就如着锦衣而夜行也。此谣正合朕意，况秦宫室烧毁，一时实难修整，不如彭城，乃梁楚之地，自淮河以北九郡，统辖千里，此处正好建都，不失故土。即差人兴工修理，选拜吉日，车驾迁都。”有谏议大夫韩生上言曰：“此等谣言，皆是人造作之言，非上天之意也，决不可听信！且关中自古建都之地，阻山带河，四塞而当一面，东有黄河、函谷关、蒲津，西有大陇关、山兰县等处，南有终南、武关、峣关，北有陕河、渭、泾、潼关，百二山河，三山八水，沃野千里，天府之国也！昔周以此兴霸，秦以此霸业，陛下岂可听童谣之言，而失此兴王之地乎？”霸王曰：“汝虽说关中可都，但朕意不喜，即是天意有在也。朕今迁都有三事：一者征伐三年，未经还乡；二者关中山多地少，眼界不得空阔；三者天降谣言，亦非偶然，天意有在，朕心已决，尔等不必多言！纵使曲意建都于此，终是不利。”韩生曰：“陛下为四海之主，如日中天，谁不仰视，又何必拘拘于还乡以为荣耶？孟子曰：‘尺地莫非其有，一民莫非其臣，’岂独彭城而已哉！”霸王曰：“普天之下，皆为我有也，凡可居之地，随朕所适耳，又何多言耶？”生曰：“前范亚父亦曾云陛下不可离咸阳，亦必有见，陛下独有忘于心乎？”霸王曰：“吾纵横天下，所向无敌，识见岂范增所能知哉？吾意已决，不必烦聒！”韩生下阶，仰天长叹曰：“人言楚人沐猴而冠，今果然矣！”霸王在宝座忽听此言，问陈平曰：“此是何说？”陈平不敢隐讳，近前奏曰：“此讪上之言，其意以猴比王，说言猕猴虽着冠帽，心非人也；又言猕猴心不耐久，戴人衣冠，心实急躁也，又谓猕猴着人衣冠，终非人性，戴不破，必弄破也。”霸王听罢，高声大骂：“老畜生！老匹夫！怎敢毁骂朕躬！”喝令左右执戟郎官：“将此老贼推赴咸阳市上，用油镬烹之！”监斩官乃是淮阴韩信也。

韩信押韩生赴市曹，子房打听得知，也跟在人丛中看。只见韩生至油镬前，高声说道：“尔咸阳百姓，我今日犯罪，非奸臣误国，犯了法度，只因霸王听奸人捏造谣言，意欲迁都彭城，怪我再三苦谏，今押在市烹，我想远无百日之内，刘邦必来复取三秦矣！诚沐猴而冠也！”韩信听了他说，谓韩生曰：“谏大夫省言语，恐霸王知道，必连累我等。”韩生曰：“皇天后土，昭鉴不远，为国受烹，实为屈死。”韩信曰：“公谏迁都，百姓皆以为屈死，吾独以为该死。”韩生曰：“我得何罪该死？”信曰：“公居谏议之职，如杀卿子冠军宋义，那时偏将杀主将，公何为不谏？坑杀秦降卒二十万于新安，秦之父兄恨入骨髓，公何为不谏？斩子婴，掘秦墓，烧阿房，左迁诸侯，公何为不谏？今蔽锢日深，终莫能解，公然后来谏，不亦晚乎？此公之所以取杀也。范增比尔如何？尚不能谏，况我等不及亚父远矣，岂能谏乎？你今日之死，不可怨霸王，只可怨那造谣言之人。我指与你，那人丛中立着烧栈绝道，假造谣言之人！决在这里！若捉出来，便知端的。”吓得那子房躲在人背后，再不敢作声。此非是韩信知道子房在此，不过设言以吓子房耳。遂将韩生烹了，满咸阳市上，无一人不嗟叹。天色已晚，韩信回家，子房在后认知下处，回店房去了。

次日，韩信早朝见霸王复命，烹了韩生。霸王又续差季布往彭城，催督修盖宫殿；百官见烹了韩生，再无人敢谏者。

子房已知韩信住处，回到店中。次日，将前在秦宫所得宝剑一口背上，挨门进城，来到韩信门首。只见月色初上，正黄昏时候，门尚未开。良鞠躬施礼，来见门吏，要求见韩信。

不知有何话说，且看下回分解。

第三十一回

说韩信张良卖剑

张良假作淮阴人打扮，来到韩信门首，见一老吏鞠躬施礼，求见韩将军，那老吏便问：“先生自何而来？”良曰：“某乃淮阴人，与韩将军同乡，特来相见。”老吏遂内报知韩信，韩信自思：“我在淮阴贫贱时，并无朋友，我到此已久，亦未见一故旧，今日如何有同乡相访？”正沉吟间，张良已立于阶下。韩信月明之下，见其人清标俊雅，有些面熟，不敢遽问，就迎接上厅，各施礼毕，序宾主而坐。便问：“贤公从何而来？有何贵干？高名贵姓？”良答曰：“某虽将军同乡，久出在外。先世曾遗下宝剑三口，真希世之珍，不敢言价，但遍求天下英雄豪杰，先观其人，次卖此剑。已将两口卖与两个人，止这口剑，未遇其主。闻将军与某同乡，为天下英杰，特来卖此宝剑，不是虚誉，实出本心。早间伺候半日，知将军公出未回，今薄暮特来相谒。此剑：暗临黑水蛟龙泣，潜倚空山鬼魅惊。埋藏千万年，价值数千金。若遇奇男子，铮然自有声。何须出囊钱？物各归主人。君若得此剑，威令满乾坤！”韩信见张良夸美这口剑，又识己为豪杰，心下甚喜，便起身近前曰：“韩信自归楚以来，无人识某为何如人，今见先生持宝剑而见谕，深蒙过奖，信何敢当？愿求宝剑一观。”良遂递与韩信，信接到手，拔剑观看，灯光之下，宝气冲霄，霜锋射斗。韩信平日最爱剑，今日见此宝剑，十分爱慕，因恨囊橐空虚，不敢问价，但云：“公有宝剑三口，那两口得价几何？”良曰：“适间曾说，先观其人，次后卖剑，不论价值多寡，如得其人，即将宝剑相赠，何须言价？久闻将军天下豪杰，以此特来相见，宝剑有主矣！”韩信起谢曰：“宝剑虽蒙见惠，但信为人恐未相称。”良曰：“若不相称，虽与万金，亦不敢以轻售也。”信大喜，分付家僮置酒相款，因问：“此宝剑可有名乎？”良曰：“俱各有名：一口是天子剑，一口是宰相剑，一口是元戎剑。天子剑乃是‘白虹紫电’，宰相剑乃是‘龙泉太阿’，元戎剑乃是‘干将莫邪’。夫‘白虹紫电’，乃是吴王剑名，悬于壁上，邪魅遁形，诸怪敛迹，真宝剑也！‘龙泉太阿’，乃是宿焕见牛斗宿中常有云气，自下而上，光芒掩昧，焕随于有光去处掘地，得二石匣，中藏宝剑二口，一名‘龙泉’，一名‘太阿’，而牛斗之间，无复光芒矣。‘干将莫邪’乃阖庐所造，雌雄二剑，虽出人力所为，实按天时，应星宿，合阴阳，观炉火，十数年方铸成此剑，磨礪有法，修造有度，非止一日，遂名‘干将莫邪’。然吾之宝剑，非特此耳，观人象德，各有所宜。如有天子八德，而后得佩此剑，给以翌圣化也。”信曰：“何谓天子八德？”良曰：“八德乃仁、孝、聪、明、敬、刚、俭、学也。”信曰：“宰相剑，亦有德也？”张良曰：“宰相如无八德，亦难佩带此剑。”信曰：“何谓宰相八德？”良曰：“忠、正、明、辨、恕、容、宽、厚是也。”信曰：“天子宰相二剑，既闻命矣；然不知此剑为元戎剑，亦有德乎？”良曰：“元戎剑岂可无德？”信曰：“请言之。”良曰：“廉、果、智、信、仁、勇、严、明是也。”信曰：“先生宝剑真为天下奇绝。但不知那两口剑，卖与何人，亦可得闻乎？”良曰：“天子剑前卖与丰泽刘沛公矣。”信曰：“先生见沛公有何征验，将此剑卖与他？”良曰：“大德当阳，龙颜特异，神母夜号，芒碭云瑞，爰立赤帜，五星聚会，大度宽仁，出乎其类。此公有天子福德，前在芒砀山斩白蛇，已将此剑卖与他。”信曰：“宰相剑卖与谁？”良曰：“卖与沛县萧何。”信曰：“有何证验？”良曰：“翌运元勋，经纶汉室，不事干戈，全仗仁义，约法苏民，漕河广济，布衣同心，起自丰沛。此公有宰相大才，前在关中除秦苛法，约法三章，已卖与他。”信听罢笑曰：“先生已将宝剑卖与汉王、萧相国，可谓得人矣！今将此元戎剑，欲卖与小子，但信素无重名，又无为将八德，不亦负此剑乎？”良曰：“据将军所学所养，虽古孙吴穰苴，不能过也，但未遇识主耳。昔千里马未遇伯乐，杂于槽枥之间，遭入奴隶之手，与常马等也。及一遇伯乐，知其为千里麒骥，长嘶大鸣，追电绝尘，为天下之良马也。故古人有云：‘向北长鸣天外远，临风斜控日边还。’即今将军碌碌人后，未遇识主，不知其为元戎也！苟得遇识主，言听计用，枢动天地，变化风云，坐镇中原，出警入跸享九衮之荣，极人臣之贵，则非今日之碌碌也。”韩信见张良说到此处，不觉长呼慨叹，触动念头，便道：“闻先生之言，如照肝胆。信在此日久，一筹未展，百计难言。前屡次上表，霸王不听，今欲迁都，大事去矣！信不久亦归故里，苟延岁月耳！”良曰：“将军差矣！良禽相木而栖，贤臣择主而佐，以将军之抱负，岂可按迹衡门，为淮阴一钓叟耶？”信又长叹曰：“先生今晚来见，语言动人，议论出众，非独卖剑，决有深意也，我于月明之下，灯烛之前，细观举动，先生非韩国之张子房乎？”子房离席起谢曰：“久慕重名，不敢遽见，今晚拜候，实有深意，将军看破，岂容自隐？小子便是张良。”韩信大笑，握良手曰：“先生天下豪杰，人中之龙也！我欲弃此归汉，但不知先生有何见谕？”良曰：“汉王实是长者，暂屈褒中，终成大事，将军肯从愚见，我有一物与将军为贽。”

贵似连城和氏璧，奇如照殿夜明珠，休言吕望千条计，不及区区一纸书！

未知书上是何说话，且看下回分解。

第三十二回

霸王江中弑义帝

却说张良以卖剑为由，说韩信归汉，遂于衣襟下取角书一封，递与韩信："我昔日别汉王萧何时，曾与约下，如荐举元帅来，可凭此角书为记，如有角书，须当重用。公可将此书收好，不可失落，有误大事。"信又问曰："先生已将栈道烧绝，却从何路可入褒中？"良在书袋中取出地理图一本来，付与韩信曰："此图乃山僻小路，从斜岔入陈仓口，转近孤云岭、雨脚山，绕到鸡头山，径下褒中，近二百里，将军他日破三秦，当从此出。此地汉人亦不知，将军当秘之，不可轻示于人也。"角书、地理图，韩信收拾在身，又问曰："先生今往何处去？"良曰："吾今看霸王迁都后，效苏秦游说六国，着他反楚，以分霸王之势，使无复西顾之意，则将军得任意下三秦，据咸阳，而图天下也。"信曰："某亦早晚就行，但看事机如何，到彼时自有处也。"韩信亦无家小，止有门吏二名在外扼门，家童二人伏侍。张良遂与韩信同榻，过了一宿。次日，别韩信出离咸阳，往各国说诸侯去。韩信预备行装，写了家书，分付家僮，打发盘费，往淮阴看视家小不题。

却说范增在彭城，守催义帝幸郴州。帝曰："君，出令者也；臣，奉君之令而宣化者也。昔项羽立我为君，以属天下之望，以此诸侯悦服，而得入关中，我已有约，但先入关者为王。今羽背约自立为王，封天下诸侯，意欲迁我于郴州，废置而不用，何异于首居其下，足居其上，冠履倒置，甚非臣体。尔为项羽亚父，当极言苦谏，以正其过可也，乃助彼为恶，是亡秦之续耳！尔心独不愧乎？”范增俯伏在地曰：“臣增屡次苦谏，项王不听。今又差季布守催，指日离咸阳，要来彭城建都。臣亦两难，不过惟君所使耳，”帝曰：“尔为项羽心腹之人，正当苦谏，岂可委于从命，而略无可否？此乃阿附小人，非大臣以道事君之体也！”增惶恐无地，只得具书奏知霸王。

霸王知义帝不欲离彭城，大怒曰：“怀王乃民间竖子，我家听立，尊以为王，千载之奇遇矣！却乃偏使刘邦西行，意欲相为结好，以恩为仇，反有谋害之意。今为义帝，且又妄自尊大，若不剪除，必为后患。”遂使九江王英布，衡山王吴芮，临江王共敖，潜于大江之中埋伏，却着范增、季布、桓楚、于英急催启行，待至大江，假以出迎，因而杀之，传布中外，只说义帝行到江中，遇风，船覆淹死，以隐前情，庶免天下议论。

霸王计较停当，传令分付四人，急在大江伺候，却修书上义帝曰：

> 西楚霸王臣项籍稽首顿首上言：伏以奉命破秦，直抵咸阳，子婴受首，受正国法，仰尊陛下为义帝，实为天下主也。然彭城路当南北之冲，乃用武之地，甚非陛下所宜居也。今郴州乃湖南名都，左有洞庭，右有彭蠡，山水秀丽，帝王之都也；请陛下幸临，以观天下。今乃听细人言语，不从所请，致使君臣有相疑之私，辇设阻壶浆之望，遮道来迎，终日稽候，一日之费，何止万金？为民元首，于心何安？复差千户项臣上书恳启，惟速赐裁决下情，不胜激切之至。

义帝看罢羽书，与左右商议曰：“项羽屡次差人催并，急如星火，已无人臣之体。若复留连，恐生他变，不若车马启行。”义帝即传令文武大小官员，择日幸郴州来，只见彭城百姓，遮道伏地，望尘叩首，相联数百里，或献茶果，或上歌颂，家家设放香案，尽说：“义帝在此数年，镇市不扰，乡村安静，上下和睦，乃有德之主也！今日迁都，又不知何日再得相见，遂悬望之念！”义帝见百姓恋恋不舍，亦自垂涕。

某日，行至大江口，有白鱼阻舟，水浪不能前进，船家就将龙舟缆住，只见大风骤起，将桅折作两段，幸大舟傍岸无事，其夜，帝方寝，只见五色祥云，罩合龙舟，香风馥郁，有一派仙乐自天而降，先有二金童玉女入舟中，低言：“启请陛下，早幸龙宫，受百官朝贺。”帝曰：“我自赴郴州建都，此地非我居也。”金童曰：“龙宫奉上帝敕命，已设御座，专候车驾，文武百官，具朝服于上清门迎接，陛下不可推辞也。”帝曰：“龙宫恐非人世，朕何以居之？”金童曰：“上帝以陛下有君德，宜在高位，因赤帝子当权，福德洪大，陛下当让此位而居龙宫，以掌水府，会九天列圣，以次推举，非同小可。陛下请移玉步。”帝方欲出龙舟，遥见水光接天，洪涛巨浪，耳闻仙音，不敢登步。趑趄之间，顿然觉来，却是一梦，舟中更鼓三漏矣。急忙呼左右掌烛详梦，有近臣奏曰：“适见白鱼阻舟，桅被风折，据此梦警，皆非佳兆。陛下天明回舟，再作商议。”帝曰：“不然，车驾已行，大信昭布，如若反覆，则非大体。况天数默定，人不可为，纵有不测，又何惧哉？”不听近臣之言。

次日早发舟，望大江而来，行至中流，有英布、吴芮、共敖坐三只大船，鼓噪大进，顺风而下。三人立于船头大呼曰：“臣等奉项王命来迎陛下，陛下所有玉符金册，留下与臣等为执照。”义帝大骂曰：“尔等助纣为恶，不通王化，当此大江中流之际，据兵阻行，甚非人臣之礼！”英布等各持刀将船拢近龙舟，直身一跃，众士卒随即通过龙舟来，惊得舟中侍从急欲藏躲，被英布等手起刀落，杀死数十人，或有望大江自尽者，或有船仓中藏匿者，帝见此光景，指西北大骂：

“项籍逆贼，他日决遭横死！”遂撩衣望大江一跃而坠，逐浪翻波，不知所向。舟中藏躲者，尽被英布等杀死。

英布等弑了义帝，方欲回舟，只见南岸上有接义帝的百姓人马，呐一声喊尽道：“英布逆贼，汝信项羽指使，弑了义帝，夺了天下，决不得长久！我等布告天下，立个盟主，与义帝发丧，诛此无道，以雪天下之恨。”英布欲撑舟近岸敌当，风色不顺，急难凑拢，百姓一哄都走了。

未知如何，且看下回分解。

第三十三回

韩信背楚走咸阳

英布杀了义帝，闻岸上百姓发喊，欲拢舟上岸，因风色不顺，不得傍岸，那百姓一哄都走了。其中三个老人，为首一老人，年八十岁，人称为董公。为人多读书，知道理，一乡最尊他。乃作倡曰：“待英布的人马回去了，我等务要打捞义帝尸首，带至郴州，以礼葬埋。却纠聚几个壮士，从河南洛阳迎接汉王，做个盟主，与义帝报仇。”众人应声曰：“我等愿从尊命。”董公率领众人急奔下流，雇觅十数个会水的船家，下江跟寻。至是晚，月明之下，忽见水面上，隐隐若有所见，众船家伏水近前抱住，却是个人，众船家捞上岸来，掌起火把看时，颜色如生，并不改变。众人原不识义帝，又见赤身无一丝衣服，止二足中趾上套二玉环，乃龙形也。董老曰：“此必义帝也；若常人，岂有此玉物耶？”众人以净帛遮体，扛至前村，各焚香行礼。至次日，权处棺木殡了，径投郴州来。有本州官吏里老人等。抬至原修宫殿中间停放，众人计议，恐日久霸王知道，决寻事谋害，不若急急葬埋，庶为全美。州官等择日将义帝葬于郴州。至今义帝坟冢尚在，四时享祭不绝。

英布等弑了义帝，来到彭城会范增等众人，将前事密说与范增，增懊悔不已，与众将曰：“义帝乃吾与武信君所立，以服人望，岂想今日弑于江中，甚非人臣之礼。若再迁都彭城，决不足以图天下矣！我等当急回劝止，不可迁都，庶刘邦不敢东向，若离咸阳，不百日内，刘邦决出褒中，吾辈不能安一日矣！”季布曰：“前韩生亦曾有此言，被霸王烹之。”增曰：“我等众人各苦谏，决不可迁都。”

范增留季布修理彭城，却同众人赴咸阳来劝止霸王，只见咸阳十分狼狈，各文武官员，通预备行装，要三二日启行。范增同英布等进见，备将义帝遇害一一奏知霸王，霸王大喜曰：“除我心腹之患。”范增曰：“心腹之患，不在义帝，实在刘邦也。陛下若今迁都，不久刘邦决出褒中矣！”霸王曰：“栈道烧绝，吾料刘邦插翅亦不能飞出也。”增曰：“陛下迁都，三秦懈怠，其人决有大志，必蓄养豪杰，与陛下争衡，出此栈道，反掌之易耳！望陛下不可迁都。”霸王曰：“朕号令已出，文武行装已备，岂有中止之理，亚父不必过虑，料刘邦无能为也。”英布曰：“事贵先图，机难遥度，臣恐陛下一离咸阳，人心怠缓，此地决难守也，近日各路诸候，渐有叛失者，陛下不可不虑也。”霸王怒曰：”朕自会稽起义以来，所向无敌，凡叛去者，皆不才之人，何足为用？迁都之事，朕意已决，再不必多言！如有抗拒者，以韩生为鉴。”范增等长吁口气，各下殿来，只得各备行装起行。

却说韩信自见张良后，此心倦倦不能忘，先将家僮打发回淮阴去，是夜过都尉陈平家拜访。素日信知陈平有意降汉，因来以言挑之曰：“霸王迁都，汉王决出褒中，咸阳非国家所有也。”陈平曰：“霸王近日杀义帝，迁彭城，烹韩生，自以为是，决不足以久安。汉王长者，他日终成大事。贤公在此碌碌，不若背而去之，得以展大才也。”信曰：“我亦有此心久矣，恐沿路关津难过。”平曰：“此亦不难，我衙门有印信文书，与贤公一纸随身，所过关口，有此文书，径自长行，只说入褒中探听消息。”信拜谢曰：“若得此文书，诚千金之赐也。他日若得寸进，决不敢忘盛德。”平曰：“贤公保重，若他日成事之后，不久亦欲投汉，仍望贤公提拔。”信拜辞陈平，得了批文，预备行李，拴束停当，分付门吏：“我城外访友，明日方得归来，汝可用心看守。”匹马径出咸阳来。行至关口之时，自范增回关中，见汉王已入褒中，心中忧惶，即差人分付，各关津隘口把守得十分严密，韩信来到安平关口，只见把关军士拦住，便问：“将军往何处去？”韩信随将批文与众人验看，仍到关上见守关总管，各施礼毕，问韩信：“足下何处去？”信曰：“霸王差往三秦，会同整饬兵马，关防汉兵，着星夜传报。”即辞众人出关，急策马西行不题。

却说把门二吏，连等了两日，不见韩信回来，急报知亚父，备说：“韩信一月前有一人，夜晚来相会，说了一夜话，就在信家宿歇。其后将家僮行李打发回籍，今却匹马假说访友，次日就回，不意今已又过了两日，前后共四日，不见归来。此必是逃走，不敢不报。”范增闻了这话，便跌脚道：“此人我终日悬念在心，前曾叮嘱与项王说：若用此人，须当重用，若不用此人，须杀了方除后患。不意今日却走了，决投褒中去。吾心上又生一大病矣！若不追来，使我晓夜不得安然。”随入内奏知霸王。王怒曰：“此懦夫安敢背我归汉！”增曰：“韩信极有识见，臣屡次荐举，陛下只是不用，今被他走了，决归褒中去，他日为陛下一大患也！”王曰：“彼无文凭，关上必然拦阻，如何得脱？”急差钟离昧：“领二百轻骑，快与我捉来，碎尸万段，以警其众！”钟离昧依命追赶，来到安平关，责怪关上官兵：“如何轻放韩信过去，有失关防？”把关总管禀道：“韩信有随身印信批文，为约会三秦紧急公事，某等安敢阻当？今已过关三日矣！将入汉境，明公恐不能追及。不若飞报三秦，遣兵追赶，况栈道烧绝，决难经过，庶可赶上。”钟离昧曰：“尔众人所见亦通。”当时作飞檄，即传报三秦，着兵追赶。钟离昧回咸阳，将前事奏知霸王。王曰：“即逃去已远，料韩信懦夫，成何大事？亦不足挂念！”当传令着文武大小官员，随车驾赴彭城建都，却留吕臣、枞公守咸阳。

且说韩信离安平关，一路直抵散关，照前验批过关。来到三岔路口，自思此处正是紧要去处，将张良地理图取出，观看入褒中去路。看毕，方欲策马，只见从东一骑马飞走前来，手执大牌，分付路口兵："尔等如遇匹马过来，当追看批文中姓名，如不是韩信，方许放过去。"众军士便道："方才过去一人，匹马独行，不曾追问来历，何不赶上问他一声？"那执牌军官急赶上韩信，便问："将军甚姓名？有何公干？"信曰："我姓李，前往褒中探亲。"那人曰："有批文否？"信曰："有批文在此。"那人务要取看，韩信取公文打开，正欲递与观看，却于背上将宝剑拔出，望其人一剑杀死。那关中走出五个人来，就向韩信奔来，韩信匹马近前，举宝剑将五个军士尽行杀死，策马急向西行。

未知何日得到褒中，且看下回分解。

第三十四回

韩信问路杀樵夫

韩信杀了报事官并军士五人，寻思:“倘地方知道，杀死官军，决然跟从此路而来，被他捉往，却不误了大事?”急转过山口，从僻小夹路向西南而行。两边都是山，中间止有一小路，又涧水潺缓，波流有声，断岸千尺，十分险峻。韩信到此，不得驰骤，只得勒着马，一步步缓行，又不知何处往陈仓渡口去?正在犹豫之间，只见山坡边，转过一个樵夫来，韩信便道:“樵夫，那条路往陈仓路上去?”那樵夫放下柴担，用手指着那山路道:“此去绕过这山岗，却是小松林;过了这林子，下边便是乱石滩，有一石桥，过了桥，却是峨嵋岭，上了岭，甚难走，须下马牵着，行过此，方是太白岭，岭下有人家，吃了饭过孤云山、雨脚山，渡了黑水，过了寒溪，便是南郑。将军不可夜行，恐有大虫。”樵夫说了山径，信将地理图一对，分毫不差，拜谢樵夫，策马而行。樵夫便挑柴担，正欲下山坡去。韩信暗思:“章邯知我杀军士，决从这条路赶来，到得这岔路口，倘遇这樵夫，说与他这条小路，却从这里赶来，我马又疲乏，决然被他捉住。不若杀了樵夫，若军马赶来，只从栈路上赶，决不知有此路也。”信勒回马来，便叫住樵夫。樵夫只道再问路径，回头来正待相问，被信揪住头发，一剑杀了，拖到山凹之下，用土掩埋了。韩信遂乃纳头下马祝之曰："非韩信短行，实出不得已也！他日如得地之时，决来与君厚葬，以报其德。"随洒泪上马西行。

韩信杀了樵夫，径过山岗，出了小松林，渡乱石滩。一日，下了太白岭来，近山有个酒馆，下马入到酒馆来，呼酒保摆山肴村醪，方饮数杯，不觉想起樵夫来："我因恐楚兵追及，不得已杀之，非薄情也。"遂作歌一首，借笔砚在白壁粉墙上题歌曰：

陟彼山路难，崎岖不可测。藤萝结层峦，狐兔藏幽黑。
怪哉此山险，峻坂有万亿！去天手可攀，回转苦筋力。
迷黯竟何往？无由问乡识。忽见采樵人，问君将安适？
勒马立山前，乃云西川国。樵人指要路，按图无差忒，
足知为忠亮，孔云宜报德。追兵恐忽至，受擒反自贼，
斩汝绝踪迹，实非我薄刻。留汝特山樵，存我为帝翊。
我当万夫望，群殆良不惑，无罪遭霜降，我心为君恻。
君德终图报，君后我更植，苍苍秋月明，疑照君颜色。

韩信题歌毕，只见后边走出一壮士，看着韩信道："你背楚归汉，杀了樵夫，却来我家题诗，我若拿住你，却待重赏。"韩信便起身道："壮士来你既住居汉土，为褒中百姓，如何倒说这话？"那壮士大笑，拜伏在地道："我祖父乃周臣，姓辛名雷，世居扶风。传至父辛金，因始皇残暴，遂移家于太白岭，以卖酒为生。某名辛奇，不事家产，专好采猎，娴熟武艺。一向未遇明主，遂栖迹于此。昨夜梦飞虎自东北高山而来，卧在草蓬之上，觉来知今日必有贵客经过，因不曾出采猎，等了半日，却见贤公策马下山，光临草店，我在壁里窥见，知公为非常人也，因出拜见。适来言语冒渎，望乞恕罪。"韩信扶起答礼，便问壮士："据你一表堂堂，又素怀忠烈，见今汉王宽仁大度，招纳天下豪杰，何不倾心投之，以图封侯建节，不失家谱也？"壮士曰："某

怀此心久矣，待公投见汉王，决然贵显，那时统兵破楚，可暗从此地而来，路僻且近，使三秦不知汉兵从何而下也。”信大喜，握壮士手曰：“此言不可轻泄于人，待我伐楚之时，子可随我建功，以为乡导，不可失也。”壮士遂留信在家住宿。当日母妻俱出草堂拜见。韩信见仕士如此忠诚，亦将自己心事，一一告知，遂相结拜为兄弟。

次日，韩信拜辞，便要起身，壮士曰：“前边是孤云、雨脚山，路径甚险，极有大虫，恐尊兄孤身难行，小弟预备器械，送尊兄过了寒溪，便是南郑地方，小弟才好回来。”韩信拜谢：“不劳远送。”壮士再三不肯，遂吩咐母妻看守店房，酒保照旧管待过往客人，说道：“我送尊兄过了寒溪便回。”当时收拾行李，拿了一条长枪，带了弓箭腰刀，随同韩信直望孤云而来。一路与信说些兵法，论些武艺，一二日来到寒溪。远远的望见南郑，壮士用手指道：“尊兄可从此处往南郑去，不远矣。”信下马同壮士入到靠溪一个酒店里，相对坐下，呼酒保摆下菜蔬，斟酒与壮士饮。信曰：”贤弟回家，早晚打听我出褒中，可急来相见。”壮士曰：“小弟到家，专望麾盖，如有消息，星夜前来迎接。”信大喜。两个又饮了几杯，壮士曰：“意要送尊兄到褒中，但不曾与老母说知，恐在家悬望，只此拜辞尊兄。”信不忍分手，各各洒泪相别。壮士仍回太白岭去，韩信便望南郑来。

不知投见汉王，如何举用？且看下回分解。

第三十五回

韩信褒中见滕公

韩信辞壮士，策马入到南郑，风俗自是不同：老者安闲，少者负劳，行人让畔，道不拾遗，家家快乐，处处笙歌，田野开辟，桑麻盛茂，韩信甚喜。入得城来，六街三市，衣冠文物，风景殊别，天生方圆有二百里，一望平川之地，更无一尺山路。却寻个店房安歇下，将行李收拾停当，分付店家仔细看守。那店家道："官人放心！我这店中不比别处，若路上失了物件，亦无人敢拾去，况店中行李，岂有差失？"

韩信出得店来，徐步看那汉中：南有剑门之险，东有栈道之阻，前控六路，后据大江，为荆襄之襟喉，实秦陇之要害。民安物阜，土厚风轻。国人尝云：春有碧桃红杏，夏有连藕葵榴，东篱菊绽如金，南岭梅开似雪。美酒嘉鱼，香橙晚稻。有石顶关，有瀑布泉，有盘云坞，有天汉楼，有硅石堂，有四照亭，有峨嵋山、青城山、锦屏山、巫山，有赤甲、白盐诸景，不能尽看。又信步来到一衙门前，有匾云："招贤馆"，两边具有榜文，上写一十三件事宜，晓谕军民人等知悉，如：一件熟晓兵法，深知韬略，可为元戎者；二件骁勇过人，斩将搴旗，可为先锋者：三件武艺出众，才堪驱使，可为散骑者；四件谙晓天文，善占风候，可为赞画者；五件素知地理，深通险易，可为乡导者；六件心术公平，为人正直，可掌纪录者；七件机变精明，动能料事，可与议军情者；八件语言便利，足能动人，可为说客者；九件精通算法，毫厘不差，可为掌书记者；十件多读诗书，以备顾问，可为博士者；十一件素明医学，神灵功巧，可为国手者；十二件善能驰骤，探听机密，可为细作者；十三件掌管钱粮，出入有经，足可以给军馈者。凡人于十三件中，晓一件者，即入招贤馆报名，听候看验，果称其实，奏请重用。立贤无方，不拘贵贱，尽心王事，务期报效，懋著功绩，不次超擢，封侯拜相，悉在此举，敬兹告示。

韩信看罢榜文，便问居民："掌管招贤者何人？"居民曰："管招贤者，乃滕公夏侯婴也。汉王封其人为汝阴侯，为人好贤下士，不拘小节。"信大喜，暗想："我若相府见萧何，以张良角书投献，是凭张良荐举，不见我胸中抱负。我且将角书隐下，先见滕公，次见萧何，备将我平日所学，暴露于外，使他人知我，不用奏知汉王，然后却献出角书来，方见我非碌碌因人成事者也。古人曾说难进易退，若进容易，终不得大用，必须始初甚难，次后人不敢轻看。"遂写了籍贯姓名，来见滕公。滕公看韩信一表非俗，暗思："此人亦曾闻其名，原是楚臣，如何不辞千里而来，必有缘故。"便问曰："贤士从何而来？亦曾出仕否？"信曰："某楚臣也，项王不能用，因弃暗投明，从咸阳而来。"滕公曰："栈道烧绝，山路甚险，贤士如何便得到此？"信曰："志图报效，不惜路远，攀藤附葛，缘山而来，所期有在，遂忘劳苦。"滕公曰："壮哉志也！贤士曾看榜文，果通何科？愿求一言，以观其蕴。"信曰"十三科皆知，但此外一科，未曾开出。"滕公曰："那一科未曾开出？"信曰："一件才兼文武，学贯天人，出将入相，坐镇中原，奠安华夏，百战百胜，取天下犹如反掌，堪为破楚元帅，此内少一科也。如欲下问，信当以此为明公言之，乃所优为耳。若其为十三件，不过一节之能，未足以尽信之所知也。"滕公听罢大惊，急下阶以手攀韩信上厅，纳头便拜曰："素闻贤士之名，未曾识面，今幸千里而来，非独一人之幸，实天下社稷之幸也。愿闻良策，毋吝珠玉。"信曰："世之为将者，徒知兵法，而不能善用，虽精熟孙吴，日讲韬略，亦不足取也。必是知兵而善用，然后为良将也。昔宋国有蓄龟药，严冬大寒，手不冻裂，其家世世在河边以漂洗绵絮为业，虽三冬冷月，而手不冻裂，以此生意甚盛，却不传外人。遇有二客经过，愿出银一百两，买求此方。其家商量，终日漂洗，不过暂得温饱，如何积得许多银养家？不若将方传与二客。后二客得方，至吴国，适当越王与兵攻吴，天气严寒，吴兵畏寒不能举，二客遂献策，却将龟手之药，涂于军士手足之上。吴兵不惧寒冷，一战胜越，遂成大功。吴王大喜，重赏二客，均一龟手之药也。宋人用之，止于漂絮；二客用之，足以破敌。即如为将之道，不但须读兵书，须要善用兵法也。"公曰："贤士以如此大才，在楚不得大用者，何也？"信曰："昔百里奚在虞不能用而虞亡，在秦能用而秦霸；贤者未尝无益于国，惟在国君用与不用耳！信在楚屡次上言，楚终不能用，后范增再三荐举，项王坚执不用；我知项王决不能用也，遂弃楚归汉，以图报效。"滕公曰："贤士在楚不用，固不足以显其才；若今汉王用之，贤士有何方略乎？"信曰："若汉王用我，统倾国之师，倡有名之举，东向伐楚，先取三秦，次收六国，使项王去其羽翼，范增困手束策，不数月而复咸阳如反掌耳！但恐明公不能举，汉王不能用也。"滕公曰："贤士口出大言，恐无实学！项王暗哑叱咤，万人皆废，三年之间，纵横天下，自古武勇未有如项王者也。贤士言如此容易，不亦失于夸张乎？"信曰："不然！某冒险而来，跋涉千里，倘无实见，徒费口舌，以大言而欺人，是狂妄而取咎也！由汉人观之，以项王为不可；在某观之，曾婴孩之不若也，何言武勇之贯于古今乎？"滕公曰："贤士言能如此，亦曾读韬略乎？"信曰："为将之才，熟读诗书，深知成败，上至天文，下至地理，无一事不知，亦无一物不晓，岂但读韬略乎？"

滕公即于馆内架上取六韬三略数册，使信背诵。韩信从头至尾，口若悬河，滔滔不绝；又取阴阳医卜使信背诵，韩信无一字不记；又将各般兵器作何使用，韩信备将兵器之根源，作用之法则，一一陈说，无一般不知。从早至午，与信议论有千百言，更无差错。滕公曰："贤士真天下之奇士，古今所罕有也！"即留管待，又从容相款，胸中不知有多少好学问，愈问愈不穷也。滕公大喜曰："我明日早朝，奏知汉王，决重用贤士。"信曰："明公且未可奏知汉王，乞引见萧相国，二公会约，相同共力推荐，庶汉王知重韩信，得以大用也。"滕公曰："贤士所见甚明，今晚就与相国会约，请贤士相见，料相国必不敢轻也。"信辞滕公回店不题。

却道滕公至近晚，径赴萧何府相会，备道："韩信弃楚来褒中，议论出众，学问渊源，真天下奇士也。"何曰："韩信某亦尝闻其名，此人素贫贱，钓于淮下，寄食漂母，遇恶少叱辱，甘受胯下，一市人皆笑之。后仗剑投楚，楚授以执戟郎官，亦未重用，惟范增屡次荐举，项王不用。想是因楚不用，遂弃彼就此。但恐汉王亦知其人，不重用也。"滕公曰："此人可惜未遇，若果重用，决可以建立奇绩，料不负所举也。"何曰："明日可着来相见。"滕公遂辞何归宅。

不知如何相见，且看下回分解。

第三十六回

萧相国深奇韩信

却说次日滕公差人于店中请韩信，往见萧何。何所住居丞相府，门禁严肃，堂阶深远，先有伺候官报入府，然后一门吏出来，问了姓名，达知丞相。只见一椽吏出来，请贤士进府相见。韩信入到堂下，即见萧何出檐下，拉信入于堂，里不设坐，相与立谈。何曰："滕公深称大学，幸今相见。"信曰："信在楚闻汉王圣明，丞相贤达，求士如渴，卑礼折节，不辞千里而来。到此数日，始见滕公，昨与相见，尚未倾倒；今见丞相后，即欲仍归故里，宁甘心泉石，不屈志人下也。"何曰："贤士未见囊锥脱颖，何乃见貌变色耶？"信曰："不遇错节，未尝歃血，岂可囊锥脱颖，以自荐耶？"何曰："愿闻贤士高谈，何当拱听。"信曰："昔齐王好鼓瑟，晋有一贤士善鼓，王再三延访。一日，贤士至齐国，王坐于堂下，欲贤士鼓瑟。贤士不悦曰：'王如不悦瑟，臣岂敢登王之堂，而见王于咫尺乎？王如好瑟而乐闻之，当焚香赐坐，听臣鼓瑟，臣必尽心为王鼓。今王坐，臣立，如待仆隶，臣何自贱，而为王乐乎？'鼓瑟者，尚羞立于王之侧，况丞相当吐哺握发之时，为国求贤之日，欲闻治国之要，而反倨傲以接贤士，此信所必欲去，而不愿留于其国也！"萧何闻信语，即延之上坐而拜之曰：“何无知，有失待客之礼，幸望恕罪恕罪。”信曰：“丞相求士，实为国家，某相见，意欲倾心，以图补报，非一人之私也。”萧何乃拱手问信曰：“愿贤士论天下之形势，决天下之安危，明天下之治乱，审天下之强弱，然后天下可图也。”信曰：“关中百二山河，天府之国，自古帝王为建都之地。项王舍此不居，而乃迁都于彭城，此失天下之形势也！汉王虽左迁于褒中，然养威蓄锐，为虎豹在山之势，使智者无以用其谋也，不亦为得乎？项王所向无敌，天下诸侯畏其强而已，然背叛之心，藏于不测，外若为安，内有隐祸，反不若汉之远处偏方，而得以收拾人心，养贤及民，诸侯不得侵扰之也。项王弑义帝于江中，大肆不道，而荆襄湖南之民，欲纠合讨罪，不日大乱作矣！彼尚茫然不知，而自以为强，此匹夫之勇耳，何足以望天下之人心乎？汉王约法三章，除秦苛法，虽左迁南郑，而天下属望，若举兵面东，百姓莫不引领来归。天下未有一人不愿汉王为秦王。章邯等三人，秦民恨入骨髓，而项王乃封为三秦王，以阻扼汉兵，实为资敌国以利也。我苟东向，百姓皆为我战矣，三秦可传檄定也。此天下之形势，安、危、治、乱、强、弱，不待智者推论而可知也。丞相又何忧焉？”何曰：“据贤士所言，楚可伐乎？”信曰：“当此之时，项王东迁，诸侯离叛，百姓嗷嗷，急欲思主，三秦不为严备，汉兵正当可举之日也。失此机会而不东征，使齐、魏、赵、燕，或有智者一言，举兵而西，先取咸阳，次取三秦，阻其要害，汉兵虽老死不得出褒中矣！”萧何见韩信说到此处，乃近前附耳曰：“前日栈道已烧绝，汉兵急难举行，奈何奈何！”信笑曰：“丞相何乃欺人若是耶？前日烧绝栈道，必是智者与丞相计议，定当另有别路可通汉兵，然后烧绝耳。此不过使楚无西向之意，汉王绝东归之心，此计可以瞒项王耳，若智者看破，不可欺也！”萧何闻韩信此言，实切心肺，不觉笑容满面，离席下拜曰：“萧何自入褒中来，未同人论至此，今日贤士之言，如醉方醒，使我胸中痛快，不能舍也！”连叫左右备马，与贤士回私宅少坐，先差人预备酒席。

萧何同信到宅，分宾主而坐，设酒相款。因论为将之道："夫将者，三军之司命，国家之安危所恃，其道可得而闻乎？"信曰："将有五才十过。所谓五才：智、仁、信、勇、忠也。智则不可欺，仁则能爱人，信则不失期，勇则不可犯，忠则不二心也。为将而有此五才者，然后可以为将矣。所谓十过者，有勇而轻死者，有急而心速者，有贪而好利者，有仁而不忍杀者，有智而不心快者，有信而妄信者，有廉洁而不爱惜人者，有谋而心缓者，有则别而自用者，有懦而喜任人者。将有此十过，则不足以为将矣。故善将兵者，具五才，失十过，攻无不破，战无不胜，谋无不成，可以无敌于天下矣。"何曰："今之为将者何如？"信曰："今之为将者，或有勇而无谋，或有谋而无勇，或恃己之能而不能容众，或外温恭而内慢易，或矜贵位而恶卑贱，或性骄虞而耻下问，或扬己之长掩人之善，或藏己之过彰人之非，此皆为将之弊，而今皆蹈之，所以不善为将矣。"何曰："若贤士为将则何如？"信曰："若信为将，非敢自为夸张，实出古兵法，但人不能知耳！用之以文，齐之以武，守之以静，发之以动，兵之未出也如山岳，兵之既出也如江河，变化如天地，号令如雷霆，赏罚如四时；运筹鬼神，亡而能存，死而能生，弱而能强，柔而能刚，危而能安，祸而能福，机变不测，决胜于千里；自天之上，由地之下，无所不知；自内而外，自外而内，无有或违；十高之鼓，百万之多，无有不辨；或昼而夜，或夜而昼，无有不兼；范围曲成，各极其妙；然犹洞达古今，精明易学，定安险之理，决胜负之机，神运用之权，藏不穷之智，奇正相错，阴阳始终，然后仁以容之，礼以立之，勇以敌之，信以成之；如此则成汤之伊尹，武丁之傅说，渭水之子牙，燕山之乐毅，皆我之师也。此乃信为将之道，养之素日，不敢不实告也。"何见信议论如长江大河，一泻万里，心甚奇之。因思汉王有福，感此豪杰来投，破楚元帅，舍韩信再无有过此人者也，称赞不已，遂留信私宅安歇，分付家僮二人朝夕伺候答应。韩信从此在萧何家住居，却将张良角书藏在身边，不肯取出，只欲凭自己学问，在萧何、滕公处施展，其心只要待临时举用之际，方将角书献出。

萧何自得韩信，喜而不寐，又思："张良曾有角书合同，必须寻一个破楚大元帅，连角书一同荐来。今放着这个韩信，正是破楚元帅，却错过不荐，想是张良未曾得遇。我明日早朝，同滕公极力荐举。"

更不知汉王用否，且看下回分解。

第三十七回

韩信为治粟都尉

次日，萧何会滕公赴早朝毕，两人出班奏曰："臣等于招贤馆得一贤士，韬略精通，识见高远，堪为破楚元帅。乞大王重用。"汉王曰："贤士何处人？曾出仕否？愿说姓名，朕当录用。"萧何等奏曰："此人原淮阴人，姓韩名信。曾为楚执戟郎官，屡上疏于霸王，不用，因弃楚归汉，不远千里而来。昨叩其所蕴，虽伊尹子牙，孙吴穰苴，亦不能过也。"汉王笑曰："此人我在沛县时，曾闻他受辱胯下，乞食漂母，一乡人轻贱之。丞相若举此人为将，三军不服，诸侯讪笑，项羽闻之，决以我为瞽目人也！"萧何曰："古之大将，多出自寒微，岂可以门户而论人耶？伊尹莘野匹夫，太公渭水钓叟，宁戚为抱车竖子，管仲为槛车匹夫，后来施用作为，皆成大事。韩信虽出微贱，而胸中所学，为天下奇士，若舍而不用，使彼投于他国，是弃连城之璧，碎和氏之宝也。愿王听微臣之谏，急用韩信，项羽可灭，咸阳可复。如负所举，治臣等之罪。"汉王曰："既卿等举荐，可召韩信来相见。"萧何传命，着禁门大使召新来韩信入内朝见。

韩信寻思："汉王召我如此轻易，决不重用。我且进内，看汉王如何待我。"韩信入内，朝见汉王。王问曰："汝千里而来，未见才能，似难大用。即今仓廒缺官管理，升汝为连廒官，试看尽职如何。”韩信即谢恩，略无愠色。萧何滕公，甚是不安。

韩信退到仓所，查点斗级人等，验看仓廒，估计粮数，取算子一把，照米堆多寡，开除一算，毫厘不差。在仓斗级老人，见信查算明白，拜伏在地曰：“自来管仓大人，未有如贤公精明神算也。”信笑曰：“量此特一仆隶之事耳，何足以尽我哉？”萧何密差人打听，见信如此算法，遂请来相见曰：“某欲举公为元戎，汉王恐贤士不能胜此重任，特以小官试看尽职如何。适闻贤公到，估计米堆，一算无遗，不知何法，便能知此大数？”韩信曰：“算有小九之数，有大九之数，若能精通算法，虽四海九州，亦不出此算法，况仓廒米数乎？昔伏羲画卦，虽六十四数，引伸触类，千变万化，天地间数目，皆不出此矣！”萧何嗟叹不已。韩信又曰：“仓廒米粮，日久且朽，当出陈易新，以济民用，公私两便，此亦宰相之事也。丞相此时正当举行。”萧何闻说，谢曰：“贤士此言甚合时宜，明日奏过汉王，决遵教施行。”韩信辞何到仓，即合斗级随仓四名，宿歇看守，仍着地方沿墙周迴关防，小心风火，判押批封，各得周悉。萧何访知，心下甚喜。

一连数日，汉王不朝。何因具小启，付竖宦传入内，汉王传命：“连日思欲东向，未有良策，因未出朝见，明日当相见也。”次日，萧何率百官早朝毕，汉王退至便殿，召萧何等入内议事。王曰：“朕在此久住，思欲东向，未有良策，奈何？”萧何曰：“东向非难，必得一破楚元帅，方可举行。”王曰：“朕所思者，正谓此耳。”萧何曰：“王不必多思，只重用韩信，大事定矣！”王曰：“韩信贫时，资身尚无长策，欲当此大任，而与项羽相敌耶？”何却将信算法，并易新之说，启奏汉王。王曰：“此一节之能耳！”何曰：“观此一节，足知其余，韩信真将才也！不可错过！”汉王曰：“既如此，且将韩信加升治粟都尉。”

近臣传命出，韩信欢然领受。随将旧管文书，查看一遍。何为新收之数，何为旧管之数，何为开除之数，何为实在之数，各有簿籍，较量斛斗，出入有经，收放有法。平昔都尉到任者，各项在仓人等有进见之礼，都尉若受此礼、遂为众人所挟，放粮之际，任他们除关纳之，民多生怨心，韩信到任后，即出告示，先将积年在仓作弊之人，尽行查革，即选殷实正身之人，毫厘不与私通，收放之时，均平公道，纳粮之际，再不使钱，支粮之人，斛斗满足。半月之间，百姓称快，情愿争相交纳，再无稽迟留连之弊。众人曰："今日得此贤明大人在上，我等急急纳粮，省多少盘费。"一月之间，仓廒充实，门禁肃清。众百姓聚几个为首的，都到丞相府，连名保韩信曰："我等往日费钱，又受许多辱骂，纳粮的稽迟半年，不得上纳，支粮的等候日久，不得关支。今得这个韩大人来，我等省了许多烦恼。今闻丞相又要升他转别处去，望丞相且留他在仓，掌管二三年，我等受无穷之赐。"何笑曰："韩大人他是个大材，今却小用了他，况治粟之官，岂足以尽其能哉？"众人又苦苦哀告，何曰："汝等且回去，容吾商议，再作区处。"众人出府。萧何暗思："韩信非等闲人，可大可小，无往不可，我须极力保举。"

次日萧何入内见汉王，早朝礼毕，汉王宣何上殿曰："朕近日梦中多凶险，又思父母家眷在彭城，何月得相见？郁郁于此，非久居之地也！"何奏曰："昔齐景公放猎回，语晏子曰：'寡人每梦不祥，于心不快。'晏子曰：'梦之不祥请言之'。景公曰：'我上山见虎，入泽见蛇，何也？'晏子曰：'山为虎所居，泽为蛇所藏，何为不祥。今国有三不祥，未审我王知否？'景公曰：'吾不知也。'晏子曰：'国有贤士而不知，一不祥也；知之而不能用，二不祥也；用之而不擢之以重任，三不祥也。'今王梦中凶险，是有贤士而不能重用之故也。臣恐项王从范增计，举兵而西，王将何人以御之？此臣日夜之忧也！"王曰："国中有贤，朕岂有不重用之理？是我到褒中许多时，何尝有贤而不用耶？"何曰："见今有一大贤而王不用，是遗目前而乃远有所思，不亦误乎。”王曰：“大贤安在？丞相当言之，朕即擢用也。”何曰：“臣欲荐举，又恐我王嫌门户之寒微，鄙出身之卑贱，徒举而不用，反失贤士之心，则四方虽有豪杰，不欲为王用也。”王曰：“卿不必多言，即将贤士姓名报知。”何近王前叩首曰：“举国贤士，惟淮阴韩信也。”王曰：“前卿二次举荐，已加封为治粟都尉矣，岂谓不能用耶？”何曰：“治粟都尉不足以尽韩信之才能，必拜封大元帅之职，然后可以留韩信也。不然，信必去矣！”王曰：“爵不可以滥加，权不可以轻与。韩信一月之间二次封赏，若今未见尺寸之功，遂加元戎之职，使从我丰沛将士皆怨我赏罚欠当，而退有后言也。”何曰：“自古圣帝明王之用人也，随材致用，因人授职。臣料韩信乃栋梁大材，王今小之，此臣所以屡次为王言也！若丰沛将士，虽多劳苦，皆非信之俦，王岂可以此较彼，胸失轻重也？”王曰：“姑从丞相之言，且着韩信少缓数月，待张良或有举来贤士，堪为元戎者，朕当重用，不负昔日角书之约；若张良未有保举，那时却用韩信亦不为迟也。”

萧何不得已，回府又请韩信相叙。因问如何可以下秦？如何可以出栈道？如何可以收六国？信避席正言曰：“吾以丞相素知兵法，即此言观之，盖不知也！兵家相机而动，随时通变，不可先传，不可遥度，如水流制形，因战而知胜，鬼神不可测其妙，父子不可达其指，临事之际，自有妙算。丞相岂可下问，而欲闻其说乎？”何大喜，愈加敬重。

信辞回公馆，一连数日，不见动静，信寻思：“若今不激着萧何，恐汉王不知重，众人亦不钦服，纵将角书投献，亦不足以制服百官。”遂生一计，吩咐门吏：“预备快马，我明日五更须远行。”门吏依命，须备快走马匹。韩信即将原来行李拴束停当，依前匹马出东门长行。左右知信已去，径来丞相府报事。萧何方回朝，闻人说韩信出东门长行，大惊曰：“若信去，我辈老死褒中矣！”

不知韩信投何处去，且看下回分解。

第三十八回

萧何月下追韩信

却说萧何闻知韩信去了，急到公馆问时，左右众人曰:“昨晚吩咐备马，说是欲远行，我等不敢不从。不意一夜装束行李停当，壁上留诗一首，今早五更时启行，从东门而出，不知何往。我等曾蒙丞相吩咐，但韩大人或出外，或有甚言语，教我等一一报知。今夜远行，不敢不报。”萧何看壁上诗，乃是短歌一篇，歌曰:

> 日未明兮，小星竞光；运未逆兮，才能隐藏。驴蹄蹇滞兮，身寄殊乡；龙泉埋没兮，若钝无钢！芝生函谷兮，谁为与探？兰长深林兮，孰识其香？安得美人兮，愿从与游；同心断金兮，为鸾为凰！

何见歌，跌脚曰:“屡次荐举，汉王不用，直被他走了！若不追回，使我终日不安寝食矣？”随呼从者五六人，各备驿马，不脱朝服，不奏知汉王，带领从人，急急赶到东门上，问守门官兵:“尔曾见一将军骑银鬃马背剑走出门去否？”门官忙答曰:“今早五更方开门，见此人径过东门去了，今将五十里远矣。”何听罢，急策马追赶。来到一村，询问乡民曰:“尔曾见一将军过去否？”乡民曰:“今早有一人骑银鬃马背剑，自西而来，今去五六十里矣。”何出朝，尚未用饭就追赶来，近时腹中饥馁，下马到一村落用饭毕，即上马追赶。渐渐天晚，一轮明月初出，萧何乘着月色，来到寒溪河边。此时正当七月初间，夜静江寒，深山路险，秋水新涨，马不能渡。远远的见一人匹马沿溪寻渡，何大喜曰："此必信也！"遂合从人赶上，萧何高声叫曰："韩将军何绝人之甚耶？相处数月，一旦不辞而去，于心独能忍乎？"遂着从人扯住马辔。各相违拗之际，从后边又一匹马急赶而来，乃滕公夏侯婴也。萧何甚喜，问曰："公何亦追耶？"婴曰："某方朝回，有仓大使来报韩将军匹马出东门，吾料贤士因汉王未曾大用，欲投他国去，某遂急赶而来。适遇丞相亦来追赶，足见丞相荐贤为国之忠，不辞山险，不恤劳苦，夜深至此，真宰相也！"韩信见萧何、夏侯婴如此殷殷恳切，极尽忠爱，遂叹曰："二公可谓真纯臣也。世之为相者，或嫉贤妒能，独擅威权，大开私门，举在错直，好谀喜佞，偏执己见，谁肯犯颜苦谏，极力举贤，忠心为国，屈己下士也。如二公世亦罕有，足知汉业当兴，生此贤相。如信匪才，敢不倾心从命，愿为门下贤士也。"萧何、夏侯婴当月明之下，握信手告曰："古人云：'士遇知己者死。'吾二人深知贤士为伊吕之俦，管乐之匹，足可以伐秦破楚必矣！但汉王以贤士平日门户寒微，而未深知其贤也。贤士且少耐一时，吾二人愿以身家竭力保举，如汉王仍前不重用，吾必弃官回乡，不欲久困于褒中矣。"韩信闻此言，遂拜谢，挽辔而回，暂且在萧何府住居不题。

却说汉王早朝，周勃等径奏曰："关东诸将，因讴歌思归，亡去者有十数人。丞相萧何亦不辞而去，今两日矣！"汉王大惊且怒曰："萧何从吾丰沛起义，一时未尝相离。诸将去者，或纠聚而来，或中途相从，今日之去，亦不深怪。萧何与我分虽君臣，实同父子，何乃亦舍我而去耶？"汉王起坐不安，饮食俱废，方到宫中，又出便殿，心内急躁，如失左右手。正思议间，只见禁门大使来报曰："萧丞相、滕公回矣！"汉王一见，且喜且怒，大骂曰："竖子从我数年，未尝一日相舍，近日诸将多有亡去，尔如何亦去耶？”何曰：“臣等受王知遇之恩，为一国丞相之职，王何负于臣，臣乃亡去耶？臣今去两日者，连夜追赶亡去之人，欲为我王东归之计，以图恢复关中，坐取天下也。”王曰：“追亡去者何人也？”何曰：“追亡去者，韩信也。”汉王又笑骂曰：“诸将亡者皆不追，却言追韩信者何也？”萧何曰：“诸将易得，至如韩信，国士无双。王如常王汉中，不欲东归，随韩信去与不去，不足以为轻重，王不必用也。如欲与项王争衡，东向而图天下，非韩信不足与议也！今王若不用韩信，臣免冠服，纳与我王，愿归田里，免使他日为项羽所虏也。”夏侯婴亦奏曰：“萧何所言，实为国家，非为信，忠心报主，王当知重也。”王曰：“卿等只闻他议论，见他有一节之能，便以为可用。朕思为将之道，所系甚重，国家之安危，三军之存亡，仰赖于一人。若一时轻信，用他为将，却将三十万兵马付他统理，七十员将官听他约束，倘依丞相言，三秦可下，项羽可破，深得今日荐举之功，如或能言而不能行，资谈有余，临事不足，非独我等受虏，三十万生命死于无辜，丞相一时悔之何及。朕之所以不敢轻用韩信者，此也。朕闻韩信亲死不能治葬，无谋也；寄居亭长，乞食漂母，无能也；受辱胯下，乡人贱之，无勇也；事楚三年，官止执戟，无用也。古人云：‘有诸中必形诸外’。若有征验，方可取信，如闻空言，恐难凭据。相国当熟思之！”何曰：“据王之言，似力确论，以臣所见，恐或未然。孔子遭困陈蔡，非无能也；匡人围之，非无勇也；卒老于行，非无用也。今日韩信之受辱乞食，乃君子不得时也；官止执戟，乃未遇其主也。臣与信言，洞见肺腑，真有用之良材，天下之奇士，决非徒资口谈也！臣待罪辅佐，职在求贤，今见贤不能举，举贤不重用，臣所以昼夜不安，冒死为王言也。”王曰：“今日色将哺矣，卿且回，明日早朝，与卿等会议。”

萧何、滕公退朝，复来与信相见：“汉王明日会议，拜公为将。”信曰：“汉王恐尚犹豫，恐二公空费心耳！”何曰：“汉王若不用公，我等决弃官而去，不敢欺也。”须臾，滕公馆辞回宅。韩信因思萧何如此为国求贤，汉王屡次不听用，因为我家贫贱，以至不肯重用。方欲就寝，只见人报说：“丞相出见贤士。”信整衣出迎，入坐，信曰：“公此时尚未寝乎？”何曰：“国事系心，岂能安枕，因思贤士在楚，范增极能知人，当时必能荐举，贤士必有良策，一向未闻论及。”信曰：“在楚范增极为知己，屡次荐举，霸王不听。后闻烧绝栈道，某曾有表上谏。”信遂将表文，念讫一遍。萧何听罢，惊讶曰：“若使项王依公此奏，我等终身不得出褒中矣！西楚天下，如磐石固矣。”信曰：“项王不用其言，此时某尚无背楚之意，后范增被陈平左使赴彭城，临行之时，奏三事：第一件，不可放汉王入褒中；第二件不可离咸阳；第三件，当重用韩信，如不用当杀之。某知项王决不能用，恐终被范增谋害，是以背楚归汉，无他意也！公夜深，复兴此问，必是静中想起，恐某为范增心腹，又见昨日匹马逃回，恐打听褒中虚实，传报范增，所以乃有此问。公昼夜为国，竭尽心力，既有疑心，某今有一物与公拆看，管教汉王剖析群疑，免劳相国极言苦谏。”萧何便问：“有何妙物？乞赐一观，以决衷曲。”

那韩信取出此物来，未知萧何看了如何，且看下回分解。

第三十九回

会角书筑坛拜将

却说韩信遂于书囊中取出张良角书来，递与萧何拆看。灯光之下，何见角书，知是张良原会约合同，惊骇不已，遂拜伏于地曰："贤公许久在此，如何不肯发出？使我终日苦谏，费尽心力！汉王若见此书，真得连城拱璧，再无疑矣。"信曰："某少贫贱，恐初来投汉，未见寸长，丞相决不见信，所以将子房角书暂隐未发。待公极力举荐，小子少露愚衷，今已心志相投，然后却将角书奉览，公之心始释然矣。"萧何又拜曰："贤公真天下豪杰，所见自与寻常不同，某愈当知重，不可舍也！"相辞各就寝。

次日萧何笑容满面，将角书进朝，会滕公说知此事，滕公亦欢喜不尽，同见汉王，将张良角书捧上。汉王接书观看，大惊曰："韩信既有角书，缘何一向不肯发出？"萧何备将韩信前情奏知，汉王喜曰："卿屡次荐举，未能取信，不意张子房亦有角书荐举，天下豪杰，所见略同，可见韩信实有大才，朕所见昏暗，久远卿忠爱之意，朕今日始知过矣！可将韩信即令拜为将，以副荐举之意。"何曰："臣荐贤为国，非一己之私也。今据张良角书，王始知臣真有所见，非滥举也。但今拜信为将，恐信终不留也。"王曰："拜将恐轻韩信，乃拜为大将，重加封爵，韩信可以留矣。”何曰：“若拜为大将，信则可留。但又不知如何行拜将之礼？”王曰：“召来而加封拜可也。”何曰：“王素慢无礼，今拜大将，如呼小儿。在王以封拜为重，若以臣观之，韩信乃复去矣。”王曰：“必如何而后可？”何曰：“王如拜信为大将，必择日斋戒，设坛祭告天地，如黄帝之拜风后，武王之拜吕望，然后言拜将之礼。”王曰：“准如卿之议。”何谢恩回宅，见韩信，具言汉王行筑坛拜将之礼，信拜谢。旬日内，何画成筑坛拜将图本，上进汉王观看，图本曰：

坛高三丈，象三才；阔二十四丈，象二十四气。坛之中，列二十五人，各穿黄衣，手执黄幡豹尾、铁鈇钺等件，按中央戊己土，以为勾陈之象；坛东列二十五人，各穿青服，手执青旗，按东方甲乙木，以为青龙之状；坛西列二十五人，各穿白衣，手执白旗，按西方庚辛金，以为白虎之状；坛南列二十五人，各穿红服，手执红旗，按南方丙丁火，以为朱雀之状；坛北列二十五人，各穿黑服，手执黑旗，按北方壬癸水，以为玄武之状。坛有三层，各具祭器祝文。周围执杂色旗者，三百六十五人，按三百六十五度。杂旗之外，立七十三人，皆长大壮士，各执剑戟，按七十二侯。坛之前，从北而南，左右列文臣武将，中间筑黄土甬道，直至坛下。四边立四面镇静牌，每牌之下，用一员牙将，立二十名甲士，知有喧哗失队伍，即时擒拿，以军法斩首。又用一员上将御车。出西门十里为坛所。

汉王看罢图本，大喜，随命灌婴督工管理，限一月内通要完备。灌婴领军士于城西起筑将坛，诸色人等，各依次预备不题。

当日萧何举荐韩信，一向未扬言于外，以此外人亦不知，及见起筑坛场，人人自以为必得大将，疑议不定。有樊哙曰：“我与汉王起兵丰沛，遂得关中，救驾鸿门，随军入汉，社稷之臣，共同甘苦者也。今日筑坛拜将，惟我则足以当之。”众人曰：“一向闻萧相国荐举大贤，但不知是何人。若以起初功臣论之，唯樊哙、周勃、滕公数人而已，料不出诸公之外也。”只见灌婴来奏汉王：“坛场修筑已毕，陛下可选择吉日拜将。”王曰：“宣萧何来计议！”何曰：“吉日已择定，各项人等，俱已派就，一二日请王宿宫斋戒，令百官晓谕百姓，肃清御路，伺候拜将，各衙门不判押，不动刑，不宰牲，不饮酒，不茹荤。”汉王同文武百官斋戒三日。

至期，汉王驾起，前至相国府。传命捧韩信上车，推转轮毂，径出西门。两边旗幡映日，金鼓震天，文臣峨冠博带，列左而行，武将顶盔贯甲，随右而进，征尘不起，香雾满街。初时诸将闻筑坛拜将，尽皆以为得大将。及见汉王驾至相国府，拜大将者，乃淮阴韩信也，三军皆惊。当有舞阳侯樊哙随汉王驾后行，与周勃等言曰：“我等万苦千辛随主上到此，今已三年矣，如何反被饿夫节制？大丈夫岂可甘受其屈，而不申言以表其心哉？”急下马逆汉王驾前，叩头大呼曰：“请王车驾暂且少停，臣有一言上告。韩信乃淮阴饿夫，乞食漂母，受辱胯下，在楚为执戟郎，弃楚而来，空钓唇舌，未有尺寸之功，王今驾捧毂，拜为大将。使项王闻之，决然耻笑，天下诸侯，以为我汉中无人，却用这饿夫为将，不待对敌交兵，人已知其虚实也，阻三军踊跃之心，长敌人果敢之气。三秦决不能下，强楚决不能破，观此非细事也！陛下当熟思之。”汉王听樊哙之言，在车上犹豫不言。萧何大踏步近前叱之曰：“不可不可！尔樊哙等，如遇冲锋破敌，则可用汝出力；若是运筹决策，百战百胜，鬼神不可测，彼我不能知，非韩将军不足以当之。尔但听其指挥耳！岂敢轻发此言，以乱军心耶？我今谬居相国，然拜将之事已定矣，尔在王前恃其微功，出位妄言，不遵军法，陛下当即擒拿，随车驾后，待拜将毕，斩首以正国法。”夏侯婴亦奏曰：“陛下已出号令，众当遵守。樊哙却在驾前妄言，若使人人效尤，陛下何以东征？韩元帅何以行法？而何惜樊哙一人，以坏国家大事？”汉王闻言亦怒，遂将樊哙擒拿，随车驾后，听候决断不题。

却说汉王同韩信并百官至坛所，汉王先到斋宫洗手毕，传旨文武百官，各执事人员，照原派礼仪各就位行礼，如有喧哗失仪者，定以军法从事。诸文武将士俱肃静，拱听行礼。只见三声炮响，一路香风。引礼官导引韩信上第一层坛，有汝阴侯夏侯婴西向，韩信北向，太史官读祝文曰：

> 大汉元年仲秋戊寅朔丙子日，褒中汉王遣汝阴侯夏侯婴，敢昭告于五岳四渎名山大川之神曰：呜呼！天生众庶，俾牧司之；牧司不善，厥罪于谁？吕政暴虐，荼毒黔黎；位嗣项籍，子类不遗，弑君坑卒，大逆罔辞。臣邦不忍，特建义旗，拜信为将，救民立基。维神其翼，鉴兹在兹。尚飨！

太史读罢祝文，夏侯婴捧弓矢曰："汉王有命，用锡弓矢，俾将征伐。"韩信跪而受之，授与左右牙将，左执弓，右执矢，韩信中立。引礼官复引韩信，上第二层坛，相国萧何西向，韩信北向，太史官读祝曰：

> 大汉元年仲秋戊寅朔丙子日，汉王遣相国萧何敢昭告于日月星辰雷雨、历代圣帝明王之神曰：惟神知兴衰，识成败，达治乱，明去取，数虽有定，而归则在德，故虽秦暴虐，神绝其祀，项籍凶狠，天岂宴佑？生民涂炭，地土荒残，为人主者，欲解倒悬之厄，须仗希世之才。职专征伐，莫如韩信。仰赖神祇翊卫，启迪辅翼，吐纳风云，嘘咈变化，拯救下民，匡扶帝业。竭诚惟享，昭格于斯。尚飨！

太史官读罢祝文，萧何捧铁钺曰："汉王有命，赐将军铁钺。自今以后，奉天征讨，诛此无道，为民除害，为天下造福，将军其勋之哉！"韩信跪受铁钺，复令左右执捧而行，礼官复引韩信上第三层坛，汉王北向而拜，捧龙章凤篆，歌中和之曲，奏八音之章，乐声嘹亮，动彻上下。乐毕，太史读祝文曰：

大汉元年仲秋戊寅朔丙子日，褒州汉中王刘邦，敢昭告于皇天上帝后土神元曰：臣邦仰赖天地之德，百神之威，肃清海宇，镇抚万姓，为国求贤，礼敦三荐；故古人云：虽强兵若无智将，安得坐收人心，风行八表也哉？是以拜韩信为大将，并专征伐之权，实为生民之计；荡天下之妖氛，扶乾坤之正气；效黄帝拜风后，颛顼用武告，高辛拜祝融，大舜拜皋陶，殷汤拜伊尹，周武拜吕望。自古国乱浸夷，无不拜将兴师以伐不道。今项籍乃亡秦之续，横暴西楚，乘鸱张之势，踵崩壤之余，大肆凶恶，恣意狂悖，背约为王，弑君独霸，劫墓取财，开宫恋女，屠戮咸阳而百里火飞，焚烧阿房而万民恐怖，真为强横，实乃独夫！天厌神怒，死有余辜。臣邦欲建义旗，拜信为将，授弓矢以定四方，执铁钺而专杀伐；有鬼神不测之机，抱沧海难度之志，国士无双，人中豪杰，用以为将，允孚公议。自天申之，保佑命之。尚飨！

太史官读罢祝文，汉王行礼毕，乃拜信为破楚大将军。汉王西向而立，韩信北向而立。汉王亲捧虎符玉节，金印宝剑，授与韩信曰："从此上至于天，下至于渊，尽从将军节制。若见其虚则捣，见其实则止；勿以三军为众而轻为势，勿以授命为高而必为死，勿以身贵而贱人，勿以独谋而违众，勿以强辩而自饰，与士卒同甘苦，与三军同寒暖；如此，则士庶亲上死长，罔有不竭力者矣。将军其钦承之！"

韩信受命毕，汉王面南坐，韩信拜谢，跪而奏曰："臣闻国不可从外而治，军不可从中而御，二心不可以事君，疑志不可以应敌。臣既受命，专铁钺之威，臣敢不尽竭驽骀，以报陛下知遇之恩哉？"汉王大喜，因复谓信曰："丞相数言将军之能，不知将军将何策以教寡人？"信拜谢问王曰："大王今东向争衡天下，岂非与项王为敌耶？"王曰："然。"信又曰："大王自料勇悍仁强，孰与项王？"汉王良久曰："不如也！"信曰："臣亦以为大王不如也。然臣尝事项王，请以为与大王言之：项王暗哑叱咤，千人皆废，然不能任属贤将，此特匹夫之勇耳；项王见人慈爱恭敬，言语呕呕，人有疾病，辄涕泣分食，至使人有功当封爵者，印觏敝忍不能予，所谓妇人之仁也；项王虽霸天下而臣诸侯，不居关中，而都彭城，放轼义帝，所过无不残灭，名虽为霸，实失天下心。今大王诚能反其道，任天下之武勇，何所不诛？以天下城邑封功臣，何所不服？以义兵从思东归之士，何所不散？且三秦王将秦子弟数岁，所杀亡不可胜计，又欺其众降诸侯，及项王坑秦卒二十万，惟有章邯、司马欣、董翳得脱，秦父兄怨之痛入骨髓，而强楚以威乃王此三人于秦，秦民莫爱也。大王入关，秋毫无所害，除苛法，与秦民约法三章，秦民莫不欲王为秦王者。今大王举兵而东，三秦可传檄而定也。”汉王闻信语，喜曰：“恨得将军之晚也？”

于是总其计，与信下坛回朝，不知韩信如何伐楚，且看下回分解。

第四十回

萧何议罪释樊哙

却说百官行贺毕，武士押樊哙于朝门外，听旨发落。汉王曰：“樊哙虽朕亲戚之臣，自恃功高，冲突仪仗，阻驾妄言，通无人臣之礼，昨已擒拿，即当处置，以警戒三军。”萧何近前附王耳曰：“樊哙法虽当诛，然哙有大功不可诛。况信初拜大将，即诛有功之人，于军不利。但恐樊哙心实不服，韩信军法，决难行矣。王当传旨明正樊哙之罪，容臣等会议，奏请圣断，庶国法不废，韩信之威令可以管束众将也。”王曰：“善。”于是下诏曰：

> 朕拜韩信为大将，据萧何之三荐，会张良之角书，稽其抱负，听其议论，知其为有用之真才也；命其职专阃外，东向伐楚，允协舆情，实合公议。当登堂行礼之际，前导肃清，已传严令，乃有樊哙独恃功高，恣肆狂悖，抗为国法，略无忌惮，一人作倡，众志罔定，娇惑军心，有乖大体。下诏尔相国萧何等，从公会议，定当功难掩罪，法宜当诛，惩此一人，以彰纪律。故兹诏命尔等知悉。

萧何等捧诏出。

早有人报知樊哙，樊哙闻知大惊，自知差错，便请一班武臣周勃等商议："我一时见错，触犯禁令，致汉王下诏议罪，公等为我与相国一讲，看鸿门之功。亦当饶免。"周勃曰："主上拜将，实为天下国家，非一人之私也。昨闻韩信议论，真大将之才也，将军故敢抗拒，似太无状。今诏下问罪，丞相决有主意，我等央免丞相，想亦无事，公宜放心。况主上念将军之功，岂有诛戮之理？"众人随到相国府，哀告萧何，备说："樊哙乃立国功臣，鸿门救驾，虽一时犯禁，亦无大恶，丞相若不解救，恐失人心。"何曰："主上困处褒中，终日思求大将，今得韩信，实为国家之大幸，诸公亦得东归矣。樊哙无知，乃出此狂言，以致主上动怒，现诏书下颁，恐难救授。但念樊将军往日大功，又是我等同时丰沛起义之臣，我不出力，何人解救？着樊将军放心，我自有公议。"众人拜谢出府。

萧何与郦生草拟答辞上奏曰：

> 大汉丞相萧何等议得樊哙所犯罪过，君命下颁，已有明禁，戎车重务，合不可犯，樊哙肆行鲁莽，唐突仪从，言多乱纪，矫惑军心，国法攸归；罪当刑戮。但念丰沛元勋，鸿门护从，姑拟宽宥，以昭褒绩。如再违犯，𫓧钺难免。请自圣裁定夺。

汉王览所议，随传旨："樊哙恃功狂悖，似难宽宥，下议有辞，姑从所议，仍令带罪征进，听军门节制，转行元帅府收录。"近臣传旨释放樊哙，转行元帅帐下伺候。

哙闻命，即谢恩毕，引见韩信，信曰："建功臣子之职分，守义臣子之大节，尔虽有功，岂可自恃？幸王宽恩，赦汝重罪。愿自是之后，宜用心加勉，早建奇绩，垂名金石，与国咸休，岂不美哉！汝后宜尽心报国，某决不忌嫉也。"哙闻言拜谢，即进内谢恩。汉王呼哙近前谕之曰："汝自从寡人丰沛起义，累建大功，朕心终不能忘，正当谦恭谨慎，比众尤当加勉，以永保君臣之好。况汝识见不如张良，知人不如萧何，他既屡次举荐韩信，想信必是奇才，那时汝无一言谏正，及寡人昨车驾已出，卿乃阻车狂言，甚失人臣之礼！若非萧何公议，或我一时动怒，将汝诛戮，枉费数年之勤劳，遂一旦而死，岂不大为可惜？既坏亲戚之情，又伤君臣之义，卿乃半途而废，便使我终身不安。卿何不知之甚耶？”汉王言至于此，不觉泪下。樊哙亦泣曰：“臣一时见错，悔之无及。臣此后尽心报国，以仰答陛下知遇之恩也。”汉王抚恤不已。哙辞王出外，来见萧何曰：“若非丞相解救之功，樊哙如何得免诛戮之刑！”何曰：“将军列土封王，指日可望，正宜尽心守职，何必区区较论彼此，甚非大臣之体也！”哙深谢萧何之言。

不说樊哙自此听韩信节制。却说信授破楚大元帅之职，未及操演三军，先一日上表谢恩。汉王看罢表文，大喜，谓信曰：“览卿所奏，足见为国忠心，但不知东征之举，何时兴师？”信曰：“项羽迁都彭城，久未西顾，诸侯散处各国，俱无预备；当此之时，正好出师。伏愿陛下早赐命驾，臣演定人马，即日随驾启行。”汉王曰：“都依卿所奏。”封樊哙为先锋，曹参为军正，殷盖为监军，预备大驾亲征不题。

却说韩信出朝，来到教军场，先将人马大略看了一遍，见军伍欠严整，士卒欠齐备。将佐虽有百员，不知阵法，不谙进退，营盘虽有数座，未得向背，未见生旺。随即请郦食其到营所计议曰：“此等人马，此等营阵，不过防守城池，用于无事之时可也。若临阵施用，将不知兵，兵不知将，队伍如何排列？阵势如何调度？奇正如何相生？动静如何起伏？恐遇敌时，决难支对。今与先生商议，可领能缮书者四十人，将某平日所集队伍之数，调度之法，营阵方向，出入纪律，通在此书，连夜一条一段，写成二十本，每本用一知书将官，照此书中所行队伍阵法，一一教演齐备，限半月内通要完整，我却先将一队人马，教他如何是入队，如何是出队，如何是行营，如何是安营，如何是对敌，如何是催敌，如何是埋伏，如何是攻击，随其变化，各有条理。却教各队一一照此操演，不须一月之间，人马大与今不同矣，那时东征，方可施用，庶足以取胜耳。”郦生拜服曰：“将军神机妙算，人不可及也！”于是郦生领原本，选人抄写。

不知如何调用，且看下回分解。

第四十一回

韩信执法斩殷盖

却说郦生领所集原本，命四十人星夜抄写，数日内完备。信复入朝，将前事奏知汉王，汉王大喜曰："寡人兵微将寡，全仗将军调度。"于是信来到教场，将人马命诸将照此一一训练，其中有违令不率教者，先以军法斩一二人，悬头示众。满营军士，肃然知警，无有不听教者。操演二十余日，各队俱齐备，与前焕然不同矣。韩信然后教立中军，排列队伍，开载条件，明日请汉王车驾到教场省谕三军，观看营阵。

一日，汉王车驾同百官来到教军场，观看营阵队伍，与前通不同，甚喜。韩信具甲胄至王前持立不拜，乃曰："臣甲胄在身，未敢行礼，只将手册一本捧上，请陛下圣览。"上面皆是晓谕将士之言，命统共行令者，高声朗诵曰：

西楚霸王项籍，上违天命，放弑义帝，暴虐下民，罪恶贯盈，神人共愤。朕先入关，约当为王，见此恶逆，理当征讨。现以韩信为破楚大将军，尔等大小诸将，各队军士，听其节制，随其指挥，代命行诛，不俟奏请。尔等用命者荣，不用命者死，惟专阃外，惟擅征伐。尔其知省，毋违朕命！

众大小将士，听罢戒谕，无不恐惧。然后韩信来到元帅大营，张挂军政条约，明白开载各款，令将士谨守，毋犯禁令：

其一：闻鼓不进，闻金不退，旗举不起，旗按不伏；此谓悖军，犯者斩之。

其二：呼名不应，点视不到，违期不至，动乖帅律；此谓慢军，犯者斩之。

其三：夜传刁斗，怠而不报，更禄违度，声号不明；此谓懈军，犯者斩之。

其四：多出怨言，怒其主将，不听约束，梗教难治；此谓横军，犯者斩之。

其五：扬声笑语，蔑视禁约，驰突军门；此谓轻军，犯者斩之。

其六：所用兵器，弓弩弦绝，箭无羽镞，剑戟不利，旗纛凋弊；此谓欺军，犯者斩之。

其七：谣言诡语，造捏鬼神，假托梦寐，大肆邪说，蛊惑吏士；此谓妖军，犯者斩之。

其八：奸舌利齿，妄为是非，调掇吏士，令其不和；此谓谤军，犯者斩之。

其九：所到之地，凌虐其民，逼淫妇女；此谓奸军，犯者斩之。

其十：窃人财物，以为已利，夺人首级，以为已功；此谓盗军，犯者斩之。

其十一：军中聚众议事，私近帐下，探听军机；此谓探军，犯者斩之。

其十二：或闻所谋，及闻号令，漏泄于外，使敌人知之；此为背军，犯者斩之。

其十三：调用之际，结舌不应，低眉俯首，面有难色；此谓恨军，犯者斩之。

其十四：出越行伍，搀前越后，言语喧哗，不遵禁训；此谓乱军，犯者斩之。

其十五：托伤诈病，以避征伐，捏伤假死，因前逃避；此谓诈军，犯者斩之。

其十六：主掌钱粮，给赏之时，阿私所亲，使士卒结怨；此谓弊军，犯者斩之。

其十七：观寇不审，探贼不详，到不言到，多则言少，少则言多；此谓误军，犯者斩之。

以上禁令，订为一册，用帅印钤封进上，与汉王留览；再写一册，交与军正官曹参收掌。

汉王看罢营阵，又见韩信张挂禁约，乃叹曰："前日操练人马，真儿戏耳！今日如此调度，如此发落，三军焉有不整？人心焉有不服？以此东征，寡人自无忧矣！”遂命驾回。

次日韩信五更时，来到教军场，中军而坐，诸将升帐，司晨者报时毕，韩信唱名，点视诸将，内有监军殷盖不到，韩信亦不追问，随吩咐各队人马操演。已过午矣，殷盖方从营外而来，到得辕门下，便欲进营，只见守门者便道：“元帅已鼓操演兵半日矣。各营阵未有军令，谁敢轻自放入？若要进营，须传与小旗甲，旗甲传与守辕门牙将，牙将传至军政司，方得到元帅前；若元帅着进，方敢放进，我等有许大干系。”殷盖大呼曰：“何消如此琐琐。正是小人得志，便要施为！既是你众人如此说，快与我说一声，我要进营，看他号令行得行不得！”把门军士只得说与旗甲，以次传到麾盖下。韩信着巡哨军，持一火牌，上书一“进”字，传令而出。来到辕门下。其人高呼曰：“着违令迟者进来！”只见殷盖瞋目而入，徐徐而行，略无敬谨之意，来到帐下，长揖而立。信曰：“前有汉王圣谕，我亦有禁令，汝为监军，此时方到，是何道理？”便问司晨官：“此时何时？”司晨官上帐禀告曰：“此时午过将未矣。”信曰：“曾与尔等约在今日卯时交会到营，汝却过午方到，故违军令，当斩！”殷盖亦不以为事，乃曰：“下官虽闻将军之言。今日亲戚偶来相访，留坐饮酒，以此来迟，将军且免一次。”韩信喝令左右：“将监军拿下去跪于帐前！”信曰：“汝既为将，岂不闻受命之日，则忘其家；临军约束，则忘其亲；当抱鼓之急，则忘其身？汝既一身许国，岂有父子亲戚之念乎？”召军正司问曰：“殷盖违令来迟，在那一条？”曹参执禁令薄近前曰：”与军约约会，期而后至，得慢军之罪，当斩首示众。”信曰：“令左右将殷盖斩讫报来！”即将殷盖绑在辕门之下。那殷盖魂不附体，急以目看着樊哙，哙又不得出营，只是跌脚发躁。

辕门外早有人知道这个消息，放马报与汉王，汉王知道，便召萧何问曰：“韩信未曾出门，先杀我一员大将，恐军不利。”何奏曰：“号令不行，自上犯之。若为殷盖一人，而废此法令，三军何以约束？

将士何以训练？韩信斩殷盖，正所以行法也。”汉王曰：“殷盖乃寡人至亲，且重责免此一次可也，如何便杀了？”何曰：“王法无亲，古人已有明训，陛下为天下国家，岂可以亲情为念乎？”汉王见说不动萧何，恐又迟了，急遣郦生曰：”汝可驰马到信营，捧我手字，姑免殷盖这一次。”郦生得旨，带领一从人，骑两匹马，飞骤而来，正见殷盖绑于辕门之下，立待要斩，郦生高叫：“且留人，有汉王旨在此。”便要撞人入门。却有管门官军拦住喝道：“元帅有军令，凡军中不可驰骤。”当把郦生揪住衣带，送至帐下，禀曰：“郦大夫两匹马，驰骤入营，某等不敢放入，揪住在此，听候发落。”信乃传令而出曰：“军中不许驰骤而入者，恐防奸人骤至，以劫我营阵。郦大夫素谙兵法，如何犯此军令？想持王旨而来？”把门官军曰：“现有王旨在外。”信召军正问曰：“郦大夫得何罪？”参曰：“军法突骤军中，得轻军之罪，亦当斩首，以示三军。”信曰：“郦大夫既有王旨，免其本身之罪，先斩看马从人，并斩殷盖，将两颗头悬于辕门之外。”只见大小将佐，个个心惊肉颤，再无一人敢高声者。

且说郦生救不得殷盖，只得回见汉王，郦生俯伏叩头请罪曰：“臣捧王旨到信营寨，因驰骤进营，有犯军令，亦欲斩臣，幸赖有王旨在身，免罪，将臣带领从人，并殷盖俱斩首，悬于辕门之外。臣若无王旨，亦不得回见陛下也！”汉王怒曰：“有我明旨，尚尔如此，韩信何太无状耶？”萧何曰：“将在军，君命有所不受，此正阃外之权，为将之道也。”汉王曰：“斩殷盖何意？”何曰：“此正所谓杀权贵以威众心，使三军只知主将，而不知有敌国也。兵法云：‘内惧主将者必胜，外惧强敌者必危’。得韩信，何愁强楚不灭，六国之不服也？”郦生亦拜伏曰：“韩信军威甚严，真得将兵之法；虽杀臣之从人，臣心实敬服。后日破楚者，必信也。王当下手敕奖谕，使诸将愈加敬贵，三军不敢犯法，韩信军威益振矣。”汉王转嗔作喜曰：“卿见亦是。”遂令草手敕，差人奖谕韩信。

未知如何，且看下回分解。

第四十二回

遣樊哙明修栈道

却说汉王草手敕毕，遣近臣周元臣奉手敕并羊酒赴信营奖谕。韩信闻王命至，设香案，同大小将官出营接敕，金鼓前导，迎至军中，拜罢，开读敕曰：

> 为将之道，职专阃外，非法不足以制三军，非明不足以服人心，故孙武杀吴姬而其法遂行者，非不知吴姬为王之所爱也，然法不私于爱，故其法乃行耳。尔大将韩信杀殷盖者，非不知盖为寡人之所亲也，然法不私于亲，故诛一人而千万人知警，其法实合孙武，深得为将之道，朕必嘉悦。故遣近臣周元臣，赍羊酒手敕以勉之，益励初心，以约束将士，早发东征，以慰所望，故敕。

韩信读罢手敕谢恩，管待近臣回朝。次日，韩信早入朝谢恩，汉王乃以言抚慰之曰："将军用法，正当如此。"信曰："受陛下阃外之寄，数十万生命系臣一人，若训练无法，设令欠当，一人作梗，万夫违命，臣法决不能行，陛下付托之重，将何以承应之耶？昨蒙手敕下颁，将士知警，臣法可行，此恩此德，粉骨不足以报陛下也。"汉王甚喜。

韩信辞王出朝，来到教军场，点发三军已毕，召先锋樊哙到帐下曰："将军授先锋之职，目今汉王车驾亲征，栈道被张良烧绝，三军如何可过？公可领一万人夫，重修残缺，再整险隘。绛侯周勃，棘蒲侯柴武，一同监修，限定以军法处之，将军勿辞劳苦，当星夜前去修整。"哙曰："元帅军令，敢不急去修整？但栈道甚险，烧绝去处，连接三百余里，岂可一月便能修整？元帅如欲杀哙，哙就元帅处请死，决不敢领此命也。"信曰："临事不可避难，避难者不忠。将军素怀忠义，才干精敏，正当建此奇功，使三军长驱而进，信亦得以便道东征也。"樊哙又欲坚辞，又恐犯了禁令，只得依限督工修理不题。

且说韩信操演士军，整率人马，麾左则左，麾右则右，麾前则前，麾后则后；合四阵而为一阵，起则为长蛇；分一阵而为四阵，止则为四门；进退之有法，启闭之有路，旗帜严整，金鼓响应，规矩准备，毫厘不爽。大小军士，见韩信调度人马，排列阵势，人人钦服，个个敬谨。于是请汉王曰："臣领命操演人马，训练甲士，今已完备，请陛下车驾亲往观之。"汉王曰："前营伍已看过，知将军筹策自不同矣。想今将军操演月余，定有规矩，又何必往观焉？"萧何曰："必须主上亲往一观，庶见韩元帅调度兵马，俱有纪律，王亦安心东征，再无疑难矣。"王即命驾前往教军场阅试人马。韩信先行，仍复同大小将官迎汉王进营，在中军坐定。韩信率诸将朝见毕，又请汉王上将台观看人马。汉王上台四面一望，只见队伍严整，旗帜鲜明，前后左右，井井有法，坐立进退，绳然不乱。叹曰："将军用兵，虽古孙吴，亦不能及。"便问："即今足可东征否？"信曰："因命樊哙修栈道未了。"王曰："栈道工程甚大，将军限一月，恐或不能完备。"信曰："容日请王车驾启行，王且少从容，不必下问。"王默会其意，因此不问期。随有左右请王下台进膳，王见膳到，只留数品自用，其余尽赐韩信。

不题韩信演武，且说樊哙率领一万人夫，来修栈道，要限一个月内工完。只见山路崎岖，接连云汉，又兼桥梁烧毁，树木丛杂，三军无可立之地，人夫甚难动手。樊哙自思："此是韩信不能伐楚，却将这个干系放在我身上，他却迟延日期不肯举兵，多是此意。"遂同周勃、柴武登孤云山上一望，只见一带栈路，十分险峻，二人看罢栈道，彼此相顾曰："如此险峻，虽十万壮夫，限一年也修不完。"哙曰："他如今军令甚严，主上又甚宠爱。见今手敕奖谕他，我等若以为难，便是抗违军令，须是依着他修理。堪恨张子房烧之甚易，到如今樊将军修之甚难！"士卒在高崖处插木，巅峻处搭桥，遇隘处凿石，见陷处开路，筋疲力尽，气乏神疲，切怨张良，又惊畏韩信，但见营修不起，盖因壁峻崖高，士卒悲哀，尽被跌伤磕损。

樊哙正愁闷间，只见太中大夫陆贾领千数从人赍一木牌飞檄而来，上写道："即日大兵东征，樊哙作速督催人夫，依期修完栈道，以便出师；如过限不完，定依军法从事不恕。"樊哙看罢，叫苦不迭，便说："栈道工程浩大，如何修得？敢劳大夫与我方便一言。"随请陆贾到工所管待饮酒。陆贾见无人在侧，附耳与樊哙曰："元帅密有吩咐，这般这般。"哙听了这话，甚喜，到外边便扬言曰："这等工程如何一月修完？便是一年也成不得！"千埋怨，万埋怨，便要差人具奏汉王，借倩人夫协济。大夫陆贾辞别要回去，临行又吩咐道："先锋不可违限，元帅军法甚严，须当遵守，莫误莫误！"陆贾去了。

樊哙当日具奏，差人星夜来南郑，奏汉王曰："栈道工程甚大，人夫死者甚多，今奉元帅将命，限一月之间，飞报完工。如违原限，定以军法从事。但量臣起自丰沛，未致误事，今据栈道之工，岂可计日而完？事在迫急，性命难保，伏望陛下差人附近郡县，量拨人夫，或一二千名，僭工修完，以救燃眉，臣等不胜恐惧感戴之至，兹差牙将李隆赍表上奏以闻。"汉王览表毕，急差御史周苛："持符验一道，火速往普安郡，起借人夫一千名，交与樊哙，僭修栈道，毋得迟误！"周苛领王旨，驰马前去，穿山度涧，兼程前行。一日，到普安郡，催僭人夫一千名，付与委官管领，前去栈道，交与樊先锋照数点查收用。樊哙见有人夫到来，皆大欢喜。即将民夫编成排甲，每五十名为一甲，立总甲一名，小甲五名，各管理修工；再派定地方，分定丈尺，各照所派动工去讫。周苛回朝复命。

樊哙就令人请绛侯周勃、棘蒲侯柴武，每人拨精壮力士人夫五十名，樊哙附耳低言细语，与周勃、柴武言道：“这般这般，如此如此，不可泄漏其事。”二将听令，急连星夜出寨，却将衣服换了，爬山度岭，越栈道而去。

不知何往，且看下回分解。

第四十三回

韩信暗计智章平

不说二将听令而去。且说大散关守关者，乃副将章平，知汉王差樊哙修栈道，兴兵东证，又兼日前范亚父累次有檄，着章平用心守把散关，但有消息，不可轻动，顾先传报三秦，早作预备。今闻樊哙修栈道，又闻拜韩信为将，急差人申报雍王，备说汉王拜韩信为将，差樊哙修栈道，指日必兴兵出褒中。章邯闻报大喜，语左右曰："韩信在楚，一筹不展，弃楚归汉，不过备数使令可也，汉王无知，却拜为大将。况韩信素无重望，一旦为将，人心决然不服，三军何以调遣？将士何以用命？就如栈道数百里烧绝，一时如何修完？此等行兵，不过延岁月，徒为口说耳！"左右曰："一向范亚父屡次有檄文来，着大王严加防备，正恐汉兵入寇。今章平来报，想是紧急，大王须当预备人马，再遣一大将，协同章平守把，庶不失事。"邯曰："栈道工程甚大，人马急难登涉，待果入寇，再有传报，那时动兵不迟。此信不过遥度，恐非事实。"遂收下来文，打发差人，且曰："待有的实，再来报知。"章邯坦然如旧，不作准备。差人回报章平，备说雍王不肯听信，待有的实，再去通报。章平以此亦不作预备。

只见关下守关军士，忽然报说："见今有汉家修栈道人夫一百名，因受苦不过，逃来投降。”章平大喜曰：“我正要问他来历，快着他上关来！”不多时，守关军卒带领一起人夫上门来投降。章平曰：“尔等是何处人？为何逃来，恐是诈来投降。空自讨死耳！”众人便哭道：“我等是普安郡民丁，汉王借来修栈道。终日又无供给，樊哙又是个急躁的人，被他日逐催逼做工。况栈道又险峻，限一个月要完，就是一二年却也不能完！汉王却拜韩信为将，众军士又不服，近日逃了许多，空自说兴兵，又不见动静，料不能成事！我众人虽是民夫，中间这两个为头的总甲，都是有好武艺，愿投将军麾下，干些功劳，带挈我众人吃顿饱饭，岂敢有别心？”章平便叫为头那两个人来，问曰：“汝二人叫甚名字？”两个向前禀复道：“我二人原是普安郡猎户出身，一名姚龙，一名靳武。本郡因汉王借民夫，无人押解，却着我二人作总甲，管领众人。不想到栈道，见工程浩大，又无口粮，终日痛打不过，又不敢回普安郡去，因此带众人逃来将军麾下，情愿守更看铺，讨些口粮，以延生命，待太平时回家。”说罢泪如雨下。章平又问：“汉王如何拜韩信为大将？”姚龙曰：“只因韩信谈论兵机，见他说得有理，后来萧何举荐，遂拜他为将，一营军士不服，樊哙十分怨恨，近日将佐走了许多，汉王亦自懊悔。”章平见他说的着实，与自己打听言语一般，遂留二人帐下听用。二人凡事谨慎小心，章平委托一两件事，便干得停当，又与上下人和睦，一关上人无一个不爱敬他，以此章平寸步不离左右。旬日之间，拜他为大旗牌官，凡关上大小事，通与他二人计议，二人一一应答不差，章平甚喜，却将这来历差人备细飞报与章邯，邯听说，通不作准备。

不意范增一日在彭城因观乾象，见西南旺气冲天而起，各处将星散乱，因思：“此必是刘邦汉中兵起。”又思：“韩信弃楚归汉，定然大用。近年霸王在彭城，不修仁政，专尚杀伐，诸侯背叛，六国纵横，齐国尤甚，若使汉王举兵而东，易如破竹。”次日将此事奏知霸王，王遂唤季良、季恒：“汝二人可领兵三千，前赴废丘，与章邯说知，用心守关，以防汉兵，仍巡查各关津要害之处，俱要严加防守。”二人领命，径来废丘。一日到废丘，且进城见雍王，备道前事。章邯叹曰：“主上过劳圣心，范亚父何消多虑？”遂将章平所具申文，与季良、季恒曰：“观此申文，便知汉王起兵来历。”二人看罢，亦叹曰：“观此用兵，汉王决不能胜也！亚父终日只是忧心，惟恐汉王重用韩信；我等想来，韩信乞食漂母，受辱胯下，资身无策，在楚无能，今拜为将，人心决不钦服，况栈道甚险，几时方能修完？可见汉王用人不当，调兵无法！亚父何须远虑？但我二人奉王命而来，大王亦当遵守。”章邯置酒管待二将，仍将调来人马，另立一寨屯住。即将原来檄文，飞报各处隘口把守。仍另行一角文书，与章平知会。

不说章邯等防守，且说韩信整点人马完备，请汉王择日启行。众将士各面面相觑道：“栈道尚不曾修完，元帅如何便要东征？却从那条路出师？”各人不知来历，又不敢动问，密来奏汉王。王差人召萧何入内，王曰：“韩元帅今早请朕车驾东征。樊先锋修补栈道未完，却从那条路进兵？卿可往信处一问，以解朕疑。”萧何领王命，当夜就到信宅。此时韩信正在灯下查点各路起兵文书，尚未寝歇，只见有人击门，当有门吏问明，即传入内：“有萧丞相过访。”韩信急整衣冠出，分宾主而坐。萧何近前附耳曰：“今早元帅请王车驾东征，王疑大军不知从何路进发，差萧何前来请明，乞示方略。”信曰：“丞相昔日与子房相别，烧绝栈道，定知此路，丞相又何下问？”何曰：“当时虽知有路，未闻其详。又见将军差樊哙修整栈道，以此致疑。”信曰：“此乃明修栈道，使章邯不为准备，我却从陈仓小路进发，不五日就到散关，使平以我兵如从天而降也，此乃暗度陈仓耳。到关之日，便要破关，管教车驾不动弓矢，自能过关。丞相幸将此言，回奏知汉王，不必圣虑。”萧何闻信此言甚喜，急来奏知汉王。王此时亦未寝歇，听萧何所奏，十分喜悦。次日，传命大小文武将士，俱随驾东征。

却说韩信到教军场点阅人马。汉王原带来二十万，续后添十五万，韩信选本处并临近郡县人马，又得十万，共四十五万，通作四大队进发。却着牙将孙兴替樊哙带管栈道工程，止留人夫三千名修理，以便川人来往，其余尽数掣回。第一队人马，樊哙统领，带牙将八员，逢山开路，遇水搭桥，凡有声息，未可轻动，飞报后军，待有军令，然后出敌。第二队人马，夏侯婴统领，带牙将二十名，骁将十名，如先锋胜，则催人马攻击剿杀，如先锋不胜，急出人马救接，如十分紧急，报入中军，自有方略，不可退后。第三队，韩信自统领，带将佐四十员，分为四十小队，左右前后，听候调遣。第四队，却是汉王同大小文武百官总领，仍着傅宽、周昌监押，如有缓急，以便遣用。这四大队之中，仍有各项分派，随材使用，俱各不同。写成图本进汉王看毕，称羡不已。韩信调度人马已毕，请汉王车驾并文武百官到东门外高阜处，看韩元帅出师。

未知如何，且看下回分解。

第四十四回

谕父老汉王布德

却说汉王同大小文武百官，到东门高阜处，看韩元帅出师。但见：

按九宫四象八卦，列五行十干十二支。队有阴阳，阵有前后；将有纪律，兵有行伍。旗虽尚赤，而引军开道者则按五方；制虽为王，而威仪号令则专九伐。人各有能，量才而用；人马废弃，随长而取；身材长大者拽弓拽弩，身材短小者持戟持矛，身力强壮者执旌执旗，身力少弱者鸣金击鼓，不能视远者专听号令，不能聪听者专望风火，身肥者为马军，身瘦者为步军，日能食斗粟者专为前驱，日行二百里者专探机密。灌婴领四牙将，逐队前行；张仓领二文士，随军后进；陆贾同二谋士，识地利之夷险；叔通领八裨将，参行兵之可否；卢绾靳欢为主将之态度；解瓯陈沛乃中军之骁骑。三军如虎，多士如云，鼓动神威昭万象，荡开征旅给千兵。

汉王同百官看罢出师，众皆欢悦。韩信乃近前奏王曰："臣兵先行二日，王却徐徐而来。臣过关，那时与陛下约会也。"信拜辞，挥动三军前进，王乃回车驾进城来。看的人扶老携幼，不计其数，尽道自生长褒中，不曾见今日出师。王闻之益喜。

次日，王召萧何问曰："朕前日曾传旨，着卿等行文书去各郡县，召父老来宣谕他，不知曾来否？"萧何曰："连日无数百姓，见王将起兵东征，尽道大王今离褒中，伐楚破六国，建都咸阳，我等再不得回睹天颜，愿来进朝见王，现今正在外边伺候数日矣。臣见陛下未得暇，不敢奏闻。"王曰："既百姓父老在外，俱着进来。"萧何传命出，着百姓进朝。有门禁官传旨出，着百姓进来。那百姓父老在外，纷纷攘攘，要进内朝见，听得宣召，一个个争先快睹，引领而见。有传班甲士呼曰："百姓肃静，毋得喧哗！"王曰："父老乡民也，甲士毋得惊恐。"汉王遂起身出殿檐下，看那百姓，不知其数。有几个为首年老的，近前奏王曰："自从陛下到褒中，风调雨顺，万民乐业，道不拾遗，夜户不扃，正是尧舜之世！不想陛下今日兴兵东征，又不知何时得睹天颜！"言罢，个个拜伏在地，泪如雨下。汉王见百姓如此爱戴，亦垂涕不忍相舍。父老又奏曰："陛下今日车驾启行，不知何人在此镇守？"王曰："朕着萧何相国在此安抚百姓。"众人以手加额曰："若是萧相国在此镇守，臣等褒中万民之福也！"王曰："汝百姓中有三乡老，可着近前，听朕训谕！"乡老者，乃古制也。古制：十里为一亭，一亭之中，择一亭长管之；十亭为一乡，一乡之中，择一乡老管之。共有三个乡老：一个掌管乡约，一个掌管耕种，一个掌管争讼，三老总统于县。今日三老上前听宣谕，汉王命一人高声宣读谕文，其文曰：

> 朕惟古先明王之治天下也，以安民为务，而安民之道，以教治为先，是以上下承相，风俗淳厚，一国和平，臻于至治。朕自治国以来，夙夜惓惓，志图治理，建都南郑，思与百姓共臻于道，及天下而为一统。以此特加晓谕，使知为善去处，趋吉避凶，为永保身家之道。如居家者，有一家之长，居乡者，有一乡之长。为一家之长者，教训子弟，讲读诗书，明达道理，父慈于子，子孝于父，兄爱于弟，弟敬于兄，尊卑长幼，各循其序，毋相凌夺也！使一家之内仁让浃洽，亲睦相劝，便为一家之福。为一乡之长者，劝其一乡之内，士农

工商，各居一业。士则修明义理，勤习课业；农则力于田�，无欠赋税；工则专于艺术，毋作淫巧；商则用心生理，毋为游荡。大小相安，长幼和睦，毋争告讦，而陷于刑戮；毋赌博淫秩，以堕于凶德；毋游手好闲，以废其生意；毋窃取人财，以陷于死亡。出入相友，守望相助，婚姻死丧，邻保相资。如此则一乡之内，礼乐雍容，风俗淳美，富寿安秩，共享太平，而为一乡之福。故曰：作善降之百祥，作恶降之百殃，善恶之报，不差毫厘。朕今约法三章，见有定律。使宣汝等来，倦倦开谕者，正欲尔等守法奉公，咸归良善。其有不遵朕诲，仍陷于恶者，明有国法，暗有鬼神，罪亦难逭。尔等钦之守之，毋或勿忘！故谕。大汉元年乙未秋八月一日。

汉王宣谕父老，赐与酒饭，各着令回乡。因谓萧何曰："留卿在褒中，抚恤百姓，劝课农桑，省刑薄税，举善罚恶，催趱粮储，以给军饷，卿之职也。"萧何曰："谨遵王命。"汉王于是传令三军启行，陆续徐徐进发。如有过期后至者斩，逃匿者斩，父母妻子族人等隐容者悉斩，邻里乡党知而不举首者，罪亦如之。即日车驾启行，萧何率领所属百官送出褒中，各乡父老百姓，望尘遮道，攀辕卧辙，哭泣满道。汉王以袍袖掩面而泣，君臣百姓，恋恋不舍。萧何等送汉王过褒中辞回，带领百官父老，安抚地方，催趱粮饷。汉王车驾向东从容而行不题。

却说韩信领三大队人马出褒中，不往栈道去，却从陈仓小路而行。来到孤云、雨脚山下，从山后僻路进兵，前面已有樊哙开路，虽有夹江之水，从寒溪河流出，垒石可过；山傍虽有险路，鱼贯而进，行三五里，便有阔路；虽被树木长合，樊哙却命三军砍去，有路可通。韩信乃与众将曰："某前日匹马夜间行到此寒溪河边，正值秋水泛涨不得过，却有萧丞相赶入到此，明月之下，复得相见。若使渡河长往，今已到淮阴矣！"众将曰："此实天意有在，留元帅兴刘灭楚，使我等得出褒中。不然，栈道烧绝，我等亦不知此路，又无元帅如此大才，我等徒死褒中耳！"众将请立石以传示后世，韩信遂令立石山顶之上，上刻曰："汉相国追韩信至此"八字。

韩信挥动三军前进，山路危险，回径盘折。众将下马步行，牵藤扳葛，登高步险。虽是辛苦，而思归之心踊跃而进，亦忘其劳也。正行之次，忽见前军来报曰：“军不能前进，乱山之内，溪涧之间，有条毒蛇长数丈，两眼射出光芒来，据山随处，截住去路，乞元帅除之。”信曰：“毒蛇当路，须令箭手百人，各掩身山凹之内，箭头以药涂之，密密射去；仍令炮手，各执火炮，以防毒蛇性发，恐跳跃伤人，各放炮击之，则无事矣。”众人得令，方欲动手，只见中军帐下一人，到元帅面前高声叫曰：“一蛇当道，何须用许多人治之？便是沧海蛟龙，某亦敢去！”左右听说大骇。

不知此人是谁，且看下回分解。

第四十五回

辛奇斩虎遇韩信

且说要斩蛇者是谁？乃是信武侯靳歙也。韩信大喜曰："将军虽力能断蛇，但深山之中，恐川水下湿，久无人往来。"即令随营有好酒，满斟三巨觥，赏靳歙。食毕，令数壮健步卒导引，来到山前，穿岩渡涧，闪在山缺之傍。靳歙远望，只见明月落于岩间，电光射于山下，腥风扑鼻，寒气侵人。军士便问："明亮者何处？"乡导云："此大蟒二目光透于外，人若近前，吐气如云，侵人必死。可请将军暂回，不当近他，恐有伤害。"靳歙大怒，起剑到涧边，大喝一声，只见那蛇从岩上一跃而出，身长数丈，便吐毒气侵人。靳歙闪在一边，让蛇跃出，横卧于大石之上，翘首吐气，要来伤人。那靳歙仗着威力，大踏步举剑用力一剑，把蛇挥为两断，蛇头坠于岩下，满林惊落叶，涧水血波流。众军士去前看时，蛇已死于石上，急来报至中军。韩信随到山前，看那蛇有数丈长，血流石上。左右将士，惊讶不已，遂问信曰："此蛇何如此长大？想在山中有百年矣？不知古时亦在此长蛇否？"信曰："上古昆仑山周围三万里，有蛇匝山一周，古蛇之长，大有如此。今数丈之蛇，亦未为大也。"又曰："我前日匹马投汉，亦曾经此山而行，想托主上洪福，未遇毒蛇；倘遇必有伤害，岂有今日？”左右曰：“虽主上之福，亦元帅之福也！”信遂重赏靳歙。

韩信当时催动人马，将近到太白岭，预差卢绾近前吩咐曰：“我昔日过太白岭下，遇一壮士，姓辛名奇，其人最有义气，留我过一宿，拜为兄弟。其家以卖酒为生，汝可到彼访问的实，我却亲往一拜，以报昔年相遇之爱。”卢绾领命前去访问，不一时回报曰：“太白岭下原有数十家居民，近因七月山水泛涨，不能住居，移于山北高阜处避水，未审在否？”韩信嗟叹久之，遂到太白岭下，果见昔日居民，俱无一家，虽有草屋数间，坍塌倒坏，无人存住。又行一日，过石岗，近一乱石桥，到山崖之下，前军不行。巡哨将官来报：“山坡边有一壮士，逐一大虫，绕山而来，众军士围住，以此不行。”韩信闻知，即策马近前，看那壮士头戴虎皮磕脑，身穿黑豹皮裙，手执三股钢叉，逐虎到溪边。那虎见壮士赶来，又见三军围绕，双蹄爬在石上，却望壮士一扑，那壮士却闪在石傍，就势只一叉，正中大虫顶下，那大虫却又跳跃时，被壮士将叉挺住，不能动身。众军士一齐近前，乱枪戮死。韩信看那壮士时，不是别人，正是太白岭下故人辛奇也。韩信着数牙将大呼曰：“辛壮士！有韩元帅在此请见。”那壮士听得人呼，撇了虎，径过溪来，看那高阜处是韩信，急来拜伏在地。韩信急下马相邀，辛奇便道：“小弟闻元帅修栈道，只道人马从栈道出，连日正要拜迎，未得禀告老母，以此迁延，不想元帅兴兵到此，大慰所望也。”韩信曰：“自别贤弟日久，因国事忙，未得具书奉问。今日到太白岭，差人访问贤弟，避水移居，又不知何处。正在思想间，不想得遇贤弟，十分大幸！”即差后军牵马来，一同辛奇上马，将大虫拖在军前。便问：“贤弟移居在何处？就同拜见老母。”奇曰：“元帅今非昔比，为天下元戎，岂可轻动？”信曰：“故旧不遗，何拘势分？请问所寓。”奇曰：“只转过山嘴高崖处，便是寒居。蓬荜之地，恐不足以屈麾盖。”韩信遂同十数亲随人，行不一二里，早到奇家。见靠崖有十数家人家，都是草房，奇家在路口，住有草屋十数间。请韩信入草厅坐下，请老母并奇妻出来相见，信具黄金百两奉老母，奇不敢受，韩信曰：“此皆汉王所赐，奉贤弟为养母之资，贤弟可随我建立功名，以图显亲扬名，岂不美哉！”奇拜谢收领。信曰：“此地非老母所宜居，我写随军印信批文，令搬移老母同家眷投南郑相国府，寻数间官房，月给米粮，方好过活。”奇大喜，又深谢厚恩。信曰：“汝母即我母也，贤弟远去，岂可使老母独居山僻，受此寂寥乎？”信吩咐军政司给批文送与老母收执。辛奇拜辞老母，洒泪而别，吩咐妻用心侍奉，随同韩信起行。信曰：“此去大散关二日可到，贤弟即为乡导，同前哨樊哙星夜攻打散关。如不能下，待我到自有方略。”又吩咐第二队夏侯婴：“待樊哙人马打散关，汝可另安一营，歇息军士，不必动。待过关时，汝作先锋趋废丘，与章邯对敌，樊哙却作二队为救援。”二将得令，杀奔散关去讫。

韩信使军士探听汉王人马，亦将次过寒溪，遂乃徐徐启行。到三岔路，却令人找寻斩樵夫之处。军士报说路傍山凹之下，覆土一堆，想埋樵夫处也。信令乡人破木为棺，更换衣衾，乃改葬樵夫于三岔松林内，用石砌成坟墓，立一石碣，上镌刻“大汉元年乙未秋八月七日，破楚大元帅淮阴韩信为义士樵夫立位。”传令有司办祭，韩信亲率诸将，祭于坟所，行三奠礼；周苛跪读祝文曰：

> 大汉元年岁次乙未八月十三日壬戌，破楚大元帅韩信谨以牲醴致祭于三岔山樵者之灵曰：嗟尔樵者，遭世蹇迍，资身无策，入山采樵，逢予问路，指示要津。楚兵或至，恐道往因，绝计斩汝，实伤我仁！覆土为记，虑防水滨，循途道汉，来志乃申。职专阃外，兵下三秦，道经岔口，改葬汝身。师行匆剧，未获报君，君其有知，鉴义真纯。尚飨！

祭罢，焚帛礼毕，乃传令吩咐乡人立庙，四时享祭，遗迹至今在焉。

不说韩信人马前进，却说大散关章平，自得姚龙、靳武，终日打探栈道，工程可曾完否？去人来回报：“修栈道如今不是樊哙，又改委牙将孙兴管理，人夫渐渐减少了，工程未见次第，东征消息亦未见动静。”姚龙曰：“汉王多是空说，决然来不成！”靳武曰：“褒中近年好收，汉王正在那里快乐，亦无甚远大之志。”章平曰：“观他拜韩信为将，可见不识人，如何成得大事？”正在关上闲说，只见巡哨小卒来报说：“汉兵遍地而来，离关五十里有先锋樊哙下了大营，见今领五万人马，杀到关前。”章平大惊曰：“汉兵从何而来？”姚龙、靳武曰：“恐传报人未的，岂有栈道未完，人马从何处过来？或是樊哙受苦不过，逃来关上投降也不见得。再着人探听看如何，便好发兵。”言未了，又有人来报：“樊哙到关下，攻打甚急。”章平一边差人飞报章邯，说汉兵已过栈道，见今攻打散关甚急，乞传报三秦，早作预备，仍差大将前来救援，庶保无虞；一边与姚龙、靳武商议曰：“樊哙人马打关，我须出战，汝二人可守把四面关口，以防汉兵盗袭。”姚龙、靳武曰：“将军放心，每关一面，可派人马一千防守，昼夜巡视，料亦无事。”章平遂领三千人马，冲下关来，与樊哙对敌。看樊哙人马军器鲜明，队伍严整，有健将辛奇在后押阵。樊哙曰：“章邯等三人，诱秦卒二十万，被项羽坑之，却乃滥受王爵，苟安富贵，天兵到来，不急早开关受死，尚敢拦阻？”章平曰：“汝汉王受霸王封爵，不安分受职，却妄动余孽，徒速死耳！”樊哙大怒，举戟直取章平，平挺枪来迎，二将交战有二十回，章平抵敌不过，败走。辛奇催动后军一齐掩杀上，章平匹马逃走上关去了。樊哙、辛奇收兵回营，章平将关紧闭。樊哙预备火炮火箭，并力攻打，关上只是坚闭不出。樊哙无计可破。

人报元帅到来，樊哙、辛奇离营远接韩信到关下，登高处看了一遍，已有暗号，知章平中了计，遂乃吩咐火炮手，架起风火大炮，一连放了十数个。关上惊慌，众军士畏怯，又不肯上关守把，章平发躁，亲自催遣众军士守关；姚龙、靳武暗吩咐带来人夫一百上城，各执器械四边预备。只见韩信策马近前大呼曰：“说与关上守关主将，上关来答话！”章平、姚龙、靳武都到关上，见韩信耀武扬威，举鞭言曰：“汝霸王暴虐无道，背约自立，放弑义帝，天下切齿。今汉王亲统大兵，汝当束手归降，乃敢抗拒天兵，闭关拦阻！汝若开关投降，免汝一死，敢说一言不降，教汝立见流血！”章平便道：“我乃雍王贵族，岂降汝胯下夫耶？”一言未罢，只见姚龙、靳武走上前来，将章平劈头揪住，即时绑缚了，着一百原来人夫，各举兵器防护。姚龙、靳武便叫关上众军士：“汉王有德，天下归心，汝等急来投降，免致诛戮，敢再道一个不字的，大兵见今围住关下，我等把住关口，汝等皆是死数。”众军士见章平被捉，又见关下汉兵大举，只得尽数拜伏在地曰：“吾等情愿归降。”姚龙、靳武大开关，绑缚章平下来。二将非是姚龙、靳武，乃汉将周勃、柴武，假作修栈道夫，暗入散关投降。原来韩信差陆贾以催工为由，却定计暗暗的吩咐樊哙，密使周勃、柴武更名，引心腹军士一百名，假作修栈夫，投降到关上；待韩信大军至，却立石于关前，以为暗号，次后听炮响，即擒捉章平，开关请韩信上关。此便是明修栈道，暗度陈仓，不十日之间，智下散关，此韩信东征第一功也！

韩信到关上，安抚五千降卒，打扫公厅伺候汉王车驾到来。却将章平拿到帐下，信曰：“汝乃章邯族姓，冒受楚官，把守险隘，抗拒天兵，本当斩首，量汝特癞狗，不足污吾刀耳！且押付军政司，随军听候发落。”早有人来报，汉王车驾离散关不远。韩信率领大小将佐，离营二十里大路迎接。汉王传旨，着韩元帅大小将官上马随行，早到关上。汉王已知韩信下了散关，心喜不尽，到公厅坐定，韩信同将佐戎服朝见，礼毕，汉王曰：“散关乃三秦隘口，将军不动声色，随到而得，三秦闻知，已破胆矣。”信奏曰：“散关既得，三秦此时尚未见预备，陛下且暂住散关，臣星夜攻打废丘，擒捉章邯，三秦指日纳款，那时差人奉迎车驾也。陛下仍遣人催趱粮储，接济军饷，急修栈道，以便往来。”汉王闻奏大喜。韩信又取出章平来，割去一耳，放回废丘报知章邯，以激其怒。却辞了汉王，传令着夏侯婴作先锋，辛奇为副先锋，望废丘杀来。

未知胜败如何，且看下分回解。

第四十六回

韩信火攻破章邯

却说雍王章邯在废丘，闻散关一连两起飞报来，说汉兵势众，见今樊哙攻打甚急，早望遣兵协助。章邯闻报大惊曰：“我前日以栈道未完，汉兵恐难入寇，不意今已到散关，事在迫急，可传报与栎阳、高奴二处，早作预备。”随传令着吕马通、孙安点押人马，伺候迎敌。言未罢，有章平带伤来见章邯，哭拜不起。邯曰：“汝如何失了散关？汉兵如何出栈道？韩信如何用计？”章平便将周勃等投降，并明修栈道，暗度陈仓，一一备细说了一遍。章邯摇头道：“范亚父再三说韩信但未遇时，若有人重用，深为后患，霸王不听，今果然矣！”又曰：“汝且退后，等我杀此胯夫，以雪其恨。”左右曰：“大王不可轻敌，韩信诡计甚多，须当斟酌。”邯叹曰：“吾用兵三十余年，经百十余战，量胯夫何足为惧？”当即催动人马起身。

夏侯婴先到废丘，见有敌军，未敢出战，离废丘五十里安营。韩信人马随即也到，约会夏侯婴，附耳曰：“章邯乃秦之名将，不可力敌，当以智取。公明日对敌，当如此如此而行。”夏侯婴等领令去了。

次日，章邯出马，与夏侯婴对敌。邯曰：“汉王受封褒中，能自保疆土足矣，又何从胯夫之见，乃敢背叛入寇以取死耶？”婴曰：“义帝初约，先入咸阳者为王。我汉王兵不血刃，义降子婴，天下响应，正当为关中之主。即被项羽强暴违约，自立力王，左迁诸侯，放弑义帝，大逆不道。今我主亲领大兵东征，汝当延颈受死，反乃妄言入寇耶？”邯大怒，挺枪直取夏侯婴，婴乃举刀交还。战十合，婴佯败，落荒而走，邯挥动人马赶来。婴却转过山脚，勒住马，在高岗上大叫：“章邯再与你决个胜负。”邯曰：“汝乃败将，尚敢言胜负耶？”婴曰：“汝特老革耳！筋力已衰，何足为我敌？”邯益怒，挺枪跃马，径奔夏侯婴，婴举刀复来交战，不十合，却望松林小路而走，至树边见隔林尘土起处，有韩信人马到来，拦住章邯。信便道：“我在此等候多时了！”邯曰：“胯夫在此久等，欲寻死耶？”信怒，举戟直取章邯，章邯举枪交还，未及数合，韩信败走，章邯挥动三军人马往前追赶。随后季良、季恒领本部三千兵亦追赶来，即会见章邯曰：“大王不可深入重地，恐是诱军之计，须当回军。”邯曰：“我正欲汉兵相连而来，尽数剿杀。公可催督人马，尽力攻击。”忽闻一军报说，韩信因大王追赶甚急，连人带马跌下涧去，夏侯婴众将在彼救援，尚未救起，大王可催趱三军，急早捉拿，可获全胜。邯着人高处了望，众人回报，远望山前谷中，众军士在彼用绳索搭救，不知是否？邯叹曰：“胯夫合当死于吾手！”遂挥转人马，渡涧穿林，望前杀来。进到山谷中，两旁都是树木，却不见一个军士，楚兵大势行动，又拥住谷中不得回转，天色又渐昏黑，章邯心上犹豫，急传令军马且暂住。那人马前后举动，急难收煞，早有一半入山谷来，才待住脚，只听山顶上，一声炮响，四下里树木都着，冲天火起。邯见火起，知是中计，急勒回马要出谷中，又被人马拥住，后边又是火起，无路可出。季良、季恒急来，便叫道：“前面有条山径小路，斜曲上去，可到凤岭。”邯即同二将，弃了马步行，从小路爬到岭上，气喘不迭，三人权在岭上休息，又听得山下呐喊，四边火势愈大。邯曰：“此处不可久住，恐汉兵追来，三人又无兵器，如何抵敌？不若乘着月色，捱过岭去，寻着楚营安定再作区处。”季良曰：“大王所见亦是，但不知从那条路下去？”季恒手指道：“那山凹边有灯光露出，想是人家。”邯曰：“我等捱下去，寻问他路径也好。”

三人一步步走下岭来，到那里是有一个大镇店，有三百人家，夜深尽都睡了，路口有个山神庙，三人入到庙里歇定。方才合眼，只听得远远有人马过来，季良便从缝里张看时，为头有数十面大旗，后面一队队人马过，听声音时，却是楚人说话。有一个道：“谷口里火起，又不敢进去，不知大王在何处？想是乱军中，定被伤害了！”季良叫醒章邯，便开庙门叫住众军士，掌起火把来，为首有一员大将，乃楚将吕马通也。众人齐叫道：“好了！我大王在庙里。”那吕马通下马，到庙前见了章邯，三人大喜。邯问曰：“汝等如何知我在此？”吕马通曰：“大王追赶汉兵太远，章平再三来说恐韩信多诈，或有诡计，说可引一枝人马救应。臣领本部一千人马，行至中途，忽见前面火起，又遇见回来的军士说，大王中计，已杀入山谷口里去。臣不敢前进，却从西南双岔口寻来，不见踪迹，正在区画处，不想大王却在此庙中，十分大幸！”随令军士做饭。邯三人在庙中用过饭，已天明矣。同吕马通各上马转回旧路，到废丘大路上，早有章平、孙安引人马接应。打听前军，被火烧死多半，止有一二千败残军逃回，亦多带伤。

章邯懊悔不及，吩咐将士：“且将关紧闭，我兵新败，未可出敌，少休息数日，然后出敌。一面会栎阳、高奴二处，调遣兵急来救应。”言未罢，人来报韩信人马围了城，众军卒将大王用的兵器，举在城下，百般毁骂，甚是无礼。章邯闻说，大怒曰：”我为秦将，威镇六国，何人不惧？今位居王爵，镇守三秦，遇一胯夫，反乃闭门受其辱耶？”遂令左右：“快整点人马出城，我要与胯夫决一胜负！”季良众将谏曰：“不可！此乃韩信激大王之怒，意欲智赚出城，中其奸计。且从容待军士休息数日，出战不迟。”章邯怒气不息。又听城下一连炮声不绝，军人又来报，说韩信人马，或坐于地上，或卧于城下，裸身赤体，百般辱骂。章邯听说，同众将上城楼观看，果见汉军在城下辱骂，如入无人之境。邯即与众将附耳曰："韩信因见昨日得胜，遂自骄惰，此就如项梁之在定陶也。"季良曰："人言韩信善能用兵，观今日营伍欠整，士卒怠惰，此兵法所忌，若大王以破楚之法，施于今日，甚为允当！"孙安曰："恐韩信有诈，或故令军士怠惰，使大王无备也。"邯曰："昨日我因贪战，偶中奸计，非信之能也。观今日营阵队伍，已见韩信之才，夫又何疑焉？"遂向众将吩咐："今晚预备劫营，季良、季恒领兵三千，出南门冲汉右哨；我领一万兵，出西门劫汉中寨；章平因带伤，不能出敌，把守废丘。"各分派已定。

却说韩信料章邯必乘骄劫营，遂传下将令：着樊哙、柴武领兵三千，阻楚军北路；夏侯婴、周勃领兵三千，阻楚军南路；将大营人马，俱退后三十里下营；韩信守住后哨，却令辛奇、靳歙领精兵五千，埋伏于大营之左；卢绾、灌婴领兵五千，埋伏于大营之右。等章邯人马回动，二路人马杀出，必获全胜。分调已毕，天色已晚。

章邯人马等到二更将尽，大开城门，放下吊桥，金鼓不鸣，各衔枚而出，杀奔汉营来。季良等出北门，吕马通等出南门，章邯等出西门，三路人马蜂拥而来。章邯杀到大营，见是空营，已知中计，急传令着三军快回，言未毕，只听火炮振天，两路汉兵杀出，箭如飞蝗，杀得楚兵七断八截，各自逃生。章邯幸得左右众将帮定逃走，正行之间，早有一箭射来，正中章邯右肩，几乎落马，左右扶住，死战得出。季良出北门，被樊哙、柴武三千人马，忽然突出，夜晚不及交战，楚兵大败，二将败走。樊哙等大杀楚兵，得将令不敢追袭。吕马通、孙安出南门，行至中途，那孙安马上与吕马通曰："韩信今日令三军辱骂，其中有诈，但今我等劫营，恐难取胜，不如且将人马在此屯住，密差精细军校，急急两路打听，果是汉兵无备，我等前进，必然取胜，若中奸计，如之奈何？我且与公在此等候，若楚兵不胜，却绕出废丘大路，为楚兵救应，彼此俱得保全，以为长策。公意以为何如？”吕马通曰：“倘一时不如所料，雍王问我等抗违军令之罪，那时如何分辩？”孙安曰：“不然，为将之道，运筹决策，须要知彼知此。我料韩信用兵，岂可比定陶之兵耶？我意已决，决不可前进。”于是吕马通、孙安按兵不动，急差军校探听，去不多时，只见数军飞马而来曰：“汉兵有备，楚兵中计，已大败矣！将军快调转人马，大路上救援。”吕马通、孙安闻说，即调转人马，往大路上杀来，正遇汉兵追赶章邯。正在危急之际，却是吕马通、孙安领三千精兵，杀来救应，火把照如白日，放过章邯兵，挥动人马接住汉兵，且战且走。

韩信见有救应，传令汉兵且住，未可追袭。张仓策马近前曰：“章邯势穷力竭，正好擒拿，元帅如何勒兵不追？”信曰：“穷敌莫追，兵家最忌；又况夜晚，地利不便，倘楚兵或有埋伏，反难回转。不可不虑也！”韩信即鸣金收军，令诸将各调本部人马伺候攻城。

未知废丘如何，且看下回分解。

第四十七回

淹废丘三秦悉定

且说当夜章邯急奔入废丘，因肩上中箭，疼痛不止，令医士敷上药，用白绢缚了，卧病不起；传令三军各用心守把四门，又星夜差人各郡县调兵防护不题。

次日，韩信催动人马，把废丘四门围了，传令诸将，照队伍各安下营寨，预备攻城之具，昼夜攻打。这废丘乃周旧故城也，周围都是高山，山麓之下通白水大江，城池坚固，墙垣宏阔，攻打甚难。叔孙通、张仓等入中军与信计议曰：“废丘一时攻打不下，各郡县渐次调兵防守，倘董翳、司马欣再遣兵来协助，城愈难破矣。请元帅思之。”信曰：“吾在此筹度已定，诸君所见，甚有理，料一二日便见破打废丘之计，且未可与诸公明言也。”叔孙通等退帐。当晚韩信同曹参带数健卒，来到废丘城后高处，密指与曹参曰：“此城下水自西北方而来，环东南而去，其流甚急。汝可带领一千人，各具囊沙，壅住水口，使水不得顺流而下。其水决倒转冲入废丘，不一时废丘入鱼腹矣。”曹参得令，是夜领一千人陆续暗暗到废丘东南河口边，以囊沙壅住水口。况八月之时，秋水正泛涨，一壅住水口，那水不得顺流，直冲入废丘城来，四边墙垣，俱是山石垒就，遇水一冲便倒，四边水声如万马奔腾，势如山倒。韩信人马连夜传令，暗移住西北高阜处扎营。

章邯正打听韩信移营消息，忽四边水势汹涌而来，无法拦阻。邯大惊，急同季良、季恒、吕马通、孙安一干众将带领家小，从北门水浅处，各弃马冲杀出，径奔桃林大路逃难。韩信引大军追赶，见水势渐近，恐淹没人马，传令且扎住营；一面分付曹参放开河口，流通水道。半日之间，水势俱下，入城安抚百姓毕，奉迎汉王车驾入废丘。邻近郡县，望风归降，王大喜。

却说章邯夜走桃林，汉王入废丘安抚百姓，各郡县归附，雍地悉定。有中秦董翳、司马欣两家得雍王飞报，要起兵救援。不一二日，又有人报，韩信用水攻已破废丘，邯夜走桃林，各郡县已归汉王，早晚来攻打中秦，翟王董翳闻报，与谋士李芝计议曰："韩信初破废丘，兵势大振，况栎阳人马不多，恐难为敌，须会合塞王，二处同力御汉，再遣人去奏知项王，早发兵救援，庶保守中秦。"言未毕，有人来报："汉兵卷地而来，所过郡县，望风归附，已到刘家镇，离栎阳止百里远，请大王急出迎敌。"

董翳遣大将耿昌、副将吴伦，领兵一万，出城五十里下寨，以防汉兵；自领兵一万，离城二十里下寨。见尘土起处，汉兵到来，耿昌、吴伦二将领兵出战。遥望汉阵上门旗开处，韩信跃马近前，高叫："二将早早受降，免汝立见诛戮！"二将大怒，各举兵器，径奔韩信杀来。韩信背后，早有两员大将，各挺兵刃，纵马出阵，旗上大书一个是舞阳侯樊哙，一个是绛侯周勃。二将出马，与耿昌、吴伦对敌。二十来往回合，樊哙卖个破绽，让耿昌一刀砍将入来，被樊哙手起一戟，刺耿昌于马下。吴伦见刺了耿昌，无心恋战，放马逃回。韩信挥动三军，将楚兵大杀一阵，径趋栎阳城，正遇翟王董翳。

韩信出马当先答话，董翳曰："雍王误中奸计，废丘失守，以此小人得志，遂尔猖獗。若我救兵应援，汝已受擒多日矣。"信喝曰：

"汝不过邯一仆吏耳，邯已诛戮，汝何人，乃敢鼓唇舌耶？"翳大怒，纵马挺枪，直取韩信，韩信挥戟来迎。二将战未数合，樊哙、周勃二马急出，兵器夹攻，董翳抵敌不过，望后阵便走。早有汉将辛奇、灌婴领韩信密计，各领精兵三千，绕栎阳东路，在后杀来。董翳见两边人马围住，鼓声振地，匹马杀出，才近城下，后面喊声大振，又围绕上来，重重叠叠，都是汉兵，无计可脱。韩信传令军士大叫："董翳快降，饶汝一死！"董翳下马撇枪，高声呼曰："势穷力迫，情愿投降。"众军士进前将董翳拿了，四边人马，各依队伍。

韩信回到中军坐定，军士押董翳到帐下。韩信急出帐，以手扶翳上帐，命左右设坐，董翳拜伏在前曰："亡国之俘，受擒麾下，得赐收录，已为再生，岂敢与元帅行宾主之礼耶？"信曰："贤公乃秦名将，受封为王。今不弃归汉，三军免锋镝之伤，百姓领安康之福。得事明君，不失旧爵，同为汉臣，何分彼此？"翳见韩信如此厚德，遂入帐就席而坐。信曰："贤公既为汉臣，有一言奉告：见今塞王司马欣，建都高奴，闻汉兵临境，定领兵出迎，劳师动众，非兵之善者也；意欲烦贤公修书一封，致之塞王，早来纳款，归降汉王，仍照旧封爵，以共扶王室，岂不美哉？"翳曰："请元帅大军进城，安抚百姓，某即修书，差谋士李芝，前赴高奴，说塞王归汉。未知尊意以为如何？"信曰："大兵正要进城。"随传下将令，着后队人马进城住扎，其余尽数进城。董翳策马到城下，方欲叫门，只见城上已竖起降旗，城门大开，两边百姓，俱设香案迎接汉兵。韩信吩咐三军，不许骚扰百姓，四门张挂告示，晓军民人等知悉。即令董翳修书，差李芝前赴高奴去说司马欣归汉。

一日到高奴，离城三十里外，司马欣早安下营寨，以防汉兵。李芝到城下，即传报进城，塞王随即着李芝进见。李芝将翟王书呈上，塞王拆书，书曰：

翟王董翳再拜塞王麾下：秦惟无道，诸侯离散，楚兵西来，势不可敌，比时从雍王之命，率兵归降，实出不得已也。方今汉王宽仁大度，天下属心，初约入关，即当为王，后楚背盟，左迁南郑，天命靡常，惟归有德，起兵东征，所向无敌。韩信用兵，仿佛孙吴，明修栈道，暗度陈仓，智取散关，水涌废丘，席卷而来，势如破竹。某顺天意，昨已投降，蒙款以宾礼，不失王爵。恐王孤立，终难自保，唇齿之邦，互相寒暖，同用其济，思难为命，差幕宾李芝驰书上闻，惟王鉴纳。不宣。

塞王看罢书，大怒曰："未曾与胯夫交兵，便束手归汉，岂大丈夫之所为耶？"遂将书扯碎，喝令左右将李芝叉出。芝叹曰："大王兵不满数万，将佐不过数人，二秦已破，高奴孤立，项王远驻彭城，邻邦为敌国，大王智不及韩信，勇不及樊哙，一败之后，有家难入，有国难投，那时追想翟王之言，则亦晚矣！大王幸思之。"塞王拔剑益怒曰："汝量我无智勇，我今出阵，务生擒樊哙，立诛胯夫，汝当受我一剑！"芝曰："大王如与汉兵对敌，莫说擒樊哙，杀韩信，若是冲他一阵，得他一卒，那时大王就将臣杀之，以正欺诳之罪，臣不怨悔也。"塞王便呼左右将李芝监候，即传令点押军马，先差副将刘林、王守道领兵一万为先锋，次后司马欣领兵四万出高奴，投栎阳来不远下寨。

早有跟随李芝军士闻塞王扯碎来书，将李芝监候，星夜回栎阳，将前事备细说了一遍。董翳亦怒，径来中军，说与韩信，信叹曰："量此无智匹夫，如砧上肉耳！吾当擒之。"言未毕，有探马来报，司马欣离栎阳五十里下寨。只见樊哙听得董翳说道司马欣务生擒樊哙。哙咬牙切齿，急到信前曰："某情愿与司马欣决个胜负，务要拿来见元帅，以雪此恨。"信曰："将军如要去，我有密计。必须如此如此，方可取胜。"樊哙得令，当晚来董翳营计议曰："某想司马欣甚是无礼，将贤公书扯碎，又将李芝监候，若不定计捉来，以塞其口，反被他讪笑。"董翳曰："将军有何见教？"哙曰："若要捉司马欣，须要将公的亲人，缚绑了我，同心腹百人，今晚去欣寨投降，彼必收录。明早公可来营索讨，彼必出营答话，我等随后一齐上去，决然捉欣。彼一军无主自乱，而高奴亦可破矣。”翳曰：“吾有长子董式，极其骁勇，公可缚去，假作投降，彼方准信；若其余者，恐彼不信也。”哙大喜，即时点健卒一百名，同柴武杂在乱军卒中，变其寻常服色，径从栎阳僻路来。行五十里，早到欣寨。伏路小校审问来历，传报司马欣。欣曰：“着进来！”哙进营见欣毕，便说：“我等原是楚兵，随翟王镇守栎阳，不想翟王归降了韩信，我等终日思想故土，几时得到楚地，昨日差他长子出城，探听大王消息，我等众人灌得他大醉，捉来投献大王。”司马欣看是董式。大骂曰：“汝父与我同受霸王封爵，却如何背叛归汉？且押去与李芝一处监候，等捉了董翳，一齐解赴彭城，今晚且收在营，明日发落。”众人拜了，出外伺候。

次日早，董翳领人马来，摇旗呐喊，请塞王答话。有先锋刘林、王守道，见是翟王，且不敢拦阻，传报与司马欣。欣全身冠带，一马当先，与董翳相见。翳大骂曰：“汝不知天时，不晓存亡，想项羽杀了子婴，坑了降卒，正是我等仇人。我今背楚归汉，深合天道，我有书晓知汝，汝却扯碎我书，监我谋士，昨夜又捉我长子。前日敢说生擒樊哙，立杀韩信，汝若敢与樊哙对敌一合，我即当下马受缚。”那司马欣听了这话，便大叫曰：“汝便着樊哙来，我与他对敌。”一言未毕，背后一人走上前一把揪住，拖于马下，便叫曰：“我便是舞阳侯樊哙也！”那一百军卒，同柴武各执兵器，高呼曰：“汝等众军卒，若早降汉，俱免其死。”众军卒齐声曰：“情愿降汉。”有先锋刘林、王守道，见不是势头，急率三军来救，有樊哙、柴武同董翳各执兵器来战二将。二将见捉了司马欣无心恋战，只要逃走，却被三将战住不肯放，无路回转，枪法早错乱不定，樊哙便刺下刘林，柴武便捉住王守道，三军倒戈卸甲，情愿归降。众军卒押司马欣等赴中军报功，一边放了董式。

韩信便唤军士，押过司马欣来，信曰：“楚王乃秦之仇人，汉王曾有大恩于秦，汝曾为秦将，当为秦而归汉，此乃顺天者昌也，昨翟王有书传达，乃敢口出狂言，略无忌惮，今被擒来，有何理说？”司马欣低头不语。董翳、樊哙众将劝曰：“塞王误受楚将，非得已，今到麾下，愿元帅宽恕，仍望奏过汉王，照封王爵，料彼倾心事汉，决无二心也。”信着武士放起司马欣来。欣向韩信拜谢毕，与众将相见，韩信差人传报与汉王，说今栎阳、高奴二处悉定，请车驾安抚三秦，复进取关中；一面传将令，三军进高奴城，张挂榜文，晓谕百姓，放了李芝。有探马来报，汉王车驾离废丘，过栎阳，安民三日，前来高奴，与元帅约会，复取咸阳。

未知如何，且看下回分解。

第四十八回

韩信用计取咸阳

却说汉王离栎阳至高奴，与韩信约会，王谢曰："前日萧何推荐将军，寡人用之，果建大功。非将军妙谋神算，何以至此？"信曰："此非信之能，乃王威武所及，三秦束手而降也。"王曰："将军已破三秦矣，咸阳指日可得，但不知何日起兵？"信曰："咸阳不难取，所患章邯虽逃于桃林，离废丘不远，倘乘汉兵过关中，复举兵而西，仍取废丘，据险以阻汉之粮，不亦深为后患乎？"王曰："如之奈何？"信曰："王同众将暂住于高奴，臣亲领一旅之师，前赴桃林，诛却章邯，则除后患矣。"王大喜。信次日领兵一万，带樊哙、周勃、柴武、辛奇四将，征伐桃林。

且说章邯箭疮方平复，正欲差人催楚救兵，复取废丘，闻人来报，韩信人马离桃林不远。邯曰："前日误中胯夫奸计，今不知止，又来追逼，尔众将齐心用力，务要与胯夫决个雌雄！"孙安曰："以臣愚见，只可深沟高垒，待楚救兵来，此时不可与彼出战，恐复中奸计。"邯曰："楚王已报去许久，不见救兵到来，倘围困日久，兵穷粮尽，愈难支矣！我兵利在速战，不可怠缓。"遂不听孙安之言，随即分付吕马通、季良、季恒、孙安，点兵五千，随章邯杀出桃林城来。

只见韩信兵至桃林，门旗开处，韩信出马，高呼曰："章邯早降，免汝一死！"邯怒曰："胯夫敢与我决一死战耶？"韩信方欲迎敌，只见阵后早有樊哙、周勃二将各挺兵器来战章邯，章邯阵后吕马通四将齐出截战，两边鼓角齐鸣，喊声振天，战未数十回台，韩信见邯后军渐渐转动，吕马通等各抵敌不住，即挥动汉兵，急令辛奇、柴武二将径往阵后冲杀过去。邯兵势弱，正欲逃走，怎当这支生力军冲杀过去，章邯兵大败，欲奔桃林，已被辛奇、柴武据住后路，韩信又着樊哙、周勃追杀，邯兵两处不能救应，章邯见四边无路，都是汉兵围困，止吕马通等十数人相随，又兼箭疮迸裂，疼痛不止，恐被韩信捉住，有辱威名，遂拔剑自刎。季良、季恒亦死于乱军之中。

吕马通、孙安见章邯已死，急趋降旗下，情愿纳降。韩信鸣金收兵，着吕马通、孙安近前，以言抚之曰："汝二人可谓知天命矣！使章邯早来归顺，岂有今日？"安曰："章将军恃勇取败，若听某二人之谏，亦岂有今日耶？"信曰："桃林城见有多少人马？将佐还有几人？"吕马通曰："城中人马不上五百，再无将佐，其余皆是百姓。"韩信遂传令进城。信入城安抚百姓毕，次日三军就起身回到高奴，领降将吕马通、孙安朝见汉王。王乃封前职，随军听用，待有功之日，再加封赏。二将拜谢，其余降卒，各分入伍队。大小将佐点视停当，起兵直进咸阳大路来。

却说咸阳守将司马移、吕臣，一向在咸阳驻扎，累次申文飞报与项王，说汉王用韩信为将，下散关，破三秦，指日到咸阳，乞发救兵接应，不见救兵到来。正在惶惧之际，却闻探马来报，汉兵已过扶风，离咸阳不远。司马移与吕臣计议："救兵未到，我等人马不多，况三秦尚不能为敌，量此咸阳岂能坚守？近日城中百姓，听见汉王到来，个个都有归附之心，如之奈何？"吕臣曰："再星夜差人讨救兵，料范亚父定有区处。"司马移，吕臣一边照管人马，上城防护不题。

却说韩信兵近咸阳，先差人打听城中消息，数日差人来报："咸阳司马移、吕臣计议，只等救兵到来，方才出城迎敌，见今将咸阳城紧闭，城上人马防护甚严。”信听说，寻思咸阳城甚坚固，一时攻打，如何得破？须用智取，庶不延缓时日，遂唤吕马通近帐下，信曰：“汝来归汉，未建大功，今差汝带领原降楚兵，就打原用旗号，并所得项王发下各路防守批文，汝带在身边，假作救兵，赚开城门，我却遣兵一拥而入，咸阳垂手而得也，此便是将军降汉一功绩也！”吕马通曰：“元帅将令，敢不从命，但批文印信虽真，月日不同，为之奈何？”信曰：“我随军亦有洗磨写改之人。”就于文箱内检出三秦原行批文，命郦生带水文士李禹，此人极机巧，看了批文一遍，就到一僻静去处。去不多时，将批文呈上与韩信看，日月俱改写停当，各条字眼洗补不差分毫，俨然一新来批文也，信看罢大喜，递与吕马通收执，就点押原降楚兵，并原来旗号，又同孙安等共降兵五千，从泾渭迤北僻路，绕向东南而来，直抵灞陵，径奔咸阳大路。韩信却差樊哙、周勃、靳歙、柴武，领汉兵一万，随吕马通后哨，徐徐而进，待赚开咸阳，乘机一拥而入，城上竖起汉家旗帜。众将得令去讫。韩信请汉王且暂屯军马，打探咸阳消息，如汉兵已进城，待飞马报来，车驾方可前进。

且说吕马通一干众将，带领原降楚兵，密从泾渭僻路绕到咸阳迤东大路而来。到了城下，报入城里，司马移、吕臣闻楚有救兵至，急上城见楚兵旗号，便问楚兵有甚明文？可打上来验看。吕马通策马至城下，将原文书打上城，与司马移、吕臣看了，见是印信文书，随令军士开城，放进楚兵来。吕马通曰：“人马二起，陆续进发，还有后哨快到。”那时楚兵缓缓进城，将近日落，后哨人马已到城下，尘土冲天，军势甚大。司马移看见，便传令且着后哨人马，屯在城外，明日进城。只见头起人马进动，势不容已，后哨人马，乘势一拥便入。那传令军士便道：“后哨人马且住！”那后哨为首数将，将传令军士手起搠翻五七人，众军士呐一声喊，便杀起来，众将径奔城上，将司马移、吕臣拿住，一刀一个杀了，提头晓示众人："吾乃汉将樊哙、周勃、靳歙、柴武也。奉韩元帅将令，赚开城门，已将司马移、吕臣杀了。汝等若是归附，免致诛戮。"众人齐声曰："汉王先到咸阳，该作关中之主，不想霸王背约，迁汉王于褒中去，我等终日思想。汉王今日到来，情愿归降。"樊哙大喜，便令竖起汉家赤帜，差人飞马报知汉王，一边安下营寨。

一二日，汉王人马到来，咸阳百姓扶老携幼，出城三十里，箪食壶浆迎接汉王，跪伏在地曰："自从陛下入褒中去，终日思想，不意今日复来咸阳，我等万民之福也！"汉王安抚毕，进城，两边百姓各家门首设香案迎接。汉王至咸阳旧殿，打扫洁净，升殿坐定，韩信领大小将佐朝见行礼毕，一边传旨张挂榜文，安抚百姓；一边摆设酒筵，赏劳文武将士。宴毕，计议东征。信曰："咸阳虽破，而关东有魏豹、申阳二王未归附，倘项王率兵而来，会合二王，与汉兵为敌，恐三面受敌，则难与争锋矣。"汉王曰："如之奈何？"信曰："必得一奇谋之士，说楚且移兵伐齐，臣却南破平阳魏豹，东破洛阳申阳，关东既定，项王不难敌也。"王便问那个谋士去说二王？只见中大夫陆贾奏曰："昔日陛下西伐秦，臣于洛阳投见，遂入褒中。今三年未归，臣父母妻子俱在洛阳，存亡未保，臣欲归省父母。就用言说申阳归汉，然后至平阳说魏豹。料二王必有遇焉。"王甚喜，遂取金十斤，赏贾为路费。

当日贾辞汉王，先赴洛阳来。进城即到家中，父母妻子俱在，拜罢父母，与妻子相见，问候起居。父母曰："多亏申王自从尔随汉王西征，终日差人供给米粮衣服，一家得受温饱，皆王之恩也。尔可朝见，谢王供给之恩。"贾闻说甚喜，遂整衣冠赴朝，前来见申阳。阳闻人报说陆贾回家，阳曰："陆大夫随汉王西伐，今经三年，凡有谋议大事，无人相语。今幸回家，可着人请来。"言未毕，门官来报，陆贾在府前伺候。阳曰："快请进！"贾入朝见申阳，申阳笑容满面，以手扶贾曰："自从大夫从汉王西行，久未归，家中每差人看管，载日望大夫回来，以慰所思。"贾曰："臣奉命从汉王西伐，不意汉王苦留臣随行，臣见汉王乃长者，既有苦留之意，臣不得已在褒中住居许久。昨破三秦至咸阳，臣告辞来见大王。家下父母妻子，蒙大王供给厚恩，父母妻子得以存活，不然则饥饿冻馁死矣！感大王之恩，虽粉骨碎身，不能报也"申阳又问："汉王为人何如？"贾曰："汉王宽仁大度，抚爱将士。今拜韩信为将，未及两月以来，下散关，破三秦，智取咸阳，所到郡县，望风归附，真乃有道之君也！将来汉王决成大事。"申阳曰："我亦闻汉王有德，久欲归附，但楚之强大，不敢轻犯，倘我归汉，霸王知道，决不干罢，此位恐难保也。"贾曰："汉王近日兵势亦盛，又兼韩信用兵如神，若兵过洛阳，亦当远迓，免彼攻击也。"阳曰："然。"陆贾初欲说阳归汉，因见阳相待甚厚，不忍下说词，又见父母妻子得所，遂安心留恋于洛阳，无复归汉矣。

汉王在咸阳等陆贾去二处说申阳、魏豹来降，久未见回音，正忧闷间，有人来报，司徒张子房出蓝田，将至新丰，预先差人报入咸阳来。汉王闻张良将至，甚喜。随差灌婴、曹参出郭迎迓。韩信闻知，亦差薛欧、陈沛二将远迎。汉王传旨置办酒席，与张良接风。王正在殿上等候，有人飞报入内："张司徒已到朝门之外矣。"汉王下殿门，步行至承德门，远见张良疾趋而来，王笑而言曰："先生久不相见，使我终日悬想！"以手携张良至殿上。张良拜伏在地曰："自别陛下以来，虽未日侍左右，而此心无日不在王前也。臣别陛下时，曾告入关中干三件大事：说项王迁都彭城；使六国叛楚；寻一个兴刘灭楚元帅，至咸阳与陛下相会。臣今三事皆已干毕，敬来咸阳相见陛下。"王大喜，扶良曰："三事皆蒙先生劳神！邦今得出褒中，相会于此者，先生之功也！他日当勒名金石，万代不磨矣！"良朝王毕，又与诸文武将佐相见。有韩信趋前谢曰："蒙先生举荐之力，汉王不次擢用，大遂所愿，终身不敢忘盛德也。"良曰："将军累建有功，威名大振，可谓不负所举矣。”只见殿上筵宴已设下，汉王召众臣陪宴，亲与张良把盏，君臣济济一堂，笙簧齐奏，其日甚乐，各散。

次日，汉王与韩信、张良计议：“魏豹、申阳二处未归附，陆贾去久未见回，倘楚兵西来，何以应之？”良曰：“陆贾归洛阳，乃父母之邦。留恋故土，岂肯说申阳归汉？魏豹素有虚名，妄自尊大，陆贾必难下说辞也。二处须臣一行，必随机应变，鼓动其心，务使二王归汉，那时韩将军方好东征。”信曰：“连日正想得先生妙算，方得二王归附，若陆贾之行，不过托此以为回乡之计也。”王曰：“但先生方来相会，不忍又劳远行也。”良曰：“天下未定，岂容安居自得，饱食终日耶？臣今辞陛下就行，仍写书表与楚，着专意伐齐，使无西来之意。臣到平阳、洛阳二处，料二王不劳陛下张弓矢而下也。”良辞汉王来说申阳、魏豹。

不知如何，且看下回分解。

第四十九回

张良说魏豹归汉

张良一面修书表，遣人赍彭城，一面带领应该使用之人，密密投平阳、洛阳二处不题。

却说霸王一日设朝，咸阳累次差人求救，继后又闻咸阳已破，现今汉王建都关中，各郡县望风归附，地方五千余里，皆属汉王，不日东来，深为未便。霸王大怒曰："量此胯夫，有何见识，取我三秦，袭我咸阳，使刘邦得以大肆猖獗也？就点三军，刻日起行西征，若不灭刘邦，诛韩信，誓不旋师也！"范增曰："臣昔日曾屡荐韩信，此人若留用，须留任以大将之职，若不用，当杀之，以除后患，陛下不听臣言，使彼归汉，今却动陛下圣怒也。"霸王曰："章邯老愦，原无才能，司马欣、董翳皆鼠辈，咸阳亦无大将把守，以致中韩信奸计。虽失此数处，皆不足为忧，若我大兵一临，管教刘邦、韩信为齑粉矣！"言未毕，朝门外有人来报："韩国张良遣人赍齐国书并张良表文上见。"王曰："召进来！"其人将张良密表并书呈上。王先拆表曰：

韩国司徒臣张良顿首上言西楚霸王皇帝陛下：臣良蒙陛下不杀之恩，遣归本国，得以营葬故主，优游岁月，入山采芝，临溪观水；访蓬莱之仙洞，求真丹于方外。仕途趑趄，无复前进。然虽远处林泉，而此心未尝一日忘陛下盛德也。近闻汉王欲召臣从事，臣力辞以疾，且无心于登涉久矣，岂独一召不往，纵百召亦无往从之理。又有齐梁二国，亦来召臣，臣亦坚志力辞，齐梁已知臣无心于名矣，不复来召。其后有檄书传至韩国，语言狂妄，意有图天下之心。臣蒙陛下圣恩，既知邻国作乱，安敢隐忍而不明言耶？臣料汉王见识，欲得关中，如约即止，无复有东来之意。若齐梁二国，传檄各国，志在不小，深为陛下大患，请即发兵属意齐梁，制服其心，使无复恣肆，则大事定矣。如或汉有他志，乃转兵而西，一鼓可擒也。臣鄙见如此，惟陛下察焉。臣良不胜战栗恐惧之至。

霸王看罢表文，复又拆开齐梁檄书曰：

齐王田荣、梁王陈余书拜诸王麾下：当闻天位以有德而居，至德以大公而尽，无德不足以居天位也，非公不足尽至德也。项籍，刘邦受怀王之约，先入关者王之，天下所共闻也。及刘邦兵不血刃而取关中，必如怀王之约，则刘邦当为秦王矣！籍乃背约，而左迁诸侯，大肆不道，阴弑义帝，既为无德，又非大公，桀纣之流，亡秦之续，非独有国者当奉行天讨，以诛此僭乱，凡庶民百姓当告诸天地，人人可得而诛也。今专人敬赍檄文，早赐发兵，会告诸侯，共诛项籍，明正其罪，以让有德，天下万民之幸也。檄书到日，早为施行。不宣。

霸王看罢檄文，以手拍书案大骂曰：“齐梁二国匹夫，敢如此无礼！我先灭齐梁，后伐韩信。”即发付差人回张良去讫。范增曰：“陛下息怒，此是张良恐楚兵西征，故将此书以激圣怒，使陛下无意西行，汉王得以从容行事也。虽然是计，但齐兵势大力强，不可不先伐，以除剥床之患，将计就计，当从张良之议，而汉之为患，实是心腹之疾，尤不可缓，当传旨二魏，严加防守，以阻汉兵。待陛下伐齐梁之后，即旋师西行，伐汉勿误也。”霸王曰：“然！”即发兵伐齐梁，遂不西征，果中张良之计矣。

却说张良离咸阳到平阳，入得城来，看平阳景致，山川秀丽，风土淳厚，古为晋阳，今属西魏，人物繁盛，地理险阻。到魏王大门外，令左右报入内，说韩国张良来见。左右人内报与西魏王，魏豹曰:“张良为何来见?”傍有大夫周叔曰:“张良乃说客也，虽苏秦、张仪皆所不及。此来必是为汉王作说客耳！大王当斟酌之。”豹曰:“如彼下说词，吾有宝剑，正欲诛此狂士。”叔曰:“张良名在六国，天下所知也，虽霸王亦不加诛，大王但当以礼相处，不可轻听其言可也。”魏豹吩咐左右，请张良入内相见。张良入内，与魏豹行礼毕，魏豹曰:“闻公在汉王麾下，今来有何见教?”良曰:“臣因汉王过韩国借臣伐秦，前已辞归韩国。昨闻东征入咸阳，差人累次召臣，臣已无心功名久矣，但念汉王乃长者，昔当受知遇之恩，今特往一见，即回归本国。适过西魏，闻大王乃有德之君，威名重于六国。于路无一人不称颂其德，臣平日仰慕大王，尚欲请见，今既亲到魏国，岂能不求一见以慰渴仰之怀耶?”豹闻良语甚喜，延之客席。饮酒间，豹问良曰:“方今六国纵横，楚汉交兵，以先生识见，何国当兴，何国当亡？必有废兴存亡之数，先生深晓世务，平日定有预见。”良曰:“若论天下之势，汉业当兴，楚终灭亡。观汉王昔神母夜号，已有征瑞。即今席卷三秦，智取咸阳，四方郡县响应，不两月得地方五千余里，天下归心，诸侯仰德，良虽韩国人，闻汉王到咸阳，不远千里而来，以求一见。昨各路诸侯，俱上表归附，如齐燕大国，亦皆纳贡。良夜观天象，知汉王将来为天下主也。据楚今日虽强大，诸侯不得已归之，若一旦挫动锐气，六国必相离叛，楚岂能久耶?燕齐二王深知天命，善达时务，所以属意于汉，以图富贵久远，真为有见。齐燕号称大国，尚且如此，况其余诸侯乎，良见人心如此顺应，所以知汉业当兴，不待推论而可知也。”豹闻张良之言，急起身执一杯酒奉良曰:“据先生之言，汉王决得天下。我亦尝思今日虽封为王，但孤立于此，恐难久远。适闻先生之言，感动我平日忧虑之怀，今亦欲属心于汉，不识先生肯荐引之乎？”良曰：“某深慕大王之贤，入其国，即来请见，倘王有心归汉，汉王极大度能容人，良如引进，汉王必患难相保，与大王共享富贵也，大王亦免平日忧虑之怀矣。”周叔在屏后听张良说魏豹，又见魏豹已被张良说倒，急从屏风后转身出来，近豹前曰：“大王不可听张良之言，恐霸王得知，必兴兵与王为敌，大王将何以应之乎？此远有所慕，而近有所遗也！”良大笑不止，叔曰：“公何笑？”良曰：“我笑大夫不知强弱，不晓时务，不能真知霸王为人，所以大笑也！”叔曰：“何为强弱？”良曰：“秦将章邯受封为雍王，镇守西秦，带甲二十余万，较之西魏孰为强弱？韩信一出，水淹废丘，章邯自杀，势如破竹，不必如霸王九战之劳也。以大夫之见，可谓不知强弱矣！”叔曰：“何谓不晓时势？”良曰：“天下有一定之时，有一定之势。方今时尚未定，势亦未定，霸王恃已强暴，未晓天命，虽图天下，而未得其时也；不都关中，而都彭城，虽霸诸侯，而失人心，未得其势也。汉王隆准龙颜，行动时有瑞云现于其上，芒砀斩蛇，神母夜号，天命有归，百代真命，入关之初，兵不血刃，知人任使，人心归附，得天下之时，审天下之势，惟汉为能也。大夫不欲大王归汉，所以不晓时势也。”叔曰：“如何不能知霸王为人？”良曰：“霸王记人小过，忘人大恩。如燕齐无过，封王未久，一旦举兵伐之，使二国再无宁日。观此知二魏亦难自保，不早为之计，大王孤立于此，倘霸王破齐燕而转兵于魏，大王能御之乎？大夫不知霸王为人，于此可见矣！”周叔被张良说得无言可答。魏豹叱之曰：“张先生之言，深合道理。急写降表，预备进贡，同子房入关中降汉，倘霸王闻知来伐，吾即与汉合兵一处，同力破楚，此不易之长策也。”良曰：“如大王之言，诚万世之计，他日富贵永远，幸无忘今日之鄙见。”魏王吩咐降表并进贡，俱收拾停当。次日，周叔同张良赴咸阳来。

一日到咸阳，见汉王，张良备道魏王属意于汉，命大夫周叔赍表进贡，同臣来见王，王大喜。周叔呈上表文，表曰：

西魏王豹稽首顿首上言：派流支远，而终归巨海；群燕飞鸣，而必栖梁栋。魏处西隅，未沾王化，仰闻汉德，渐至日升。制服三秦，而章邯授首；仁昭百粤，而齐楚畏威；天下归心，诸侯顺附。豹等愿从王命，任为驱使，土地人民，皆属统理。惟王鉴纳。臣豹不胜佩服感戴之至。

王览表甚喜。周叔又将进贡名马白璧，设于王前，王命收讫。仍管待周叔甚厚。叔见汉王君臣相待如宾客，饮食帷帐，皆如汉王，心中益喜，自思汉王真长者，张良之言不诬也。次日叔辞汉王返国，王以手书回答，付周叔，仍赏赐甚优。周叔回见魏王，备道汉王盛德，豹大喜，周叔将汉王手书呈上，豹拆书捧读，书曰：

汉王手书拜付西魏王足下：邦闻王之名久矣，乃周毕公之裔，世为贤王，德被魏土，误为楚属，人知其非。幸蒙不弃，与汉结好，协力赞襄，以成王业，凡有谋猷，相赖辅翼，疆宇宏开，咸归一统。懋著元功，魏基布展，带砺山河，共享富贵。如有艰险，誓相救援。王其鉴之。

豹读完手书，命左右收于书笥。自此魏豹背楚已归汉矣。

却说张良说了魏豹归汉，复辞魏王往说申阳，带领樊哙、灌婴并人马三千。临行时，附耳吩咐："汝等照依如此如此，不可有误！"二将领命，先往洛阳去讫。

且说申阳自得陆贾回洛阳，终日与贾议论国事。一日，正相议间，忽有人报曰："有汉张良在门外，欲参谒大王。"申阳与陆贾曰："张良此来必为汉王作说客，说大王归汉。若是大王果有心向汉，当从其说；若专意西楚，即将张良捉下，赴项王处献功。范增深恶张良，而必喜大王实心向楚，早晚在项王前称赞大王，此所谓害一人而成大谋也。"申阳曰："我既受楚封，岂有降汉之理？"贾曰："大王若专意在楚，臣且回避，王可与张良相见，不待良开口，便着武士捉住，星夜差人押解彭城。"申阳曰："此计甚妙！"便着门吏唤张良进见。张良寻思："申阳商议许多时方召我入相见，定是陆贾定计害我。岂知我已有成算矣！"遂徐步入见申阳。只见申阳仗剑坐于殿上，大呼曰："张良此来，必欲为汉作说客耳！昨楚王有诏旨各国，凡遇张良，即时擒捉，解赴彭城。今不意却来我国，正合诏意！"便呼武士将张良捉了。左右不容张良开口，就绑缚于殿上。张良任他擒拿，更无一言回答，暗自冷笑。申阳就令部将郭縻带领一百军卒，押张良前赴彭城来见霸王。

不知性命如何，且看下回分解。

第五十回

调陆贾智赚申阳

且说申阳拿了张良，命部将郭縻押解去见霸王。陆贾复进言曰："郭縻去见霸王，恐不能应答，臣须同行，就打听霸王伐齐梁二国消息，亦与范增通好，以安其心。"申阳预备礼物，并陆贾路费之资，打点停当，分付陆贾早去早回。贾拜辞申阳，从洛阳大路进发。

却说郭縻押张良行未五十里远，忽听一声锣响，大林中闪出一员大将，当头高呼曰："来者是何处军卒，押解甚人过此？快留下金马，方放尔过去！"郭縻曰："吾乃洛阳大将郭縻也，领洛阳王之命，押囚犯赴彭城见楚王去。汝有耳目，必知楚国之强，我申阳之勇，急早放过去，免尔一死！"其人马上大怒曰："汝以楚王为强，申阳为勇，自我视之，如婴童耳！"举手中方天戟直取郭縻，郭縻战不数合，被其人一戟刺郭縻于马下。众军卒撇了张良，落荒便走。其人领人马追赶，行不过一二里，正遇陆贾带领数从人自洛阳大路而来。其人见了，认得是陆贾，便叫众军士快绑缚了，众军一齐上将陆贾拿了。此人不是别人，乃汉将樊哙是也。遂同到大林中，众人已将张良释放。

张良在树下坐定，令陆贾近前责之曰："汝从汉王褒中三年，相待甚厚，今却劝申阳害我，是何背德如此耶？"陆贾曰："我之从汉王，其事与先生同也。先生不忘于韩，犹贾之不忘于魏也。贾无二心，先生岂有二志？先生始终为韩报仇，贾亦始终为魏以尽此心耳。先生何责于贾，而视为背德薄行者耶？”良曰：“汝虽巧说，岂不知汉王为长者，当劝申阳归汉可也，何乃专意事楚，反与汉为敌耶？”贾曰：“某亦两请以为事汉乎？事楚乎？申王曰：‘吾受楚封，当专意事楚。’某遂计擒先生，以献于楚王，是申王之为楚臣也。”樊哙大叫曰：“陆贾擒先生以献楚，见申阳之忠也。吾今擒陆贾以献汉，亦见我之忠也，又何辩说之有？”遂将陆贾绑缚前驱，径奔西行。

只见原押张良军健一百名，杀死者只十数名，其余俱逃回，报与申阳曰：“郭縻押解离洛阳未及五六十里远，被一伙强人拦拄，索金马之类，郭縻不与，遂与他交战，不上数合，被强人将郭縻刺死，张良抢去。我等逃回，又被强人追赶，未及二三里远，正遇陆大夫，亦被强人捉去，不知存亡。我等径自逃回。”申阳听了这话，大怒：“那里有此等强人？敢如此无礼？”就整点一千人马，出洛阳城往前追赶。到大林中探看，不见一人，问近村居民，尽说早间有些人马，各四散不知所往。申阳犹豫不决，左右曰：“大王只照大路赶，料去不远。”申阳急催人马，方欲大路上赶去，只见有三五个客人各背行李，正从大路来。申阳着人询问，众客人道：“我等从前路来，并不见有军马。”申阳等想：“此正是强人抢夺了陆贾盘费，从小路去了。”乃调转入马往小路追赶，路径盘旋，溪涧曲折，行不上三五里，天色已晚。申阳又惟恐强人害了陆贾性命，又见路径难行，心内正焦躁间，忽听城边一声炮响，火把齐举，樊哙一马当先，手起一戟刺来，便按住手大喝曰：“我看陆贾之面，饶汝一死。”那申阳仓惶之际，急难措手，若非张良分付樊哙，申阳已死戟下。申阳勒马便走，夜晚不防土坡边转出数人，将绊马索齐举，把申阳马绊倒，众军卒将申阳捉了。樊哙见夜深，急鸣金收军，扎住营寨，绑缚申阳来见张良。

张良秉烛坐帐上，见众军卒押申阳来，急下帐亲解其缚，扶于坐上，拜伏在地曰："良奉汉王之命，请大王合兵伐楚，为天下除此强暴。不意大王不从，欲捉张良解楚，此皆张良预先算定这条计策，先调陆贾，后赚大王。方才樊哙无状，欲害大王，多得陆大夫再三替大王哀告，因此不敢下手。良观汉王有德长者，与项王大不同，王当归附，富贵可保，国祚绵远。请大王熟思之！"陆贾从帐后急出劝曰："大王当从张司徒之言，可属意于汉，以保富贵久远也，况今洛阳城已被灌婴赚入矣。今日樊将军欲袭害大王，臣再三哀告，得以保全，乃有今日。观汉王有如此豪杰，大王不可违也。"申阳曰："事既到此，势不容已，即请张先生同到洛阳城，安置眷属停当，就同陆贾往见汉王。未知张良先生之意以为何如？"良曰："就同大王进城亦何害。"随调转人马回洛阳城。

到得城下，只见城上皆汉赤帜，军士严整，四门紧闭，灌婴立于城头上，大呼曰："某奉张军师将令，昨晚已进城安抚百姓，着军士把守府门，不许有人出入。"申阳看罢，目瞪口呆，罔知所措。暗想："张良真神人也！"张良近前，着开门，只见放开西门，张良、樊哙同申阳、陆贾众军士徐徐进城。两旁百姓，安堵如故，鸡犬不惊。申阳叹曰："汉王善能用人，观此便知军法矣。"随张良、樊哙入内，灌婴曰："二公未可入内，恐人心或有变。某扎营在此，请大王、军师、樊将军在营相会。"申阳复叹曰："汉家有如此人物，岂不足以王天下乎？"遂折箭而誓曰："大丈夫一言既出，岂容再变？况张司徒、樊将军亦非寻常人，汉兵俱把守四门，灌将军扎营在此，洛阳已为汉有矣，又何多疑焉？"言未毕，有人来报，又有枝汉兵到来，以为接应之兵，为首二员大将周勃、柴武，统领精兵三千，见在城下扎营，欲来与军师相见。良曰："请进来！"二将进城，见张良行礼毕，与申阳陆贾众将俱相见。良便问："二位将军缘何劳兵马远来？"二将曰："军师离咸阳二日，韩元帅放心不下，复差某二人来接应。陆续有十数起探马，接应驰骤，终日有消息传报。某到潼关，已知军师计取洛阳。”一昼夜传报五六百里，此正谓飞报军情也。申阳闻说，惊讶不已。遂请众将入内，设筵宴款待众人。

次日，张良众将同申阳、陆贾赴咸阳来，一路探马飞报，往来下绝。来到咸阳，进了城，只见门禁严肃，军伍齐整。传报入内，汉王升殿，张良、樊哙、灌婴、周勃、柴武见毕，便将调陆贾，赚申阳，详细说了一遍。汉王大喜曰：“若非先生妙计，如何一举两得也？”随召申阳、陆贾进见。左右传出，申阳不多时，朝见汉王，以言抚之曰：“贤王雄镇一国，威名日著，久欲共成王业，不得已使子房计，请过咸阳一会，幸贤王不弃，不远数百里而来，甚慰鄙怀。”申阳曰：“大王盛德日隆，天下仰望，今见诸将威武，谋臣神算，知天命有归；臣等敢不委心效力，以图补报万一也！”陆贾惭色拜伏在地。汉王叹曰：“人各为其主，既到本国，安有复事他人理？今日来见，乃从洛阳王之命耳，吾必不过责也！汝何负愧焉？”贾谢曰：“蒙陛下三年知遇之恩，终日不能忘于怀。但臣归家，父母有命，遂恋恋不能舍，以此失信，臣该万死也！今乃不即加诛，过蒙抚恤，愈彰陛下天地之量，覆育之恩也。”王遂设筵款待申阳，命韩信等诸将相陪，尽醉方散。申阳归公馆甚喜。次日，朝见汉王，王命回洛阳，照旧为洛阳王，陆贾仍留在韩信麾下听用。

却说韩信与众谋士计议：“今二魏已平，连日主公欲思东征，又念太公久在丰沛，不得迎养，但无人密计搬取，诸君有何良策？相与图之！”有大将王陵曰：“陵昔年聚党于南阳，结识二壮士，其人乃嫡亲兄弟，一名周吉，一名周利，极骁勇，人不可及，啸聚二千精兵，与陵为刎颈交。此二壮士最豪气，不愿出仕，惟图山林快乐。曾令军士开荒辟地，无事耕种以为常产，有事则集聚操练，以御强敌。但到处无不取胜，不扰乡村，不害百姓，以此数年之间，人强马壮，邻近郡县，多有来归附者。近闻人马增添有一二万。陵今情愿约二壮士，带领精兵至沛县搬取太公并家眷，就着二壮士防护，送至中途，元帅却差人马接应，管教一路无事，直抵咸阳。若今动军马去搬取时，霸王知觉，决差人邀截，难保无事。以陵之愚见如此，不知元帅以为何如？”信曰：“此论极妙。若将军能干此事，就是出关第一功也。”韩信随奏，王陵备细说搬取太公如此如此。汉王大喜曰：“将军如干此一事，庶免我日夜忧念也！”王陵遂拜辞汉王，带领一二从人，当日启行。

未知如何取太公，且看下回分解。

第五十一回

王陵迎太公入汉

却说王陵领汉王家书，同从人打扮如商人模样，离咸阳赴徐州沛县来不题。

却说霸王正在彭城，遣兵伐齐梁，一连接三五道飞报，说西魏王魏豹，洛阳王申阳，俱领兵降汉，各路郡县聚人马归附，关东一路十分紧急。霸王闻飞报，便与范增计议曰："韩信自离褒中以来，侵夺朕疆七千余里，深为后患；朕须亲领大兵，务擒韩信，诛灭二魏，亚父以为何如？"增曰："见今齐梁未下，各诸侯离叛，陛下如西征，则彭城恐难守也！不如差人过沛县，将汉王家属拘系彭城，使各路严加关防，待齐梁既定，然后御汉兵未迟也。"霸王当差部将刘信，带领步卒一千，前往沛县，拘拿汉王一家老小，即从丰泽小路而还。

刘信领旨，前到沛县，传旨分付县令拘唤弓兵胥吏人等，即将汉王住宅围了，尽将太公等一百二十口家眷，尽数擒拿，点检明白，随将一应家财，着县令封锁，差人看守，待奏过霸王，再着区处。信领一千步军，押解太公等家眷赴彭城来，从丰泽小路进发。方行有三十里远，只听树林中一声炮响，走出三员大将，领三千人马，拦住去路，高叫："快留下太公等家眷，放尔过去！"刘信挺身出马曰："我奉霸王之命，捉拿太公；汝是何人？敢中途拦住！”三人大怒，各举兵器杀来。刘信举刀交还，战不数十合，早被一将举枪刺刘信于马下。众军士撇了太公家眷，四散都走了。三人急到槛车前，取出太公众家眷，拜伏在地曰：“早是臣等急趋而来，若少迟半日，过了丰泽，决被楚兵拘赴彭城矣！幸得微臣星夜而来，救了大王，望乞恕罪。”太公曰：“多亏三位将军搭救老拙性命，请问三位将军大名？”那为首大将近前曰：“臣姓王名陵，沛县人也。这二位壮士，乃南阳人，一名周吉，一名周利，是嫡亲兄弟。臣奉汉王之命，约二位壮士前来搬取大王，不想从小路来，径投沛县，天幸正遇大王。但此处不可暂住，就当起身。”众将即催起三军，防护太公，径往咸阳进发。

有刘信败残军兵星夜逃命，走回彭城，来见霸王，备将丰泽见遇盗贼，抢夺刘邦家小一百二十名，并杀死刘信，折损军兵一节事，细细奏告了一遍。霸王闻说大怒曰：“邻封之地，岂有如此贼盗耶？必是汉王差来搬取家小，想此去不远，急唤钟离昧、英布领三千人马，星夜与我赶上抢来！”二将得令，点就人马，急来追赶太公。

且说太公离了沛县，往咸阳进发，人马众多，不能急行。将至河南商城，只见尘土起处，有追兵到来。王陵曰：“我且防护太公先行，二位兄弟挡往追军。”周吉、周利曰：“请兄先行，待我与后军对敌。”周吉等将人马排开，专等后军到来，不多时，钟离昧、英布早到，高叫曰：“逆贼快留下汉王家小，饶汝性命！”周吉等出马当先曰：“我等奉汉王之命，搬取太公，与尔何干？缘何追赶？急早回去，免汝等一死！”英布大怒，举斧来战二将，二将各举枪刀交还，一往一来，战五十余合，不分胜败。钟离昧阵后便鸣金，英布拨马跑回后阵，二将亦收兵退后。英布便问：“公为何鸣金？”昧曰：“远望后面有军马到来，恐汉兵行埋伏，况二将亦皆骁勇，不若且回彭城，奏知霸王，再为区画。倘彼军再加添，反中奸计。”布曰：“既远来追赶，不见下落，如何便回？就有加添人马，又何惧哉！”复鼓噪二将出马。二将曰："汝乃败将，如何又来出战？"布大怒曰："我今与你战二百合方休。"二将就与布交战，杀气弥空，征云四起，正战中间，钟离昧却催后军荡起征尘，向前一冲，二将人马，早自纷纷退后。吉措手不及，被布一斧砍于马下。周利见兄被害，无心恋战，勒马便走。钟离昧命军士，一齐放箭，周利急走，后心早中一箭，翻身落马，英布手起一斧，遂将周利杀死。楚兵奋力向前，将周吉二千人马，杀得不留一个。英布收军，天色渐晚，就在山崖边扎营造饭。钟离昧曰："多亏将军武勇，立诛二将，"布曰："若非贤公后阵冲杀，二将尚能不败。"昧曰："前面尘土隐伏，恐夜晚劫寨，须当防之。"布曰："公之高见，正合我意。"二人一夜未敢安寝。次日天明，整点人马，向前追赶。

王陵行到山坡之下，假将尘土飞扬，使英布、钟离昧相疑，不敢前追。以此太公得以逃走。随后有人打听，说二将被英布杀了，急与太公计议，连夜前进。又行了二日，将近洛阳，只见英布人马兼程而进，复又追上。王陵正在紧急之间，忽见一彪人马，从山后转出，旗上大书汉将周勃、柴武。放过太公家小，二马冲将来，更不答话，就与英布交战，金鼓振天，兵刃大举。王陵随后也杀来，三将战住英布。布因追赶汉兵，未得休息，又见三将骁勇，渐渐力乏。正在危急之际，又有洛阳王申阳领大军从大路上杀来，两路来攻，将英布围在中心，左冲右突，不能得出。钟离昧后军已到，见楚兵受困，遂将后军分为两路，冲杀汉兵，救出英布，且战且走。天色已晚，各鸣金收兵，安下营寨。昧曰："汉兵渐次加添，申阳又来助战，我兵新败，恐难对敌，不若今晚乘月色，急将三军调回，沿路虚放号火，料彼恐我有计，决不敢追袭，庶我兵得以保全。"英布急分付三军，各衔枚回兵，一夜退尽。

次日汉兵来报，说楚兵一夜已退尽了。王陵曰："英布势穷，不敢出战，想退回楚矣。"周勃曰："元帅曾分付，穷寇莫追，且号火不止，其中有诡诈，幸喜将军已保全太公家眷到此，乃莫大之功也。主上昼夜思念，饮食俱废，我等作急保太公家眷，见了主上，免终日挂念也。”众将辞了申阳，径从大路望咸阳进发。一日到潼关，汉兵接连几起迎接，行至临洮，有汉王领文武大小将佐，奉迎太公，见了太公，抱头大哭。王曰：“儿男刘邦因项羽左迁褒中，离间三年，未得奉养，今幸完聚，不胜欣跃。”又与吕后、太子相见，亦各垂泪。众文武进膳，汉王举酒上献毕，奏军中之乐，随路香花迎接。将到咸阳，只见旌旗耀日，金鼓振天，太公升道遥车，两边执龙凤日用扇，香风满道，笙簧节奏。太公喜曰：“谁想刘阿三乃至此乎！”心中甚喜，进得城来，家家户户，焚香迎接。众文武扶太公至殿上，太公曰：“此殿上不可坐，另有僻静别宫，我宜居之。”汉王曰：“前日已打扫玄德宫干净，请太公居之。”拨宦竖数十人服侍。吕后、太子及家眷，请后宫居住。自此汉王威镇关中不题。

且说英布、钟离昧回到彭城，备细将王陵盗取太公，结连山寇，奏知霸王。王忿怒曰：“王陵乃何如人？”增曰：“王陵沛人也，事母至孝。昔年聚兵南阳，极有勇力，后仗剑投汉，汉王用之。结连山寇，即南阳聚党也。南阳二寇，郡县莫能治，今被英布将军诛之，亦除一大害矣。见今王陵母随陵弟王泽居沛，务农奉养，若将陵母拘于彭城，得一言传与王陵，陵即归楚矣。”霸王即差人过沛县，将陵母解至王营，霸王以言抚之曰：“汝子王陵与朕彭城相近，不来降朕，却反投叛贼刘邦。闻汝大贤，当教汝子降朕，朕封为万户侯，子孙世禄。汝当修书，叫汝子急来归楚。”陵母但低头不语，范增奏曰：“且将陵母拘禁，分付看守者用好饮食恩养，待王陵入寇之时，却再计较。”霸王即传旨，将陵母拘禁不题。

却说汉王在咸阳，集大小文武将佐曰：“即今兵势已振，各路诸侯宾服. 正好东征伐楚。”韩信奏曰：“兵势虽振，东有殷王之阻，岁星未利，须待明年，招集豪杰，训练甲士，然后可以伐楚。”王曰：

“为今之计奈何？”信曰：“即今且领军征殷王司马卬，以除楚之羽翼，则明年易为力也。”王曰：“然！”于是韩信辞汉王，领兵径奔河内郡来。

不知如何与司马卬对敌，且看下回分解。

第五十二回

樊哙擒伏司马印

且说韩信人马，到了河内郡，离城五十里，安下营寨。有殷王预知韩信兵到来，离城三十里下营，各门设人马防守，殷王司马印有大将孙寅，副将魏亨，谋士都万达，众人闻韩信人马到来，与印会议，印曰："韩信兵势众大，又兼诡计甚多，卿等有何良策？"都万达曰："以臣愚见，且着三军，严加防守，一边差人报知霸王，遣兵来救援，河内可保无事。若与对敌，恐难取胜。"孙寅曰："韩信远来，利在速战，岂容坐待救军至而后攻贼耶？一面差人求救于楚，一面出城对敌，倘胜则韩信必走，如不胜则固守，未为晚也。"印曰："寅之言是也。"遂遣使修书，求救于楚。

孙寅等领一枝人马，出河内与韩信对敌。信曰："汝殷王不知天时，不晓人事，各国诸侯望风归降，况汝偏邦小国，乃敢抗拒天兵耶？"寅曰："汝汉王已得咸阳，苟延性命足矣，尚不知止，复差汝来送死也！"韩信背后樊哙大怒，一马冲出，与孙寅交战，二将兵器齐举，战五十合，不分胜败。魏亨见孙寅战樊哙不下，急举刀出马助战，韩信阵上走出两员大将薛欧、陈沛，各举兵器，截战魏亨。五员大将，战在一处，起一缕征尘，满天杀气。正在战斗中间，司马印城上望见，急领一枝精兵，开了城门，放下吊桥，突出军前，一声炮响，冲杀汉兵。这边二将勒回马，退下阵来，韩信见司马卬冲来，急着周勃、柴武、卢绾、靳歙领大队人马抵住，信高处大呼曰："如有一人退后者，即斩首示众！"以此众人扎住营盘不动。司马卬连冲三阵，见信兵不动，急拨转人马进城。韩信却催汉兵追杀，司马卬人马俱进城矣。此日彼此俱未折兵。韩信传令且回营休息人马，预备攻城。

有司马卬遣使臣一儒赴彭城求救。儒到彭城，霸王已起兵征齐梁未回，便到齐梁来见霸王，将表文呈上。表曰：

> 殷王臣司马卬顿首上言：刘邦失职，入寇关中，三秦败亡，咸阳被虏，郡县承风，二魏离叛，兵围河内，事在急危。盖河内乃关中之要害，西楚之襟喉也；此地失守，河东振动，陛下疆土，汉得其半。言至于此，臣实寒心！伏乞早发救兵，急为经画，齐梁可缓，汉兵为要，庙堂之议，当为预定；燎眉之势，悬望救援，若或少行延缓，陛下贻宵旰之忧，臣等为亡国之虏矣！临表涕泣，不胜惶恳之至。

霸王览表大惊曰："不意刘邦兵到河内，一旦如此猖獗！"急召范增议曰："朕今齐梁未下，不便遽离此地；欲差人往救，又恐不得其人。亚父以为如何？"增曰："必得陛下亲征，方可以御汉兵。但齐梁未下，又不可遽往。今且差大将项庄、季布二将，领兵三万，前赴河内防护。待齐梁既定，陛下就统大兵征进，调各路诸侯协防，此为上策。"霸王曰："然。"遂遣项庄、季布救护不题。

却说韩信围河内日久，司马卬只是坚壁不出。信密与诸将计议曰："司马卬城高池深，一时难破，又不见人马出来对敌，倘救兵或至，里应外合，反中其计。尔等必须如此如此，方可取胜。"诸将听令，各调人马，分头行事，次日，韩信将四门人马，徐徐尽散，令各营预备行李，偃旗息鼓，若有退兵之状。

城上见如此模样，便报知司马印，说韩信人马，今日金鼓不响，渐次退后，不知何意。印急到城上观望，果见韩信兵退尽，便召谋士都万达等计议曰：“韩信兵退，必是打听救兵到来，或是霸王亲征，因此人马尽退，不然如何忽然一夜便将人马密密退去？”都万达曰：“韩信诡计甚多，虽是人马一时退去，恐是诈退，或诱我兵出城追赶，却埋伏兵马攻劫，不可不严加防护。又须差的当人出城探听，果是真实，方可追赶。”司马印即差精细数军卒，出城打听。行至十里外，村庄店中，遇见有几个担行灶的军人，因买饭吃，便问道：“尔等如何不攻城，却一时便起身？”那几个军人便道：“昨日有探事的来说，霸王从河北亲统大兵，径自攻打咸阳，汉王惶惧不敢出敌，一连有十数起飞马来取韩元帅，以此一夜将人马退尽，此时行了有六七十里之外。我们因是担着行灶重物，又连日有疾，不得快走，又恐怕韩元帅点名。”其中又有说道：“元帅忙着救咸阳，那里有暇点名。”

那打听的军卒，听了这话，又去各营问人，都是如此说，便回来一一将打听的话，传报与司马印曰：“此话是实。”便差孙寅、魏亨各领兵一万，接连追赶，又自己统一万五千，续后截杀，留五千人马守城，开了城门，将三起大兵进发。追了五十里，不见动静，又见两边树木丛杂，孙寅传令，且着后军暂住，天色已晚，不可尽力追赶，恐防埋伏。一言未了，只见大林中，一声炮响，闪出两员大将，乃周勃、柴武也，二将跃马前来战孙寅。寅挺枪直取二将，战未十数合，寅力怯，虚掩一枪，望后逃走。二将催动人马，尽力追赶，后军移动，自相践踏。魏亨见前军败动，驻扎不定，往后便退。兵势众大，如山崩江沸一般，收煞不住。司马印大兵在后，反冲乱阵脚。印大惊，拨回马便走，不防山坡边转出一员大将来，与印交战，只一合，生擒于马下。擒印者，乃舞阳侯樊哙也。四边火把冲天而起，孙寅、魏亨见楚兵大败，夜晚各不相顾，又不知司马印在何处，汉兵渐次加添，重重叠叠，围绕上来，孙寅、魏亨左冲右突，不能得出。韩信在高阜处传令，着三军大呼曰：“归降者免死！”孙寅、魏亨见势危急，遂各下马降归。数起飞马报来，司马印被樊哙擒了，都万达已开城投降，请元帅进城，安抚百姓。韩信催三军前进，一面传令，不可剿杀，遂长驱进城。樊哙绑缚司马印来见韩信，信下阶亲解其缚，延之上坐，印拜伏于地而言曰：“亡国之臣，蒙元帅不即加诛，足矣！何劳款曲如此耶？”信曰：“不然，汉王忠厚长者，专以仁义兴师，不行杀伐，如公倾心吐胆，肯降汉王，不失封王也。”司马印大喜，传檄于诸郡县，未归降者，悉招降之。于是韩信遂平定河内，使人飞报汉王去讫。

且说项庄、季布人马将近河内，知司马印被虏，韩信见今屯大兵于河内，二将大惊曰：“河内已失，吾二人前去，亦无益矣，不若回兵，奏过霸王，必须亲领大兵与刘邦会战，乃为良策。”季布曰：“公之言是也。”随调转人马，来见霸王。

未知如何，且看下回分解。

第五十三回

惧楚罪陈平归汉

却说项庄、季布回见霸王，备言司马卬被虏，河内已失，臣等行至中途，知此消息，遂即旋师而回，恐劳民动众，无益于事。霸王怒曰:“朕差汝救援河内，往来将月余矣，不遇敌而空回，以致河内有失，朕去一藩镇矣！皆汝等之罪也。”陈平在侧曰:“二将虽去，亦不能保河内。且韩信用兵，仿佛孙吴，二将岂足以为之敌哉？陛下不必深罪二将。臣与范亚父同二将亲领一枝人马，复取河内，阻韩信不得东来，陛下伐齐之后，却举兵而西，料汉王决败，而韩信可擒也。不然，关中之地，悉为汉有，不独一河内而已！”霸王益怒曰:“前殷王求救，汝亦在左右，独无一言及此。今河内已失，乃欲劳师远征，以为复取河内，不亦欺狂朕躬耶！”遂将项庄、季布叱退。是日即罢陈平官，令勿侍左右。平退居私第，郁郁不乐，因密令家童，即时收拾行李，暗打发家小回阳武，从小路独身仗剑，投洛阳来。

一日日将西，到黄河边，四顾无人，只见沙滩湾一只小舟，平叫曰:“过往客人远来，欲过河投宿。”小舟中走出两人来，眉目凶恶，年各二十四五岁。平思此二人，必黄河边水贼，若欲回避，反致谋害，不若上舟渡河，自有计较。二人上下观觑陈平一遍，心中甚喜，遂扶平登舟。将近中流，二贼欲舱中取刀杀平，平思彼之所以害我者，利我之财也，我若惜身之所藏，必被赃害矣。乃告贼曰："某虽过客，亦知水性，愿羸身与二公驾舟，庶行乃速耳！"遂将一身衣服.所藏之物，尽行脱去，裸身立于舟上，示无怀挟。二贼私相笑语曰："吾二人以彼身边必有所藏，欲利其有，观裸身而见，则无所藏可知也。"遂无杀平之心，乘顺风瞬息过河。陈平上岸，还得性命，急投店中来，已近夜矣。店中人见陈平裸身而来，大惊曰："子必河中遇贼也。"平哀告曰："某乃河南客商，楚地买卖，负赀回家，晚行过河，领二家童，皆被杀死，因我苦苦求告，将衣服行李尽行盗去，剩此性命，来投贵店。幸念同乡，留宿一宵，借旧衣遮体，得命回家，决重报厚德。"店中人听陈平言语不俗，又见颜貌甚修美，一时各出衣服数件，与平穿着，就请同席饮酒，共宿一夜。

次日，陈平拜谢店主，偕同伴者，遂投洛阳大路，径往咸阳而来，先访故友魏无知，备道："项王失政，独恃强暴，不纳忠言，蔽塞贤路，某素知我王宽仁大度，好谋能断，任贤使能，各尽所长，乃真命之主也。愿背楚千里而来，倾心事之。敢借故人吹嘘之力，芦莩之言，少得录用，不敢忘所自也。"魏无知曰："汉王虚心以求天下之贤，故四方之士，心悦诚服，愿欲立乎其朝。若先生抱经世之才，挟奇谋之术，置之帷幄，必能建策。我汉王见之，不待推荐，必留重用也。"陈平拜谢。一日，魏无知乘汉王无事，因告曰："楚国陈平，深慕大王盛德，今弃楚仗剑归汉，与臣故旧，素知其能，王若留用，必有裨益。"王曰："此非昔日鸿门相遇之陈平乎？"无知曰："正是此人。"王曰："寡人怀念此人日久，每欲一见不可得，今来投降，实合我心。"即召见曰："昔年得君维持之力，幸出鸿门，于心终不忘。今喜为同朝之臣，甚慰我心。"相语竟日。汉王甚喜悦，便问："居楚何官？"平曰："在楚为都尉。"是日即拜平为都尉，使参乘典军，日侍左右。诸将纷纷相议曰；"一时亡命之徒，裸身而来，未知浅深，遂拜为都尉，又朝夕在王左右，恐有不测之变。”王闻之，益加优厚。

一日，周勃等言于王曰：“陈平虽美如冠玉，其中未必有也，居家尝盗其嫂，令为护军，多受诸将金。以臣等观陈平为人，乃反覆乱法之臣也。愿王察之，不可为奸宄所惑！”王闻说，即召魏无知. 责之曰：“汝荐陈平可用，今观盗嫂受金，行检贪污，荐举非其人矣，汝亦有罪！”无知曰：“臣所言者，能也，王所闻者，行也。今有尾生孝已之行，而无益胜败之数，王何暇用之乎？”因召平，亦责之曰：“先生事魏不终，后又事楚而去，今又从吾游，有信行忠直者，固如是乎？”平曰：“臣譬一可用之物，随人用与不用耳。魏王不用臣，臣故去而归楚；楚不能用臣，臣复去而归大王，亦随人所爱而取用也。素闻大王能用人，故不辞千里而来见王，王亦实能用之。臣前日归汉之时，渡河遇贼，裸身而来，若不受金，实无资用。诚能计画有可采者，取用而成绩，则大王所抑者小，而所获者大。苟大王听人言而不用臣计，则所得之金，俱在私囊，臣不敢隐，请封输于官，愿乞骸骨以归故里，大王之恩大矣！”王闻平言，乃深谢陈平，益加厚赐。复又迁拜护军中尉，使督护诸将，诸将乃不敢复为异言矣。汉王厚遇陈平不题。

却说韩信差人飞报汉王，已得河内，王甚喜。又见各路诸侯纳款归降，各国奇谋勇敢之士，亦皆顺附。忽又左右来报夏侯婴引常山王张耳投降，王曰：“张耳自幼与陈馀为刎颈交，即立为王，各不相协，昨闻陈馀杀张耳家属，追耳止存五骑，今来投降，亦孤鸟奔林，射者望的也，”即召相见。夏侯婴引张耳入见汉王，王曰：“久慕贤王盛名，今来相见，实慰渴怀。”张耳泣曰：“臣耳与陈馀自幼相交甚善，今为私仇，杀臣家属，终身之恨，不共戴天。恭闻陛下瑞征五星，天人协应，反楚之道，而易之以宽仁，真天下主，民之父母也！愿延颈归降，倘蒙录用，他日得沾尺土，报一家之仇，雪终身之恨，臣虽肝脑涂地，亦无所憾也。”汉王大喜。遂重用张耳，仍以常山王呼之。

汉王又见张耳归降，甲士云集，遂与群臣商议曰：“寡人自出褒中以来，各路诸侯顺应，兵马集聚四十余万，意欲举兵而东驻扎洛阳，与韩信人马会合同伐楚，汝等以为何如？”群臣曰：“大王兵威益振，所向无敌，正当奖率三军，以伐无道，臣亦得东归以见故土也。”张良曰：“大王兵威虽振，而岁星未利，恐东征亦难取胜。以臣愚见，当养威蓄锐，须待明年，乃其时也。”王曰：“寡人东归之心，无日不倦倦于怀，久栖于此，非我志也！”遂不听张良之言，吩咐大小文武将佐，择日起兵、就请太公、吕后同行。群臣闻汉王东征，各人心喜。数日三军整点齐备，来奏汉王曰：“马步军卒，已点四十余万，大小将佐二百余员，请王车驾启行。”于是汉王差人约会韩信，俱至洛阳取齐，大队军兵，径往河南大路进发。

未知伐楚胜负如何，且看下回分解。

第五十四回

董三老遮道说汉

却说汉王大兵行至河南，有洛阳王申阳率领文武将佐，出郭迎接。汉王一路看洛阳形胜，左据成皋，右阻河池，前向嵩高，后介大河，东联崤山，西接潼津，五岳中为中岳，古人谓河南为天地之中，风景华美，山川明秀，不能遍观尽识也。忽前驱来报："有数十乡老，望尘遮道，欲来见王。"王曰："召来相见。"其中有一乡老，年极高大，姓董，人称董公三老，昔日曾在大江中救义帝尸，扶葬于郴州，今闻汉王兵到洛阳，领众乡老来见，因进告曰："臣等众乡老，候大王日久，欲有一言上谏。"王曰："汝有何说？"董公向前曰："顺德者昌，逆德者亡，兵出无名，事故不成，故曰名其为贼，敌乃可破。项羽无道，放弑其主，天下之贼也。仁不以勇，义不以力，大王宜率一军，为之素服，以告诸侯而伐之，则四海之内，莫不仰德，此三王之举也。王今师出无名，不过徒争尺寸之土耳，虽一战胜楚，天下终不服也。"汉王因抚之曰："尔乡老之言，诚为有理。寡人即发手书，布告天下，然后合兵东征。"又召董公曰："尔等亦欲仕进乎？"董公曰："臣年八十有余，死期将幸，至见大王仁爱及于天下，约法三章，除秦苛政，百姓莫不引领而来，欲大王为天下主也。臣等不辞远来，扣马而谏，以伸此大义，非为仕禄而来也。”汉王大喜，各赏白米一石，绢一匹，众乡老领受拜谢而去。于是汉王进洛阳城，即为义帝发丧，举哀三日。乃下手书布告天下，书曰：

天下共立义帝，北面事之；今项羽弑之，大逆无道！寡人悉发关中兵，收三河土，愿从诸侯王击楚之杀义帝者。

各处将手书分头发行。此时韩信人马俱会合一处。不月余，诸路兵马闻手书到日，不期而合兵者五十六万众。

汉王齐集大小诸将，因与韩信议曰：“今诸侯会兵，俱会于洛阳，甲士五十六万，可以破楚乎？”韩信曰：“行兵之道，先按天时，次察地理，又看岁星之向背，方可行师。盖兵，凶器也；战，危事也。三军之死生，国家之休戚，实系于此，岂可轻举之乎？臣夜观乾象，又推算大王年命，俱尚未利。不若休养士马，训练甲兵，少待明年。臣保必破楚矣。若是今年举兵，臣决不敢奉命。”王曰：“前日举用将军之时，未及两月，将军即劝寡人东征；今关中已得大半，较之前日，兵势又自不同，将军反趑趄难进者，何也？”信曰：“大王虽得关中，未与项王会战，臣观项王势力，正在强盛之际。今与齐梁争横，燕赵作梗，喜各国分夺其势，延至明年，大王乃鼓兵而东，乘其敝而与之敌，臣知其必胜矣。”王曰：“时不可违，机不可失。今项王出征在外，正当离披之时，我乘其懈怠而取之，其必胜矣。将军听见不同，故乃退逊如此。且带领本部人马，镇守西秦，寡人亲统大军，东向伐楚；倘有不利，将军急来救援，亦将军之功也！”张良等近前复苦口极谏，汉王益不听。信曰：“霸王勇冠天下，所向无敌，汉将中恐无其对。大王当审时量势而进，切不可轻敌也！”郦生曰：“元帅与其预为谋画如此，不若随大王一同东征，决成大功。”信曰：“不然！秦地初附，汉兵尽数东行，倘或不利，人心未保，一闻传报，决复叛乱。

信领本部人马，镇守三秦，不失根本，此万全之策也。”韩信就将大将印交付与汉王，领本部人马，拜辞径赴咸阳驻扎。

汉王遂率领大军东行，所到郡县，莫不归附。将近陈留，张良奏曰：“臣故主被楚所灭，有韩王孙姬信，抚养诸公子家，乞大王传檄，立为王以守陈留，即王之藩镇也。”王曰：“然。”就命张良持节封韩王孙姬信为韩王，诸公子中有贤能如姬康者，封为陈留君，使辅韩王。张良持节拜辞，王曰：“先生到陈留，封韩王毕，可兼程赶来，寡人欲朝夕与先生商议伐楚。”良曰：“大王凡事当斟酌可否，乃须于诸将中立一大将，以约束三军。臣到陈留，料一月余即赴彭城也。”张良赴陈留不题。

汉王过汴河，三军各相争渡，推一军士落水，众人喧哗高呼，略无忌惮，诸将莫能禁止。汉王召陆贾、郦生议曰：“军无纪律，以其无大将统之也。寡人于众诸民中，择其素有重望者，惟魏豹乃魏王嫡孙，时人称为“赛太公”，其人可为大将，寡人欲以元帅印付豹执掌，尔以为如何？”贾曰：“魏豹言过其实，恐非大将才。”郦生曰：“张良亦尝轻豹，豹与诸将亦不相得，恐难服众也。”陈平曰：“豹虽有才而非大器，终不足济大事。”王曰：“魏豹门第素重，五世将种，较之韩信乞食受辱，迥然不同，拜为大将，岂有不服众之理耶？”是日遂拜魏豹为大将。豹欣然领受，点阅三军，调遣诸将人马启行，赴彭城进发。

霸王征齐梁燕赵未回，彭城乃彭越镇守，汉王遣陆贾赍手书往说彭越降汉，书曰：

> 汉王手书付彭将军足下：项羽放弑义帝，大逆不道。已发书布告天下，兵皆缟素，为义帝发丧。诸侯闻有此举，莫不同声称快。将军负鹰扬之勇，夙有大志，而乃与逆贼为臣，实为将军耻也。将军肯从义举帅，与汉合兵，共伐大逆，成功之后，垂名竹帛，为万代元勋，子孙绵延，世享王爵，大丈夫之所

为，自与寻常万万不同也！足下其察之。”

陆贾赍汉王书见彭越，越见书大喜曰：“越闻汉王乃长者。”即开城迎接汉王进城。

汉王安抚彭越毕，召魏豹调拔诸将，预备与楚交战。即入后宫，收其宝货美女，尽日置酒高会。虞子期急救虞姬投北边走，汉王亦不追赶，诸文武将佐心志益懈，不听豹约束。豹性躁无涵容，鞭鞑士卒，凌辱诸将士，人心多不服。

项王见虞子期护送虞姬众家眷到楚营，备说彭越降汉，汉王大兵屯住彭城，后宫宝货美女尽被虏矣。项王闻说大怒曰：“刘邦乃敢夺我彭城，虏我后宫，誓不与邦并立！”乃命龙且、钟离眛领兵攻齐，亲领精兵三万人，昼夜兼行趋彭城。离城三十里下营，差人下战书与汉王。汉王拆书观看，书曰：

西楚霸王书付刘邦曰：朕封尔为汉王，坐守西土，带甲十万，安享天禄，亦当知止；不自揣究，恣肆猖狂，侵扰关内，所降诸侯，皆猥才庸识，不足为捍御，乃尔解戈。朕今与尔会战，尔当延颈以试我剑，使尔片甲不归，鱼游釜中耳！速来出敌，勿自退悔！

汉王观书毕，召魏豹，豹曰：“王当批回，来日会战。”

不知楚汉如何交兵，且看下回分解。

第五十五回

楚霸王彭城大战

却说魏豹会集诸侯，并各将佐谋士商议，遂分兵五队敌楚。第一起殷王司马卬；第二起洛阳王申阳，第三起常山王张耳，第四起汉王同众将，第五起魏豹自统大兵押后阵。分拨已定，命司马欣、董翳、刘泽守彭城，以为应兵。

次日，魏豹装束停当，出城十里，布下阵势，以为救援；却调动五队人马前进。六军鼓噪，两阵锣鸣。只见那霸王前边，列两面龙凤日月旗，旗开处，霸王当先出马，大呼曰："刘邦与我决战！"汉阵上司马卬出马，霸王曰："朕不负尔，尔何背反？"卬曰："大王放弑义帝，悖逆无道，以此归汉，非反也。"霸王大叱一声，卬马倒退数步，霸王就势一枪刺来，司马卬急欲举刀交还，乌骓走得急，霸王枪尖早到，卬措手不及，早已中枪，落于马下，催动楚兵，掩杀汉兵。霸王正追杀之际，申阳二队已到，就与霸王觌面相见，王曰："汝亦为何背楚归汉？"阳曰："汉王有德，天下归附，不独阳一人而已。陛下亦同归降，不失楚王之贵。"王怒，举枪便刺，申阳初尚退避，后霸王攻击愈紧，阳笑曰："我劝尔归降，尔反刺我，何不自量如此！"遂挺枪交还。战二十回台，申阳力怯，正要退后，张耳人马已到，二将协力来战霸王。霸王枪法，神出鬼没，二将不能抵敌，那申阳正掩一枪，方欲退走，项王随手向后心正着一枪，早已落马，张耳无心恋战，急退下阵来，楚兵呐喊追杀，正遇汉王诸将，截住楚兵，霸王大呼："汉王出阵答话！"汉王旌旗昧日，金鼓振天，乘逍遥白骢马，随从许多将佐。楚王一见，切齿大骂曰："刘邦！想汝不过泗上一亭长，封汝为汉王，心尚不足，妄动兵马，侵朕疆界，汝敢与我决战三合，便束手归汉，如不能战，当受死马下！"汉王曰："汝乃一村夫，恃汝强暴，何足与吾敌哉！"霸王乃拍马举枪，直取汉王，汉王尚走未出，舞阳侯樊哙，绛侯周勃，并柴武、靳歙、卢绾一干众将，各举兵器具一拥杀来。霸王抵着方天戟，迎着两刃刀，对着龙泉剑，战着火尖枪，征尘蔽日，杀气冲天，只见霸王精神倍加，力敌众将。后有项庄、桓楚、虞子期、季布，各领大兵，从后冲杀过来，汉兵大乱，四溃奔走，驻扎不定。正当穷迫之时，只见大路一彪军从后杀来，拦住楚兵，乃大元帅魏豹也。汉王见豹兵到来，心才少定。

却说魏豹出马，正遇项王，王曰："汝为何反楚？"豹曰："大王左迁诸侯，放弑义帝，天下背叛，臣不敢逆天，亦顺命归流。请大王急早退兵，乃为上策，倘或败亡，丧大王一世之威名矣！"霸王大怒，举枪直取魏豹，魏豹铁锄交还，战二十回合，项王按下火尖枪，忙举铁鞭在手，看着魏豹交近，分头一鞭打来，魏豹眼明，侧身一躲，左臂上早着了一鞭，魏豹伏在马上，退回本阵。霸王同项庄等四将挥动大军，尽力四边追杀，杀得那汉兵尸横遍野，血流成渠。是日损汉兵三十余万，睢水为之不流。

不一时又有刘泽领败残人马，自彭城退来，说司马欣、董翳已开城降楚，楚兵进城，将太公、吕后虏去矣，汉王大哭曰："大兵既失，太公被虏，恨不听子房、韩信之言，乃有今日也！"言未毕，四望皆楚兵，金鼓大作，喊声大举，诸文武将士，亦不知所往。须臾楚兵围绕三匝，如铁桶一般，汉王回视随身士卒，止数百骑，渐近黄昏，叹曰："吾必死于此矣，虽腾空亦不能出此重围也！"正在危急之际，忽见狂风大作，飞沙走石，自东南而来，黑雾弥空，黄尘四塞，周围楚兵皆掩面站立不住，惊惶迷乱，四散奔走。汉王见马头前隐隐有白光引路，遂策马前进，行二十里，风色渐息，霸王急整点三军，不见汉王，众军士曰："大风起后，楚兵散失，汉王不知所往。"范增跌足曰："刘邦定走脱矣！陛下当连夜差人追赶，若不就此时擒住，恐后难遇此机会也。"霸王即差丁公、雍齿领三千人马，务要星夜追来。二将得令，向东南大路追赶。

却说汉王匹马独行，自思若非这一阵大风，决被楚兵所虏矣。正思想间，忽从后面尘土起处，早有追兵到来，当先乃楚将丁公也。丁公追上汉王，王曰："邦至此亦不能逃矣！但贤者不相厄而相爱也，公如怜我，则当使我远遁，他日得地，决不相忘也；如不念邦之孤弱而就缚之，使遭强暴之楚，为鼎中之肉，邦即束手听将军擒也。"丁公曰："今日之事，君事也，臣不敢废命。王当策马南行，臣发数矢以为追捕之状，使三军不相疑也。"汉王转身即投东南而去。丁公即拔箭，咬去箭头，发数矢而回。正遇雍齿，齿曰："足下曾见汉王否？"公曰："追汉王将近，连射矢不中，被汉王走脱矣！"齿曰："公既追近，岂可容彼脱去？料今相去未远，务要追及擒来！"齿兼程追赶。

且说汉王行了一昼夜，人困马乏，力难支持，天又渐晚，后边又见追兵到来，王自思今番必不能逃矣！见路傍一枯井，汉王下马，即跳入井中躲避。雍齿追到，因天晚，径过枯井。汉王已知追兵已过，看枯井时，亦不甚深，遂拔剑掘土登路而上，找寻马在山下岗吃草，汉王急上马又行数里，肚中饥甚，远闻前村犬吠，树林中早露出灯光来，自思此必是村镇，策马近前，见是一大庄院，遂扣门。有一老人拄鸠杖而出，开门迎王入庄。老人见汉王红袍金甲仪容不同，量必是王侯，即准备酒饭款待，向前动问："将军何处公子？那路王侯？为甚到此？愿闻其详。”王曰：“吾乃褒中汉王，因与楚兵在彭城交战大败，迷失道路，天晚无处投宿，有扰贵庄。”那老人听罢，伏俯在地曰：“臣素闻大王仁德，天下莫不归仰，今喜光临敝庄，十分荣幸。”老人又吩咐重整酒席，款待甚是殷勤，王曰：“尊丈高姓？”老人曰：“敝村有六七十家，臣家姓戚，一户有五六门，颇有庄地，人就称此村为戚家庄，今居五世矣。”王问老人有子否，老人曰：“无子，止有一女，年方十八岁，昔许负曾相此女有大贵，今幸大王到臣家，愿将小女奉侍左右，未知大王尊意如何？”王曰：“避难至此，得款曲留宿，幸也，岂敢望令爱为配哉？”老人即命女出拜汉王，王看戚氏恣容闲雅，风度妖饶，心内甚喜，遂解玉带为定礼。老人收去，复拜谢汉王。又饮数杯，夜深，就与戚氏同寝。次日早起，戚公苦留汉王再住几日，王曰：“汉兵大败，四散无主，文武将士，亦不知所在，我怎忍留恋在此？待我到一大郡驻扎定，差人搬取令爱。”戚公闻说不敢再留，王遂整顿衣冠，投大路往南而行。行未十里，又见尘土起处，有一簇人马到来，汉王急藏入大林中，看那来的人马。

未知是谁，且看下回分解。

第五十六回

汉王收兵入荥阳

话说来的人马乃滕公夏侯婴也，王见夏侯婴，便问:“卿如何得离彭城?” 婴曰:“臣因司马欣、董翳降楚，太公、娘娘困住，臣舍死入内，与楚兵对敌，连战数次，力孤不能救，匹马出西门，又见楚兵将二位殿下驮在马上，正欲奔楚，被臣杀退楚兵，收败残人马，救二位殿下从南小路赶来，今行两日矣，不想幸遇大王。且喜二位殿下无恙。”汉王大哭曰:“太公、吕后不知性命如何? 要此二子何用! ”婴曰:“太子，天下本也。大王虽有天下。使无太子，无以属天下之心。”王然后召二子近前相见，语之曰:“将军万军中舍死救汝兄弟，汝当牢记在心，倘他日得地，不可忘大恩也。”二子转身拜谢。夏侯婴俯伏在地曰:“臣托大王洪福，上天庇佑，非臣之能也。”是日屯兵于汴河之东，君臣方才会食，忽小卒报来，沿河一带，尘土冲天而起，有一支人马到来。王曰:“此必救兵，非楚兵也。”言未毕，只见红旗闪灼，剑戟辉映，旗上大书“兴刘灭楚大元帅韩信”，一面旗书“司徒张良”，乃是张良、陈平招集败残汉兵三万，打着韩信旗号一路跟寻而来，到此正遇汉王，二人甚喜。王曰:“二位先生，再三谏劝，今年不可兴兵，寡人不听，今果丧师失家，自负惶愧，又得先生领兵救应。深恨魏豹无谋匹夫，智疏才短，用兵无法，五十六万兵被楚杀死三十余万，悔无及矣！”良曰：“大王不必深悔。但此处不可以安营，倘楚兵追来，何以御敌？不若且急趋荥阳，暂屯人马，仍以韩信为帅，以雪睢水之恨。”王曰：“然！”遂催兵赴荥阳大路来。守荥阳者，韩日休也，闻汉兵至，即出城迎接。汉王同张良等进城，屯住人马。数日内，樊哙、周勃、王陵等一干众将，陆续统到。魏豹惶恐，径赴平阳去讫。

丁公、雍齿领兵回见霸王，奏说刘邦远遁，不能追及。范增曰：“邦虽败，韩信尚未遇敌。昨用兵者，魏豹也，其人言过其实，刘邦不知而误用之，所以致败也。若韩信用兵，陛下不可轻敌。”霸王笑曰：“韩信在楚，已见其才矣，亚父何言之过耶？若有大才，昨同刘邦到彭城，无睢水之败。观此又何远虑？”增退后。左右来报：“司马欣、董翳拘太公、吕后来见。”霸王曰：“封尔两人于中秦要地，汝见章邯失守，不协力往助，却坐观胜负，才汉兵一到，遂乃归降。今见刘邦兵败，复又降楚，反复小人，要汝何用。”命左右斩讫报来。不一时，斩欣、翳二人于辕门外，悬头号令。乃唤太公、吕后到帐下，王怒曰：“汝子刘邦封为汉中王，不安分奉职，乃敢入寇关中，侵我封土，一人叛逆，九族当诛，汝等捉来，难免一死。”范增急出止之曰：“不可！刘邦新败，韩信尚在关中，倘复兴兵，当以太公、吕后为质，使刘邦系念于此，终难以决胜负也。如若杀之，益结仇恨矣。”霸王以太公、吕后付虞子期收管，复领兵远定齐地。

齐王田横久为楚兵所困，今见霸王新破汉王，军威益振，遂开城归降，于是齐地复属于楚矣。霸王仍都彭城。彭越见汉兵败退，径投大梁，领本部人马与汉王合兵，共据梁地。楚遣龙且领兵伐梁未下。英布因前追太公、吕后丧师，回见霸王，遭其叱辱，回守九江，因此便与楚有隙，且不题。

却说汉王屯兵荥阳，招集人马，军势复大振。一日，与张良等计议曰："今汉兵虽少振，但三军无大将约束，恐难调用。韩信因前夺彼帅印，一向杳无消息，知寡人新败，亦不遣一兵救援。此时复用，寡人负愧，亦不足以服其心也。先生有何妙策？使韩信见自投来，因就而用之，足以制服其心？"张良曰："此亦不难，臣往说之，管教韩信，自来投见。但韩信可当一面，信之外，有九江英布，大梁彭越，若得此三人，楚必败矣！"王曰"英布乃楚臣，何以使归我？"良曰："布虽楚臣，近与楚有隙，每有二心。苟使一能言之士往说之，必归汉矣。"王曰："谁可为九江使，往说英布？"随何曰："臣请一往说之。"于是汉王大喜，即令随何领从人往九江而来。

何到九江，随投馆于府对门，整衣冠投见英布。布召谋士费赫计议，赫曰："此必汉败睢水，无以与楚为敌。今差随何下说词，欲大王归降汉，大王且辞以疾，不可轻见，庶汉知重也。"布遂吩咐门吏传命出。随何自思："此必谋士费赫阻英布不相见也。"未说英布，且说费赫。即转身到费赫门首，候费赫到家，通报请见。赫曰："此是随何因不得见英王，却欲来此于我下说词！"遂下阶迎随何升堂。相见礼毕，赫曰："大夫此来为何？"随何曰："汉王因新败，兵屯荥阳，诸将各归乡里，某乃六安人氏，久思父母之邦，欲归来拜扫坟墓。今过九江，慕英王威名，特请一见，王疑我为汉使，辞疾不见。我欲径往六安，恐王之惑终不释也，今见大夫，幸与转达之。且英王坐镇九江，自当折节下士，敬老尊贤，为当代明王，使天下瞻仰，大夫亦不失辅弼之美名；若伏策而来，拒而不见，使四方之士，闻其倨傲如此，孰肯来与共事？故善佐主者，不可坐视而不言也。"说得费赫坐立不定，遂置酒相待，从容言曰："贤公且暂住一宿，明日与英王相见。"何曰："某不胜酒力，即辞谢回下处。明日一见英王，即欲回家探父母也。"

次日费赫见英布，备说随何非汉说客，乃回乡探亲，经过九江，慕王威名，欲求进见。布曰："人慕名而来见，拒之非礼也。"即差人请随何相见。随何暗思:“英布、费赫中吾计也!”同差人来见英布。布下阶以手扶随何升堂,相见毕,让随何侧坐,费赫退后。英布曰:“先生事汉日久,必知汉王前日睢水之败,缘何不用韩信,见今荥阳屯兵,欲何为哉?”何曰:“前日汉王发手书布告于天下诸侯,为义帝发丧,兵皆缟素。天下诸侯闻书到,深恶霸王放弑义帝,皆愿助汉伐楚,汉王以此留韩信镇守三秦,以为根本。不想霸王密差人持书,遍告天下诸侯,放弑义帝者,九江王也,其罪尽归大王。以此诸侯深怪大王,而不助汉王;齐梁燕赵其欲起兵与大王争衡。尝谓弑逆之罪,古今大恶,楚且加恶名于大王,王尚恬然而不知,倘或诸侯会兵而来,天下皆以大王为极恶,虽家喻户晓而人不信也,大王何以立身于天地间哉?”布起身向北指而骂曰:“江中放弑义帝,实羽主之也,我不过随其使令耳!今将此恶名反加于我,我一人而何以当万世之讥诮耶?”何急止之曰:“大王息怒,恐左右闻之,传入彭城,霸王必加罪谴。”布曰:“某常自思杀降王子婴,掘始皇冢,放弑义帝,此三事皆霸王所使,心每负愧,惟恐天下诸侯他日藉为口实。不意今项王归之于我,我即泻长江之水,罄南山之竹,而人不能知我心迹也,为之奈何!”何曰:“大王欲白心事,此亦无难,但同力助汉合兵伐楚,明正其罪,清浊自分矣。若今坐守九江,倘汉王同诸侯合兵而来,共讨前罪,大王见今受楚之封,为楚之臣,虽百口不能辩也。以臣愚见,不若卷甲休兵,属意于汉,使天下诸侯,知楚负弑逆之罪,而不归咎于大王,则大王洗恶名而为讨贼之举矣,岂不为长策哉?况今汉王收诸侯,守荥阳,下蜀汉之粟,坚守而不动;楚人深入敌国,老弱转粮,进不得攻,退不得解,楚不如汉,其势亦已见矣。大王不与万全之汉,而自枉救危亡之楚,臣窃为大王不取也。”布前席附耳曰:“我近日与楚有隙,亦欲洗此素恨,深知汉王为长者,实欲有心以从之也。先生少待数日,当计议同先生一往。”言未毕,左右报曰:“楚使赍项王诏书至矣!”布急接诏,诏曰:

君国举兵，臣惟协助，心膂之托也。九江王英布，坐守江淮，贪安自逸，楚兵攻齐，假病不起；睢水会战，坐观胜负；朕劳军旅，久未一言奉慰，失君臣之义，非同游之好。恃尔武勇，敢罹狂逆！往问三罪，尔当知惊！目今起兵伐汉，星夜前来，勿误！故兹诏谕。

英布看罢诏书，沉吟不语。随何直入曰：“九江王已归汉矣，何得发兵助楚耶？”楚使便问：“汝何人？”何曰：“某汉使随何，已约会与大王同力伐楚，共诛暴逆，为义帝发丧，汝尚不自悟耶？”楚使见英布不语，又闻随何之言，知不谐矣，急欲下阶而走。随何曰：“大王观楚诏已有杀大王之意，以绝天下诸侯之口，使杀义帝之罪，尽归大王可知矣。大王何不杀楚之使，以示助汉攻楚之意耶？”布亦大怒，遂拔剑将楚使一剑斩之，遂扯碎诏书，即点兵同随何归汉。

未知如何，且看下回分解。

第五十七回

张良智韩信伐楚

且说随何这一篇话，说英布归汉，布即召费赫点押人马，带领家眷，一同赴荥阳大路来。英布同随何来见汉王时，汉王方踞床洗足，召英布入见。布深自懊悔，乃与随何曰:“我被汝骗来归汉，我乃一国王爵，相见之际，略无一毫礼节之意，使我进退两难，不如自杀，以见我之不智也！”随何急止之曰:“汉王宿酒未醒，少间当请见，自有殊礼，大王不可性急。”布乃与张良、陈平等相见，各有居止屋舍，帷幄器用，极其齐备，饮食供给，与汉王无异，布又大喜。少间，诸文武将士同英布入见汉王。汉王礼意谦恭，谈笑豁达，君臣相与，略无嫌疑，布思汉王长者，适间几自误也。自英布归汉后，汉王领兵三万，屯扎成皋。又遣使入大梁会彭越，使绝楚粮道。

却说楚使被英布杀了，有随从人逃回奏霸王，说英布扯碎诏书，杀了使者，领兵已归汉矣！霸王怒曰:“黥面贼，乃如此！”即分付诸将整理点人马，择日启行，誓诛此贼，就擒韩信以为叛逆之戒。范增谏曰:“此一时之小忿耳！请陛下息怒，且暂训练兵马，约会天下诸侯，迎敌韩信，剿除彭越，通楚粮道，此为上策。若退韩信之后，还入三秦，建都咸阳，诸侯拱手，英布等诸将不足虑也。”霸王遂止。

却说汉王召张良曰：“前日先生曾言往说韩信，着自来投见，今英布已降，彭越归附，止韩信未即来见，烦先生一行。”良曰：“臣明日就往，闻萧何在咸阳运粮，臣就同来见大王。”汉王大喜。

次日，张良辞汉王赴咸阳来。一日到咸阳，先来丞相府见萧何，萧何闻张良至，即整衣出迎，相见甚欢，各叙久阔之情，置酒相款。因问韩信在咸阳消息，何曰：“信自洛阳归来，郁郁终日不乐。前日备说汉王不纳忠谏，夺印用豹，不念破三秦，取咸阳之功。后闻睢水之败，遂杜门谢客。某屡次上门，亦不相见，必欲汉王亲来，以重其望，似非人臣之礼。先生此来，恐亦难见也。当以何法使信起用？”良附耳与萧何道数句，何曰：“此计甚妙。”于是萧何即出告示，咸阳四门张挂，晓谕军民人等，各挨门顺序，写一家男子几名，妇人几口，开载明白，星夜攒造户口文册，立等投献霸王，一面拣选善书者数百人，立等写册。闹动一城军民尽说汉王因睢水兵败，父母遭擒，要将关内所得郡县，尽数交还，因此差张良同楚使来咸阳相府，攒造各处户口文册。韩信闻此消息，尚犹豫不定，差人城内打听，家家回说张良已来数日，见今拣选写字人，通在丞相府伺候，委的挨门抄写户口，实是降楚。信曰：“且再待一二日看如何，此或是张良见识，赚我起兵伐楚，故来此作声势。”左右曰：“此事恐是实事，见有告示张挂四门，岂有虚说？”言未毕，忽有人求报：“人有在门，言要抄写元帅户口。”信曰：“我是元帅，难同百姓。”差人便说：“造册不分官户，军民皆要抄写上册，只要开载何为官户，何为民户，内自明白。今须通要入册，请元帅作速开写，立等造册。楚使在府急躁，萧丞相甚是懊恼。”信曰：“且着来人去别户抄写，待明日再来，亦不误。”其人哀告，不肯离门，便说苦留下元帅这一条空行，又不知户口多少，似难攒造，只是今日费元帅一时举笔，省我等明日复来。韩信闻这话，便思：“汉王用我一场，费了许多力，方取了关中，今一旦复降于楚，我今不起兵者，只恐汉王不知重，要他着急，必是持节或是亲来取我，那时起身，诸将方心服；不想今要降楚，我须亲见萧何、张良，看他有何说。”随即唤左右备马伺候，往丞相府议事，摆列仪队，前呼后拥，旂旄甲士，左鈇右钺，光耀耳目。两边军民人等，看见韩信威仪，尽道元帅正是不肯降楚，与丞相计谋，不要造册，我等复有生路矣。若是降楚，倘霸王到来，我等皆被坑死矣。韩信一路闻人言，方知汉王实是降楚，便先差人报知萧相国。

却说萧何闻韩信自来，遂与张良笑曰：“此人果中吾计矣！”急分付左右，催攒写字人两边挨候造册。只见韩信下马，萧何出迎，叙礼毕。何曰：“前拜元帅数次不遇。”信曰：“主上废置不用，退位闲居，羞见丞相。”何曰：“元帅屡谏不可东征，主上不听，因而不用元帅，而用己见，以致败绩，其过在主上，而不在元帅，元帅何羞之有？”信曰：“适闻汉王遣子房来，欲将信所得关中之地归降霸王，此意思何谓？”何曰：“睢水败绩，主上尚不着紧，但太公、吕后俱被虏去，以此愿将所得关中之地归降，以赎太公、吕后耳。诸将又要与楚对敌，不欲归降；谋士又要主张归降，以为便利，两处备议不定。子房之意，只要将原得郡县，仍还于楚，却归韩国，不失世家之贵。因此带领楚使，催造户口文册，报数归降。某亦主张不定，只得依王命攒造。”信曰：“丞相何见之偏耶，我自离褒中，仗主上盛德，已得关中七八矣！睢水之败，一时之误耳，太公、娘娘料楚留以为质，终有归汉之日，决不敢加害；纵项王暴横，范增必不肯攘太公，恐被天下非议；三秦留陈豨等把守，某愿统本部兵马，务要复睢水之仇，取太公还国；丞相决不可造册，恐惊疑人心，非细故也！”张良从屏风转出，见信施礼毕，便说：“适闻元帅之言，本为确论，但恐项王势重，范增有谋，复有睢水之困。那时反被人耻笑，太公、娘娘俱不得还，我等性命亦不能保，不若今日降楚之为愈也！”信曰：“先生何昔日以某为可用，今乃相轻如此！韩某视楚如拉朽之易耳。”良曰：“元帅亦不可以为轻敌，我看范增用谋如神，龙且勇冠诸将，楚王信而用之，恐元帅不能御也。”信起身言曰：“我若不斩龙且，擒范增，誓必刎此首，以为先生溺器也。”良曰：“今不造册，恐主上怪责，将何以为言？”萧何曰：“某亦何以复命？”信曰：“二公不必执一，某即同二公赴荥阳见汉王，言明二公无事。”茶罢，信起身相属曰：“明日愿同二公星夜偕往，楚使亦当杀之，以彰其罪。”何曰：“不可！两国相争，不斩敌使，虽杀之无益也。”信曰：“然。”萧何即将攒造之人，尽数打发出丞相府。韩信告辞回宅，街市居民，尽道今日我等得生，多亏元帅回阻，丞相不降楚矣，信闻之甚喜。次日整点本部人马，同萧何、张良星夜赴荥阳来。

却说韩信人马到荥阳，张良先入城见汉王，备说智赚韩信一节：“今已起兵前来伐楚，大王只依臣言，如此如此。”王大喜。随有左右来报：“萧何、韩信在外伺候来见。”二人入内，王曰：“不听将军之谏，致有睢水之败，今喜远来，甚慰我心。”又安抚萧何曰：“自褒中相别，多得丞相抚治百姓，筹运粮储，军不乏用，皆公之绩也！”何曰：“仰托大王洪福，地方镇静，又喜得关中之地，虽有睢水之败，终可复也。”韩信至前俯伏曰：“臣蒙大王命，镇守三秦，且喜盗贼屏息，各郡县安抚无事，一向臣多病，退居咸阳，未得发兵救援睢水之败。昨因子房到咸阳，欲将关中之地，仍还于楚，臣闻此不胜惊惶。臣仰赖大王威德，得复关中，未及数月，岂可因一败，而遽降于楚，使天下诸侯闻之，共相耻笑。”王曰：“大兵既失，太公被虏，又闻燕齐数大国，皆降于楚，楚势益胜；况将军一人之力，恐难为敌，以此致书项王。项王亦曾对汉使曰：‘韩信遇老革章邯，尚敢出头，若遇我兵，则逃避南山之下，眉目不敢舒也！’随使遣来，要所得关中户口。子房因往咸阳会萧何，星夜攒造册籍。以我之见，似决意降楚。料将军前日下三秦之时，未遇劲敌，若遇前日项王睢水大战，力敌汉将六十余员，将军胆落地矣！”韩信闻王言，面赤大叫曰：“大王长楚之威风，灭信之锐气。信今统本部人马，只一阵要破楚王，片甲不归，生擒献俘于陛下！”王起身曰：“将军既要破楚，有何妙策，愿闻金玉？”韩信近前道数句言语，便要破楚。

未知如何，且看下回分解。

第五十八回

用车战韩信胜楚

却说韩信向汉王曰："臣在咸阳制战车数百辆，预备伐楚，昨已差人转运荥阳来。臣闻兵家尝曰：'平坦之地，可用车战；山险之地，可用步战；攻击追袭，可用马战，'随地利而作用，各有不同。臣见荥阳城外三十里远，有地一段甚平坦，可用车战。臣所制战车，正当用于今日，管教楚兵大败，项王可立擒也。"王曰："车何取用？请将军言其略。"信曰："制车之法，取用常车，接其衡轭，驾以一牛，布为方阵，四面皆然。车上置枪二枝，蔽以车面，后设水器，以防火攻。十卒前行，各置枪盾。十卒后行，各持弓弩。车阵之内，数十步相连。如贼至，令卒上车，每车载四人，皆持弓弩。六车或驾四牛，上以重屋，以施劲弩，贼至，击鼓为号以射之。楚兵不能犯，乃出骑兵以击之，方可大胜也。况一车能当十骑，十乘能败千人，用车所以便军劳，行则可以载粮，止则可以为营卫，或冲厥阵，彼兵必溃，或塞险隘，虏则难逃，平坦之地，故宜用车战，可以制胜也。"汉王闻信言，大喜。即召匠人照依原样，造车三千辆，准备伐楚。

于是韩信出荥阳城外，安设营寨，召诸将密授奇计，各认地方。每日操练军士，教习车战。两月之内，作用皆如法。各处逃散军士，渐次归附。萧何辞汉王，告回咸阳，发老弱未傅傅，悉诣荥阳，补其缺伍，汉兵复集五十余万。信入城见汉王曰："军士已训练齐备，倘有楚使至者，就以战书付项王，以激其怒，使彼自来。"王曰："昨有楚使，假传陵母之言，欲王陵归楚。王陵知母大贤，又无手字，因此不信。楚使尚未起身，何不以赂买属，使彼将战书捎去投下何如？"信就邀楚使至公馆，置酒相款，因屏去左右，信曰："我本楚臣，心常在楚，有一问安表文，烦公密切投上楚王，我不久亦仍归于楚也。"进赠黄金二十两为路费。其人曰："我虽奉王命，召王陵，其实打听将军消息；若今得将军表文，霸王决喜，他日将军亦不失封爵之贵也。"临行信又分付："切不可与他人见，但只可与楚王开拆。汝若负我，他日归楚，恐难相见也。"其人欢喜领命，暗藏身边拜谢。回见霸王，密将韩信之言奏知，即将所付表文献上。项王拆书观看，书曰：

> 汉大将军领东征大元帅事韩信，上书西楚霸王麾下：昔日韩信虽归楚，官授执戟；后共立怀王，百司执事，皆北面尊为义帝，信非楚臣亦明矣。不意大王独霸西秦，恣肆暴横，放弑义帝，天下切齿；信欲仗剑以诛大逆，而报君父之仇也。但力微势小，恐难为敌，乃投告汉王，明正其罪，昭告天下，共伐无道。信兵驻扎咸阳，汉王先入睢水，误入陷阱，兵遭屠戮。今信统率三军，衣皆缟素，试武荥阳，为义帝报仇，悬头两观之门，逼死马陵之道，信之愿也。王其裁之！

霸王看罢信书，勃然大怒曰："胯夫乃敢戏毁朕躬如此！若不杀此胯夫，誓不回师！"即传旨尽起倾国之师，赴荥阳与韩信对敌。范增闻知，急来谏曰："此韩信激陛下动怒，彼必伏兵四围，使楚兵入其笼中，而擒之也。陛下勿动圣怒，当徐徐图之可也。"霸王曰："堪恨胯夫，啜诱楚使，假作降书，意欲使朕知道，如此欺侮，十分可恨！朕意已决，汝等不可执一拦阻！"范增见霸王去意已决，不敢再谏，遂起兵赴荥阳来不题。

却说韩信书已发付楚使，复回城外，调拨本部人马。忽见张良、陆贾带领樊哙众将，赍汉王手诏，并元帅印到营。韩信急接诏开读，诏曰：

> 尝闻将者，国之司命，将得其人，则国有攸赖；苟非其人，卒至败亡，而安危所系，非寻常也。卿韩信才兼文武，学贯天人，屡建奇功，真国家之柱石，当代之豪杰也。前遣镇守三秦，误用魏豹为帅，乃至丧师睢水。今已夺豹印，罢斥闲居，大将之位，久虚阃外，兹特命卿复掌元帅印，统帅将士伐楚。益竭忠贞，勿负委托！故兹诏谕。

韩信开读诏书毕，与张良等相见，将元帅印收拾讫，张良随辞信复汉王命。次日韩信入城谢恩，回营调遣诸侯，伺候楚兵到来。

却说霸王留范增守彭城，带领雄兵三十万，离荥阳五十里下寨。先使季布、钟离昧先来探听汉兵消息。早有人来报知韩信，信曰：“未可对敌！扎营按兵不动，先设车阵，四边布置停当，候霸王到来，方可出战。汝诸将照我前日分付，不可暂离地方，各听候节次应用，毋得错乱！”众将依令前去。

却说季布、钟离昧探听汉兵不见动静，只得回军来见霸王曰：“汉兵沿城俱列旗帜，各有营寨，不见一卒往来，不知何为？”霸王曰：“此韩信按兵不动，待我兵到，彼却举暗号，那时人马方与我对敌。尔等且照各营扎住，待等对敌之时，随机应变，各来救援。”诸将曰：“谨遵陛下之命。”霸王亲领一枝人马，带领桓楚、于英、项庄、虞子期四将，左右护从，前来与韩信对敌。韩信阵势已预先摆布停当，单等敌军到来。项王一马当先，韩信门旗开处，与项王相见。信曰：“自与大王咸阳相别，今又在此相见，臣甲胄在身，不能行礼。”霸王怒曰：“汝前日以言戏侮朕躬，今日相见，决个胜负！”举枪直取韩信，信不敢对敌，虚掩一枪，往东边而走，霸王曰：“胯夫既来出战，未经对敌，便须要逃走。务要追袭胯夫，立诛此叛贼，以雪前日之恨。”挥动兵哨人马，催趱追赶。季布、钟离昧急策马向前言曰：“韩信不战而走，此必诱军之计，陛下当勒兵且回，察其虚实，观其动静，然后追赶，庶不堕彼奸计。”霸王曰：“我自会稽起兵以来，累经数百余战，未尝退后。今日遇胯夫，却乃勒兵自退，使天下诸侯笑我之怯。”不听二将之言，急引人马追赶。霸王追得紧，韩信走得紧，霸王追得慢，韩信走得慢。赶到京索河，信过桥，举枪立于桥头，霸王忿怒，也过桥，诸楚将催人马尾于后。行未二里，桥已折断，水势大作，前面不见韩信，后军又见桥已折断，水势甚急，后军一半未得过河。霸王知是中计，急着前军暂住。一言未了，四面炮声不绝，战车围绕，将楚将困住，箭如飞蝗，众将军士站立不住。霸王传令，乘阵势才立，诸将作急催动人马，攻抢出阵，若立定则难动矣。诸将奋力向前攻打，霸王押后，催督人马，一拥前进，早有人来报，四面战车合拢，围绕如铁壁银山一般，攻打不动，反被汉兵杀伤，死者不可胜数。诸将近前曰：“战车不比人马，尚可冲击，今将四面围绕如铁桶相似，人马不敢近前，如何攻打得出？”霸王听说，无可奈何。正在危急之际，有季布、钟离昧因见霸王追赶韩信，谏止不听，却领本部人马，从京索迤南小溪口僻路，绕到霸王前面，以防奸计。方才到京索河，果见战车围住楚兵，不能得出。有汉将祖德，领一枝人马阻南路，不容季布、钟离昧近汉阵。二将忿怒，举兵器直取祖德，祖德拍马舞刀交战，三匹马战在一处，斗二十回合，被季布一枪，刺死祖德于马下，追杀汉兵，直追至营阵边。见四围俱是战车，密排不得入，季布曰：“若不乘胜追杀入阵，楚兵如何得出来？”挥动楚兵，舍死近前，杀入阵来。里边楚兵，见外边有救兵至，助起军威来呐喊，往外攻杀，只见军门冲开一处，楚兵得空，便一拥往外杀出，接着季布、钟离昧人马，合兵一处，向南且战且走，早被车阵戮伤于英，射中桓楚。霸王一骑马冲出，方才得去。只见正南柴武、郦商，东南傅宽、傅弼，正东李毕、洛甲，西南靳歙、卢绾，正西周勃、周昌，西北薛欧、陈沛，正北纪信、王陵，东北辛奇、曹参，一十六将，围绕上来，霸王同众将协力抵敌，三军混战一处。汉将中一人落马，乃东北阵上大将辛奇也。辛奇正战之间，被霸王一枪刺中，遂死于马下。曹参无心恋战，退回本阵。霸王乘势同众将冲杀出来。韩信大兵自东北复又围绕上来，季布曰：”此处无路回兵，不若远从小溪口，奔回大营，少得宁息，再作区处。”霸王曰：“说得是！”急调转败残人马，跟着季布、钟离昧，从原来旧路奋力杀出。到得小溪口，天色渐晚，四边喊声不绝，奔到大寨时，楚兵尽被汉兵杀散，止留空营。霸王曰：“空营如何把守？倘汉兵复又围绕，恐难抵敌，不若星夜回彭城，再起人马与汉决战。”言未毕，汉兵又到，霸王急同众将曰：“这胯夫已困楚兵数日，尚不知止，今却又来追赶，不若协力大杀一阵，以雪其恨。”众人并力复要迎敌。

未知如何，且看下回分解。

第五十九回

许负说魏豹反汉

却说霸王诸将复要迎敌汉兵，钟离昧止之曰：“不可！韩信变计百出，楚兵新败，已挫锐气，若复迎敌，先自畏怯，兵法云：‘畏敌者亡。’况汉兵势重，徒丧兵马，恐无益也。”须臾，忽见喊声大作，金鼓震天，汉兵遍地而来，楚兵如何抵敌？早先奔走。霸王犹自立马，横枪截杀汉兵，忽然一箭射来，正中霸王掩心镜，霸王吃了一惊，拨转马急向东便走。随从将士，不上数百骑。背后汉王追赶，连络二百余里。霸王一昼未曾停止，天又落雨，甚是狼狈。忽见大林中，早有一枝兵马到来，为首是一员大将，乃蒲将军也。奉范亚父将令，领兵三万，前来接驾，马上大呼曰：“臣甲胄在身，不能行礼，请陛下先行，臣当汉兵。”蒲将军勒马横刀，当住汉兵，正遇大将李毕、洛甲，各举兵器来敌蒲将军，三匹马战一处。战二十回合，蒲将军奋怒一刀，斩李毕于马下，洛甲便逃走。蒲将军急拈弓取箭，一箭射死洛甲，乘势杀散众兵。后阵见楚救兵至，传报入中军，韩信曰：“穷寇勿追，兵家所忌。我一时见不到处，遂致损折二将，吾之过也？”传令且着汉兵暂住。

却说蒲将军见汉兵退后，不敢追赶，徐徐回转人马至夹河，赶上霸王。屯兵扎营毕，请霸王入中军坐定，蒲将军朝见奏曰：“范亚父因见陛下轻敌韩信，恐有不虞，随差臣领三万人马，从大路急来救应，幸遇陛下，臣仰仗威德，杀汉二将，汉兵已退。亚父临行，再三分付，韩信不比寻常，须当提备，臣以此不敢追赶。”霸王曰：“朕自数年经战，何止几百阵，未见今日败北如此！幸赖亚父遣汝救援，得免此难，不然，几败不可救矣！”季布曰：“请陛下回兵，此处恐汉追兵复至，我兵势弱力孤，粮饷不及，难与为敌也。”

霸王起兵，急回彭城，陆续招集败残人马，折兵二十万。召范增曰：“悔不听亚父之言，果有此败！今复如何？”增曰：“臣闻魏豹回平阳后，终日恐汉王记恨睢水之败，意欲纠合人马，复反汉归楚。陛下可差一舌辩之士，用数句言话，鼓动其心，必反汉矣，豹若反汉，韩信必统兵破魏。陛下可乘虚统大兵袭荥阳，邦无准备，决难支持，陛下可获全胜矣。”王曰：“此论甚妙。差何人说豹反汉？”有尚书令项伯近前奏曰：“臣与一相士许负相善，此人向在平阳，与魏豹最好，豹即有大小事，即着许负相看，魏豹无不听从。臣写一封书，差人与许负通知，令彼说豹，豹平日背向未定，若许负一言，豹即听从。此计如何？”增曰：“若得许负一言，魏豹决然反汉。”

项伯即时修书，差一的当小校，密藏书在身边，前往平阳，跟寻许负，许负在平阳甚有名，一问便知下处，小校到许负门首，询守门小童：“许公在家否？”童曰：“公在中堂闲坐。”小校曰：“有敌人来下书。”僮传入，公曰：“着进来！”小校持书上见，许负拆书，见书中言语，欲许负用言智赚魏豹反汉归楚，许负沉思霸王势重，又兼项伯平日情分，须当依从。当日往魏豹府前伺候。门吏报知魏豹，豹曰：“吾久欲许公一相，以决其志，不招自来，正合我意。”即召入与许负相见，礼毕，豹曰：“连日正要请先生，近日气色如何？”负暗思：“正中吾计也！”负曰：“大王若未曾用酒，方才好看气色。”豹曰：“自早起独坐，未归寝宫，神思清爽，正好先生一见。”许负请魏豹向明坐定，细看半晌，其间白气侵于天仓，滞气杂于中正，日月欠明，水土失位，满面通无可取。许负寻思：“若是实说，上违霸王之命，下负项伯之情。”遂将实意隐而不说，却对豹曰：“据大王贵相，红黄满面，喜气重重，百日之内，大王马到成功。大业立就，迁移吉地，位当九五，不但王爵之尊而已。”豹听说甚喜，曰：“若如先生之言，某当重报。”许负又曰：“臣望大王之后宫，旺气尤胜。”豹曰：“正欲先生后宫一看。”负曰：“愿往观之。”魏豹复邀许负到后宫，请薄后出中宫。许负一见，便拜伏在地曰：“娘娘贵不可言，他日当母仪天下，臣言不谬也。”豹暗喜：“我既大贵，而夫人安得不母仪天下者乎？”遂重赏许负去讫。

即召大夫周叔计议曰：“前日汉王用我为大将，不想兵败于睢水，被汉王面辱我一场，将帅印夺去，贬我闲住。今却复拜韩信为帅，一阵杀霸王雄兵二十余万，终日对诸将百般骂我，早晚前来害我，岂肯被他陷害？正好乘此时反汉归楚，大乱一场，急趋咸阳建都，与楚汉三分天下，尔以为何如？”叔曰：“不可！汉王宽仁大度，天下归心，又兼韩信用兵如神，虽霸王强勇，且不能及。况大王兵微将寡，势孤力弱，恐难与争锋。不若专意事汉，保守平阳，不失魏地，此亦人臣之极，大王又何他望耶？”豹曰：“天命有在，不拘强弱，许负之相，并无虚语，非尔所知也。”叔曰：“先言人事，次论天理。苟轻信相士妄谈之说，遽而兴兵，亡身丧家，在此一举。大王幸察之！”豹怒曰：“吾欲举兵，汝敢出此不利之言，必与汉有私，欲泄我机耶？”叔曰：“臣事大王日久，今日之言，乃忠言也。大王不听，他日当思臣言也！”豹遂叱退周叔，即整点人马十万，命植长为军师，柏直为大将，冯敬为骑将，项它为步将，把守平阳关，上表复降于楚。

汉王闻知魏豹反汉，笑曰：“匹夫虽反，无能力也！当即遣将调兵，诛此反贼为急，以绝后患。”郦食其曰：“大王人马破楚新回，尚未休息，今复举动，恐甲士疲劳，非恤军之道也。臣平日与豹有旧，愿往以正说之，如彼不从，大王以兵征之未晚也。”王曰：“如先生以言能使魏豹不反，乃万金之力，千城之功也。”郦生遂辞王，径赴平阳见豹，豹曰：“故人远来，欲为汉作说客耶？”郦生曰：“某来此非为汉谋，十年故旧之情，特来陈利害，如可从则从，如不可，任从大王为之，何必疑为说客也？”豹曰：”请先生言之。”郦生曰：“心不可两持，事不可反覆，两持者多疑而取败，反覆者轻举而取辱。大王以前日降汉为是，则今日事楚为非也，若以今日事楚为是，则前日之降汉为非也。颠倒是非，反覆不定，必致取败。况今事势，不知者以楚为强；而能审察天下之安危者，必知楚当亡，而汉当兴也。汉宽而楚暴，汉智而楚愚，不待辨而自明矣。今大王归汉，诚为得计，乃复归于危亡之楚，是何颠倒反覆之不定耶？以某之鄙见，不若罢兵息争，专属于汉，汉成大业，王可永保富贵也。”豹曰：“汉王谩骂无礼，吾实耻之，既已动念，复难相见也。大丈夫当自创立，岂可碌碌屈于人下乎？使苏、张复生，此说不易也。”

郦生知豹不可说，遂辞回见汉王，备言魏豹不欲归汉，汉王问：“魏之主将谁也？”食其对曰：“柏直。”王曰：“是人口尚乳臭，安能与吾韩信。骑将谁也？”对曰：“冯敬，乃秦将冯无泽之子也。”王曰：“是人虽贤，亦不能当吾灌婴。步将谁也？”对曰：“项它。”王曰：“不能当吾曹参。吾无患矣。”于是韩信、灌婴、曹参，领十万精兵，由安邑临晋，趋西魏击豹。

未知胜负如何，且看下回分解。

第六十回

知汉兴陵母伏剑

却说韩信临行，见汉王曰："臣伐魏，霸王闻之，决乘虚来攻荥阳，诸将之中，王陵可属大事，大王当令抵楚兵，其人智勇足备，庶保无事。"王曰："陵母久拘于楚，恐心志未定，不可用也。"信曰："陵母最贤，素有遗教，王陵志如金石，坚不可动，大王当急用之，而以陈平为佐，如有缓急，大王当听子房计议，料无忧也。"王甚喜。

韩信领兵至蒲阪，早见魏兵到来，隔河与豹相拒，彼此不得相战。韩信召诸将曰："魏豹以兵守河，不设桥梁，舟舡一时难以打造。命灌婴督工，起造木罂，最为方便。"婴曰："不知如何起造？请问其造法。"信曰："木罂者，缚瓮缶以为筏，瓮缶容受二石，力可胜一人，其瓮间容五寸，下以绳钩联，编枪于其上，形要长而方，前置筏或板头稍，左右置棹，可以渡军械也。"灌婴遵依其法，命军中巧手军士，传令起造，不一二日造完。信遂命灌婴引军一万，陈舟舡百十余只，沿河虚列旗帜，若渡河之状，以为疑兵。却密令曹参引精兵二万从夏阳以木罂渡军，袭安邑，以抄其后，使豹不能接应，两下夹攻，豹可擒也。曹参得令，暗趋夏阳。灌婴列兵于岸，陈舡于河，多张旗帜。魏豹见了，果然疑其有伏兵，昼夜巡视。不防曹参引大兵，用木罂从夏阳渡河袭安邑，将魏豹家属虏去，抄后杀来。魏豹巡哨军士飞报，豹闻知大惊，方欲回兵，曹参袭杀于后，韩信追杀于前，两下夹攻，不能相应。柏直战未数合，见信人马攻杀甚急，不能抵敌，向西逃走。冯敬不能对敌，先自引兵退后。魏豹不能抵当。方欲归临晋逃走，早被曹参、灌婴人马两边围上来，魏豹不能脱，被二将生擒住，绑缚来见韩信。信曰："主上命汝为元帅，统领大兵四十五万，睢水一阵，丧师三十余万，睢水为之不流；汝即逃回平阳，主上不即加诛，止夺帅印，罢汝闲居，不失王爵之贵，汝当感激，愈加策励，以图后功可也，却乃轻听术士之言，遽尔起兵谋反。既被擒拿，本当诛戮，汝为一国王爵，恐主上宽恩，免汝一死，且着军士，囚车监押听候。"一面入平阳安抚百姓，权着周叔管理国事不题。

却说霸王打听韩信征魏豹，知荥阳空虚，急召范增曰："魏豹已反，韩信果然领兵入西魏征豹，不出亚父高见。朕今乘虚取荥阳，擒刘邦，亚父以为如何？"增曰："此时正好出师，但陛下相时而动，不可轻敌，恐韩信有遗计，不可不防也。"龙且曰："亚父何怯之甚也？"增曰："好谋而成，岂可不深虑也？"于是霸王传旨，整点大军往荥阳，先差骁将李奉先领兵三千，探听消息。

汉王遂与张良、陈平计议提防楚兵，有小卒来报，霸王领着大队人马，杀奔荥阳来，先差骁将李奉先领兵探听。汉王闻说大惊曰："楚兵势重，如何迎敌？"张良曰："韩信前曾言楚兵若来，当以王陵为将，陈平辅之，楚可破也！何不召王陵计议？"王即召陵曰："霸王亲统大兵前来，尔敢领兵与楚迎敌否？"陵曰："霸王势重，难与力敌。以臣愚见，且偃旗息鼓，深沟高垒，未可出战，待彼志既懈，臣用一计，楚决可走也。"王曰："计将安在？"陵附耳道数句言语，王大喜曰："将军果有此胆略，吾无忧矣！"即命王陵为将，陈平为军师，分付三军，各偃旗息鼓，四门严闭，不击刁斗，不设一军。有楚将李奉先前来探听，见是如此，心中疑惑，不敢近城，差人回报霸王曰："荥阳四门紧闭，不见一个军士，不知何意？”左右曰：“此必汉王闻陛下来到，或搬移邻近郡县，屯住人马，留此空城以待陛下。或是韩信征魏未回，内无强兵，以此不敢出战，虚作此声势以为疑兵，使陛下不敢遽然攻打也。”霸王曰：“人马初到，且安下大营，待明日探看动静，再作处置。”随即安下营寨，人马远来疲乏，各人卸甲休息。

却说王陵选精锐军五千，头裹赤帻，各带鲜明器械，准备鞍马紧束，人各衔枚；又选五百炮手，各带火炮随后，临时听用施行；四门多设柴草，待人马杀到楚营，闻炮响，急点起人来，以防楚兵攻城。又差夏侯婴随后领大兵三万接应。

却说王陵将及黄昏时候，先差精细小卒十数人，装作楚兵，潜在楚营边，探听楚兵消息，有无防备，好作区处。起更时，只见小卒来报：“楚军安营，俱休息定，并无提备。”王陵领兵五千，打赤帜，开了城，蜂拥而来。楚兵正睡熟，王陵暗传令放炮，只五百炮手，四边放起来，五千人马，杀入楚营，如十万甲兵，从天而降。楚兵又无准备，急遽惊起，眼尚朦胧，如何对敌？反自相践踏。王陵左冲右突，如入无人之境，杀得尸横遍野，血流成河。霸王急起披挂上马，四面观望，见一大将挺枪往来，领兵冲杀。霸王大喝一声，举枪直取来将，来将举枪交还，二十回合，其人败走，领五千兵冲杀出营，已将五鼓矣。

霸王问军士：“此是何人？”有小卒曰：“此汉将王陵也。”霸王暗思：“此人枪法，与其他不同，今日不除，后必为患。”急拍马正欲追赶，季布、钟离昧、龙且俱列马头前止之曰：“不可，汉兵得胜，一路俱有准备，城上火起，城下人马如铁桶相似，此必韩信之遗计也。陛下且检点伤残人马，紧急将陵母取来，以剑伏身，监在营中，使人与王陵说知。王陵为人最孝，闻此决来归降，王陵若降，荥阳可破也。”霸王曰：“然。”即差人星夜赴彭城，取陵母赴军前来不题。

却说王陵得胜，领得胜兵计点，只伤折一百多人。大杀楚兵，并自相践踏，死者共三万余人。回见汉王，王曰："将军一夜杀楚兵三万，以霸王之勇尚退三十里，将军之名，威振关中矣！"王陵曰："知楚兵远来困乏，因此乘其无备，杀此一阵。霸王尚屯于此，不久仍来攻城，不可不急为计处也。"张良、陈平曰："韩元帅征魏，闻有捷音，料将回兵，不若且严守荥阳，以待韩信兵到，再为区处。"王曰："善。"遂令三军预备炮石灰罐，四门严守。

一连十数日，楚汉并不交战。只见城下忽有巡哨小卒来报，有楚使至，请王将军相见。王陵闻说，急上城，见楚使曰："将军之老母，今取在楚营，欲见将军一面，若将军迟去，霸王决坏老母，使将军为不孝之子，万代骂名不朽也。"王陵听说，放声大哭，泪如雨下，急来告汉王曰："臣母今年七十有余，臣生不能孝养一日，反遭此缧绁之苦，今楚使欲臣往见一面，臣虽赴剑万死，亦当急趋往见也。臣身虽在楚，此心实在大王，决不为楚效力也。"张良曰："将军误矣！前日将军杀楚兵数万，今只听楚使一言，即趋入虎穴，自蹈死亡，此匹夫之见也，又未审老母果在楚营否，岂可遽然往见？须另差一人，亲见老母，看有甚言语，讨数手字，果然欲将军往见，那时见之未晚也。岂可不察存亡而往见耶？"王陵听说，即哀告汉王。王即差谋士叔孙通，前到楚营，朝见霸王。王曰："王陵居住沛县，不归降于我，随着刘邦为恶，今已将其母，拘系于此。若早归降，使子母相见完聚，若仍复抗违，即斩其母，使王陵为万代罪人也。"叔孙通曰："愿请陵母一见。"霸王左右将陵母押过来，与叔孙通相见。只见陵母以剑伏身，蓬首而跪，叔孙通心甚不忍。陵母曰："公乃何人也？"叔孙通曰："某乃汉使叔孙通也。"母曰："公来何为？"通曰："老母之子王陵，闻母受苦，即欲降楚来见，惟恐不的，汉王故差某来，求老母手笔数字，方着王陵降楚，以事奉老母。"母曰："是何言欤！汉王宽仁大度长者，吾子事之，得其主矣！岂可因妾而怀二心？望公传与王陵，善事汉王，早建奇功，为汉代名臣，妾虽死之日，犹生之年也。”言罢，遂伏剑自杀。叔孙通急欲救时，陵母头已落地。满营中莫不赞叹。

却说陵母伏剑而死，霸王闻知，大怒曰：“老媪何其太愚如此？当碎其尸以号令三军！”季布等拜伏奏曰：“不可！陵母虽亡，当存其尸，归葬沛县，使王陵身虽在汉，而此心终有思归之念。盖父母坟墓，乃木本水源也。他日或命一能言之士，陈说根本，王陵素有孝名，闻言动心，必降楚也。若今号令军前，愈伤其心，无复有降楚之意。”霸王从其言，即差人收拾陵母尸首，归葬沛县。随召叔孙通曰：“汝可回荥阳说与汉王并王陵，快早归降，倘打破城，死无葬地也。”叔孙通近霸王前道一言，就使楚兵倒戈荥阳解围。

不知说甚言，且看下回分解。

第六十一回

韩信斩夏悦张仝

话说叔孙通奏霸王曰:“臣虽居汉,每被汉王谩骂,受辱不过,情愿欲归事陛下。昨因说王陵降楚,以此托名为汉使,实欲归降陛下也。王陵为人最孝,臣入城陈说母尸未葬,陵归葬其母,就同归楚也。”霸王曰:“汉王兵有多少?将有几人?久困而不降者,何也?”通曰:“汉兵在城者尚有二十余万,汉将有六七十人,昨新开仓廒,粮食亦足。迁延不出战者,因闻韩信已攻破魏豹,意欲调转人马赴彭城,乘势劫夺太公、吕后还汉,并取代州,破燕齐,使陛下进无所往,退无所归,因此只待韩信大兵到来,欲里应外合,两下夹攻,以图必胜。陛下不可不预为提防也!”霸王曰:“汝入城,几时同王陵出降?”通曰:“但得便即逃出矣。陛下当急差人防守彭城。”遂辞霸王。入荥阳见汉王,备将陵母之言细说一遍。王陵听说,大叫一声,哭倒在地。诸将急救醒,陵曰:“吾与楚誓不共戴天日!”叔孙通将归葬一节,隐而不告,欲王陵死心事汉室也。张良、陈平曰:“叔孙通既以言约项王,项王必以韩信决赴彭城,不日即离荥阳矣。但恐在外等候王陵出降又生他变,当以荥阳狱中有死囚斩首,假传说汉使叔孙通因交通西楚,欲说王陵归降,今被识破,斩首示众。”汉王曰:“此计甚妙。”即查狱中重囚，当即斩首悬于城上，传示城下。

早见人报知霸王，霸王曰：“计又不成，城久不下，倘韩信果然乘机袭取彭城，两难救应，朕进无所往，退无所归，诚如叔孙通之言也。”龙且曰：“既陛下要回兵，须徐徐缓行，不可大急，以防汉兵追袭。”一昼夜，楚兵退尽。城上巡哨军探知来报汉王曰：“楚兵已退尽矣！”王曰：“当遣兵追赶。”张良曰：“不可！退缓必有大将断后，若我兵追赶，反中其计，不若遥为之势可也。”遂遣大将周勃、周昌领一枝人马，离城五十里下寨。

一日，楚兵退回彭城，范增接见，备问荥阳消息，霸王将叔孙通欲降一节说知范增，增曰：“叔孙通乃汉之谋士，从刘邦日久，岂有归降之意？此必因陛下困荥阳甚急，韩信大兵未回，内实空虚，以此奸计使楚兵解围，故假斩叔孙通以惑军心。不意陛下果退兵，实中彼计也！”霸王始悟，大怒曰：“匹夫乃敢戏吾如此！今再起兵复取荥阳如何？”增曰：“若复去，倘韩信回，内外夹攻，又非长策。不若暂且休兵，打听韩信果远去，再取荥阳未晚也。”霸王从其言，暂屯兵，差人打听不题。

却说韩信擒魏豹，兵回荥阳见汉王，王曰：“将军已伐魏，今复何往？”信曰：“代州夏悦、张仝不宾服，且此去取代州，顺路伐赵、破燕、下齐，兵势稍振，即破楚，以成一统之业。”王大喜。遂将魏豹并家眷押见汉王，王见豹妻薄氏、管氏有国色，甚悦之，遂畜后宫；押豹近前，王曰：“尔领兵四十五万，睢水一阵，被汝折兵三十余万，赖上天护佑，得脱虎口。不然，吾君臣岂有今日？吾念汝一国王爵，姑免汝死，复命汝守平阳，汝当感我厚恩，益加策励可也，乃敢遽起异心，希图侥幸。今被擒来，有何理说？”豹曰：“愿乞一死。”有豹母年近八旬，哀告曰：“魏豹无知，误犯逆悖，本当诛戮，以正国法，但妾止生此子，为西魏后裔，望大王留一命以奉祀先王，乃大王盛德也。”汉王闻母言叹曰：“豹为男子，反不如老母之贤也！”遂看豹母之面，饶豹之罪，削其兵马，废为庶人，发荥阳安置。仍遣使传命与周叔，领平阳，暂管郡县。

韩信整点人马征代州，汉王仍以王陵为将。差人传命与相国萧何，奉侍太子守关中，昭布法令，约束军民，立宗庙社稷；事有不及奏决者，辄以便宜施行，待积有条件，类总上闻。萧何领王命，夙夜孜孜，惟恐不及，总计关中户口，调转漕运，以给军饷，是以汉兵西征，未尝乏绝，萧何之功也。

不说汉王驻兵荥阳，且说韩信人马到代州，离城三十里下寨。夏悦、张仝正议事间，有人来报韩信人马已到代州，离城三十里下寨，悦曰："韩信以得胜之兵，乘锐而来，气骄意惰，吾兵以逸待劳，正当急出，使彼不能预备，决获全胜。"仝曰："此论甚妙。"

且说韩信安营毕，召诸将曰："夏悦、张仝素知用兵，料我远来，决乘其蔽而急攻之，使吾不作预备，易得取胜。尔等当以智取，不恤辛苦，庶夏悦可擒也。"诸将曰："愿闻将令。"信曰："曹参引一军如此诱战，灌婴、卢绾各引一军如此截杀，樊哙引一军如此埋伏。"诸将各依令而去。韩信后领精兵五百，绕平山小路抄到白石口驻扎。

却说夏悦领兵一万，径杀奔韩信大寨来，时已过午，排开阵势，搦韩信答话，汉阵上曹参出马，旗上大书"汉大将曹参"。夏悦见汉阵上旗帜欠整，队伍交错。大笑曰："人言韩信善能用兵，观如此行师，何足惧哉！"便问："胯夫如何不来受死？遣汝无名小将先来试刀耶？"参大怒，举刀直取夏悦，悦就举刀交还。战未十合，曹参诈败，悦驱兵大进，迤后追赶，参且战且走。约近二十里，正追杀之间，忽喊声大起，左有灌婴，右有卢绾，两路兵杀出，截断归路，曹参却引兵杀回，三路夹攻，夏悦兵大败。日将落山，见四面火炮火把齐起，况又平山小路无人防守，领百十骑，望平山而逃。才行一里远，背后三路兵杀来，正在奔走之间，前面喊声大振，一彪军拦住，为首大将乃舞阳侯樊哙也。悦见了大惊，无处逃命，见山傍微露天光，想有出路，急奔入山谷时，哙兵亦随悦追入谷口。两边俱是夹石，鱼贯而进。悦见难行，遂弃马步走，爬山越岭而逃。忽然山谷中一声炮响，乃是韩信伏兵于此，把夏悦即时擒了，押回大寨，鼓已三更矣。

城中张仝闻夏悦身入重地，不见回军到来，便点起火把，领兵五千杀出城来救应。有代州败残军逃回者，尽说夏将军被汉兵杀入山谷中，不知存亡，我等被三路人马杀得七断八截，只逃得数十回来，将军不必前去，恐伏兵一起，夜深如何防备？张仝听说，急领兵入城，严加防守。

韩信回到大营，升帐坐定，两边掌起灯烛，陈列刀枪剑戟，十分威武。小校押夏悦过来，信曰："汉王盛德播于海内，汝等如何久不宾服？远劳王师，立擒军前，汝须委心归附，勿再抗违！"悦曰："吾意本欲图王，今既不成，有死而已，决不归降！"信怒曰："夜深诛戮，难以号令三军，且牢囚监押，待明日捉了张仝，一并斩首示众。"次日，韩信领兵至城下。张仝只是严加防守，坚闭不出。信将夏悦提至城下，传示城上，急早归降。张仝上城见夏悦绑缚囚于陷车，大哭而言曰："不忍见公如此被虏，我心如碎！"悦大叫曰："宁效死固守，不可以我一人，遽尔归降也！"韩信闻说大怒，即将夏悦向车内取出，斩首于城下。张仝见夏悦斩首，大叫一声，自城上一跃而下，遂坠城而死。城中副将王存，谋士单忠计议曰："内无强兵，外无救应，虽固守无益也。"遂开城归降。韩信引大兵入城，养抚百姓，就令王存守代州，差人向荥阳报捷。计点西魏代州二处新降人马，总汉兵三十万，前来取赵。

未知如何，且看下回分解。

第六十二回

背水阵韩信破赵

大汉丁酉二年冬十月，韩信取代州，安抚百姓毕。次日，会汉王，遂分领精兵十万，前来击赵。先屯兵于井陉口外，与张耳等计议曰:“赵有谋士广武君、李左车，多奇计，我兵未可轻进。须差人探听，看赵王作何方计。倘我深入重地，而赵乃阻吾粮道，我兵决受围困，而进退两难之地，为兵家所甚忌也。”张耳曰:“陈馀虽善兵，而无通变之才，每以李左车为多诈；料左车虽有奇计，不能用也。”信曰:“不然，成败利钝，不可逆睹，探听的实，方好进兵。”急差数心腹精细小校，假作商贾，入赵城探成安君李左车如何设谋，务得的实回报，各重赏钱钞酒食。小校装作商人，潜入赵城，就在成安君临近住居，先与门吏相通，终日饮酒，遂相熟识，往来情厚。以此成安君凡一切与赵王计议，大小事情，门吏询问亲随从人，得知详细，遂因便告知小校，尽知赵王来历，不敢遽回，先着一二小校回报，仍再加打听，个个与门吏所言一般，已得的实不题。

却说赵王一日与成安君陈馀正议事，闻韩信引兵前来，急整点赵兵二十万，屯于井陉，请李左车画计，李左车因说陈馀曰:“某闻韩信涉西河，虏魏王，擒夏悦，喋血关内。今又辅以张耳，乘胜远来，其锋不可当。尝闻千里馈粮，士有饥色，樵苏不爨，师不宿饱。今井陉之道，车不能方轨，骑不能成列，行数百里，其势粮食必在其后。愿足下假臣奇兵三万，从间道绝其辎重，足下深沟高垒，坚营勿与战，彼欲前不得前，欲退不得还，吾兵绝其后，使野无所掠，不十日而两将之头，可致于麾下。愿君急用臣计，必获全胜。否则必为二子所擒矣！”成安君曰：“此诡谋也。吾尝称为义兵，不用诡谋奇计，又闻兵法云：‘十则围之，倍则战之。’今韩信以疲散之卒，虽号称数十万，其实不过数千，况又千里远来，亦极疲劳。我兵操练日久，藏锋养锐，正当急击，勿失可也。若避而不与之战，倘他日有遇劲敌，则何以御之？诸侯谓我怯弱，轻我伐我，非长策也！”遂不用左车之计。

且说韩信差来小校，知此消息，至晚急出井陉回报。韩信闻知大喜，遂赏劳小校讫，乃敢引兵入井陉狭道。来至井陉口三十里，正值夜半，传令进发，选轻骑二千人，各持一赤帜，从傍道小路，潜在草山，远望陈馀营寨，以观动静。因密诫曰：“今我大兵与赵兵对敌，我诈败，赵军见我败走，如空壁追赶，汝等疾入赵壁，尽拔赵帜，立汉赤帜，坚壁拒守，不必与战，而彼自乱也。”诸将听令去讫。于是韩信早起会张耳、曹参、樊哙诸将曰：“今日即破赵，且不必会食，暂令三军传食少饭，待须臾破赵后会食也。”诸将皆莫敢信，佯应曰：“诺。”信即使万人先行，出背水为阵。赵军望见信军背水，皆大笑。及平旦，信建大将旗鼓，鼓行出井陉口，赵遂开壁与信大战良久，信与张耳诸将佯弃旗鼓走水上，赵军果空壁出争取汉旗鼓，追赶信耳。信耳兵已入水上，却有曹参、樊哙、周勃、靳歙等诸将，率领三军，莫不死战，无不以一当十，赵军遂不敢近，急退回大寨。有信所出奇兵二千骑在草山遥望，赵军空壁追赶，持汉旗鼓，疾驰入赵壁，尽拔赵旗，立汉赤帜，赵军回大寨，见赵壁皆汉赤帜，知汉兵已破赵矣，遂大乱，四散溃奔。陈馀虽杀数人，亦不能禁止，于是汉诸将围绕夹攻，成安君死战不得出，被灌婴一刀斩于马下。大军杀入赵城，擒赵王歇，遂平赵地。是时诸将问信曰："兵法右倍山陵，前左水泽，今将军令我等反背水阵以胜者，何也？"信曰："此在兵法，诸君不察耳。兵法不曰'陷之死地而后生，置之亡地而后存'乎？且信非得素拊循士大夫也，此所谓驱市人而战，置之生地，遇敌皆走，宁得而用之乎？"诸将皆服信之高论。

是时信传令其能生得广武君者，购千金。于是众军闻信令，遍访李左车。一日，得获，绑缚解至麾下。信见缚左车至，大喜，重赏军士，急下帐亲释左车之缚，东向而坐，西向师事之。因问曰："仆欲北攻燕，东伐齐，若何而有功？"李左车曰："亡国之夫，不可以图存；败军之将，不可以语勇。"信曰："百里奚居虞而虞亡，之秦而秦霸，非愚于虞，而智于秦也，但用与不用，听与不听耳。向使成安君听子之计，仆亦遭擒矣；惟不听子之计，是信得以取赵也。"因再三恳求曰："仆实委心请计，愿子勿辞。"左车曰："臣闻智者千虑，必有一失，愚者千虑，必有一得，故曰狂夫之言，圣人择焉。顾恐臣计，未必足用，愿效愚忠，为将军言之。且将军虏魏豹，擒夏悦，以成安君有百战百胜之计，一旦而失之，军败高邑，身死泜上，一举而下井陉，不终朝破赵二十万众。将军名闻海内，威振天下，农夫莫不辍耕释耒，揄衣甘食，倾耳以待命者，将军之所长也。然众劳卒疲，其实难用，举疲敝之兵，顿之燕坚城之下，相持日久，力不能拔，势屈粮竭，弱燕不服，齐竟自强，又先刘项之权，未有所分，此将军之短也，故善用兵者，不以短击长，而以长击短也。今将军若以兵击燕，恐难取胜也。"信曰："以先生之言，必何如而后可？"左车曰："方今为将军计，莫如按兵休用，镇抚赵城，百里之内，牛酒日至，以享士大夫，三军又得饱食，北向于燕，使彼终日恐怖，然后遣一舌辩之士，奉尺幅之书，陈其利害，彰将军之所长，燕一闻之，不敢不听从。燕既听从，使宣言者东告于齐，齐必从风而服，虽有智者不知其为齐计矣。如此则天下可图也。兵固有先声而后实者，其此之谓乎？”信曰：“谨如先生之言，所谓不战而屈人之兵也。”即作书差随何为使，前往说燕。韩信屯兵于赵城不动。随何持书，前到燕国。

却说燕王闻韩信破赵，斩成安君泜水，兵势大振，燕中百姓，一日十数惊，燕王亦甚恐怖，召谋士蒯彻议计。蒯彻曰：“韩信兵势虽大振，而屡经战阵，三军疲劳，定暂屯兵于赵城，且不举动，目下差人下书，欲大王归降。大王且未可遽然轻许，容臣到彼，看事势何如，可说则说，可降则降，臣自有斟酌也。”言未毕，果有左右来报，韩信差随何下书。燕王召随何相见。何持书上，燕王拆书观看，书曰：

汉大将军韩信致书燕王麾下：信闻天命靡常，惟归有德。秦惟无道，灭绝坟典，残虐百姓；继以项氏，益肆暴酷，放弑义帝，恶贯于天，海内震号，神人共愤。汉王倡为义举，兵皆缟素，席卷三秦，立降二魏，虏豹斩悦，破赵诛馀，非兵之强也，德之召也。所向风靡，罔不顺服。独燕未附，宁知命之所归乎？方今兵屯赵城，遗书北指，若能倒戈纳款，悯恤民命，不失封王，分茅百世。赵鉴不远，王其思之！

燕王看书毕，因问随何曰：“汉王兵败睢水，寄足荥阳，王业未定，何言天命之可归乎？”何曰：“大王所见误矣！不观大败，不见真命之符；不量时宜，实为井底之智。然吾汉王虽败睢水，而大风解围，白光引路，使非上天默佑，何以脱此难乎？此见圣王有百灵之助也。而荥阳驻兵以当四面，使非睿智神武，何以制天下乎？此见圣王有文武之勇也。汉以韩信善能用兵，子房善能用智，萧何运转粮饷，带甲百万，名将云从，大势已定，不待智者辩论而可知也。然西楚虽强，沐猴非人，独夫招怨，远不过一年，近不过数月，岂能久乎？大王不度时势，不审成败，而谓汉王王业未定，不亦误乎？况今赵已灭矣！唇亡齿寒，剥床以肤，大王独不惕兢之乎？”燕王闻随何之言，深加叹赏，遂召蒯彻附耳曰：“随何之言，深为有理。尔若见信，当斟酌可否，不必多费颊舌也。”蒯彻曰：“臣若到彼，观其动静，自有处决！料不辱君之命也。”燕王款待随何，即令蒯彻往赵国来。

不知如何说信，且看下回分解。

第六十三回

行反间范增遭贬

却说蒯彻辞燕王至赵，令人报知韩信。信闻蒯彻至，甚喜，曰："蒯彻来，燕必下矣！"遂令门吏请入相见。蒯彻见韩信礼节从容，言论温雅，谋士在左，武将列右，营伍严整，甲士精壮，方欲开口，信曰："大夫此来，欲信罢兵息争，以为说客，盖燕果纳款投降，信自按兵不动，免使生灵涂炭也。若凭大夫数言，使我罢兵息争，而燕犹为楚藩屏，则六国之中，燕为独强，视我为甚怯矣！我将举王于易水之前，试武于燕台之上，虽乐毅复生，荆轲不死，信何惧哉！"言毕即召左右："请大夫驿中安歇，容吾伐燕破齐后，再与大夫相见也。"众人不容蒯彻说话，即邀入驿中，陈设帏帐，各样器用之物，一色齐备。

蒯彻本欲下说词，倒被软监于此，怏怏不乐。驿门紧闭，不令人往来，打水取米，皆自缺墙中传入。如此数日，忽一日门人来报，广武君李左车来相访，蒯彻正愁闷间，闻左车相访，急开门请入相见。蒯彻见左车大哭曰："不意公一旦以赵属汉，陈馀斩首，赵王被擒，丧位失国，甚可哀也！"左车正色而言曰："大夫差矣！顺天者昌，逆天者亡。汉王为义帝发丧，天下之义主也，德爱及于百姓，威令行于诸侯，又兼韩信用兵如神，所向无敌，知天命者，即当倒戈而降，乃为明达。苟若囿于一偏之见，而专意于暴楚，乃是助纣为恶，而飞廉、费仲之所为也，不亦得罪于天下乎？我每与赵王陈说利害，不听吾言，遂致丧身失国，此逆天者亡也。且大夫为燕名士，须先观时势，细察兴亡。大夫自以为汉王与项王孰为真命？”彻曰：“汉王芒砀斩蛇，已符真瑞，天下知汉为真命无疑也。”又曰：“大夫以韩信、良、平与楚诸将孰优？”彻曰：“韩信、良、平为优，非楚诸将所能及也。”左车曰：“观大夫此言，则汉当兴，楚当亡可知矣。今何抑有道之汉，而从将亡之楚，知天命者果如是乎？”彻沉思半晌曰：“公言甚有理。我来赵本欲说韩将军罢兵息争，不意反被二公说我也。愿与公同见韩将军，以讲两国之好，吾亦从帐下，将图攀龙附凤也。”左车大喜，即同彻见韩信曰：“大夫蒙元帅不以为敌国之使，而厚礼相待，深感盛德。愿归告燕王，即开城纳降，彼亦附名麾下，为元帅驱使也。”信大喜。即遣曹参、樊哙领兵一万，同蒯彻先赴燕安营毕，大兵随后即到。

却说燕王不见蒯彻回，正忧疑之间，忽有人来报曰：“蒯彻至矣！”彻入见燕王，备道汉王之贤，又兼韩信善能用兵，楚终灭亡，不若属意于汉，无为苍生苦也。燕王曰：“吾前日降汉之心已决，但欲大夫往观动静耳。今既真知其为可降，当请二将入城相见。”蒯彻遂请曹参、樊哙领人马进城。安营毕，即与燕王相见，燕王命设宴款待二将。传命预备轻骑数百名，次日，同二将来赵见韩信。信曰：“某正欲统大兵由燕下齐，以定北地，乃劳贤王远来！”燕王曰：“久慕将军威德，又况汉王宽仁长者，心欲降附久矣。今蒙传檄，即趋麾下，惟望转达汉王，早赐收录。”信大喜，即命燕王写降表，同汉使飞报荥阳。一面传令起兵伐齐不题。

却说范增、钟离昧奏霸王曰：“韩信虏魏豹，斩夏悦，破赵取燕，所向无敌，而汉王坐守荥阳，以收全功，陛下若不急为进兵，恐滋蔓愈盛，益难除矣！”王曰“连日闻报，正欲起兵，卿等所奏，实合朕意。”即传旨起兵十万，赴荥阳来。

早有汉细作闻此消息，星夜报知汉王。王急召良、平诸谋士计议曰：“项王乘韩信大兵已出，复来攻荥阳，王陵思母患病未愈，英布新回九江，诸将多随韩信出征，城内空虚，为之奈何？”陈平曰：“项王骨鲠之臣，亚父、钟离昧、龙且、周殷，不过数人耳。大王诚能捐数万金，行反间以离间其君臣，使各疑其心，则谗言易入，画计虽善，项王亦不听也。且楚兵之趋荥阳，项王本无此心，皆范增、钟离昧之言耳。使无此数人，项王岂能用其勇哉？况项王为人，疑忌信谗，必自诛戮，汉因举兵而攻之，楚必破矣。”王与黄金四万斛，不问出入。陈平多纵反间，言昧等功多，不得裂土为王，欲与汉连和，同力灭楚以分其地。项王果疑昧等，遂不与议事。

及大兵至荥阳，按下营寨。次日，项王领人马，将荥阳四面围困。一连三日，城中不见动静。霸王曰：“三军急备火炮火箭，四门攻打。”城上灰瓶石子，如雨点下来，众军士不能近城。又一连五七日，彼此两家扭拗，霸王甚是焦躁。

却说城中张良等众谋士议曰：“霸王攻城甚急，正好遣使诈降。霸王决遣使来讲和，却用陈平之计，使君臣相疑，则计行矣。”汉王曰：“倘楚不准和，则如之何？”良曰：“项王性躁，而不耐气，刚而无忍，连日攻城不下，心正暴躁，汉使一到，决然依允。”汉王即遣随何为使，先着人上城答话，开了东门，放随何出城去。何到楚营见霸王，具说：“汉王原同陛下会约伐秦，结为兄弟，后封褒中，因见路险，思欲东归，本无图王之志。今幸得关中，此心已足，愿割荥阳以西为汉界，荥阳以东为楚界，收回韩信之兵，各守封疆，以图休养士卒，共保富贵。惟陛下察之！”霸王闻随何之言，寻思：“吾虽建都彭城，地方狭小，近又诸侯反叛，汉已得七八矣，不若依他讲和，且得休养安静，日后再作区画。”遂召范增等计议。增曰：“不可！此因攻城急迫，暂来讲和，实非本心。陛下只可多设火炮，增添人马，星夜攻打，城破之后，玉石俱焚。虽有韩信重兵，终于独立难成大事，此为长策。岂可听随何一面之辞，而失此机会乎？”霸王闻增言，犹豫不决。召随何近前曰：“尔且回去，待朕再作商议。”随何曰：“陛下当自圣裁，左右之言，恐有私弊。且自下韩信大兵将到，又约会各路诸侯，不日俱来接应，内外夹攻，陛下屯兵日久，恐师老粮尽，那时欲退，反致诸侯耻笑，欲与讲和，汉王不肯依命，陛下悔之晚矣！臣虽在汉，旧实楚臣，今日之言，吐露心腹，陛下斧钺在前，岂敢欺诳？惟陛下思之，无被众人惑之也！”霸王闻何言大喜：“尔言亦有理，汝先行，朕即遣使讲和。”随何辞霸王进城，来见汉王，备说范增劝项王攻城，被臣一篇言语，说动项王，早晚有人来讲和，料陈平之计当用于今日也。王即召平问曰：“楚使早晚来讲和，汝用何计以间之？”平附耳曰：“如此如此。”王大喜曰：“此计若行，范增休矣！”于是陈平密令左右各照次安排圈套，伺候楚使。

却说霸王不听范增之言，即召虞子期曰：“汝可到汉王处说知，限三日内着汉王出城，亲与我相见讲话，汝就打听汉营虚实动静如何。”子期依命进城。闻汉王夜饮大醉未起，虞子期暂到馆驿安歇，先差一伶俐小卒，进汉营打听汉王起来未曾。从人依命入汉营，只见张良、陈平等出，即邀请到一暖阁，陈设肴馔细食美酒相款，便问：“亚父近日起居如何？差公来有何说？”其人曰：“我非亚父使也，乃楚使也。”良、平佯惊曰：“我以为亚父使，乃项王使也。”即着小卒邀出，另到一小馆，备粗食村醪相待，张良、陈平遂转出不见。从人又打听汉王方起，即回见子期，备说详细，子期甚疑之，即整衣来见汉王。王方起未梳洗，又着随何邀子期到一密室款坐，汉王梳洗毕相见。子期入密室少坐，只见室中文卷满案，两边帷帐器皿甚齐备，左右人亦不敢擅入，随何相陪茶罢，起身曰：“待吾看汉王梳洗毕，请相见。”随何出久未回，子期转身，信步到文案边，见许多文书，内有一书，首尾不写名，但云："项王彭城失守，提兵远来，人心不归，天下离叛，大兵不过二十万，势渐孤弱。大王切不可出降，当急唤韩信回荥阳，老臣与钟离昧等为内应，指日破楚必矣。黄金不敢拜领，破楚之后，愿裂土封于故国，子孙绵延百世，臣之愿也。名不敢具。"子期大惊，暗思："此必增之书也。近有人言亚父与汉有私，我尚不信，今观此动静，倒是真情。"遂将私书藏于袖中。壁间已有人暗窥，报知良、平。

须臾随何至，邀请子期与汉王相见，王曰："吾与项王初受怀王约，先入关者归之，我先入关，当王于关中，今既得关中矣，初心已遂，不愿与项王终年苦战，以伤民命，情愿讲和。凡关之西为汉，关之东为楚，两家各分疆土，永罢征战。烦足下见项王，更三拜复此意。"子期曰："我楚王已依尊命，只欲与大王相见一面，亲自讲和，亦无别意。"王曰："既有此意，足下且回，容吾商议定，即出城与项王相见。"

虞子期辞汉王回楚寨，细说从人所见，次后入密室一节，又窥得私书，探听明白的实，不敢隐讳，乞陛下详察。霸王听子期之言，将书看罢，大怒曰："老匹夫乃敢卖朕如此！当细加问，务得实情，决不轻贷。"范增闻知大哭，乃拜伏于地曰："臣事陛下数年，肝胆倾倒，岂敢有私？此汉行反间之计，使我君臣不和，阴相伤害，陛下不可听也。"项王曰："虞子期乃心腹之亲，已打听的实，岂有虚说之理？"增见项王持疑不决，知其终不足以成大事，增乃大哭曰："天下事大定矣！君王好自为之！乞念增奉事陛下数年，屡有勤劳，愿将功抵罪，请得骸骨归乡，陛下天地之恩也。"霸王亦思范增建奇绩，事楚日久，不忍加诛，遂令人送增还乡，增叹曰："我本尽心向楚，而王乃疑我有私，非我之屈，乃楚之不幸也。"一路郁郁不乐。行至彭城，遂发背疽不起，急差人往挂牛山，请增师杨真人看疾，差人具厚币见真人，真人曰："范增辞我下山，亦曾嘱咐：尔平生好密谋奇计，当择主而事。今却扶假灭真，残害百姓，见机不早，只待如此狼狈，以致重病缠身，还望我垂救？此亦天理关报，非假人为也！我若救尔，是逆天也。”不纳币帛，将差人逐叱下山。差人回见范增，增闻说遂倒于地下，气绝而死。时大汉四年夏四月日，范增亡，年七十一岁，范增已死，送的人回报霸王，王甚伤悼，差人赴彭城，以礼厚葬。

汉王闻增死，大喜曰：“除吾心腹一大患矣！”重赏陈平。仍把守四门，却不题请和一节。

霸王暗思：“范亚父原无私意，此必是张良、陈平设反间，误害忠良，伤吾一股肱也！记增临死之言，可见其心矣！”急召钟离昧抚之曰：“卿当安心，勿生他意。”昧曰：“臣事陛下数年，虽无才能，而一点赤心，金石不易也。亚父忠以事国，岂有他志，昨日虞子期所得私书，乃假设之辞，陛下当详察之，勿为斯人所惑也！”霸王遂立项伯为军师，凡一应大小国务，皆伯管理。因劝霸王攻城。霸王催攒军士四门攻打甚急。

不知荥阳如何解救，且看下回分解。

第六十四回

出荥阳纪信诳楚

却说霸王攻打荥阳甚急，汉王患之，召群臣计议曰：“霸王攻打荥阳甚急，韩信大兵未回，邻近诸侯，又非项王之对，尔等有何良策？”张良曰：“项王因范增死，心中急躁，如何肯罢休？况近日彭城军粮又到，似有久困之意。此城若久困，或有人献策，将荥河之水绝其上流，冲灌下来，城必破矣，如之奈何？”陈平曰：“臣有一计，大王决可脱此重围，但恐无忠臣，肯为陛下赴难者。”周勃等诸将皆曰：“先生何以发此言耶？我等随大王日久，虽鼎镬在前，白刃临颈，亦何惧哉！”平笑曰：“非为此难也。盖有深意，非诸君所知也。”王曰：“计将安在乎？”附王耳曰：“如此如此。”王曰：“此计甚妙。”就着张良施行，诸将皆退。

张良归驿舍，分付左右，置酒邀请诸将赴席。诸将闻良请，俱到驿舍。良出迎，礼毕，各分宾主坐定，良于中堂悬画一轴，上画着前面车内坐一人，后有甲兵数十骑追赶甚急，树林边藏一人。众将见了，不解其意，便问良曰：“先生悬此图何意？”良曰：“昔齐景公与晋战时，景公大败，众军尽皆遁走，止景公坐于车中，有田父御车，后追兵甚急，景公无可奈何。田父曰：‘事急矣！大王当藏于林中，将王衣服与臣更换，臣坐王车，王可脱难。’王曰：‘吾虽逃难，汝必遭擒，吾不忍也！’田父曰，‘食人之禄，当死人之事。留臣一人，不过大林增一叶耳；若存大王，实存百姓之主，使天下受福，岂小补哉！’景公依田父之言，遂将衣服更换，逃难而去。独田父坐于景公车中，二百兵追至，见车中田父，以为景公，遂擒获见晋献子。晋献子知非景公，欲杀之，田父曰：‘臣代景公而被杀，诚不足惜，但恐杀臣一人，而后来臣之代君者，惧其见杀而不肯效力也。’献子深义田父之言，乃叹曰：‘臣不避难而君得免死，臣之忠也！若杀之不祥，宜赦其罪，以成其节。’田父遂得免而还。此图乃田父代景公免难，而景公卒成霸业，青史留名，至今不朽。今汉王被困，无人效田父之所为，良因悬此画，为诸君一见也。”诸将闻张良之言，皆奋然起身曰：“父有难，子当代之；君有难，臣当代之。我等愿代王死，而出荥阳之难。”良曰：“诸君虽各有忠心，皆不似主上仪容，惟纪将军与主上相似，可以诳楚。”纪信曰：“此某之至愿也，虽冒汤赴火，亦不敢避。”张良、陈平大喜。

次日，张良引纪信见汉王，密奏纪信欲代大王诈降，汉王曰：“不可！刘邦大业未定，臣下未沾勺水之恩，今着纪将军代我赴难，我却乘便而逃，损人利己，仁者不为，吾不忍也！”信曰：“事已急矣！臣若退避，或城破之日，玉石俱焚，臣那时虽死，亦无益于王矣！今若代王之难，王得出此重围，臣留美名如泰山，今日轻性命如鸿毛耳，王不可以臣为念也。”汉王尚犹豫不决，纪信遂拔剑而言曰：“王若不依臣言，臣即自刎而死，以示无留难也。”王即下阶，抱纪信而哭曰：“将军之心，可谓忠诚贯日，千载不朽也。”因问曰：“将军有父母乎？”信曰：“有母。”王曰：“即邦之母也，吾事之。”又问曰：“将军有妻乎？”信曰：“有妻。”王曰：“即邦之妹也，吾养之。”又问曰：“将军有子女乎？”信曰：“止有一子，尚幼。”王曰：“即邦之子也，吾抚育之。三者皆邦所以为将军终身成全之也，将军无忧焉！”

纪信叩头曰："臣死得其所矣。"

张良、陈平等即写降书，差人出城报项王曰："汉被围急矣，亦不敢割地以分关中，愿出降与霸王相见，惟望不即加诛为幸也。"左右闻差人之言，即报霸王曰："汉王差使下降书。"项王拆书观看，书曰：

> 汉王刘邦顿首上书霸王皇帝陛下：臣邦蒙封守褒中，到被水土不服，思欲东归，以栖故址。不意人心苟从，志向狂荡，遂得关中之地。后值睢水之败，已丧胆矣，望望无归，依身荥阳，苟全性命，非有他图。韩信东征，皆彼自为，招之不来，麾之不去，非邦之罪也。陛下今乃大兵临城，指日可破，威武之下，斧钺难免。从文武群臣之议，情愿面缚出降，惟免一死。王若念怀王之约，昔日之情，悉赦往愆，恩沾再造。惟陛下其怜之！不宣。

霸王看罢书，召汉使曰："刘邦几时出城投降？"使曰："今夜即出降。"霸王密传旨曰："若刘邦出降，比面见之时，即伏刀斧手，将邦碎尸万段，以雪吾恨！"季布、钟离昧领兵伺候。

却说陈平、张良奏汉王曰："王当服便服，乘快马。"文武将士，各装束停当，命枞公、周苛，领在城人马把守荥阳，命纪信即将汉王华衣更换，坐玉龙车。将近黄昏，先出女子二千人，自东门陆续出城。左右报霸王曰："汉王出女子数千，行未尽也。"霸王笑曰："刘邦酒色之徒，贪恋妇女如此之多，何足以成大事？范增虑之过也！"

楚军士见汉出放女子，各门皆来东门争看，夜晚之时，挨肩擦背，遂忘其军伍行阵，诸将亦各争看，不相提防也。汉王同文武将士领轻骑衔枚出西门，望成皋而去。东门女子步行又慢，及尽，将二鼓矣。只见赤帜排队而出，纪信端坐车中，黄钺左纛，前遮后拥，蜂拥而出，公然不行君臣之礼，亦不见有归降之意。项王怒口："刘邦定醉死车中矣！见朕不下车投见，尚端坐如木偶耶？"左右执火把望车中照看，见纪信端坐不言，左右曰："汉王如何不言？"纪信曰："某非汉王，乃汉臣纪信也。我汉王困久，今已出荥阳，会韩元帅、英布、彭越众诸侯，径趋彭城，拘项王家小，会兵广武，与楚愿决一战，以定胜负。早间下降书乃诈降也。今汉王已出二百里外矣！”左右急报楚王曰：“车中非汉王，乃汉臣纪信也。”备将纪信之言，奏知楚王。楚王大怒，既而复叹曰：“刘邦逃之甚易，纪信代之实难，此真忠臣也哉！朕虽文武将士，收录何止数百人，未有如纪信之忠者。”急唤季布曰：“尔可说纪信降朕，朕实爱其忠也。”季布向前大呼曰：“纪信代刘邦出围，可谓忠臣，霸王怜爱，不忍诛戮。尔当感王大恩，下车投降，仍封以重爵，尔不可负王命也。”纪信大骂曰：“沐猴无知，徒尔妄想！丈夫事主，忠心不二，此头虽断，而浩气冲天，金石不磨也！生为汉臣，死为汉鬼，烈烈之志，岂汝言可感耶？”楚王闻信言，知其不可易也，遂命执火把者，各举火焚车，但见烈焰之中，众军士闻纪信骂不绝口，须臾焰既灭，车与人俱成灰烬矣！却说霸王焚了纪信，杀败汉兵，急差季布、龙且领精兵一万，追赶汉王。

不知如何对敌，且看下回分解。

第六十五回

汉周苛枞公死节

却说季布、龙且领人马追赶汉王，连赶三日，追赶不上，军士疲乏，暂屯兵于郑村。有前哨人来报：“汉王入成皋，有英布、彭越两路救兵将到，楚兵不敢前进。”季布曰：“汉王既有救兵，不可追赶，不若回荥阳，与霸王会兵，或保彭城，或攻成皋，随霸王定夺。”龙且曰：“将军所见，正合吾意。”即拨转人马回荥阳，来见霸王。具说汉王入成皋，有英布、彭越二处人马救应，因此不敢追赶。霸王曰：“彭城空虚，无人看守，如攻成皋，一时便难取胜，不若且取了荥阳回彭城，再整精兵破成皋，擒刘邦不迟。”遂分付三军，加力攻打荥阳四门，限五日内要攻破。项王催打东门，季布催打南门，龙且催打西门，钟离昧攻打北门，四门金鼓振天，火炮火箭云梯各项，一齐攻打。城内有周苛、枞公昼夜巡视，严督军士防守，灰瓶石子蛮牌周围遮架，攻打五日亦不能下。

却说魏豹因汉王饶死，罢闲在荥阳住居。见霸王攻打城不下，遂乘马带领从人，到城上与周苛、枞公曰：“汉王弃城而走，以荥阳为废地矣！二公坚守而不降，徒自受苦，似无益于国家。倘城一破，二公能与项王为敌乎？”枞公、周苛大怒曰“汝乃反覆小人，狗彘不如，乃敢妄为议论，以惑军心！且汉王临行，以荥阳付吾二人，我二人足能坚守。今未经数日，即开门投降，苟图富贵，不恤大义，上负君恩，下负民望，有忠心以报国顾如是乎？我颈可断，此志不可移也！留汝终为后患。”即揪住豹发，一刀斩于城上，枭首以示三军曰：“魏豹欲内应，因而斩之。汝等当用心守城，勿怀二心！”众军士曰：“愿同二位将军死力守拒，决不敢退避。”项王闻知，愈加忿怒，命诸将殿督攻打。只见城内，筑起土城来，以示重垒严固，楚军见之，各有退志。

又过十日，城益不能下。霸王召项伯、钟离昧等计议曰：“荥阳久不能下，尔等有何法？”项伯曰：“攻城之法，惟患军士不肯用力耳。若一人舍死，举火烧毁城楼，众军士一拥而上，城必破矣！若迁延日久，汉王会诸侯而来，荥阳终非楚有也。”霸王曰：“今日务要攻破！”遂督率诸将，急催三军上云梯攻城，城上石子灰瓶打下来。众楚军方欲退后，霸王大怒，命诸将各持枪亦攀跻而上，初被打伤数十人，随后楚军一拥齐上城来，这些汉兵拦阻不住，周苛、枞公欲急刀举往下齐砍，早被龙且左执蛮牌，右手举枪，架住宝刀，一跃而前。众军士陆续随后，尽数上城，将枞公捉住。周苛下城，整点人马，与楚交战。季布、钟离昧将东门角楼放火起来，早塌下一角，城即时破矣。楚兵趁势一齐杀进城来，周苛如何抵当得住？奔西门而走，龙且一马随后追赶不题。

且说枞公被众军士捉住，来见霸王，霸王曰：“量汝一匹夫，有何武勇，力敢抗拒天兵？今被擒来，若肯委心归降，即封汝为荥阳太守，仍令管领荥阳郡事。汝心下如何？”枞公曰：“城破被擒，势穷力竭，有死而已，岂有归顺之理？请王早赐诛戮，以全臣节！”霸王见枞公忠义慷慨，甚怜之。又令季布从容说曰：“大丈夫建功立业，以成美名，乃为豪杰。岂可甘受其死，而寂寂无闻于世，宁不甚可惜耶？”枞公曰：“生顺死安，惟求此心无愧耳！吾今竭力守城，已尽此心。楚兵势盛，蹴尔城破，非我志衰气馁，乃力不能支也。汝今委曲下说辞，欲我归降，今日虽降，明日又叛矣！惟知有汉，不知有楚，忠心不二，万金不易也。”季布见说枞公不动，回见霸王曰：“枞公心如铁石，延颈不避其死，且云今日虽降，明日又叛，观此言则不欲归降可知矣，陛下何必重留意耶？”霸王曰：“彼既不降，命左右牵出斩之。”枞公临死之时，神色不变，众军士莫不叹惜。

龙且追赶周苛前到大林，只见周苛勒马横刀，单等楚兵到来。龙且追至，大呼曰：“周苛！尔汉王已逃难不知所往，孤城已破，妻子被擒，尔何抗拒天兵，不早归降，何痴愚之甚耶？”苛曰：“为臣死忠，为子死孝，城破失守，此心已负愧多矣，若复俯首归降，何面目立身天地间哉？”挥刀直取龙且，龙且大怒，举枪拍马交还，战在一处。约斗二十回合，周苛拨马望大林中逃走，不防树枝钩住战袍，急难脱身，龙且马已近前，举枪高叫曰“汝若归降，免汝一死！”周苛犹将手中刀，欲断树枝，急要奔走。楚兵大队人马俱到，围住大林，将周苛捉住。龙且带领回楚营见霸王，王曰：“枞公已降楚矣，汝若归降，仍封汝为万户侯。”苛曰：“枞公、纪信与臣，皆汉廷人物，岂肯依从暴楚而苟延性命耶？”霸王大怒，令左右急设油镬，将周苛烹之。

霸王大怒进城，欲尽将荥阳百姓屠之，项伯止之曰：“不可！陛下所与争锋者，汉也；百姓皆陛下赤子，初无罪焉，若尽屠之，不亦伤天下之心乎？陛下可抚恤以安其心。暂住数日，仍取成皋，以绝刘邦归路，使无所往，邦必降矣。刘邦降，再遣兵救齐，使为羽翼，则楚不孤立而大事定矣。”霸王从其言，暂屯兵于荥阳，整点人马后取成皋不题。

却说汉王屯兵于成皋，召张良、陈平计议曰：“韩信、张耳久住赵地，闻吾前日在荥阳受围，亦不来救应，见今差人取英布、彭越二处人马，又不日到来。昨闻荥阳已被楚兵打破，枞公、周苛死节，早晚霸王决来攻取成皋，如之奈何？”良曰：“取英布、彭越已一月矣，日下将到。大王可差人往彭城，遥为之势。项王闻攻取彭城，在此决不敢久住，此谓击彭城所以解成皋也。”王即日差王陵往沛县葬母，以慰久怀，就与精兵五千攻彭城，从僻路星夜进发。

且说霸王传旨，大兵自荥阳起行，前来成皋，离城二十里安营。次日，霸王亲来城下，调度人马攻城。汉王因见楚兵在荥阳，离此不远，知楚王定来攻取成皋，预先准备韩信所置战车，周围排设严密，专等楚兵到来。霸王到城下，调遣人马，只见成皋西门密排战车，严整队伍，知汉兵有准备，不敢径来攻打，离城十里远，金鼓大作，摇旗呐喊，若有攻击之势，而不敢近城。汉兵亦扎住不动，两边相拒数日，俱未交战。

忽彭城有人来报：“王陵领兵攻打彭城甚急。”又有人报：“彭越断截楚粮道，见今取外黄十七县。”又有探马来报：“英布大兵已过南溪口，离成皋不远。”一时三处报来。霸王召项伯、钟离昧议曰：“成皋既不可遽下，彭城又恐有失，英布救兵又到，楚兵首尾不能相应，诸将有何良策？”项伯等曰：“不若今晚徐徐退去，诛彭越于外黄，抵英布于南溪，拒王陵以守彭城，此救急一时之计也。惟陛下熟思之！”霸王从其言，即分付：“今晚三军渐次退回，朕亲自断后。”

不知楚兵如何退去，且待下回分解。

第六十六回

汉王驰赵壁夺印

却说霸王分付三军："今夜徐徐退回，朕自断后。"又分付大将曹咎曰："我兵一退去，汉王恐我复来，决走成皋。尔可领兵一万乘虚即入成皋驻扎。倘汉王复来夺成皋，尔但坚守勿与战，待我大兵到来，尔那时却出接应，必获全胜矣。"曹咎依命，领兵潜在成皋之西。楚兵一夜退尽。

早有人报汉王曰："楚兵一夜退尽矣。"汉王召张良、陈平计议曰："楚兵忽然一夜退去者，何也？"良曰："此必因王陵在彭城，英布出南溪口，彭越取外黄，数处紧急，楚兵因退去。大王即今当走成皋，会合韩信，仍来荥阳操练人马，整率伺候伐楚。"汉王曰："先生之言，正合吾意。"良曰："汉兵如出成皋，不可径行，恐楚兵有埋伏或在临近，倘汉兵正行而或半击之，我兵决败，此亦不可不防也。"汉王乃遣周勃、柴武领兵五千，先阻成皋西路，然后大兵陆续进发。

曹咎闻汉兵行动正欲调兵追赶，有人来报周勃、柴武领兵阻西路，以此人马不敢调动。一昼夜汉兵已走尽。周勃、柴武见楚兵不出，续后又催动三军随行。曹咎打听得汉兵已远去，遂进成皋，安抚百姓，坚守四门不题。

却说汉王统领大兵，星夜前往赵城，离城五十里，先安定营寨毕，遂同十数个轻骑，驰入韩信营。此时方黎明，韩信、张耳因饮夜酒睡熟未起，汉王绕中军驰走一周，回入帐中，床头边见设一小红桌，桌上锦袱盖着元帅印，汉王令人揭起锦袱，将印取过，韩信方起身。忽见是汉王，不胜惊惶，下地俯伏曰："臣该万死，不知大王入营，有失远迎！"王叹曰："轻骑数人绕营，驰骤直入中军，将军尚睡未起，印已取过，左右亦无人报知。倘刺客诈称汉使因而入营，取将军之首，如探囊取物耳！将军坐镇一国，敌人新降，疏漏如此，岂足以争衡天下乎？"说得韩信羞愧满面，站立不住。须臾张耳方到，叩头伏罪。汉王亦责之曰："汝为副将，正当参赞军务，严加谨慎，昼夜关防，勿使敌人窥探虚实，方为节制之兵。若汝营阵欠严，关防不密，纵人驰骤往来，真同儿戏，汝亦不能无罪。若以军法论之，韩信即当废斥，汝当斩首，庶可警众。但念汝等累有勤劳，又兼天下正多事，适在用人之际，姑尔饶恕。若复疏虞，决正军法！"韩信、张耳再三叩头谢罪。汉王遂持印归大营，韩信、张耳随于马后步行，赴营谢罪。

汉王入营召诸将曰："韩信、张耳兵无节制，我一时驰入夺印，尚尔不知。倘敌人乘间而入，何以御之？似不可复用为将，吾欲易置之而另立他人，诸君以为何如？"张良、陈平密告曰："不可！汉营诸将，无如信之能者，今日特一事之失耳，岂可因小而弃大哉？昔卫侯有将苟燮，曾赋于民，而食人二鸡子，卫侯遂弃不用。子思曰：'夫圣人官人犹用木，取其所长，弃其所短，故杞梓连抱，而有数尺之朽，良工不弃也。今君处战国之世，选爪牙之将，而以二卵弃干城之将，使不可闻于邻国也。'卫侯从子思之言，遂用苟燮。今韩信虽有此失，而岂可没其平日之善哉？"上遂召韩信、张耳进见，王曰："我荥阳、成皋二处受困，尔不遣兵救援者，何也？"信曰："燕齐之地，变诈不常。兵一转动，恐复作乱。近闻荥阳被围，未见真实，由此不敢起兵。”王曰：“赵既破矣，而齐久不下者何也？”信曰：“兵久用则疲，将久守则懈，国久围则敝，敌久拒则困。臣以数万之众，累战取胜，往来齐魏之间，行数千里，若不休息士马，遽尔驰骋行阵，倘敌人以逸待劳，我兵决败。臣一向暂屯兵于此，少假宽贷，所以三军怠缓。臣近日正议伐齐，不意大王车驾幸临。臣数日后即伐齐，以定六国。大王可屯兵于修武，复取成皋，臣伐齐后即与大王会兵伐楚，以定天下也。”汉王大喜，是日封韩信为大相国，仍掌元帅印。张耳为赵王，备守赵地。汉王从韩信之言，遂屯兵于修武。

一日，郦生从容为王言曰：“昔汤放桀，武王伐纣，皆封其后；秦伐诸侯，遂灭其社稷。今诚能立六国之后，而君臣百姓，必皆戴德慕义，愿为臣妾，大王南面称霸，楚必敛衽而朝矣。”王曰：“甚善。”即令工匠刻六国印，就令郦生行佩以封六国。议定尚未行，张良自外来谒王，王方食，即以郦生所议具告张良，良大惊曰：“谁为大王设此谋也？请借前箸为大王筹之！昔汤武封桀纣后者，必度能制其死生之命也，今大王能制项王之死命乎？武入王殷，发粟散钱，偃革为器，休马放牛，示不复用，今王能效之乎？且天下游士，离亲戚，弃坟墓，从大王游者，以为能成功名也；今复立六国之后，游士各归事其主，大王谁与取天下乎？且六国无强于楚，若立其后，仍复屈挠而从楚也，大王焉得而臣之？诚用此谋，大事去矣！”汉王辍食吐哺，大骂曰：“竖儒妄为筹策，几乎败我之事！”即令工匠销熔其印，郦生被王叱辱，负愧数日。

张良知其为郦生之谋，因以言抚之曰：“良实为国不避私隙，不意乃郦生之谋。今始知之，良心甚是不安。但论事当观时势之强弱，今汉虽得楚之半，而项王尚在强胜之时，岂可封六国以自立？此先生惟见汉与汤武同，而未见汉之所以异也。”郦食其曰：“谨受公之教矣，岂敢有隙耶？”生一日又与良复议：“楚得荥阳而弃敖仓不守，欲汉复取荥阳，此议如何？”良曰：“此议甚善，先生当急与汉王言之。”郦食其因与张良复又言于汉王曰：“王者以民为天，而民以食为天。夫敖仓天下转输久矣，闻其所藏军需甚多，楚拔荥阳，而不坚守敖仓，乃引兵而东，此天所以资汉也，愿急进兵复取荥阳，据敖仓之粟，塞成皋之险，杜太行之道，距飞狐之口，守白马之津，以制诸侯形胜之势，则天下知所归矣。”王因顾张良而问曰：“此议如何？”良曰：“此议乃确论也。”汉王遂起兵复取荥阳。

不知如何，且待下回分解。

第六十七回

楚霸王复取外黄

不说汉王复取荥阳，韩信屯兵赵地。且说霸王离成皋，一日到彭城，不意王陵围彭城十余日，密差人探听前路消息，闻霸王已离成皋，王陵乘机即退兵，从北路投荥阳僻路而回。霸王乃安抚宫眷，筵宴群臣。忽人报彭越下梁十七城，屯兵外黄，抢掳居民，郡县望风归降，大梁地方，因而作乱。霸王曰："朕前日屯兵荥阳，被彭越绝楚粮道，至今痛恨于心。今又侵扰梁地，堪恨外黄守令，不能据守城池，遂尔降越。前荥阳纪信、周苛、枞公抗义守城，宁死不屈，何朕躬所养诸吏，无一人为朕守节者？朕若复取外黄，决尽将一城之人屠之，以雪此恨！"项伯、钟离昧谏曰："陛下久征在外，有劳圣体，不若且遣龙将军统兵代陛下东行，陛下暂屯兵休息，料彭越一勇之夫，亦不足以成大事。"霸王曰："不然！英布助汉作乱，韩信下齐甚急，彭越大扰梁地，尤为切近。见今田广屡次求救，朕欲差龙且救齐，以安唇齿。彭越作乱，非朕不足以剿灭此贼。"遂整点三军，次日起行。

却说彭越差人探听霸王人马从那路来，以何人为前驱，务要哨探停当回报。去人数日回说道："霸王径趋东路而来，临近郡县，已开城复降，止有外黄六郡县，尚闭城相拒。将军急遣兵迎敌，前驱并无先锋，止是霸王亲统大兵杀将来，人马浩大，势不可敌。”彭越闻说，急召栾布等众人相议曰：“项王亲来，其锋不可当，不若北走谷城，复取昌邑，待楚兵去，而复夺梁地，此为上策。如力孤恐不能胜，专属意于汉，合兵拒楚，此为中策。若恃武勇，与楚交战而决雌雄，倘一破而入，孤城恐不能固守，为楚所破，此为下策。”彭越曰：“据汝等所议，不若北走谷城为上策。仍令副将周蒞，外黄令仇明守城，虚立旗帜，四门紧闭，使项王不知吾远遁，我得以尽力取昌邑以为根本。不然，则楚兵挠其后，不惟昌邑不可得，而我兵亦恐罢之不足用也。”栾布曰：“将军所见甚高！尤当乘楚兵未至，今夜轻骑就好出城，勿令临近郡县知之，庶为严密。”仇明曰：“将军远去，得以自便。倘孤城失守，外黄之民，决遭屠戮。”侧边立一小童，挺身而出曰：“此事无忧！倘城破之时，吾往说之，管教项王倒戈而息争，全城而免害也。”彭越大惊曰：“此子乃何人也？”仇明曰：“此某长子仇叔也，今年一十三岁。母生时，梦太庚入胎，年五岁能诗，七岁读书，过目成诵，人呼为奇童。某每有宾客满坐，遍能酬答，或诗或文，随口成章，不差一字。平日极有胆气，观今日要见霸王，足知其莽壮矣。”彭越谓童子曰：“汝见霸王有何说？”童子附耳曰：“如此如此。”越大喜曰：“尔虽年小，足能救一城百姓，将来福德不可限量矣！”越至晚整点三军齐备，各衔枚出北门，径趋谷城，随到开城投降，复取昌邑旁郡二十余城。共得粟二十余万斛，陆续差人押解荥阳、成皋，接济汉食，汉王得以从容聚兵，军需不至缺乏。

彭越离外黄十余日，项王方到，见城上旗帜严整，四门紧闭，并无一人答话。霸王曰：“且着三军安营，看城内有甚消息？”一连三日，不见动静。项伯曰：“此必彭越不在城内，虚设旗帜，阳为声势。可催三军攻打，看他如何？”霸王曰：“然！”遂下令，着三军加力攻打。金鼓大作，火炮震天。城内百姓目见，一齐哀哭来见令尹仇明曰：“霸王大怒，千里火飞，眼见此城，目下打开，我等百姓，皆是死数。望众大人可怜百姓无辜，遭此锋镝之苦，早早开城归降。若得霸王回心，一城生灵，又得再造也。”周蒩、仇明众人计议，四门各插降旗，两边俱设香案，遂开了城，令百姓大呼曰：“我外黄原是楚地，岂敢抗拒天兵？情愿请车驾进城。”霸王闻言，即挥动三军进城，与项伯等计议曰：“外黄围困数日，方始投降，朕将男子年十五以上成壮丁者，逐于城东，尽坑之，以雪此恨。”百姓闻之，均放声嚎哭。有舍人仇叔急止之曰：“尔百姓不必号哭，恐惊动项王，反致其怒，待我亲往说之。”

仇叔至楚营请见霸王，巡哨卒报入中军，霸王曰：“着来相见！”只见一幼童，生得眉清目秀，自外从容而来，霸王曰：“汝小儿年未十二三，乃敢不惧军威，而遽来见乎？”童子曰：“臣为陛下之赤子，陛下乃臣之父母，以赤子而见父母，恋恋之怀，犹恐不及；何军威之足畏乎？”霸王大喜曰：“汝小儿不畏军威而来见，欲下说词乎？”童子曰：“臣欲陛下德比成汤，功同舜尧，体天地之心，垂好生之德，四海一家，万邦称庆，岂敢于陛下前摇唇鼓舌为说客耶？”霸王曰：“既汝不下说词，即令大兵扎营，欲将壮丁坑杀于城东，汝来有何话说？”童子曰：“臣闻爱天下者，天下人爱之；恶天下者，天下人恶之；利天下者，天下人利之；害天下者，天下人害之。爱、恶、利、害，皆起于上之人，而下固随之也。昔彭越甲兵一至，强劫百姓，百姓惧其诛戮，不得已而归降，终日翘首仰目，专望大王天兵到来，以解倒悬，如赤子望父母也。今闻陛下欲尽将一城壮丁坑之，前日百姓畏彭越而归降，今日百姓望陛下而解救，陛下又复欲坑之，则百姓将何所归乎？是陛下不爱此百姓矣！不独外黄百姓不蒙陛下之爱，从此大梁以东，尚有许多郡邑，闻陛下坑外黄，则皆闭城坚守，或尽数逃走，天下从此不爱。百姓尽行坑之，谁与陛下守天下乎？”霸王闻童子之言，甚是喜悦，即传旨人马不许毫厘侵扰百姓，尽赦其罪。须臾，周蒩、仇明等伏罪朝见，霸王尽赦之。只见一城百姓，欢声满道，深感舍人之德。

霸王在外黄屯人马五日，即起身。彭越所下十七城，复归于楚。霸王悉定梁地，与群臣商议要追赶彭越，钟离眛、季布曰："彭越乃疮疥之疾，不足为患。见今刘邦复取荥阳，争夺成皋，大司马曹咎恐难固守。陛下当乘势即解成皋之危，克复关东，阻汉兵不得长驱，使韩信遽难救应，陛下可获全胜。若少迟缓，汉王安定根本，恐难图也。"霸王曰："成皋有曹咎坚守，已分付不可出战，待朕亲往却开城出迎，内外夹攻，汉必走矣。"钟离眛曰："臣先领一枝人马攻荥阳，陛下亲统大兵救成皋，复取此二处，却远定关东而归彭城，则大事定矣。"霸王曰："善！"于是差钟离眛领兵一万复取荥阳，自统大兵救成皋不题。

却说汉王军临成皋，先令王陵攻城，曹咎坚守不出。一连三日，并无动静。汉王曰："此必项王曾分付曹咎坚守成皋，侍他定了梁地却来解围，就与我兵交战。吾闻曹咎乃楚大司马，为人性刚，最不耐事。"急令三军城下百般辱骂，或坐于地下，或赤身而立，又举白纸幡上书曹咎之名，一连毁骂五六日。曹咎闻之，忍耐不住，遂领一万兵开了城门，放下吊桥，冲杀出来。汉军尽弃衣甲，或弃旗鼓，向汜水渡河而走。曹咎忿怒，催动人马，亦渡汜水，方渡一半，只见两岸无数汉兵摇旗呐喊，分头而来，为首四员战将，周勃、周昌、吕马通、灌婴，将楚兵四面围住，杀死一半，截在汜水一半。曹咎左冲右突，不能得出。四将各举兵器来战曹咎，曹咎战未数合，抵当不住，勒马要走，四将围住，如何得脱？到此楚兵已破，前有汉将截住去路，后有汜水，又不能渡，进退两难之地，遂自刎于汜水之上。汉王急鸣金收兵，催人马进城。成皋百姓，见汉王进城，尽皆欢悦。汉王复得成皋，又得楚宝货，遂宴请大小将官。

忽有人报："英布自陈留会合太守陈同，共领兵三万，与汉取成皋。"汉王大喜曰："吾欲复取荥阳，正无人守成皋，今得英布来，正合吾意。”随召英布等入见。英布领陈同入见王，行礼毕，王抚谕曰：“前过陈留，得太守取粮，今又同英布而合兵趋成皋，二君之功，他日当比太常矣！吾复取成皋，正无大将把守，二君此来，适合吾意。”王遂命英布、陈同守成皋，领大兵复取荥阳。

未知如何，且看下回分解。

第六十八回

郦食其说齐降汉

汉王大兵至荥阳，先差王陵探听城内消息，城中虽有官吏守城，而无兵马。闻汉兵临城，守令吴丹召父老曰：“汉王长者，不可失也，吾等当开门投降，不可使动干戈，徒遭锋镝。”众父老曰：“惟命是从。”于是守令吴丹即率诸父老出城迎接汉兵，汉王统大兵进城，安抚百姓毕，钟离昧兵方到。

探听人报汉王曰：“钟离昧领兵一万，离荥阳三十里下寨。”王曰：“钟离昧远来，人马疲乏，正好统兵截杀，不可待彼安定营寨，恐一时难以攻击。”乃差王陵、周勃、灌婴、周昌四将各领三千人马，分头杀出，围住钟离昧。钟离昧扎营未定，见四面汉兵冲杀而来，急出迎敌，左有王陵，右有周勃，前有灌婴，后有周昌，四面夹攻，钟离昧如何抵当得住？弃营逃走，四将领人马追赶。楚兵见无主将，先自乱动，四溃奔走，汉兵尽力追杀，生擒活捉，不计其数，马匹器械，尽皆得之，诸将各相争取，以此钟离昧领败残人马得投大路而去。诸将乃回见汉王，王大喜，重赏四将讫。

霸王亲统大兵趋成皋，闻曹咎自杀，汉已得成皋，命英布、陈同把守。钟离昧攻荥阳，被汉杀败，两处俱失利。霸王遂屯兵广武，以此两家相拒，各未交敌。

韩信屯兵赵地，因见霸王一齐起兵救成皋、荥阳，尚未攻齐。齐王田广闻韩信大兵欲攻杀，甚患之，百姓一日常有十数惊。后传至荥阳，有郦生知此消息，暗思齐王如此惊惶，若往陈利害，彼定然归降，不动声色，而卒能下齐七十余城，吾之功不小也。”遂来见汉王密言曰：“今燕赵已定，惟齐未下，诸田末族最强大，近楚多诈，虽遣数万之师，未可以岁月破也。臣仰仗大王明诏，凭三寸之舌，陈其利害，说齐降汉，使为东藩，不劳张弓矢而能屈人之兵，所谓谋之上者也。”王曰：“先生果能说齐归汉，使此免动干戈，一国苍生之福，百世无穷之利也。乘韩信人马未动，先生正好急趋齐说之。”

于是郦生带领从人辞王赶齐国来。一日到齐，不入馆舍，径投府来，令人传说，有汉使郦食其特见齐王，陈说利害，救一国生灵。门吏奏知齐王，齐王请郦生入内，郦生由中门而行，徐徐进内，旁若无人。齐王怒曰：“汝来吾国，欲下说词，乃敢抗礼入见，欺吾国无尺寸之兵乎！”郦生曰：“汉王带甲百万，威震中外，韩信屯兵赵地，即欲席卷而来。齐民如鱼游釜中，危在旦夕，大王是位亦难保矣！吾之此来，一则救万民之命，一则保大王无虞，实齐国之盟主，上邦之使命，非有求于大王，何屈礼以见之耶？大王如不欲保齐国，即杀吾以正臣礼，如欲为百姓计，安得不从吾所好乎？”齐王曰：“吾齐国地方数千里，国富兵强，南阻楚淮之势，北镇燕境之雄，西有魏赵，东接海隅，内有文臣致治，外有武将安边，按甲屯兵，坐观胜负，如何危在旦夕？”郦生叹曰：“大王何欺人之甚耶？大王自度与项王勇武何如？项王得关中而不能守，走彭城而不能敌，五国皆叛，关中尽失。今齐以千里之区而欲抗全胜之汉，不亦误乎？”齐王沉吟不语。郦生又曰：“大王不必沉吟，先须观天下之所归，而后知兴亡所决。某不知大王果能识天下之所归乎？”王曰：“不知也。”生曰：“大王若不知天下之所归，宜乎以我为抗礼也，方今事势，楚若强而实弱，汉似弱而实强。以天下封疆汉得七八矣，楚仅二三分耳，不知修德，尚尔纵横妄为，不自退省。今汉王以缟素为资，为义帝发丧，布恩威于天下，而天下莫不信从，明并日月，德同尧舜。见今据敖仓之粟，塞成皋之险，拒飞狐之口，杜太行之道，守白马之津，抚安百姓，虎视天下，吾知天下之所归者，诚在汉不在楚也。大王急早归附，倒戈卸甲，开城纳款，全一城之生灵，为万世之长策。臣之此来，实为齐，非为汉也。大王宜熟思之！”齐王闻生语，起身谢曰："先生此来，实为寡人，适语言冒渎，幸望恕罪。请问如何归降？”郦生曰："大王先差人赍降表，臣在此候汉王到来，与大王一同请见。”有田横在侧便道："韩信见屯兵于赵城，恐一时前来，大王不曾准备，何以御之？”郦生曰："某此来非私行，乃奉汉王明诏而来，韩信岂敢抗违？”齐王曰："先生可写书与韩信，约会退兵，庶可准信。”生曰："臣就写书达知韩信。”郦生即修书一封，差从人同齐使赴赵，止韩信进兵。

却说韩信在赵屯兵日久，正欲计议伐齐，忽有人来报："郦大夫差人来下书。”韩信令至帐下，其人曰："郦大夫奉汉王诏，与齐陈说利害，齐王愿罢兵请降，今已具表赴成皋，齐七十余城尽归汉矣。有书在此，上见元帅。”韩信接书拆封，书曰：

> 汉大夫郦食其顿首，书奉韩元帅麾下：生奉王旨出使于齐，罢兵息争，委心帖附，顺天休命，悉归王化，皆仰仗汉王之圣明，实赖元帅之威德，不动声色，下齐七十余城，免三军汗马之劳，救一国生灵之命。兹遣小启上达，乞罢干戈，旋师成皋，休军养威，举众伐楚，六国景从，恢弘大业。元帅之功，铭之鼎彝，某不敢贪大功为己有也。食其再拜。

韩信看罢书，大喜，对来使曰："既大夫已下齐矣，我即旋师归成皋，与汉王会兵伐楚。齐王打听汉兵到徐州，随遣兵来协助，共力破楚。”韩写了回书，打发来使回齐国报知郦生。郦生得书，来见齐王，齐王甚喜，乃与郦生终日高歌饮酒，遂不理国事。

韩信自得郦生书，与张耳计议赵兵自成皋会汉王，合兵一处以伐楚。方欲发落三军，只见阶下一人，高叫："不可！不可！若听郦生之言，误了元帅大事。我有一计，使齐七十城，唾手可得，其功尽归元帅矣。"其人为谁？乃燕士蒯彻，字文通。信曰："尔何所见而不可旋师？"彻曰："公带甲数万，将一岁余矣，止下赵五十余城。今郦生乃一儒士耳，掉三寸之舌，凭一篇之言，下齐七十余城，以将军之威德，反一竖儒之不若，旋师何面目以见汉王耶？不若依臣之愚见，乘齐不作准备，整点三军，直抵齐境，干戈一指，齐必瓦解。"信曰："郦生此来，非是私行，乃奉王命而行，我若复又举兵而东，恐拂王命，且又不利于郦生也。"彻曰："汉王初命将军取齐，其意已定，今又遣郦生说齐，此必郦生夺将军之功，而以言语鼓动汉王，初非王之本意也，将军若旋师而回，诸将亦叹将军为无能，此后汉王轻将军而重儒士也。纵使破楚，亦无光矣！将军熟思之！"张耳曰："文通之言，深为有理。将军专阃外之权，何王命之足拘乎？"

信听蒯彻之言，即时整点人马，同张耳等不来成皋，径向东齐而来，不知郦生性命如何？且看下回分解。

第六十九回

烹郦生韩信背约

却说韩信人马离赵，北行过黄河，由大路进发，所过郡县，望风逃避。将近齐境，早有人报入临淄。齐王此日正与郦生饮酒高会，见人来报，大惊，急忙召田横等商议。横曰："韩信大兵三十万，长驱而来，其势甚盛。若出战，必为彼所破。不若深沟高垒，相拒勿战，急差人求救于楚，待楚兵到，却出齐兵夹攻，信可破也。"齐王曰："郦生何以处之？"田横曰："且未可伤郦生，待汉兵到城下，着郦生再与韩信讲解，倘可回兵，亦不失初意；若信不退，那时斩郦生不迟。"齐王曰："我思郦生既说我降汉，韩信今又起兵前来，显是使我不作预备，却令韩信乘无备而来，甚为可恶。"横曰："韩信虽来，未见虚实，待到城下，看郦生有何话说。"

齐君臣正议事间，左右来报韩信大兵已到，离城三十里下寨，旗帜严整，金鼓大作，其锋不可当。齐王急召郦生曰："先生前日有书说韩信回成皋，今如何又来取齐？反覆不定，显是通同相谋，智赚寡人，使我无备而取之耶？"郦生曰："臣来非私行，乃奉汉王明诏而来。今韩信背约，复起攻齐，非惟卖臣，实欺汉也。"齐王曰："先生既着我降汉，今韩信大兵又临城下，先生虽非欺诈，其迹可疑。烦先生即写书与韩信，如果退兵，先生实为不欺；如兵不退，即是合同欺我，似难容情。”郦生曰：“写书恐或不的，待臣同齐使往说之，料韩信必还矣。”齐王笑曰：“先生此去，若信依其言，尚可望其复来，若信不依，是纵虎入山矣！岂有复来之理耶？正欲留先生为质耳！”郦生曰：“既王疑臣，即修书往达之，死生存亡之几，实决于此。”于是郦生修书，差从人叮咛分付，再三拜复元帅，虽不以我为重，而王命差我说齐，岂不足为重耶？”

差人出城，径投汉营来。巡哨小校传报入中军，韩信正升帐，差人呈上书，信拆书观看，书曰：

> 郦食其顿首再拜韩元帅麾下：前蒙手书即旋师成皋，齐王得书甚喜，随写书差人申报汉王。今将军复统兵取齐，似与前书不合，致使齐国君臣以我为欺诈，将欲斩首以雪其恨。某死不足惜，而王命差遣，齐表已行，今又反覆变更，使汉使遭诛，而王命不能取信于天下，将军独能安于心乎？某命悬于旦夕，惟将军其垂救焉！食其顿首泣血拜。

韩信看罢书，沉吟不语。蒯彻曰：“将军犹豫不决者，将欲从郦生之言乎？”信曰：“郦生奉王命而说齐，我今破齐，齐必杀郦生矣，恐于王命有碍。”彻曰：“王命先遣将军伐齐，而无止将军之诏，将军伐齐，奉王初命也。若既遣将军，而又复差郦生，其失在汉王，不在将军也，将军何惑焉？”信曰：“若齐杀郦生，是吾杀之也，吾心实不忍焉！”彻曰：“一人之命可舍，平定一国之功，难再遇也！轻重大小之分，昭然可见，又何区区为儿女子之态乎？”信曰：“如之子言，郦生之请，不可听也。”遂发回书与来人，而语之曰：“郦大夫前日下齐之时，须先讨汉王手诏，命我暂屯兵赵境，然后由赵适齐，待齐王已降汉，仍过赵，令我之师回成皋，方为从长之议。尔大夫不使我知，私窃说齐，贪为己功；齐实惧我大兵在赵，不得已而归降，非其本心，今日虽降，不久决然复叛，那时又劳人马远征，往返之费，甚是不便。不若今日一鼓而灭齐，以除后患。虽伤大夫一人之命，而成我平定一国之功，他日论功行赏之日，大夫子孙亦得埒土而封，勿以今日数数怨我也。”

差人进城，将韩信之言，细说一遍。郦生大骂曰：“我被胯夫卖了也！”齐王闻知，怒曰：“竖儒既不能取信于人，乃敢私窃过齐，欺侮寡人！”急唤左右设油镬，拿住郦生，以囊裹其首，撞入油镬烹之。

齐王烹了郦生，传入汉营，韩信大怒，亲催三军攻打齐城，十分紧急。齐王惊惶，召田横计议：“即今彭城救兵一时难到，齐指日可破，为之奈何？”田横曰：“与其坐而待虏，孰若今夜开城，决一死战，胜负未可知也。”齐王从其言，随即点就人马。近晚先差数小校到城上，探看汉营灯火，照同白日，刁斗不乱，队伍整齐。小校下城回报，田横曰：“若复畏惧，何以破敌？”即率大兵开了东门，杀出城来。此处正是曹参巡哨，一边飞报入中军，一边整点本部人马，与田横对敌。田横手捻长枪，一马当先，大骂曰：“胯夫偶尔得志，便敢欺人，快出与吾决一死战！”曹参大怒，举刀直取田横，田横举枪交还，两人战在一处，战到二十回合，未分胜败。韩信挥动大队人马冲杀来，田横抵当不住，保护着齐王杀开条路，一拥而出。夜黑之际，韩信分付不必尽力追赶，恐防伏兵，且又旗鼓难辨，以此田横保齐王同大小三军径投高密县来。

却说韩信次日杀入城来，安抚百姓，休养士卒，再商议要追赶齐兵。那齐王到高密，接连马上差三起人，不分昼夜，急往彭城催讨救兵。一日差人到彭城见霸王，备道齐王被韩信围困，十分危急，呈上表文曰：

> 齐王田广稽首上言：国不可以独治，势不可以孤立；独治则不足以宏化，孤立则不足以御侮。仰惟陛下威德所加，海内顺附，一统之基，可立而待。岂意刘邦作孽，疆宇振动，韩信弄兵，封埴侵扰，三秦既失，二魏败亡，燕赵新

破，五侯瓦解。惟齐乃陛下之孤注，楚国之噤喉，苟复为汉所得，则陛下孤立而独治，欲图大统宏济，恢复皇猷，非岁月可计也。伏乞早遣大将，统率精兵，拯溺救焚，以解倒悬。若齐封一破，沿路郡县，迎刃而下，彭城亦恐摇动也。万惟陛下速赐乾刚，急为明断，齐国幸甚！百姓幸甚！

项王览表毕，急召龙且、周兰曰："尔可领精兵三万，前到临淄、高密等处，破汉救齐，星夜兼行，早奏凯歌，勿得迟延！倘有缓急，早差人前来奏知，朕亲领大兵救援。"龙且曰："陛下放心，臣此去决斩韩信首级，献于御帐下。"霸王大喜，即将所有狐裘赐与龙且，又斟御酒，人各三杯。龙且、周兰谢恩，辞霸王离彭城，前来临淄救齐。

毕竟龙且如何与韩信对敌，且看下回分解。

第七十回

韩信囊沙斩龙且

一日，龙且大兵到高密，离城三十里扎营。齐兵正与汉兵相拒，高密城将被攻破，正在危急之时。韩信闻龙且兵到，暂勒兵退五里，召诸将曰：“龙且乃楚之名将。仗武勇而来，可以智取，不可以力敌也。尔诸君当如此如此，则龙且可破也。”众将各听令依次而行。

却说龙且升帐，与周兰计议曰：“吾平生知韩信易与耳，寄食于漂母，无资身之策，受辱于胯下，无兼人之勇，其人不足畏也。”周兰曰：“不然！韩信自下三秦而来，所到之处，无不风靡，虽霸王亦曾被车战败走彭城，其人足智多谋，变诈莫测。将军当仔细防备，不可轻敌。虽乞食受辱，乃信自知有今日，不欲与群小相较，未可以为无能也。”龙且曰：“韩信虽所向得胜，但未遇劲敌耳！若遇智勇兼全之士，信岂能用其谋哉？”即差人下战书。差人到汉营见信，呈上书，曰：

> 楚大将军龙且书付汉诸将知会：韩信用兵，未遇劲敌，如魏豹不听周叔之谏，以致丧师；陈馀不用左车之谋，而斩泜水；燕王畏声势而暂降，非心之

服；三秦失地利而偶败，非战之罪。吾今受命救齐，与信决战，则非诸国可比。尔等速延颈以待，勿自退悔！

韩信看罢书大怒，要斩来使，诸将劝免，乃痛责三十杖，遂于面上以朱书“来日决战”四字，放回差人。差人到楚营，哭告龙且，说韩信百般辱骂，将某要斩，诸将劝免，痛打三十，面上书四字放回。龙且大怒，就要出战，周兰再三劝住。

过了一宿，次日早起，三军造饭毕，龙且结束威严，耀武扬兵，来到阵前，单搦韩信出马，韩信一马当先，与龙且答话。龙且曰：“汝原是楚臣，背楚降汉，擅作威福，已侵扰关中数大郡矣。尚自不知止，乃敢抗拒天兵，快早下马投降，免汝一死！”信大笑曰：“汝来送死，尚尔不知，乃敢摇唇鼓舌耶？”龙且大怒，举刀直取韩信，信挺枪交还，二马一来一往，兵刀并举，战到二十回合，龙且精神倍加，韩信却诈败，向东南奔走，龙且笑曰：“吾固知信怯也！”遂尽力追袭。周兰拍马随龙且之后，望潍水而来，到河边见潍水尽掣去，信卒过河，周兰大疑之，急向龙且马前阻之曰：“潍水乃长流大河，今却无水，此必阻上流而不行，使我兵过河，放水而下，将军何以御之？”龙且曰：“韩信已大败，逃命不暇，岂有深谋？况河水随旱涝而为多寡，当此十二月隆冬之时，正水涸之际，河内以此无水，何足为异？”又见汉兵前驱大进，忽有人来报韩信只在前面不远，龙且闻说韩信相近，挥动人马，过河尽力追赶。到中流远望见高悬一灯球如斗大，龙且急到灯球边，见立一木牌，上书六大字云：“吊灯球斩龙且。”周兰等众军士俱来周围看牌，龙且曰：“此必韩信因我大兵追赶甚急，欲阻我兵退，故此设牌以惑军心耳。”周兰曰：“夜深之际，岂能一时便有此牌？此必韩信诱引我兵追至此处，想有埋伏，故设此灯球为记，使汉兵望灯球而来。不若将灯球砍倒，汉兵自乱矣。”龙且举刀即将灯球砍倒，只见西边无数汉兵呐一声喊，潍水上流水，滔滔汹涌而来，波翻洪浪，疾如箭发，霎时就到。楚兵正在潍河中流，大水一至，如何阻当？尽将楚兵淹没。龙且闻水声将近，急策马前奔，龙且马乃千里驹，一跃已到北岸。才然得去，当头一声炮响，闪出曹参、夏侯婴，众将围绕上来，龙且围在中间，不能得出。夜晚之时，难辨彼此，虽举兵冲杀，怎当得汉将举刀枪一拥齐上？龙且措手不及，被曹参一刀，斩于潍水北岸，此是韩信因龙且骁勇，又性烈如火，先令柴武为万余囊，满盛黄沙壅住上流潍水，中间悬挂灯球为记，写明六字，使龙且看见，定然发怒，砍倒灯球，灯球一落地，即去沙囊，则大水自上流而下，疾如飞箭，遂将楚兵淹死。岸上埋伏众将围住，龙且不能得脱，以此斩龙且于此处。周兰乘夜黑乱军中逃走，不知去向。

韩信斩了龙且，走了周兰，军声大振。齐王在高密，如坐针毡，急召侄田光并田横来商议曰："龙且如此骁将，尚被韩信杀了，我兵势孤，岂能保守？不若乘汉兵未曾围城，统率人马入海岛避难，待承平之时，看楚汉两家已决成败，那时再作区处。目今虽欲投降，汉王亦不准信。"君臣一夜商议停当，次早领率人马，开了东门一拥而出。早有人报入中军，韩信急点大兵追赶。行二十里，却有夏侯婴因追周兰不上，人马正回，却撞遇齐兵，拦住去路，就把齐王田广捉住。缚绑了田广，田横不敢恋战，杀开条路，径往海岛避难。夏侯婴将田广解回，正遇韩信大兵，备说捉了田广，走了田横。信曰："可惜田横走了！"大兵队回高密，安抚百姓毕，行文各郡县，望风归降，齐地悉定。

韩信仍将大兵移于临淄驻扎。韩信见齐王宫殿华丽，心下甚喜。蒯彻在侧已解韩信之意，即近前言曰："齐地当五岭之东，凭负山海，东有琅琊，西有浊河，海岱之间，为都会之地，四塞之固，东道之雄也。将军今悉平定，军威大振，郡县畏服，可差人上表，请假齐王印以镇，为将军根本之地。机会适逢其时，不可失也！"

正相议间，忽人报汉王差使命至，韩信急迎使命入内，行礼毕，使命曰:“有王手诏在此。”韩信急捧诏开读。

不知诏内有何话说，且看下回分解。

第七十一回

蒯彻说韩信背汉

却说韩信正与蒯彻计议，欲讨齐王印为假王以镇之，其心欲占齐地以为根本。忽有人报汉遣使命赍诏至，韩信率领大小诸将佐，远迎诏入城，行礼毕，左右开读诏曰：

> 寡人用将军计，得楚十数大郡，势亦少振。而霸王久稽太公，志尚不悛，使我父子离间，方寸日乱。近又欲会兵成皋，与我鏖战，以决雌雄。但相拒日久，士马益困，遽与争衡，恐难取胜，非假两势之威，何以成万全之策，故差使星驰召将军急来相议，协力破楚，料将军以胜齐之师，而克久困之楚，兼以奇谋妙算，其奏绩可立而待矣。将军宜速来，以慰惓惓。

韩信读罢诏书，款待使命，急欲整齐三军启行。蒯彻曰："将军正好乘此机会，差人同使命讨齐王印，急立为王，然后兴兵同力伐楚，此正有所挟而取之也。倘过此时，恐难正得。"韩信曰："正合吾意。"次日，信请使命至中军，备道："齐民多诈，反复不常，须假齐王印先在此镇抚定，然后兴师伐楚不迟。吾欲使命同我差人往荥阳一行，未审使命之意如何？"使命曰："就与差人同往。"信大喜，即出金帛厚赠来使，就写表差周叔与使命同行。

不一日，来到荥阳，使命同周叔入见汉王，呈上韩信表文。汉王拆表观看曰：

> 汉大相国臣韩信稽首顿首上言：国无其主，难以化理；民非权合，何以制伏？臣仰仗天威，随到奏捷，斩龙且于潍水，擒田广于成阳，军威虽镇，而人心未定。古尝称齐地多变诈之国，反复不常，恐或为乱；臣愿请齐王印，暂为假王以镇之。待民心宁辑，即统兵随车驾伐楚，则疆宇奠安，海隅宾服，世为汉土，于变时雍矣。臣未敢擅便，赍表上请定夺。不宣。

汉王看罢信表，怒骂曰："孺子乃敢欺朕如此！吾困于此日久，旦暮望其来助我，反欲自立为王耶？"张良、陈平急近前蹑王足，附耳语之曰："大王虽得楚数十大郡，见今楚兵屯于广武，目下攻汉，汉方不利，宁能禁之自王乎？不若因而立之，使信自相保爱，卒为大王用也。不然，使信或自变，则复生一大患矣。"汉王亦悟，因复骂曰："大丈夫定天下，制服诸侯，即为真王，何以假为？"遂召周叔近前，问韩信如何取齐，郦生如何被烹？周叔备将韩信、郦生往来二次书札，并吊灯球斩龙且，擒田广，一一从头说了一遍。汉王跌足长叹曰："郦生自高阳相见，一向与寡人相处，凡事多赖匡辅，未得补报。一旦被田广烹之，甚可怜惜。"即召纪录官，从公备录郦生功绩，他日论功封赏之时，看郦生有几子，照功封爵。随写手敕，封韩信为东齐王，因遣张良佩齐王印赴临淄来。

一日到齐，与信相见叙礼毕，良曰："将军欲讨齐王印为假王，王以将军破赵下齐，其功不小，当即为真王，何以假为？因差小子赍申符封将军为齐王，镇抚三齐，制服诸侯。就召将军整饬兵马，急解成皋之困，还兵伐楚，早定天下，将军亦得坐享太平也。"韩信遂接印符，捧读手敕，敕曰：

> 建国亲侯，所以连属天下而成其治，三代之制也。相国韩信，屡建奇功，

克定疆宇，不世之勋，当铭钟鼎。新破齐地，甚难制服，不有隆爵重权，何以号令群下？即封信为齐王，俾治齐地，以安东土。仍调本部人马，克日期会，戮力伐楚，尔其钦哉！故谕。

韩信读罢手敕，向南谢恩毕，连日设筵款待张良，其余诸将佐，俱行拜贺礼。张良因辞信曰："汉王屯兵荥阳，日夜思念太公，不得还国，又闻项王要攻打成皋，见今王欲起兵，与楚会战，救取太公，足下可急早起身，不可缓也。"信曰："待转行各郡县知会，旬日内即启行矣。先生径于王前，善为我辞焉。"就复遣周叔预先谢恩，随后人马陆续进发。韩信便择日升齐王殿，具冕旒，受所属大小百官朝贺。

却说龙且败残军士，有逃回彭城的，急报与霸王，备说韩信斩龙且，追周兰，大破楚兵，虏齐王田广，逼田横不知所往，下齐七十余城，见今屯兵临淄，指日与汉王会兵，要来与楚决战。霸王闻说斩了龙且，大惊，急召钟离昧、项伯曰："不意韩信果能用兵如此！即今汉王屯大兵于荥阳、成皋之间，两处遽难以为敌。朕欲差一能言之士，说信复归于楚，但无此能言之士，为朕使命耳。"钟离昧、项伯曰："若陛下此举，乃社稷洪福也。臣一向有此意，不敢进言。况韩信原是楚臣，使复归于楚，极力顺理。今有大夫武涉，智过苏秦，辩如子贡，陛下可差此人，往说韩信，当教信俯首纳降，与陛下解忧也。"霸王急召武涉，备金帛之物，令往临淄说韩信。

武涉当领从人道临淄，令左右报知韩信。信曰："此人素能唇舌，想此来必下说词。"召进相见。武涉见信行礼毕，将项王所与金帛之礼呈上称贺。信曰："昔与大夫同力事楚，为一国之臣，今日各事其主，相与敌国，具此礼欲何为哉？"武涉曰："大王统百万之师，为一国之王，威德所及，远近畏服，非敢言昔日在楚为臣也。今具此礼，乃项王仰大王之名，赎昔日之罪，欲与大王共享无穷之富贵，先具此礼，以通二国之好。"信曰："极贵莫如为王，吾今既为齐王，人臣之位极矣，又何他求哉？”涉笑曰：“大王若依臣言，齐王之位可保；不然，则今日灭楚，明日则不能保此位矣！”信曰：“汝欲何说？”武涉曰：“霸王差臣来说大王者，欲与大王连和，三分天下，鼎足而立，各守封疆。大王奇谋妙算，尤出二王之右，大王若从某说，富贵可常保矣。未审高见以为何如？”信曰：“大夫之言，虽若有理，以我中心度之，昔在楚事项王，官不过郎中，位不过执戟，言不听，计不从，故背楚而归汉。汉王授我上将军印，予我数万众，解衣衣我，推食食我，言听计用，故吾得至此而为齐王。汉王其亲信于我如此，我苟背而复归于楚，不祥也。虽至死而此心不易！幸烦大夫为我深谢项王。”仍将金帛付武涉，涉见韩信不可以言动也，遂辞信回楚去。

蒯彻知天下大权已归于信，因来说信曰：“臣昔日曾遇一异人，授以相法，请为足下相之。连日相君之面，不过封侯，相君之背，贵不可言。”信曰：“先生何为发此言耶？”彻曰：“昔天下初起之时，最难为力，忧在亡秦而已。今楚汉分争，使天下之人，赤胆涂地，暴骸中野，不可胜数。楚人乘力席卷五国，遂威振天下，然迫于西山，而不得进者三年矣。汉王距巩洛，阻山河，一日数战，无尺寸之功，此二王智勇俱困之时也，其命皆悬于足下。莫若两利而俱存之，三分天下，鼎足而立，其势莫敢先动。足下据强齐，从燕赵，因民之欲，西向为百姓请命，则天下风从而响应矣。盖闻天与不取，反受其咎，时至不行，反受其殃。足下熟思之！”信曰：“汉王待我甚厚，吾岂可以向利而背义乎？”彻曰：“始张耳、陈馀相与为刎颈之交，及争张黡、陈泽之事，张耳遂杀陈馀于泜水之南，头足异处。今足下交于汉王，必不能固于二君之相与也，而事多大于张黡、陈泽者，故臣窃以为足下必汉王之不危已，亦误矣。野兽已尽，而猎狗烹，愿足下深虑之！且勇略震主者，身危；功盖天下者，不赏。今足下戴震主之威，挟不赏之功，欲舍是安归乎？”信曰；“先生休矣！吾方念之！”

数日，蒯彻复来说信曰：“夫听者，事之候也，计者，事之机也，苟听过计失而能久安者，鲜矣。故智者决之断也，疑者事之害也。审毫厘之小计，遗天下之大数，智诚知之，决弗敢行者，百事之也祸。夫功者，难成易败，时者，难得而易失。时乎时乎不再来！”信犹豫不忍背汉，又自以为屡建大功，汉王终不负我，料齐地可保也。蒯彻方说罢，只见麾下一人，高声大叫：“大王莫听蒯彻之言，有失人臣之节。我与蒯彻见汉王去，要见个明白！”吓得蒯彻魂魄不知有无。

其人未知是谁，且看下回分解。

第七十二回

霸王伏弩射汉王

且说其人为谁？乃太中大夫陆贾也。陆贾曰：“盖言事者，先观其势，次观其形，苟势强而形弱，非弱也；形胜而势衰，实衰也。以方今言之，楚若胜矣，形之胜也；汉似弱矣，形之弱也。元帅当强弱胜衰之间而未定也。以今汉王虽暂时不利，而天下之势，已得八九，人心归附，天命默佑。萧何有宰相之才，而忠贞不二；良平有孙吴之智，而机变莫测，兼之以英、彭、樊哙之勇，周勃、王陵、绛、灌诸将之强，福德绵绵，万世不拔之基已定矣。汝乃不观形势，凭一时口舌之巧，必欲元帅背汉，倘元帅一时听从，是画虎不成，反类犬者也，不亦误乎？”蒯彻被陆贾一篇言语，说得如痴似醉，半晌无言可答，因寻思：“我若随韩信一同伐楚，纵有功劳，倘有人将我劝韩信背汉之言，传到汉王耳边，郦生之烹，指日可见矣！”自此遂佯狂于市，自歌自笑，非复昔日之蒯彻。韩信亦知彼微意，遂不计较。即传令大小将佐，择日统大兵赴荥阳，会诸侯伐楚不题。

却说汉王终日思念太公，无计可施，因语良、平曰：“太公家眷久拘彭城，不得还国，此心郁郁不舒，纵有天下，不可一朝居也！二卿有何策，使太公得归，此不世之功也！”良曰：“霸王以太公为质，岂肯放归；必是大鏖战一场，然后心服，那时却使人讲和，庶有还国之日。”正议间，忽有人来报萧何领一枝北番人马，同一番将进关中来助汉伐楚，王曰：“番兵远来，破楚必矣。”急召入内相见。萧何领番将入内，行礼毕，王问曰：“番将从何而来？”何曰：“番将姓娄名烦，北貉燕人也，慕大王之德，由沿边投咸阳而来，情愿同力破楚。臣审究的实，因催督粮储，就领来人见大王。此人善骑射，有万夫不当之勇。”汉王看娄烦身高一丈，面目狰狞，王甚喜，就赐衣一袭，金百两，着令帐下听用。

且说霸王因龙且被韩信杀了，十分忿恨，急点人马径赴荥阳来。早有人报知汉王，备说项王因韩信斩了龙且，急起十万大兵前来，与汉要决胜负。汉王大惊，召群臣计议。萧何曰：“新来番将娄烦，正好与楚对敌，王陵等诸将协力帮助出战。韩信即日将到，两下夹攻，料此阵管教破楚矣。”汉王遂拨王陵等四将帮娄烦出战。

却说霸王人马到荥阳，离城三十里安营，先使人谓汉王曰：“天下匈匈，徒以吾两人相距不宁也。愿与王决雌雄，毋徒疲天下赤子为也！”汉王笑谢来使曰：“吾宁斗智，不能斗力。”霸王闻知大怒，即令丁公、雍齿、桓楚、虞子期诸将，出马与汉挑战，汉遣娄烦出战，众将鼓噪大进，并不答话，各举兵器齐攻娄烦。娄烦举大刀相还，左拨右逼，前拦后冲，战五六十合，娄烦刀法愈紧，气力倍加，众将抵当不住，早退下阵来。楚营中有护驾四将，季布、李蕃、张月、项昂，各挺兵器与娄烦截杀，娄烦并无毫厘惧怯，就举刀与四将对敌。汉营中王陵、周勃等，见娄烦交战许久，恐一时有失，急出马冲杀过来。楚将被众将冲杀，拨回马便走。娄烦按下刀，壶中取箭，连发四矢，李蕾、张月早中箭落马，季布见二将中箭，伏鞍走回本营；项昂见二将落马，欲回马救援，不防面上早中一箭，急用手拔时，却被王陵近前一刀，斩项昂于马下；大杀楚兵四散逃走。

霸王闻之大怒，自披甲持戟来战娄烦，娄烦方欲拔开弓放箭，霸王瞋目大叱一声，举戟便刺，吓得娄烦马倒走十数步，目不能视，箭不能发矢，遂逃入汉营。霸王急追赶，只见汉兵风靡而走。汉王问左右："追烦者为谁？"左右曰："项王也！将入汉营矣！"王大惊，急退入后寨，汉诸将死命抵住。项王勒马大叫："汉王出马与吾答话！"于是汉王亦披甲出马，来到阵前，左右前后众多汉将防护。项王曰："自与汝争锋数年之久，未尝自相交战，要决胜负，吾今与汝且敌，以定雌雄，勿得终日相距，以苦三军也。"汉王曰："吾非好与汝相距也。汝罪恶贯盈，神人共怒，因此同天下诸侯，共伐无道，为民除害也。今略节数汝之罪，使三军静听：汝背怀王之约，左迁我于汉中，罪之一也；汝矫杀卿子冠军，罪之二也；救赵不报而擅劫诸侯入关，罪之三也；烧秦宫室，掘始皇墓，私其财物，罪之四也；杀秦降王子婴，罪之五也；诈坑秦子弟二十万于新安，罪之六也；王诸将善地而徙逐其故主，罪之七也；放逐义帝，自都彭城，夺韩梁地以自王，罪之八也；使人阴弑义帝于江南，罪之九也；为政不平，主约不信，天下所不容，大逆无道，罪之十也。吾以义兵，从诸侯，诛残贼，使刑余罪人，以击匹夫，吾将乃与尔挑战耶？"霸王怒甚，举戟便刺，汉王脱身便走，众将各举兵器遮护。有钟离昧伏弩二千矢，一声号炮，众弩齐发，一矢正中汉王前心，幸赖有软甲遮护，止伤胸肤，正觉疼痛不能忍，恐惊疑人心，遂以手指足曰："偶被楚贼中吾足指，幸无伤也。"诸将见汉王被伤，无心应战，各退下阵来。霸王挥动三军，乱杀汉兵，急欲攻入汉营。正在危急之际，只见东南一骑马飞报，说韩信人马已到成皋，彭越又阻楚粮道。诸将闻知，不战自乱，汉王遂传令且着各自收兵回营。张良、陈平诸将入帐看视，汉王虽未内伤，而胸肤已破，遂卧病不起。良曰："楚势已弱，韩信大兵到成皋，大王当强起以安士卒，就入成皋。与信会约，汉楚之大事，决于此矣！"汉王从其言，急起以劳三军。张良分付诸将："楚兵被彭越阻绝粮道，三军无粮，决难存住，只一二日便走，汝等随后徐徐进发，赴成皋与韩信会兵破楚。”诸将各得令，准备行装启行。

却说霸王与诸将商议曰：“见今楚军缺粮，韩信人马又到成皋，荥阳一时难破，不若屯兵广武，差人催攒粮运，庶不脱节。”钟离昧曰：“陛下圣见极当，今晚就好起身。陛下须亲统一支人马断后，以防追赶。先差诸将率领大兵前驱，当从山南僻路进发，以防韩信奸计，恐前路有阻，则首尾不相接应。”各分付停当。到晚众将领大兵先行，霸王断后，一夜人马退尽。

巡哨小校报入汉营曰：“楚兵一夜退尽矣。”良曰：“不出吾所料也。”遂传令着诸将先启行，汉王卧于军中，徐徐进发。行未一二日，韩信差夏侯婴、周叔，领一万人马来荥阳，请汉王入成皋会兵伐楚，正遇汉王，夏侯婴、周叔急下马到车驾前启奏：“韩信命臣两人请大王车驾幸成皋，会兵伐楚。”汉王甚喜，就令夏侯婴等合兵一处。

不日到成皋，韩信率领大小将佐，出郭远接汉王入城。王升殿受韩信等百官朝拜毕，汉王曰：“元帅远征在外，屡建奇功，多有勤苦。今被项王累次侵扰，已经七十余战，百姓不得安生，将士不得宁辑，今得元帅大兵远来协助，料此会胜楚必矣。但太公不得还国，终日食不下咽，元帅若救太公还国，父子完聚，万世之功也。”信曰：“项王若不大战一场，心终不服，岂肯放太公还国？臣今与大王会兵务与项王决个雌雄，目下管教太公还国，大王放心！”王曰：“寡人专望元帅早奏凯歌，以慰悬悬。”韩信辞王，率领大兵出城外平川旷野之处扎营，操演人马，择日赴广武与楚会战。

未知楚汉胜负如何，且看下回分解。

第七十三回

广武山楚汉会兵

不说韩信操演人马择日破楚。却说霸王屯兵广武，与项伯、钟离昧等诸将计议曰：“见今汉兵会各处诸侯，总集人马，要与朕决战，但楚军缺食，难以持久，尔等有何良策？”项伯曰：“太公拘禁于此，未曾还国，何不取来，令太公修书一封，下与汉王，令彼退兵，然后放太公回成皋；若仍前与楚相距，定将太公诛戮，使刘邦为万世之罪人也。陛下若依此计，可抵百万雄兵也。”项羽依项伯之言，差人往彭城取太公。不一日，取太公到广武，来见霸王。霸王召太公入帐下，以言抚之曰：“汝子刘邦，终日与我相距，略不以汝为念。吾今取来，命汝修书一封，着汝子罢兵息争，我就放汝同吕氏回成皋，使汝父子夫妻相聚，汝以为如何？”太公曰：“刘邦自幼贪财好色，不顾父母，今乃以富贵为重，遂弃我如陌路人一般，恐书去亦不济事，为之奈何？”霸王曰：“汝且修一封书寄去，看他如何，再作区处。”太公于是修书一封，呈上霸王，霸王看罢书曰：“刘邦见此书，若不退兵，真所谓禽兽衣冠者也！”即差中大夫宋子连赍书赴成皋。

一日到成皋，有人报汉王曰：“楚遣大夫赍太公家书在外。”汉王闻说太公有书到，即召张良、陈平曰：“楚遣中大夫宋子连赍太公家书到来，此是何意？”良曰：“此是霸王欲为退兵之计，故使太公付家书，欲大王退兵。大王见书切不可哀泣，只依如此如此回答，管教旬日内，太公还国，虽在楚亦不至害伤。”汉王依张良之言，遂召宋子连入见。呈上太公家书，汉王拆书捧读，书曰：

> 太公付书汉王刘邦：尝谓虞舜大孝，弃天下如敝履；汝以富贵为重，视我如路人，自睢水遭虏，今经三年，幸蒙楚王秉好生之德，不即诛戮，拘处公所，日给饮食，得延性命。王后吕氏，思想太子，泪不能干。汝任意纵横天下，略不以为念，真铁石心肠，土木形骸也！即今霸王取我至广武，累次要诛，欲悬头成皋，以彰汝不幸之罪，我再三哀告，特修以家书付汝，汝可思此身从何而来？世间万物以何为重？若解此理，便如大舜视天下如敝履耳，作速罢兵，取我还国，使父子夫妇完聚，岂不美乎？若仍屯兵相距，我之命决难保，汝纵有天下，是舍父命而图富贵，万世唾骂，汝心岂能自安耶？临楮泣书，汝当自省！

汉王宿酒未醒，看罢家书，醉眼朦胧，若不经意，便说：“我与项王同事怀王，结拜为兄弟，我之父即汝之父，我父在楚，就如在我汉营一般，何必较论彼此？若是霸王杀了我父，岂不独天下人骂我，亦骂汝霸王也！前日霸王阴使季布弑了义帝，尚惹天下诸侯至今切齿，今若杀了我父，不惹天下唾骂？昔孟子尝说杀人之父，人亦杀其父，所差一间耳。汝回去上覆我太公，且宽心在楚营住些时，就如在我汉营一般。”更不说罢兵息争，只混说了一篇，就着两女子扶入帐后歇息。大夫宋子连欲去，未得讨个回信，欲下去，汉王已入内不出。张良、陈平众人设酒款待宋子连，以言催促回广武去讫。

却说霸王专候宋子连回话，忽左右来报，宋子连回营，霸王宣入，宋子连将汉王所言，从头备说一遍。项伯在侧曰：“观汉王所为，终不足以成大事，大王只准备与他交战，料汉亦不能取胜也。”霸王曰：“刘邦乃酒色之徒，视父母妻子如草莽，岂与彼较是非哉？”宋子连曰;“臣入见汉王时，尚宿酒未醒，看了书通不以太公为念。”霸王曰:“太公且着在楚营伺候，缓急尚有用处。”随召诸将选精兵二十万，各安营寨，预备汉兵到来。

且说韩信操练人马已毕，汉王病伤已平复，召信计议伐楚。信曰:“霸王屯兵广武，持久方懈，正好作速攻击，臣人马操练已精，请大王进发。”王曰:“此行全仗元帅调遣。”于是韩信统领大兵先行，汉王人马陆续前进。一日到广武，离楚营三十里下寨，信吩咐诸将，用心防守合营，远来恐有攻劫。随后汉王亦到，与韩信对面安营。至晚，汉王与张良、萧何、陈平等商议攻守之策，因差人召韩信一同筹画。差人回说韩元帅不在营寨，闻左右传说，今晚领数十轻骑，投东南而去，不知所往。王大惊曰:“楚汉相距，数十万甲兵屯住于此，主将夜晚逃遁，不知所往，莫非惧楚兵之强而远遁乎？或是赚我于此，而欲与霸王连和乎？”王甚疑虑不决。张良等亦相议，不知何谓。王复使小校打听信营动静，小校回报营中更鼓甚明，防备甚严，但不知元帅往何处去。王曰:“汝可近营探看，得消息回报。”王掌灯坐守。将过五鼓，月已沉西，小校急走回报:“元帅回营矣！”王犹豫半晌，差萧何往问之。何带领数从人，徐步前往，只见灌婴巡哨，问:“丞相何往？”何曰:“欲见元帅。”婴曰:“元帅尚秉烛未寝。”即同何到中军，与信相见。信曰:“丞相深夜相访，其必有疑于心乎？”何曰:“元帅今晚远出，至夜深而归，不知何所往也？”信曰:“平川对敌，徒恣野战，项王武勇，恐难取胜，因亲往寻一诛项王之处，明日好分遣诸将，各认方向，临期随机应变，自有妙策。虽君臣父子之间，亦不可先传也。主上同丞相诸公，看信明日破楚，擒项王，便知方略。”萧何听说甚喜。回见汉王，备说前情，汉王大喜。

却说次日韩信召诸将听候军令，樊噌、灌婴作第一起，周勃、周昌作第二起，靳歙、卢绾作第三起，吕马通、杨喜作第四起，张耳、张苍作第五起，娄烦作第六起，夏侯婴、王陵作第七起，曹参、柴武作第八起，英布作第九起，汉王同诸将第十起。各近前密切相议停当，各领精兵五千，照定地方驻札，炮响为号，急出攻战，待项王引入广武，已无出路，这十起人马总会一处，圆山围绕，可擒项王矣。韩信人马调拨已定。

却说霸王带领诸将，蜂拥而来，差季布索汉王答话。汉营中韩信出马，请霸王相见。霸王一马突出于军前，大呼曰："韩信尔原是楚臣，前日使武涉召尔复归楚，尔何执昧不从？今日尔勿得再施奸诈，与尔对敌，决个胜负！"信曰："陛下当代帝王，正宜高拱清穆，遣将调兵御外侮可也，岂可亲操戈矛，与臣下较论胜负，自取屈辱耶？"霸王曰："汝能说，敢与我战十合，便倒戈息争，将天下让与汉王？"信曰："勇不可自恃，强不可持久。倘陛下而有一挫败于臣手，枉坏一世英雄之名，悔无及矣！愿请良将，与臣决战，陛下且回御营，不失威仪也。"霸王听信言大怒，挺枪直取韩信，韩信虚掩一枪，向东南而走。霸王催动三军大叫："今日定捉此胯夫，以雪我无穷之恨！"钟离昧、项伯、项庄、周兰、虞子期、桓楚、丁公、雍齿、周殷等，分头随霸王追赶韩信。信引霸王渐渐入广武山，钟离昧急向前曰："广武山只有此出路，倘紧关之处，用兵阻塞山口，我兵决受困矣！陛下且未可尽力追赶，略少待后军到来，暂且扎营于此，以观事机何如？"言未罢，前军忽报："韩信不知所往，前面俱是土山，再无别路。"霸王曰："既前无出路，且暂屯兵于此，待后军扎定阵脚，徐徐退后。"忽见后军来报："后军人马被汉将樊哙、灌婴截了一半，不得进发。"只听四面八方，金鼓震天，尽是汉兵围合，把住山口。钟离昧曰："前有大山之阻，后有汉兵围绕，陛下不可在此屯兵，当就此时杀出重围，以救后兵，否则首尾不能相应。楚兵一散，陛下遽难收拾矣！"霸王曰："山口把住，决有重兵围绕，一时冲杀不出，反被围住，我兵受害矣。不若仍照追赶韩信旧路，杀过山去，必有走路，汝等陆续催趱前来，庶脱此重围也。"项伯曰："恐山路崎岖，大兵不能前进，又将奈何？”

正相议未定，四面火炮齐举，不知多少汉兵卷地而来。正北上，樊哙、灌婴、周勃、周昌；正西上，靳歙、卢绾、吕马通、杨喜；左哨张耳、张苍；右哨夏侯婴、王陵；中军汉王同诸将一拥凑来，楚兵不战自乱，诸将按捺不住。霸王大怒曰：“吾破秦兵之时，破釜沉舟，未尝败北；今遇汉兵何乃自怯如此？”挥动人马，冲杀出来，正遇九江王英布，拦住去路，霸王大骂：“叛国之贼，有何面目相见！”布曰：“放弑义帝，乃汝所为，致使天下诸侯骂我，我今正诛此悖逆，以明心事！”举斧直取霸王，霸王举枪交还。霸王与英布战五十回合之上，娄烦人马一面冲来，楚军遂乱。季布、桓楚急举兵器出马，高叫：“陛下且少歇，臣杀此贼！”霸王暂收住枪，拨转马回到山阜，看二将出马，英布、娄烦就势与二将对敌。

正斗间，曹参、柴武人马又到，四面汉兵又围绕上来，钟离昧近前请霸王向前杀过山去，虽路径狭窄，却人马觉少些，似无预备。霸王急兜转马，仍照旧路趋广武山。天渐昏黑，近山见韩信在山顶上，扎营高坐，两边笙歌齐奏，作欢饮酒。霸王见之，大怒曰：“胯夫乃敢欺我如此！”急令左右诸将催动人马，分头上山，务捉拿韩信。诸将得令，正欲鼓噪上山，忽见山上擂木炮石，打将下来，军士俱不能上。霸王切齿嗔目，便欲亲自上山，季布谏曰：“不可！此正韩信设此奸计，欲陛下动怒，亲自上山，恐夜黑之际，须防炮石流矢。不若且暂过一宿，候明日天晓，看那路兵少，撞杀出去。”

霸王勒回马，方待少歇，只见汉兵翻江搅海而来，山边高阜处树木皆被火炮烧着。黑晚火起，照如白日。楚兵大乱，呐一声喊，都走了，被汉兵杀的杀了，擒的擒了，止剩霸王并诸将有百十余骑，围在中间。霸王见汉兵势重，奋勇杀透重围，正遇娄烦，娄烦举枪拦住霸王，霸王举枪交还，战未十合，被霸王一枪刺娄烦死于马下，合拢众将，冲杀出阵。方欲行，又遇柴武、王陵各举兵器，拦住去路。霸王力战二将，杀到山脚下，天色甚黑，闻涧水潺潺，马不能进，忽汉兵复又围绕上来。霸王自思曰：“前有川水之阻，后有汉兵围绕，又是月黑之时，不辨东西，吾必危矣！”

正在急中，只闻后军乱窜，纷纷退避，有二将杀入阵来，火把之下，认是楚将周殷、桓楚，原领五千人马，不曾失散，闻楚王在山南受困，因此领本部人马策应，果见霸王在此被围。霸王乘周桓二将人马，复又冲杀出来。天渐发亮，举头四望，皆是汉兵，杀得楚兵尸横遍野，血流成渠。犹闻金鼓震天，旗帜沿山。一带连络不绝。霸王与周殷相议曰：“朕自会稽以来，与诸侯交兵，何止三百余阵？未见如韩信用兵利害如此！”周殷曰：“陛下先声已久，韩信因此预备这件阵势，诱楚兵进山，四面围绕，遂中此奸计，陛下与臣等须冒险冲杀出去，庶脱此难。若再俄延一时，恐汉兵复又攻击入来，以逸待劳，我兵疲乏，何以抵当？”霸王曰：“吾冲其前阵，汝收后脚。”

霸王遂奋然突出，汉兵见者，莫不四下逃避，周殷、桓楚随后拼杀。约行五里，只见山凹下，鼓角齐鸣，喊声大震，一彪军出，为首两员大将，乃周勃、周昌也，骤马拦住，大声叫曰：“大王趁此下马投降，免致取辱！”霸王大怒，拍马举枪来迎二将，战不数合，二将败走，不敢追袭，望山北大路冲来。一声鼓响，四下伏兵又起，楚兵渐次又伤大半。走不到五七里，前面战声又起，为首两员大将，靳歙、卢绾，阻住楚兵。霸王复战二将，按下枪，举鞭打二将，二将遮架不迭，卢绾左臂上着一鞭，打落下马，众军士救回，靳歙望阵后逃走。霸王又行五七里，忽见伏弩齐发，楚军五千人俱被伏弩，十损七八。周殷、桓楚舍死随霸王策马急急杀出，霸王鞭法神出鬼没，因此伏弩不得近身，遂出重围。周殷、桓楚身被伤数处，一路接连收拾败残军马并楚将季布、钟离昧等，陆续从大路寻觅而来，正遇霸王，合兵一处，径回楚营。汉兵追袭二十里，韩信大获全胜。

汉王回营，请韩元帅会议。韩信整衣急来见汉王，王起身称谢曰："寡人赖元帅行师，大破楚兵，几获项王，使彼他日闻吾兵至，不战而胆落矣！"信曰："仰仗天威，大克全胜，但项王未就擒获，须急击勿失，使无复再回彭城可也。"王曰："元帅当留意，作急攻取，寡人拱听凯还，使三军早得消息，彼此亦自安也。"于是韩信复整三军，来攻楚营。

未知如何，且看下回分解。

第七十四回

置太公挟汉退兵

却说霸王同诸将回到楚营中军坐定，查计损折人马三万有零，周殷、桓楚、季布、虞子期俱中伤，帐后调理，诸将暂休息数日出敌。传令毕，不觉过了二日，有细作小校打探汉营消息，回报曰：“韩信整点人马，一二日又来与楚交兵，各处诸侯军马陆续而来，现汉兵共有五十余万，萧何转运粮储，积聚荥阳，自成皋相连五百里，俱是汉兵。”霸王闻说，召钟离昧、项伯等商议曰：“汉兵势重，又兼韩信善能用兵，我兵在此，不可久待，况又绝粮，似难与争锋，尔等有何长策？”钟离昧曰：“太公见在楚营，明日陛下出师，置太公于俎上，使汉王见父子之情，自然伤感，着他退兵，免太公一死；如不退兵，决将太公入烹，汉王见时，必然哀求请免，或有别议，此为长策。若恃勇与战，恐复蹈广武之困。愿陛下裁之！”霸王曰：“烹太公亦不难，但恐人耻笑。”昧曰：“欲为退兵之谋，何惜人耻笑？”相与议定。

次日霸王整率人马，将太公绑缚在马上，杀奔汉营来。早有人来报：“霸王将太公绑缚在马上，不知何谓。”汉王闻之，放声大哭曰：“我生不能以奉养父母，因为争天下，反致我父如此受苦，不若急早降楚，以救我太公还国。”张良、陈平急止之曰：“大王何执一如此耶？此是霸王因见汉兵围困甚急，故将太公来，欲陛下退兵。况今大事已定，岂可遽然归降乎？大王不可心急，须以智胜之。”汉王曰：“闻太公捆缚在马上，不觉此心十分哀痛，纵天下得与不得，亦何要紧？救我太公，实第一件大事！”良、平曰：”霸王到阵前，定将太公置于油镬之上，要逼大王退兵，大王如此如此，管教项王不敢烹太公也。”言未罢，人报项王到阵前，要请大王答话。

韩信闻项王来，预备于平川之上，排下阵势，周围列下战车，两边旗帜严整，静静肃肃，鸦雀不闻，刁斗不鸣，甚是威武。楚兵见了，先自惧怯。霸王遂勒住兵不动。汉王到阵前大呼曰：“霸王兵穷势困，急早归降，庶得裂土，世为楚王，免今目下受戮。”霸王大怒，叱之曰：“刘邦匹夫，乃敢出大言，以辱我耶？”急举枪直取汉王，汉王背后樊哙、灌婴、周勃、王陵四将突出，拦住霸王。霸王力敌四将，正在酣战之际，忽汉阵上一声炮声，中军黄旗荡动，只见四面八方合围上来，把霸王围裹在阵中，四将各向方位。霸王左冲右突，不能得出。众军士随着霸王，亦无走路。霸王定睛看那阵时，四望如连城之状，不分东西，难辨出入，愁云漠漠，惨雾朦朦，寻思：“又中韩信之计！吾闻战而误入其阵者，以外应破之。不然，一时妄动，便遭擒矣！吾营中将士，必有知此阵势者，待外边打入，却乘机杀出，庶脱此阵也。”正思虑间，只见季布、周兰、周殷、钟高昧从阵东门打入，霸王即乘势接应，君臣五人，奋力踊跃，荡开一条血路，冲倒汉兵，一拥而出。韩信亦不敢追赶。

霸王回到楚营，召诸将问曰：“何人知此阵法？”周兰近前奏曰：“韩信此阵，乃太乙阵也。有生门，有死门，有阴阵，有阳阵，虽有向背，而四面合一，若八卦阵，实为八卦也。如走生门而入阳阵，必得活路；若不知妄入，必遭擒获。臣少从龙山李少仙学道，尝闻太乙阵之说，臣以此领诸将，从生门而入，策应陛下，遂出此阵。”霸王闻说大喜。于是钟离昧曰：“陛下且将太公回营，今日不必与汉交兵，容一日却将太公置车前号令，待将兵退后，陛下回彭城招集兵马，休养士卒，再作良图。”霸王遂回营。

却说张良、陈平商议救太公之策，遂于楚降卒中，选一伶俐小校，入帐中以言抚之曰：“我看汝相貌，将来亦有功名，但汝杂于众军卒之中，何日得显？我今差汝干一要紧大事，若成此功，定在封赏之贵。”小校曰：“军师有何吩咐？”良曰：“有书一封，差你做细作，往楚营捎与大司马项伯，因你是楚军，定有相识亲故，你可乘空便将此书密密递与项伯，就说是我捎与他的。他有甚话语，你可来回我的话，须要小心仔细。”小校曰：“此事甚易，军师快写书来，我就往楚营，见项老大王，管教下书得信回话。”良大喜，赏劳小校，将书札就贴肉藏定。小校仍前楚军打份，前来楚营。有巡哨军士看见小校，原是楚军，问：“你如何得回？”小校曰：“我前日阵前被汉兵活捉去，我暂时归降，我父母妻子皆在彭城，如何降汉？因此逃回。明日烦你众位，引我见项伯将军，报姓名入队伍。”

此日项伯正点看三军毕，巡哨军引小校见项伯曰：“这个军士，前日被汉兵虏去，今日逃回，我等不敢隐藏，引来见老大王，他仍要入队伍，我等不敢擅专，请自尊裁。”项伯召小校近前问曰：“汝在汉营，曾见张良否？”小校曰：“我就一向伏侍张军师，时常说老大王名姓，甚是看顾我。只因我父母妻子在彭城，终日思想，以此逃回。”项伯曰：“张良如何时常说我？”小校见项伯问的紧，回顾左右无人，近前却向身边取出书来，密密递与项伯曰：“我临来时，张军师吩咐，将此书呈上老大王。”项伯接书，拆开观看，书曰：

旧交故友张良书奉大司马项老将军麾下：昔承馆谷之心，后托云水之游，自意富贵无心，功名绝念；岂料志有龃龉，不遂所愿，羁縻于此，不过苟延岁月，非有他望也。但汉王仁厚长者，终成大业，不忍舍去。以此恋恋左右，如鸟依人，人自爱之，安得兀然高坐，不画一筹耶？因昨有霸王欲烹太公，实为退汉兵计耳！汉王驱兵于此，实无所归，汉兵不退，项王必烹太公，太公被害，不可复生，他日汉王与将军有蓝田之约，成秦晋之好，将军何以相见乎？良因托鸿便驰书上渎，倘太公欲烹之时，望一言力阻，得赐救援，太公蒙再造之德，汉王免不孝之名，恩义兼至，仁德无穷矣。如允所请，乞讨回音，以慰汉王惕厉望救之怀。下情无任恳切惓惓之至。

项伯看罢书，便吩咐小校曰："汝既与张子房捎书，想是他帐下心腹。"小校曰："不敢欺老大王，我是张军师所使，专为下书而来，非逃回也。若大王有回书，我仍捎去回话。"项伯犒赏小校，亦写数字，密付身边，着左右心腹，押小校出营。

小校径来汉营，见张良，备说入楚营见项伯，即以军师分付的事，俱干停当，径来回话，便将项伯回书呈上。张良拆书观看，书曰：

久睽素好，心切遐思，来示教言，敢不如命。俱罢兵言和，乃益国家耳。太公久稽于此，某实朝夕维持，料供给不至缺乏。然不剖意息兵，太公岂能还国？某虽救援，不过为一时之计。近左右每劝杀太公，若一怒不回，恐难永保，望足下筹之！

良看罢书大喜，重赏小校，仍着军政司纪姓名，令纪功禄报功，待封赏之时，查名重用。

且说霸王亲统大兵，复到汉营，列成阵势，命军士抬油镬，设于军前，将太公置于俎上，命军士传呼曰："汉兵早退，免烹太公；如不退，烹太公！"汉王急出阵前，亦大声呼曰："吾与霸王俱北面事怀王，结为兄弟，吾翁即若翁，如若烹而翁，幸分我一杯羹！"言罢，语笑自若，似无哀戚之意。霸王大怒，即欲烹太公，项伯急向霸王前止之曰："凡为天下者不顾家，昔大禹圣人也，有父名鲧，而治水无功，被尧帝杀之，大禹仍治水三年，三过家门而不顾。今汉王与陛下争天下，前太公被拘禁三年，汉王略不相顾者，正是以天下为重耳。

若今陛下杀太公，既无干胜败之数，反使天下说陛下杀人之父，是为盛德之累也。不若陛下且收兵回营，再为别图，何必挟杀太公，然后为退兵之计？陛下威武震于天下，何乃听此以示怯也。”霸王急令赦太公，遂收兵回营。是日两家俱未经交兵。

汉王到营大哭曰：“太公虽得暂救，一时不能还国，我诚天下罪人也！”汉王召良、平等议救太公还国，良曰：“若使太公还国，必须差人与楚讲和，况楚方缺粮势弱，必从其议。但无此能言之士，往楚为使命耳。”言未毕有一人上帐曰：“臣愿往与楚讲和。”王见其人大喜，就令往楚讲和，救太公还国。

未知如何，且看下回分解。

第七十五回

指鸿沟割地讲和

却说欲愿往楚讲和者，乃洛阳侯公也。侯公世家洛阳，遭秦乱不仕，少负豪气。一日有邻家兄弟分家私，不相和睦，争讼数年不决，侯公往与和解，用一篇话说得兄弟二人，各相涕位，遂义让不争，自此乡人甚爱敬之。后汉王东征，过洛阳，同董公三老杖策见汉王，条陈国政，极切时弊，汉王甚喜，遂留帐下听用。今见汉王欲差人往楚讲和，因此上帐，愿为使命。张良、陈平曰："霸王性暴气刚，人不可轻犯，贤公往说之，倘一言不合，恐致彼怒，太公既不得还国，贤公必遭其害，那时反辱君命矣！公当三思，不可造次。"侯公曰："若据先生之言，霸王终不可近，太公决不可还，视某为匏瓜，亦无用矣！大王养我辈将何济乎？"王曰："公既敢去，必济吾事。"遂修书付侯公。侯公辞王，赴楚营来见霸王。

霸王闻侯公来，知是汉王差来讲和，遂命刀斧手列于两边，霸王仗剑坐于帐上，瞋目向外虎视。侯公自外从容而入，大笑不止。霸王大怒曰："汝为汉使来下说词，乃敢大笑不止者，欲寻死耶？"侯公笑而言曰："陛下为万乘之君，天下之主，武威震于寰宇，号令布于四方，何人不畏？今见一贫寒之士，貌不及乎中人，才非逮于管、毅，却乃刀斧列于左右，陛下仗剑而坐，示威于外，意欲假此以制敌国，殊不知陛下虽示威，而何人不畏惧？若预备威令，臣反致疑，所以大笑也。”霸王遂掷剑于地，喝退刀斧手，便问：“汝来欲何为耶？”侯公曰：“臣此来欲陛下罢两国之兵，成楚汉之好，休养士卒，保国安民，非为无事而见陛下也。见今有汉王书奉大王。”霸王回嗔作喜，接书展开，书曰：

> 汉王书奉项王麾下：邦闻天之立君，所以为民也；苟民生未遂，徒以干戈扰攘，使天下日蹈锋镝而不能安其生，何足以为君？何足以为民也？邦与王争衡数年，经七十余战，白骨暴野，积尸如山，有父母之心者，独能忍乎？今遣侯公与王讲和，以鸿沟为界，鸿沟之西属汉，鸿沟之东属楚。各定疆宇，罢兵息争，永保富贵，不失兄弟之情，尚存怀王之约，使百姓安于枕席，吾二人亦得坐享燕乐，而诸将士亦少为宁息，以安妻子，勿徒为苍生苦也。王熟思之，以为进止。

霸王看罢书，自思一向与汉交战，兵疲粮尽，久困于此，终难取胜，不若从其言，还兵彭城，日醉玉楼，不亦乐乎！遂召侯公曰：“本欲与汉王决战，以定雌雄，今观来书，似亦有理。今差人约會，各立封疆，与汉王俱到阵前，将合同文字，各收一角，永为执照。汝且回去，朕于明日与汉王相见。”

侯公辞项王到汉营，见汉王备说前事，王大喜。随有楚使至，约会照样写合同文字各一纸，待两家相见之时，各传递收照。王曰：“明日吾与霸王相见，仍复前日兄弟之好，不必陈设大兵，亦不可身披甲胄，烦使命再同侯公致意霸王，必须将太公并家眷还国，方见讲和之意，若仍前住在楚营，恐他日复又变更，似非盟好也。”使命曰：“臣就同侯公再启奏霸王，料无留太公之意。”王重赏来使，就遣侯公复同到楚营见霸王。霸王曰：“侯公如何复来？有何话说？”侯公曰：“汉王再三致意，陛下蒙允讲和，深感盛德。但陛下明日交递合同之时，不必身披戎服，不必陈设甲兵；况讲和之际，复前日兄弟之好，又要雍容揖逊，以礼相接，非复前日龙争虎战之秋也。又启奏陛下，太公、吕后久质在楚，今既讲和，须令还国，使汉王父子亲睦，夫妻完聚，此陛下推及仁爱之至。天下诸侯闻知，皆以陛下不杀人之父，正所以广其孝也；不污人之妻，所以昭其洁也；拘久而复与，所以明其义也；三者尽而声名洋溢乎中国矣。”霸王闻侯公之言甚喜，乃曰：“明日讲和之际，就将太公、吕后还家，汝可传与汉王知道。”侯公曰：“臣之命，实悬于陛下一言之下，臣今回营，就将陛下玉音，传知汉王，汉王必以陛下之言，如纶如綍，金石不易也，倘复更变，臣命休矣！惟望陛下怜之！”霸王曰：“大丈夫一言既许，如壁立万仞，岂在失信之意？汝可速回，勿多烦聒！”侯公便辞霸王回营。

钟离昧、季布谏曰：“陛下虽当与汉讲和，且未可将太公还国，汉王反复无信之人，恐有更变，则陛下无复管束矣。”霸王曰：“久羁太公在此，使诸侯闻之，皆以我无破汉之策，惟将太公为质，似太怯矣。况一言已出，岂可复回？”项伯曰：“太公在楚，陛下久禁不杀，足见陛下之仁。今若释放，汉王深感陛下之恩，自无变更之理。”项王曰：“卿言是也！”

次日，霸王命文武将士，各穿常服，列于两边，太公、吕后随于马后。汉王亦无甲兵，惟文武将士，相随而行。二王各对面行礼毕，就将手字合同，两相传递。霸王曰：“自今与王，各分疆界，无相争夺，朕将解组东归矣。”就命左右引太公、吕后交付与汉王收领。汉王见太公、吕后过来，即趋近前迎接过汉营，仍拜谢霸王曰：“太公在大王麾下，久蒙恩养，深感至德，真生死而骨肉者也。”二王各辞回营。

霸王收兵东归。汉王亦欲收兵西行，张良急来谏曰：“大王数年苦战，诸将士在外日久，从大王游者，俱要指望东归，以光故里。今大王一旦与楚王讲和，又复西行，人人皆思父母妻子，必相逃回，大王孤立于此，谁与守天下乎？况今太公、王后俱已还国，兵势大振，四方从风，其成败胜负之机，实在大王。若今两分天下，权各有归，又不知孰为君？孰为臣？使天下诸侯，无所专主，礼乐征伐，不统于一人，岂是帝王混一之治？臣尝闻古人云：‘天无二日，民无二王。’今汉已得天下十有其八矣！不即剿灭，却使项王解而东归，倘养成锐气，兵马复振，大王独能安处西土乎？所谓养虎遗患，终成大害。王当熟计，不可失也！”王曰：“鸿沟之约，已有盟誓，今若变更，不足以取信于天下也。”良曰：“拘小信而失大义，明智者不为也。昔汤武之得天下，若拘君臣之迹，则桀纣不当诛，天下终不可得也。王今以盟誓自拘，倘洪基为项王所得，大王徒苦半生，臣虽劳亦无益！”陈平、陆贾、随何诸谋士皆曰：“子房之言，极为有理。臣等随大王劳苦，奔走数年者，愿大王统一疆宇，为四海之主，使天下诸侯，北面朝王，臣等亦得仰观混一之治，而为盛世之臣也，岂不美哉！”于是汉王从其言，遂与楚背约，复整兵马，要与楚决战。

不说汉王复整兵马与楚背约。却说霸王归到彭城，筵宴群臣，终日与虞姬登楼欢饮，分付诸将各回宅安息，遂宴然以为无事。周兰上疏谏曰：

> 自古圣帝明王，安不忘危，治不忘乱，虽当无事之时，未尝废驰武备。况今汉王刘邦，新结盟好，心志未定，谋臣诡诈，事多变更。陛下尤当整饬兵马，训练甲士，日修文德，间习武事，精选智谋勇敢之士，修明练达之才，以充将佐之用，卧薪尝胆，恒如会稽起兵之时，战惊惕厉以戒不虞，纵使外海有变，陛下号令一行，则攻无不胜，战无不克，威武可以取乎天下，又何外患之足虑哉？若今苟安于一隅，而略不为备，倘刘邦听谋臣变更之议，复鼓而东，陛下何以御之？臣猥有所见，实本愚忠，惟赐采纳，臣不胜战栗恐惧之至。

霸王览疏，沉吟半晌，召周兰近前曰：“刘邦既定盟约，岂有更变之理？卿虑似太过！”又召钟离昧等曰：“周兰上疏劝朕勿废武事，意恐汉王有变，汝等可照常训练三军，以防汉兵。”钟离昧领旨操练人马。未及半个月，早有荥阳人来传说：汉王屯兵固陵，调取各处兵马，要与楚决战，不遵盟约，前日讲和之意，止为诱取太公、吕后之计，非是真与楚决分天下也。霸王闻之，大怒曰：“刘邦村夫，乃敢欺侮朕躬如此！前日周兰之言，真有所见！”就召诸将，遂欲起兵复与汉决战。季布谏曰：“不可！传来之言，未为实的。陛下只可整点三军，预备出战，不可先动。若陛下先加人马，是我先有背约，其屈在我；必待汉王动兵，是汉王违约背楚，其屈在汉，陛下却声其罪而伐之，则师出有名，战无不胜矣。”霸王从其言，遂整点人马，以备汉兵不题。

却说汉王与良、平诸谋士等计议：“今意欲背约，但前日讲和之后，韩信等各处人马，俱各已发回，今复调取，似又反复轻率，恐诸侯难以准信，为之奈何？”张良曰：“大王且一面差人下书与楚背约，一面差人调取各处人马，待楚兵到，那时各路人马，亦可陆续到来。就前日讲和，实为了取太公、吕后之计；今太公、吕后已还国，岂可纵楚王坐享东土，而不为混一之治乎？大王榜文到日，料诸侯决来，却与楚会兵，只此一阵，可以破楚矣。”汉王从其言，即命陆贾修书，差人往彭城约楚会兵，以决胜负。

未知如何，且看下回分解。

第七十六回

会固陵楚汉交兵

却说陆贾修书毕，即欲往楚投下，汉王曰："不可，项王性暴，见我背约，岂肯优容？汝若往，必遭害矣。"贾曰："凭臣三寸舌，料见项王一言之间，定叫他起兵前来，臣亦无事。"良、平曰："非陆大夫不可遣也。"汉王遂遣陆贾为使。

贾辞汉王，一日到彭城，传报汉使入见霸王。霸王曰："陆大夫来有何讲说？"贾曰："前日汉王智赚太公还国，诈与陛下讲和，今复更变，仍与陛下固陵会兵，群臣苦谏不听，遣臣为使。臣思陛下威武重于天下，谁人不畏？今得东西为界，于汉足矣！汉王不自知足，又欲变更，与陛下会兵，遣臣为使，臣知陛下天颜咫尺，不敢冒干，不得已而驰书上见。"霸王曰："朕一向知刘邦背约，不待汝来，亦欲与彼会兵。"陆贾即将书呈上，霸王看书，书曰：

> 汉王刘邦书上霸王麾下：前太公、吕后在楚，亦承优养，但久羁不令还国，临阵又置于俎上，蓄恨怀怒，非止一日；欲举兵极力征讨，又恐投鼠伤器，盼前顾后，甚为两难，不得已以讲和分界，实乃为太公、吕后归汉计耳！盖人子为亲，无所不至，虽捐躯亦所不恤，况用智乎？所谓利以惑愚，诈以蹈贪，成吞钩之势，济引猎之计，王乃不悟，遂以为然。今太公、吕后俱已还

国，无所管辖，大张旗鼓与王会兵固陵，王如不惧，速起兵前来决战，勿违！

霸王看罢书大怒，遂将书扯破，又骂曰："刘邦反复小人，将太公诱哄还国，却乃负盟背约，欲与我决战。想我自会稽起兵，身经三百余战，所向无敌，天下诸侯，莫不帖首归朕。今刘邦匹夫，暂时得志，便敢欺侮！尔可速回，分付刘邦，洗颈同吾决战，不杀此匹夫，誓不班师！"

陆贾拜辞霸王，回固陵见汉王，备说霸王甚怒，定欲起兵前来，想目下到固陵，王当速催预备韩信、英布、彭越前来，合兵会战。王闻贾言甚忧，召良、平议曰："战书虽下，霸王决来，韩信又不见到，为之奈何？"良、平曰："大王兵马颇多，且分拨诸将，预备与楚交兵，再差人催趱韩信诸将作急前来接应，料亦无事。"数日后，有探哨小校飞报，霸王统兵三十万，出徐州长驱而来，一路郡县官吏逃避，人遭兵戈之苦，践踏田禾，民不安生。霸王人马，将次到固陵，在三十里外安下营寨。汉王曰："霸王人马初到，锋芒正盛，未可交兵。少待数日，看声势如何，那时出战不迟。"陈平曰："大王所见甚当，且多栽鹿角，立烽火，差人四面巡哨。"一连十余日，不与楚交兵。

霸王曰："汉王既差人下战书，今到固陵，却又坚壁不出者，何也？"季布、钟离昧曰："此必汉王钝兵之计，意欲待陛下兵疲，那时方与交战。"周兰曰："不然，陛下远来，利在速战，汉兵驻扎于此，利在观望，又况韩信兵未到，故此延迟，以挫楚兵锐气。陛下明日当鼓噪与汉交兵，不可任彼迁延。"霸王曰："周兰之言是也。"次日，霸王严整队伍，多张旗帜，金鼓大作，杀奔汉营。汉王急遣王陵、樊哙、灌婴、卢绾四将出马，与楚交战。霸王亲临阵前，要汉王出马答话，四将曰："汉王遣我四将，立擒大王，置于俎上，以报前日欲烹太公之意。"霸王大怒，举枪直取四将，四将各举兵器交还。

战数十余合，四将抵当不住，退下阵来。不等霸王追赶，汉阵上靳歙、周昌、高起、吕马通十余员齐出接霸王交战，楚阵上有钟离眛、季布、桓楚、虞子期，亦各持兵器来协力助攻。两边金鼓震天，直杀到日西，楚营内一声炮响，周兰率领一枝人马拥出，冲杀过汉营来。汉阵上诸将被周兰人马冲杀来，四散奔走。霸王精神倍加，尽力追杀汉兵，汉王驻扎不定，急来同诸将向西逃避。楚兵追至固陵城下，汉兵进城，四门紧闭。霸王分咐："今番不可放过，务要攻破固陵，擒捉汉王，以雪此无穷之恨！"诸将曰："陛下从早攻杀一日，况今天晚，且暂回营，屯住人马安歇一夜，明日务要齐心协力攻打，料此孤城，比成皋、荥阳不同，三日决可打开。"霸王曰："今晚安营，各要醒睡，须防劫寨。"诸将曰："陛下圣见极明。"诸将安营已定不题。

却说汉王进城，与良、平诸将计议曰："固陵城小，难以久持，楚兵势重，一时打开，玉石不辨。尔等有何妙策？"张良、陈平曰："此城孤小，量难坚守，乘今晚楚营未定，况一日苦战，三军困乏，可差人上城四望，看那门军少，先着数健将去杀开大路，再着数大将断后，大王当趋成皋，以避其锋。料楚人夜晚必不敢远追。"汉王曰："事在危急，不可迟缓。"就传令诸将，同大小三军，预备出城，先令小校看那门的军少。小校看毕，回说："北门军少，路径又大，可以杀出。"汉王命柴武、周勃、靳歙三将，领精兵开放北门，先冲杀出去，随后汉王同大小将士，接续攻杀。楚营中桓楚巡哨，当此夜之黑时，三军一日困乏，又无准备，人马又不多，如何抵当？及各门知觉，调转救应，汉兵已冲杀出来。钟离眛急奏霸王曰："夜黑之际，恐防埋伏，不敢四散追赶，不若且安营寨，任他逃走，待天明之时，再作区处。"霸王传令，不可四散追赶。以此汉兵得以尽力远遁。行八十里，天色方明，良、平曰："三军虽是辛苦，不可停住，当极力前奔。"汉王曰："楚兵随后复到成皋，仍四面围困，一时救兵不到，又何以御之？"张良曰："大王到成皋，不消三日，楚兵决退。"汉王曰：“先生有何奇策，使楚兵不战自退？”良曰：“楚兵每战不能久持者，以粮饷不便，又得彭越常绝楚粮道，以此不得取胜。臣见楚兵围困固陵，恐久而必破。前日与楚交兵之时，密令张仓、臧荼领精兵五千，乘乱从小路前绕到楚积粮之处，夜晚劫烧积聚，又绝楚粮食。臣料楚兵到成皋，或后边军粮不能接济，决然回兵。大王可急走，以防追袭。”于是汉王传令着三军，一昼夜行三百里，数日可到成皋。

却说霸王分付诸将，乘汉王败走，当极力追赶，纵使到成皋，亦可攻打破。诸将得令，统领三军，追赶汉兵不题。

却说汉王到成皋，大兵进城。二日，楚兵随后亦到，将成皋围了，催趱三军，攻打甚急。正在将破之时，只见季布、钟离昧急来奏霸王曰：“见今军中缺粮，今早有人飞报柳村所积军粮，尽被汉兵劫烧尽绝，又闻韩信人马将到，陛下若不乘此回兵，倘韩信攻其外，汉王攻其内，楚兵又缺军粮，决难支持。”霸王曰：“朕常忧楚粮不足，今被烧绝，军中乏食，岂能持久？不若传令且回军，仍着桓楚、虞子期断后，以防追袭。”当日大小三军，正忧无粮，闻传令回军，即时人马如风卷云退，不消半日，大军尽数退回。桓楚、虞子期断后，徐徐照次东行，队伍亦不错乱。汉兵在城上巡哨，见楚兵退回，急来报知汉王，汉王曰：“不出子房之见，楚果退矣。此必张仓等烧绝粮道，以此楚后退去。”此时欲命大将追赶，陈平曰：“不可！楚兵退去，必有强将断后，倘我兵追袭，反中其计，受其截杀。况楚兵非战败而回，不过因缺食徐徐退去，三军亦不惊惧，岂可追赶？”汉王曰：“平言是也。”于是楚兵退去，汉兵亦不追赶。

霸王大兵回到彭城，追问看守军粮之人，不行用心防守，以致为汉兵所烧，乃将为首者枭首示众。自此重整兵马，预备出敌。

且说汉王驻兵成皋，召良、平计议曰：“韩信、英布、彭越三将，屡召不至，奈何？”张良曰：“韩信虽封为王，而未有分地；彭越屡建大功，亦无封爵之赏；英布背楚投汉以来，未加优礼。况三人见利忘义，贪而自矜，苟隆爵殊恩，裂土封赏，使各有郡邑所辖，彼皆争相用力，自为之战。王命一临，即趋而来，孰有不奉命者哉！”汉王曰：“先生之言，洞见三人肺腑。就烦先生持符檄三道，加封韩信为三齐王，临近一带郡邑，皆属统理，凡一应租税钱粮等项，悉供齐王支用，正所谓分地定制，名植界限。英布加封淮南王，凡淮南所产之物，悉为英布供给之费。彭越封为大梁王，凡梁地所出，皆为彭越收管支用。”檄文已写，就交付与张良佩而行之。张良辞汉王，径往三处分封。

未知如何，且看下回分解。

第七十七回

张良会诸侯伐楚

却说张良领汉王符檄，先到齐国，传报与韩信。信即请良入内，相见毕，复还至便殿，与良各叙宾主之礼。良曰：“今非昔比，元帅为一国之主，坐镇七十余城，岂可分宾主而行？”韩信笑曰：“信非先生，何以至此？况先生当宾师之位，信当以师礼事之可也，岂敢以王爵相尚哉？”张良遂将汉王符檄与信开读，信谢恩毕，筵宴款待张良。良曰：“目今霸王势孤力弱，主上已悔鸿沟之约，与楚兵烧绝粮道，项王逃回彭城，命良分地以给元帅。元帅当急早会兵破楚，以定干戈。元帅亦得坐享王封，收万世之功，立子孙之业，图庙廊为开国元勋，岂不美哉？若楚兵未定，元帅亦不得自安，虽居齐地，而悬于二王之间，终无定止。想高明必有灼见。”信曰：“前日广武会兵，楚将破矣，主上乃欲太公还国，遂与楚讲和，两分天下，使信等未有分地，因此郁郁不乐。今闻先生之言，实切心肺。指日就起兵，务要灭楚，以成一统之业，使主上坐中国，抚四夷，登大宝而朝诸侯，乃信之素志，非徒为口说也。”张良起谢曰：“元帅若有此心，乃社稷之福也。元帅正当乘此时急早起兵，与汉王约会伐楚。良亦辞元帅往英布、彭越二处调兵，以助元帅。”信喜曰：“信目今就起兵前赴成皋，料先生回，信操练人马已完备矣。”

张良辞韩信到淮南见英布，布接良入内相见，甚喜。良将汉王符檄开读，加封英布为淮南王，自九江迤南一带，皆属英布收管。布向西行君臣之礼，谢恩毕，款待张良。良曰：“将军裂土为王，人臣之位极矣。但项王未灭，将军之心，终有未安。盖项王实将军仇人，仇人尚在，此位能保其无虞乎？即今韩元帅大兵已赴成皋，将军当急领三军协助，早奏功绩，将军得以同享富贵，真烈丈夫之所为也。”英布大喜，就领命点押人马起身，前赴成皋去讫。

张良同从人赴大梁来见彭越，一日到大梁，彭越与客饮酒，闻张良至，急整衣出迎，请入见礼毕。张良将王檄文并封梁王诏书付彭越，越接书，命左右设香案开读。诏曰：

> 分茅胙土，所以为建国之典；锡予蕃庶，用以报康侯之功。尔魏相国彭越，屡挠楚后，绝其粮道，不避矢石，为汉立功，久在梁地，未有分土。兹封尔为大梁王，凡五十郡城，皆尔统理，尊以王爵，隆以厚禄，子孙世荫，万年永怀。尔其益励初心，勿违所命！

彭越读罢诏书，叩首谢恩，心下十分欢悦，遂分付设筵宴款待张良。良曰：“将军屡建大功，主上久未酬报，欲差他人赍诏，恐未的确，特差某亲来封拜，就命将军急早整点本部人马，前赴成皋会齐，一同韩元帅破楚，不可迟误，某亦不敢久住，就欲辞回。”彭越再三苦留，少住数日。张良因出城，信步观看大梁风景，锁天之中区，控地之四鄙，冈阜缭绕，龙盘虎伏，浊河限其北，清洛贯其内，提封万井，都会四达，为九州之咽喉，实中夏之阃域，六街三市，人烟辐辏。张良游玩不尽，因叹项王不都咸阳，而都彭城，不守大梁而守徐州，不取敖仓之粟而使楚军乏粮，此天下之所以失也！张良住数日，辞彭越回成皋不题。

却说韩信接檄文传报各郡县，即择日起兵赴成皋。有蒯彻一向佯狂在外，通不来见韩信，适闻信将起兵赴成皋，遂急趋到府前，令左右通报与韩信，信即召入相见。信曰："先生久不相见，因前日不听教言，遂尔见绝。今复来见，必有高论。"彻曰："某受足下知遇之恩，不忍足下蹈无涯之祸，以此不避愧赧，复来相见，想足下亦不见责。"信曰："何为无涯之祸？"彻曰："足下驻兵于此，汉王被楚围困固陵，累次召取，乃抗拒不行救援，因无法驱使，不得已遣张良赍檄文，加封足下为三齐王，就以分地与之，此乃利以陷之，使足下自为战也，非为足下有功之甚，而加以不次之赏，实欲足下破楚以图天下。吾知天下平，岂容足下高拱王位，宴然以享太平之乐乎？必追思足下累次抗挟之仇，又恐足下复起图王之志，决设计以害足下，除心腹之患，而为子孙无疆之谋也。不若今日乘项王困敝之时，足下独占齐境，三分天下，鼎足而立，可以永保无事。若仍前不听臣言，破楚之后，必然遭无辜之祸。足下当熟思之！"信曰："张良亲来召，面许起兵去破楚矣，若今不往，一则抗违君命，二则食言卖友，三则受恩负德，纵得齐国，天下诸侯非议，他日何面目以见汉王乎？先生之言，虽为明誓，而信之心实不忍背汉也。"彻曰："足下不听臣言，他日被害之时，尚有后悔也。"韩信拂袖而入，遂令人将蒯彻扶出。蒯彻复佯狂如病，行走市上，因而作歌以叹之。歌曰：

> 隆准遭困兮公罔救，加以厚封兮乃出师；楚若存兮公势重，羽若亡兮公必夷！李斯东门兮思黄犬，郦生被烹兮念酒卮，临危思安兮悔已晚，遇难始悔兮意已迟。何如据齐土，登高而视卑，成败可立见，渔人收两持，功成一翻手，何乃不自为，舍此万世业，冒彼汤火危？吾言本金石，奈何不三思？佯狂以自废，恐为涅所缁。我歌君且听！不听吾何之？放荡南海上，远害全须眉。

蒯彻行歌于市，左右有闻之者，传报与韩信，信笑曰："不过前日所常谈也，又何听焉？"遂发号起兵，不日到成皋，朝见汉王，复又谢加封分地之恩，随安营操练人马，仍挂元帅印不题。

却说张良辞彭越起身之时，又再三嘱之曰:“将军可速起兵，一同韩元帅破楚，不可有误也！”彭越慨然应允。良遂回成皋见汉王，备道前事，王曰:“若非先生此行，三将恐难宾服。”良曰:“非臣之力，乃大王威德所及，彼自顺从也。”张良又闻韩信已到十余日，大喜。不旬日内，英布、彭越前后亦陆续俱到，朝见谢恩毕，汉王用好言抚恤，着令随处各安下营寨，总听韩元帅节制。此时各处诸侯，亦依期前来约会，自成皋、荥阳一路相连数百里，皆是汉兵。韩信查点燕王兵十五万，英布兵五万，两魏兵二十万，萧何兵十五万，臧荼兵三万，韩王兵三万，洛阳兵五万，三秦兵六万，汉王原领大兵二十万，韩信原统齐兵十五万，总会兵一百万有余；诸名将如英布、彭越、樊哙、周勃、王陵等八百余员；左右辅弼大臣并各谋士，五十余员。韩信总攒各路诸侯并文武将士及大小三军，造成文册一本，启奏汉王。王见此数目，心下甚喜，遂命萧何、陈平、夏侯婴将敖仓之粟，及三秦所运粮米，给散与三军支用。其中有随营病故阵亡者，给与赏赐棺木埋葬，仍许子孙世荫受赏。三军蒙其恩泽，莫不欢欣踊跃。

汉王整点大军已毕，召韩信计议曰:“即今人马俱已齐备，元帅有何方略？”韩信曰:“人马虽整，尚未分派，诸将部领，各占方向，臣须照诸将项下，该领多少人马，占定何处方向，作何应敌，一一调遣停当，那时可请主上车驾启行。”王曰:“还是着人下书，诱项王亲来，以逸代劳，可获全胜。”信曰:“项王屡次远来，粮馈不便，以致取败，今闻诸侯大兵在此，岂亲自来？不若主上亲往，离彭城五里外安营，诱项王提兵前来，臣将所操练过人马，布成阵势，使项王此来，无复再往之理。”王闻信言大喜。韩信遂领诸将并大小三军，听候征进。

未知如何布阵，且看下回分解。

第七十八回

汉王大兵出成皋

却说汉兵一百万，虽各诸侯部领，皆是韩信约束，队伍不乱，旗帜齐整，坐作进退，各有法则。汉王遣张良赍赏赐羊酒犒劳，韩信拜领。张良因便问曰："元帅人马调度齐备，今日即可兴师，尚不进发，何也？"信曰："行军须卜吉地，然后可以屯兵。今日差人踏勘阳武一路，前至徐州，未有善地，惟九里山之南有垓下，高岗峻岭，前有掩伏，后有遮蔽，汉王生旺之地，项王败亡之所，此处极好屯兵，差人探看，尚未回复。待有的实，方好进发。"良曰："某夜观乾象，汉运甚盛，五星倍加明朗，紫微星与列宿更光耀，正应主上当成大业，鸿基绵远，非近代可比。元帅可早建奇功，以安天下，解百姓倒悬之苦，某等亦得攀龙附凤，行云幸际也。"韩信曰："大兵在此岂可久住？只待差人回话，便请主上启行。"

却说霸王早有细作报入彭城来，说汉王会天下诸侯，总精兵一百万，自荥阳至成皋，相连八百余里，前后屯兵二百处，夜则火光烛天，昼则旌旗蔽日，声势与往日不同；韩信终日调度操演，陈留敖仓各处运粮不绝，闻说指日进发，从阳武大路而来，要在徐州驻兵，与陛下对敌。霸王闻差人言，寻思当日范增曾说汉王志不在小，后日必成大事，劝我鸿门杀之，以除大患，不思今日果成此大患！急召项伯、项庄、季布、钟离昧、周兰等计议：“汉王令起大兵，与朕对敌，奈楚兵止三十万，各处人马俱未到，即欲与战，恐不能取胜。”众将曰：“江东乃陛下起兵之处，人心治化日久，可差人自会稽以东调取精兵数万；舒六等处，见今周殷镇守，一向陛下亲证，周殷累次不来协助，可差人问罪，就着彼待罪统本部人马前来约会以破汉。如临近郡县，急行檄文调取民兵，可得数万。”霸王曰：“周殷久在舒六，闻说与英布甚相得，今英布降汉，惟殷独存，狼子野心，终非池中物也，不若赚来杀之，以除目前之患。”项伯曰：“陛下之言极当。”于是差千户李宁赍檄文二道，取周殷，调民兵，疾去早回！

李宁一日到舒六见周殷，即将檄文付殷，殷开读，檄文曰：

> 周殷久守舒六，兵马想已精练。目今汉兵与楚会战，差千户李宁檄取汝星夜前来，会兵与汉决战，不可如前征取不至，以蹈防风后来之咎，实取罪戾，非假空言，故檄。

周殷看罢檄文，自思：“霸王势已孤弱，性又暴横，我若复去，必遭诛戮。不若因而起兵，独占舒六，坐观胜负，待汉王破楚之后，约会英布降汉，不失封侯之贵。”乃谓李宁曰：“舒六多盗贼，我今在此镇守，一时下可暂离，汝且回去，待平贼之后，方可动身。”李宁曰：“事有缓急，舒六虽有盗贼，不过一时之患；见今汉楚交兵，事在危急，将军不作速往救，乃以舒六为重耶？”周殷曰：“在汝以彼为重，在我惟知此地为急。霸王不听亚父之言，轻信反间，多生疑忌，置我于此地，我正借为养老计耳，岂可暂离？”

李宁知周殷心志已变，不敢再言，辞别过江。一日到会稽，会稽太守吴丹，接檄文开读毕，知霸王调取民兵，约会与汉交战，乃随召左右计议，转行吴下诸侯，调取人马，旬日内共起兵八万，令副将郑亭管领，同千户李宁赴彭城见霸王，具说周殷抗拒，不肯起兵，止到会稽及各郡县，共会兵八万，前来复命。霸王闻说周殷无状，甚怒，就要起兵先杀周殷，以檄韩信，然后破汉。项伯曰："周殷乃疥癣之疾，何足为虑？汉王乃心腹大患，陛下当急早发兵征进，岂可自缓？"霸王从伯之言，整点三军并临近人马，俱已会齐，共大兵五十万，预备与汉交兵。

却说韩信差人踏看九里山地势，其人写就图本，呈与韩信看，信看毕甚喜，乃请李左车商议曰："九里山乃天生一战场也，左山陵，右川河，前有照应，后有隐伏，调兵遣将，最好布置。但不知何以赚霸王到此地，先生必有妙策，请即谋之。"左车曰："霸王虽欲起兵进发，左右谋臣，必有阻之者，彼若深沟高垒，坐守不战，我兵势重，费用不赀，岂能久住？彼却乘其敝而与之战，我兵必败。为今之计须用一人诈降，投入楚营，假作乡导，蛊惑其心，利而诱之，而霸王为人易于信谗，轻于左导，起兵一来，必入陷阱。若霸王此来，决不出元帅之计，破楚之功，在此一举。"韩信大喜曰："诈降之人，非先生不可，先生原赵臣，素有重望，若肯善为一言，彼必听信。霸王倘中计而来，吾战必胜，先生之功不小矣！"左车曰："某久在帐下，深蒙知遇之德，图报无由，若赐差遣，依命就行。但元帅今当早发大兵，某到彼用数句言语，管教项王投九里山而来，助元帅成破楚之功也。"

左车遂辞韩信，带领原旧赵国数从人，径往彭城来，先到客店安歇。次日早起到司马府见项伯门吏，且说："某乃旧赵国广武君李左车，投见老大王一面。"门吏入内禀复项伯，伯思李左车乃赵谋士，今来相见，有何说话？遂令左右请相见。李左车与项伯相见行礼毕，伯曰："闻贤公在齐与韩信为幕客，今何下顾？"左车曰："赵王不听臣言，遂命陈馀与信交兵，被韩信背水阵破赵，斩陈馀于泜水，臣无处安身，一向在韩信帐下为谋士。岂料韩信因汉王封为齐王，妄自尊大，凡有筹画，皆自决断，在帐下者言不听，计不从，遁去者十常八九。臣闻楚王见今起兵与汉兵交战，愿投麾下，早晚或有何计议，臣虽不才，图效犬马，料韩信之谋，不出臣之机括也。”伯曰：“两国交兵之际，诈谋奇计甚多，恐先生此来，或诈降以探楚之虚实，不敢信也。”左车曰：“大王误矣，臣不过一谋士，又不能披坚执锐，冲锋破敌，惟在左右为大王画计耳，听与不听在大王。楚之虚实，韩信时常有人探听，不待臣而后知。大王若疑臣，是臣误投其主，为不明也；一身飘荡无依，为不智也。不若死大王之前，以绝其望！”遂拔左右所佩剑，欲自刎，项伯急抱住，负罪曰：“是某当此扰攘之时，先生从汉营而来，安得不疑？先生亦不可深怪。但语言粗率，似非待贤之礼，幸望恕罪恕罪。”即请左车入坐，相叙款饮，留宿一夜。

次日，引左车朝见霸王，备说左车投降之意，霸王曰：“朕左右正少一谋士，得左车归降，适合朕心。”随命左车入见，霸王曰：“朕素闻广武君之名，当时尚欲赵国取来，为朕画谋，今日得侍朕前，足有裨益。”左车曰：“臣在赵，赵王不能用臣，遂为韩信谋士，韩信又不用；故一身无主，四海无家，特来投陛下，如婴儿望父母也。陛下如留臣，臣竭尽驽骀，为陛下效死；陛下若疑臣不用，臣将蹈东海而死，亦不欲为天下弃人也！”霸王曰：“汝既实心归我，当朝夕奉侍左右，吾将与子有所谋焉。”自此项王留左车为谋士，又见左车语言出众，容貌动人，霸王甚喜，遂居然不疑矣。

且说汉王屯兵日久，恐粮食不给，谓韩信曰：“此时正好出师，未知元帅以为如何？”信曰：“连日人马调度齐备，目今就请车驾启行。”汉王曰：“大军虽陆续进发，但前驱必须精选两员大将为先锋，庶仰体寡人之意，又不可惊扰居民。今预先晓谕前路郡县，凡有顺心投降者，即便安抚存恤，使仍旧在彼管理地方，秋毫勿得干犯，如此方是良将。不知元帅帐下有此等人否？”信曰：“臣前破赵之时，在彼驻扎人马，因招集四方勇敢之士，臣得两员大将，皆有万夫不当之勇，一向调用，甚得其力，且为人忠直，行事安详，若命为先锋，足能与主上建功。”王即召二将相见。二将到帐下，行礼毕，立于王前，王看二将身材凛凛，相貌堂堂，便问将军乡贯姓名，二将曰：“臣等自幼不务恒产，惟好弓马，因秦乱，埋名于泰山登云岭，闻韩元帅招纳四方壮士，臣愿投于帐下。臣一人姓孔名熙，一人姓陈名贺，孔熙先祖原蓼县人，陈贺先祖费县人。后移居东齐，遂家焉。”王大喜，遂封孔熙为蓼侯，封陈贺为费侯，一总领精兵三万，为前路先锋。二将叩头谢恩毕，就领兵先行。随后汉王大兵出成皋，相连数百里，接续不断。

但不知此行与楚交兵，胜负若何，且看下回分解。

第七十九回

周兰谏霸王出师

大汉五年八月日，汉王大兵出成皋，韩信为大元帅，遂统领诸将进发。一路孔熙、陈贺二先锋，秋毫不犯，所到郡县，望风归服，二将着令照旧管理，地方百里，箪食壶浆，以迎王师，大兵不觉早到九里山，相连数百里，各立营寨。孔熙、陈贺就朝见汉王，且说："赖大王威德，一路不动声色，郡县望风归降。"王赏劳二将，就令左右安两营，守护大营。命萧何催攒粮储，以给军需。又差两起细作，探听彭城消息，有信急早来报，好作准备。

不说汉王屯兵于此。早有彭城细作，打听汉王屯兵于沛郡，星夜报与霸王。霸王望西指而大骂曰："吾不杀此胯夫，誓不班师！"便要吩咐三军，克日就起兵。季布、周兰谏曰："不可！韩信伪计多端，陛下若动怒，才一起兵，必中奸计。"霸王曰："朕纵横天下，未尝受一日之辱，若按兵不动，使诸侯闻之，岂不取笑？"急欲传旨起兵。周兰复又谏曰："汉兵势重，又兼韩信诡计甚多，陛下不可轻敌。以臣愚见，只可深沟高垒，勿与之战，发檄文调各处诸侯前来救应，仍差人过江借会稽各郡县粮米以为军需，与彼相持日久，彼军决定疲乏，供给不便，那时陛下以逸代劳，鼓兵而西，一战可胜，使韩信无以用其谋，张良无以算其策，汉兵四散奔溃，楚兵相袭于后，荥阳、成皋，随手可得也。若陛下不依臣言，空壁而作，寡不可以敌众，倘战有不胜，陛下将何以适从乎？”霸王沉吟不决，遂回宫见虞姬。姬曰：“连日闻汉兵将近，陛下何以御之？”霸王将周兰之言，诉说一遍。姬曰：“周兰之言，极为有理。如陛下从其谋，社稷可保无事，不然恐难取胜，彭城亦不可守。陛下当思之！”霸王曰：“明日当与群臣计议。”

次日，霸王会群臣复议之曰：“周兰劝朕勿与汉战，此议何如？”李左车曰：“陛下如不亲往，汉兵知楚怯也，决进攻彭城。彭城倘不能守，陛下将何往乎？为今之计，陛下统兵急与之战，如胜，则汉必走矣，如不胜，归守彭城以为根本，调取各处人马救援，亦可接次而来，又兼汉兵久住自疲，我兵乘其敝而攻之，汉兵决败。陛下舍此必胜之策，而欲从群臣守株之计，不亦误乎？”汉王曰：“左车之言，正合吾意！”遂传令起兵，急往沛郡进发。方出城，忽大风骤起，将中军宝纛旗折为两断，三军尽吃一惊。霸王所乘乌骓马，行至玉楼桥下，大嘶数声。周兰、项伯见霸王此行，各相议曰：“大旗被折，龙马长嘶，此非吉兆，何不扣马以止前进？”又着虞子期于后车急奏虞后，劝止进兵。

且说霸王，到十里西关，只见周兰、项伯大小文武众臣，俱在驻节亭，请霸王暂且少憩。众臣时膝近前启奏曰：“陛下方出城，大旗折倒，龙马长嘶，此行兵之所忌也。不若旋师，少待数日，再差人打听汉兵消息，看缓急如何，然后进兵不迟。”霸王曰：“纣以甲子而亡，武王以甲子而兴，何验于彼，而不验于此？大抵风折旌，马长嘶，亦偶然耳！岂可大兵既出，内外皆知，复又回师，反致百姓猜疑。倘汉之细作知之，使传闻于彼，决笑朕之怯也！”随起身挥动人马，方欲前进，左右来报：“虞娘娘差人上书。”项王笑曰：“御妻差人上甚书？有何话说？”拆书观看，乃虞后亲笔车中所就也。其书曰：

文王听后妃之谏而成圣，大禹读涂山之箴而兴夏，自古帝王未有不从谏而成治也。妾本妇人，无远大见，比闻汉将韩信，诡计百出。须当预为防备。周兰等之言，字字有意，实为效忠，陛下不可不听。况今日之行，大风折旗，乌骓长嘶，此上天示警，陛下尤当退省，岂可谓寻常之兆而忽之耶？

霸王观书，方有趑趄之意，忽李左车急趋近前曰："适有臣家人过沛郡，亲见汉王领一枝兵回成皋，信亦有回兵之意。臣料汉兵太多，军粮不敷，恐陛下大兵一临，决难支持。兵法有云：兵多将累，况无粮乎？陛下若乘彼三军无粮而征之，不战自乱，必克胜矣。"霸王闻左车之言，遂决意西向，无复留恋。又见前部人马已行五十里之外，难于挽回，长驱前进，再无有敢拦阻者。

不日早到沛郡，离城五十里安营毕，差人打听汉王在否？韩信消息如何？去人不多时，回奏汉王大营在城外六十里栖凤坡，终日高歌饮酒，各处人马相连结营，络绎不绝。韩信大营在九里山之东，操练人马，亦无回兵之意。城中四门不闭，随人往来。霸王闻说，急召李左车，连呼数次，不知所往。左右来报，昨晚李左车领从人并带来行装，径自逃走，不知去向。霸王大怒曰："左车实韩信所使，诈来投降，以观朕之虚实！"召项伯责之曰："汝不审左车来历，误举于朕前，以为可用，朕一时不察，信其巧言而听用，误吾大事者，皆汝之罪也！"伯曰："臣听左车素有声名，因见投降，遂举用于王前，误中奸计，实臣之罪。"霸王怒气不息。周兰等劝谏曰："项司马这是忠心为国，一时未审奸计，轻于举用。今既大兵到此，且理论出战应敌之策，不必追悔前事。"霸王从其言，遂黜免项伯，乃重赏周兰等。当日回帐见虞姬备说："李左车投降，诱我到此，悔不听御妻之言！"虞姬曰："妾言不足惜，惟望陛下奋力出战，恢复鸿基，奖率诸将，同心协力，早奏凯歌，其他不必较也。"霸王曰："御妻之言，正合我意。"

次日，升帐召诸将曰:“尔等从吾数百战，未尝败北，今日汉兵势重，不应轻敌，须要倍加用心。钟离昧领兵三万在左哨驻扎，季布领兵三万右哨驻扎，桓楚为前部，虞子期为后应，诸将随朕出战。若彼败，可速追，若彼胜，四面救援，务要仔细提防，各相保守。料一月之间，汉兵粮尽，自然走矣。”诸将拜伏曰:“陛下神算，非臣等所及也。”

不说楚兵安营于沛城之东。且说韩信调度诸军，各有方向，随处各有隐伏，兵多而有纪律，将分而有定守，变化不常，随机运用，十分严厉，专等楚兵到来。只见小校报入中军，左车回汉营，韩信急请相见，备说诈降入楚，尽知霸王虚实。信曰:“若非先生此行，项王不来，吾兵岂可久居?倘各处救兵再到，急难取胜。今幸项王到此，但不知何以使彼深入重地，以中吾计?先生有方略，愿听金玉，以剖群疑。”李左车曰:“元帅想有妙策，故此下问。臣有一言，不知合否?”韩信遂拱手听左车之言。

未知有何议论，且看下回分解。

第八十回

九里山十面埋伏

却说韩信欲引项王深入重地，求计于左车，左车曰：“霸王累次被元帅诱引，以致取败，若复行此计，恐霸王识破，决不追赶。明日出阵当请主上答话，主上以言语激之，而向西急走，霸王性暴，决难容忍，定要追赶。如有左右谏止，臣请中途以身当之，彼想日前诈降之恨，岂肯便罢？臣大笑逃走，霸王愈加忿怒，必然前进。如此可引十数里，可入重地。元帅高见，不知以为何如？”信曰：“此论正合吾意！”随同左车到汉王大寨，见汉王具说前事，汉王曰：“吾左右须预备大将以当之。”信曰：“即着孔熙、陈贺二将为大王羽翼，王引项王可向西会垓而行，臣于彼处已有布置。”汉王大喜。君臣密密计议停当。

却说韩信复到中军，传下将令，着大小三军，听候发落。次日，诸将俱到帐下伺候。韩信曰：“主上自出褒中来，与项王五年之间，亲经七十余战，劳师动众，万苦千辛。今项王势孤力弱，胜负之决，在此一举；诸君务要竭力报效，各图裂土而封，以成万年之业；进当奋勇，退当固守，麾左则左，麾右则右，听吾指挥，共成王事。”诸将应声而诺曰：“敢不听元帅号令。”于是韩信按《周易》布阵：乾为天，令王陵管之，引副将十六员，大兵四万五千，旗帜六十四面，在西北方埋伏；坎为水，令大将卢绾管之，引副将十六员，大军四万五千，旗帜六十四面，在正北方埋伏；艮为山，令大将曹参管之，照前引军在东北方埋伏；震为雷，令大将英布管之，照前引军在正东方埋伏；巽为风，令大将彭越管之，照前引军在东南方埋伏；离为火，令周勃管之，照前引军在正南方埋伏；坤为地，令张耳管之，照前引军在西南方埋伏；兑为泽，令臧荼管之，照前引军在正西方埋伏。前布八卦，后设五行，左辅右弼，各有方向。夏侯婴领兵十万，随汉王后为应接之兵；子房领兵十万，在左掖为防护使；陈平领兵十万，在右掖为救应；使孔熙、陈贺领兵二万，为羽翼；吕马通、吕况，领兵二万，为日月；靳歙领兵一万二千，副将十二员，为十二方位；柴武领兵二万八千，副将二十八员，为二十八宿；大将任敖领军二万五千，看守汉王大营；刘泽领军三千，在鸡鸣山虚张旗帜，遥为之势；刘交领兵五千，巡哨后军；薄昭、孙可怀、高起、张仓、戚思等，各领兵一千,四边催督人马前进；陈豨、陆贾、傅宽、吴芮等，各领军五千，从小路在徐州左近，待楚兵空壁出城，即乘势入城，捉住霸王宫眷，安抚百姓，勿得擅自抢虏，四门拔楚帜，尽立汉帜；灌婴佯败，引霸王入会垓；待霸王败后，中郎骑将杨喜，与五军都尉杨武，左军司马王翼，右军司马吕胜，在乌江左右埋伏。诸将随韩信摆成阵势，各有方向，俱已完备。

有王陵等近前曰：“元帅一向操练人马，布置军阵，某等俱已明白。但今九里山去沛县一百八十里，此时楚兵五十万,四方安下营寨，元帅欲令某等去九里山埋伏，不知从何路而去？在何处埋伏？不知元帅在何处对敌？主上在何处引战？请问其详，以决群疑。”信曰：“某未来此处，与楚交兵，预先数次差人踏看地方，细访埋伏处所，然后分调诸君，各守方位，如不知去路，何以取胜？九里山在徐州城北，离城九里远。项王被左车诈诱来沛县，心甚懊悔，今与吾战，一败之后，决奔彭城。吾因算定此山，极好埋伏，不待霸王进城，就令诸君布此阵势，将项王围困在内。四边皆是汉兵，使项王进无所往，退无所守，决欲过大江，以求救应。某又遣四大将在乌江埋伏，项王亦难渡江，此处定然擒获成功。诸路人马可往西而行，从固陵北路沿黄河岸边，从归德郡绕虞城县二百里，倒转入彭城九里山。此山旧名九嶷山，相连有四座山，城东北有鸡鸣山，城西有楚王山，城北有圣女山，周迴有二百里。项王到彭城，见城上有汉兵旗帜，决不敢近城，却从北走。诸君人马四合而来，岂能出此重围？某已算定方向，然后敢诱楚兵至此，使往回劳苦，再无军需，所以为必胜之说也。”王陵等拜伏在地曰：“元帅神机妙算，古今罕有也！”

韩信发落诸将已毕，只见帐下一人高叫曰：“元帅何视人如土木耶？”信视之，乃舞阳侯樊哙也。信曰：“诸将皆有方向，独将军未有调用，非信轻将军也，但有一大任，欲将军管领，恐一时误事，则百万雄师，如无眼目矣。”哙曰：“元帅有何遣用，某竭力前进，如少误事，决听元帅以军法治之，虽死亦不敢怨恨。”信曰：“诸君大军到九里山，当左者则麾左旗，当右者则麾右旗，当前者则照前而麾之，当后者则照后而麾之，四面八方，转移布置，全看中军大旗调度。目今诸事俱备，惟少此一节，欲劳将军，于九里山高岗之上，领精兵三千，执掌大旗，指挥三军，各投方向，又全仗将军眼明手疾，随机应变，远望项王所向之处，以为动转。”哙曰：“白日可望大旗，若晚间何以为号？”信曰：“晚间执一大灯笼，高竖起山顶上，却看火把不动，而各占方向者，乃汉兵；若奔走而趋前不定者，为楚兵；挥转灯笼，自有照应。将军须用心，不可有误！”樊哙得令，同诸将向固陵密密进发。止汉王大兵，并左右前后四起，随韩信与楚交战，其余尽数东行不题。

却说霸王召季布等计议曰：“昨差人四边探听，汉兵委的势重。汝等分为六起进发，仍着钟离昧、周兰随朕防护，以为救应。朕亲领兵二十余万，其余三十万乃六起大将管领，着虞子期守护中军。”霸王一骑马早出阵前，传与汉王：“急早与吾决战，两家成败，在此一举，不可仍前迴避，却教韩信暗施诡计，非大丈夫之所为也！”于是汉王全装甲胄，耀武扬威，来到阵前，要与霸王对敌。

未知果与对敌否，且看下回分解。

第八十一回

楚霸王会垓大战

却说项王出阵，只要与汉王决战。汉王亦全装甲胄，出到阵前，与项王答话，左右有孔熙、陈贺簇拥而来。项王大呼曰:“刘邦！前日固陵之败，免汝一死，今整兵而来，定与吾决战；况五年之间，经数十场，不曾一日交兵，亦不知汝武艺如何，今日务要决个胜负。”汉王曰:“用兵决胜，在谋不在勇，吾但与你斗智不斗力；尔到处不过恃血气之勇，终取横亡，岂足为强！”霸王大怒，举枪望汉王刺来，孔熙、陈贺二将齐出，接着霸王对敌。霸王忿怒，与二将交战，两边大兵各退五十步远。霸王战二将，比平日倍加奋力，二将战霸王，各逞雄威，荡起一缕征尘。杀到五十回合，胜负未决，霸王大叱一声，如半空中起一个霹雳一般，惊得二将的马倒退数步，陈贺急用手拉回马时，不防霸王一枪，刺中左胁，翻身落马。孔熙急欲救应，霸王又一枪刺来，急低头闪过时，枪已搠着盔顶，盔已落地，孔熙散发逃走回阵，却得靳歙、柴武二将抵住霸王，以此孔熙不曾被伤。霸王见二将来战，正欲交锋，只见汉王勒马立于高坡上，尚自未退，霸王撇了二将，径奔汉王，早有夏侯婴急引兵保定，向东北逃走。霸王挥动三军，鼓噪前进，尽力追赶。未五里路远，两边渐渐汉兵围绕上来，季布急止之曰："汉兵虽前行，人马不退，声势益振，恐是诈计。陛下可收兵暂住，以防攻扰。"项王从其言，正欲回首，只见李左车在前大叫曰："臣在楚，多蒙陛下眷顾之恩，今陛下已入彀中，不若投降，臣即引见汉王，免遭诛戮。"霸王大怒曰："前日误中匹夫之计，正要碎尸万段，以雪此恨，今又复向我前巧说！"仍又策马追赶，初时李左车在前奔走，霸王在后紧赶；行了十余里，李左车忽然不见，惟见汉兵四面杀来，楚兵不得动，急难收拾，被汉兵生力军杀得四散奔溃。霸王已知深入重地，又闻炮声不绝。须臾韩信大兵四面八方杀来，围住了霸王，有季布、钟离昧等，紧跟定左右，一面协助冲杀，不得脱身。又见靳歙、柴武、孔熙等，仍分兵而出，霸王当此溃乱之际，无心恋战，只得同诸将杀出重围。后边韩信大队人马，蜂拥进发，如山崩海沸。霸王回看自己兵丁，不知截在何处，止有数千败残人马，跟随望前奔走。正在忙中，只见周兰引本部大兵杀入重围之中，接应霸王。霸王得周兰这支人马，遂冲杀而出，汉兵纷纷攘攘，两边退去。

霸王杀至黄昏时候，方到楚营，虞子期接入中军大寨，方喘息少定，与虞姬相见，备说："汉兵势重，恐难驻扎，不若今夜半之时，仍回彭城，再整兵马，另作区画。"虞子期曰："适间传闻有汉兵一枝，往彭城抢掳宫眷，未知的否？今陛下欲回彭城，恐为徒行。不若乘大营人马，尚有二万，并各处逃回者，尚有五万，合兵一处，今夜起身，前往荆楚湖襄一带驻扎，重整人马，养威蓄锐，尚可恢复旧业。不知陛下圣意何如？"霸王曰："许多官员俱在彭城，传来之言，未必实的。我欲径到彭城，取了宫眷，前往山东鲁郡驻兵，相去不远，庶好接济军需。"众将曰："陛下所见甚当。"遂暗传令，着大小三军快造饭，束装回彭城。三军造饭，饭毕已过夜半矣。大兵望东一条大路回彭城。

一日到萧县，离彭城五十里，早有汉兵陆续南路进发，遥望东山一带隐隐旗帜布列，无数人马，在彼往来。霸王大惊，问左右曰："此处亦何汉兵之多？想天下诸侯俱会合在此，为之奈何？"钟离昧曰："前有汉兵之阻，后有韩信追袭甚急，各路诸侯又屯兵在此，想彭城已为汉得矣。不若陛下同臣等领八千子弟径投江东，以图再举，不可恋恋于此，恐难脱身。古人云：'兵多将累，费用不敷，系念劳心，决遭困惫。'陛下若不急从臣言，悔无及矣！"周兰曰："钟离昧之言极为有理。陛下亦当俯就。"霸王性躁，大言曰："朕自起兵以来，所到扑灭，今虽兵多，料汉诸将中，再无朕敌手，何乃弃兵逃遁，使诸侯闻之，不亦耻笑乎！汝等随吾军后，看我力战汉将，若锋芒少挫，即自杀以示其弱。"诸将见霸王性起，再无人敢谏，遂调动人马前进。

将近彭城，早有小校来报，彭城四门尽列汉赤帜，彭城已为汉得矣，四门俱是汉兵拦阻，霸王遂下马，重整戎装，大叱一声，向鸡鸣山杀到九里山。只见山顶上，一声炮响，大旗麾动，四面八方围合上来，西北王陵，正北卢绾，东北曹参，正东英布，东南彭越，正南周勃，西南张耳，正西臧荼，各举兵器敌住霸王。霸王举枪敌众将，金鼓大作，杀气冲天。霸王左冲右突，一上一下，一往一来，就如龙腾于大海，虎跃于前崖，抖擞精神，力敌众将。众将退后，复有薄昭、孙可怀、高起、张仓，戚思五将，截住厮杀。霸王略无惧怯，战二十回合，枪刺伤孙可怀，马冲倒戚思。正赶杀诸将，复有陈豨、傅宽、柴武、吴芮，自圣女山来，谷口杀出，拦住霸王，各举兵交战。未及十合，诸将败走。一日之间，霸王敌汉名将六十余员，马未倒退，枪未点地，回视楚将曰："我今与汉交兵果力弱耶？"诸将曰："陛下乃天神也！古今威武，再无可比。日将晡矣，陛下可暂安营于此，请娘娘少歇。"于是遂命虞子期请娘娘到帐中相见。霸王曰："御妻今日被汉兵围困，一路甚是惊恐？"虞姬曰："妾仗陛下天威，又得诸将防护，心有倚赖，忘其恐惧。又闻陛下一日战汉将六十余员，恐圣体劳倦，亦当将息。”霸王曰：“昔救赵之时，九战章邯，数日未得饱食，尚获全胜，今一日之间，何足为劳！”左右闻之，莫不骇然。周兰等复近前奏曰：“陛下今日虽胜诸将，但汉兵势重，四面围困甚紧，今晚须防攻劫，各营更要仔细守把。”霸王曰：“此言正合吾意。”即传令着大小三军，今夜省睡，仍令八千子弟俱在军中左右护防。遂命行厨置酒与虞姬夜饮。

却说韩信见汉将敌项王不过，急召李左车计议曰：“明日不必与霸王对敌，只将九里山大兵四面围困，随处多设战车，遍插旗帜，相持一日，楚军粮尽，人马驻扎不定，自然内乱四散逃走。项王欲出不能，欲守无粮，正所谓内无粮草，外无救援，安得不败？若与对敌，项王英勇，万夫难当，徒自摧折，岂为良策？”左车曰：“项王虽然英勇，所恃者诸将与八千子弟耳。纵使三军虽逃，而诸将与八千子弟，相从日久，决不肯遽散。如有妙计，必得诸将解体，八千子弟离散，项王盖世英雄，一人之力，亦难独守。若今日诸将不去，八千子弟不散，虽然无粮，事急奋力，齐心冲杀，我军不能抵当。项王得出重围，急过江东再整兵马，元帅又须一二年，方得平定。不若此时极力攻取，一战胜楚，大事定矣。”信曰：“先生之言，语语有理，但无人解散楚军，以施此妙计。必须差人请子房来，看他如何。况子房机变最多，与之商议，定有奇策。”遂着陆贾入左哨，请张军师来，有话计议。

陆贾去不多时，只见子房策马而来，遂与韩信、李左车相见，信曰：“近日见项王英勇，诸将不能敌。又见楚将季布、钟离昧等齐心协助，又有八千子弟相守不去，恐一时复出重围，投向江东，急难取胜。夜深请先生求教，幸望不吝珠玑，愿赐一言以开茅塞。”张良曰：“此亦何难！只是使楚将解体，八千子弟分散，一人孤立，岂能持久？十日之间，项王可擒，天下可定矣！”信曰：“韩某亦如此说，但无人施此妙计，敢请先生求教，想先生必有奇策，幸望明示。”张良遂起身向韩信、李左车前，密密道了数句言语，可使诸将心志懈怠，八千子弟自然离散。

但不知其言如何，且看下回分解。

第八十二回

张子房悲歌散楚

却说韩信求计于张良，张良移席近前，密与韩信、李左车曰：“某少游下邳，曾遇个异人，喜能吹箫，音调悠扬，律吕哀切。因与会饮，终日向异人学箫，传受一月，不觉遂能吹此箫。异人尝说箫乃古乐，其原本自黄帝，截竹为萧，长尺有五寸，按五行，十二干支，八音克协，以和天地，乃中吕之气。后大舜作箫，其形参差，以象凤翼。古之善吹箫者，有秦女弄玉，仙人萧史，皆有重名。此箫一吹，使凤凰来仪，又能致孔雀、白鹤舞于阶下；故箫音足以感慨人心，以动归乡之思，故曰‘乐人闻之则乐，忧人间之则忧’。今当深秋之时，草木零落，金风初动，远乡之人，情思最是悲切，其夜静更阑之际，投鸡鸣山一带吹动此箫，悠悠余韵，耿耿悲声，使字字为之断肠，句句为之解体；管教一吹之后，八千子弟不劳元帅张弓支矢，自然离散。”韩信即拜伏在地曰：“先生有此妙技，虽秦女萧史，不能及也！”良即答礼，相约已定。次日，遂按兵不与楚交战，四边多设战车，增添甲士，严加巡哨。仍令萧相国催管军粮，各路诸侯分头运粮，以接济军储。分付樊哙山顶上鸣锣击鼓，以扰乱军心。仍令灌婴时常在楚营左右埋伏，待霸王或出营冲阵，即令拦阻，催报各营一齐奋力攻战。

却说霸王一连三日亦未出阵。有季布、项伯等入营来见霸王曰："即日三军无粮，战马无草，军士暗地埋怨，倘有诈变之人，蛊惑其心，必然生乱。事已到此，十分紧急，不若陛下领八千子弟、臣等领各营人马，同心合力，杀出重围，投荆襄或江东，随陛下所往。"霸王曰："军已无粮，实难支持，不若杀出为是，但恐汉兵势重，不能出耳。"季布曰："臣观八千子弟，一向随陛下冲锋破敌，最能当先，所到之处，无不取胜，汉兵一见莫不风靡。陛下可领子弟兵，冲杀头阵，臣等各领本部人马，保娘娘断后。若头阵陛下打开，后阵自然以次而退，臣等得出重围矣。"霸王曰："尔言甚当。"随传令："着三军明日随我冲杀汉兵，以出重围，俱要奋力当先，勿得退后！"

军士得令，暗地商议："我等从军日久，衣袄破绽，未得缝补。当此深秋之时，天渐寒冷，连日缺粮，救死不能，如何冲杀汉兵？"众人捱到黄昏之时，将近一更之初，偶闻秋风飒飒，木落有声，客思无聊，已动乡关之念；况四野干戈，绝粮遭困，难当愁苦之怀。只见众军三个成群，五个一起，正在纳闷之际，忽听高山之上，顺风吹下数声萧韵，一曲悲歌，清和哀切，如怨如诉，透入愁怀，感动离情，泪下千行，百计难解。一声高，一声下，一声长，一声短，五音不乱，六律和鸣，如露滴苍梧，如鹤唳九皋，如声送玎冬，如漏滴铜壶，愈伤而愈感，愈闻而愈悲，虽铁石之肝肠，亦为之摧裂，虽冰霜之节操，亦为改移，离散英雄之心，消磨壮烈之气。其歌曰：

九月深秋兮，四野飞霜；天高水涸兮，寒雁悲怆。最苦戍边兮，日夜傍徨；披坚执锐兮，骨立沙岗！离家十年兮，父母生别；妻子何堪兮，独宿孤房。虽有腴田兮，孰与之守？邻家酒熟兮，孰与之尝？白发倚门兮，望穿秋水；稚子忆念兮，泪断肝肠。胡马嘶风兮，尚知恋土；人生客久兮，宁忘故乡？一旦交兵兮，蹈刃而死；骨肉为泥兮，衰草濠梁。魂魄悠悠兮，不知所倚；壮志寥寥兮，付之荒唐。当此永夜兮，追思返省；急早散楚兮，免死殊方。我歌岂诞兮，天遣告汝；汝其知命兮，勿谓渺茫！汉王有德兮，降军不杀；哀告归情兮，放汝翱翔。勿守空营兮，粮道已绝；指日擒羽兮，玉石俱伤。楚之声兮散楚卒，我能吹兮协六律。我非胥兮品丹阳，我非邹兮歌燕室。仙音微兮通九天，秋风起兮楚亡日。楚既亡兮汝焉归，时不待兮如电疾。歌兮，歌兮，三百字，字字句句有深意，劝汝莫作等闲看，入耳关心当熟记！

张良自鸡鸣山，吹至九里山，沿山吹数十遍。又令汉卒学此楚声，随处歌之。况当夜静更阑之时，音韵凄楚，最能悲感。吹得楚营中人人涕泣，个个心酸。初时尚自流泪情切而已，既听之后，越思越想，遂悲切烦恼，各人便道："此必是天遣神仙下降，救我等性命，故使吹此洞箫，欲我等逃命。我等若忍饥受寒，守此空营，倘汉兵一冲杀来，连日饥饿，如何抵当俱是死数，父母妻子，不得见面，却不是逆上天之意？莫若乘此月明之际，早早逃走。倘汉兵捉住，就见汉王，备说楚营无粮，饥饿难忍，又见汉兵势重，恐难逃生，情愿各散回乡，以见父母，哀告大王，乞赐放生。料汉王仁德必不害我等性命，岂不强似横死刀剑之下？"众人商议已定，各束行李，不由诸将号令，一哄都散，四散奔汉。不一时，八千子弟，各营军士，十散八九。

诸将欲奏霸王，此时方二更时分，霸王与虞姬寝熟，不敢启请。诸将计议："三军已散，止我等千余人，倘汉王探看楚营空虚，四边攻杀进来，霸王被擒，我等性命亦难自保。不若杂在众人逃走之中，夜晚不辨彼此，得出重围，再与霸王报仇，还有生路。若同霸王一时受死，生既无益于国家，死亦与草木同朽矣，岂非愚之甚耶？"钟离昧曰："诸君之言甚当。"众将遂弃马，各束行装，亦同众军士逃走。惟项伯自思："我昔日鸿雁川曾救张良一死，又与汉王结为婚姻，何不往投张良，求见汉王，仍结二姓之好，封拜为侯，不失楚家之后，庶宗祀不绝，岂不美乎！"遂仗剑寻问张良营寨。有周兰、桓楚二将曰："我等受霸王知遇之恩，虽死不忍舍去。彼众人皆是贪生惧死，假为巧说，猪狗禽兽不如也！岂足挂齿？我等纠聚楚卒，见有八百余人，守定中军，急请主上醒来，舍死冲杀出去，以图再举。若天不佑楚，或霸王遇难，我等一同赴死，生则君臣相聚一处，死则魂魄亦不相离，乃大丈夫之所为也！”二人独立帐外，奖率八百楚卒，守住寨门。

却说楚兵并诸将，当此百万汉兵，如何逃走？因是韩信于张良方吹箫之时，即吩咐灌婴传令说与各营，待楚卒四散之时，任从逃走，不可拦阻。以此众将杂于乱军中，亦得逃走，遂出重围。有周兰、桓楚正欲飞报霸王，霸王已醒，披衣而起，观望四壁，乃大惊曰：“汉皆已得楚乎？是何楚人之少也？”周兰、桓楚急到帐下悲泣曰：“楚兵被韩信用计，遍山吹洞箫数阕，吹散楚兵，诸将亦皆亡去。惟臣二人纠聚楚卒，止八百余人，听候陛下。陛下正当乘此横乱之时，同臣等急冲杀出去，尚可脱此重围，不然，汉兵知楚营空虚，协力攻击，兵微将寡，何以御之？”霸王闻说，泪下数行，遂入后营来别虞姬。

未知如何，且看下回分解。

第八十三回

霸王帐下别虞姬

却说霸王见楚兵皆散，将士惟有周兰、桓楚二人，势孤力弱，不觉泪下数行，回到帐中长叹曰："天其亡我乎？"左右亦皆泣下，莫敢仰视。虞姬急起而问曰："陛下何乃悲泣如此？"霸王曰："楚兵将士俱已散去，见今汉兵攻围甚急，我欲辞汝冲杀出去，辗转反侧，不忍遽舍。我思与汝相守数年以来，朝夕未尝暂离，虽千军万马之中，亦同汝相随而行。今一旦与汝长别，恋恋之怀，伤感于中，不觉泪下！"虞姬听罢，相向失声，哽咽了半晌，遂告霸王曰："妾蒙陛下眷爱，镂心刻骨，亦不能忘。今不幸遭此乱离，陛下欲舍妾长往，妾如刀割肝肠，岂容遽舍？"遂扯住霸王袍袖，泪珠满面，柔声娇语，相偎相倚，甚难割舍。霸王遂命左右置酒帐中，与姬饮数杯，乃作歌曰：

力拔山兮气盖世，时不利兮骓不逝，骓不逝兮可奈何？虞兮虞兮奈若何！

霸王歌罢，复与姬饮数杯，又歌数阕。虞姬因而和之曰：

汉兵已略地，四面楚歌声；大王意气尽，贱妾何聊生？

霸王与姬唱和会饮，已五鼓矣。周兰、桓楚在帐外促之曰：“天将明矣！陛下可急急起行。”霸王复又泣而别姬曰：“吾将行矣！汝当保重。”姬曰：“大王已出重围，置妾于何地？”霸王曰：“据汝姿色，刘邦见之，决留用，料不至杀伤也，汝何患其无地耶？”姬曰：“妾愿随大王之后，杂于众军中，可出则出，不可出则死于大王马前，阴魂随大王过江，葬于故土，妾之心也。”霸王曰：“万军之中，戈戟在前，军士围绕，骁勇尚不敢进，况汝从来娇媚，又不能驰骑，徒丧却花容，半世青春，诚为可惜！”姬曰：“愿借大王宝剑，妾假装男子，紧随大王之后，务要出去。”霸王遂拔宝剑递与姬，姬接剑在手，泣而告曰：“妾受大王厚恩，无以报大王，愿一死以绝他念！”遂一剑自刎而死。霸王掩面痛哭失声，几于坠马。周兰劝曰：“陛下当以天下为重，何自伤如此？”虞子期见姬死，遂撞死军前。

且说霸王领八百楚兵冲杀头阵，灌婴即领本部人马拦阻。霸王跃马横枪，直取灌婴，战十余合，婴乃败走。霸王不敢追赶，只径透重围，奋力冲杀，汉兵不能抵当。灌婴急入中军，汉王同韩信统大兵分头追袭，樊哙在山顶上麾动大旗，招八路人马，四面围绕。有曹参正遇周兰、桓楚断后，急率副将刘贾、王燧、周从、李封截住去路。周兰、桓楚兵止有二十余骑，势已孤立，欲冲敌众将，力不能支，又恐被汉兵所获，仰天长叹曰：“臣力至此，不能支也！”遂引刀自杀。随从二十余人皆被害。

不说周兰、桓楚自杀。却说汉王大兵分头追赶霸王，霸王杀透重围，急奔淮河，到河边，有一小舟，泊近河岸，霸王向军士撑驾渡河，复将北岸军马，陆续渡河，计点止有百余骑。又走数里，遂至阴陵，迷失故道，霸王四望俱是小溪夹路，又见四面尘土大起，金鼓振天。忽见一田父在道傍，霸王问曰：“从何处可往江东去？”田父见霸王甲胄异常，自思：“此必霸王也，都彭城数年，无德以及百姓，专行杀戮，民受其害！今被汉兵追急，迷失故道，欲往江东去，不可指说正路。”田父沉吟未答。霸王复又问曰:“田父勿得恐惧，我是霸王，因汉兵追赶在后，欲渡江往江东去，但不知从何路可往?”田父因欺其不知，即绐之曰:“当从左路而往。”霸王遂往左走，行未一里，陷于泽中，几不能出，幸赖乌骓乃龙驹，一跃而起，遂出泽中。

才然前进，忽见杨喜一枝人马先到，霸王知是杨喜，乃言曰:“吾今人困马乏，又陷大泽中，方才得出，力不能与敌，汝当时曾随我数年，不若与吾同过江东，再整兵马，封汝为万户候，共享富贵，何必追我至此?”杨喜曰:“大王不纳忠谏，不惜贤士，大肆无道，遂至于此。纵使过江，终不足以成大事。臣今事汉，真得其主矣！奉命追至此;念大王故旧，不敢无状，幸即投降，同见汉王，不失封王之贵。”霸王大怒，举枪直取杨喜，杨喜来战霸王，二马相交，兵器并举。战到二十回台，霸王按下枪，举鞭望杨喜打来，杨喜急闪时，左臂上已着一鞭，打落下马，霸王方欲举枪，复往下刺，早有杨武、王翼、吕胜、吕马通一齐俱到，扶杨喜上马，退回后阵。

众将来敌霸王，霸王与众将交战，后面英布、彭越、王陵、周勃，分头围绕上来。霸王不敢恋战，兜转向城而走。回见相随者，止二十八骑，自度必不能得脱重围，又觉身体困乏。天渐昏黑，路小山多，树木丛杂，左右曰:“大王连日驱驰，未得饱食，臣等随大王万死一生，亦未得食，马俱未沾水草，乘此树木丛杂之中，汉兵围绕在外，且因路狭树多，彼未敢遽进，大王可到前村，寻一民舍，暂歇半时，挨到天明，方好行走。况如此昏黑，倘或奔前进，误入溪泽中，人马疲乏之甚，决难逃生。”霸王从其言，遂徐徐寻路。遥望林木间，微露灯光，知是人家，霸王与众人及到大林边，不见灯光，只有一古院。众人便道:“院中亦可暂歇，请大王下马。”霸王到大门边，忽听潺潺水声，勒马看时，乃一道涧水，遂策马近前饮水，又令一小卒，将所持宝刀，在溪边大石上磨荡，以备来日冲阵。小卒力弱不能举，霸王下马，自将宝刀在石上往来磨荡，力大将石推在一边，石下泉水涌出，遂是古泉。此处乃兴教院，离乌江七十五里，大林颠石之间，至今有项王饮马泉，卓刀泉，古迹尚存。

霸王同众人进院，两廊寻问，人俱不见，寻到后居，居数老人，围炉而坐。小卒便问："院中如何不见众人？"老人曰："看院者原有二十人，近闻楚汉交兵，遂皆逃去。我等是近村人家，各人恐院中遗失家事，遂倩我等年老无用者，在此看守。但不知汝等是何人？夜晚至此，有何事干？"小卒曰："如今有西楚霸王被汉兵追赶到此，夜晚不能前进，欲投院中暂歇一宵，明日早行。汝等有饭，可进与用。"众老人听说是霸王，急起身出到门外，拜伏在地，请霸王进屋内设座。众老人近前又拜曰："山野村民，不知礼体，乞大王恕罪。"霸王曰："尔众老人在此，有米粮否？可做饭与众人用，待过江时，用汝一石，当以百石补之。"内有一老人素读书，近前曰："大王建都彭城，此处皆楚地，正是大王所管之处，费用些须粮米，岂敢望补？"霸王闻说大喜，众老人遂凑米一石有余，付与众军士生火，担水，做饭，拔野菜，煮熟先进饭与霸王用，然后众军士分用毕，霸王遂寝。

将至半夜，忽见天边一轮红日，浮于江面，见汉王乘五色彩云，翱翔而来，将红日抱于怀中，驾云而起，但见相连云脚之后，有万缕祥光，接续不断。霸王见汉王抱日而起，急撩衣涉水而上，来夺红日，被汉王云中一脚迎面踢来，将霸王踢落江中，径抱红日向西而去。霸王忽然惊觉，却是一梦。霸王叹曰："天命有在，不可强也！"才言未了，只见小卒进报："汉兵又杀到林前，请大王可急起前进。"霸王紧束衣甲，扣鞴鞍马，杀出林来。

不知如何脱身？且看下回分解。

第八十四回

楚霸王自刎乌江

却说霸王闻汉兵杀到林外，紧束衣甲，扣鞴鞍马，杀出林来。天已平明，汉兵分在两边。一将举兵器迎来，乃灌婴也。霸王方与婴交战，随后杨武、吕胜、柴武、靳歙相继而来，霸王不敢恋战，奋怒向前冲杀，三军不能当。诸将随后追袭五十里，前至乌江。霸王勒马四望，只见汉兵重重叠叠，围绕上来；又思昨夜告警，知天命有在，不可逃也，乃谓其从骑曰："吾自起兵至今，凡八岁矣，身经大兵七十余战，所当者破，所击者服，未尝败北，遂霸有天下。今卒困于此，此天之亡我，非战之罪也！今日固决一死战，必能三胜之，先与尔等冲杀重围，斩将刈旗，知天亡我，非战之罪也！"乃分二十八骑为四队，与汉兵相向。汉兵鼓噪大进，复围数重，霸王又谓其从骑曰："吾为尔先杀彼一将，今尔四面驰骑，期约至山东之下为三处，不可违也。"诸军曰："愿从大王之命。"于是霸王大呼，疾驰而下，汉兵尽披靡，遂斩汉一大将。是时杨喜前日被鞭打，未重伤，已得平复，怀恨于心，一马跃出，拦住霸王；霸王瞋目大叱之，杨喜人马俱惊辟，退后数里。霸王遂与其骑，约会东山下，分为三处，霸王杂于其中。汉兵不知所在，又分兵三起围绕之。霸王举枪往来驰骤于三处，以身为羽翼，复斩汉将李佑，都尉王恒，杀汉兵数百人。及查楚卒，止亡其二骑。吕胜、杨武，望见霸王杀汉兵，忿怒曰：“项羽至此，犹杀吾汉兵，何乃如此之勇耶？”二将遂举兵器，冲杀而来，与霸王交战，未及十合，二将败走。一日之间，凡经九战，杀汉大将九人，杀兵一千余人，乃谓其骑曰：“吾之与汉战果何如？”众骑皆伏曰：“大王真天神也！”

霸王一日九战，遂冲出重围，到大江北岸，地名乌江。霸王欲渡江，乌江亭长舣船近岸相待，乃谓霸王曰：“江东虽小，地方千里，大王素有重名，可聚众得数十万人，亦足王也。愿大王急渡无失！况今臣独有此船在此，若汉兵至，臣驾船抵中流，彼决不能过，任王行也。”王叹曰：“天之亡我，我何渡焉？且籍以江东子弟八千人渡江而西，今无一人还，纵使江东父老，怜而王我，我何面目见之？纵彼不言，籍独不愧于心乎？”亭长亟为之言曰：“胜败乃兵家之常。昔汉王睢水与大王交兵，被大王一阵杀汉兵三十余万，睢水为之不流，此时汉王独身逃难，落于井中，几不能免，遂忍而至此。大王今日之败，犹夫汉也，何必区区以八千子弟而言？是何所见之小耶？故曰图大者不矜细行。王可急渡，汉兵将至矣！”霸王曰：“汝言虽善，吾心独甚愧。若汉兵至，惟付之一死耳！”亭长叹惜不已。霸王见亭长舣船相待，久而不去，知为长者，乃谓曰：“吾知公为长者，吾有此马骑坐，数年以来，所向无敌，尝一日行千里。今恐为汉王所得，又不忍杀之，公可牵去渡江，见此马即如见我也，此亦不相忘之意。”遂命小卒牵马渡江。那马咆哮跳跃，回顾霸王，恋恋不欲上船，霸王见马留连不舍，遂涕泣不能言。众军士揽辔牵马上船，亭长方欲撑船渡江，那马长嘶数声，望大江波心一跃，不知所往。众人大惊，亭长亦痴呆半晌，面如土色，遂放舟而去。

霸王见马投江而死，叹惜不已。复与众军士步行，持短兵与汉接战，又杀汉兵数百人，霸王身被十余枪。忽于众汉将中见大将吕马通曰："尔非吾故人乎？"马通近前侧视，不敢正面，恐被短兵所伤，乃言曰："臣实大王故人，不知我王有何相嘱？"王曰："吾闻汉购我头，千金赏，万户侯。吾与尔旧有恩德。"遂拔剑，刎而死。随后杨喜、杨武、王翳，吕胜等俱到，皆以项王首级献功。项王以始皇十五年己巳生，乃于汉五年十二月乌江自刎而死，年三十一岁。

却说汉将吕马通等五将，持项王头见汉王。汉王起身看项王头，面目如生，汉王泣曰："吾与王曾拜兄弟，后图取天下，遂与王有隙。然王虽虏太公、吕后，恩养三年，凛未敢犯，此古烈丈夫之所为也，吾实不能及焉！不意王今死矣，吾甚惜之！"左右闻汉王言，皆泣下。项王已死，楚地已定。遂封吕马通为中水侯，封王翳为杜衍侯，封杨喜为赤泉侯，封杨武为吴防侯，封吕胜为涅阳侯。乌江立庙，命有司四时享祭。

却说项伯离楚营投奔张良，张良因见大兵扰攘，未敢启奏汉王，今既灭楚，事已平定，引项伯来见汉王曰："项伯前日楚歌散兵之时，即来投臣左哨，臣念伯故旧，又兼前日鸿雁川有功，遂留住营中，不敢擅专，引来投见大王，乞赐收录。"王曰："项公累有大功，又是至亲，我正欲寻访，不意不弃，自来相见，深合我心。"遂封伯为射阳侯，赐姓刘氏。伯喜谢恩。

楚灭，天下大定，独山东鲁国未下。汉王曰："鲁小国也，何足挂齿？且置之度外！"遂欲起兵会议河南建都，张良入见王曰："大王未可班师。鲁国虽小，隐伏后患。王若置而不论，他日复起干戈，大王悔之晚矣！"汉王大惊曰："量鲁国，何乃如此利害？"张良近王前，遂道出数句言语来，便知鲁国虽小，不可轻视。

未知如何，且看下回分解。

第八十五回

汉王改韩信封楚

汉王问张良："鲁国乃小国也，如何隐伏后患？"良曰："鲁国乃礼义之邦，昔怀王封项王为鲁公，鲁乃项王原封根本之地，大王若置而不论，鲁乃倡率义兵，为项王报仇，鼓兵过江，纠合东吴豪杰，借以为势，下荆楚，占湖襄，大王岂能一时得乎？况项王起兵会稽之时，甚得东吴之心，鲁若一举兵，必为响应，安得不为后患？"汉王即悟曰："若非先生之言，几忽略此事！"遂起兵径趋山东，果见鲁城紧闭，遍竖旌旗。汉兵到城下，四面围困，攻打数日，不见动静。尚闻城内有弦歌之声。汉王急躁，欲多设火炮火箭，极力攻打，张良谏曰："不可！鲁乃周公之后，礼义之邦，孔子生于尼山，为万世帝王之师，天下瞻仰。今大王兵临城下，尚闻弦歌之声，为主守节，岂可以势力强之耶？大王但以项王之头，号令城下，示以大义，彼自顺附。"汉王从其言，急取项王头，号令城下。只见城上父老，尽皆哀泣。汉王令人谕之曰："项王放弑义帝，大肆暴虐，汉王倡天下诸侯兵，为义帝发丧，衣皆缟素，为天下除此残逆。今楚已灭矣，鲁何为不降？是逆天不知大义，有愧圣人之教。"父老闻晓谕之言，遂同诸儒开城迎汉王大兵进城。汉王安抚百姓毕，即将项王尸首以鲁公号葬于谷城东十五里，亦命有司立庙享祭。楚地悉平。

韩信引大小诸侯文武将士，与王贺喜。次日，即传旨，令众诸侯，各调本部人马还国去讫，其余大小文武将士，尽赴洛阳，论功行赏。汉王因思韩信所居齐地六十余城，国大权重，恐为后患，惟楚于偏一隅，为荆蛮之地，一时起数万甲兵，亦难凑办，较之齐地弱强，相去甚远，遂乃召韩信抚之曰："吾自得将军以来，累建大功，此心终不能忘，但恐将军功高权重，为小人所忌嫉，则不能安其位矣，似非我所以待将军始终之意。将军可封还将印，就镇楚地，以安人心，保全君臣之义，为万世子孙之业，不亦美乎！"韩信闻汉王之言，莫知所措，遂将元帅印，交还汉王，其大小将士各退回本营，总听汉王分处。信复奏王曰："齐国蒙大王封锡日久，今一旦改封，恐非所宜。"汉王叹曰："将军误矣！昔楚汉交兵，人心未定，齐地乃反复之国，姑令将军镇守。今天下大定，四海一新，无地不可，况将军淮阴人，封将军为楚王，即以父母之邦，为将军食采之地，最为相宜，将军勿得视为轻重也。"

韩信复将齐王印交还与汉王，仍领楚王印，赴楚之国。差人寻访漂母，并辱己恶少年。旬日，漂母、恶少年至，拜伏于殿下，莫敢仰视。信令左右赐漂母以千金。母拜谢而去。召恶少年，授以中尉。少年曰："向者愚陋粗鄙，不知大贵，误犯麾下。今蒙不即加诛，已领洪度，何敢遽受封赏？"信曰："吾岂小丈夫之所为哉！怀私忿以为报复，徇德怨以为喜怒耶？汝其领受，勿致多辞！"少年遂谢恩而出。信因谓左右曰："此壮士也！方辱吾时，吾若杀之，何乃有今日？吾遂忍而至此，是少年助我以建功也。吾之所以封少年，岂徒然哉！"左右曰："大王赐漂母金，封恶少年官，非人所能及也。"

大汉六年正月，赵王张耳、楚王韩信等，率文武将相请尊汉王为皇帝。汉王曰："吾闻帝，贤者有也，空言虚语，非所守也。吾不敢当帝位。"群臣皆曰："大王起自微细，诛暴逆，平定四海，有功者辄裂地封为王侯；今大王不即尊号，何以示信于天下？臣等虽以死守，必愿大王加尊号也。”汉王三让，不得已，曰：“诸君必以为便，幸相与有益国家者为也。”于是卜正月甲午，汉王即皇帝位于汜水之阳。文武群臣朝贺呼噪毕，遂设宴功臣，以诏天下。诏曰：

朕惟周宗不祀，秦僭大统，六国兼并，四海纷扰，二世益衰，天命乃绝。朕本沛民，赖上天眷佑，祖宗灵庇，资尔文武之力，克秦灭楚，平定天下。群臣议欲尊朕为皇帝，为生民主，乃于楚汉六年正月甲午日，告祭天地，即皇帝位于汜水之阳，定天下，号曰大汉，改楚汉六年，为大汉六年。是日，恭诣太庙，追尊四代考妣为太上皇帝。立社稷于洛阳，封吕氏为皇后。长子刘盈为东宫皇太子。凡秦楚苛刻之刑，悉为赦除。布告天下，咸使闻知！

夏五月，帝置酒洛阳南宫，宴赏群臣。酒行数巡，帝曰：“列侯诸将，毋得隐讳，皆言其情，吾所以有天下者何？项氏之所以失天下者何？”高起、王陵对曰：“陛下慢而侮人，项羽仁而爱人，然陛下使人攻城略地，所降下者因以予之，与天下同利也；项羽嫉贤妒能，有功者害之，贤者疑之，战胜而不予人功，得地而不予人利，此所以失天下也。”帝曰：“公知其一，不知其二。夫运筹帷幄之中，决胜于千里之外，吾不如子房；镇国家，抚百姓，继饷馈，不绝粮道，吾不如萧何；连百万之众，战必胜，攻必克，吾不如韩信；此三人，皆人杰也，吾能用之，此所以得天下也。项羽有一范增而不能用，此其所以为我擒也。”言讫，群臣拜伏曰：“诚如陛下所言！”遂复各饮数巡，君臣宣畅一堂，甚相欢悦。

韩信乘帝喜，因奏曰：“臣昔日背楚入褒中，路经栈道，有樵夫指路，臣恐楚兵追及，遂杀之，臣得以立功报陛下也。后至孤云、雨脚山，有义士辛奇，随臣伐楚，屡有大功，值广武大战阵亡，至今未有封赏。敢奏陛下，乞将樵夫立祠，命有司享祭；赠辛奇官，以及子孙。此陛下泽及枯骨，汤武之大德也。”帝曰：“非卿今日奏知，朕岂知樵夫指路之义，辛奇阵亡之功。几失此二忠良也！”次日，帝传命，急为樵夫建祠致祭，当日赠辛奇为建忠侯，子孙世荫。张良奏帝：请立韩王后孙姬为韩王，都翟阳，立韩宗庙。王陵奏帝：为母立祠，汉王曰：“陵母大贤，知朕终有天下。”即立祠，月给香烛，命有司致祭。至今陵母祠遗迹尚在。徙衡山王吴芮为长沙王，都临湘。淮南王英布，梁王彭越，燕王臧荼，俱如故。大封同姓刘贾等为王。又封萧何等二十余人俱为侯。其余有争功不决，往往坐沙上偶语，帝登高见之，甚疑之，乃问张良，良曰：“陛下用诸将，以取天下，今所封者皆亲爱，所诛者皆仇怨，因恐惧不自安，欲相聚谋反耳。”帝曰：“为之奈何？”良曰：“陛下平日所甚憎恶，为群臣所共知者为谁？”帝曰：“雍齿乃我所甚恶者。”良曰：“即封雍齿为侯，则众心定矣。”帝从其言，即封齿为什方侯。群臣皆喜曰：“雍齿且侯，吾属其无患矣！”于是群臣悉定。

张良又奏曰：“群臣志向已定，惟田横逃于海岛，恐为后患，陛下当除之。”帝曰：“以先生之言，当用何策以处横？”良向帝言不过数句，使田横自然归附。

未知如何，且看下回分解。

第八十六回

齐田横义士死节

却说张良奏帝曰："田横齐之义士，远遁海岛，静观强弱，其志不小。陛下若遣兵征进，洪涛万倾，势若滔天，一时遽难取胜。以臣愚见，差人赍明诏，陈说利害，赦其罪而召之，仍谓复齐之后，以全田氏。彼闻复齐之后，必慕德而来，横可致也。不然，徒费甲兵，横岂可力致哉？"帝即从其言，于是差上大夫陆贾赍诏，前住海岛召田横。

陆贾一日到海岛，四望风景，只见罗山亘其东，潍水阻其西，神山距其南，渤海枕其北，洪涛巨浪，一望无涯。寻问郡人，有老父曰："田横居海岛，在即墨县东北一百里，四面环海，去岸二十五里。如大夫见田横，须驾大船沿海顺风而入，方可见横。若此处寻访，岂可得见？"陆贾听老父之言，即同从人前到即墨，分付收拾大舡，多差水手，乘顺风，一时就到海岛。田横闻汉使至，先着人拒住寨门，陆贾乃谕之曰："汉王平定西楚，天下归一，独汝主未附，特差天使赍诏晓谕，作速出寨相见，勿得抗拒！"田横闻贾之言，即出相见，开读诏书。诏曰：

夷齐耻食周粟，而武王卒有天下；介子推不欲事晋而晋卒霸一国。尔田横虽居海岛，终为汉士；独能超出人间，而与夷齐介子推齐名乎？否则可速来，大则为王，小则为侯，永保田氏，不失宗祀，不亦愈于退处海涯，与鱼鳖为友乎？如执迷不反，举兵而东，身为俘馘，绝灭田宗，其愚甚矣！幸其速来，勿误！

田横读罢诏书，随款待陆贾，因相议降汉，左右曰："不可！汉帝外宽而内实严，量大而心实刻，大王遁居海岛，久未宾服，今遣使诏而来，率然往见，倘帝一怒，大王欲从而不可，欲归而不能，那时悔之晚矣！不若严加防备，多设营寨，沿海一带，预备火箭火炮，以抵汉兵。吾辈齐心协力，与大王把守营寨，料汉帝虽有雄兵百万，临此洪涛巨浪，岂敢犯乎？大王得以优游自得，坐观强弱，岂不快哉！"田横曰："不然！吾与诸公相处于此，未有恩德相及，倘汉帝召我不去，必举兵而来，乃劳诸公亲冒矢石，或一时不胜，使诸公遭罹兵革，吾实不忍也。"遂领二客，同陆贾乘船至洛阳。相离三十里，因自思曰："汉帝昔杀齐王，吾因而逃居海岛；今汉已有天下，差人召我至此，我若俯首归降，受其封赏，大丈夫不能报主之仇，而北面屈膝以事他人，有何面目立身于天地间耶？"乃自杀而死。

二客同陆贾收横之尸来见帝，帝深加叹惜，以王礼葬于洛阳城东，召二客封为都尉。于是二客出庙相谓曰："横之自杀，一则不欲事汉，一则恐五百义士，被汉围扰，遂乃自杀，真乃大丈夫所为也！吾二人岂可苟图富贵而不死其难乎？"遂乃穿横冢旁，自刎而死。次日帝闻知，大惊曰："田横自杀固难，二客穿冢同死，则尤难也。田横得人心如此，恐海岛五百人，平日受横恩义，知横自杀，必将作乱。"急差人入海岛，召众人投降。五百人闻田横自杀而死，遂皆相向痛哭曰："大王为我等赴汉而死，我等独求生于此乎？"遂皆自杀而死。汉王使见众人仗义死节如此，急归见汉王，具奏前事，帝益惊曰："天下何多如此尚义之士？古今之所难也！"遂差人收五百人尸埋瘗于海岛。后人慕田横之义，遂名其处为田横岛，至今有田横庙，有司四时享有祭。帝曰："田横久居海岛，吾甚患之，今皆自杀，除吾心腹之疾矣！但季布、钟离昧一向不知潜在何处？昔朕睢水之败，彼二人甚窘辱我，可传布中外，有能访获者予千金，仍令各国务要严加寻访，如有匿而不出首者其罪同。"

却说季布初藏于咸阳周长家，周长因闻帝购布甚急，乃谓布曰："汉求将军甚急，倘知藏匿吾家，非惟负累吾族，亦且无益于将军。今特请将军从长计议。"布曰："贤公无忧，我自有掩饰之计。"遂将自己头发，尽行削去，钳首为奴，自卖于鲁国朱家。朱家见布虽钳首为奴，而举步动静，与寻常不同。心知其为季布也。忽一日闻汉购求布甚急，因唤布问曰："汝乃楚将季布也。今帝颁诏购汝甚急，汝乃藏匿吾家，恐累吾族，欲将汝投献于洛阳，汝以为何如？"布曰："某实楚将季布也，因埋名钳首为奴，自买于公家，公待我甚厚；今汉既购求我急，公可执我见帝，汝得千金之赏，乃我所以报公也。"朱家叹曰："我岂陷人于死而贪千金之赏耶？纵得大富，心实不忍也。吾有一友人夏侯婴，见在洛阳，与我自幼交厚，吾为子往见此人，救汝性命如何？"布谢曰："若明公肯拔救我如此，所谓生死而肉骨者也。"

朱家备行李，一日到洛阳见滕公，滕公知故人远来，甚喜，施礼毕，置酒相待。朱家因说曰："季布何罪？而帝乃求之急耶？"婴曰："昔尝数窘辱帝，以此求之急也。"朱家曰："臣各为其主用力耳。今帝始得天下，而以私怨求一人，何示人不广也？且以季布之贤，汉求之急，不北走胡，必南走越耳，此弃壮士以资敌国也。公可言于帝，赦布以广求贤之路，则天下之士，莫不延颈愿为帝臣矣。"于是滕公入朝见帝，奏曰："季布无罪，陛下何求之急耶？"帝曰："数窘辱于我，安得无罪？"婴曰："季布各为其主，此时惟知有楚而不左右陛下，此正季布之忠。使汉臣皆如布，陛下又何患天下之不大治耶？愿陛下赦一人而用之，则天下之尽如布者，皆欲立于王之朝矣。且万乘之尊，四海之广，何乃不容一季布耶？”帝曰：“如卿之言，季布无罪，钟离昧亦无罪也。”遂颁赦一款，俱赦楚臣季布、钟离昧等罪，许即投见，仍照旧还职，勿得故违，自取诛戮。

滕公回见朱家，具说赦二人罪，仍照旧还职，许即投见，勿得疑惧，朱家大喜拜谢，遂回鲁国，见季布备说前事，布甚喜，拜谢，预备行装赴洛阳，投见汉帝，帝曰：“汝四海无家，一身髡首，何远遁不早见我乎？”布曰：“国破君亡，恨不能与霸王同死乌江，何面颜以见陛下？”帝曰：“汝当时间窘我太甚？”布曰：“臣报效于楚，惟恐窘陛下不甚。”帝欢曰：“季布可谓忠矣！”遂授以郎中。布叩首曰：“亡国之臣，髡首垢面，不堪任事，伏望陛下赐以不死足矣，官不敢受。”帝曰：“辞官而不受者，汝之不忘楚德；怜忠而予爵者，朕之所以厚于下而与其进也，汝既安居吾土，何得不受吾官乎？”布遂受官，拜谢而出。

左右进言曰：“季布既来投见，独钟离昧尚不知所往。”帝曰：“钟离昧为楚名将，勇冠三军，才智不出范增之下，若留之，终为后患，当急为我捕之。”左右传布晓谕洛阳内外，急寻访钟离昧。忽见一人布袍草履，游于洛阳城下，见左右大笑曰：“量一钟离昧何足为虑？吾有一大事，欲见帝言之，但无人引进。”左右见其人异常，又闻语言不同，即入内具奏帝前，帝召相见。

未知其人是准，见帝有何话说，且看下回分解。

第八十七回

娄敬议迁都咸阳

却说其人欲见帝，陈说大事，此人为谁？乃齐人姓娄名敬，自陇西过洛阳，因见汉帝购求钟离昧甚急，遂大笑语左右曰：“量一钟离昧不过亡国之臣，何足以起大事？吾今欲有一言，为汉家立万世之业，衍子孙不拔之基，使天下如磐石之安，但无人引进。”左右因以告帝，帝命召见，左右语敬曰：“汝布袍草履，恐非见君之礼。”敬曰：“市井草莽，自有常服，吾衣布袍草履，正为常服，不可易也。”于是入内见帝，帝曰：“汝欲见朕，有事商议，不知何事可言？”敬曰：“昔霸王不从范增之言，舍关中而都彭城，后韩生极谏，遂遭烹，项王以此失天下。今陛下建都洛阳，固非彭城可比；然陛下之意，必欲与周室比隆也！”帝曰：“然。”敬曰：“陛下取天下，与周不同。周自始于后稷，积德累仁数百年，至武王伐纣有天下。及成王即位，以洛邑为天地之中，四方诸侯纳贡奉职，道里相均。有德则易以兴，无德则易以亡，故周盛时诸侯四夷，莫不宾服；及其衰也，天下莫朝，周不能制，非谓德薄，乃形势弱也。今陛下起自丰沛，卷蜀汉而定三秦，与项羽战荥阳、成皋之间，大小七十余阵，使天下之人，肝脑涂地，伤痍未起，而欲比隆周室，臣窃以为误矣！夫秦地，披山带河，四塞以为固，卒然有急，百万之众，可立具也。夫与人斗，不扼其吭而拊其背，未能以全其胜也，陛下若舍此而必欲都洛阳，倘他日或势弱，不能以制天下，使诸侯阻关中之险，则秦政、项籍之强，可立见矣。此天下大事，臣为陛下言之，所谓万世之业，子孙不拔之基也。”

帝乃问群臣，群臣皆山东人，争言：“周世建都洛阳，数百年不衰；始皇都咸阳，不二世即亡，洛阳东有成皋，西有殽渑，背河面洛，其固亦足恃也。”帝又问张良，良曰：“洛阳虽有此固，四面受敌，非用武之国，关中左殽右函，陇蜀沃野千里，阻三面而固守，独一面以制诸侯，此所谓金城千里，天府之国。娄敬之言是也。”于是帝从敬之言，择日车驾迁都咸阳，号娄敬为奉春君，赐姓刘氏。颁诏天下，以正月建寅为岁首云。自此遂建都咸阳，天下无事。群臣上表称贺，表曰：

> 陛下以神圣戡定四方，以威德制服万国，华夷混一，礼乐同文，垂山河带砺之盟，庆龙虎风云之会。建昭昌运，衍大宗小宗之蕃；巩立皇图，成一世万世之统。前临沙苑，浮旺气以帝从；后枕浒岗，锁烟云而出秀。蓝山右绕，华岳东环，依终南以为城，乃天造巍然之险；顺泾渭而为守，实地设自然之雄。奠安天府，坐享金汤，臣薄得以共沐王猷，同瞻夏纪，允升蓬莱之境，随登凤翥之台。臣等不胜庆贺欣跃之至。

汉王览表甚喜，大设筵宴，犒赏群臣毕。各散。

帝独坐便殿，因思钟离昧久不来见，恐包藏祸机，终为后患。次日，召众臣问曰：“钟离昧久不来见，汝等独无一个知之者。”季布出班奏曰：“臣当时与钟离昧逃避之时，曾问彼欲往何处避难，彼亦不隐，就说韩信与彼日交甚厚，欲投信处藏避，但不知此时还在否？”帝闻布言，愈加忧疑，召陈平问曰：“韩信隐藏钟离昧，必有深意。欲差人寻访的实，捉来以除后患。但不知必用何计可得获？”平曰：“此事不可太急，亦不可缓。急则转移于他处，恐难得获；缓则养虎成患，终必生乱。陛下须差一心腹之人，假托别事，暗行体访，如果在信处，用言调拨，令彼自杀，庶为善处。”帝即差随何分付：“前往郴州修造义帝陵寝，顺路过西楚见韩信，打听钟离昧消息。如果在彼，汝可如此如此调拨，使韩信杀钟离昧，以除后患，乃汝之功也。”

随何领帝命，即往楚国来。一日，到楚见韩信，备说前赴郴州，修造义帝陵寝，因想大王旧日恩德，特来一见。信甚喜，设酒相待。信问朝中大小事务，随何一一告知。因看左右无人，何近前附耳曰：“前有人告大王隐藏钟离昧在府，汉帝乃叱之曰：‘楚王受一国之封，岂有容叛臣之理？’帝虽不信，但左右俱有谮言。又闻季布说，钟离昧曾约会大王处隐藏，今满朝人尽知之，惟萧丞相再三回护，帝尚在犹豫之间耳。某受足下知遇之恩，不敢隐讳，特此为足下言之，足下当急为之处，庶塞人言也。不然，恐此事一漏泄，足下徒重友道，而难免负国之名，开国之功，遂成画饼。足下其熟思之！”韩信被随何一篇话，说得半晌无言，深自懊悔，徐言曰：“据大夫之言，必是如何，方可以决帝之疑，塞众人之口？”随何曰：“惟杀钟离昧，献上咸阳，则自然无事矣。”信曰：“钟离昧乃我数十年故旧，何忍杀之？”何曰：“足下若重友道而轻国法，祸不旋踵矣！”信曰：“大夫之言是也，容吾思之！”

于是韩信复与随何饮数杯，相别而出。韩信急到后花园小阁中，见钟离昧，具道前事，昧曰：“将军将何以处我？”信曰：“惟遵国法，将子首级献上咸阳，庶我无祸矣。”昧曰：“我若存，汉王尚不敢害将军；我若亡，汉王必随手杀将军矣！”信沉吟不决，遂有不杀昧之意。随何住数日，见无动静，即密差人驰书回报帝，遂辞信赴彬州而去。

且说帝早朝毕，正与众臣议事，忽左右来报，有一人告机密事见帝。帝召相见，其人近前即奏曰：“韩信自封楚之后，夺民田以葬父母，陈兵马以扰郡县，隐藏楚亡将钟离昧，不行出首，久怀异志，实欲谋叛。臣体访的实，星夜飞报陛下。请陛下急早图之！”帝闻奏，召陈平等曰:“韩信恃功妄作，此时本欲据齐，以图大事，后因改封于楚，心实怨谤，今观隐钟离昧，不行投首，愈见有谋叛之意。”众臣闻帝言，各奋然要领兵往击之。陈平因进言曰:“不可！韩信非他将可比，所居之地，正当淮蔡之冲，带甲数十万，倘一生变，其势不可当，岂特项王之强而已哉？汝诸将一时不平之气，欲与韩信争衡，吾知不战则已，战必取败。”帝曰:“如先生之言，当可以处之？”平曰:“以臣愚见，韩信当以智擒，不可以力取。”帝曰:“其智安在？”平曰:“臣有一计，不动干戈，使韩信束手就擒，陛下自然销将来之患。”

不知其计如何，且看下回分解。

第八十八回

汉高帝伪游云梦

却说帝问计于平，平曰："韩信变诈百出，人不可测。以臣愚见，惟陛下伪游云梦，可以擒信耳。盖古者天子四时巡狩，随东西南北，各有所适，以观民风，陛下命驾出游云梦，会诸侯于东楚西界，传制有出巡而不至者，命将统兵伐之。韩信闻陛下驾幸东楚，必出郊候驾，待谒见之时，即便令武士擒之。此特一人之力耳，不尤胜于诸将劳师动众，然后以决胜负耶？"帝闻平言甚喜。乃降诏告东路诸侯："朕于庚子六年冬十二月，驾幸云梦，会诸侯，以省方观民，欲采四方风俗著为令典，以示天下。如有不至者，命将统兵征之。"帝同文武群臣，出离咸阳，至陈蔡，英布、彭越等自东路迎接汉帝不题。

有韩信闻帝诏旨，与左右计议曰："前日随何传说汉帝知我隐藏钟离昧，有人谗言害我，欲杀钟离昧以塞人口，我念钟离昧乃故旧，不忍加害。不意帝出游云梦，倘知我隐藏钟离昧，决疑我有他意。不若还依随何之言，杀昧以见帝，庶解帝疑，而塞人言也。"于是到后花园见钟离昧，备说："汉帝出游云梦，恐知汝在我处，决疑我与汝交通，不惟无益于汝，亦无益于我。今欲杀子以献于帝前，以释我罪，此出于不得已也，汝亦不可怨恨。"昧曰："将军不可自误！今日杀吾，不日即随手杀将军；前日之言，非绐将军也。”信曰：“宁帝负我，我决杀汝，以表我无叛心也。”昧乃大骂曰：“胯夫何乃无情如此！全不念我昔日之义！恨我不见汝死之日耳！”遂引刀自刎而死。

却说钟离昧自杀，韩信遂将昧首，前来云梦见帝，帝曰：“钟离昧隐藏许久，见我出游云梦，事机已露，然后来见，非汝本心杀昧也。”喝令武士将韩信缚了。韩信大叫称屈，帝口：“汝如何称屈？”信曰：“臣乃陛下开国功臣，无罪而缚之，这不是冤屈？”帝曰：“汝葬父母而侵夺民田，使百姓敢怒而不敢言，怨声载道，非所以藩屏王家，其罪一也；无事陈兵出入，以示威武，使四方见之者莫不寒心，其罪二也；钟离昧为楚臣，尔无故隐藏在家，意图为心腹爪牙，其罪三也。有此三罪，反状已露，以此缚汝，汝复何说？”信曰：“葬父母，陈兵出入，隐藏钟离昧，三事皆有分解。臣昔布衣时最贫窘，父母死无葬地，偷殡于他人地上。今受封王爵，正欲荣显父母，遂起造坟墓。相邻民地，修筑墙垣，未免少为侵占，臣初不知，非敢有意侵夺之也；陈兵出入，非敢无事扰民，盖为陛下初得天下，楚之余孽尚在，若不示其威武，则人心不知畏惧，恐复生乱；臣时常领兵出巡，正欲与陛下除残贼，以安地方耳；钟离昧与臣旧交甚厚，臣在楚时，项王屡欲杀臣，深得昧救免，臣不敢背德，以此隐留在家，正欲面见陛下，开陈其贤，欲期留用；今闻陛下听信谗谤，遂不得已杀之，投见陛下，臣无他意，何为有罪？”帝曰：“汝昔日伐齐，不顾郦生说降之功，必欲矫诏得齐，而求假王，汝意已有擅专之僭；后我被楚兵围困成皋，屡次求救，汝坐观胜负，略无救援之意；既改封于楚，终日怏怏不乐，汝心反复不定，终必作乱。今我出巡云梦，知汝必来相见，就擒之，汝有何说？”信闻帝言，长叹曰：“诚如人言：‘飞鸟尽，良弓藏；狡兔死，走狗烹：敌国破，谋臣亡！’天下已定，我固当烹！”帝闻信言，尚犹豫不决，遂收楚王印，仍缚于车后。

帝车驾行至云梦，离三十里，天色已晚，帝下车，乘白龙马，按辔行到一大林。方入林，忽龙马咆哮，想林中必有刺客，即令樊哙带百人入林探看。哙入林搜看，见一壮士，年近三十，挽弓带箭，藏于林中，哙即捉住见帝。帝曰："汝何人？在此隐藏？"其人曰："臣乃淮阴一少年，蒙楚王韩信厚恩，昨闻陛下不知因何罪缚信，以此藏于林中，等信过，欲劫夺之耳。"帝曰："汝非劫信，实欲射我。幸赖龙马示警，未遭汝害。若我误入林中，必遭毒手矣！"令左右击死，左右军举金瓜将壮士打死。韩信在车后，闻少年藏林中被害，甚悼惜。

于是帝车驾宿翟阳。次日启行，过洛阳，抵关中。群臣朝见毕，大夫田肯上言曰："陛下得韩信治关中，以成不世之业，其功甚伟。乃听人言，伪游三梦，械系信以归，臣见之不敢讳。且关中乃秦形胜之国，带山河之险，悬隔千里，持戟百万，秦得百二焉，地势便利，向下而临诸侯，犹居高屋之上建瓴水也。夫齐地东有琅琊、即墨之饶，南有泰山之固，西有浊河之限，北有渤海之利，地方二千里，持戟百万，悬隔千里之外，齐得十二焉。此二国皆信之功。今陛下坐享秦土，他日皆封亲子弟以为齐王，却乃听人言而欲诛信，臣以为陛下甚寡恩也！"帝曰："大夫之言，诚为有理。但信久怀异志，恐终为乱，朕心不能无疑。"田肯曰："陛下如疑信，但使住居咸阳，不假兵权，则自然无他虑矣。"帝从其言，即差人押韩信入内，当时释放。复面谕曰："将军自背楚归汉，朕筑坛拜将，付以重任，朕待将军不薄，后封齐改楚，受封王爵，报功之典，可谓甚厚。不意将军乃蓄养楚臣，意在他图。今系缚于此，本欲重处，念开国元勋，姑免其罪，仍封为淮阴侯，随朝听候。如果洗涤旧行，赤心报国，尚照王爵封赏，决不负将军破楚之功！"韩信遂谢恩而出。悒郁不乐，称病不朝，盖羞与绛侯等同列也！

自此帝在咸阳无事，命叔孙通典礼，萧何定律，立宗庙社稷，册刘盈为太子。帝五日一朝太公，如家人父子之礼。太公左右家人曰："天无二日，民无二王。今帝虽为人子，乃天下之王，太公以一家论之，则为父子；以国家论之，则为君臣；岂可以人主而拜臣下耶？”太公始悟失礼，遂于一日帝朝见时，太公拥帚立于门侧。帝见之大惊，急扶太公曰：“大人何乃行此礼耶？”太公曰：“帝，人主也，岂可以我一人，而乱天下之法？”于是帝命群臣，议尊太公为大上皇，颁诏晓告天下，诏曰：

> 人之至亲，莫亲于父子，故父有天下，传归于子，子有天下，尊归于父，此人道之极也。前日天下大乱，兵革并给，万民苦殃，朕亲披坚执锐，自率士卒，犯危难，平秦乱，立诸侯，偃兵息民，天下大安，此皆太公之教训也。诸侯将军群臣大夫，已立朕为皇帝，而太公未有号，今上尊太公曰太上皇。

群臣皆称贺。帝设筵宴燕会群臣。

忽有大使来报：马邑县宰差人飞报消息，言说韩王姬信因匈奴攻急，遂带本部人马同谋反，侵占太原、白土、曼丘，臣王黄等议立故赵将赵利为王，聚兵三十万，抢虏郡县，民不安生，乞请陛下发兵剿除。帝闻奏，急召陈平等会议，有要调临近兵马会同截杀，又有要遣将径往太原征讨，众人纷纷相议未定。帝曰：“汝等所见，未足以制服群凶，朕须亲统大兵到彼，调取各路人马攻击，庶得直捣北地，使贼虏无复猖獗矣。”

未知御驾亲征如何，且看下回分解。

第八十九回

汉高帝兵困白登

却说帝欲亲征韩王，预先差十千户前往太原白登等处，探听虚实，帝随后领精兵三十万，大将樊哙、曹参、靳歙、卢绾等二十员，命萧何守关中。却说韩王姬信居晋阳，冒顿居代谷，两处俱知帝差人探听消息，却将精壮人马，并牛羊头畜，俱存匿于山后，止将老弱士卒，羸瘦牛羊，显露营外。十千户见了，急回奏帝。时已住兵于赵城，即欲起兵前来。陈平等谏曰：“匈奴包藏诡谲，又兼姬信相与乌合，恐有变诈，仍须差的当人打听的实，方可进兵。”帝曰：“冒顿、姬信之强，较之项羽六国为何如乎？”曰：“冒顿亦皆劲敌，不可轻易。”帝又差刘敬探看。敬去数日，回奏帝曰：“两国相敌，正宜矜夸，乃见其所长。今冒顿屯兵之处，皆是羸瘦老弱之兵，惟见其所短，而未见其所长，此必是强而示之以弱也，故将奇兵劲卒隐藏于他处，而使老弱者显露于外，欲陛下见而不以为强，倘不知而误犯其境，必遭围困。陛下当遣将哨探，果得的实，陛下然后进兵不迟。”帝叱之曰：“汝以舌口得官，今乃妄言强弱，阻吾军情，使人心摇动，汝必受韩王私嘱，故此惑吾耳！”遂命左右将刘敬械系于赵城，急传旨着三军拔寨起兵。

一日到平城，先着樊哙探看，果见冒顿人马欠整，兵势甚弱，屯兵于城北小松山，大约不过数万，回奏，帝笑曰：“刘敬与北番相通，恐朕大兵亲临，遂回说有奇兵埋伏山后，欲朕按兵不动，彼却夜遁远去。看此猥鄙，真拉朽之易，吾何畏彼哉！”即挥动三军，急趋进城。到中军坐定，点押三军已毕。将黄昏时候，只听城外四边冲天炮响，不知多少人马，盖地而来。帝急差人上城探看，回报周城一带，前无番兵，与昔日楚兵大不相似，有百万之势，远望数十里，俱火把相连不绝。帝闻报大惊曰：“悔不听刘敬之言，果中此奸计！”召陈平曰：“孤城被围，番兵势重，为之奈何？”平曰：“番兵喜争而乐斗，临阵之时，勇敢向前。我兵决然不可以力冲出，只可以奇兵惑之，庶出此重围，不然恐难敌也。”帝曰：“计安在？”平近前附耳曰：“臣闻冒顿平日最宠爱阏氏，凡事悉听阏氏主张，寸步不相离，冒顿不敢纳别室。臣今带一人，姓李名周，其人极善画工，连夜着此人画一美人图，五色装饰，极其艳美；密令一二人付千金，私行买求番营左右，余外再备金珠，并此图转与阏氏，冒顿若攻城紧急，就将此美人投献，乞夫人转道。阏氏若见此美人图，恐冒顿纳用夺宠，定劝冒顿退兵。待冒顿人马一退，陛下统大兵而出，则可以脱此围矣。”帝曰：“此计甚妙。”

于是陈平即使画工，连夜画成美人图，遣的当一二人，身藏金珠，先密密出城，买求左右引入阏氏营，次后却将金珠美人图献上。阏氏曰：“金珠我可收用，这美人图要何用？”差人曰：“汉朝皇帝因见冒顿大王围困甚急，愿将此美人献上，先将此图与娘娘转达，日后以为照应。”阏氏看罢图，自思：“若汉家进此等美人来，冒顿定宠爱他，却将我置于何处？不若着冒顿退兵，放汉天子回去，他定舍不得美人投献，却免此后患。”遂对差人曰：“你拜上汉天子，不必进美人来！吾明日就着大王退兵，不可教他勾惹大王。”差人曰：“若娘娘肯劝大王退兵，汉天子年年与娘娘进贡，亦不肯将美人进来，着娘娘生气。”于是阏氏至夜，谓冒顿曰：“汉天子今围七日矣，许多人马在内，不见动静，此是天佑神助，非同小可；又有天下诸侯拱手归服，不可围困他。倘各处兵马来救应，岂不惹起事来？你与我不得长久快活？”冒顿曰：“你也说得是，我明日就放他。”

次日韩王姬信闻冒顿有放帝之意，急过东营来会话，便说：“大王已将汉帝围在城中，闻说今日要放他，却是放虎归山，终必有患。我又闻说汉帝差人献美人图引诱大王，却密使夫人向大王方便。大王今日只可问他：要有美人，方许释放；若无美人，仍旧围城捉他。他决是无美人，不过假说以欺哄大王也。”冒顿从姬信之言，即差人城下答话，便说：“你汉家说有美人，如在城上献出美人之面来，我大王便放汉天子出城；若是妄说，今日便着实用力攻打，决不放你。”城上人闻说，奏知汉帝，帝即召陈平曰：“冒顿要美人亲看，方许放出城，此事如何？”平笑曰：“臣已算定冒顿决要美人看，臣前日已作木偶人，装扮五色，穿好衣服，捱到近晚，恍惚于灯下献出城上，使他见之，决放陛下出城矣。”帝王大喜，即着人回说：“美人今晚俱到城上，任大王看模样拣取。”冒顿闻说甚喜。等到将晚，冒顿亲到城下观望城上，只见灯光之下列美女二十余人，俱花容月貌，如天仙也。冒顿见之神魂荡漾，即分付开放大路，放汉帝出城。即时帝同大小众将，并人马尽数冲围而出，星夜前走；又令樊哙、曹参、周勃、王陵四将，领三万人马断后，以防冒顿追兵。

冒顿待汉兵退之后，急上城取美女，灯光之下，近前观看，却是二十个木隅人，掩于城垛之傍。冒顿看了大怒，即遣大将王圹等追赶，才然前进来到三十里远，却被樊哙等四将，分头冲出，王圹不防有兵，被哙举戟大喝一声，遂将圹刺于马下，番兵大败奔溃。众将不敢恋战，随拨转人马，回太原大路，赶上汉帝，一同趋赵城。

帝到城中，取出刘敬，即时释放，慰谕之曰：“朕一时不听汝之言，误入白登，围困七日，几致败事。幸赖陈平设计，逃归出城。朕初被十人所误，故有此行。”遂将十人拘来杀之，重赏刘敬，加封为建信侯。

次日，起兵南行，帝过曲逆县见城垣壮丽，六街三市，人烟凑集，乡村镇店，相连不绝，因语左右曰：“壮哉，此曲逆县也！吾行天下，惟见洛阳与是耳。”乃告陈平曰：“朕得卿，屡出奇计，皆成大功。今白登又赖卿之谋，得出重围，就以地封卿为侯。”平曰：“非臣之能，乃陛下洪福，随到自有暗助。”是日敕封陈平为曲逆侯，平叩谢恩。

帝大兵远至长安，见萧何治未央宫甚壮丽，乃怒曰：“天下方汹汹，劳苦数岁，成败未可知，正当节用以示民俭可也；何乃制度过侈，以伤民财耶？”何曰：“天子以四海为家，非壮丽无以示威，且无令后世复有所加益也。”帝曰：“今宫室既成，朕岂敢以独享？”即令左右迎请太上皇至未央前殿，大排筵宴。太上皇车驾幸临，见其金碧辉映，殿阁崇高，洞府瑶他，亦不过是；又见水陆大备，笙笛节奏，锦衣花帽，列于阶前；王公宰相，奔走堂下，心中欢悦。帝乃奉玉卮起，为太上皇寿曰：“始大人常以臣无赖，不能治产业，不如仲儿之力；今邦之业，孰与仲多？”太上皇大笑曰：“尚不如也！”帝亦大笑。群臣皆呼万岁，亦皆大笑。筵宴毕，帝同群臣送太上皇回宫。

次日，帝蓦然想起韩信，因问左右曰：“近日韩信称病不朝，朕思其平日之功，欲召一见。”随令左右召韩信入朝相见。

未知相见之时，有何话说，且看下回分解。

第九十回

张良从赤松子游

却说帝思韩信，欲召相见，信闻，即入朝见帝，帝曰："卿久不相见，朕甚思之，召欲一见耳。"信曰："昔臣破楚之时，每十余日，未得饱食，因积久成病。今无事闲居，旧病又举发。臣亦仰思天颜，恨不能常常相见。"帝曰："卿有疾当迎医调治，不可迟缓。"信曰："臣平日居家无事，便生疾病；苟多事之时，则无疾矣。"帝曰："卿乃有用之才，故能干济事变，不可弃置耳。"又与从容论诸将何人可以御敌？何人可以将兵？何人可以将兵之多？何人可以将兵之少？信一一陈说，皆中肯綮，帝甚喜。又问曰："如我能将兵几何？"信曰："陛下不过能将兵十万耳！"帝曰："我与将军何如？"信曰："臣多多益善耳。"帝大笑："多多益善，何乃为我擒也？"信曰："陛下不能将兵而能将帅，此臣所以为陛下擒也。且陛下乃天授，非人力所能及也。"帝闻信言，益喜，而心实疑忌，恐终为乱也，仍令私宅养病，而卒不大用。信辞帝回家，闷闷不语。

不说韩信闲居。却说张良自韩王姬信谋叛之后，每托病闲居，终日辟谷。有人相见者，便说："人生天地间，如白驹过隙，百年一瞬息耳！吾欲退处深山，修仙学道，为长生之计，一切功名，如浮云往来，漠然无动于中。但今蒙帝眷顾，未忍舍去，其实此心终不欲夸金紫，恋繁华，居高堂，列鼎食，而贪人间之富贵也！又况一身多病，血气日衰，若不急早修养，恐他日精气既耗，神不完体，虽欲藏修，亦无及矣！”左右亦将此言时常奏帝，帝以此每见良称疾不朝，心不甚疑。一日，帝因探之曰：“朕自先生之教，累建大功，欲以大国封之，以报先生也。”良曰：“臣始从陛下入关，言听计从，多偶中，殆亦天授，非臣之能也。今封臣为留侯，此布衣之极，于臣足矣。顾受封之后，已领陛下洪恩，即弃人间事，欲从赤松子游，导引不食，为长生计耳，如金紫辉映，玉食满前，人所深愿而不可得；但臣弱体多病，实不堪此荣贵，非敢负圣恩也。”帝见良辞意恳切，遂准养疾，仍令一月一入朝，就居咸阳僻静之处。

良自称病之后，杜门谢客，修真养性，一月止随群臣朝参一次；退朝之后，凡百不动于心。一日，良闲居，有子张辟疆进言曰：“阿翁今为帝师，累建大功，位至三公，正当玉食万钟，安享富贵，与国咸休，为万代元勋，亦非过分。何乃杜门谢客，居此寂寥之地，甘受清苦，其意何谓？”良曰：“是非尔所知也！世之贪富贵者，乐功名之既成，喜荣华之眩目，享崇坐高，一呼百诺，妻妾满前，笙簧盈耳，遂谓平生之志，此为极矣。岂知位极人臣，天下所忌，处高未有不危，处满未有不溢，君疑其权重，天恶其太盈，投间抵隙者，得以用其心，起谤生谗者，得以乘其弊；一旦天颜动怒，众口交攻，无计可挽，无地可逃，身既就戮，妻子为奴，富贵荣华，转眼皆空矣！岂如我今日，静观云水，笑傲江湖，醉裹乾坤，壶中日月，独居一室，万虑沉消；虽处寂寥之滨，而胸中快乐，虽甘黎藿之食，而物外逍遥，宠辱不惊，无关利害；闲来养老氏之玄虚，静时观万物之自得，足以保身惜命，以乐天年，使尔等安居常业，永为良臣，不亦愈于春花之富贵乎？”辟疆拜伏曰：“今日始悟阿翁辟谷之意，乃明哲保身之说也。”

后张良每闲出游，往谷城之东，忽见黄石一片，乃悟曰：“昔圯上老人曾说：‘他日谷城遇黄石一片，即我也。’今日果见黄石，则前日之言应矣。”因俯伏向石而拜，遂建祠以祀之。

不说张良导引辟谷，修真养性。却说单于因帝以美人计哄诱出围，遂纠合大势人马，侵扰边庭，抢掳郡县。屡有飞报奏帝，帝甚患之。刘敬进言曰：“陛下初定天下，士卒疲于兵，未可以武服也。冒顿杀父代立，妻群母，以力为威，未可以仁义说也。诚能以适长公主妻之，彼必慕以为阏氏，他日生子，必为太子，冒顿在，固为子婿，冒顿死，则外孙为单于，岂闻外孙与外祖抗礼者哉？”帝曰：“堂堂中国，奄有四海，况兵甲尚强，国势不弱，再无他策以御外敌，乃以我公主而为腥膻犬羊之配，是何道理？使诸侯闻之，不亦耻笑寡人乎？”敬曰：“白登之围，陛下所亲见。况数年以来，与楚七十余战，百姓杀伤者，不知几百万，陛下今为天下之主，当以民命为重，何苦终日兴师动众，以疲天下，则百姓何所望乎？今日请和，虽屈一时，实为天下百姓。且陛下不欲以亲公主妻之，急令人秘密取庶人之女，藏于宫中，假为公主。臣即为使，赍诏奉公主前与讲和，使彼罢兵休争，陛下无北顾之忧，岂不为长远乎？”帝从其言，即令刘赍诏奉假公主前往太原与冒顿讲和。

一日，刘敬到太原，先差人与冒顿答话，备说汉帝以公主为妻，结为婚姻，盟约为亲，誓不相侵。冒顿闻说甚喜，即出城迎接诏书，请刘敬入城，先将公主安歇于公馆，冒顿与敬相见，开读诏曰：

五帝相禅而道隆，三王德盛而服远；中外虽殊，咸归正统。兹者冒顿兵入太原，侵扰土士，跋扈罔恭，似非率命。昔者白登之围，误中诡计，今已明章纪过，振赫王师，张皇北伐，欲雪前愤。群臣屡叩阙上言，劝朕讲和，复前日美人之盟，结胡越一家之好，仍封尔为单于王，以长公主配尔为后，永结丝箩，百世不逾。诏书到日．勿违朕命。故兹诏示。

冒顿读诏书，望南叩首拜伏。即差人领胡乐番姬，导引公主入内，置酒款待。自此冒顿遂与汉和亲，皆敬之力也。

却说刘敬和亲毕，回朝见帝，帝大喜，重赏刘敬。敬因言："秦中新残破，地饶民少，况又北近胡虏，东有六国强族，一旦有变，陛下亦未得高枕而卧也。愿迁徙齐、楚、燕，赵、韩、魏之后，及豪杰名家，开垦肥田，住居关中，无事以备羌胡，有事可以东征，此强本之术，长久之策。"帝曰："善！"于是徙六国之后，并诸豪杰十万余口。

是时关中无事，帝每辍朝，宠幸戚姬，又见所生赵王如意，年已渐长，资性聪敏；见太子盈柔弱，欲废之，要立赵王如意为太子。遂与诸大臣商议，群臣皆谏诤，数日不决。时有上大夫周昌执笏上殿，大叫曰："不可不可！陛下此举，乃取乱之道也！"众人大惊。

不知周昌如何谏帝，且看下回分解。

第九十一回

陈豨监赵代谋叛

却说帝欲废太子。群臣力诤不能决。周昌执笏上殿，面折廷诤曰:“臣口不能言，然臣已预知不可，陛下欲废太子，臣实决不奉诏。”帝遂大笑，知昌为忠，乃从其言而罢。帝入宫，备将群臣之言，告知戚姬，姬曰:“陛下如肯怜爱如意，不在一时，后日徐徐图之。”帝曰:“爱卿之言是也。”

却说赵代郡守差人飞报，大势番兵抢掳代州，人民逃窜，郡县不能御，若不急为剿捕，恐赵之地亦下能保。一日之间有三五来报。帝急出朝召群臣计议，陈平曰:“当此之时，英、彭各建都梁楚，一时不可遽到。韩信致仕，又无兵权，亦不可用。惟相国陈豨，足智多谋，武勇出众，可堪为将，其余不足以御番军也。”帝即召陈豨抚之曰:“朕久于兵马，倦于远行。今番兵侵扰代州，声势颇大，特差汝统十万精兵，就将韩信所制兵器，付汝管领征进，代朕一行。汝当用心！征讨成功之后，就封汝为代王。”豨曰:“臣奉陛下诏命，敢不策励前进？但兵马尚少，恐不足以御番兵。”帝曰:“付汝符印，所到之处，如兵马短少，可行文移调取，亦足为用也。”

豨领帝命，即辞帝领兵十万，赴代州征番。因过韩信私宅，豨想："我平日受韩信恩德，又蒙指教兵法，至今不能忘，我就一见，以求良策。"随将兵驻扎城外，遂领数十从人，来见韩信。各施礼毕。豨曰："臣奉帝命，领兵前往代州征番。仰公之盛德，敬来一见，欲求良策，以为破番之计。"信就留豨小饮数杯，以手相挈，避退左右。因长叹曰："今君征番成功之后，与我破楚孰为大小？"豨曰："破番之功，一小国耳；破楚之功，乃万世之功也。岂敢论大小哉？"信曰："我以如此大功，一旦废置不用；君若破番奏凯，朝为王公，暮则匹夫，就如我今日样子也！"豨曰："必如尊公，有何指示？"信曰："君所居，天下兵精之处也，况君又为主上亲信之幸臣也，人言君叛，主上决不信；若有传报叠至，主上必怒，而就往征之，我却为君从中起两势夹攻，天下可图也。乘此可为之时，不可自失！"豨曰："谨奉尊公之教。"二人相别议定而去。

陈豨至城外领兵启行，一日大兵到赵代，陈豨分付安营，且未可轻动，待我探看番兵虚实，然后方好进兵。诸将各扎住营寨。陈豨差人扮作番人去缉访，差人去数日，回复陈豨说道："番兵有四个大营。每营有五万人，番王在代州城外，另立一老营，约有三万人马；沿四营之外，又有骑兵百万巡哨，遍山满谷，通是番兵，声势甚大。如今番王手下，有一大将名叫哈廷赤，使一柄大斧，有万夫不当之勇。元帅若先制服于此人，番兵自然远遁矣。"陈豨闻差人之言，甚喜，重赏差人。随令部将刘武、李德、陈产、楚招等众将近前曰："番兵势重，不可力敌，当以智取。尔诸将当如此如此，方得取胜。"诸将得令，各领兵而去。

次日陈豨领兵出阵，搦番兵交战。番王一马当先，与陈豨答话。王曰："尔汉主与冒顿讲和，又将公主与他为妻，尔汉王怕他，我的人马又多，偏不得汉主一些儿便宜！我今统兵来要与汉王对敌，你是无名小将，我不与你交战。"陈豨大怒曰："我汉主是天朝皇帝，如何与你番奴相见。"陈豨就举刀直取番王，番王背后恼犯了一员大将，举斧径出阵前，与陈豨交战。二马相交，兵器并举，一往一来，一冲一撞，战到二十回合，陈豨虚掩一枪，往南落荒而走，番将不舍，拍马随后追赶。走了十里远，只见前面一座高山，山下一道大溪，陈豨策马过溪，番王人马亦追赶过溪。初时溪水尚浅，番兵过后，不觉溪水汹涌，溪下浪势泛涨，阻其归路。番将急欲勒兵退时，前面高山，后边深溪，遂将人马夹在中间。陈豨在高阜处放起一炮响，山谷两边，闪出两枝精兵来，鼓噪近前，箭如飞蝗，无处藏躲。番将策马，欲上前来战陈豨，被山上一擂木打来，正中番将马腿，把番将撞下马来，因从上而下，番将遂死于乱石之下，此番将正是哈廷赤也。

番王随后领番兵策应，来到溪边，见水势甚大，远望番兵在山下，被汉兵追杀，不得过溪救应，只在溪边叫苦。才然未了，番卒来报："汉兵窥大王领兵来策应，随有两枝人马，将老营打坏，把粮车尽数烧毁。四营人马，见老营火起，正要来救，汉兵一冲，首尾不能相顾，杀得七断八续，各自四散，不知去向。"番王听说，不敢回营，径领本部人马，复投北番大路而去。

陈豨见番王退去，知番营已中计，遂令军士，仍将溪口用石填住。不一时，水势仍旧细流，汉兵遂过溪。诸将同到大营，各报功次，大获全胜。此是陈豨用计破番兵四十万。

次日进城，大设筵会，款待诸将，酒至半酣，陈豨执盏告诸将曰："番兵大败远去，虽我之用智，实赖诸君赞助之力，所以成此大功。但汉帝可以同患难，不可以共太平。就如韩信五年血战，十大奇功，如今废置不用，尚每欲寻事谋害；我等些个功勋，岂敢望封侯建节？以我愚见，不如驻兵于此，阻其要害，聚草屯粮，招集豪杰，各相戮力，以图天下。况汉主春秋渐高，厌于兵马，纵诸将统兵而来，料非韩元帅之匹，吾亦不惧。倘王业既成，诸君封王爵，共享富贵，未审诸君以为何如？"诸将皆曰："愿从将军之谋！"是年七月，陈豨传檄约会王黄等诸将，各起兵策应，豨遂自立代王，劫掠赵代，郡县逃窜，所过皆被残坏。

有西魏王，知陈豨谋叛，具表飞报入长安。帝览表大惊，即召萧何、陈平等问曰：“陈豨朕待之不薄，如何谋叛？”萧何曰：“陈豨素有谋略，兼武艺精熟，目下诸将，皆不足以御之，惟英布、彭越，方是对手。当作急发诏，令二将领兵讨豨，豨可擒也。”帝即草诏，差人催二处人马讨豨，一面差人往关东诸路，遣兵防守。

却说韩信闻陈豨反，又闻帝草诏取英、彭二国人马讨豨，随密写书二封，差心腹左右星夜赍书，预先通报与淮南、大梁二国，着二国不可遣兵救应。英、彭二处见韩信书中备说：“我有大功，见今废置不用。二公若应诏讨豨，早擒豨，暮即杀二公矣。盖汉主可以同忧患，不可以处太平。当忧患之时，则思重用；当太平之后，则思杀害。且豨之反，亦因见我废置不用，今虽成功，还无济也，故以赵代二处谋叛。二公若破豨之后，决生事谋害，岂能安居淮南、大梁而享富贵乎？信恐二公不悟，误投陷井，所以星夜差人吐心露布，幸二公详察，不可如我今日之悔！”英、彭二处得书，遂托病不至。

差人回奏汉帝，甚患之，即召萧、陈议曰：“英、彭二王托病不来，奈何？”平曰：“陈豨谋叛，其说有三：豨平日最惧韩信，今知信已罢闲，其余诸将非豨之对，豨遂自恃才能，再无他虑，所以谋反，一也；又以陛下久于兵马，不欲亲自征讨，乘此厌怠，遂放心恣肆，所以谋反，二也；赵代乃精兵之处，易于发动，所以谋反，三也。今陛下不恤远征，且暂命萧何与臣同娘娘守关中，亲统大兵，以周勃、王陵为先锋，以樊哙、灌婴为左右翼，以曹参、夏侯婴为救应，使天威下临，群凶慑胆，方能取胜，且使天下诸侯畏服。不然，徒废兵马，岂能以致胜乎？”帝曰：“此论实善耳！”

于是点四十万大兵，命周勃、王陵为先锋，领精兵十万，先发行，帝入内，吕后迎接入宫，设御宴为帝寿。帝曰：“今陈稀谋反，侵占赵代，自称为王。发诏取英、彭二王，托病不来。在朝诸侯，非豨之对，朕欲领兵亲征，又患韩信废置于此，久怀异志，恐倡兵中起，与陈稀为应，其势可忧。烦御妻权国，早晚有缓急，当与萧何计谋，如画策定计，有陈平可与谋也。朕此去，料陈稀无能为也！”后曰：”陛下不必忧虑。韩信当日有兵权，似难制服，今闲居独处，一匹夫耳！何足为患？”倘陛下有命，管教片时着韩信就擒，审有反状，杀之亦不难也。陛下又何患焉？”帝甚喜。

不知如何，且看下回分解。

第九十二回

汉高帝邯郸驻马

却说帝与吕后，一夜商议停当。次日，召萧何上殿谕之曰：“朕今统兵前往赵代讨陈豨，关中无人管理，卿乃开国元勋，当朝故老，特命卿与娘娘权国，凡有筹画，仍与陈平计议，凡一应大小国事，卿须用心裁处，无负委托！”萧何叩首曰：“臣敢不竭尽驽力，以图补报？惟乞陛下早奏凯旋，以慰臣民之望！”于是帝驾启行，大小文武群臣送汉帝出城。自此吕后与萧丞相权国。

帝一日大兵至邯郸，入城下营，帝坐中军，诸将列左右，临近郡县，俱来朝见，帝问曰：“陈豨见今屯兵何处？有多少人马，为将佐者几人？”郡县奏曰：“陈豨屯兵曲阳，本部人马并各处纠合散军，共五十余万，为将佐者有刘武等二十余人。各郡县皆望天兵下临，以救民水火。臣等闻陛下车驾亲征，急来朝见，如大旱之望云霓也。”帝大喜，顾谓群臣曰：“此邯郸乃中州总路，陈豨不据邯郸而阻漳河，却乃屯兵曲阳，可见识见浅近。又兼纠合疲散之卒，终无能为也。诸将且据兵在此，急令周昌遍于邯郸临近郡县，挑选数人，以为乡道。”

周昌去数日，选取四壮士来见帝。帝方在帐中饮酒，忽见昌领四壮士来，帝醉而谩骂曰：“汝辈敢为我前驱作乡导耶？”四壮士曰：

“陛下天兵远来，其势虽锐，而未谙地利，不可轻进；必须臣等深入重地，探其虚实，陛下知彼深浅，然后干戈一指，必克全胜。”帝又骂曰：“汝等虽善为唇舌，恐非真见。”壮士曰：“陛下天威咫尺，岂敢欺诳？”帝即与四人俱授千户之职，又重加赏赐，四人欣跃而出。左右曰：“四壮士未见寸功，陛下一旦俱授重职，又重加赏者，何也？”帝曰：“重赏之下，必有勇夫，倘四人果如其言，与朕探知虚实，即为军功。况朕前日羽檄征天下兵，未有至者，今计惟邯郸中兵耳。吾何惜四千户而不以慰赵子弟耶？赏一人而众人劝，吾之用兵，非尔等所知也。”左右拜伏曰：“陛下所见乃天授，诚非臣等所知也。”于是四壮士各装为代民，前到曲阳探听陈豨虚实。四人去数日，回至邯郸，见帝曰：“陈豨所用将佐，皆商贾之人，极贪金帛。陛下肯捐数百斤金，买求左右，使各不用命，则豨必就擒矣。”帝大喜，乃重赏四千户去讫。召群臣问曰：“谁人与朕诈入陈豨营，贿买诸将佐，就打听消息，使彼内应？豨不等战而自乱矣。”帐下一人出班曰：“臣愿往！”帝视之，乃中大夫随何也。帝曰：“卿若去，朕无忧矣。”

随何领金百斤，带数从人，先具书一封，诈言帝招安纳降，径到豨营，传说帝遣大夫随何下书招抚纳降。豨曰：“随何乃说客，此书必是诈也。”即命左右请何入。何与豨相见行君臣礼，豨曰：”大夫与豨，一殿侍臣，为何行此大礼？”何曰：“足下统兵百万，震镇二国，与帝争雄，以图天下，岂敢抗礼以试利刃耶？”豨笑曰：“大夫言过矣。豨今据兵于此，实出不得已耳。盖因汉主猜疑忌刻，忘人大功，难与共享富贵，所以有此举也。但不知大夫此行，有何见谕？”何曰：“臣奉帝命招抚，足下欲罢兵息争，就封足下为代王，不知足下之意，以为何如？”豨看书毕，知帝乃诈，计若纳降，必受擒矣。因扬言曰：“汉主既统大兵前来，未与豨交战，如何便差大夫下书招抚？恐非实意！”何曰：“主上初来，实欲与足下交战，以决胜负。今因左右计议，以全军为上，破军次之；全国为上，破国次之；今差何与足下招抚者，正欲全军全国以安民命，非有他也。足下若不纳降，臣即辞回见帝，亦不敢强。”豨曰：“豨与韩信功劳大小如何？韩信实无反状，尚伪游云梦被擒；我归降，帝必疑我尤有过于韩信，豨实不敢奉命，幸以此言回复汉王。”随何故意与豨俄延半日，从人俱已将金买嘱将佐，诸将佐得金甚喜。随何徐徐与豨相别回营，见帝，具将前事奏知帝。

次日亲领兵出阵，与豨答话，豨见帝，马上欠身而言曰：“陛下春秋渐高，何苦亲身以冒矢石耶？”帝曰：“朕未尝负汝，汝何谋叛？”豨曰：“陛下诛戮功臣，残忍少恩，踵亡秦之法，效项羽所为，臣何为不反？”帝大怒，回顾诸将曰：“何人杀此逆贼？”樊哙、周勃二马径出到阵前，与豨交战，战三十回，令王陵、周昌二将并力来攻。陈豨大败，领人马望南逃走，指望刘武等救应。刘武等被随何以金买嘱，俱无心救应，各拔寨四散奔走。帝见豨兵错乱，急令大势人马掩杀追赶。将三十里远，只见前面旗帜整齐，队伍下乱，却是另立一大寨，四门俱列战车，周围设下鹿角，中军一声炮响，四门俱开，人马蜂拥而来。陈豨却回马当先，反冲杀汉兵，汉兵大势已行动，急难收煞，被陈豨大杀一阵。帝后哨人马已到，急扎住营寨，分头遣兵救应，豨兵方退后。此时天色已晚，两家俱各收兵。帝传令今日人马虽疲倦，不可安寝，须防劫寨。诸将得令，各自预备。

却说陈豨回到营坐定，召刘武等责之曰：“汝等未与交战，便四散奔走，幸赖我预设下这老营，以防追兵，若无此营，我兵决大败矣，汝等若再退后，决以军法从事。”诸将惶恐无地，各退帐后安歇。一夜无事。

次日帝升帐，诸将列于左右，王陵进言曰：“陈豨用兵皆模仿韩信，观昨日预设营阵，预有调度，据今与之交战，恐难取胜，况又粮草不敷。以臣愚见，且退兵据住邯郸，再调各路人马，尽力与彼决一胜负，料天威所临，非豨所能及也。”帝曰：“恐我兵一退，豨兵追袭，反致取败。”陵曰：“今日且按兵不动，待晓徐徐退去，却着两枝精兵埋伏于左右，彼若追赶，两路人马冲出，彼必大败，料豨善于用兵，我兵若退，彼决不敢追赶。”帝曰：“善！”于是延到将晚时，帝分付三军，各饱饭后准备行李，衔枚启行。着樊哙、王陵、周勃、灌婴四将，分为二枝，埋伏在左右，其余人马，尽数随帝回邯郸。

有人飞报与陈豨，陈豨召诸将曰：“此帝屯兵于此，不便于战阵，又且粮草或不敷，想退兵于邯郸，调各路人马，与吾决战。”诸将曰：“臣等正好追杀。”豨曰：“帝久于战阵，深有谋略，左右必有埋伏，汝若追赶，必遭冲击，不可追赶。”即差人探听，左右果有重兵埋伏，诸将皆服。帝人马徐徐回邯郸，樊哙等四将见无追兵，亦各退回，自此两家各相拒不战。

却说帝初大兵出长安之时，韩信称病，不随帝出征，后打听豨屯兵曲阳，乃默思陈豨当拒邯郸，阻漳河为上策，岂可屯兵曲阳？帝据住邯郸，豨必败矣。阴使心腹人写书与豨，令遣将领精兵抄小路径攻长安，我却从中起事，使帝首尾不能相应，必获全胜。

书去未知如何，且看下回分解。

第九十三回

吕后未央斩韩信

却说心腹人出城，有信家仆谢公著，设酒送行，两人饮酒，不觉沉醉，公著相辞，至晚回，信怒曰："一日不见汝，不知干甚事？"公著带酒触言曰："我又不会与外国通情，缘何干甚事？"信闻言大惊，便着左右扶公著入房内安歇。自思："此人既知此事，不可留也，当杀之！"信入寝室，有夫人苏氏问信曰："谢公著缘何来晚，致使尊公动怒？'信曰："公著言太无状，吾欲杀之。"苏氏曰："公著带酒口出妄言，岂可计较？待酒醒时问明，处置亦未迟，何必夜晚杀之，反致左右惊疑？"信曰："夫人之言是也。"于是信就寝。

却说谢公著五更酒醒，其妻曰："汝晚归来，元帅甚怪你，你口出狂言，甚是无状。"公著口："我说甚言语？"妻曰："你说'我又不会交通外国，缘何甚事'，元帅惊讶入内，晚间计议要杀你，你可急早逃走出去，庶免一死。"公著闻妻言，惊惶不已，便起来穿了衣服，预备行李，躲避在夹道傍，等候刚开宅门，侧身而出。此时信尚未起。公著走城边，欲出门，自思："元帅家仆甚多，若知我逃走，决差人四下跟寻，如何得脱此性命？不若将此机密事往萧何丞相告变，虽是害了他，我却得保住性命。"公著遂转过身径到相府告变。

萧何连日正接得高帝手敕，分付用心防备韩信，如遇便当计较杀之，以除后患。萧何领手敕奏知吕后，正无计可施。闻谢公著告变，急着进府，唤至前问之曰：“汝告变须要的实，不可轻易，若不实，汝亦难免其罪。”公著曰：“此事岂是小事？某亦不敢轻言。前日陈豨征番之时，实无反意，皆是韩侯劝陈豨反，以此陈豨一到赵代遂反，亦曾有书相通。昨日韩信又密写一书，着家仆传与陈豨，教遣将调兵，从小路来取长安，韩侯却从中起，以为内应。此事一毫不敢虚假，我因醉后露出话来，韩侯要杀我，被我逃走，径作告变。如不实，甘当重罪！”萧何闻公著之言，即引来见后，备说前事。后大惊曰：“韩信已实反矣！丞相作何计议？”何曰：“此事且按下不必题。就将公著暗藏于臣家，明日可密差人，往牢中拣一重犯，与陈豨模样相似者斩首，假着人捷报，只说主上已得胜，杀了陈豨，将首级传入长安，号令关中，群臣闻此，决来贺喜，韩信必然出朝，因而擒之，随娘娘处置。”后曰：“此计甚妙。”即暗差人，牢中取一重犯来斩首，用匣盛了；一面着人来报捷，就传谕中外。

众群臣闻帝有捷音，皆入萧相国府会议，明日入朝称贺。丞相曰：“诸君须会齐，就约韩信一同入贺。韩信官原与诸君同，然不过暂时废置，闻帝回朝，仍有加封之意，况韩信开国之功，帝常思念，岂终碌碌与众人伍耶？”众人闻何之言，亦来与信相约，就将萧何之言告知韩信。信闻众人言，亦自思萧何必知端的，想帝回朝，必有加封之意，遂与众人约齐，明日入贺。众人辞出。

韩信入内庭见苏夫人，备说帝有思念之意，明日须同众人入朝称贺，夫人曰：“前日帝远行讨陈豨，公托病不同行，一向又未得见吕后。今闻捷音至，却去称贺，吕后疑怪，恐至陷害。公当斟酌！”信曰：“若今不去朝见，帝早晚回朝如何相见？况萧丞相在左右，定然维持，料亦无事。”夫人曰：“连日见公气色不甚好，恐入朝或不利，公宜仔细！”信曰：“吕后一妇人耳！萧何大识见，我已约定人，岂可失信？”

次日，韩信同群臣入朝称贺毕，后曰：“群臣且出，着萧丞相留淮阴侯入便殿后，有密事计议。”萧何急下殿，留韩信入内。信方放步入宫，只见两边走出四五十武士，将信捉住，就绑缚于长乐殿下。韩信曰：“臣得何罪，娘娘缚臣？”后曰：“帝拜你为大将，后因有功封汝为齐王，改封楚王。闻汝谋反，出游云梦，虽擒来，亦念汝有功，不曾加诛，又封汝为淮阴侯，帝未尝负汝。汝何结连陈豨谋反？又差人往彼交通，着陈豨寇长安，汝却为内应。如此设谋，天地鬼神所不容也！”信曰：“有何指实？”后曰：“汝家仆谢公著告变在此。”信曰：“此公著诈言，娘娘亦当详察。”后曰：“帝破豨，营中已搜出汝亲笔密书，陈豨已招认，汝尚敢口强！”信闻后言，低头再不复辩。后将信绑缚未央宫钟室，武士斩之。信临死乃曰：“吾悔不用蒯彻之计，乃为儿女子所诈，岂非天哉？”按史：大汉十一年九月十一日，斩韩信于未央宫长乐殿钟室之下，尽夷其三族。是日天地昏暗，日月晦明，愁云黑雾，一昼夜不散。长安满城人尽皆嗟叹！虽往来客商，无不悲怆。人言萧何前日三荐登坛，何等重爱，今谢公著告变，亦当在吕后前陈说开国之功，可留他子孙，方是忠厚；反立谋擒信，及夷族之时，卒无一言劝止，何其不仁甚耶！

吕后斩韩信毕，命萧何写表并韩信首级，申奏帝知。后差陆贾赍表并信首级，飞马驰报。一日，陆贾到邯郸见帝，帝拆其表观看，表曰：

> 大汉十一年九月，皇后吕雉上言：伏以刑以绳下，用彰邦国之典；法以敕众，懋昭王者之威。仰惟皇帝陛下，神武布于万方，威德加于四海。乃有淮阴侯韩信，既食汉禄，不守臣宪，辄生异志，顿改初心，交结陈豨，大肆谋反，家奴告变，实有显迹。密从萧何之请，明揭国法之公，斩首未央，夷其三族。传报邯郸，晓谕北伐，使陈豨以之丧胆，奸宄为之消魂，天兵下临，指日奏凯，臣妾不胜欣忭之至！

帝览表甚喜。既而追思韩信十大功劳，心甚伤感，因谓左右诸将曰：“韩信始归朕之时，萧何屡次荐举，朕拜为大将，其后累建大功。诸将不能及，乃天下奇才，虽古之名将，亦未为过也。朕解衣赐食，待之甚厚，岂可与陈豨交通，谋为不轨？亦心术太不良耳！后既杀之，朕甚悼惜。自此再无如信之能。”帝不觉泪下数行。左右亦皆泣涕，遂将信首级，传布远近，人人莫不嗟叹。

却说陈豨正遣兵从小路会韩信攻取长安，兵未发行，忽闻人言：“韩信事已败露，被吕后斩于未央宫，命陆贾赍表奏帝，就将首级传至邯郸，见今悬于辕门之外，晓示三军。”陈豨听罢，大叫一声，气倒在地。

左右急近前扶救，未知性命如何，且看下回分解。

第九十四回

陆贾智调蒯文通

陈豨因闻韩信死，哭倒于地。左右诸将救起，陈豨曰：“我数年来，多得韩信之教，虽为异姓，实同骨肉。岂意今日为我遭此诛戮，一闻其死，不觉十分伤恸。又且我事不能济矣！为之奈何？”诸将曰：“韩侯虽死，大王岂可自懈？我等愿同大王杀上邯郸，与汉王决个胜负！”陈豨曰：“且不必进兵，吾料一二日汉兵决来，不若只在此，预备交战。”言未罢，有细作来报：“汉王统各处调来人马，杀奔曲阳来，离此不上百里。我等径飞马来报，大王可作速准备。”陈豨分付诸将：“不可如前一败，便先逃走。”诸将曰：“我等随大王一同出阵，不必各分营寨，恐难救应。”豨曰：“汝等只分左右为羽翼，待我与彼交战，汝却两路冲击，彼兵自乱，可以取胜。”诸将得令，各分两路伺候不题。

却说帝屯兵日久，又各路人马俱到，知陈豨见杀韩信，逆谋已露，决然无心固守，乘此机会，统兵径赴曲阳。一日大兵抵曲阳，离城三十里下寨。帝传令：“着樊哙、王陵二将，今夜各领精兵一万，各衔枚暗投曲阳北路左右埋伏，待豨败走，汝却出此奇兵，可以擒豨，又命周勃、周昌二将，在营后待豨左右有救兵，可出此兵以御之。随我诸将，先着灌婴与豨对敌，正在酣战之际，尔诸将拼力协攻，彼败走，尽力追赶，决获全胜。”诸将得令，各分付预备。

次日，灌婴领兵出马，与陈豨答话。陈豨一马当先，大叫曰：“汉兵前日已大败，尚不纳降，乃敢复来送死？”灌婴大骂：“逆贼自不知死，尚敢逞强？”举刀迎面来劈。陈豨举枪交还。二将斗到二十回合，只见陈豨左右诸将急领兵冲杀来。这汉阵上周勃、周昌不待彼兵到来，亦各出精兵，奔前截杀，陈豨又斗婴不下，正躁急之际，汉兵又一齐拼力来协助杀来，陈豨如何抵敌得过？往北逃走。豨诸将见陈豨败走，无心恋战，亦各四散奔溃。帝率诸将合兵一处，尽力追杀。豨兵已知势弱，各倒旗投降。刘武等诸将，俱被周勃、周昌等追杀，遂死乱军之中。

陈豨正逃走中间，忽听一声炮响，樊哙、王陵二枝生力人马突出，陈稀被汉兵追赶，正急无处躲避，一时措手不及，被樊哙一戟，刺于马下。大势汉兵俱到，见刺了陈豨，帝大喜，遂将首级传去，悬于赵代二处，彼处知豨死，皆望风归服。帝传命：“如有投降者，免诛戮。”乃招抚各郡县，赵代悉平。

帝车驾赴洛阳，吕后远来迎接，帝相见甚喜，备问韩信临死有话说？后曰：“信言悔不用蒯彻之计，乃为儿女子所诈，岂非天哉！”帝问左右：“蒯彻乃何处人？”陈平曰：“蒯彻乃齐人，极有机变。韩信行兵时，寸步不相离。闻此人曾劝韩信以齐反，信不听此人，遂佯狂于市。其人当以智取，若陛下以法拘之，恐难力致，则必假为疯狂而死矣。”帝即问左右：“谁人往齐国调蒯彻去？”言未毕，陆贾出班奏曰：“臣愿往。”帝即命贾引十数从人，往齐国调蒯彻。

一日到齐，有郡守李显接贾于驿中安歇。贾问：“蒯彻今在何处？”显曰：“此人每自歌自笑，游荡于街市中，人皆以为疯魔。某尝以礼相请，彼终不就。此等人主上何须用他？枉着大夫远来，恐徒劳神也！”贾曰：“君知其一，未知其二。蒯彻之疯狂，乃其诈也。汝可着一能言之士，与之饮酒，彼必歌笑狂饮；着其人如此如此诱引，待他痛哭之时，我却有言语调他，他自然不敢疯狂，管教他随我见帝。”

李显即选两个能言之士，与了钱钞，分付他如此如此，诱引蒯彻，待他哭时，向十字街请陆大夫相见。其人领命，即到市上见蒯彻散发狂笑，游行于市，且为之歌曰：

> 六国兼并兮，为秦所吞，内无豪杰兮，罔遗后昆。秦始自失兮。灭绝于楚，楚罔修政兮，属之汉君。乌江逼项兮，伊谁之力？十大谋奇兮，岂能独存？乃不自悟兮，尚思国爵，一朝遭烹兮，祸福无门。佯狂沉醉兮，且自昏昏。

歌罢向南而去。李显的差人尾之于后，近前乃挽彻手，亦大笑不止曰：“我今与子亦病狂矣！愿请入酒店中市沽三杯。”彻喜，亦随二人入酒馆。二人曰：“我今数日后海外遨游，不居人间，与世相违，不欲恋功名，贪富贵也。”彻见二人语言不凡，乃曰：“我之病狂，其意有在；汝之病狂，果何意耶？”二人曰：“我之病狂，非子所知也。且与子饮酒，不必多言，恐为人所闻，则非病也。”彻见二人言甚蹊跷，遂改容而正言曰：“二公决非等闲人，愿求大名。”二人曰：“我二人原系赵国人，闻韩侯之贤，前随楚地，日侍左右，言听计从，遂为心腹。不意韩侯无故为家仆所诬，被吕后斩于未央，夷其三族，临死之际，言不绝口，只说悔不听蒯彻之言。我等见韩侯屈死，恨不同为之死，遂弃功名，逃走于此。闻子狂歌于市，知其为蒯先生也，因与三杯，以叙衷曲。吾思韩侯十大功勋，为当代元臣，一旦被家仆所诬，死于阴人之手，子孙诛灭，一脉无留。岂意韩侯遭如此之苦！我二人想其仪容，念其恩意，想往日威振三齐，何等英雄？今翻为画饼，岂不痛哉！岂不哀哉！”二人言罢，泪如雨下，感动蒯彻心事，不觉捶胸跌脚，放声大哭曰：“韩侯何不早悟耶？何不早悟耶？乃至见杀，使我一身无主，我何以为生耶？”

正哭之间，忽见一人自外抢入，劈面揪住，便道：“你终日装狂，今日却漏出本相来也！”蒯彻吓得面如土色，便问：“你是何人？”那人曰：“我是中大夫陆贾也。奉汉帝命，特来拿你。”言未毕，只见郡守李显，率领从人将彻缚住，就带到公厅。陆贾亲解其缚，以礼相接曰：“蒯先生不必如此佯狂，快整起衣冠，赴洛阳见帝去。方今四海一家，万姓皆子，与其依信而空死，孰若归帝而报忠。智者必能识时，贤者则能择主。汉帝乃当代真命，以张良世世相韩，尚封侯为汉臣，况其他乎？先生当自思之！”蒯彻曰：“某佯狂许久，今被公倒说了我也。”遂整饬衣冠，预备行装，随陆贾赴洛阳见帝。

一日到洛阳，帝方与群臣议事，忽见陆贾引蒯彻来见，拜伏在地，帝曰：“此是何人？”贾曰：“乃齐人蒯彻也！”帝曰：“昔日汝曾教韩信反耶？”彻曰：“然！是臣教信反也。秦失其鹿，天下共逐之，高材捷足者完得焉。跖之犬吠尧，尧非不仁，犬故吠非其主；当是之时，臣惟知有韩信，而不知有陛下也。若信果听臣言，岂有今日？信今既死，臣亦不独生，陛上如欲烹臣，臣即就死，亦不敢避。”帝笑谓左右曰：“彻之言亦信之忠臣也，彼各为其主耳！朕今即释汝之罪，授汝以官，汝以为例如？”彻曰：“官非臣所愿也。惟愿陛下念信平定天下之功，乞将信首，付臣葬于淮阴，仍乞封为楚王，放臣与信守坟墓，以终余年。此万代帝王之德，陛下可以衍亿世之洪基于无穷也。”帝曰：“贤哉蒯彻也！”即日将信首级付蒯彻，仍传命有司造信坟，仍封为楚王，蒯彻不授官，任其闲散快活。

却说帝仍回长安，萧何奉文武群臣接见，帝大设筵宴犒赏军士。忽有左右来报：“朝门外有告机密事，伺候投见。”帝曰：“陈豨事方定，又有告变者投见。传命着进来！”其人入内见帝，道出这个人来。

未知是谁，且看下回分解。

第九十五回

栾布洛阳哭彭越

却说来报机密者，乃梁太仆也。太仆因彭越醉后辱骂，归家忿恨曰：“我本与越同为汉臣，彼因侥幸成功，帝封为梁王。今倚势王爵，累次辱我，况我又无家小，不若长安告变，使他王爵不能自保。”当夜收拾行装，径赴长安告变。帝问曰：“汝是何处人，告甚机变？”太仆曰：“臣虽事梁，实为汉臣。昨因见梁王招集军马，指日欲以梁地谋反，其反状一也；前日陛下征陈豨，征兵协助，彼又托病不来，其反状二也；昨闻韩信死，哭之甚痛，就欲整率三军，早晚发行，其反状三也。臣为汉臣，见彼谋反，臣特来告变。”帝闻太仆之言，急召平等商议。平曰：“彭越见帝诛了韩信，所以谋反。今可差一的当人。奉命宣召，如来则无反志，但废置可也；如不来则谋反必矣，然后遣兵征讨，则师出有名也。”帝复命陆贾前赴大梁召越。

贾领帝命至梁见越。越与贾相见，问曰：“大夫此来为何？”贾曰：“梁太仆告帝，王有异志，语言错乱，前后不对。主上疑彼与王有隙，故托此告变，即监候，欲召王与彼面对，且就与一见，以叙君臣之好。”越曰：“此人一向政事俱废，我因辱骂，彼遂逃走，赴长安告变。既主上召我，我即奉命到长安与彼面对，凡事须要指实，岂可凭一面之辞，便陷人于不义耶？”贾曰：“王之所见甚高。”当日彭越置筵宴款待陆贾。

次日，预备人马启行，有大夫扈辄谏曰：“大王不可去，去则有祸！前日擒韩信便是这样子，汉帝可以同患难，不可同富贵，大王若去，则必有韩信之难，王切不可去！”越曰：“韩信有罪，我无罪；我若不去，则太仆之言，似为着实，主上以我为真反矣！”扈辄曰：“功高者必忌，位极者必疑。王之功高矣，王之位极矣，主上正在疑忌之间，王虽无反状，而此去必寻事陷害，性命难保也！”越闻辄言，沉吟不语。贾曰：“扈大夫之言，不过目前之计耳，今日王若不去，帝必统大兵亲来征讨，王比陈豨如何？陈豨足智多谋，雄兵五十万，又占在赵代二国，尚不能取胜，况梁地素畏帝威，帝若一临其地，郡县归服，王岂能独立耶？”说得那彭越闭口不言，遂决意与贾启行。梁国父老人等，送越出城。才然前行，只见扈辄悬门而谏，越见之，即令人解辄下城。越曰：“大夫何又如此苦谏？”辄曰：“臣今有倒悬之苦，王见而救之；王此去必有倒悬之危，谁与王救之？臣今不欲大王如韩侯悔蒯彻之言也！”越谢曰：“大夫之言，虽为确论，但我此心只欲见帝，故大夫之言虽善，其如我之不听何？”遂与贾径自长行。扈辄号泣而回。

却说越一日见帝，帝出巡洛阳，闻越至，召入内相见。帝怒曰：“昔破陈豨之时征汝，汝何不至？”越曰：“臣实有病，非敢抗违。”帝曰：“今太仆告汝谋反，汝有何说？”越曰：“此人不能理事，累被臣之辱，因是怀恨，故以诈言诬害！陛下明见万里，当审其诈，勿为小人所欺也。”帝命御史台勘问，尚未报，忽有一人于朝门外要见帝，左右不敢隐，奏知帝，帝传命着其人进内。帝曰：“汝何人也？”其人曰：“臣乃梁大夫扈辄也。”帝曰：“汝来何说？”辄曰：“陛下受困荥阳，若非梁王绝楚粮道，主上岂有今日？梁王累有大功，今陛下听一时无稽之言，遂杀有功之臣，恐天下人人自危也！”帝意少回。扈辄尚立于帝前不退。帝曰："本欲杀越，但因尔之言有理，姑废彭越为西川青衣县庶人，就在彼安置。"乃封辄为大夫，辄曰："梁王受贬，臣若受官，犬豕不如也！愿放归田里，于臣之志足矣，官不敢望也。"帝遂置之不论。

却说梁王越当日出都，即备行装赴西川而来。一日潼关遇吕后，越见后，哭之曰："臣本无罪，帝乃贬臣于蜀，愿娘娘解之。"后曰："且随我引汝见帝，以解前罪。"越叩首谢曰："此娘娘再造之恩也。"

后至洛阳，见帝行礼毕，因奏曰："彭越乃壮士，今既调来，即当除之，以绝后患，岂可使之入蜀？所谓放虎入山，后必伤人！臣妾于途中相遇，与之俱来，暗令人告越谋反，陛下当杀之，庶无后患。今优柔不决，他日作害，则悔今日也！"帝曰："后之言是也。"

于是吕后密令人告彭越反，帝令人拘彭越送张仓勘问。仓曰："昔帝取汝起兵征陈豨，汝听韩信之言，称病不来，帝已有杀汝之心矣。昨幸贬汝入蜀，此是帝莫大之恩。汝心不死，复随娘娘来见帝，帝复生猜疑，知汝终是作乱，不如杀之，以除后患。所谓祸福无门，唯人自招。此非帝与娘娘寡恩，实汝自取之也！汝今如虎入槛，决无逃生之理。不若招承，以决一死，免致苦刑，终难解脱。"越长叹曰："公之言极中我病，但恨不听好人之言，致有今日！公既已开断明白，我亦不敢费辞，只得屈招，任主上处我。"张仓即将越口辞成案，申奏汉帝。帝与后计议，越罪当诛，就照韩信例，斩首示众。后曰："天下诸侯，因见陛下仁慈，所以玩法者甚多，今将彭越醢为肉酱，以赐诸侯，使天下震恐，庶后人不敢谋反也。"帝曰："然。"于是将越斩首示众，仍醢为肉酱，以示诸侯。

却说斩了彭越，遂夷三族，仍枭首于洛阳东门。忽见一人，麻衣布帽，腰系着麻绳，分开人丛，踏折长竿，抱定彭越头，放声大哭曰："冤哉！屈哉！"左右有守卫者，即将其人捉住来见帝。帝问曰："汝何人也？"其人曰："臣乃栾布，大梁昌邑人，为梁大夫。不忍梁王屈死，故来哭之。”帝曰：“梁王谋反，何谓屈死？”栾曰：“昔陛下受困荥阳，楚兵四十万，攻城甚急，韩信在河北不至，当时危若坠旒，使梁王助楚，则汉必亡矣，臣下书说梁王阻楚粮道，以挠其势，后又助粮数十万石，汉乃灭楚垓下。五年之间，梁王受尽辛苦，今天下已定，指望与陛下共享富贵，传之子孙无穷，岂料陛下听信谗言，既斩首而复醢其身，又夷其三族，其刑太惨，比暴秦尤甚！前日萧何所定律令，于今安在？汉廷诸侯，再无一人敢谏者！臣怀不平之心，愿来效死。臣恐此后功臣人人自危，谁与陛下守太平之业？”言罢，放声大哭不止，左右文武闻之，无不下泪。帝半晌不语，遂命释放。即日传令封栾布为都尉，布叩首力辞曰：“臣不愿为官，惟愿收拾梁王头骨，还葬大梁。陛下之洪恩，微臣之至愿也。”帝许之，栾布遂将彭越头包裹，出洛阳而去。

且帝醢酱彭越为肉酱，传布天下诸侯。一日使臣将肉酱到南淮，传与英布。布正在望江楼临江宴诸侯，方酒酣，见帝赐肉酱，起身拜领。谢恩毕，便问使臣：“此肉酱何肉也？”使臣诈言鹿肉，布遂开罂尝之，不觉心动，胸中溃乱，探身于江边，遂哇而出之。英布心大疑，即追问使臣：“何肉也？汝当实说？”使臣见英布有怒容，不敢隐讳，即以实告。布大怒，将使臣一剑斩之，便起兵作反。

未知如何，且看下回分解。

第九十六回

淮南王英布反汉

却说英布杀了使命，就点起精兵二十万，屯于城外，仍招集四方军士。一日栾布麻衣扶杖来见英布，备说："彭越屈死，想当日与大王同力建功，今成画饼。使汉王无韩侯、彭王与大王，安得灭楚有天下？今无故将韩侯、彭王诛夷，止有大王一人，王不极力起兵与梁王报仇，则大王亦有梁王之祸矣！"英布曰："吾已杀使命，现今屯兵城外，早晚发行。幸得大夫来赞助，吾成功必矣。"费赫曰："举兵当先得地利，不可轻动。大王若传檄燕赵，据守山东，先立根本，次决胜负，以为胜策。若恃一时之忿，径与交战，汉有良、平之智，绛、灌之勇，带甲百万，控连四海，决致取败。"英布怒曰："汝何妄为议论，阻我军情，方今汉王春秋已高，韩、彭已死，我何畏哉？"遂叱退费赫，于是举兵东取吴，西取上蔡，与楚王刘交并刘贾战于吴楚之间。布兵强盛，一战遂虏刘交，斩刘贾，声势大振。

报入关中，帝大惊，召诸将问计，诸将曰："英布竖子，何能为乎？天威下临，必克全胜。"汝阴侯滕公曰："臣有一门客，乃楚令尹薛公也，足智多谋，闻英布反，深笑其不能为也。想彼必有筹画。"帝乃急召薛公问之，薛公对曰："使英布出于上计，山东非汉之有也；

出于中计，胜败之数，未可知也；出于下计，陛下安枕而卧矣！”帝曰：“何谓上计？”对曰：“东取吴，西取楚，并齐取鲁，传檄燕赵，固守其所，山东非汉有也。何谓中计？东取吴，西取楚，并韩取魏，据敖仓之粟，塞成皋之口，胜败之数，未可知也。何谓下计？东取吴，西取上蔡，归重于越，身归长沙，陛下安枕而卧，汉无事矣！”帝曰：“汝料英布出何计？”对曰：“布决出下计。”帝曰：“何以知之？”曰：“英布乃骊山之徒，无深谋远虑，一日高居王位，皆为身计，不顾其后，故知决出下计也。”帝大喜，即封薛公为千户，遂传命大小三军，整率人马，随帝东征。留萧何守关中。

大汉十二年冬十月，帝大兵驻蕲西，正遇英布人马渡淮，两军相遇，各立营寨。帝升中军坐定，有探听小校回奏：“英布东取吴地，有吴郡大守吕璋，畏布威势，即开城纳降，布从江夏渡淮取蔡，今兵抵蕲西，正与陛下大兵相遇，见今扎营于五十里瓮山之下。”帝闻奏，笑曰：“不出薛公之所料也！”遂命王陵先领一枝人马哨探，续差灌婴、周勃接应。

却说英布闻汉兵到来，亲领一枝兵，转过瓮山迤西，正遇王陵，领兵相对。陵曰：“汝乃骊山徒夫，一旦位至王爵，不思安享富贵，乃欲谋叛，自来寻死？”英布怒骂曰：“汝等乃沛县酒徒，得我等赞助之力，今成大事，前年杀韩信，今年杀彭越，我三人同功一体之人，他二人既被害，早晚必寻到我，我如何不反？乘此时，汝快与我一同起义，免致后日之悔。”王陵更不回话，举刀直取英布，英布举斧劈面交还，二将战有二十回合，王陵刀法惭怯，灌婴、周勃二将人马已到，就势出马冲杀来。英布阵上，栾布领过诸将，也都杀来。两边混战。汉兵大势人马，拔寨都到来接连交战，布兵抵当不住，望山后四散奔走。帝乘白龙驹，随大势人马，一概追赶，不防栾布侧身在山凹边，见帝过，挽弓搭箭，想诛彭越之恨，尽力一箭，正中帝右肩，翻身落马。诸将知汉帝被流矢所伤，传知远近，诸将无心恋战，各扎住人马安营，扶帝入中军，用医敷药调治，幸未大伤。帝次日扶病升帐，召诸将曰："英布知我中箭，决不作预备，汝等可乘机一战决取胜矣。"陈平曰："今日人马，且未可出战。待数日后且不出，英布决疑帝中伤，定亲来搦战，那时却乘机冲杀，着他不作提备，方可取胜。"帝令曹参领兵三万，去长沙绝布粮道；令灌婴领兵二万，前往陆安捉拿英布老小；令纪通领精兵二万，劫于大寨；令周勃等把住淮江渡口，各处调派停当。

英布果见帝数日不出，大喜曰："此必汉王被箭射伤太重，不能出战，吾正好乘机攻取，必获大胜。"栾布曰："恐有别计，须当仔细。"英布分二枝人马杀上汉营来搦战，汉阵上不见人马，一连二日，英布曰："果帝伤重，无人主张，今晚可劫营，决无准备。"栾布曰："陈平等多诡计，恐中间有诈。"言未毕，后哨人来报，大营被汉将纪通劫了，现今周勃等把住江口，灌婴往陆安暗取大王老小，曹参断了粮道，现今军中已缺粮。英布听说大惊，急收回人马望山后安营。人马方动，只见汉营中二枝人马冲出，为首大将樊哙大叫曰："英布急早投降，奏过主上，免汝一死。"英布大怒，急勒回马，与哙大战。交马五十合，见汉兵陆续增添越多，布不敢久战，望东南逃走。帝传令大势人马追赶至大江，布引百十骑渡江，汉兵遂屯兵于江北，暗使人探听英布投何处去。

却说英布过江，径至吴国，投吴芮处安身。吴芮正出城外采猎未回。吴芮侄吴臣，曾受英布之辱，每怀忿恨，见布止领百十骑人马来投，自思："布平日恃勇独霸淮南，恣意妄为。今谋反，被汉王一阵杀败，却来投奔安身。我若容了他，即是通同叛臣，不若乘叔采猎未回，暗地杀之，投见汉帝，此莫大之功也。"于是迎接英布入府，行礼毕，分付左右置酒款待。布问："令叔何往？"臣曰："阿叔无事，即往南山畋猎，或三五日方归。今日不知降临，早晚必回城矣。"布曰："前日兵出吴地，幸赖令叔，率众归降，一路过江，并无阻滞，遂取上蔡，直抵蕲西。不料被汉兵劫营，遂尔失利。今日复过江到此，且暂住数日，待令叔回，再纠聚人马，与汉决战，如得成功，富贵与令叔共之。”吴臣只是佯为答应。饮酒至晚，英布大醉，即投公馆宿歇。将二鼓之后，吴臣同四十个武士，各执利刃，从公馆后门暗地越墙而过，径到英布寝歇处。只闻英布鼾睡如雷，吴臣看得较近，用力一剑，将布斩首落地，耳房中有十数从人知觉，便叫道:“大王房中如何有人?”急起身抢出，被四十个武士拦住，遂尽行杀死。

次日天明，吴臣将英布首级过江来见汉帝。帝闻英布被吴臣杀死，甚喜，急召入，令吴臣将英布头捧上验看。陈平谏曰:“不可!英布乃世之骁将，今被暴杀，魂魄未散，恐有恶气，冲犯龙体。”帝曰:“朕自起兵丰沛，十数年来，经百十余战，大小首级，不知见几千万个，岂惧英布首级耶?”遂捧上观看，帝乃大骂曰:“黑面贼!不安守臣节，却要谋反，今被斩首，汝再敢纵横吴楚之间耶?”言未毕，只见布头睁圆怪眼，须发直竖，一阵恶气，将帝冲倒。

未知性命如何，且看下回分解。

第九十七回

四皓羽翼定太子

汉帝被恶气冲倒，左右急扶帝入寝室，诸将到帐下问安，帝卧病不起，命医调治，数日方愈。帝重赏吴臣，遂封为忠毅侯。仍行手敕，晓谕吴芮，用心把守江夏一带。以刘仲之子刘濞就封为吴王，镇守江东。

十一月，帝过鲁。闻阙里乃生孔子之处，有孔子之庭并孔林，帝即率文武群臣以太牢之礼祀之，并封其子孙。遍游泰岳胜境，复询问孔颜遗址。祀孔庙毕，还过丰沛，置酒沛营，悉召故人父老子弟纵酒笑乐，又招致沛中幼童得二百人，教之歌舞，竟日作欢饮酒。酒至半酣，帝起，击筑自为歌曰：

> 大风起兮云飞扬，威加海内兮归故乡，安得猛士兮守四方？

令歌儿皆和习之，帝乃自起歌舞，慷慨伤怀，泣数行下。谓父老曰："游子悲故乡，想吾幼时，终日与乡人同处，眷恋不相舍。后起兵丰沛，遍游海内，乃经百余战，遂有天下。至今不觉老矣！尔等亦皆皤白。追思往日，情甚伤感。吾今虽极贵，万岁后，吾魂魄犹乐思丰沛。”遂以沛县为帝汤沐邑，悉免租税。父兄诸母故人日与欢乐。帝恐太劳扰，欲启行，父兄又固请留帝，帝曰：“吾人马众多，沛县乃小邑，恐供给不敷，无久为民苦也。”帝不得已，又住三日，大兵起身。一日过洛阳，直抵关中，吕后、太子、戚姬、如意，并文武群臣迎接车驾入内，大排筵宴，犒赏诸将，自此天下无事。

帝宠爱戚姬益甚。吕后每怀嫉怨，因寻事嗔怪戚姬，姬不能自安。一日帝有疾，入姬宫，见帝一向多疾，因奏曰：“陛下春秋渐高，若圣意不早以定议，吾母子恐他日无葬地矣！”帝曰：“此事亦甚易，待朕徐徐图之。”姬命左右置酒，与帝欢洽，帝大醉，枕姬膝上，遂熟寝。吕后密令探看，知帝在姬宫饮酒，后乘兴即过西宫，有守宫门近侍报姬曰：“吕娘娘至矣！”姬因帝枕膝熟睡，不敢惊扰，坐床未起，后忽至，大骂曰：“贱婢每见我，恣肆无状，今入尔宫，尚高坐不起，是何道理？”姬曰：“妾见后，岂敢不远迎？因帝熟睡，不敢惊寝，以此失礼。”后曰：“贱婢每见我，便以帝为辞；他日万岁后，定着汝为齑粉！”遂大怒骂詈而去。戚姬半晌无言，惟哽咽堕泪，不意泪点滴于帝面上，帝觉来，酒醒，见戚姬堕泪，帝惊问曰：“爱卿缘何垂泪？”姬曰：“适间陛下枕妾膝睡熟，不料吕后自外来，臣妾恐惊陛下寝，不敢动身，后怪不起，嗔怪而去，欲待陛下万岁后，致臣妾为齑粉。妾因此啼泣，误以泪珠污陛下龙颜，妾该万死。”遂跪伏在地，娇容愁貌，万种风姿。帝急以手揽衣抚之曰：“汝放心！管教汝无事。明日出朝，与群臣会议，定易太子，汝必为皇后，如意为太子，吕后岂能害汝耶？”戚姬叩首拜谢。

帝商议已定，次日出朝，文武群臣朝参毕，帝遂手敕，着令群臣再议更易太子，务合公论，勿执己见。帝遂命群臣，赴丞相府商议。

吕后知觉，因召吕泽入内议曰：“帝宠戚姬，不念旧德，累次诏群臣，要易太子，此事如何？”吕泽曰：“臣识见浅小，不足以谋大事，娘娘若要筹策，须差人密问张子房，看他有甚识见。”后曰：“张子房导引辟谷，一向不出，岂可为我筹画？”吕泽曰：“臣与子房之子张辟疆交好，央他转与子房通达，料子房一言之间，便可主意。”后即命吕泽同辟疆往问张良。初不欲言，吕泽曰：“泽奉后命，来问公画计，今公不言，臣何以复后？今泽但有死而已，必不能出公之门也。”良曰：“此事非敢不言，但不可以口舌争也。”泽曰：“出公之口，入泽之耳，何不可言之有？”良乃附耳谓泽曰：“帝平日所重者有四人，一向征聘，其人坚志不欲来，隐于商山之南，此山离长安三百里，山势最险，多出芝草，间来采芝而食，凿泉而饮，飘然与世相忘。帝深慕其人，而不能力致，每欲除之，又恐天下人非议，亦且阻塞贤路，遂任彼自乐。今娘娘差人卑礼厚币，辞意恳切，务求此四人，以羽翼太子，帝一见之，则自然不敢言废立矣。若得此四人来，胜百员强将，抵十万精兵，不动声色，而太子有磐石之固矣。”泽曰：“愿求四公姓名。”良曰：“此四人一人姓唐，名宣明，居东园，遂号东园公；一人姓绮，名里季，邯郸人，初隐商南，后与东园为友；一人姓崔，名黄，字少通，齐人，隐居夏黄，遂号夏黄公；一人姓周，名术，字元道，河内人，号角里先生。尔就将此四人奏知娘娘，急早恳求，若得他下山，太子之福也。”

吕泽闻张良之言，拜谢，急来奏知娘娘，吕后随差内使李恭等四人预备西蜀锦四十疋，黄金四千两，名马四匹，前赴商山，求见四皓，四皓方由山中采芝而归，见使命各备厚礼，跪于山坡之下，俯伏而言曰：“方今皇太子仁孝诚敬，著闻于天下，素仰四公之名，特差某等卑礼厚币，乞请四公下山，辅教太子，以成太平之治。他日嗣登宝位，富贵与公共之，愿公勿辞焉。”四皓初有难色，见使命哀求恳切，拜伏在地不起。遂将礼物收下，留使命在山中暂歇一宿。次日，四皓收拾行囊，同使命下山，来见太子。吕后即传命，排设筵席，款待四人。四皓自此朝夕与太子相伴不题。

却说帝升殿召群臣曰：“朕前日命卿等会议，更易太子，连日未见回奏。”叔孙通、周昌等谏曰：“昔晋献公以骊姬之故，废太子，立奚齐，晋国乱者数十年。秦以不早定扶苏，令赵高得以诈立胡亥，自使灭祀，此陛下所亲见。今太子仁孝，天下皆闻之，陛下必欲废嫡而立少，臣愿先伏诛，颈血污地也。”帝遂拂袖而入，群臣皆散。

帝正欲幸长信宫，过便殿，适见太子自文德殿而来，四老人随太子后行。帝怪问曰：“此四人，自何而来？”四人近前各言其姓名，帝乃惊曰：“吾久以卑礼敦请，四公皆逃避不欲来，今公何从吾儿游乎？”四人曰：“陛下轻士嫚骂，臣等义不受辱，故恐惧而亡匿之。闻太子仁孝恭敬，礼贤下士，天下莫不延颈愿为太子死者，故臣等愿委身以事太子。”帝曰：“烦四公幸调护太子。”四人各为寿，望帝拜伏，衣冠甚整，器度奇伟，真当世之神仙也。帝相望而去。

帝至长信宫，戚姬接见，帝备道叔孙通、周昌等力谏不欲更易，又且太子有四皓为之辅佐，羽翼已成，难动摇矣，戚姬不觉泪下。帝谕之曰：“吾封如意都善地，料根本已固，定无事矣。”姬拜谢。

不知帝封如意何处去，且看下回分解。

第九十八回

汉帝封赵王如意

帝因戚姬涕泣，遂抚谕之曰：“我前日征陈豨，驻兵邯郸，我见此地风俗淳厚，人民庶富，前有燕台之阻，后有漳河之险，地方千里，人多豪杰，若此地建都，亦不在长安之下。我明日出朝，就封如意为赵王，建都邯郸，使彼终身快乐，且又离关中甚远，乃重耳远害之道也。”姬曰：“封如意为赵王，深感陛下洪恩，但如意幼小，须得一人辅之，庶可以保守疆土。”帝曰：“待明日于群臣之中，拣选一奇谋之士以辅之，料万安无事。”姬拜谢，置酒与帝欢饮。

次日，帝升殿，与文武群臣会议：“太子既不可易，但如意年渐长成，不可久留宫中，朕欲封如意为赵王，建都邯郸，卿等以为何如？”群臣曰：“若封如意为赵王，甚合公论。”帝曰：“封如意为赵王，须得一老成大臣辅之，庶得朝夕教导，卿等以为何人足当此任？”萧何曰：“唯御史大夫周昌，其人公正明爽，足可辅之。”帝曰：“正合吾意。”于是召周昌，欲同如意赴赵建都。昌曰：“陛下既命臣辅佐，敢不从命？但须依臣三事，仍望陛下写手敕以戒之，庶保无事。”帝曰：“那三事？”昌曰：“第一不可复入朝，恐地方无人保守，又防人谋害；第二退守本国，谦以自御，听臣谏劝；第三不可时常与戚娘娘通问音信，恐被人识破，则母子不能自保。若依此三事，臣方可辅之。”帝曰：“此三事亦甚易。”随写手敕付赵王收照。遂命车驾送如意出城。如意临行来别戚姬，姬曰：“吾与尔今日别离，又不知何日相见？”母子抱头放声大哭，左右无不坠泪，是日如意出城，帝送至郊外，洒泪而别，周昌亦同赵王赴邯郸不题。

却说帝正欲进城，只见一人手执词状，向帝驾前声言：“萧丞相将上林中空地召民耕种，以公家之物而要买人心，实怀不忠，乞陛下察之。”帝闻奏大怒曰：“萧何受贾人财物，却将吾上林空地，与民佃种，甚非臣道。”急令廷尉械系之。萧何被系亦不分辩，遂下狱。数日，有王卫尉叩阙上言曰：”萧丞相有何罪，陛下乃械系下狱耶？”帝曰：“受贾人财物，以吾苑地求租于民，吾故系之。”王卫尉曰：“有便于民而请之，真宰相事也，且陛下此数载来，陈豨、英布反，以关中托丞相镇守，当是之时，若关中以西少为推动，则国家非陛下有也。丞相不于此时为利，今却乃利贾人之金乎？陛下忌小过而忘大德，臣故不避死而叩阙上言之，幸陛下察焉！”帝沉思半晌回答曰：“此寡人之过也。”是日，使内侍持节赦丞相萧何出狱。何入内向帝谢恩，帝曰：“丞相为民请苑。真宰相之事也。吾不知而加罪，吾不过为桀纣主；丞相下狱，亦不分辩，则为贤宰相也。寡人之系公，正欲百姓闻吾之过也！”何曰：“陛下圣明，臣罪当系狱，又何分辩之有？”帝叹曰：“贤哉，何之为相也。”遂将妄告者杀之。

张良闻何下狱，遂叹曰：“韩、彭、英布被诛，萧何下狱，吾虽导引辟谷，尚处关中，况易太子之计，乃我所为，倘帝知之，吾罪亦难免矣！”遂寻访四皓，计议欲往终南求仙，以避其难，各人约会相同。次日，张良同四皓见帝曰：“方今天下一统，四海宴然，太子仁孝素闻，礼贤下士，足可以继万年之统，臣四皓年各八十，不能起居；臣良衰病日侵，亦不堪任用。欲辞陛下，臣等前往终南山访道，一切功名富贵，漠漠然无关于心。远观云水，了身达命，得延数年，皆陛下之所赐也。”帝曰：“朕得先生以来，屡建奇功，未有酬报，前封为留侯，先生又未领受，今乃辞寡人而去，不识继此可复得见乎？”良曰：“不敢请耳，固所愿也。”帝又谓四皓曰：”卿等辅教太子，正望久相调护。今相从未久，又欲远遁山林，复埋名韬迹，是何心哉？”四皓曰：“君子满朝，善人当道，臣等衰朽之人，亦何益于国家？惟望陛下，放归田里，得休息余年，臣等没齿感恩当何如耶！”帝见众人辞意恳切，去念已决，遂赠金帛之物，亲步行出殿门之外，以目遥送，只见四皓、张良飘然而去，帝叹息不已。

却说汉帝因见张良归山，一日追思开国功臣：“其间有与朕起首布衣者；有背楚归朕，建立大功者；有续后随朕征进，屡有奇谋妙算，足成伟绩者；虽曾犯罪，或遭诛戮，然兴刘灭楚之功，实不可泯。朕欲建立一阁，将功臣名姓容貌，图画于上，以示后世子孙，使不忘其初，亦见我大汉人才之盛也。”即命工匠建立功臣阁，图画容貌，阁成，遂引太子观看，一一指说功臣出处来历。看到纪信，太子便说：“陛下若无此人，安得有今日？”又看夏侯婴，太子便说：“臣若无此人，亦岂得今日为陛下子耶？”帝曰：“吾儿可谓不忘其本矣！”是日，即召纪信子纪通，夏侯婴，重加赏赍。二人领受，谢恩出内。人人赞叹，尽说太子仁德。帝闻之甚喜。

忽有一人大叫曰：“陛下与殿下念纪信、夏侯婴之功，独不念臣父有莫大之功，而不复念，是陛下独忘之矣。”

汉帝看其人，未知是谁，且看下回分解。

第九十九回

长乐宫高帝拒医

其人为谁？乃项伯之子项东也。东曰："陛下昔日屯兵霸上，与楚相拒，楚王欲起兵劫寨，臣父以子房故旧，遂忘同姓，亲冒矢石，直抵汉营，报知陛下，相与结好。续后回楚，复又与陛下解释，以此霸王息兵。次日鸿门设宴，臣父又与项庄舞剑，极力与陛下维持，陛下得以无事。其后成皋，霸王置太公于俎上，又得臣父以言力阻，太公得以保全。臣父之功，不在纪信、夏侯婴之下。陛下今日与殿下论功，一言不及臣父，因此臣随侍从，遂冒死敢为陛下言之。"汉帝闻东之言，愕然自失曰："寡人久欲结昔日之盟，复二姓之好，但连因各处征讨，未有暇时，今闻汝言，使我自愧。"是日，使传命以少华公主与项东结亲，令叔孙通议礼，择日成婚，永结盟好。项东自此与公主合亲，住居隆庆府，封东为昭信侯不题。

却说帝因征英布为流矢所伤，旧病复作。又屡幸戚姬，遂成重疾，吕后与宫嫔议曰："帝今有重疾，又终日尚在西宫，倘有不虞，何以定后事？"宫嫔曰："此事当召绛、灌诸臣同殿下往西宫，劝帝回长乐宫养病，此是正理。若娘娘谏劝，恐帝终不听。"后曰："汝等所见甚有理。"即召审食其、吕泽，传命召绛、灌诸大臣同殿下赴西宫，请汉帝回宫。诸大臣曰:“娘娘所见甚有理。”众人即同殿下前到西宫，候于福顺门之久，传与宫嫔。宫嫔报知汉帝，帝曰:“此必吕后见我有病，以此着太子同群臣，欲请我回宫。”威姬曰:“陛下若回宫，舍我在此. 终被吕后所害，臣妾再不得见天颜矣!”言毕泪如雨下，拜伏于御榻之前。帝曰:“待诸臣进内，我自有话说。”遂传旨着太子诸臣进内。

太子与群臣入内，见帝面容黄瘦，四体沉重，叩首于御榻前哀告曰:“陛下春秋已高，又兼有疾，久在于此，虽朝夕欢乐，似非养圣之所。臣等愚见，欲奉迎陛下回正宫静养，以保万年，则太子之大孝，臣等之至愿，兼尽之矣。”帝曰:“我之得疾，盖因久于兵马，此怀终日郁郁，所以困而成疾。今居于此，自觉心志舒畅，或可以保安，岂可复迁改他处？倘愈加溃乱，非汝等所以慰我也。”有樊哙续到，拜伏于地曰:“陛下起自布衣，遍历天下，诛秦灭项，何其壮也!今乃顾恋戚姬，遂忘初志。想娘娘与陛下同其患难，共成大业，不得与陛下相处正室，失天地配合之宜，臣等甚为陛下不取也。今殿下与群臣冒罪哀请，陛下若复执一不回正宫，又失父子之情，君臣之义，陛下何以示法万世乎?”帝见群臣哀请之至，不得已，遂起，扶病过长乐宫养病。戚姬送帝回正宫，拜见吕后毕，仍回西宫不题。

且说吕后与群臣计议，欲请名医看疾，陈平曰:“此去长安二百余里，栎阳北山下，有一医人，极知脉理，善疗诸病。娘娘可差人以礼请来看视，或能治之也。”后即具礼差人，前赴栎阳请医。一日医人至长安，入内先见吕后，吕后备将帝所得病症一一告知。医人曰:“此病虽沉重，然帝元气素壮健，若以良药，渐渐调理，敢保万安。”后喜曰:“汝若能以治之，必重加封赏，富贵不轻也。”后遂引医入内见帝。医奏曰:“陛下之疾，亦不难治，料加以良药，旬日即愈也。”于是帝谩骂曰:“何乃引此山野匹夫，妄为可否耶？我起自布衣，提三尺剑，遂取天下，岂非天乎？我命在天，虽扁鹊神医，亦何益哉!”

帝坚意不使医治病。帝赐金五十斤，仍发回栎阳。

汉帝自此饮食少进，病益沉重。吕后朝夕侍于左右，因问：“陛下万一万岁后，萧相国死后，谁可以代之？”帝曰：“曹参可。”又问其次，帝曰：“王陵可，陵少戆，陈平可以佐之，陈平智有余，然难以独任。周勃重厚少文，然安刘氏者必勃也，可令为太尉。”吕后复问其次，帝曰：“此后亦非我所知也。”太子亦入内问疾，帝曰：“吾老矣，此疾不可起。汝仁厚有余，足可以保天下。但赵王如意，母子之命，皆赖汝保全。父之所爱者，子亦爱之，然后为孝，汝当识之！”太子曰：“君父之恩，手足之情，二者皆不可失。陛下善保龙体，他念不足虑也。”帝嘱之后，病势愈重，遂不复言。乃于大汉十二年，夏四月甲辰，帝崩于长乐宫。原高帝生于秦昭王五十一年，崩于是年，寿六十三岁。

帝崩四日后，吕后秘不发丧，召吕泽、审食其计议，立意要谋害功臣。

未知如何，且看下回分解。

第一百回

吕太后谋诛功臣

汉帝崩四日，后秘不发丧，召吕泽、审食其议曰："方今在朝功臣，强梁跋扈，各怀异志，若知帝崩，决然作乱，岂肯委身以事少帝？我欲假传帝病甚重，召大小诸臣入内分付遗嘱，不拘在内在外，通要入内，却埋伏下武士，因而杀之，以除后患。此计如何？"审食其曰："娘娘须草诏传布中外，着令大小群臣入内，仍要委一心腹大将，率领武士，方好下手。若防备不严，倘群臣作变，反惹起祸来，非同小可。"后曰："左右大将惟郦商可托心腹，汝可召来计议。"吕泽即往召郦商，商急来见后，后将前事密与郦商说知，商曰："此事甚非长策。娘娘若草招传布中外，倘群臣各生疑忌，其起异志，则天下危矣！况陈平、灌婴，前领精兵十万把守荥阳；舞阳侯樊哙，太尉周勃，领精兵二十万前定燕代；其余诸将，散处四外，各据精乓，势已固立。若知帝崩，又闻娘娘赚入内谋害，彼各连兵还向，以攻关中，诸大小群臣在内者，知外有兵变，若复协力内叛，娘娘虽有百万雄兵，亦难支持。只一变乱，岂是等闲？娘娘须当裁处，不可轻举！"后曰："如尔所言，真是有理，为今之计，将复如何？"商曰："以臣愚见，急颁诏中外，传说帝崩，大赦天下。召樊哙、周勃、王陵等防护关中，上不失先帝万年之业，下可以保少帝安太平。娘娘开创之功，勒铭彝鼎，子子孙孙，传颂不朽也。”后曰：“既是如说，即令叔孙通草遗诏，传布中外。”诏曰：

朕起自布衣，还定关中，艰苦三十余年，大业始定。方欲安享隆平，以臻至治，不意寝疾不起，遂尔遐逝。幸赖尔大小文武臣庶，共赞皇猷，克成鸿谟。仍冀辅佐太子，嗣登天位，保守海宇，统绩万年，天下元元，奠安汉土。如有弄兵潢池，不遵王化者，即命一二大将，统兵征讨，竭力剿除，毋负朕命。发丧之礼，勿大费侈，恐伤民财，非朕初意。故兹诏示，咸使闻知。

诏布中外，大小群臣悉来举哀。丁未发丧，丙寅葬帝于长安故城，己巳立太子盈为皇帝，颁诏天下。诏曰：

朕乃帝长子，册立已久。帝崩，群臣遵帝遗诏，立朕嗣皇帝位。朕自谅德薄，恐不足以胜天下之重，但帝命简在，不敢固逊，乃于大汉十二年，夏四月己巳，入登大宝，昭布中外，惟赖尔大小文武诸侯，匡朕不及，以保鸿业，期统续于万年，衍子孙于不拔。故兹昭示，咸使闻知。

惠帝颁诏毕，叔孙通率群臣上表朝贺，又议尊汉帝为高帝，以明汉祖，为创业之主也。惠帝曰：“尔等欲尊帝为高帝，此亦子孙尊祖之孝，但不知于礼亦有合乎？”群臣曰：“先帝起自微细，拨乱反正，平定天下，为汉太祖，功业最高，上尊号为高皇帝，深合三王之礼，允协天下之情。”惠帝曰：“尔臣既议停当，急上尊号，以示中外。”于是群臣议尊汉帝为高皇帝，令郡国诸侯，各立高庙，以岁时祭享。又思高帝尝悲歌于沛县，即于沛县原发迹之地立高帝庙，就令原教习歌儿二百人，每祭祀之时，即歌舞，以为享神之礼。如有名缺，辄令有司补之。

惠帝即位后，各处诸侯俱来朝贺，惟燕王卢绾闻高帝崩，即率众结连匈奴谋叛。惠帝乃遵高帝遗诏，即召樊哙、周勃，统领精兵二十万伐卢绾。樊哙、周勃领帝命，拣选精兵二十万，前赴燕代。一日兵到漳河，先差小校探听卢绾消息。差去小校数日回复曰："卢绾大势人马，屯住燕北，两路人马，共五十万，接连三百里不绝。"樊哙闻说，与周勃计议曰："卢绾兵马既多，不可力敌，须当智取。公可领精兵五万，由漳河东北走太原，以挠其后；吾领兵前赴燕南与卢绾对敌。彼惟专意于前，不防其后，公乃急攻其后，使彼两势不能相应，绾可擒也。"勃曰："匈奴现今屯兵燕北，倘闻吾兵攻击，或来接应，不惟无益于我，亦恐无益于将军矣。"哙曰："不然！我兵往攻燕南，与绾对敌，匈奴决向前救应，与绾合兵，与我相敌，岂有顾后之理，公乃举兵挠乱其后，彼必惊溃而走，疑我从天而降矣。一阵决可取胜。"周勃从其计，即领精兵五万，由漳河东北而去。樊哙亦催动三军，径趋燕南大路而来，离卢绾营五十里下寨。

卢绾知樊哙领兵到来，急报知匈奴，着急领兵来燕南救应。樊哙扎营三日，不与交战。卢绾与匈奴商议曰："樊哙乃汉之名将，今渐年老，来此三日，不敢出战，想见我兵势重，有怯敌之意。我明日与彼交战，汝可出兵以冲击之，彼必败走，可尽力追赶，决然取胜。若樊哙一败，汉将再无出力者。倘关中挠动，我与汝举兵而西，长安可得也。"卢绾计议停当。

却说樊哙分付骑将张荣、李鼎、马和、党奉四将，各领兵四万左右埋伏，曰："待我诈败，汝可并力截杀，彼必溃乱。"四将得令，引兵左右埋伏。樊哙却一马突出阵前，与卢绾答话曰："汉帝与汝起兵三十余年，爱汝如子，封汝为燕王，可谓极贵。汝尚不知足，乃结连匈奴造反。今天兵到来，及早受死，免使三军涂炭！"卢绾曰："汉帝诛戮功臣，吕后尤甚，因此起兵，以图天下。汝若见机与我合兵一处，免遭未央之苦。"樊哙大怒，举戟直取绾，绾举刀交还，两家战在一处，金鼓震天，尘笼四野。战到三十回合，樊哙诈败，勒回马落荒而走。匈奴人马亦冲杀过来，卢绾并力与匈奴追赶。才然前进，两边一声炮响，左右突出两枝人马来，为首四员大将，截住燕代人马，奋力冲杀，樊哙复调转人马并力夹攻，卢绾大败，向后奔走。樊哙挥动三军，连夜追杀。又有燕北人来报，汉兵不知多少，自太原冲杀前来，已将老营辎重尽数烧毁，相离止五十余里，卢绾大惊，急趋燕城。又有樊哙紧追在后，不得脱身。追及天明，汉将周勃人马已到，将卢绾、匈奴围住，箭如飞蝗。匈奴急下马投降，卢绾见势不可支，遂引刀自杀。众军士将匈奴绑缚至军前听候。

樊哙鸣金收军，同周勃进城安抚百姓，犒赏军士。周勃称贺曰："果不出将军之所料也！"樊哙曰："匈奴虽擒，惟单于一支，未可诛灭，可监押赴长安见帝，与群臣计议，正好乘此与单于相和。况帝初即位，首擒此巨寇，亦足以壮国威也。"勃曰："将军所见甚当。"于是引本部兵二十万，并降兵十五万，奏凯而回。一日到长安，见惠帝，备说卢绾自杀，匈奴归降，燕代悉平。帝甚喜，重赏二将，即令匈奴解去其缚，候次日朝见。比有叔孙通奏曰："臣有一言面奏，欲使外国明日朝见之时，仰瞻上国君臣之礼，陛下当升大殿，令武士陈列仪仗，以彰威武。"帝曰："此奏甚合朕意。"随密传旨，着文武大小群臣，各具锦绣服色，次日早朝。

未知如何盛张朝仪，且看下回分解。

第一百零一回

汉惠帝坐享太平

却说叔孙通因匈奴朝见，奏知惠帝，要盛张朝仪，严整武士，又密传旨，着文武群臣各具锦绣服色侍班，使外邦见我中国威仪。惠帝准奏，次日樊哙引领匈奴大小酋长百余人朝见，匈奴并众酋长见汉朝威仪，十分钦服，拜伏曰："于今始仰中国之盛，我外夷远处沙漠，生长边方，从来未尝见此朝仪也。"惠帝传旨着光禄设宴款待匈奴，帝遂朝散归宫。

自此天下无事，万国咸宁。以吕后为皇太后，吕泽等恃太后在上，专擅权柄，出入宫庭。诸吕皆封列侯，诸大臣莫敢谏。

丞相萧何老疾举发，帝知何有疾，亲往视疾。萧何急令家人净扫厅堂，排设香案，迎惠帝入寝室。何将朝服冠冕置于身边，望帝叩首。帝曰："丞相得何疾？"何曰："臣老疾日侵，饮食少进，死期不远，乃蒙陛下军马下临，臣粉骨碎身，何以报德。"帝曰："丞相善加调理，命医看视，料亦安保无事。"何曰："臣随先帝昼夜经营方略，调度军需，费尽心力，五脏皆伤，以此致疾，岂能遽安？"帝不觉泪下，何亦涕泣。帝曰："丞相百岁后谁可代公，以辅佐朕躬？"何曰："知臣者莫如君。"帝曰："曹参何如？"何曰："陛下言及曹参，真得其人矣！参乃先帝旧臣，素忠诚，可任大事。臣死之后，急当以参为相，前日先帝亦曾论及，陛下当任用也。”帝曰：“丞相再有何见谕？”何曰：“先帝立法甚善，王陵、周勃等诸旧臣，守而不失，则天下自然无事，此外非臣敢多言也。”帝遂回朝进宫。何过数日薨逝。帝闻之，甚伤悼，遣使致祭营葬，急差人取曹参代何为相。

却说曹参闻得萧何薨逝，告家人急备行装：“吾将入相矣！”数日后，果有使命召参为相。初曹参与何交最善，后何相，势位悬殊，遂与参有隙；及何推举贤能，首以曹参为言，曹参亦知萧何不以私隙废公举，对家人云何必荐已为相也。曹参遂入朝见帝，帝抚之曰：“萧丞相首荐卿可代已任，先帝临崩，亦曾念及，卿当尽心王事，无负委用。”参曰：“臣敢不竭尽驽骀，以图报称？”及曹参为相，凡事无所变更，惟遵何约束。择郡吏皆讷于文辞、老成持重者选用，凡深刻浮薄、专务声名者，一切皆斥逐之。见人有细过，专掩匿覆。盖终日惟安静无事，府中惟一二吏伺候，再无迎送参谒之烦。帝差人体访，见参府中无事，因召问曰：“卿为丞相，当天下大任，何乃终日静坐，不见所治何事？”曹参奏曰：“陛下自察圣明神武，孰与高帝？”帝曰：“朕安敢望先帝耶？”参曰：“陛下观臣之才能，孰与萧何？”帝曰：“君才似不如也。”参曰：“陛下之圣明既不如高帝，臣才又不及萧何，高帝所定之法令，陛下当遵守，萧何所为之善政，臣等当奉行，君臣同心，遵而不失，使海内清宁，四方无事，民安其业，天下太平，陛下高拱清穆，臣等各安其位，各尽其职，不亦可乎！又何纷更以多事哉？”帝曰：“善！”于是曹参居相位三年，一遵何约法，民俗渐淳，士多忠厚，百姓相安于闾巷之前。民相歌曰：“萧何为法，斠若画一。曹参代之，守而不失，载其清净，民以宁一。”

曹参持政既久，每告子弟曰：“吾从高帝起自丰沛，与秦楚交兵四十余年，身经百十余战，万死一生，不意今日位极人臣，坐享太平，子孙世世承荫，于分足矣！此位不可久贪，当推让贤能，庶保永终。”乃上言备陈年老多疾、不堪任使，乞放归故山，以终天年。初帝不允所请，参再三辞意哀恳，躬候阙下，瞻望不退。帝知参意已决，遂允所请，仍以宣平侯加封宣平公，食邑十万户。子孙俱世荫，驰驿回藉。

帝乃遵高帝遗诏，以王陵为右丞相，陈平为左丞相，周勃为太尉，樊哙等训练兵马。朱虚侯刘章制服诸吕。宰相以治内，大将以治外，蛮夷顺附，自此天下无事，讴歌载道，无复昔日伤夷愁叹之声矣。

中国古典小说丛书

两汉演义

[清]清远道人 著

下册

江西美术出版社
全国百佳出版单位

东汉演义

目　录

第一回

英君图治开三衅

汉朝自高祖起沛，引兵自南阳入武关，破秦；项羽背约，分王汉中；后得韩信，拜为大将，遂东出陈仓，定三秦；信复北举燕赵，东击齐，南会楚，五年之间，卒破羽于垓下。天下大定，定都长安。初灭楚时，建都洛阳，从娄敬、张良之议，遂都长安。长安在洛阳之西，故后世号为西汉也。高祖在位十二年崩，传位与长子盈，是为惠帝。

帝仁孝，见吕太后所为惨毒寡恩，常怀不乐。一日，太后鸩杀御弟赵王，断其母戚夫人手足，去眼煇耳，饮瘖药，使居厕中，号曰“人彘”。召帝观之，帝大惊，哭曰:“此非人所为，朕何以治天下！”由此日惟饮酒作乐，不听政事，郁郁七年而崩。

帝无嗣，吕太后取他人儿为太子，立为少帝。后又杀之，更取他人子，立为后少帝，太后自临朝称制，尽封诸吕为王，欲灭刘氏之祚。幸得太尉周勃，右丞相陈平协谋。太后崩，悉捕诸吕斩之，迎代王恒即位，是为文皇帝。帝高帝中子，薄姬所生也。

文帝恭俭，有王者规模，在位二十三年，天下富庶。至景帝绍位十六年，遵守成业，蠲民租，减笞法，痍廪府，库充实至于朽不可校。但刻薄尚刑名之学，以至激变七国，赖周亚夫讨平之。后亚夫子为人所告，事连亚夫，召诣廷尉，不食呕血而死。

武帝雄才大略，焕然可述。在位五十四年，表章六经，举俊茂，兴太学；又逐匈奴，通西域，平南越，开朝鲜，南置交趾，北置朔方，可谓盛矣。然穷奢极欲，繁刑重敛，内侈宫室，外事四夷，信惑神怪，巡游无度，使百姓疲敝，起为盗贼，几类秦始。幸其末年悔过，壬辰二月，亲耕于钜定，还见群臣曰："朕即位以来，所为狂悖，使天下愁苦，不可追悔。自今事有伤害百姓，糜费天下者，悉罢之。"以田千秋为丞相，封富民侯。千秋无他才能学术，又无阀阅功劳，特以前曾讼太子之冤，一言悟主。数月之间，取宰相封侯，世未尝有也！然为人敦厚有智，居位自称。先是桑弘羊言："输台东有溉田五千顷以上，可遣屯田卒，置校尉，募壮健民诣田所，垦田筑亭，以威西方之国。"时上深悔既往之非，闻奏乃下诏曰：

> 前有司奏，欲益民赋三十，以助边用，是重困老弱孤独也。今又请遣卒田轮台，轮台西于车师千余里，前击车师，虽降其王，以辽远乏食，道死者数千人，况益西乎？匈奴常言汉极大，然不耐饥渴，失一狼，走千羊。乃者贰师败，军士死略离散，悲痛常在朕心。今又请远田轮台，欲起亭隧，是扰劳天下，非所以优民也。朕不忍闻。当今务在禁苛暴，止擅赋，力本农，修马复令，以补缺毋乏武备而已。

自是不复出军，而封田千秋为富民侯，以明休息，思富养民也。又以赵过为搜粟都尉，过能教民治田，其耕耘田器，皆有便巧，用力少而得谷多，民皆便之。

时钩弋夫人之子弗陵，年七岁，体壮大，多智。上奇爱之，欲立为太子，以其年稚，乃使黄门画"周公负成王朝诸侯图"以赐光禄大夫霍光。后以光为大司马大将军，金日磾为车骑将军，上官桀为左将军，受遗诏辅少主。帝崩，太子弗陵即位，年才十岁，是为昭帝也。

童稚之年能辨霍光之忠，惜天啬其年，寿二十二岁而崩。帝无嗣，立昌邑王即位。王昏乱，淫戏无度。大将军光率群臣奏太后，废之。迎武帝曾孙病已入即位，是为宣帝。

帝在位二十五年，励精图治，信赏必罚，吏称民安。借乎治杂于霸，文景之治不复存矣！至用恭、显，而启元帝之信阉宦；贵许、史，而启成帝之任外戚；杀赵、盖、韩、杨，而后哀帝之诛大臣。故论其功，则为中兴之君；察其罪，则为基祸之主。按两汉凡二十五君，共坐四百二十六年天下，计西汉十三君，合王莽淮阳王十六年，共二百三十年；东汉君一十有二，共年百九十有六。那二十五君：

> 高惠文景武昭宣，元成哀平孺子篡，
> 光武明章和殇安，顺冲质帝桓灵献。

前部西汉演义，但做到高祖得天下而止，读者费了数日功夫，只知得数年之事。其子孙坐了几年天下，孰为圣明，孰为昏暴，竟茫然不知，如看一两出戏文，热闹半天，还是有头无尾。至平帝如何失了国，王莽如何便篡了位，树必先朽而后虫生，做东汉的，更不叙明根源，这又叫个有尾无头，更是闷事。今重新演说光武中兴故事，顺便将西汉一代之事，约略补述在前，令读者于一代兴衰，了然在目。

且说宣帝太子名奭，温柔慈善，帝极钟爱。一日，所幸的司马良娣病死，太子大哭，痛不欲生。宣帝自进宫劝解，只是不乐。帝令皇后遍择美女于后宫。一家人子中得元城王氏女，名政君，其祖王贺，曾为绣衣御史。时政君年方十八，娇媚秀发，送入宫中，太子一见甚是欢悦，政君百体顺承，自不必说。年余，生下皇孙。宣帝大喜，取名骜，字太孙，常抱置左右，即成帝也。宣帝崩，元帝即位，立王政君为皇后。元帝宠用宦官，诛戮忠良，汉家元气剥削殆尽矣。

欲知如何，且听下回分解。

第二回

伪学趋权附五侯

却说宣帝时有两位宦官，一名宏恭，官中书令，一名石显，官仆射，皆久典枢机。显尤巧慧，习事能深得人主意指。元帝体弱多疾，以显中人无外党，遂委以朝政，事无大小，皆显自决，贵幸倾朝。时前将军萧望之，光禄大夫周堪，与大司马车骑将军史高，同受遗诏辅政，领尚书事。望之、堪旧为师傅，帝信任之，因荐举宗室更生与金敞，为给事侍中，四人同心谋议国政。史高充位而已，由是与望之有隙，深结恭、显。

望之等既患许、史放纵，又疾恨恭、显擅权，乃奏帝，以为中书政本，国家枢机，宜以通明公正之士处之。武帝游宴后庭，故用宦官，非古制也。宜罢中书宦官，应古不近刑人之义。帝闻奏不能决，恭、显遂奏望之、堪、更生朋党相称誉，谮诉大臣，毁离亲戚，欲以专权擅势，为臣不忠，诬上不道，请谒者召致廷尉。上曰："数人皆国家重臣，未必如此。"显曰："且致廷尉问之，看是如何。"上即准奏。一日，有事召堪及更生，左右回奏，两人系在狱中，须诏赦出。上初即位，不知致廷尉为下狱。大惊曰："非但廷尉问耶？"立召恭、显责问，恭、显皆叩头，上大骂，又叩头。上无法处治，乃曰："汝二人且出视事。”二人出，立请史高商议。高即见帝，面奏曰：“陛下新即位，未以德化闻于下天，而先验师傅，但既下狱，宜因而决其罪，以免其官，不然中外纷然议论，更累圣德。”上从之，乃赦望之等罪，收其印绶，与周堪、刘更生俱免为庶人。后上念三人皆忠良，无辜削职，心甚不安，诏赐望之爵关内侯，给事中，朝朔望。复徵周堪、刘更生，欲以为谏大夫。恭、显惧其多言，因奏以为中郎。

更生乃使其外亲上变事，言各处地震，殆为恭、显专权，宜退恭、显，以章蔽善之罚，进望之等，以通贤者之路。奏上，恭、显疑更生所为，白请考奸诈，词服，更生复逮系狱，免为庶人。会望之之子伋亦上书讼望之前事，恭、显复奏望之教子上书，失大臣体，不敬，请逮捕。上曰：“太傅素守高节，恐不肯就吏、受诎辱，而致其死也。”显等曰：“望之前幸不坐罪，复赐爵邑，不悔过服罪，深怀怨望，又自托师傅之尊，若不屈之牢狱，塞其怏怏之心，则圣朝难以施恩厚矣。且人命至重，谁不贪生？今望之所坐语言薄罪，谅不致死，无足深虑。”上乃点首允之。显等即令谒者召望之，望之仰天叹曰：“吾尝备位将相，年逾六十矣！老入牢狱，苟求生活，不可鄙乎？”遂饮鸩自杀。帝知之，大惊拊手曰：“朕固疑其不就牢狱，果杀吾贤傅。”却食涕泣，哀动左右。召显等责问，皆免冠谢罪，良久然后已。

是时前后地震日食，三月雪，霜杀桑，夏寒日青。刘更生乃上书曰：

臣闻舜命九官，济济相让，和之至也，众贤和于朝，则万物和于野。故萧韶九成，而凤凰来仪。至周幽厉之际，朝廷不和，转相非怨，则日月薄食，水泉沸腾，山谷易处，霜降失节。由此观之，和气致祥，乖气致异。祥多者，其国安；异众者，其国危。天地之常，经古今之通义也。正臣进者，治之表也；正臣陷者，乱之机也。夫执狐疑之心者，来谗贼之口；持不断之意者，开群枉之门。谗邪进则众贤退，群枉盛则正士消。今以陛下明知，诚深思天地之心，考祥应之福，灾异之祸，杜闭群枉之门，广开众正之路，使是非炳然可知，则百异消灭而众祥并至，太平之基，万世之利也。

是时周堪、张猛在朝，石显等惮之。于是显及许、史皆言，灾异皆堪、猛用事之咎，遂左迁周堪为河东太守，张猛为槐里令。后猛为显诬谮，令自杀。后贤读史谓堪、猛皆自取颠覆者，盖是时群小在内，主德不明，必无可为之理，恋恋于朝，何所补益，屡遭黜辱，宜矣。若周堪以受遗大臣，当望之饮鸩之后，称疾而去，不亦善乎！

有京房者，《善易》以孝廉为郎，屡言灾异有验，天子悦之，数召对。一日宴见，问上曰："幽厉之君，何以危？所任者，何人也？"上曰："君不明，而所任者巧佞。"房曰："齐桓公、秦二世亦尝闻此君而非笑之，然任竖刁、赵高，政治日乱，盗贼满山。何不以幽厉卜之而觉寤乎？"上曰："唯有道者能以往知来耳。"房因免冠顿首曰："陛下视今为治耶？乱耶？"上曰："亦极乱耳。然今之为乱者谁哉？"房曰："明主宜自知之。"上曰："不知也。如知，何故用之？"房曰："上最所信任，与图事帷幄之中，进退天下之士者，是矣。"上频频点首曰："朕已谕。"房出，上亦不能退显。时宏恭已死，专权者石显，党与五鹿充宗为尚书令，亦用事，深疾房，欲远之，因建言以房为魏郡太守。去月余，竟徵下狱，杀之。初京房学易于焦延寿，延寿尝曰："得我道以亡身者，京生也。"房学长于灾变，分六十卦更直日用事，以风雨寒温为候，各有占验。然而不明乎消息盈虚之理，语默进退之机，才得为郎，便欲去上所亲信而不量，元帝之庸懦亦难乎其免矣。故占候前知之学，君子所不贵焉。若元帝者，既知其言之是矣，不惟不能用；又从而杀之，是乌足以为君哉。

帝优柔不断者十六年而崩。成帝嗣位，凡二十六年。初即位，以元舅王凤为大司马大将军，领尚书事。又封舅王崇为安成侯，赐谭、商、立、根、逢时爵关内侯。是月黄雾四塞，谏大夫杨兴等奏曰："此阴盛侵阳之气也。高祖之约，非功臣不侯。今太后诸弟皆以无功为侯，外戚未曾有也。”大将军凤惧，上书辞职，优诏不许。

秋八月，有雨月相承，晨见东方。冬十二月，朔日食，夜地震，未央宫殿中灾异叠见。乃召直言极谏之士，诣白虎殿对策，议者多归咎王凤。时儒者谷永有贤良直谏死格，知凤方柄用，阴欲自托，乃上书曰：

> 方今四夷宾服，皆为臣妾。骨肉大臣有申伯之忠，无重合、安阳、博陆之乱。窃恐陛下听暗昧之瞽说，归咎无辜，重失天心，不可之大者也。陛下诚深察愚言，解偏驳之爱，平天覆之施，使列妾得人人更进，益纳宜子妇人，毋择好丑，毋避尝字，以慰皇太后之忧愠，解谢上帝之谴怒，则继嗣蕃滋，灾异讫息矣。

杜钦亦仿此意，上了一本。上皆以其书，示后宫，即以永为光禄大夫。又悉封诸舅为列侯，谭为平阿侯，商为成都侯，立为红阳侯，根为曲阳侯，逢时为高平侯。五人同日封，故世谓之五侯。

有京兆尹王章，素刚直敢言。虽为王凤所举，见凤专权太甚，心头按纳不住，乃奏封事，言日食之咎，实凤专权蔽主之过，辞语恺切。上召见，谓章曰：“君试为朕求可以自辅者。”于是章遂荐琅邪太守冯野王，忠信质直。上久闻野王之名，欲倚用以代凤。凤闻之，即称病，上疏乞骸骨。上兀兀不安，乃优诏报凤，强起之。又使尚书劾王章罪，下章吏，廷尉致其大逆，章竟死狱中。自是公卿见凤，侧目不敢正视。王氏愈盛，郡国守相刺史皆出其门。五侯群弟，争为奢侈，赂遗珍宝，四方而至。因而博取声誉，好士养贤，倾财施予。

刘向素怀精忠，尝作《洪范五行传论》，又上《列女传》《新序》《说苑》，因事著述以讽上。上心知其意，然终不能夺王氏权。至是复上封事，极谏曰：“王氏与刘氏势不并立，如下有泰山之安，则上有累卵之危。陛下为人子孙，守持宗庙，而今国祚移于外亲，降为皂隶，纵不为身，奈宗庙何？妇人内夫家而外父母家，此亦非皇太后之福也。”书奏，天子召见向。叹息悲伤其意，曰：“君且休矣。吾将思之。”然终不能用其言。及王凤卒，以王音为大司马、车骑将军。

太后兄弟八人，独弟曼早死，未封侯。曼子莽，字巨君，善事伯叔。凤临死，以莽托太后及帝，乃封为新都侯。时永始元年乙巳，越二十年乙丑，莽遂行篡逆。此按史记，至成帝酒色亡身，哀帝嬖幸盈朝，后作两回叙。

第三回

温柔乡成帝追欢

却说《春秋》二百四十二年之间，书日食者三十六，地震五，山陵崩弛二。汉成帝在位二十六年，日食地震三倍于《春秋》，水灾大旱则无以比数。绥和二年九月，自京师至北边郡国三十余处地震，为自古所无。朝廷凡有灾，例皆召对，此时灾变叠见，吏民上书，无不以为王氏专政所致，上卒不悟。安昌侯张禹，以天子师，每有大政，必与定议。一日，帝至其私第。辟去左右，得吏民所言示禹曰："上天示异，吏民不约而同，皆以为王氏所致。王氏一门，何以独能上干天象？刘向素称博学，亦以为然。朕终不解其义。经传颇有记载，吏民所言，亦颇合经义否？君老臣，学问非人听及，又朕所亲信，愿详言之，以决疑衷。"禹见自己年老，子孙弱，恐为王氏所怨，因谓上曰："《春秋》日食地震，或为诸侯相杀，夷狄侵中国。灾变之意深远难见，故圣人罕言命，不语怪神，性与天道，自子贡之属不得闻，何况浅见鄙儒之所言！陛下宜修政事，以善应之，此经义意也。新学小生，乱道误人，宜无信用。"上素信爱禹，由此不疑王氏。

时有故槐里令朱云上书求见，众公卿同在前，云曰："今朝廷大臣上不能匡主，下无以益民，皆尸位素餐，孔子所谓'鄙夫不可与事君，苟患失之，无所不至’者也。臣愿赐上方斩马剑，断佞臣一人头，以厉其余。”上急问：“其人是谁？”对曰：“安昌侯张禹。”上大怒曰：“小臣居下讪上，廷辱师傅，罪死不赦。”御史簇云下，云牢攀殿槛，御史强拉之，力猛槛折，云大呼曰：“臣得下从龙逢、比干游于地下足矣。未知圣朝何如耳！”于是左将军辛庆忌免冠叩头于殿下曰：“此臣素著狂直，使其言是，不可诛；其言非，固当容之。臣敢以死诤。”庆忌叩头，头破血流；上意解，然后得已。及后当治槛，上曰：“勿易，但辑之。留以旌直臣。”

却说成帝性耽酒色，尝与侍中张放等宴饮禁中，又尝为微行，出入市井郊野，远至傍县，斗鸡走马，常自称富平侯家人。富平侯者，即侍中张放也，宠幸无比，朝野不敢谁何，故假称之。一日，微行过阳阿主家，见歌舞者赵飞燕，大悦之，以为倢伃。飞燕本姓冯，父名万金，貌绝美，善为几靡之乐，闻者心动。江都王有孙女姑苏主，嫁江都中尉赵曼。曼幸万金，食不同器不饱，万金遂通赵主。主有娠，曼性暴妒，且早有私病，不近妇人。

主恐，乃称疾居王宫。主产二女，归之万金，长曰宜主，次曰合德，皆冒姓赵。宜主纤便轻细，举止翩然，人因谓之飞燕。合德嫩体膏滑，出浴不濡，而善音辞，轻缓可听。二人皆绝世色。万金死，冯氏家败。飞燕姊妹流转至长安，以组文刺绣，出入阳阿主家。至是入宫得幸，宠冠后宫，未久立为皇后。先是许皇后与班倢伃皆有宠。上尝游后庭，欲与倢伃同辇，倢伃辞曰：“观古图画，圣贤之君，皆有名臣在侧，三代末主，乃有嬖妾。今欲同辇，得无近似之乎？”上善其言而止。太后闻之喜曰：“古有樊姬，今有班倢伃。”自飞燕入后，宠乃衰。复谮告许皇后、班倢伃，祝诅主上，遂废许后，而考问班倢伃，对曰：“妾闻死生有命，富贵在天。修正尚未蒙福，为邪欲以何望？使鬼神有知，不受不臣之诉；如其无知，诉之何益？故不为也。”上善其对，赦之。倢伃恐久终见危，乃求供养太后于长信宫，上许焉。班氏一女子，吐属安闲如此，且始不挟恩怙宠，后能知机引退。有怨歌一首，至今词人传诵，歌曰：

新裂齐纨素，鲜洁如霜雪；裁为合欢扇，团团似明月。出入君怀袖，动摇微风发；常恐秋节至，凉飚夺炎热。弃捐箧笥中，恩情中道绝。

及上闻后女弟合德美，以百宝凤毛辇迎入宫。帝幸之，大悦，以转属体，无所不靡，谓为“温柔乡”。曰：“吾老是乡矣！不能效武帝求白云乡也。”号为赵倢伃。帝无嗣，赵后多通侍郎宫奴多子者，倢伃倾心翊护之，后终无子。后宠少衰，合德益贵幸，为昭仪，居昭阳宫，皆以黄金、白玉、明珠、翠羽饰之，自来后宫未尝有焉。时帝病缓弱，太医万方不能治，遍求奇药，得慎恤胶以遗昭仪。每进帝一丸，一幸昭仪。一日，醉后兴狂，乃进帝七丸，帝昏夜拥昭仪居九成帐，笑吃吃不休。抵明，宫中忽大哗，众宫奴内侍大惊，齐集宫门。

未知何事，下回再为分解。

第四回

麒麟殿董贤固宠

却说帝素强无疾病。时楚王、梁王来朝，明旦当辞去，又欲拜孔光为丞相，已刻侯印书赞。昏夜平善入宫，次日晨早，忽闻宫中大乱。皇太后急自进宫，只见帝挺卧帐中，已不能言，阴精涌出不止，顷刻气绝。太后立诏大司马王莽，究问发病状。赵昭仪已自杀矣。

帝无嗣，早已立定定陶共王之子为太子，于是即位，即哀帝。以孔光为丞相，罢大司马王莽就第。帝欲收揽威柄，而很愎不明。初以师丹为大司马，又策免大司空何武，遣就国，而以丹为大司空，以傅喜为大司马。后以共皇立庙京师事，下议。独师丹以为不可，不合上意，以细事下廷尉，劾丹大不敬，免为庶人，复赐爵关内侯。又以朱博为丞相。孔光忤傅太后指，免为庶人。师丹亦免为庶人。大臣黜陟无定。又下尚书仆射郑崇狱，免司隶孙宝为庶人。

时侍中董贤，性和柔便佞少上三岁，美丽无双，得幸于上，贵震朝廷，常与上卧起。妻得通引籍殿中，女弟为昭仪，父恭为少府。诏将作大匠，为贤起大第于北阙下，穷极技巧。又为贤起冢茔于义陵旁，周垣数里。于是郑崇极谏，上责崇曰：“君自门庭如市，何以欲禁切主上？”崇对曰：“臣门如市，臣心如水。”上怒，下崇狱。司隶孙宝上书曰：“崇狱覆治，榜掠将死，卒无一辞，道路称冤。疑昌与崇内有纤芥，浸润相陷，请治昌以解众心。”盖尚书令赵昌谀旨，奏崇与宗族通来往，疑有奸三。于是诏曰：“司隶主附下罔上，国之贼也，免为庶人。”而崇死狱中。

封董贤为高安侯，孙宠为方阳侯，息夫躬为宜陵侯。谏大夫鲍宣复上书谏曰：

> 窃见孝成皇帝时，外亲持权，独乱天下，奢泰无度，穷困百姓，是以日食且十，彗星四起，危亡之徵，陛下所亲见也。今奈何反覆剧于前乎？朝臣无有大儒骨鲠之士，论议通古今，忧国如饥渴者。敦外亲小童，幸臣董贤等在省户下。陛下欲与此共承天地，安海内，甚难！官爵非陛下之官爵，乃天下之官爵也。陛下官非其人，而望天悦民服，岂不难哉！孙宠、息夫躬奸人之雄，惑世尤剧，宜以时罢退。及外亲幼童，未通经术者，皆宜令休，就外傅。急徵傅喜，使领外亲；何武、师丹、孔光、彭宣，龚胜可大委任。陛下尚容无功德者甚众，曾不能忍武等邪？治天下者，当用天下之心为心，不得自专快意而已也。

上览奏不喜，以宣名儒，优容之。

明年，复益封董贤二千户。时王嘉为丞相，乃封还诏书，谏曰：“爵禄、土地，天之有也。王者代天爵人，不宜滥授。董贤佞幸之臣，陛下倾爵位以贵之，单货财以富之，损至尊以宠之，流闻四方，皆同怨疾。”云云。上大怒，召嘉诣尚书，以他事责问。孔光等遂奏嘉迷国罔上，不道。诏召丞相诣廷尉诏狱。嘉喟然仰天叹曰：“幸得充备宰相，不有进贤退不肖，以是负国，死有余责。”遂不食，呕血而死。

以孔光为丞相。上故令贤私过孔光家。光闻贤来，知上欲尊宠董贤，乃警戒衣冠出门以待，望见贤车，乃垂手却入，贤至中门，光入阁，既下车，乃趋出拜谒。迎送恭谨，不敢用宾主钧敌之礼。上喜，立拜光两兄子为谏大夫常侍。

贤由是权与人主侔矣。上方珍宝，尽归董氏。尝共上昼寝，左右白事。上欲起，而贤偏籍上袖，恐惊贤寐，乃断袖而起，其宠爱如此。后置酒麒麟殿，上从容视贤，笑曰："吾欲法尧禅舜，何如？"中常侍丁闳进曰："陛下承宗庙，当传子孙于无穷，统业至重，天子无戏言。"上默然。左右遣闳出，闳遂上书曰："昔文帝幸邓通，不过中大夫，武帝幸韩嫣，赏赐而已，皆不在大位。今贤无功封侯，列备鼎足，喧哗道路，不当天心。"上不从，亦不罪之。元寿二年五月，以董贤为大司马，孔光为大司徒，彭宣为大司空。六月，帝崩，时年二十五岁。在位六年。

太皇太后闻帝崩，立即驾往未央宫，收取玺绶。召大司马贤，问以丧事调度，贤忧惧不能对。太后曰："新都侯莽，前奉送先帝大行，晓习故事，吾令莽佐君。"贤顿首曰："幸甚。"太后遣使者驰召莽。莽至，以太后指，使尚书劾董贤，不亲医药，禁止不得入宫殿。贤免冠徒跣诣阙，莽又以太后有诏，即阙下册收贤印绶，罢归第。贤归，与妻即日皆自杀。家人惶恐，夜葬之。莽疑其诈死，发其棺至狱诊视，因埋于狱中。籍没其家财，得四十三万万。父恭与家属徙合浦。后人有诗叹曰：

> 云阳舍人貌自工，年才二十为三公。法尧禅舜尚不惜，何况断褒枕席中。孝武当年称好色，思患预防杀钩弋。嬖一幸竖忘祖宗，欲绵汉祚何由得，后人空骂新都贼。

太皇太后乃诏公卿举可为大司马者。太皇太后即天帝后王政君，莽之姑也。于是孔光以下皆举王莽。忽有两位大臣出班大声曰："不可，不可！"

二公是谁，下文分解。

第五回

掘后坟群臣荷锸

且说朝中文武何以都趋附王莽？盖王莽最为奸诈。成帝初即位，即委政王凤，王氏势极盛。刘向所谓“王氏与刘氏势不并立”也。时五侯诸子，惟知乘时侈靡以舆马声色，佚游相高。独莽觊觎神器，心怀篡逆。见主无刚断，臣乏骨鲠，一时朝野所尊信儒臣，如谷永、孔光、杜钦、张禹之徒，惟知规免祸患，依凭宠禄，殊易牢笼，因折节为恭俭，勤身博学，内事诸父，外交英俊。及爵位益尊，节操愈谦，振施宾客，家无所余，虚誉隆洽，倾其诸父。又敢为激发之行，处之不惭恧，尝私买侍婢，昆弟怪之，莽因曰：“后将军朱子元无子，莽闻此儿种宜子，为买之。”即日以婢奉博。其慝情求名如此。王介甫有诗一首，足寒权奸之胆。诗曰：

周公恐惧流言日，王莽谦恭下士时，假使当年身便死，一生真伪有谁知。

哀帝渔色丧躯，及崩，无嗣，未议迎立。太皇太后先欲以大权归之王莽，于是诏公卿佥举可为大司马者。时宰相孔光，欲媚太后，以固宠荣，乃出班奏曰：“新都侯莽，才高管、晏，德并伊、周，允堪厥任。”

于是光以下文武两班，同声应曰："大司徒所举是也。"独前将军何武，左将军公孙禄，以为惠昭之世，外戚持权，几危社稷，今此世无嗣，市当选立亲近幼主，不宜令外戚持权，言辞侃侃。太后竟置若罔闻，竟自用莽为大司马，领尚书事。

时朝中议论迎立之事，纷纷不一，太皇太后一听王莽主裁。时中山王箕，子年方九岁，宗支亲近中最为年幼，故众大臣无一人议及。而王莽独利其年幼，与太后议定。遂遣车骑将军王舜，使持节迎之，立以为帝，即平帝也。

莽以孔光名儒，曾相三主，太后所敬，天下信之。于是盛尊事光，引光女婿甄邯为侍中。劾奏何武、公孙禄互相称举，免官就国。红阳侯王立，虽不居位，莽畏之，令光奏立罪恶，请遣就国。于是附顺者拔擢，忤恨者诛灭。以王舜、王邑为腹心，甄丰、甄邯主击断，平晏领机事，刘秀典文章，孙建为爪牙，百官总已以听。莽色厉而言方，欲有所为，微现风采，党与即承其指意而显奏之。莽则稽首悌泣，固固推让，上以惑太后，下以示信于众庶焉。

此时内外都已布置，而心急行篡，终碍太后精明。一日，忽然得一妙计，孔光尝称我功德比周公，周公之时，有越裳氏重译来朝故事，此时正好借用。即暗遣心腹，前往益州，如此如此。

一日，忽有塞外蛮夷，自称越裳氏重译来献白雉一对。于是王莽启太后以为越裳氏不通中国者，千有今年，今德教远敷，重译来贡，允宜以荐宗庙。群臣乃共奏曰："幼主初嗣，此大司马莽之功德也，宜赐号曰安汉公，益户畴爵邑。"太后即诏尚书照此办理。莽乃上书言："臣与孔光、王舜、甄丰、甄邯共定策，今愿独叙光等之功，置臣莽于勿议。"固让数四，称疾不起。太后乃诏光为太师，舜为太保，丰为少傅，邯封承阳侯。王莽尚未起，群臣复上言，宜以时加赏元功。太后乃以莽为太傅，斡四辅之事，号曰安汉公，益封二万八千户。于是莽故为惶恐，不得已受太傅、安汉公号，让还益封事。复建言褒赏宗室群臣，下至庶民鳏寡，恩泽之政，无所不施。又讽公卿奏言：太后春秋高，不宜亲省小事；令太后下诏曰："自今以后，唯封爵乃以闻，他事安汉公平决。"于是权尽归莽，势与人主侔矣。

时大司空彭宣乃上印绶，乞骸骨归乡里。光禄大夫楚国龚胜，太中大夫琅邪邴汉，以王莽专政，皆乞骸骨。莽令太后皆优礼遣之。又有故南昌尉梅福，字子真，知莽必篡汉，一朝弃妻子去，不知所之。福九江寿春人，博学通经，成帝时见权戚用事，便弃职居家，修身乐道。成帝永始三年王凤已死，莽复弄权，福看不过意，尝因县道上书，直指时事，婉切极谏，上不纳。至是弃家而去。人传以为仙。其后有人见福于会稽者，变姓名为吴市门卒云。

却说平帝乃中山王兴之子，既立，莽恐帝外家卫氏夺其权，白太后曰："前者哀帝立，皆太后恩义，自贵外家，几危社稷。今帝以幼年，复奉大宗，宜明一统之义，以成前事，为后代法。"乃遣使即拜帝母卫姬为中山孝王后，赐帝舅宝、玄爵关内侯，皆留中山，不得至京师。莽长子名宇，见莽隔绝平帝母子，心非其行，又恐久后受祸，私自通书与卫宝，教卫后上书谢恩，因而陈说丁、傅旧恶，庶几得至京师。先是元帝昭仪傅氏，甚有宠，生一子为定陶恭王。及恭王毙，子欣代为王。会成帝无嗣，傅太后乃多以珍宝赂遗赵昭仪。及成帝舅骠骑将军王根，求以王为汉嗣，诸人更相称誉定陶王欣贤，遂徵入，立为太子。哀帝立，乃尊傅太后为皇太太后，帝母丁氏为皇太后。傅氏侯者，凡六人，大司马二人，九卿二千石六人，侍中诸曹十余人。丁氏侯者，凡二人，大司马一人，将军九卿二千石六人，侍中诸曹亦十余人。丁、傅一二年间暴兴尤盛，然哀帝下甚假以权势，权势不如王氏在成帝世也。傅太后元寿元年崩，丁太后建平二年崩。及哀帝崩，王莽秉政，使有司举奏丁、傅罪恶，乃贬傅太后为定陶恭王母，丁太后号曰丁姬。哀帝后乃定陶太后从弟之女也，哀帝为定陶王时，傅太后欲重亲，取以配王，王即帝位，为皇后，至是令退就桂宫，后月余，复与孝成赵皇后俱废为庶人，就其园逼令自杀。赵皇后即飞燕也。哀帝时，虽有王太后在内，而莽无权，故恨之入骨。及卫后书上，顺其指，遂益以七千户，以后汤沐邑。时更立宗室桃乡侯子成都为中山王，以奉孝王之后，亦赐黄金百斤，而不令至京师。卫后日夜啼泣，思见帝一面而不可得，悲痛万状。宇复教令上书，但益户邑而已。宇乃与其师吴章及妇兄吕宽商议。章以为莽不可谏，而好鬼神，可为变怪以惊惧之，然后说令归政。会事发觉，莽执宇送狱，饮药死。宇妻怀子亦系狱，候产子后杀之。莽奏言："宇为吕宽等诖误，流言惑众，恶与管、蔡同罪，臣不敢隐其诛。"甄邯等白太后，下诏曰：

> 夫唐尧有丹朱，周文王有管、蔡，此皆上圣无奈下愚子何，以其性不可移也。公居周公之位，辅成王之主，而行管、蔡之诛，不以亲亲害尊尊，朕甚嘉之。昔周公诛四国之后，乃至于刑措，公其专意翼国，期于致平。

莽因是诛灭卫氏，卫宝女为中山王后，亦黜其后位，而徙置合浦。唯卫后在，后亦废为家人。乃穷治吕宽之狱，连引郡国豪杰，平素非议已者，内及敬武公主，红阳侯立，平阿侯仁，使者迫守，皆自杀。忠直不附莽者，何武、鲍宣及王商、辛庆忌诸子，皆坐死。凡数百人，海内震焉。吴章特腰斩。初章为当世名儒，教授千余人。莽以为恶人党，皆当禁锢不得仕宦，门人尽更名他师。有平陵人云敞，时为大司徒椽，自劾是吴章弟子，愿弃官抱章尸归棺殓葬之。时北海逢萌谓友人曰："三纲绝矣！不去祸将及身。"即解冠挂东都城门归，带家属浮海客于辽东。

时有大司马护军王褒奏曰："安汉公遭子宇陷于管、蔡之辜，子爱至深，为帝室故，不敢顾私。惟宇遭罪，喟然愤发，作书八篇，以戒子孙，此宜颁于郡国，令学官用为教授。"事下公卿议，群公乃请今天下能诵公此戒者，著官簿用之，得选举，比《孝经》焉。莽欲以虚名悦太后，白言亲承前孝哀丁、傅奢侈之后，百姓未赡者多，太后宜且衣缯练，颇减膳以示天下。莽因上书，愿出钱百万，献田三十顷，付大司农助给贫民。每有水旱，莽辄素食。左右以白太后，乃遣使者诏莽曰："闻公菜食，忧民深矣。今秋幸孰，公勤于职，宜以时食肉，爱身为国也。"莽既耀媚事太后，下至旁侧，长御诸人，方故万端，不可胜纪。

莽既尊重，欲以女配帝为皇后，以固其权。乃奏言："皇帝即位三年，长秋宫未建，液廷媵未充。乃者国家之难，本从无嗣，配取不正也。请考论《五经》，定娶礼，正十二女之义，以广继嗣。博采二王后，及周公孔子世列侯在长安者适子女。"事下，有司上众女名王氏女多在选中者。莽恐其与己女争，即上言："身无德，女材下，不宜与众女并采。"太后以为至诚，乃下诏曰："王氏女朕之外家，其勿采。"而庶民、诸生、郎吏以上，守阙上书者日千余人，公卿大夫或诣廷中，或伏省户下，咸言："明诏圣德，巍巍若彼，安汉公盛勋堂堂若此，今当立后，独奈何废公女，天下安所归命？愿得公女为天下母。"莽遣长史以下诸人，分部谕止公卿及诸生，而上书愈甚。太后不得已，听公卿，采莽女。莽复自白宜博选众女。公卿争曰："不宜采诸女，以贰正纯。"莽白："愿见女。"太后遂遣长乐少府、宗正尚书，纳采见女，还奏言："公女渐渍德化，有窈窕之容，宜承大序，奉祭祀。"有诏遣大司徒大司空策告宗庙，杂加卜筮，皆曰："兆吉。"于是公卿大夫同奏曰："古者天子封后父百里，尊而不臣，所以重宗庙，孝之至也。请以新野田二万五千六百顷，益封莽满百里。"莽谢曰："臣莽子女，诚不足以配至尊，复听众议益封，臣莽伏自思念，得托肺腑，获爵土如使子女，诚能奉称圣德，臣莽国邑足以供朝贡，不须复加益地之宠，愿归还所益之田。"太后许之。有司又奏："故事聘皇后，黄金二万斤，为钱二万万。"莽辞让，受四千万，而以三千三百万予十一媵家。群臣复言："今皇后受聘，逾于群妾无几。"有诏复益二千三百万，合为三千万。莽复以其千万分予九族贫者。

陈崇时为大司徒司直，与张竦相善。竦者，博通士也，为崇草奏称莽功德。崇奏之曰：

窃见安汉公自初束修，值世俗隆奢丽之时，蒙两宫厚骨肉之宠，被诸父赫赫之光，财饶势足，无所啎意。然而折节行仁，克心履礼，拂世矫俗，确然特立，恶衣恶食，陋车驽马，妃匹无二，闺门之内，孝友之德，众莫不闻，清静乐道，温良下士，惠于故旧，笃于师友。孔子曰："未若贫而乐，富而好礼。"公之谓矣。及为侍中，故定陵侯淳于长有大逆罪，不之敢私，建白诛讨。周公诛管、蔡，季子鸩叔牙，公之谓矣。是以孝成皇帝命公大司马，委以国统。孝哀即位，高昌、董宏，希指求美，造作二统，公手劾之，以定大纲。建白定陶太后，不宜在乘舆幄坐，以明国体。《诗》曰："柔亦不茹，刚亦不吐，不侮鳏寡，不畏强圉。"公之谓矣。深执谦退，推诚让位。定陶太后欲立僭号，惮彼面刺幄坐之义，佞惑之雄，朱博之畴，惩此长、宏手劾之事，上下一心，谗贼交乱，诡辟制度，遂成篡号，斥逐仁贤，诛残戚属，而公被胥、原之诉，远去就国，朝政崩坏，纲纪废弛，危亡之祸，不坠如发。《诗》云："人之云亡，邦国殄悴。"公之谓矣。当此之时，宫无储主，董贤据重，加以傅氏有女之援，皆自知得罪天下，结仇中山，则必同忧，断金相翼，藉假遗诏，频用赏诛，先除所惮，急引所附，遂诬往冤，更徵远属，事势张见，其不难矣！赖公立入，即时退贤，及其党亲。当此之时，公运独见之明，奋无前之威，盱衡厉色，振扬武怒，乘其未坚，厌其未发，震起机动，敌人摧折，虽有贲育，不及持刺，虽有樗里，不及回智，虽有鬼谷，不及造次，是故董贤丧其魂魄，遂自绞杀。人不旋踵，日不移晷，霍然四除，更为宁朝，非陛下莫引立公，非公莫克此祸。《诗》云："惟师尚父，时惟鹰扬，亮彼武王。"孔子曰："敏则有功。"公之谓矣。于是公乃白内故泗水相丰、嶅令邯，与大司徒光、车骑将军舜，建定社稷，奉节东迎，皆以功德，受封益土，为国名臣。《书》曰："知人则哲。"公之谓也。公卿咸叹公德，同盛公勋，皆以周公为比，宜赐号安汉公，益封二县，公皆不受。《传》曰："申包胥不受存楚之报，晏平仲不受辅齐之封。"孔子曰："能以礼让，为国乎何有？"公之谓也。将为皇帝定立妃后，有司上名，公女为首，公深辞让，迫不得已，然后受诏，父子之亲，天性自然，欲其荣贵，甚于为身，皇后之尊，侔于天子，当时之会，千载希有，而公惟国家之统，揖大福之恩，事事谦退，动而固辞。《书》曰：“舜让于德不嗣。”公之谓矣。自公受策，以至于今，亹亹翼翼，日新其德，增修雅素，以命下国，逡俭隆约，以矫世俗，割财损家，以帅群下，弭躬执平，以逮公卿，教子尊学，以隆国化。僮奴衣布，马不秣谷，食饮之用，不过凡庶。《诗》云：“温温恭人，如集于木。”孔子曰：“食无求饱，居无求安。”公之谓矣。克身自约，籴食逮给，物物卬市，日阕无储。又上书归孝哀皇帝所益封邑，入钱献田，殚尽旧业，为众倡始。于是大小乡和，承风从化，外则王公列侯，内则帷幄侍御，翕然同时，各竭所有，或入金钱，或献田亩，以振贫穷收赡不足者。昔令尹子文朝不及夕，鲁公仪子不茹园葵，公之谓矣。开门延士，下及白屋，屡省朝政，综管众治，亲见牧守以下，考迹雅素，审知白黑。《诗》云：“夙夜匪懈，以事一人。”《易》曰“终日乾乾，夕惕若厉。”公之谓矣。比三世为三公，再奉送大行，秉冢宰职，填安国家，四海辐凑。靡不得所。《书》曰：“纳于大麓，烈风雷雨不迷。”公之谓矣。是上世之所鲜，禹、稷之所难，而公包其终始，一以贯之，可谓备矣。是以三年之间，化行如神，嘉瑞叠累，岂非陛下知人之效，得贤之致哉！故非独君之受命也，臣之生亦不虚矣。是以伯禹锡元圭，周公受郊祀，盖以达天之使，不敢擅天之功也。揆公德行，为天下纪，观公功勋，为万世基，基成而赏不配，纪立而褒不副，诚非所以厚国家，顺天心也。高皇帝褒赏元功，相国萧何邑户既倍，又蒙殊礼，奏事不名，入殿不趋，封其亲属十有余人。乐善无厌，班赏无遴，苟有一策，即必爵之，是故公孙戎位在充郎，选由旄头，壹明樊哙，封二千户。孝文皇帝褒赏绛侯，益封万户，赐黄金五千斤。孝武皇帝恤录军功，裂三万户以封卫青，青子三人，或在襁褓，皆为通侯。孝宣皇帝显著霍光，增户命畴，封者三人，延及兄孙。夫绛侯即因汉藩之固，杖朱虚之鲠，依诸将之递，据相扶之势，其事虽丑，要不能遂。霍光即席常任之重，乘大胜之威，未尝遭时不行，陷假离朝，朝之执事，无非同类，割断历久，统政旷世，虽曰有功，所因亦易，然犹有计策不审过徵之累。及至青、戎摽末之功，一言之劳，然犹皆蒙邱山之赏。课功绛、霍、造之与因也，比于青戎，地之与天也。而公又有宰治之效，乃当上与伯禹、周公等盛齐隆，兼其褒赏，岂特与若云者同曰而论哉！然特不得蒙青等之厚，臣诚惑之。臣闻功无原者赏不限，德无首者褒不检，是故成王之与周公也，度百里之限，越九锡之检，开七百里之宇，兼商奄之民，赐以附庸殷民六族，大路大旗，封父之繁弱，夏后之璜，祝宗卜史，备物典策，官司彝器，白牡之牲，郊望之礼。王曰："叔父，建尔元子。"子父俱延拜而受之，可谓不检无原者矣！非特止此，六子皆封。《诗》曰："亡言不雠，亡德不报。"报当如之不如非报也。近观行事，高祖之约，非刘氏不王，然而番君得王长沙，下诏称忠，定著于令，明有大信不拘于制也。春秋晋悼公用魏绛之策，诸夏服从，郑伯献乐，悼公于是以半赐之，绛深辞让，晋侯曰："微子，寡人不能济河。夫赏，国之典，不可废也。子其受之。"魏绛于是有金石之乐。《春秋》善之，取其臣竭忠以辞功。君知臣以遂赏也。今陛下既知公有周公功德，不行成王之褒赏，遂听公之固辞，不顾《春秋》之时义，则民臣何称，万世何述，诚非所以为国也。臣愚以为宜恢公国，令如周公，建立公子，令如伯禽，所赐之品，亦皆如之，诸子之封，皆如六子。即群下较然输忠，黎庶昭然感德，臣诚输忠，民诚感德，则于王事何有。唯陛下深惟祖宗之重，敬畏上天之戒，仪刑虞周之盛，敕尽伯禽之赐，无遴周公之报，令天法有设，后世有祖，天下幸甚。

书上，太后以示群公。遂请还前所益二县，及黄邮、新野田，采伊尹、周公称号，加公为宰衡，位上公，掾史秩六百石，三公言事，称"敢言之"，群吏毋得与公同名，出从期门二十人，羽林三十人，前后大车十乘。赐公太夫人号曰功显君，食邑二千户，黄金印，赤韨。封公子男二人，安为褒新侯，临为赏都侯。加后聘三千七百万，合为一万万，以明大礼。太后临前殿，亲封拜，安汉公拜前，二子拜后，如周公故事。莽稽首辞让，出拜封事，愿独受母号，还安、临印韨及号位户邑。事下，太师光等皆曰："赏未足以当功，谦约退让，公之常节，终不可听。"莽复求见，固让，太后下诏曰："公每见，叩头流涕固辞，今移病，固当听其让，令视事。将当遂行其赏，遣归就第也。"孔光等曰："安、临亲受印韨，策号通天，其义昭昭。黄邮、召陵、新野之田，为入尤多，皆止于公。公欲自损以成国化，宜可听许，治平之化，当以时成，宰衡之官，不可世及。至纳征钱，乃以尊皇后，非为公也。功显君户，宜身不传。褒新、赏都两国，合三千户，甚少矣，忠臣之节，亦宜自屈而伸主上之义，宜遣大司徒大司空，时节承制，诏公亟入视事，诏尚书勿复受公之让。"太后即准奏，莽乃起视事。

元始四年，群臣奏莽功德，灿然唐虞举发，成周造业，诚无以加。诏议九锡之法。时大风吹长安城东门，屋瓦且尽。五年正月，祫祭明堂，征诸侯王、列侯、宗室子助祭，礼毕，封赏有差。时吏民以莽不受新野田而上书者，前后四十八万六千五百七十二人。及诸侯王、列侯、宗室见太后者，皆叩头言，宜亟加赏于安汉公。于是莽上书曰：

臣以外属，越次各位，未能奉称。伏念圣德统茂，承天当古，制礼以治民，作乐以移风，四海奔走，百蛮并臻，辞去之日，莫不陨涕，非有款诚，岂可虚致。自诸侯王以下，至于吏民，咸知臣莽上与陛下有葭莩之故，又得典职，每归功列，德者辄以臣莽为余言。臣见诸侯面言事于前者，未尝不流汗而惭愧也。虽性愚鄙至诚，自知德薄位尊，力小任大，夙夜悼栗，常恐污辱圣朝。今天下治平，风俗齐同，百蛮率服，皆陛下圣德所自躬亲，太师光、太保舜等辅政佐治，群卿大夫莫不忠良，故能以五年之间，至致此焉。臣莽实无奇策异谋，奉承太后圣诏宣之于下，不能得什一，受群臣之筹画而上以闻，不能得什五，当被无益之辜，所以敢且保首领须臾者，诚上休陛下余光，而下依群公之故也。陛下不忍众言，辄下其章于议者，臣莽前欲立奏止，恐其遂不肯止。今大礼已行，助祭者毕辞，不胜至愿，愿诸章下议者，皆寝勿上，使臣莽得尽力毕制礼作乐事，事成以传示天下，与海内平之，即有所间非，则臣莽当被诖上误朝之罪。如无他谴，得全命赐骸骨，归家避贤者路，是臣之私愿也。惟陛下哀怜裁幸。

甄邯等乃白太后，诏曰：

可。唯公功德光于天下，是以诸侯王公，列侯宗室，诸生吏民，翕然同谓，连守阙庭，故下其章。诸侯宗室辞去之日，复见前重陈，虽晓喻罢遣，犹不肯去，告以孟夏将行厥赏，莫不欢悦，称万岁而退。今公每见辄流涕叩头，言愿不受赏，赏即加，不敢当位。方制作未定，事须公而决，故且听公制作毕成。

群公以闻，究于前议，其九锡礼仪亟奏。五月，遂赐莽九锡。

先是遣陈崇等八人，分行天下，览观风俗，至是还言天下风俗齐同，为市无二价，官无狱讼，邑无盗贼，野无饥民，道不拾遗，男女异路。又诈为郡国造歌谣，颂功德，于是封刘歆、陈崇等十二人为列侯。莽又思北方匈奴，东方海外，南国黄支，俱以重赂买其通贡。惟西域隔绝，乃遣中郎将平宪等，多持金币诱塞外羌，使献诚内属。

莽忽想得平日所为，止劾傅太后一事，最为合礼，且因此致怨被遣就国。前虽贬傅太后为共王母，丁太后为丁姬，而逼死傅皇后，犹未足快意。于是复言共王母、丁姬，前不臣妾，至葬渭陵冢，高与元帝山齐，又棺中有帝太后、皇太太后玺绶，不合礼，礼有改葬，请发共王母及丁姬冢，取其玺绶消灭之，而徙归定陶，葬共王冢次。太后以为既往之事不须复发，莽必欲掘其冢，固争之。

不知掘否如何，且听下回分解。

第六回

摄君位宗室兴戈

却说王莽要掘哀帝母及祖母傅后冢墓，太后不忍，莽固争要掘，遂遣将作大匠，前往渭陵。时在位公卿大臣阿莽之指，皆争入钱帛，遣子弟及诸生、四夷，凡十余万人，持具前往助掘。先发傅太后冢，冢崩，压杀数百人。及开丁姬椁，椁户火出，炎四五丈，吏卒以水沃灭，乃得入椁中。器物皆烧燔，原棺皆名梓宫，衣珠玉之衣，莽命换以木棺，搏去珠玉衣。既开傅太后棺，臭闻数里。时又有群燕数千，衔土投丁姬圹中，一时有此数异焉。

且说平帝年十三矣，颇有知识，见莽所为诈伪，惨毒日甚，党羽遍朝野，虽居帝位，举目无亲，如坐樊笼，常是忧形于色。莽早已看在心中，于十二月腊日，莽亲上椒酒，遂置毒酒中，帝才饮入腹，顿觉焦热如火，五脏欲裂，大呼曰:“王莽弑君也。”莽急以他辞乱其语，令左右扶入宫中，自却奔至泰畤请命。泰畤者，元鼎中立大乙及帝祠坛于甘泉，是为泰畤也。莽至泰畤，戴璧秉圭，怀中取出所作愿以身代策文，藏之金縢，置于前殿，赖诸公不得漏言。不一时间，宫中传言，帝已崩矣。时元帝世系已绝，而宣帝曾孙现在为王者有五人，列侯广戚侯显等有四十八人，莽皆恶其长大，曰:“兄弟不得相为后。”乃选元孙中最幼者广戚侯子婴，年二岁，托以为卜相最吉。是月，前辉光谢嚣奏武功长孟通浚井得白石，上圆下方，有丹书著石，文曰：“告安汉公莽为皇帝。”莽使群公以白太后。太后曰：“此诬罔天下，不可施行。”太保舜谓太后曰：“事已如此，无可奈何，沮之力不能止。又莽非敢有他，但欲称摄以重其权，镇服天下耳。”太后听许，于是莽居摄践祚，服天子韨冕，南面朝群臣，听政事，车服出入警跸，民臣称臣妾，皆如天子之制。郊祀天地，宗祀明堂，其祀宗庙，享祭群神。赞曰“假皇帝”，民臣谓之“摄皇帝”，自称曰“予”，平决朝事，常以皇帝之诏称“制”。明年改元，曰居摄元年。正月，莽祀上帝于南郊，迎春于东郊，行大射礼于明堂，养三老五更，成礼而去。三月己丑，立宣帝玄孙婴为太子，号曰孺子。以王舜为太傅左辅，甄丰为太阿右弼，甄邯为太保后承。

却说汉朝初得天下，惩秦孤立之祸，大封同姓子弟，以镇抚四海，藩卫王室。至景帝时，七国变起。后主父偃复劝武帝行推恩之说，以弱诸侯，诸侯寖以衰息矣。哀平之际，王莽专柄，宗室竞尚阿附取容，故莽肆无忌惮，得以盗窃神器。此时却恼了一位宗室，乃安众侯刘崇，愤曰：“篡逆之迹已著，而犹以周公待之，岂天下皆聋聩耶。”因与相张绍谋曰：“安汉公莽专制朝政，必危刘氏，天下非之，乃莫敢先举，此宗室之耻也。吾帅宗族为先，海内必和。”绍曰：“人孰无死，为社稷死，荣于卑污图存也。况为忠义倡首，虽事不成，为后起者鼓其气亦善矣。”遂与从者百余人，进攻宛，不得入而败。张绍者，张竦之从兄也，竦遂与刘崇族父刘嘉，诣阙自归，莽赦弗罪，竦因为嘉作奏曰：

建平元寿之间，大统几绝，宗室几弃。赖蒙陛下圣德，扶服振救，遮扞匡卫，国命复延，宗室明目。临朝统政，发号施令，动以宗室为始，登用九族为先，并录支亲，建立王侯南面之孤，计以百数，收复绝属，存亡续废，得比肩首，复为人者，嫔然成行，所以藩汉国辅汉宗也。建辟雍，立明堂，班天法，流圣化，朝群后，昭文德，宗室诸侯，咸益土地，天下喁喁，引领而叹，颂声洋洋，满耳而入。国家所以服此美，膺此名，飨此福，受此荣者，岂非太皇太后日昃之思，陛下夕惕之念哉！何谓？乱则统其理，危则致其安，祸则引其福，绝则继其统，幼则代其任。晨夜屑屑，寒暑勤勤，无时休息，孳孳不已者，凡以为天下，厚刘氏也。臣无愚智，民无男女，皆谕至意。而安众侯崇乃独怀悖惑之心，操畔逆之虑，兴兵动众，欲危宗庙，恶不忍闻，罪不容诛，诚臣子之仇，宗室之仇，国家之贼，天下之害也。是故亲属震落而告其罪，民人溃畔而弃其兵，进不跬步，退伏其殃，百岁之母，孩提之子，同时断斩，悬头竿抄，珠珥在耳，首饰犹存，为计若此，岂不悖哉？臣闻古老畔逆之国，既已诛讨，而豬其宫室，以为污池，纳垢浊焉，名曰凶墟。虽生菜茹而人不食。四墙其社，覆上栈下，示不得通，辨社诸侯，出门见之，著以为戒。方今天下，闻崇之反也，咸欲骞衣手剑而叱之，其先至者，则拂其颈，冲其匈，刃其躯，切其肌，后至者欲拨其门，仆其墙，夷其屋，焚其器，应声涤地，即时成创。而宗室尤甚，言必切齿焉。何则？以其背畔恩义，而不知重德之所在也。宗室所居或远，嘉幸得先闻，不胜愤愤之愿，愿为宗室倡始，父子兄弟，负笼荷锸，驰之南阳，豬崇宫室，令如古制，及崇社宜如亳社，以赐诸侯，用永监戒。愿下四辅公卿大夫议，以明好恶，示四方。

于是莽大悦，以杜衍户千封嘉为师礼侯，嘉子七人皆赐爵关内侯。又封张竦为淑德侯。长安谓之语曰：“欲求封过张伯松，力战斗不如巧为奏。”伯松，竦之字也，时人无不唾骂窃笑之，竦固诩诩然自以为得意。

竦祖张敞为宣帝时名臣，数治剧郡，有声，为政以经术自辅。又尝为妇画眉，有司以奏，上问之，对曰：“臣闻闺房之内，夫妇之私，有过于画眉者。”上爱其能，弗备责也。其时王太后数出游猎，敞以书谏，后遂不复出。霍氏贵盛，敞时为山阳太守，闻之，即上封事，以为辅臣专政，贵戚太盛，君臣之分不明，请罢霍氏三侯，皆使就第。及卫将军、张安世，宜赐几杖归休，归存问召见，天下以陛下为不忘功德，而朝臣为知礼，霍氏世世无所患苦云云。上甚善其计，而不能用。使用敞言，则霍氏无族灭之祸矣。然霍光决大计，安宗庙，定天下，功忠盖世，惜不学无术，不能敛抑妻子，使千载后徒悲惜。汉宣前不能从敞计，早为之所，后不能存一二孤幼，以奉功忠之祠，则敞之一疏足以昭鉴后世，顾不重欤。使元、成、哀、平之际有敞，凤且不能专权，何有于莽之醇盗虚声者哉！竦之无耻，沾辱乃祖矣。竦死无子，遂绝敞后云。

却说莽得竦奏，狂喜之极，既封嘉、竦，又封王舜之子匡为同心侯，林为悦德侯。时孔光已老死，乃封其孙寿为合意侯，甄丰、孙匡为并力侯，益甄邯、孙建各三千户。正在封赏诸臣，忽见一宦者，捧羽书仓惶奔入，奏曰："今有东郡太守翟义造反，雄兵十万，所向风靡，将入长安，各郡县文书，雪片般飞来。"莽大惊，急取羽书观看，莽未看毕，已吓得魂飞魄散，面如土色。

不知申报何等利害，且听下回分解。

第七回

颁大诰群雄举义

且说翟义字文仲，汝南上蔡人也，乃故相方进之子。方进幼孤学，给事太守府为小史，迟顿不及事，数为掾史所詈辱。方进自伤，乃从汝南蔡父求相，因问当从何术可以上达。蔡父奇其形貌，告曰："小史有封侯骨，当以经术进，努力为诸生学问。"方进既厌为小史，闻蔡父言，心喜，因归家辞其后母，欲西至京师受经。母怜其幼，随之长安织履以给衣食。方进读经博士，受《春秋》积十余年，经学明习，徒众日广，诸儒称之。以射策中甲科，为郎。二三岁举明经，迁议郎。河平中，转为博士。数年，迁朔方刺史。居官不烦苛，所察应条辄举，甚有威名。再三奏事，迁为丞相司直。十余年间，擢为丞相，封高陵侯。方进智能有余，兼通文法吏事，以儒雅缘饬法律，号为"通明相"，天子甚器重之，奏事无不当意。又善求人主微指，以固其位，而持法刻深，举奏牧守九卿，峻文深诋，中伤者尤多，后以灾变，上赐册，乃自杀。长子宣，嗣侯位。宣亦明经笃行，君子人也。义其幼子，年二十为南阳都尉，吏民不敢动，威振南阳。后为宏农太守，迁河南太守，青州牧。所居著名，有父风烈，徙为东郡太守，数岁，闻平帝崩，王莽居摄，大怒，谓姊子上蔡陈丰曰："新都侯莽，公行篡试矣。平帝晨起临朝，饮莽酒不终日，七孔流血而崩，是以鸩弑君也。公然践祚，服天子韨冕，南面朝群臣，出警入跸，是已篡位也。汉家亲王列侯，犹有百数，乃择二岁之幼稚，以为孺子，托周公辅成王之义，且以观望天下人心耳。方今元帝亲支已绝，王太后实灭汉之罪魁，朝臣尽助贼之奸党，而宗室衰弱，外无强蕃，天下倾首服从，莫能亢扞国难。吾幸得备宰相子，身守大郡，父子受汉厚恩，义当为国讨贼，以安社稷。欲举兵西诛不当摄者，选宗室子孙辅而立之。设令时命不成，死国埋名，犹可以不惭于先帝。今欲发事，汝肯从我乎？”丰年十八，甚是勇壮，慨然许诺。遂与东郡都尉刘宇，严乡侯刘信，信弟武平侯刘璜结谋，于是以九月九日，众官会都课试之时，义对众宣言举义之事，无不踊跃愿从，独观县令畏莽威权不附，义遂斩之。因勒其车骑，材官士，再募郡中勇敢者，得数千人，举兵并东平地，立刘信为天子。信东平王云子也，云诛死，信兄开明嗣为王，薨，无子，而信子匡，复立为王。义立信为天子，义自号大司马，柱天大将军，以东平王傅苏隆为丞相，中尉皋丹为御史大夫，移檄郡国，言莽鸩杀孝平皇帝，矫摄尊号，今天子已立，恭行天罚。此檄一出，郡国日震，响应者日众，比至山阳，众已十余万。

莽得报大惧，无所措手足，其党亲孙建、王邑等曰：“翟义一郡守耳！兵虽众，乌合无纪律。方今雄兵皆在京师，臣等掌之；藩镇宗室，皆虚名无权，何足惧哉！但陛下初登宝位，义以一郡守，振臂一呼，众至十余万，足见民心犹未忘汉。设有继起，绥抚诚难。今当命将益兵，镇守关隘，以防窃发而固人心；再以重兵东向，义为齑粉矣。”莽大喜，乃拜成武侯孙建为奋武将军，成都侯王邑为虎牙将军，明义侯王骏为强弩将军，城门校尉王况为震威将军，宗伯忠孝侯刘宏为奋冲将军，建威侯王昌为中坚将军，中郎将震羌侯窦况为奋威将军，凡七人，令自择关西健汉为校尉军吏，挑选关东甲卒三十万东征。一面以太仆武让为积弩将军，屯函谷关；将作大匠蒙乡侯逯并为横野将军，屯武关；红休侯刘歆为扬武将军，屯宛；太保后承丞阳侯甄邯为大将军，屯霸上。

却说孙建等带领雄兵往东进发，一日，探听义兵屯扎陈留，相去不远，建即传令扎下大寨。次日，命强弩将军王骏带三万人马，前去攻打头阵；奋威将军窦况引兵一万接应。骏等欣然领军前进。时翟义已打听莽兵到来，与刘宇等商议曰："建等兵多将勇，今初至，其锋诚不可当，须用奇以挫其锐。令陈丰领兵二万，前去应敌；义与都尉各引兵五千，左右抄出其后，必取胜也。"王骏到来，只见义阵整齐，旗门开处，一将出马，年才弱冠，开口便骂："篡贼之走狗！"骏大怒，举枪便刺。却说骏本轻义兵少，且非素练，今见陈丰肤白态弱，所执乃短兵钢锤一对，殊不在意。丰年虽幼，却身躯矫捷，力有千斤，见骏枪到，单锤一格，一锤早已飞到，王骏大惊，急忙招架，用尽平生之力。战有二十回合，忽见阵后大乱，王骏借势败回，陈丰挥军掩杀。且说窦况接应之兵，相去五六里，正往前行，忽听得金鼓齐鸣，山凹中翟义、刘宇两枝伏兵冲出，况兵大乱。况虽老将，难敌二面，杀得人马四散。义等随转身来助陈丰，丰正驱兵掩杀，三人并力，大获全胜。夺得旗幡金鼓马匹无数。王骏死战身得脱。归到大营，查点四万人马，折去一半。

次日翟义领一枝兵逼近大营挑战。孙建大怒，自同震羌侯窦况领中营出阵，命王骏、刘宏、王况、王昌分左右翼，只留王邑守营，全军尽出，如山崩潮起。翟义只带三千，却是胆雄气壮，突出以连弩逼射，建阵大乱却退，及两翼兵到，义已掣回。建等掩杀，转过林子，义兵一个不见，只听得四面金鼓之声，殷殷如雷，建急传令扎住阵脚，不得乱动，前进之兵随随退回。才整队伍，忽然轰天震响，义兵四面杀到，不知多少人马，建等惊魂不定，无处应敌，只得混战。及天色将晚，义阵鸣金收军，建亦不敢追赶，缓缓结阵而退，正遇王邑接应。却说王邑初恐翟义又如前次，分兵抄后，故未敢擅动，后闻军声忽远忽近，恐建有失，始领兵前来。计两次交锋，折兵数万矣。

且说王莽自遣将之后，闻各郡传说，初因孔光、杨雄、刘歆等一班儒臣称颂王莽德比周公，又闻屡次辞赏赐、辞爵邑，又出钱助给贫民，光等之言，将毋可信。但所行事，亦多悖谬，如董贤已死，尸犹入狱，傅太后实元帝之昭仪，丁太后为哀帝之亲母，皆已葬而掘其冢，开棺以露其躯，为盗跖之已甚，岂周公而至此？况赵、傅两皇后，生遭逼死；平帝身为帝主，年仅九龄，慈母别居不得侔面，莽子宇为之书策，诚天理之良，亦伦常之正，而莽不知愧悔，反兴大狱。则今者翟义移檄，言莽毒杀平帝，欲绝汉室为诚然矣。纷纷传说，其抱不平。莽知诡诈之谋已露，惶俱不能食，昼夜抱孺子告祷郊庙。又思世间终是愚人多，乃仿周公《大诰》之文，作策一篇，遣大夫桓谭等颁于天下，谕以摄位当反政孺子之意，其文曰：

> 惟居摄二年十月甲子，摄皇帝若曰，大诰道诸侯，王三公列侯于汝卿大夫元士御事，不吊天降丧于赵傅丁董，洪惟我幼冲孺子，当承继嗣无疆，大历服事。予未遭其明哲，能道民于安，况其能往知天命，熙我念孺子，若涉涧水，予惟往求朕所济度奔走，以傅近奉承高皇帝所受命。云云。

长篇累牍，深文曲义，皆依《书经》口气，佶屈聱牙。

诰文颁到之处，士民传诵。浅读者不能成句，多有老学究为之吟诵解说。诵至“天降威明，用宁帝室，遗我居摄宝龟。太皇太后以丹石之符，乃绍天明意，诏予即命居摄践祚，如周公故事。”及“帝不违卜，故予为冲人，长思厥难。曰：乌乎！义信所犯，诚动鳏寡。哀哉！予遭天役，遗大解难于予身，以为孺子，不身自恤。予义彼国君泉陵侯上书曰：成王幼弱，周公践天子位，以治天下。六年，朝诸侯于明堂，制礼乐，班度量，而天下大服。太皇太后承顺天心，成居摄之义。皇太子为孝平皇帝子，年在襁褓，宜且为子，知为人子道，令皇太后得加慈母恩，畜养成就，加元服，然后复子明辟。”等语，无不连连点首，曰：“原来如此。”及读至“天毖劳我成功所，予不敢不极卒，安皇帝之所图事，肆予告我诸侯王公列侯卿大夫元士御事，天辅诚辞，天其累我以民，予害敢不于祖宗安人图功所终。”等语，尤极摇头顿足，拖声哦诵，扬眉戟手曰：“翟义、刘信逆贼，独不念汉朝累世天恩，反敢流言惑众耶！”桓谭回朝，将此情形奏莽，莽大悦，乃封谭为明告里附城。明告者，莽特制名，以其出使能明告谕于外也，附城者，如古之附庸也。莽魂相定，自觉觳觫之状为丑，乃谓群臣曰：“昔成王幼，周公摄政，而管、蔡挟禄父以畔，今翟义亦挟刘信而作乱。自古大圣犹惧此，况臣莽之斗筲。”群臣皆曰：“不遭此变，不章圣德。”一日忽得王骏败报，又闻近京各处起兵，莽大惊，急命分头探听。

却说王莽《大诰》所到之处，众人纷纷赞颂，而骂翟义为反贼。槐里地方最大，人物辐辏。有一好汉姓赵名明，见一簇人拥着观看地方官誊示《大诰》，不知何事，乃分开众人看毕，大怒曰：“奸贼已篡大位，犹敢舞文愚弄天下耶！”声如霹雳。众人大惊，急就问曰：“篡贼为谁？”明曰：“孝元皇后之侄王莽也。”忽有儒服者数人进曰：“此言取族灭矣。鸩毒之事，夫谁见之？复子明辟之文，炳炳朗朗，小子无妄言也。”明曰：“误天下事而酿祸患者，大抵皆公等迂腐庸俗之徒也！不知事势，罔达机宜，在朝则附和以固宠荣，在里则逡巡而惜身命，君父之难可忍，污秽之事又胡不可为乎！天下大权，尽归王氏已四世矣。今明据天子之位而称皇帝，犹以为非篡非弑，不知汝辈是何肺腑也。宁必待孺子已冠而不反政，迟十数年尝试之，而后攻之乎？抑近而待其复如平帝，而后诛之乎？平帝鸩死有迹，犹以未见为解说；若孺子只须绝其乳哺，更无迹可见矣。再择一襁褓中儿而立之，其立与不立，权在王氏乎？在刘氏乎？在庸庸碌碌之人之手乎？不待辨而明也。君等全无血性，枉有须眉。我高皇帝诛强暴之秦，百战而有天下。前后相承二百余年，深仁厚泽，遍于寰宇，被一王太后锄灭忠良而亲母党，潜移国祚而绝夫嗣，然坐视此贼肆然而为帝，则明有赴东海而死耳，不忍为诈伪贼之民也。”言未毕，见一大汉叫跳如雷曰：“不必多言，与迂腐子谈，徒丧人神气，挥之速退。某愿与公同赴国难，万死无悔。”明大喜拍手，问其姓名，答曰：“小弟姓霍名鸿，家离城不远，蒙不弃，乞同至舍一叙何如？”时众人除闻二人大言遁去者，尚聚百余人，同声哗曰：“某等亦何能作诈伪之贼之民？亦愿同死耳！”遂一哄同至霍鸿家来。

数日间，聚至万余人。乃相与谋曰：“闻得翟义兵势甚盛，莽贼欲一鼓而擒，以威天下，故诸将精兵，尽往山东，京师空虚。我等戮力直攻长安，若得入城，捉住王莽，缚至太后之前，同一班阿谀谄佞无耻贼臣，问莽有何功，而有何德，敢假冒周公，而无惭怍？问群臣腰金衣紫，附贼忘君，只图一时宠荣，不顾千年遗臭，富贵安在，徒玷祖宗？再问太后，汉朝后妃之家，如吕、霍、上官，凡危社稷，皆就灭亡，太后知之乎？然奢僭比之王氏，百不及一，满门尽贵，弟曼蚤死，犹怜念追封，而用其子莽，一门十侯五将。其有素抱忠真，不阿吕老太后母家者，诛戮净尽，狐心雄胆，布满朝廷，吕后虽毒，朝中犹有旧臣忠正也。今亲见夫嗣灭却，社稷倾危，所以为刘氏者若此者，为王氏则富贵尊荣，而至于为皇帝南面朝诸侯。以一妇人纵未如此，诚自古所未有也。设非安众侯建大义于前，翟太守奋孤忠于后，则汉家烈烈轰轰之天下，遂没没忽忽而失之。使后世以周公为迷众之旌旗，《尚书》为窃国之秘谱矣。高祖之创此大业也，披坚执锐，履险蹈危，频死者数矣。子孙得太后如此贤妇，引用如此贤侄，假元圣之徽号，套《尚书》之旧文，不费张弓只箭，垂手而得天下，岂不痛哉！然太后春秋高，亦尝自计升遐后梓宫当作王氏之新陵乎？抑归元帝之渭陵乎？人死而无灵，人死如有灵，则太后亦何颜以入高祖之太庙乎？”言辞未毕，众军鼓掌称快，勇气百倍，遂建旗讨贼，闻风相附者益多。不半月，众至十万。乃鼓行而东，所向披靡。

报入京中，莽大恐，急召太保甄邯为大将军，领兵屯城外；令王舜、甄丰昼夜循行殿中；遣将军王奇、王级将兵西出，以拒赵、霍。莽犹战栗不安，复以安乡侯王恽为车骑将军，屯平乐馆；骑都尉王晏为建威将军，屯城北；城门校尉赵恢为城门将军，皆勒兵自备。

再说孙建等东征，两次大败，因其相商议制胜之策。王邑曰："义军虽非素练，其气甚壮，先声足以夺人，我军未免倚众而轻敌，此所以败也。今当结营固守，以骄其志。俟彼军心稍懈，然后以全军精锐压之。又先发奔命一千，抄其后以夺城。一军逐北，则全军继之；两路而逃，则分军逐之。务以一战而收全功。"建等大喜。

翟义等连日挑战，王邑兵坚壁不出。义躁极曰："似此何日得达长安，以诛逆贼。"苏隆曰："此以前者两次挫其锐，欲反劳为逸，且以骄我兵也。"义曰："然则如何？"隆曰："贼兵势大，欲以数倍之众压我耳。此时只恨孔光、刘歆、杨雄等一班谄佞贼臣，以伊、周颂莽，迷痼天下耳目者已久，不然岂无一二豪杰兴举义兵以相应哉！此时京师空虚，若振一旅之师以入长安，则大事济矣。今惟有舍死拒敌，胜则长驱，败则东走，弹丸之城不足以守，直弃之以图后举可也。"忽报孙建领兵杀来，义令陈丰出阵，两马相交十数回合，孙建看看抵敌不住，王邑一马冲出，这边刘璜接住厮杀，才五七个照面，那边五将齐出，刘璜一时着慌，刀略松一松，被王邑一枪刺落下马，借势挥军掩杀。陈丰等不敢恋战，且战且走，直追至菑，严乡侯刘信，都尉刘宇领二万生力军正到。陈丰性起，换了马翻身复杀回来，双锤入阵。只见金光迸裂，逢着便倒。这边军士看得兴气勃勃，刘信将旗一招，挥军齐进。邑阵大乱退走，反将刘宏、王况等接追人马冲动，自相践踏，死伤无数。陈丰等见前面兵多，亦不敢再追。王邑等大军遂屯陈留城。

翟义此次大败，折去刘璜，军士死伤大半，只存三四万人。忽闻得三辅大乱，自茂陵以西至汧二十三县刀兵并发，义等大喜曰："人心相近，天下岂无豪杰！"乃率众人圉城以观其变。建等亦未敢追袭。后闻赵明、霍鸿等自称将军，攻烧官寺，杀右辅都尉及釐令，劫略吏民，义等跌足叹曰："无能为矣！奈何不声讨其罪，直入京师，而乃近盗贼之所为！殆汉祚当绝，奸贼乃得天助耶！"

却说孙建等得胜捷书报到京师，莽喜，因大赦天下。下诏曰：

> 太皇太后遭家不造，国统三绝，绝辄复续，恩莫厚焉，信莫立焉。孝平皇帝短命早崩，幼嗣孺冲，诏予居摄，予承明诏，奉社稷之任，持大宗之重，养六尺之托，受天子之寄，战战兢兢，不敢安息。伏念太皇太后，惟经艺分析，王道离散，汉家制作之业，独未成就，故博征儒士，大兴典制，备物致用，立功成器，以为天下利，王道粲然，基业既著，千载之废，百世之遗，于今乃成，道德庶几于唐虞，功烈比齐于殷周。今翟义、刘信等谋反大逆，流言惑众，欲以篡位，贼害我孺子，罪深于管蔡，恶甚于禽兽。信父故东平王云，不孝不谨，亲毒杀其父思王，名曰钜鼠，后云竟坐大逆诛死。义父故丞相方进，险诐阴贼，兄宣，静言令色，外巧内嫉，所杀乡邑汝南者数十人。今积恶二家，迷惑相得，此时命当殄，天所灭也。已捕斩断信二子谷乡侯章，德广侯鲔，义母练，兄宣，亲属二十四人，皆磔暴于长安都市四通之衢。当其斩时，观者重叠，天气清和，可谓当矣。命遣大将军恭行皇天之罚，讨海内之仇，功效著焉，予甚嘉之。《司马法》不云乎，赏不逾时，欲民速睹为善之利也。今先封车骑都尉孙贤等五十五人皆为列侯，户邑之数别下。

遣使者持黄金印，赤韨縌，朱轮车即军中拜授。诏书到日，欢动三军，遂复攻义，围住圉城三匝。义等昼夜轮班守御，城卒不下。

困至月余，粮草将尽，义会众议曰："自古无纯盗虚声，尧名桀行而不败者，况莽恶已盈，岂能久乎！恨义力微时钝，不能生抉莽首。义死固甘心，严乡侯已建名号，不可辱也，当速改庸装，合陈丰相辅，明日义开城决战，可借势逃出。"信大哭，不愿独生。陈丰曰："势已如此，何暇作儿女态。但母舅当护驾出亡，令丰决死战，丰愿多杀贼而死，不愿隐忍以生也。”义曰：“我已筹之熟矣，贼固愿得我首而甘心，我一死则捕获缓矣。”次日，各饱餐结束，怀干粮，午后开西城门，大喊杀出。建等围久，出乎不意，义军皆死命，无不以一当百。孙建下令曰：“翟义罪魁，务须生获，不可令渠逃轶。”挥众急追，离城十里许，义复奋勇死战。

天色已晚，被其走脱否，下回分解。

第八回

去号位太后生悲

却说翟义拼命杀出重围，王邑等不肯舍，紧紧追赶。看看赶上，义又翻身斗杀，终是死命，邑军虽众，不能围住，反多杀伤。会日已西沉，乃收兵进城，搜捕余党，一无所获。刘信、陈丰早同众百姓混出城去矣。邑等商议分头追捕，时司威陈崇为监军使，乃曰："追捕自不必说，但此时大功已建，摄皇帝好大喜夸，当先上一本，以取其欢心。若义、信等釜中之鱼，尚安所逃哉。"众人大赞所见极是。共请陈崇修稿，其略曰：

> 陛下奉天洪范，心合宝龟，膺受元命，豫知成败，咸应兆占，是谓配天。配天之主，虑则移气，言则动物，施则成化。臣崇伏读诏书下日，窃计其时，圣思始发，而反虏仍破；诏文始书，反虏大败；制书始下，反虏毕斩。众将未及齐其锋芒，臣崇未及尽其愚虑，而事已决矣。

孙建等读毕，击节叹赏，以为得淑德侯张伯松之神髓。书上，莽果大悦。

再说翟义次日对军士曰："义食君之禄，世受国恩，志切讨贼，愤不顾家，事不成，死其分耳。诸君相从至此，尚何能为乎？趁追兵未至，各自逃生，义舍一死以绝大索之累。”时手下不足二百人，同声曰：“诚如公言，但我等且走，幸得脱，则隐伏以俟时，若追至，则舍死命以杀贼。奸莽行篡弑，则凡莽所指挥者，皆贪利忘君之逆党，多杀一人亦足以称快！”言未毕，只见尘头大起，义急挥众速走，众不听，义只得部勒分作四队迎敌，人人奋勇，入阵横冲直撞，如恶龙搅海。王邑那边反嫌人众碍事，自相冲击，死伤无算。晌午后，义众渐渐相聚，得百余人，杀条大路而去。至固始地界，义令军士尽弃盔甲，易装自逃，众军士抵死不肯相舍，义乃给开分目，急拔剑自刎而死。众军大哭而终弗掩埋之者，令邑等得之以媚莽，免大索累天下，从义之志也。邑等乃将义尸磔于陈都市。广捕卒不能得信，遂班师回朝。莽乃尽坏义第宅，汙池之，发父方进乃先祖冢在汝南者，烧其棺柩，夷灭三族，诛及种嗣，至皆同坑，以棘及五毒并葬之。时居摄三年正月也。于是复命。

王邑引兵西，王骏以无功免，刘歆归故官，复以邑弟侍中王奇为扬武将军，城门将军赵恢为疆弩将军，中郎将李棽为厌难将军，同与王级等合击赵明、霍鸿。二月，明等殄灭，诸县悉平。莽乃置酒未央宫白虎殿，劳飨将帅，大封拜。先是益州蛮夷，及金城塞外羌，怨莽乃反，攻西海太守程永。永奔走，莽遂诛永。遣护羌校尉窦况击之。二年春，窦况等击破西羌。至是乃并录其功，以大小为差，封侯伯子男，凡三百九十五人。曰皆以奋怒，东指西击，羌寇蛮盗，反虏逆贼，不得旋踵，应时殄灭，天下咸服之功封云。太后复诏进莽子褒新侯安为新举公，赏都侯临为褒新公，封莽侄光为衍功侯，孙宗为新都侯。

莽既灭翟义，自谓威德日盛，大得天人之助，遂稍示意谋即真之事矣。九月，莽母死，无哀意。群臣察得其指，少阿羲和刘歆与博士诸儒七十八人曰：

居摄之义，所以统立天功，兴崇帝道，成就法度，安辑海内也。昔殷成汤既没，而太子早夭，其子太甲幼少不明，伊尹放诸桐宫而居摄，以兴殷道。周武王既没，周道未成，成王幼少，周公屏成王而居摄，以成周道。是以殷有翼翼之化，周有刑错之功。今太皇太后比遭家之不造，委任安汉公宰尹群僚，衡平天下，遭孺子幼少，未能其上下，皇天降瑞，出丹石之符，是以太皇太后则天明命，诏安汉公居摄践祚，将以成圣汉之业，与唐虞三代比隆也。摄皇帝遂开秘府，会群儒，制礼作乐，卒定庶官，茂成天功，圣心周悉，卓尔独见，发得周礼，以明因监，则天稽古，而损益焉。犹仲尼之闻《韶》，日月之不可阶，非圣哲之至，孰能若兹！纲纪咸张，成在一匮，此其所以保佑圣汉，安靖元元之效也。今功显君薨，《礼》："庶子为后，为其母缌。"《传》曰："与尊者为体，下敢服其私亲也。"摄皇帝以圣德承皇天之命，受太后之诏，居摄践祚，奉汉大宗之后，上有天地社稷之重，下有元元万机之忧，不得顾其私亲。故太皇太后建厥元孙，俾侯新都，为哀侯后，明摄皇帝与尊者为体，承宗庙之祭，奉共养太皇太后，不得服其私亲也。《周礼》曰："王为诸侯缌缞"，"弁而加环绖"，同姓则麻，异姓则葛，摄皇帝当为功显君缌缞，弁而加麻环绖，如天子吊诸侯之服，以应圣制。

莽心悦，遂行焉。凡壹吊再会，而令新都侯宗为主，服丧三年云。

十一月甲子，莽上奏太后：

陛下至圣，遭家不造，遇此十二世三七之厄，承天威命，诏臣莽居摄，受孺子之托，任天下之寄。臣莽兢兢业业，惧于不称。今宗室广饶侯刘京上书言："七月中，齐郡临淄县昌兴亭长辛当，一暮数梦，曰：'吾天公使也，天公使我告亭长曰：摄皇帝当为真。如不信我，此亭中当有新井。'亭长晨起视亭中，诚有新井，入地且百尺。"十一月壬子，直建冬至，巴郡石牛；戊午，雍石文；皆到未央之前殿。臣与太保安阳侯舜等视，天风起尘冥，风止得铜符帛图于石前。文曰："天告帝符，献者封侯，承天命，用神令。"骑都尉崔发等视说。《尚书·康诰》："王若曰：孟侯，朕其弟，小子封。"此周公居摄称王之文也。《春秋》隐公不言即位，摄也。此二经，周公孔子所定，盖为后法。孔子曰："畏天命，畏大人，畏圣人之言。"臣莽敢不承用。臣请共事神祇宗庙，奏言太皇太后、孝平皇后，皆称假皇帝，其号令天下，天下奏言事，毋得言摄。

以居摄三年为初始元年，漏刻以百二十为度，用应天命。臣莽夙夜养育隆就孺子，令与周之成王比德，宣明太皇太后威德于万方，期于富而教之。孺子加元服，复子明辟，如周公故事。

奏可，众知莽欲奉符命即真，群臣乃博议别奏，以成其事。

梓潼人哀章即作铜匮为两检，其一署曰：“天帝行玺金匮图。”其一署曰：“赤帝行玺邦传予黄帝金策书。”书言王莽为真天子。又书莽大臣八人，又取令名王兴、王盛及自名凡十一人，皆署官爵，为辅佐。章闻齐井、石牛事下，即日昏时，衣黄衣持匮至高庙，以付仆射。仆射以闻。戊辰，莽至高庙，拜受金匮神禅。御王冠，谒太后，还坐未央宫前殿，下诏书曰：

予以不德，托于皇初祖考黄帝之后，皇始祖考虞帝之苗裔，而太皇太后之末属。皇天上帝隆显大佑，成命统序，符契图文，金匮策书，神明诏告，予以天下兆民。赤帝汉氏高皇帝之灵，承天命，传国金策之书，予甚祇畏，敢不钦受。以戊辰直定，御王冠，即真天子位，定有天下之号曰新。其改正朔，易服色，变牺牲，殊徽帜，异器制。以十二月朔癸酉为建国元年正月之朔。

却说王莽本武帝时绣衣御史王贺之后，其本系久已迷失。莽好夸诞，自起意图天下时，始自谓为黄帝之后云。初汉高祖入咸阳，至霸上，秦王子婴降于轵道，奉上始皇玺，盖和氏璧，李斯所篆刻也。及高祖诛项籍，即天子位，因御服其玺，世世传受，号传国玺。时以孺子未立，玺藏长乐宫。莽即篡位，乃请玺，太后不肯授。莽使安阳侯舜谕指。舜素谨敕，太后雅爱信之。舜既见太后，知其为莽求玺，怒骂之曰：“汝属父子宗族，蒙汉家力，富贵累世，既无以报，受人孤寄，乘便利时，辄夺取其国玺，全不思义。人如此者，狗猪不食其余，天下岂有汝兄弟耶！且彼自以金匮符命为新皇帝，变更正朔服制，亦当即更作玺，传之万世，何用此亡国不祥玺为，而欲求之？我汉家老寡妇，旦暮且死，欲与此玺俱葬，终不可得。”太后涕泣言此，旁侧长御以下，皆垂涕。舜亦悲不能自止，良久乃仰谓太后：“臣等已无可言者，然莽必欲得传国玺，太后宁能终不与耶？”太后闻舜语切，恐莽胁之，乃出汉传国玺投之地，以授舜曰：“我老已死，知汝兄弟终族灭也。”舜即得玺，奏之，莽大悦。于是莽以建国元年正月朔，御正殿，受诸臣朝贺。群臣舞蹈山呼毕，莽乃下诏，命群公诸侯卿士，奉太皇太后玺韨，命去汉号焉。

初莽欲改太后汉家旧号，易其玺绶，恐不见听，沉吟微示其意。而莽疏属王谏欲谄莽，乃上书言：“皇天废去汉而命立新室，太皇太后不宜称尊号，当随汉废，以奏天命。”莽乃车驾至东宫，亲以其书白太后。太后自思：“当日为弟兄子侄，费尽心思，三世擅权，五将秉政，以致上干天象，亦惟有诛戮忠良，以庇护之。及哀帝崩，莽已免就国，是我遣使者驰召来京，又违忠臣何武、公孙禄之正论，亲授莽以大司马之权柄，以至唾手得天下。今日尚不能容我一老朽之妇，犹欲废去之，岂不痛心！”因恚怼而言曰：“王谏之言是也。”莽见太后喉中哽咽，泪流满面，因曰：“此悖德之臣也，其罪当诛。”于是冠军张永献符命言：“太皇太后当为新室文母太皇太后。”太后听言。莽遂命公卿大夫奉太后新室玺绶，鸩杀王谏而封张永为贡符子。莽既去太后汉号，乃立妻王氏为皇后，幼子临为皇太子，安为新嘉辟，封宇子六人为公。按莽四子，长宇，次获，次安，幼临。宇、获皆前诛死，安颇荒忽，乃以临为太子。大赦天下。乃策命孺子曰：

咨尔婴，昔皇天佑乃太祖，历世十二，享国二百一十载，历数在于予躬。《诗》不云乎，“侯服于周，天命靡常”。封尔为定安公，永为新室宾。于戏！敬天之休，往践乃位，毋废予命。

又曰：

其以平原、安德、漯阴、隔重邱，凡户万，地方百里，为安定公国。立汉祖宗之庙于其国，与周后并，行其正朔服色，世世以事祖宗，永以命德茂功，享历代之祀焉，以孝平皇后为定安太后。

读策毕，莽亲执孺子手，流涕嘘欷曰："昔周公摄位，终得复子明辟。今予独迫皇天威命，不得如意。"哀叹良久。中傅将孺子下殿，北面而称臣。

又按金匮，辅臣皆封拜。以太傅左辅骠骑将军安阳侯王舜为太师，封安新公；大司徒就德侯平晏为太傅，就新公；少阿羲和京兆尹红休侯刘歆为国师，嘉新公；广汉梓潼哀章为国将，美新公；是为四辅，位上公。太保后承承阳侯甄邯为大司马，承新公；丕进侯王寻为大司徒，章新公；步兵将军成都侯王邑为大司空，隆新公；是为三公。大阿右弼大司空卫将军广阳侯甄丰为更始将军，广新公；京兆王兴为卫将军，奉新公；轻车将军成武侯孙建为立国将军，成新公；京兆王盛为前将军，崇新公；是为四将。凡十一公。王兴者，故城门令史；王盛者，卖饼儿；莽按符命求得此姓名十余人，两人容貌应卜相，径从布衣登用，以示神焉，余皆拜为郎。是日，封拜卿大夫、侍中、尚书官凡数百人。诸刘为郡守，皆徙为谏大夫。改明光宫为定安馆，定安太后居之，以故大鸿胪府为定安公第，皆置门卫使者监领。敕阿乳母不得与语，常在四壁中，至于长大，不能名六畜。

莽更改官名地名，纷纷不一。为太子置师友，秩以大夫，唐林为胥附，李充为奔走，赵襄为先后，廉丹为御侮。又遣谒者持安车印绶，就拜楚国龚胜为太子师友癸酒。胜辄推不受，曰："吾受汉厚恩无以报，今年老矣。谊岂以一身事二姓？"语毕，遂不复饮食，积十四日，卒。又召陈咸为掌寇大夫，咸谢病不肯应。三子参、丰、钦皆在位，咸悉令解官归乡里，闭门不出入，犹用汉家祖腊，人问其故，咸曰："我先人岂知王氏腊乎？"

莽以汉氏诸庙在京师者，皆罢之。诸刘为诸侯者，以户多少，就五等之差；其为吏者，皆罢黜其职，待除于家。而曰："嘉新公国师以符命为予四辅，明德侯刘龚、率礼侯刘嘉等，凡三十二人皆知天命，或献天符，或贡昌言，或捕告反虏，厥功茂焉。诸刘与三十二人同宗共祖者勿罢，赐姓曰王。"惟国师以女配莽子，故不赐姓。

初莽为安汉公时，谄太后，奏尊元帝庙为高宗，太后晏驾后当以礼配食云。及莽改太后号为新室文母，绝之于汉，不合得体元帝，乃毁坏孝元庙，更为文母起庙。独置元庙故殿，以为文母篡食堂，既成，名曰长寿宫。莽以太后好出游观，乃车驾置酒长寿宫，请太后。既至，见孝元庙废彻涂地，太后惊泣曰："此汉家宗庙，皆有神灵，有何罪过而坏之。且使鬼神无知，又何用庙焉？如令有知，我乃人之妃妾，岂宜辱帝之堂以陈馈食哉！"饮酒不乐而罢。自莽篡位后，知太后怨恨，求所以媚太后者，无所不为，然愈不悦。至建国五年二月癸丑，太后崩，享年八十四。三月，葬渭陵，与元帝合，而作沟以绝之。以长寿宫为文母庙，元帝配食坐于床下。亦可叹矣！

后十年，汉兵诛莽，下文分解。

第九回

作符命大启边兵

却说王莽始初折节要名，诸儒臣颂之为周公。莽遂刻意效仿，初秉政，即暗遣心腹，假妆越裳氏重译来朝。后弑平帝，立孺子婴，乃效周公辅成王故事。及翟义讨罪，又仿《大诰》之文。迨翟义、赵鸿等兵败，自谓得天人之助而即真位，似周公为不足法，又改称大舜，曰：“予之皇始祖考虞帝受禅于唐，汉氏初祖唐帝，世有传国之象，予复亲受金策于汉高皇帝之灵。”令以汉高庙为文祖庙，欲法舜受终于文祖也。又曰：“予前在大麓，以至于摄假，深惟汉氏三七之厄，赤德气尽，思索广求，所以辅刘延期之术，靡所不用。然自孔子作《春秋》以为后王法，至于哀之十四而一代毕，协之于今，亦哀之十四也。赤世计尽，终不可强济。皇天明威，黄德当兴，隆显大命，属予以天下。”大麓者，谓为大司马宰衡时，妄引舜纳于大麓，烈风雷雨不迷也。

是时长安有女子名碧者，素姣好，忽发狂，叫呼道中，曰：“高皇帝大怒，速还我国，不者九月必杀汝。”奔呼不已，哄倾城市。莽闻，急令收捕杀之。四月，徐乡侯刘快起兵于其国，至即墨，攻城不克，败走，至长广死。莽恐天下豪杰举义兴诛，乃遣五威将王奇等十二人，颁符命四十二篇于天下。其文尔雅，依托古义而为之说。大约言莽当代汉而有天下，曰：

帝王受命，必有德祥之符瑞，协成五命，申以福应，然后能立巍巍之功，传于子孙，永享无穷之祚。故新室之兴也，德祥发于汉三七九世之后，肇命于新都，受瑞于黄支，开王于武功，定命于子同，成命于巴宕，申福于十二应。天所以保祐新室者，深矣，固矣。武功丹石出于汉氏平帝末年，火德销尽，土德当代，皇天眷然，去汉与新，以丹石始命于皇帝。皇帝谦让，以摄居之，未当天意，故其秋七月，天重以三能文马。皇帝复谦让，未即位，故三以铁契，四以石龟，五以虞符，六以文圭，七以玄印，八以茂陵石书，九以玄龙石，十以神井，十一以大神石，十二以铜符帛图。申命之瑞，浸以显著，至于十二，以昭告新皇帝。皇帝深惟上天之威不可不畏，故去摄号，犹尚称假。改元为初始，欲以承塞天命，克厌上帝之心。然非皇天所以郑重降符命之意，故是日天复决以龟书，丙寅暮汉氏高庙有金匮图策："高帝承天命，以国传新皇帝。"明旦宗伯忠孝侯刘宏以闻，乃召公卿议，未决，而大神石人谈曰"趣新皇帝之高庙受命，母留。"于是新皇帝立登车，之汉氏高庙受命。受命之日，丁卯也。丁，火，汉氏之德也，卯，刘姓所以为字也。明汉刘火德尽，而传于新室也。皇帝谦谦，既各固让，十二符应迫著，命不可辞，惧然祗畏，苇然闵汉氏之终不可济，亹亹在左右之不得从意，为之三夜不御寝，三日不御食，延问公侯卿大夫，佥曰："宜奉如上天威命。"于是乃改元定号，海内更始。新室既定，神祇欢喜，申以福应，吉瑞累仍。《诗》曰："宜民宜人，受禄于天，保佑命之，自天申之。"此之谓也。

五威将奉符命，赍印绶，王侯以下，及吏官更名者，及匈奴，西域、徼外蛮夷，皆即授新室印绶，因收故汉印绶。赐吏爵人二级，民爵人一级，女子百户，羊酒，蛮夷币帛各有差。大赦天下，五威将乘乾文车，驾坤六马，背负鷩鸟之毛，饰甚伟。每一将各置左右前后中帅，凡五帅，衣冠车服驾马，各如其方面色数。将持节，称太一之使，帅持幢，称五帝之使。

莽又欲复古井田法曰：

古者，设庐井八家，一夫一妇田百亩，什一而税，则国给民富而颂声作。此唐虞之道，三代所遵行也。秦为无道，厚赋税以自供奉，罢民力以极欲，坏圣制，废井田，是以兼并起，贪鄙生，强者规田以千数，弱者曾无立锥之居。又置奴婢之市，与牛马同栏，制于民臣，颛断其命，奸虐之人因缘为利，至略卖人妻子，逆天心，悖人伦，缪于天地之性，人为贵之义。《书》曰："予则奴戮女"，唯不用命者，然后被此辜矣。汉氏减轻田租，三十而税一，常有更赋，疲癃咸出，而豪民侵陵，分田劫假。厥名三十税一，实什税五也。父子夫妇终年耕耘，所得不足以自存。故富者犬马余菽粟，骄而为邪，贫者不厌糟糠，穷而为奸，俱陷于辜，刑用不错。予前在大麓，今天下公田口井，时则有嘉禾之祥，遭反虏逆贼且止。今更名天下田曰王田，奴婢曰私属，皆不得卖买。其男口不盈八，而田过一井者，分余田予九族邻里乡党。故无田，今当受田者，如制度。敢有非井田圣制，无法惑众者，投诸四裔，以御魑魅，如皇始祖考虞帝故事。

莽初居摄造货，错刀一直五千，契刀一直五百，大钱一直五十，与五铢钱并行。是时更作小钱，径六分，重一铢，文曰小钱直一，与前大钱五十者并行。欲防民命铸，乃禁不得挟铜炭。百姓便安汉五铢钱，以莽钱大小两行难知，又屡更改不信，皆私以五铢钱市买，讹言大钱当罢。莽患之，复下书："诸挟五铢钱，言大钱当罢者，比非井田例，投四裔。"于是农商失业，食货俱废，民人至涕泣于市道。及坐卖买田宅奴婢铸钱者，自诸侯卿大夫至于庶民，抵罪者不可胜数。又设六管之令，命县官酤酒、卖盐、铁器、铸钱诸采取名出大泽众物者，税之。又令市官收贱卖贵，赊贷与民，收月息。自是四夷皆乱，天下骚动矣。

且说五威将帅共七十二人，分行天下。东出者至玄菟、乐浪、高句骊、夫余，南出者逾徼外，历益州，西出者至西域，尽改其王为侯。其北出至匈奴者，乃王骏率甄阜、王飒、陈饶、帛敞、丁业六人，多赍金帛，重遗单于，晓谕以莽受命代汉之状，因易单于故印。故印文曰"匈奴单于玺"，莽改玺为章，而加莽国号，曰"新匈奴单十章”。将帅既至，授单于印绂，诏令上故印绂。单于再拜受诏，译前，欲解取故印，单于举腋授之。左姑夕侯苏从旁谓单于曰：“未见新印文，宜且勿与。”单于曰：“印有何变更？”遂解奉上，将帅授单于新印，亦不解视。饮食至夜乃罢。右帅陈饶谓诸将帅曰：“向者姑夕侯疑印文，几令单于不与人。如今视印，见其变改，必求故印，此非辞说所能距也。既得而复失之，辱命莫大焉。不如椎破故印，以绝祸根。”将帅犹豫莫有应者。饶燕士，果悍，即取斧椎坏之。明日，单于果遣右骨都侯当白将帅曰：“汉赐单于印言玺不言章，又无汉字，诸王以下乃言章，有汉字。今印去玺加新，与臣下无别，愿得故印。”将帅示以故印，谓曰：“新室顺天制作，故印随已破坏。单于宜承天命，奉新室之制。”当还白，单于知已无可奈何，又多得赂遗，乃遣弟右贤王舆奉马牛随将帅入谢，因上书求故印。莽不与。单于怨恨，乃遣右大且渠蒲呼也訾等十余人将兵众万骑，以护送乌桓为名，勒兵朔方塞下。

会西域车师后王须置离谋降匈奴，都护但钦斩之。置离足狐兰支将人众二千余人，驱畜产，举国亡降匈奴。西域在玉门阳关外，匈奴之西，乌孙之南。南北有大山，中央有河，其河有两源：一出葱岭山，在西域近西，其山高大，上悉生葱，故以名焉；一出于阗。于阗在南山下，其河北流，与葱岭河合，东注蒲昌海，蒲昌海一名盐泽，去玉门阳关三百余里，广袤三百里，其水亭居，冬夏不增减，皆以为潜行地下，南出于积石，为中国河源云。亦有三十六国，哀平之际稍分至五十余国，有城郭田畜，与匈奴、乌孙异俗，故皆服役匈奴。汉兴，至武帝事征四夷以广威德，而张骞始开西域之迹。其后骠骑将军击破匈奴右地，降浑邪、休屠王，遂空其地，始筑令居以西，初置酒泉郡，后稍发徙民充实之，分置武威、张掖、敦煌，列四郡，据两关焉。自贰师将军伐大宛之后，西域震惧，多遣使来贡献。于是自敦煌西至盐译，往往起亭、轮台、渠犁皆有田卒数百人，置使者校尉领护营田，以给使外国者。至宣帝时，遣卫司马使护鄯善以西数国。后匈奴西边日逐王畏汉不自安，遂畔单于，将众来降，护鄯善以西使者乃置都护。匈奴益弱，不得近西域。都犹总也，使总护南北诸道，督察乌孙、康居诸外国也。都护怡乌垒城，去阳关二千六百三十八里，与渠犁田官相近，土地肥饶，为西域之中，故都护怡焉。至元帝时，复置戊己校尉，屯田车师前王庭。自宣、元后，单于称藩臣，西域服从，其土地山川王侯户数道里远近详实矣。及莽遣五威将至西域，陈说符命，尽改其王为侯，乃畔，入匈奴。单于受之，与狐兰支共入寇，击车帅，杀后城长，伤都护司马，复还入匈奴。

时戊己校尉刁护病，史陈良、终带、司马丞韩玄、左曲侯任商等见西域颇背叛，又闻匈奴欲大侵，恐并死，即谋劫略吏卒数百人，共杀戊已校尉刁护，遣人与匈奴南犁汙王南将军相约。南将军遂将三千骑人西域迎良等，良尽胁略戊己校尉吏士男女二千余人入匈奴。西域都护但钦乃上书告急，莽大怒，乃更降匈奴单于名曰“降奴服于”。莽曰：“降奴服于威侮五行，背畔四条，侵犯西域，延及边垂，为元元害，罪当夷灭。”命遣立国将军孙建等十二将，十道并出，共行皇天之罚。分匈奴国土人民，以为十五，立故呼韩邪单于稽侯狦子孙十五人为单于。遣中郎将蔺苞，副校尉戴级将兵万骑，多赍珍宝至云中塞下，招诱呼韩邪单于诸子，欲以次拜之。使译出塞，诱呼右犁汙王咸，咸子登、助三人，至，则胁拜咸为孝单于，赐安车鼓车各一，黄金千斤，杂绘千匹，戏戟十；拜助为顺单于，赐黄金五百斤；传送助、登之长安。单于闻之，大怒曰：“先单于受汉宣帝恩，不可负也。今天子非宣帝子孙，何以得立？”乃遣左骨都侯右伊秩訾王呼卢訾，及左贤王乐，将兵入云中益寿塞，大杀吏民。单于又遍告左右部都尉诸边王，入塞寇盗，大辈万余，中辈数千，少者数百，杀雁门朔方太守都尉，略吏民畜产不可胜数。

莽恃府库之富，欲立威，乃拜十二部将，率发郡国勇士，武库精兵，各有所屯守。五威将军苗䜣、虎贲将军王况出五原；厌难将军陈钦、震狄将军王巡出云中；振武将军王嘉、平狄将军王萌出代郡；相威将军李棽、镇远将军李翁出西河；诛貉将军阳俊、讨秽将军严尤出渔阳；奋武将军王骏、定胡将军王晏出张掖；及偏裨以下百八十人。募天下囚徒、丁男、甲卒三十万人，众郡委输衣裘兵器粮食，长吏送自负海江淮至北边，使者驰传督催，以军法从事，天下骚动。先至者屯边郡，俟满三十万众，赍三百日粮，乃同时十道并出，穷追匈奴，因分其地为十五。莽将严尤谏曰：

“臣闻匈奴为害，所从来久矣，未闻上世有必征之者也。后世三家周、秦、汉征之，周得中策，汉得下策，秦无策焉。当周宣王时，猃狁内侵至于泾阳，命将征之，尽境而还。其视戎狄之侵，譬犹蚊虻之螫，驱之而已，故天下称明，是为中策。汉武帝选将练兵，约赍轻粮，深入远戍，虽有克获之功，胡辄报之。兵连祸结三十余年，中国疲耗，匈奴亦创艾，而天下称武，是为下策。秦始皇不忍小耻而轻民力，筑长城之固，延袤万里，转输之行，起于负海，疆境既完，中国内竭，以丧社稷，是为无策。今天下遭阳九之厄，比年饥谨，西北边尤甚。发三十万众，具三百日粮，东援海代，南取江惟，然后乃备。计其道里，一年尚未集合。兵先至者，聚居暴露，师老械弊，势不可用，此一难也；边既空虚，不能奉军粮，内调郡国，不相及属，此二难也；计一人三百日食，用精十八斛，非牛力不能胜，牛又当自赍食，加二十斛重矣，胡地沙卤，多乏水草，以往事揆之，军出未满百日，牛必物故且尽，余粮尚多，人不能负，此三难也；胡地秋冬甚寒，春夏甚风，多赍釜鍑薪炭，重不可胜，食糒饮水，以历四时，师有疾疫之忧，是故前世伐胡，不过百日，非不欲久，势力不能，此四难也；辎重自随，则轻锐者少，不得疾行，虏徐遁逃，势不能及，幸而逢虏，又累辎重，如遇险阻，衔尾相随，虏要遮前后，危殆不测，此五难也；大用民力，功不可必立，臣伏忧之，今既发兵，宜纵先至者，令臣尤等深入霆击，且以创艾胡虏。”

莽不听尤言，转兵谷如故。

却说右犁汙王咸既受莽孝单于之号，驰出塞归庭，具以见胁状白单于，单于更以为于粟置支侯，盖匈奴贱官也。后咸子助死，莽以登代助为顺单于。陈钦、王巡屯云中葛邪塞，时匈奴数为边寇，杀将帅吏士，略人民，驱畜产去甚众，捕得虏人验问，皆曰孝单于咸子角数为寇。两将以闻。莽乃会诸蛮夷，斩咸子登于长安市。后咸立为乌累若鞮单于。时匈奴用事大臣右骨都侯须卜当，劝咸和亲。当王昭君女伊墨居次云之婿也。单于贪莽赂遗，故外不失汉故事，然以子登死，恨入骨，入寇虏掠不绝。使者责之，辄曰："乌桓与匈奴无状黠民，其为寇，如中国有盗贼耳。咸初立持国，威信尚浅，然当尽力禁止，不敢有二心。"莽复遣和亲侯王歙多遗单于金珍，因谕说改其号，号匈奴曰恭奴，单于曰善于，赐印绶。歙，昭君兄子也。单于贪莽金币，故曲听之，然寇盗如故。

北边自宣帝时，匈奴内乱，五单于争立，呼韩邪携国归汉称臣以来，数世不见烟火之警，人民炽盛，牛马布野。及莽挠乱匈奴，与之构难，边民死亡。又十二部兵，久屯在边，吏士放纵；而内郡愁于征发，民弃城郭，流亡为盗贼，并州平州尤甚。莽乃遣中郎将绣衣执法，分镇缘边大郡，反各为权势，恐吓良民，赂赂为市，侵渔百姓。天下复困井田法，沟角经界，纷乱废业，流离困苦。中郎区博谏莽曰："井田虽圣王法，其废久矣。周道既衰，而民不从。秦知顺民之心，可以获大利也，故灭庐井而置阡陌，遂王诸夏，讫今海内未厌其敝。今欲违民心，追复千载绝迹，虽尧舜复起，而无百年之渐，弗能行也。天下初定，万民新附，诚未可施行。"莽知民怨，乃下书曰："诸名食王田，皆得卖之，勿拘以法。犯私买卖庶人者，且一切勿治。"先是莽以钱币讫不行，盗铸者禁不止，乃重其法。一家铸钱，五家坐之，没入为奴婢，而犯者益众，遂亦除其法。

是时上下争为符命取富贵，司命陈崇白莽曰："此开奸臣作福之路而乱天命，宜绝其原。"莽亦厌之，遂使尚书大夫赵并验治，非五威将帅所班，皆下狱。初甄丰、刘歆、王舜为莽腹心，倡导在位，褒扬功德，安汉、宰衡之号及封莽母、两子、兄子，皆丰等所其谋，而丰、舜、歆亦受其赐，并富贵矣，非复欲令莽居摄也。居摄之萌，出于泉陵侯刘庆、前辉光谢嚣、长安令田终术。莽羽翼已成，意欲称摄，丰等顺承其意，莽复封舜、歆两子及丰孙。丰等爵位已盛，心意既满，又实畏汉宗室天下豪杰。而疏远欲进者，并作符命，莽遂据以即真，舜、歆内惧而已。丰素刚强，莽觉其不悦，故徙大阿右弼大司空丰，托符命得为更始将军，与卖饼儿王盛同列。丰父子默默。时丰子寻乃作符命，言新室当分陕立二伯，以丰为右伯，太傅平晏为左伯，如周召故事。莽即从之，拜丰为右伯，当述职西出。未行，寻复作符命，言故汉氏平帝后黄皇室主为寻之妻。黄皇室主者，莽女，婉静有姿色，莽即真时年已十八，为后数年而未通人道，莽哀怜，欲嫁之，乃更号为黄皇室主。莽自谓土德承汉火运，故云黄；室，犹宫也。后自刘氏废，常称疾，不朝会。莽乃令立国将军孙建之子盛饰将医往问疾。后怒，莽遂不复强。寻知其事，而歆女美，故作符命。莽以诈得天下，心疑大臣怨谤，欲震威以惧下，因是发怒曰："黄皇室主天下母，此何谓也！"收捕寻，寻逃，丰自杀。寻随方士入华山，岁余捕得，辞连刘歆子侍中东通灵将、五司大夫隆威侯棻，棻弟右曹长水校尉伐虏侯泳，王邑弟左阙将军堂威侯奇，及歆门人侍中骑都尉丁隆等，牵引公卿党亲列侯以下，死者数百人。乃流棻于幽州，放寻于三危，殛隆于羽山，皆驿车载其尸传致云。

时北边莽以金币弥缝，故匈奴外承顺而暗侵掠。莽仍志满气盈，以为四夷不足吞灭，忽报西南蛮夷尽反，攻杀牂柯大尹周歆，复杀益州大尹程隆。莽大忧，急遣平蛮将军冯茂，发巴蜀犍为吏士，赋敛取足于民，以击益州。

未知胜败如何，且听下文分解。

第十回

肆凶淫自戕骨肉

却说五威将帅出改句町王以为侯，王邯怨怒不附。牂柯大尹周歆觉其意，设计诱邯至，席间杀之。邯，句町王名也。邯弟名承，大怒，遂起兵攻杀歆。先是莽发高句骊兵以伐匈奴，兵皆不愿行，郡吏强迫之，乃亡出塞，因犯法为寇。辽西大尹田谭追击之，为所杀，州郡乃归咎高句骊侯驺。严尤奏曰："貉人犯法，不从驺起。即今猃狁变心，亦当令州郡且慰安之。今猥被以大罪，恐其遂叛，夫余之属必有和者。匈奴未克，夫余、秽貉复起，此大忧也。"莽不慰安，秽貉遂反，诏尤击之。尤诈高句骊侯驺至而斩焉，传首长安。莽大悦，下书曰："乃者命遣猛将，恭行天罚，诛灭虏知，分为十二部，或断其右臂，或斩其左腋，或溃其胸腹，或抽其两胁。今年刑在东方，诛貉之部先纵焉。捕斩虏驺，平安东域，虏知殄灭，在于漏刻。此乃天地群神社稷宗庙佑助之福，公卿大夫士民同心将帅虓虎之力也。予甚嘉之。其更名高句骊为下句骊，布告天下，令咸知焉。"于是貉人愈犯边，东北与西南夷皆乱云。

平蛮将军冯茂击句町三年，士卒疾疫，死者什六七，赋敛民财什取其五，益州虚耗而不克。莽征茂还，诛之。更遣宁始将军廉丹与庸部牧史熊大发天水、陇西骑士，广汉、巴蜀、犍为吏民十万人转输者，合二十万人，击之。始至，颇斩首数千，其后军粮前后不相及，士卒饥疫。三岁余，死者数万。而粤嶲蛮夷任贵，亦杀太守枚根，自立为邛谷王。

天凤元年六月，黄雾四塞；七月，大风拔树，北阙直城门屋瓦皆飞，雨雹杀牛羊。莽好空言，慕古法，多封爵，人性实吝啬，所封辄托地理未定，所与俸禄，皆终数岁不得，诸侯皆困，至有为人佣作者。天下吏以不得俸禄，并为奸利，郡尹县宰剋剥民脂民膏，多家累千金者。是岁复明六管之令，每一管下，为设科条防禁，犯者罪至死。又一切调上公以下诸有奴婢者，率一口出钱三千六百。天下愈愁，多为盗贼。纳言冯常以六管谏，莽大怒，免常官。

临淮瓜田仪等为盗贼，依阻会稽长州。琅邪女子吕母亦起。初，吕母子为县吏，为县令所冤杀。母怨极，密聚客，规以报仇。母家素丰，资产数百万，乃益酿醇酒，买刀剑衣服。少年来酤者，皆赊与之；视其乏者，辄假衣裳，不问多少。数年财用稍尽。少年欲相与偿之，吕母垂泣曰:“所以厚诸君者，非欲求利，徒以县宰不道，枉杀吾子，欲为报怨耳。诸君宁肯哀之乎？”少年壮其意，又素受恩，皆许诺。其中勇士徐次子等，自号猛虎，遂相聚得百余人，因与吕母入海中，招合亡命众至数千。吕母自命将军，引后还攻海曲，执县宰，诸吏叩头为宰请，母曰:“吾子犯小罪不当死，而为宰所杀。为宰而轻杀人者，罪固当死，又何请乎？”遂斩之，以其头祭子冢。复入海，其众浸多，后皆万数。

时山东青徐大饥，寇贼蜂起。有樊崇者，字细君，起兵于莒，众百余人，转入泰山，自号三老，而群盗以崇勇猛，皆附之，一岁间至万余人。崇琅邪人。又崇同郡逄安，字少子，东海人徐宣，字骄稚，及谢禄、杨音各起兵，合数万人，复引从崇，共还攻莒，不能下，转掠至姑幕，因击莽探汤侯田况，大破之，杀万余人，遂北入青州，所过虏掠。

莽苦四夷扰乱，乃遣使者就各路赦盗贼罪，欲行招抚。使者还言盗贼解辄复合，问其故，皆曰愁法禁烦苛，不得举手刀作，所得不足以给贡税，闭门自守，又坐邻伍铸钱挟铜，奸吏株求不一，民无生路，故悉起为盗贼。莽大怒，免其官。其或顺指，言民骄黠当诛，及言时运适然，且灭不久。莽乃悦，辄迁升。以大司马允费兴为荆州牧，见，问到部方略，兴对曰："荆扬之民，率皆依阻山泽，以渔采为业。间者国张六管，税山泽，妨夺民利，连年久旱，百姓饥穷，故为盗贼。兴到部，欲明晓告盗贼归田里，假贷犁牛种食，宽其租赋，庶几可以解释安集。"莽闻言怒，立免兴官。莽假圣贤名号以窃天下，夸张符瑞，以矜天命，故喜谀颂，而恶言盗贼。然内实畏慑不自安。乃亲至南郊，铸作威斗，以五色药石及铜为之，形如北斗，长二尺五寸，欲以魇胜众兵，故名曰威斗。既成，令司命负之，莽出则在前，入则在御旁。

时更始将军廉丹击益州不能克，召还。更遣大司马护军郭兴。庸部牧李晕击蛮夷；太傅羲叔士孙喜清洁江湖之盗贼；而匈奴寇边益甚，莽欲遣严尤与廉丹击之。尤素有智略，极谏以为匈奴且后，当先忧山东盗贼。莽大怒，乃策尤曰："视事四年，蛮夷猾夏不能遏绝；寇贼奸宄不能殄灭，不畏天威，不用诏命，貌很自臧，持必不移，怀执异心，非沮军议。未忍致于理，其上大司马武建伯印韨，归故郡。"以降符伯董忠为大司马。

自莽即真，旱蝗灾异叠见，莽皆为饰说以掩之。且说地皇元年二月壬申，日正黑，莽以为王匡考问上变事者不实，欲蔽上之明，是以谪见于天，以正于理，塞大异焉。七月大风，毁王路堂，复下书曰：

> 乃壬午铺时，有烈风雪雨发屋折木之变，予甚恐焉。伏念一旬，迷乃解矣。昔符命文立安为新迁王，临国洛阳，为统义阳王。是时予在摄假，谦不敢

当，而以为公。其后金匮文至，议者皆曰："临国洛阳为统，谓为新室统也，宜为皇太子。"自此后，临久病，虽瘳不平，朝见挈茵舆行。见王路堂，则设帐于西厢及后阁更衣中，又以皇后被疾，临侍疾，尝以妃妾就舍东永巷。壬午，烈风毁王路堂西厢及后阁更衣中室。昭宁堂池东南，榆树大十闻，东僵，击东阁，阁即东永巷之西垣也。皆破折瓦坏，发屋拔木，子甚惊焉。又候官奏月犯心前星，子甚忧之。伏念临有兄而称太子，名不正。宣尼公曰："名不正则言不顺。至于刑罚不中，民无错手足。"惟即位以来，阴阳未和，风雨不时，数遇枯旱蝗螟为灾，谷稼少耗，百姓苦饥，蛮夷猾夏，寇贼奸宄，人民怔营，无所错手足。深惟厥咎，在名不正焉。其立安为新迁王，临为统义阳王，冀以保全二子，子孙千亿，外攘四夷，内安中国焉。

二年正月，莽妻死。初莽妻以莽数其杀子，涕泣失明。莽令太子临居中养焉。莽妻旁侍者原碧，娇娆绝色，莽常幸之。后临亦通焉，恐事泄，谋共杀莽。后贬为统义阳王，出在外，愈忧恐。会莽妻病笃，临上书曰："上于子孙至严，前长孙、仲孙年俱三十而死，今臣临复适三十，诚恐一旦不保，则不知死命所在。"莽候妻疾，见其书大怒，疑临有恶意，不令会丧。既葬，诏司命从事收原碧等考问，具服父子同奸及临谋杀状。莽欲秘之，乃杀案事司命从事，埋狱中。赐临药，临不肯饮，莽自刺死。策书曰：

符命文立临为统义阳王，此言新室即位三万六千岁后，为临之后者乃当龙阳而起。前过听议者，以临为太子，故有烈风之变，辄顺符命，立为统义阳王，乃此后不作信顺，弗蒙厥佑，夭年陨命。呜呼哀哉！

临妻国师公女，亦自杀。是月新迁王安病死。初莽为侯就国时，幸侍者增秩、怀能、开明。怀能生男兴，增秩生男匡，开明生女陈。以侍者或有外通，所生子女，不能分明，故皆留新都。及安疾甚，莽自患无子，乃为安作奏，使上言兴等母虽以贱属，犹皇子不可以弃。莽偏示群公，皆曰："安友于兄弟，宜及春夏加封爵。"于是以王车遣使者迎兴等至，封为公。莽孙公明、公寿同时病死。旬月间，四丧焉。先是莽长子宇子宗立为皇孙，坐自画容貌，被故天子衣冠，又宗舅吕宽家，前徙合浦，私与宗通，发觉按验，宗自杀。宗姊为卫将军王兴夫人，祝诅姑，杀婢以绝口，事发觉，与兴皆自杀。至是莽骨肉殆尽。或曰："天实为之。"按莽生平所为，固应如也。

是月，杜陵便殿乘舆虎文衣，藏匮中，忽自出，树立外堂上，良久，乃委地。吏卒以闻。莽恶之，下书曰："宝黄厮赤。"其令厮役贱者皆衣赤。盖莽以五行火生土，自谓以土德承汉火运，故宝黄厮赤，欲以贱汉行也。时望气功数者，多言有土功象。

莽又见四方盗贼，欲示为自安，能建万世之基者，于是下书营筑长安城南。崔发、张邯说莽曰："德盛者文缛，宜崇其制度，宣示海内，且令万世之后无以复加也。"莽乃博征天下工匠及吏民，入钱谷助作者，骆驿道路。坏彻上林苑中台馆，凡十余所，取其材瓦，以起九庙。穷极百工之巧，带高增下，功费数百钜万，卒徒死者万数。百姓怨恨，三辅盗贼麻乱，南方连岁饥荒，群雄竞起。南郡王常等号下江兵，南阳王匡等号新市兵，众皆万余人，州郡不能制。平原女子迟昭平，亦聚数千人，在河阻中。莽惶惧，召问群臣擒贼方略，皆曰："此天囚行尸，命在漏刻。"莽知诸臣谀指，而夸张符命之术无济而益甚，身心战栗。思有故左将军公孙禄，忠直敢言，素有经济。莽初秉政时，被莽贬逐，此时在家，弄孙自乐。事急无奈，乃遣使者安车征来与议。

未知来否，下回再说。

第十一回

赤眉逞势斩廉丹

却说哀帝时董贤专宠，王莽被遣归国。及哀帝崩，王太后乃驰召莽，欲授以国柄。时宰相孔光等皆欲媚太后以自固，共荐莽为大司马，独前将军何武，左将军公孙禄以社稷为重、坚持不可。太后不听。及莽秉权，公孙禄、何武皆免官退职。及莽篡位，禄等忠谋已尽，问心无愧，乐志林泉，甚是消遥自在。及至王莽末年，天下大乱，莽所用符命诈伪之术，用久不灵，朝中大臣，皆用惯的一班谀佞之徒，绝无一筹半策，甚是慌獐。忽然想起汉时老将公孙禄，命使征召，禄欣然随使见莽。

莽询至治方略，禄曰："太史令宗宣，典星历，候气变，以凶为吉，乱天文，误朝廷；太傅平化侯，虚伪以偷名位，贼夫人之子；国师嘉信公，颠倒五经，毁师法，令学士疑惑；明学男张邯、地理侯孙阳，造井田，使民弃土业；羲和鲁匡，设六管以穷工商；说符侯崔发，阿谀取容，令下情不上通，宜诛此数子，以慰天下。"莽大怒曰："乃者蛮夷滑夏，寇贼奸宄，予以汝夙将练达，故特召询擒贼之方，乃答非所问，而肆毁大臣，何老悖至此？"禄复朗声曰："匈奴不可攻，当与和亲。臣恐新室忧不在匈奴，而在封域之中也。"莽怒，而念杀之无名，乃使虎贲扶禄出。禄飘然而去。

莽乃遣太师羲仲景尚，更始将军护军王党，将兵击青、徐；国师和仲曹放，助郭兴击句町；转天下谷币，诣西河、五原、朔方、渔阳，每一郡以百万数，欲以击匈奴。

初四方皆以饥寒穷愁，起为盗贼，稍稍群聚，常思岁熟，得归乡里，无攻城循地之计。众既寖盛，乃相与为约，杀人者死，伤人者偿创，以言辞为约束，无文书旌旗，部曲号令。其中最尊者但称三老，次从事，次卒吏，泛称曰臣人。转掠求食，而诸长吏牧守皆自乱斗，中兵而死，贼非敢欲杀之也。莽不悟，下书责七公曰：

> 夫吏者，理也。宣德明恩，以牧养民，仁之道也。抑强督奸，捕诛盗贼，义之节也。今则不然，盗发不辄得，至成群党，动曰以贫穷故耳。惟贫困饥寒，犯法为非，大者伙盗，小者穴偷，不过二科。今乃结谋连党，以千百数，是逆乱之大者，岂饥寒之谓耶？七公其严敕卿大夫、卒正、连率、庶尹，谨牧养善民，急捕殄盗贼！有不同心并力疾恶黜贼，而妄曰饥寒所为，辄捕系请治其罪。

于是群下愈恐，莫敢言贼情者，亦不得擅发兵。贼由是遂不制。

是时刘氏宗室，除歆、嘉、龚等三十二人谄附莽者，余外诸刘尽废所在郡县，反多所侵辱，菅杀甚于平民。且说长沙定王之后，一人名赐，字子琴，祖利为苍梧太守，家南阳之白水乡，颇丰裕。赐父早死，有兄显，任侠有豪气。显叔名子张。一日，出遇蔡阳国釜亭长，亭长醉，故辱子张，至不可耐。子张怒，遂杀死亭长。后十余年，亭长子报仇，杀子张之子骞。显怒，欲为报怨，会显宾客劫人。发觉，州郡系显入狱，杀之。赐恨曰：“刘氏何辜，人皆欺侮，亭长自取死者也，孽子杀骞，复杀我兄，尚可忍乎？”乃与显子信结客陈政等九人，烧杀亭长妻子四人而逃。骞兄名玄，字圣公，亦结客为报仇计。圣公家有酒，请游徼饮，宾客醉歌曰：“朝烹两都尉，游徼后来用调羹味。”游徼大怒，缚客捶数百。圣公惧，避之平林。平林人陈牧、廖湛，时聚众千余人，号为平林兵，圣公往从之。牧以圣公刘氏宗室，以为其军安集椽。

时南方沸乱，新市人王凤、王匡常为人平理诤讼，众遂推为渠帅，聚数百人，王常，成丹、张卬等一班好汉俱往相聚。一日，又一彪形大汉到来，乃南阳湖阳人，姓马名武，字子张，少时避仇，客居江夏。王匡等大喜，乃共攻离城诸乡聚，藏兵绿林中，数月间，相聚万余人。荆州牧闻知，发奔命二万人攻之，匡等相率迎至云杜与战，大破之。

牧败，欲北归随州。王匡等早料其败必走随，马武等伏路遮击，杀数千人，尽获其辎重。遂攻拔竟陵，转击云杜、安陆，多略妇女，还入绿林中，至有五万余口，官兵不敢向。明年为地皇三年，大疾疫，死者且半，乃各分散引去。王常、成丹西入南郡，号下江兵；王匡、王凤、马武及其支党朱鲔、张卬等出入南阳，号新市兵；皆自称将军。七月，匡等进攻随，未能下。平林兵又起应之。王莽闻荆楚势大，遣严尤、陈茂击灭。尤、茂至南郡，王常等与战。尤出奇兵要杀，常败走。与成丹、张卬等收散卒入蒌溪，因劫掠钟、龙间。众复振，乃引军与荆州牧战于上唐，大破之。遂北至宜秋。

再说景尚、王党至山东，被樊崇杀得大败，景尚阵亡，王党引残败军卒逃回。王莽大惊，遂遣太师王匡，更始将军廉丹东出，合将锐士十余万人，所过地方，勒索供给财贿，淫掳百姓，万民嗟怨，为之语曰：“宁逢赤眉，不逢太师；太师尚可，更始杀我。”樊崇恐众与莽兵乱，乃皆朱染其眉，以相别识，故号曰赤眉。先是莽严敕捕贼不得言饥寒所为，故郡县莫敢言贼情，上下蒙蔽，亦不敢擅发兵。惟翼平连率田况，素果敢，发民年十八以上者，得四万人，授与库兵，刻石为约，贼至则勒兵固守，去则追剿。又收合离乡老弱，置大城中，积藏谷粮，贼至无所得食。赤眉闻之，不敢入界。后况自请出界击贼，莽畏恶况，责以未赐虎符而擅发兵，以况或能禽灭贼，故且勿治罪。后况稍出界击贼，所向皆破。莽忌之，遣使者代监其兵，况随使入京，拜为师尉大夫。况去，齐地乃败矣。

无盐县索卢恢等，举兵反城，廉丹、王匡移兵攻拔之，斩首万余级。上章报捷，莽遣中郎将奉玺书劳丹、匡，进爵为公，封吏士十余人。赤眉别校董宪等众数万人在梁郡，王匡欲进兵击之，廉丹曰："赤眉之众，十倍无盐，未可轻敌。且我军新拔城，疲劳已极，当且休息军马，蓄养锐气。"王匡曰："贼匪跳梁，固未睹天朝之锐。无盐之战，已闻声丧胆矣，不乘胜进击，一鼓成禽，尚何待乎？将军倘惜劳，吾当独往。"遂独引兵前进。丹见谏之不听，以匡主将，又朝中权要大臣，只得率部众随之。

却说董宪山东有名好汉，一枝铁枪，神出鬼没。闻莽发兵东征，正欲逞建头功，忽见许多百姓，纷纷逃难，称说王太师大兵将到，沿途搜劫，反向赤眉叩头，求速进兵救命。董宪大怒，挥众迎去，至成昌地界，两军相遇，各排阵势。但见阵门开处，王匡金盔金甲，护从校尉如云而出，匡顾盼自雄。董宪望见厥状，怒发如雷，挺枪跃马杀去，更不打话，直奔王匡，匡急闪入阵，校尉迎住，枪刀并举，董宪将枪一振，一个圆月圈，早已数枪落地，一连搠倒数人，匡阵已乱。这边宪众压上，杀得尸横遍野。恰得廉丹到来，抵住一阵，两边各自回营。

次日，董宪索战，廉丹坚壁不出，一连数日，军心稍定。王匡催促出战，正在交兵，樊崇又领数万人马杀来，王匡望见，便弃阵而逃。丹恨曰："小儿误事！但彼逃可生，我逃亦死。"乃使吏持其印韨符节追付匡，自同众校尉，舍命杀转。是时丹兵才存万余人，赤眉众十余万，如何抵敌？只得败走。追至无盐，廉丹战死，校尉士卒尽被杀绝。

莽得报失色，国将哀章谓莽曰："皇祖考黄帝之时，中黄直为将，破杀蚩尤。今臣居中黄直之位，愿平山东。”莽遂遣章驰往，令与太师匡并力。又遣大将军阳浚守敖仓，司徒王寻将十余万屯洛阳填南宫，大司马董忠，养士习射于中军北垒，大司空王邑兼三公之职。司徒寻初发长安，宿霸昌厩，晨起忽亡其黄钺。寻麾下士房扬，素狂直，乃哭曰：“此经所谓丧其齐斧者也。”自劾去。莽大怒，命击杀扬。

此时四方盗贼，动以万数或十余万，攻城邑，杀二千石以下如儿戏矣。太师王匡战数不利。莽知天下溃畔，事穷计迫，乃议遣风俗大夫分行天下，除井田奴婢山泽六管之禁，即位以来，诏令不便于民者，皆收还之。诏未发，会舂陵兵起。刘圣公立为汉帝，莽忧惧不知所出。然莽欲外示自安，乃染其须发，进所征天下淑女杜陵史氏女为皇后，聘黄金三万斤，车马奴婢，杂帛珍宝以巨万计。莽亲迎于前殿两阶间，成同牢之礼于上西堂。备和嫔、美御凡百二十人。封皇后父谌为和平侯，拜为宁始将军，谌子二人皆侍中。是日，大风发屋折木。群臣上寿曰：“乃庚子雨水洒道，辛丑清静无尘，其夕谷风迅疾，从东北来。辛丑，巽之宫日也。巽为风为顺，后谊明，母道得，温和慈惠之化也。《易》曰：‘受兹介福，于其王母。’《礼曰》：‘承天之庆，万福无疆。’诸欲依废汉火刘，皆沃灌雪除，殄灭无余杂矣。百谷丰茂，庶草蕃殖。元元欢喜，兆民赖福，天下幸甚。”莽日与方士于后宫考验方术，纵淫乐焉。

十一月，有星孛于张，东南行，五日不见。识者曰：“张，南方宿也。星孛于张，东南行，即翼轸之分。翼轸楚地，是楚地将有兵乱。”时楚地起兵者，新市、平林、下江诸路，虽相聚人马皆道万数，然当不住严尤宿将，勇而有谋，故皆不能起势。却恼了一位英雄，其却自王莽篡位以来，常愤愤不平，志存恢复，不事家业，倾身破产，结交天下雄俊，以图起创大业。于是部署宾客，崛起雄师，灭莽兴刘。

毕竟此人是谁，且听下文分解。

第十二回

齐武兴师诛甄阜

这英雄姓刘名縯，字伯升，乃汉景帝之后。帝生长沙定王发，发生舂陵节侯买，买生郁林太守外，外生钜鹿都尉回，回生南顿令钦。钦取同郡樊重女字娴都，娴都性婉顺，自为童女，不正容服，不出于房，宗族敬焉，生三男三女，长男伯升，次仲，次光武。兄弟少孤，养于叔父良。

南顿君初为济阳令，以建平元年十二月甲子夜生光武于县舍。光武将生，钦以令舍不显，开宫后殿居之，时有赤光照室，尽明如昼。钦异焉，使卜者王长占之，长辟左右曰："此兆吉，不可言。"是岁县界有嘉禾，生一茎九穗，因名光武曰秀，字文叔。明年，方士有夏贺良者，上言哀帝云："汉家历运中衰，当再受命。"于是改号为太初元年。不知却应在光武。

却说伯升性刚毅，慷慨有大节。幼学长安，见莽篡逆，痛恨回家，破产结客。时盗贼群起，南方尤甚，伯升乃召诸豪杰计议曰："王莽暴虐，百姓分崩，今枯旱连年，兵革并起，殆天将灭莽，正复高祖之业，定万世之秋也。"众皆然之。于是发舂陵子弟，得数千人。部署宾客，自称柱天都部。

时文叔在宛，闻伯升宾客劫人，文叔素谨厚，乃辟吏于新野邓晨家。晨字伟卿，娶文叔姊元，尝与伯升及文叔俱之宛，与穰人蔡少公等宴语。少公颇学图谶，言刘秀当为天子。或曰："是国师公刘秀乎？"文叔戏曰："何以知非仆耶？"坐者皆大笑，晨心独喜。及文叔与家属过吏新野，舍晨庐，甚相亲爱。晨因谓文叔曰："王莽悖暴，盛夏斩人，此天亡之时也。往时会宛，少公之言行当应耶。"文叔笑不答。

至是南阳旱饥，而文叔家独丰收，因卖谷于宛。宛人李通闻文叔至，大喜，遣人迎之。通字次元，父守，好星历、谶记，为王莽宗卿师，通亦补巫县丞，有能名。莽末，百姓愁怨。通素闻父守说谶云："刘氏当兴，李氏为辅。"私尝怀之。且居家富逸，为闾里雄，以此不乐为吏，乃自免归。上下江、新市兵起，南阳骚动，通有从弟轶，亦素好事，乃其计议曰："今四方扰乱，新室且亡，汉当更兴。南阳宗室，独刘伯升兄弟泛爱容众，可以谋大事。"通笑曰："是吾意也。"即遣轶往迎文叔。

先是李通同母弟申徒臣能医而难使，伯升杀之。文叔言其报怨，不欲与轶相见。轶固请，乃强见之。轶深达通意，乃许往而意不安，乃买半镭佩刀怀之。至通舍，通甚悦，掘手为欢，得半镭刀。谓曰："一何武也？"光武曰："仓卒时以备不虞耳。"共语移日，因言谶文事，文叔初殊不意，未敢当之。时守在长安，文叔乃当观通曰："即如此，当如宗伯师何？"通曰："已自有度矣。"因复备言其计。文叔既深知通意，遂与定谋。于是乃市兵弩。十月，与李通从弟轶等起于宛。时文叔年二十八。遂将宾客还舂陵。及至，伯升已会众起兵矣。

初，诸家子弟恐，皆逃亡自匿，曰："伯升杀我。"及见文叔绛衣大冠，皆惊曰："学子者亦复为之。"乃稍自安。伯升于是使族兄刘嘉往诱新市、平林兵，与其帅王凤、陈牧等西击长聚。文叔初骑牛，杀新野尉乃得马，进屠唐子乡，又杀湖阳尉。军中分财物不均，众恚恨，欲反攻诸刘。文叔敛宗人所得物，悉以与之，众乃悦。进拔棘阳。岑彭字君然，南阳棘阳人也，时守本县长。闻汉兵至，以棘阳地小乏兵，不足与敌，徒多杀伤而长敌势，遂将家属奔投前队大夫甄阜。阜怒彭不能固守，拘彭母妻，令效功自补。

汉既拔棘阳，因欲攻宛，兵至小长安。莽前队大夫甄阜属正梁邱赐，正领大兵杀来，两下结成阵势。这边廖湛出阵，只见对阵旗门开处，一将杀出，正是岑彭，身长九尺，紫面长须，绛袍金甲，如天神一般，手提偃月大刀。廖湛未经大敌，一见早已心怯，交手数合便支持不住，拨马回走。岑彭赶上，一刀砍去。忽一骑飞至，一枝方天画戟到来，将刀架开。岑彭用力过猛，反在马上一幌，吃惊一看，只见那人面如活蟹，须若钢针，身躯比自己远约长数寸，彭喝曰："来贼通名。"那人笑曰："王莽乃篡国逆贼，亲弑平帝，天下皆知。汝辈皆贼党，助贼荼毒万民者也。反指人为贼乎？我湖阳人，姓马名武，我看汝一表非俗，何不与我共诛残暴乎？"岑彭大怒，举刀便砍，二人战到数十回合，不分胜败。天色已晚，各自回营。

次日岑彭出阵，朱鲔不待令下，便提枪杀出，才五七合，便觉招架不住，陈牧、王匡双骑冲出。岑彭望见，一刀劈下，朱鲔急闪，刀头起去，恰到王匡面前，王匡双锏急抵，回手一锏打来，岑彭轮转大刀，已照陈牧马头削下，陈牧御开，劈面盖还一斧，岑彭性起，大刀轮动如飞，遇空便砍。是日大雾迷空，岑彭骑的是上阵好马，转折似电，来去如风，三人攒一，大费招架，陈牧早被打落一斧，败回阵去。马武大怒，急提戟出阵，岑彭一见，便撇去二将来战马武。有游卒报与甄阜，阜急传梁邱赐曰："岑彭独战多时，力乏矣，今当趁此密雾，大兵掩杀，可获全胜。"赐称善，遂拔营前进。岑彭见大兵卷来，乃撇了马武，一马斜刺飞入汉营，逢人便砍，杀得汉兵四散去营而逃，漫天匝地，皆是莽兵。先是伯升诸将家属，都相携欲诣宛，至是伯升姊元、弟仲，及叔父良之妻子，族兄嘉之妻子，皆遇害。文叔单马遁走，遇女弟伯姬，提上马，与共骑而奔。后来伯姬配与李通为妻。

此次大败，杀伤甚多，伯升收会兵众，还保棘阳。阖营伤妻痛子，哭声振天。忽闻南阳诛杀李通兄弟门宗六十四人，皆焚尸宛市，通父守已出长安，会甄阜上通起兵状，追回，守及守家在长安者，尽杀之。痛得李通一众，踊天躄地。又闻新野宰汙池邓晨宅，焚其冢墓。文叔族兄刘祉，字巨伯，乃舂陵康侯敞之子也，兄弟相率从文叔时，甄阜收其家属系宛狱，是时祉挺身还保棘阳，甄阜尽杀其母弟妻子。众人大哭，咬牙切齿，要进兵报仇泄恨。伯升收泪劝解一番，因私谓舂陵众曰："今日之惨，木石伤心，若等见新市平林中情乎？多为面慰，同痛者不多人。彼见我败，意欲解去矣。勿妄动，我当取下江兵以图万全。"遂同文叔、李通，径至宜秋军壁，曰："愿见下江一贤将，议大事。"

成丹、张卬共推王常出见。伯升曰："汉家制度，圣圣相承，天下富庶，祖宗数世，不见兵革征役之苦，厚泽及民，沦肌浃髓。独以元后故，王氏四世檀权，扰乱天下。至莽贼，诛戮忠良，满布爪牙，弑平帝，掘后陵，穷凶极恶，假造符命，以篡天位；制王田，改钱币，设六管之禁，启四夷之兵；近复征淑女，营九庙，竭民脂髓，加之惨戮。方今四海鼎沸，正奸贼丧亡之秋，凡有血气，莫不刿心剔日，思复汉仇。况缜帝室宗亲，痛明堂之不祀，逼祧席之未安者乎？前者振臂一呼，英豪环集，只以合从未就，指挥不闲，且前队之众数倍我师，致有小长安之败。然天心未尝厌汉，在事诚有可图之机。方今边境未安，青徐掣肘，诚欲得足下之众，并力取宛以作根基，然后遣将，分略定陵、昆阳，以定颍川，据有洛阳，三辅不足图也。为天下除害，定千秋之业。足下其有意乎？"王常大悟曰："常一匹夫，昧于浅近，忽闻君子大论，快若拨云雾而睹青天。乃者王莽篡弑，残虐天下，百姓思汉，故豪杰并起。今贤昆弟英姿雄概，又刘氏宗室，真我主也，敢不出身为用，辅成大功。”伯升大喜曰：“如事成，岂敢独享之哉！”遂与常深相结而去。

常还，向丹、印言之，丹、印负其众，同曰：“大丈夫既起，当各自为主，何故受人制乎？”常心独归汉，乃晓说其将帅曰：“往日成、哀衰微无嗣，故王莽得承间篡位，既有天下，而政令苛酷，积失百姓之心。民之讴吟思汉，非一日也，故使吾属得以起势。夫民所怨者，天所去也；民所思者，天所兴也。举大事必当下顺民心，上合天意，功乃可成。若负强恃勇，触情恣欲；虽得天下，必复失之。以秦、项之势，尚至夷灭，况今布衣相聚草泽？以此行之，灭亡之道也。今南阳诸刘，举宗起兵，观其来议事者，皆有深计大谋，王公之才，与之并合，必成大功，此天所以佑吾属也。却说王常字颜卿，颍川舞阳人，为弟报仇，亡命江夏，久之，与王凤、王匡等起兵云杜绿林中，常慷慨有大节，下江诸将，虽屈强少识，然素敬常，及闻常此言。乃皆谢曰：“无王将军，吾属几陷于不义。愿敬受教。”常即率众归汉。

人马正行，忽见迎面尘起，有数百大汉闯来。成丹迎去，大喝曰：“不知死活之徒，见大军到来，不远避，成群何往？速卸衣物，免汝残生。”只见众中一枝画戟行动，一人分众而出，背负钢鞭，随将手中戟付与从人。成丹一见，以为亭长来捕，不待开言，举枪便刺，其人一手将枪接住一扯，成丹跌下马来，急掣剑来斗，二人鞭剑往来，数合之间，剑已落地，成丹被擒。

这边王常闻报，早已赶到，便问来将名姓，将何为者，其人曰：“我姓臧名宫，字君翁，颍川郏县人。少为县游徼，因见四方扰乱，亦欲自建功业，闻下江中有王颜卿者，愿往见之，以商去就。”王常不待辞毕，便去枪下马揖曰：“王常即某便是，此成将军丹也。”宫急放丹起，先向丹谢罪，然后各诉衷怀，大喜，遂同往棘阳进发，与汉军及新市、平林合。诸部齐心同力，锐气益壮。

伯升于是大飨军士，设盟约，休兵三日，分为六部，潜师夜起，袭取蓝乡。先是甄阜乘胜，留辎重于蓝乡，引精兵十万南渡潢淳水，临沘水，阻两川间为营，绝后桥，誓众曰：“不尽灭诸寇，不还渡此。”伯升得其情，于是袭蓝乡，尽获其辎重。明旦，汉兵自西南攻甄阜，下江自东南攻梁邱赐。先属付马武曰：“汝与岑彭敌，当诈败引彼远追。阜军去彭，余子不足数也。”马武领令出马。

却说是日晨早，探卒报与甄阜，汉兵夜劫蓝乡，新合下江兵，军势甚张，辎重尽去矣。阜大惊。忽报汉兵大至，马武讨战，阜急令岑彭应敌。嘱曰：“不擒马武，毋生还。”岑得令出马，见面便砍，马武提戟一拦，岑彭性起，一连几刀，如拨风骤雨，马武借势败下，落荒而走。岑彭那里肯舍，追下十余里，看看赶上，马武回头喝曰：“君然不可欺人太甚！”仰面便是一戟，两人大战，不分胜负。

话分两头，且说王常与梁邱赐交战。臧宫急欲建功，大喊曰：“我等冲阵去也。”一马冲入敌阵，横戟迅扫，近者立亡，但戟到处，便两边分开，敌卒纷纷倒地，这边成丹看得火发，一枝枪又飞入阵。两人乱扫乱刺，如入无人之境。梁邱赐见自己阵势已乱，心头一慌，被王常一枪刺死。

先是伯升见岑彭追赶马武，便挥众杀出。甄阜急令放箭，伯升连冲几次不能近，将有两个时辰。忽然王常等追杀梁邱赐败卒，如潮势压过来，将阜阵脚冲动。甄阜大惊，急捉枪出马。伯升诸人一见甄阜出来，怨气冲天，不由分说，李通兄弟及诸刘，人人上前，将阜攒住，大骂：“逆贼助莽为恶，如何亦有今日！”阜张口战栗，早被伯升一枪搠下马来，刀剑并下，顷刻尸分万断。可怜阜军十万！伯升一众家室，多被甄阜杀戮，人人痛心，恨不得一刀切下两颗头来，尽量追杀。那边却阻着潢淳水，无桥无渡，先逃到水边的，都被后来的一层层拥下水去。

岑彭被马武缠得人困马乏，又恐大军有失，只得败回。劈面遇着李铁，斗了数合，李铁败下，彭亦不赶，只望人马厚处寻杀。却遇到刘嘉当住，岑彭性起，一刀劈下，刘嘉一刀架住，说道：“君然尚欲何往？莽贼恶满，原该兴刘。今甄阜等已死，何不归汉？岂君然之明，尚不知王莽为篡弑之逆贼耶？”岑彭见四面皆是汉兵，谅来甄阜已死，不敢恋战，虚劈一刀，拍马便走。刘嘉驻马，横刀望之，顷刻不见。

未知岑彭逃往何方，下卷再叙。

第十三回

闹昆阳南郊哭天

却说汉兵沘水之战，斩阜、赐，覆其军。伯升乃誓众，焚积聚，破釜甑，鼓行向宛进发。次日至淯阳，恰遇严尤、陈茂，因闻阜、赐军败，引兵欲先据宛。伯升知是严尤到来，谓众将士曰："此番交战，不比沘水之师，严尤宿将，队伍整练，未可轻进，兼须防其分兵冲突。"于是仿郑鱼丽阵，分为三军，新市众为右拒，自率下江兵为左拒，平林众居后作中军。嘱曰："彼见我军分为二，必先趋吾左，以为吾左军动，而后分一翼以趋吾右。吾左军既斗，右军不俟彼出，先犯其中垒；彼两将俱出而后，以中军压其大营，先偏后伍，弓弩弥缝，迭进，必破尤茂矣。"分遣才定，莽军已至。严尤亲出，伯升令王常敌。

正在交锋，这边马武大喊："王莽篡贼，恶贯满盈，不尽殆其爪牙，更待何时？"提戟直入敌阵。陈茂急将阵门变开，掉枪来战马武，才五七回合，便支持不住。这边王凤、王匡、朱鲔一齐杀出，陈茂大惊，恐被攒杀，急弃阵而逃。严尤亦被臧宫及诸刘掩出，几乎被擒，弃军落荒败走。这回大胜，又斩首三千余级。乃号圣公为更始将军，伯升遂独率舂陵众，进围宛。

却说严尤、陈茂二人逃回甫阳，上本告急。王莽闻伯升名，阅奏大惧，下诏有能捕得伯升者，封为上公，食邑五万户，赐黄金十万斤。又令长安中官署及天下乡亭，皆画伯升像于埻，旦起射之。又诏太师王匡、国将哀章、司命孔仁、兖州牧寿良、卒正王闳、扬州牧李圣，亟进所部州郡兵，追剿青、徐盗贼。纳言将军严尤、秩宗将军陈茂、车骑将军王巡、左队大夫王吴、亟进所部州郡兵，凡十万众，追剿前队丑虏，皆明告以来降者不杀之信，若复迷惑不解散，则皆并力合击殄灭之矣。大司空隆新公，宗室戚属，前为虎牙将军时，东指则反虏破坏，西击则逆贼靡碎，此乃新室威宝之臣也，如黠贼不解散，将遣大司空将百万之师征伐剿绝之矣。遣七公干士隗嚣等七十二人，分行晓谕天下。嚣等既出，因逃亡焉。

伯升既至宛，只见四门紧闭，城头旗帜鲜明，枪刀密布。伯升大怒，亲仗剑执盾，向城大喝曰："王莽以外家世权，忘恩背德，弑平帝，囚孺子，以诈伪盗汉天下，复荼毒生民。方今人人思汉，切齿奸贼，吾以汉室宗亲，为平帝诛贼，为天下除害，所至归心，何汝弹丸之城，敢抗义师！吾尝斩甄阜于沘水，败严尤于淯阳。阜、尤之兵，甲非不多也，将非不智且勇也，然卒失其谋而丧其坚利者，何也？以所事者贼，所用者威，所谓顺天者昌，逆天者亡耳。革车匪遥，请试思之，授首屠城，后悔无及。"

只听得城楼上大声曰："伯升欲效郦生以三寸舌下齐城耶？吾知守城耳，无多词费。"伯升视之，其人长须紫面，恰是岑彭。原来岑彭那日大战，身被数创，见甄阜全军已覆，只得逃身归宛，与前队贰师严说共守宛城，伯升正欲开言，见岑彭弯弓搭箭射来，伯升勒马急退，乃分兵四面而攻打，弯石灰瓶，守城甚固，连攻数日不能下。伯升怒甚，围之，绝其采樵。

时平林、新市众，俱在淯阳。自阜、赐死后，百姓日有降者，众至十余万。众虽多而无所统一。于是诸将会议，欲立刘氏，以从人望。王常与南阳豪杰，咸归于伯升，而新市、平林诸将帅，乐放纵，惮伯升威明，而贪圣公懦弱，先其定策立之。然后使骑召伯升至，示其议。伯升曰："诸将军幸欲尊立宗室，其德甚厚。然愚鄙之见，窃有未同。今赤眉起青、徐，众数十万，闻南阳立宗室，恐赤眉复有所立，如此必将内争，今王莽未灭而宗室相攻，是疑天下而自损权，非所以破莽也。且首兵唱号，鲜有能遂，陈胜、项籍即其事也。舂陵去宛三百里耳，未足为功。遽自尊立，为天下准的，使后人得承吾敝，非计之善者也。今且称王以号令，若赤眉所立者贤，相率而往从之；若无所立，破莽降赤眉，然后举尊号，亦未晚也。愿各详思之。"诸将多曰："善。"将军张卬拔剑击地曰："疑事无功，今日之议，不得有二。"朱鲔复大声曰："张将军之言是也。"众皆从之，遂设坛场于淯水上沙中，陈兵大会。时二月辛巳，圣公即帝位，南面立朝群臣，羞愧流汗，举手不能言。于是大赦天下，建元曰更始元年，悉拜置诸将，以族父良为国三老，王匡为定国上公，王凤为成国上公，朱鲔大司马，伯升大司徒，陈牧大司空，余皆九卿将军，文叔为太常偏将军。由是豪杰失望，多不服云。

诸将分头循城略地，伯升攻宛，王常、刘赐循汝南，平林后部攻新野，文叔与邓晨、马武、臧宫等循颍川。一路军兵正行，忽见数十人迎军求见，曰："将军兴义兵，窃不自量，愿充行伍。"此人姓王名霸字元伯，颍川颍阳人也，父为决曹掾，霸亦少为狱吏，性慷慨，不乐吏职，其父奇之，遣西学长安，至是率宾客上谒。文叔大喜曰："梦想贤士，其成功业，岂有二哉。"文叔循昆阳、定陵、郾，皆下之。诸豪杰皆闻风归附。棘阳马成，字君迁，襄城傅俊，字子卫，皆有万夫不当之勇，文叔以马成为安集掾，傅俊为校尉。一路多得牛马财物，谷数十万斛，转送宛下。

莽闻光武攻下诸县，大惊，乃遣大司空王邑驰传之洛阳，与司徒王寻发众郡兵百万，号曰虎牙五威兵。命邑得专封爵，除用征诸明兵法六十三家术者。初莽招募奇技、猛士、明兵法者，或言能度水不用舟揖，连马接骑，济百万师；或言不用斗粮，服食药物，三军不饥；或言能飞一日千里，可窥敌营。莽试之，见取大鸟翮为而翼，头与身皆著毛，通引环纽，飞数百步辄堕。莽知其不可用，苟欲取其名以耀天下。至是各持图书，受器械，以备军吏，多赍珍宝，倾府库以遣邑。时有奇士巨无霸，长一丈，大十围，以为垒尉。又驱诸虎豹犀象之属，以助威武。邑至洛阳，州郡各选精兵，牧守自将定会者，四十二万人，余者在路不绝，车甲士马之盛，自古出师，未尝有也。

文叔将数千兵迎至阳关，诸将望见寻、邑兵盛，大惊，尽反走驰入昆阳，皆惶怖，优念妻孥，欲散归诸城。文叔议曰："今兵谷既少，而外寇强大，并力击之，功庶可立，如欲分散，势无俱全。且宛城未拔，不能相救，昆阳一破，诸部亦灭矣。今不同心胆共举功名，反欲守妻子财物耶？"诸将怒曰："刘将军何敢如是？"文叔笑而起。会探马还言大兵且至城北，扎军阵数百里，不见其后。诸将惊惶无措，遽相谓曰："更请刘将军计之。"文叔复为图画成败，诸将皆曰："诺。"时王常别循汝南沛郡，还至昆阳，城中有八九千人。文叔乃使成国上公王凤同王常守城。至夜，自与骠骑大将军宗佻，五威将军李轶等十三骑，出城南门。时北军至城下者，且十万，文叔等几不得出。既至郾、定陵，悉发诸营兵，而诸将贪惜财货，欲分留守之。文叔曰："今若破敌，珍宝万倍，大功可成；如为所败，首领难存，何财物之有？"众乃从。

时严尤、陈茂亦至昆阳，见寻、邑纵兵围城，进曰："昆阳城小而坚，今尊号者在宛，且亟进大兵，宛败，昆阳自服矣。"邑曰："吾昔以虎牙将军围翟义，坐不生得，以见责让，今将百万之众，过城而不能下，何谓耶？"遂围之数十重，列营百数，云车十余丈，瞰临城中，旗帜蔽野，埃尘连天，钲鼓之声，闻数百里。或为地道，冲輣撞城，积弩乱发，矢下如雨，城中负户而汲。王凤乞降，不许。严尤又曰："归师勿遏，围城为之阙，可如兵法，令得出逃。"邑自以为功在刻漏，不听尤言。夜有星坠营中，昼有云如坏山，当营而陨，不及地尺而散。吏士皆厌伏。

六月己卯，文叔发郾、定陵兵数千人，来救昆阳，自将步骑千余，前去大军四五里而阵。寻、邑大笑曰："此亦称寇，何足血吾刃。"于是自将万余人行阵，敕诸营皆按部毋得动，独迎与汉兵战。文叔一见，疋马单刀，奔入邑阵，如入无人之境，顷刻斩首数十级而还。诸部喜曰："刘将军平生见小敌怯，今见大敌勇甚，可怪也。且复居前，请助将军。"文叔复进，臧宫戟，王霸枪，李轶铁鞭，冯孝、任光长杆刀，马武、宗佻画戟，傅俊丈二矛，并诸将校二十余人，随着冲杀，只见邑军纷纷落马，诸将胆气既壮，勇力倍增，所向披靡，杀得寻、邑队伍大乱却退。城下大军无令不敢擅离相救，听凭诸将杀个尽量。这边马成见汉将大捷，挥动数千人马，大喊："宛下兵到矣。"时伯升拔宛已三日，而光武军中尚未得知，盖亦虚张声势云。马成驱兵掩杀，文叔顾谓诸将曰："趁此杀将去也！"诸将大喜曰："愿从。"文叔舞动大刀，带众冲入中坚，王寻接住厮杀，不四五合，被文叔拦腰一刀，斩为两段。诸将杀得性起，逢人便砍便刺。

王凤、王常闻得喊杀连天，急登城楼一望，只见汉兵所至，如风卷残云，二人大喜，急率众开城，鼓噪而出，中外合势，震呼动天地，莽兵大溃。王巡被傅俊一矛刺穿颈后，带下马来。王霸正在厮杀，只见天神般一将赶杀，汉兵纷纷退下，却是一员步将，比骑马的还高出一头，手执铁棍，见人便打，无人敢与交手。王霸望见大惊，料是巨无霸，急斜刺一马走开，将枪用膝押住，背上取下硬弓，拽满迎转一箭射去，正中巨无霸左眼，巨无霸大怒，拔出箭，提棍如飞赶来。霸又发一箭，射中其颈，方才立住了脚，将棍倚在胸前，两手又开，似乎要拔箭。王霸谅他已无能得生矣，拍马复望人之多处杀去。王吴同李轶厮对，臧宫恰到，一戟刺去，王吴急闪，被戟枝扎住肩甲，拖下马来，李轶一鞭疾下，头颅浆迸。王邑魂飞魄散，急欲逃生，却遇马武缠住，数合之间，招架不住，谅来无可脱身，恰好严尤寻到，敌住马武。严尤又败走，追下二十余里，马武不舍，只得弃马窜入乱军中。正杀得天昏地黑，忽然大风大雷屋瓦皆飞，雨下如注，滍川涨溢，平地水深数尺。文叔急令马成、王常招集军众，分头追杀败军，百余里间，尸横遍地，走者奔殪相腾践，士卒急逃，溺死者以万数，水为不流，王邑、陈茂、严尤轻骑乘死人度水，逃得性命。光武这回大胜，杀莽兵数十万，斩上将数十员，尽获其军实、辎重、车甲、珍宝，不可胜算，杀僵粟虎豹以飨士卒。

却说光武身长七尺三寸，美须眉，大口，隆准日角，性勤稼穑。幼之长安，受《尚书》于中大夫庐江许子威，略通大义。初无大志，尝为春陵侯家讼逋租于严尤，尤奇其貌。时宛人朱福亦为舅讼租于尤，尤止车独与光武语，不视福。光武归，戏福曰："严公宁视卿耶？"其意似得严公一盼为荣。及严尤至昆阳，闻光武不取财物，但会兵计策，尤笑曰："是美须眉者耶？何为乃如是。"又初至长安，见执金吾车骑甚盛，因叹曰："仕宦当作执金吾，娶妻当得阴丽华。"盖南阳新野人阴睦之女也，自适新野时，闻其美，心悦之，故云。至是遂娶得之，时年十九。

且说王邑大败，数日间只收集得长安勇敢数千人还洛阳，关中闻之震恐。盗贼听闻，多用汉年号。又闻汉兵言莽鸩杀平帝，莽乃会公卿以下于王路堂，开所为平帝请命金滕之策，涕泣以示群臣。又命明学男张邯称说其德及符命事，因曰："《易》言：'伏戎于莽，升共高陵，三岁不兴。''莽'，皇帝之名，'升'，谓刘伯升，'高陵'，谓高陵侯子翟义也。言刘伯升、翟义伏戎之兵于新皇帝世，犹殄灭不兴也。"群臣皆称万岁。

先是卫将军王涉素养道士西门君惠，君惠好天文谶记，为涉言："星孛扫宫室，刘氏当复兴，国师公姓名是也。"涉信其言，以语大司马董忠，数俱至国师庐，语论星宿，国师不应。后涉特往，对歆涕泣言：“诚欲与公共安宗族，奈何不信涉也？”歆因为言：“天文人事，东方必成。”涉曰：“新都哀侯小被病，功显君素嗜酒，疑帝本非我家子也。董公主中军精兵，为中宫卫，伊休侯主殿中，如同心合谋，共劫持帝，东降南阳天子，可以全宗族。不然者，俱夷灭矣。”伊休侯者，歆长子也。为侍中五官中郎将，莽素爱之。歆怨莽杀其三子，又畏大祸至。遂与涉、忠同谋，欲即发事。歆曰：“当待太白星出乃可。”董忠以司中孙伋亦典兵，复兴汲谋。汲归家颜色变，不能食。妻怪问之，语其状。妻以告弟陈邯，邯欲告之，汲惧，与邯俱言。莽遣使者分召忠等，忠方讲兵都肄，护军王咸谓忠：“谋久不发，恐有漏泄，不如遂斩使者，勒兵入。”忠不听，遂与歆、涉会省户下。

莽令蓳恽责问，皆服。遂格杀忠，收忠宗族，以醇醯、毒药、尺白刃、丛棘俱一坑而埋之；刘歆、王涉皆自杀。歆子以素谨不知情，但免侍中郎将，更为中散大夫。莽兵师外破，大臣内叛，左右无所信，不能复远念郡国，欲呼邑与计议。邑到，以为大司马。莽忧懑不能食，但饮酒啖鳆鱼，阅军书倦困，凭几寐，不复就枕矣。

一日阅报前忠武侯刘望起兵，略有汝南，严尤、陈藏既败昆阳，同往归之，望遂称尊。析人邓晔、于匡起兵南乡百余人。析宰将兵数千，屯鄡亭，备武关。晔、匡谓宰曰：“刘帝已立，君何不知命也。”宰请降，尽得其众。邓晔自称辅汉左将军，于匡右将军，拔析、丹水，攻武关，都尉朱萌降。进攻右队大夫宋纲，杀之，西拔湖。莽愈不知所出。崔发因言：“《周札》及《春秋左氏》，国有大灾，则哭以厌之，故《易》称先号咷而后笑，宜呼嗟告天以求救。”

莽自知败，乃率群臣至南郊，陈其符命本末，仰天曰：“皇天既命授臣莽，何不殄灭众贼？即令臣莽非是，愿下雷霆诛臣。”莽因搏心大哭，气尽，伏而叩头。又作告天策，自陈功劳千余言。诸生小民旦夕会哭，为设餐粥。其甚悲哀，及能诵策文者，除以为郎，至五十余人，莛恽领之。

一日又报陇西成纪、隗崔兄弟，共劫大尹李育，以兄子隗嚣为大将军，攻杀雍州牧陈庆。莽大哭曰：“是前遣赍诏晓谕天下者耶？仁亦至此。”

未知是否，下文分解。

第十四回

搜渐台宛市悬首

隗嚣字季孟，天水成纪人也，少仕州郡，刘歆引用为士。莽地皇三年，遣嚣等赍诏晓谕天下，嚣见莽将败，乃亡归乡里。嚣季父崔，素豪侠，能得众，闻更始立而莽兵连败，于是乃与兄义及上邽人杨广、冀人周宗，谋起兵应汉。嚣止之曰："兵，凶事也。宗族何辜！"崔不听，遂聚众数千人，攻平襄，杀莽镇戎大尹。而崔、广以为举事宜立主，以一众心，咸以嚣素有名，好经书，遂共推为上将军。嚣辞让不得已，曰："诸父众贤，不量小子，必能用嚣言者，乃敢从命。"众皆曰："诺。"

嚣既立，乃遣使聘请平陵人方望，以为军师。望至，说嚣曰："足下欲承天顺人，辅汉而起。今立者乃在南阳，王莽尚据长安；虽欲以汉为名，其实无所受命，将何以见信于众乎？宜急立高庙，称臣奉祠，所谓神道设教，求助人神者也。且礼有损益，质文无常，削地开兆，茅茨土阶，以致其肃敬。虽未备物，神明其舍诸？"嚣从其言，遂立庙邑东，祀高祖、太宗、世宗，嚣等皆称臣，史奉璧而告。祝毕，有司穿坎于庭，牵马操刀，奉盘错锟，割牲而盟曰：

凡我同盟，三十一将，十有六姓，允承天道，兴辅刘宗。如怀奸虑，神明殛之，高祖、文皇、武皇，俾坠厥命，厥宗受兵，族类灭亡。

有司奉血鍉进，护军举手揖诸将军曰：“鍉不濡血，歃不入口，是欺神明也，厥罚如盟，”既而薶血加书，一如古礼。事毕，移檄告郡国曰：

汉复元年七月巳酉朔已巳，上将军隗嚣、白虎将军隗崔、左将军隗义、右将军杨广、明威将军王遵、云旗将军周宗等告州牧、部监、郡卒正、连率、大尹、尹、尉队大夫、属正、属令：故新都侯王莽，慢侮天地，悖道逆理，鸩杀孝平皇帝，篡夺其位。矫托天命，伪作符书，欺惑人庶，震怒上帝。反戾饰文，以为祥瑞，戏弄神祇，歌颂祸殃。楚越之竹不足以书其恶，天下昭然所共闻见。今略举大端，以喻吏民。盖天为父，地为母，祸福之应，各以事降。莽明知而冥昧触冒，不顾大忌，诡乱天术，援引史传。昔秦始皇毁坏谥法，以一二世欲至万世，而莽下三万六千岁之历，言身当尽此度，循亡秦之轨，推无穷之数，是其逆天之大罪也。分裂郡国，断绝地络，田为王田，卖买不得，规锢山泽，夺民本业，造起九庙，穷极土作。发冢河东，攻劫丘垄，此其逆地之大罪也。尊任残贼，信用奸佞，诛戮忠正，覆按口语，赤车奔驰，法冠晨夜，冤系无辜，妄族众庶。行炮烙之刑，除顺时之法，灌以醇醯，裂以五毒。政今日变，官名月易，货币岁改，吏民昏乱，不知所从，商旅穷窘，号泣市道，设为六管，增重赋敛，刻剥百姓，厚自奉养，苞苴流行，财入公辅，上下贪贿，莫相检考。民坐挟铜炭，没入钟官，徒隶殷积，数十万人，工匠饥死，长安皆臭。既乱诸夏，狂心益悖，北攻强胡，南扰劲越，西侵羌戎，东摘涉貊。使四境之外，并入为害，缘边之郡，江海之濒，涤地无类。故攻战之所败，苛法之所陷，饥馑之所夭，疾疫之所及，以万万计。其死者则露尸不掩，生者则奔亡流散，幼孤妇女，流离系虏。此其逆人之大罪也。是故上帝哀矜，降罚于莽，妻子颠殒，还自诛刈，大臣反据，亡形已成。太司马董忠，国师刘歆，卫将军王涉，皆结谋内溃；司命孔仁，纳言严尤，秩宗陈茂，举众外降。今山东之兵，二百余万，已平齐楚，下蜀汉，定宛洛，据敖仓，守函谷，威命四布，宣风中岳，兴灭继绝，封定万国，遵高祖之旧制，修孝文之道德。有不从命，武军平之。驰使四夷，复其爵号，然后还师振旅，櫜弓卧鼓，申命百姓，名安其所，庶无负子之责。

右檄数莽罪恶，万于桀纣，且无虚辞云。嚣乃勒兵十万，击杀雍州牧陈庆。将攻安定。安定大尹王向，莽从弟平阿侯谭之子也，威风能行其邦内，属县皆无叛者。嚣乃移书于向，喻以天命，反覆诲示，终不从。于是进兵虏之，以徇百姓，然后行戮，安定悉降。闻长安中亦起兵诛莽，嚣遂分遣诸将，徇陇西、武都、金城、武威、张掖、酒泉、敦煌。

且说伯升攻宛，数月不能下。城中食尽，百姓环告岑彭，彭不得外郡之息耗，思死守徒殃百姓，乃出降汉。诸将恨极，咸欲诛之，伯升在曰："彭守宛城，职也，降以救百姓，义也。今举大事，当表义士，不如封之，以劝其后。"遂请于更始，封为归德侯。更始遂入都之。先，平林从攻新野，新野宰潘临威信素著，能得众，攻之不能下。宰登城言曰："毋恃力，但得司徒刘公一信，则自愿下耳。"及伯升军至，即开城门降。

伯升五月拔宛。六月，光武破王莽王邑，兄弟威名益甚。由是更始群臣不自安，遂共谋诛伯升，乃大会诸将，以成其计。更始取伯升宝剑视之，绣衣御史申屠建随献玉玦，令早决也，更始竟不能发。及罢会，伯升舅樊宏谓伯升曰："昔鸿门之会，范增举玦以示项羽。今建此意，得无不善乎？"伯升笑而不应。初，李轶谄事更始贵将，光武深疑之，常以戒伯升曰："此人不可与信，须防之。"又不听。伯升部将宗人刘稷，数陷阵溃围，勇冠三军。时将兵击鲁阳，闻更始立，怒曰："本起兵图大事者，伯升兄弟也。今更始何为者耶？"更始闻而心忌之，以稷为抗威将军，稷不肯拜。更始乃与诸将陈兵数千人收稷，将诛之。伯升固争，李轶、朱鲔因劝更始并执伯升，即日遇害。有二子，建武二年，立长子章为太原王，兴为鲁王。十五年，追谥伯升为齐武王。此是后话。

光武既纳阴后，因复引兵循下颍阳，乃略父城。父城人冯异，字公孙，好读书，通《左氏春秋》《孙子兵法》，时以郡掾监五县。汉兵起，与父城长苗萌共守城。光武攻之不下，屯兵巾车乡。异间出微行视属县，为汉兵所执。时异从兄孝及同郡丁綝、吕晏并从光武，因共荐异，得召见。异曰："异一夫之用，不足为强弱。有老母在城中，愿归据五城，以效功报德。"光武大喜。异归，谓苗萌曰："今诸将皆壮士屈起，多暴横；独有刘将军所到不虏掠。观其言语举止，非庸人也，可以归身。"苗萌曰："死生同命，敬从子计。"

会传伯升为更始所害，光武大惊，随笑曰："吾尝谓伯升性刚，不可涉世，果遂至此。君臣之间，岂同草莽，可自任其天性耶？"语毕，无悲容。诸将大怒曰："更始何人哉！惟知伏草莽中，掳掠人财物，劫人妇女者耳。微将军兄弟，犹在绿林丛薮中，不为严公所诛戮，亦云幸矣，何有今日！刘司徒以国贼未灭，谦退未遑，听彼侈然而称帝，不知感愧，反敢嫉贤妒功。至此无知贼子，将置将军于何地？彼朱鲔者，贼性未除，李轶尤谄佞反覆小人，不尽寸斫之，不足以舒人意。请助将军擒此数贼，不须昆阳城下半功也。"光武大怒曰："更始既立，则名分所在，谁敢顾私？报复相寻，天下安有宁日？若辈敢造反，请先试吾头。"吓得众人低头不语而退。

少间，臧宫请私见，宫入，见光武捶胸饮泣，半晌哽咽不能言。宫再三吊慰，乃曰："今事未成，两兄俱丧。秀幼孤，何以独生哉！"宫曰："死者不能复生，谗贼终当自败。方今王莽未败，诚恐自攻有误，贼人未有不大笑也。"宫曰："然则请宛将如何？"曰："以释其猜忌耳。"宫曰："设若变，思虑之。"光武曰："得君翁等相随，虽百万军何惧。况吾以兵往，子但秘之勿泄。"遂起行。

先颍阳县吏祭遵往进见，光武爱其容仪，署为门下史。遵字弟孙，颍阳人，少好经书，家富给，而遵恭俭，丧母，负土起坟，尝为部吏所侵，结客杀之。初县中以其柔也，既而皆惮焉。时马成已调宁郏令，王霸以父年老，念之，还休乡里。从行者只臧宫、傅俊、任光、丁綝、吕宴、祭遵、冯孝、铫期等十余人。铫期字次况，颍川郏人也，长八尺二寸，容貌绝异，矜严有威。父猛为桂阳太守，卒，期服丧三年，乡里称之。光武闻期志义，召署贼曹掾。既至，宛城司徒官属朱祐等迎吊光武。光武难交私语，深引过而已，不自伐昆阳之功，又不敢为伯升服丧，饮食言笑如平常。更始以是自惭，拜光武为破虏大将军，封武信侯。

更始乃遣定国上公王匡攻洛阳，西屏大将军申屠建，丞相司直李松攻武关，三辅震动。

是时海内豪杰闻汉破莽兵百万于昆阳，翕然响应。皆杀其牧守，自称将军。用汉年号，以待诏命。旬月之间，遍于天下。莽大怖恐，拜将军九人，皆以虎为号，号曰九虎，将北军精兵数万人东出，而纳其妻子于宫中，以为质。时省中黄金万斤者为一匮，尚有六十匮，黄门、钩盾、臧府、中尚方处处各有数匮，长乐御府、中御府及都内、平准帑藏钱帛珠玉财物甚众。莽殊爱惜之，赐九虎人四千钱。众重怨，无斗意。九虎至华阴，遇于匡领数千人拦住挑战，破其一部。邓晔却将二万余人从阌乡南出枣街，又北抄九虎后击之。六虎败走，内二人诣阙归死，莽杀之，四人遂逃亡。其三虎收散卒保京师仓。

汉兵至，邓晔开武关迎之，李松遂将二千余人至湖，与晔等共攻京师仓，未下。晔乃以宏农掾王宪为校尉，将数百人北度渭，入左冯翊界，降城略地。李松遣偏将军韩臣等径西至新丰，与莽波水将军战，波水败走，韩臣等追奔，遂至长门宫。王宪北至频阳，所过迎降大姓，栎阳申砀，下邽王大，皆率众随宪。釐县严春，茂陵董喜，蓝田王孟，槐里汝臣，盩厔王扶，阳陵严本，杜陵屠门少之属，众皆数千人，假号称汉将。

时李松、邓晔以为京师小小仓尚未能下，何况长安城，当须更始帝大兵到。即引军至华阴，造攻城具以待。而长安旁兵四会城下，闻天水隗氏兵方到，皆争欲先入城，贪立大功掳掠之利。莽遣使者分赦城中诸狱囚徒，皆授兵器，杀猪饮其血，与誓曰："有不为新室者，社鬼记之。"史谌将领，度渭桥，皆走散。谌空还。众兵发掘莽妻子父祖冢，烧其棺椁及九庙、明堂、辟雍，火照城中。或谓莽曰："城中卒，东方人，不可信。"莽更发越骑士为卫，门置六百人，各一校尉。

十月戊申朔，兵从宣平城门入，民间所谓都门也。张邯巡行城门，逢兵见杀。王邑、王林、莗恽等，分将兵距击北阙下。汉兵贪获莽得封，力战者，七百余人。会日暮，官府邸第尽奔亡。

二日己酉，城中少年朱弟、张鱼等，恐见掳掠，趋呼相和，烧作室门，斧敬法闼，大呼曰："反虏王莽，何不出降。"火及掖庭承明，黄皇室主所居也，室主焚死。莽避火宣室前殿，火辄随之，宫人妇女啼呼曰："当奈何。"时莽绀袀服，带玺韨，持虞帝匕首，天文郎按拭于前，日时加某，莽旋席随斗柄而坐曰："天生德于予，汉兵其如予何？"莽时不食，少气困极矣。

三日庚戌，晨旦，群臣扶掖莽，自前殿南下椒除，西出白虎门，就车之渐台，欲阻池水。犹抱持符命、威斗，公卿大夫、侍中、黄门郎从官尚千余人随之。王邑昼夜战，疲极，士死伤略尽，驰入宫，展转至渐台守莽。军众入殿中，呼曰："反虏王莽安在？"有美人出房曰："在渐台。"众兵追至，围数百重。台上亦备弓弩，稍稍矢尽，无以复纳，则短兵接战，王邑莗恽等战死，莽入室。下餔时，众兵上台，王揖、赵博、苗䜣、唐尊、王盛、王参等皆死台上。商人杜吴杀莽，取其绶，校尉东海公宾就，故大行治礼，识天子绶，因问吴绶主所在，曰："室中西北陬间。"就趋往斩其首，军人分裂莽身，支节肌骨，数十人脔切分之。公宾就持莽首诣王宪。宪自称汉大将军，城中兵数十万属焉。止宿东宫，妻莽后宫，乘其车服。

六日癸丑，李松、邓晔入长安，赵萌、申屠建亦至。以王宪得玺绶不辄上，多挟宫女，建天子鼓旗，收斩之。传莽首诣宛，更始悬其首于市，百姓共掷击之，或切食其舌。

是月，拔洛阳，生缚王匡、哀章。至，皆斩之。先严尤、陈茂降刘望，望以严尤为大司马，陈茂为丞相。十月，遣奋威大将军刘信击杀望，并诛严尤、陈茂。岑彭从朱鲔击扬州，格杀李圣，孔仁将其众降。天下悉归汉矣。

更始将都洛阳，以光武行司隶校尉，使前整修宫府，于是置僚属，作文移，从事司察，一如旧章。更始定都，遂以刘赐为丞相。

却说申屠建尝事崔发学《诗》，建入长安，发投降见建，犹时时称说符命，建恐惑众，送发诣丞相府。刘赐问曰："汝莽所封说符侯也，新井、石牛等事，果天告帝符，抑亦人为之？"发不语，赐曰："汝以善解说符命取封侯，今不直对，先断汝舌。"左右擒倒，毁其齿，发急曰："大抵皆取富贵者所为耳！一时附和，实繁有徒，人皆为之，吾敢不为耶？"赐曰："然则莽起九庙时，莽与汝富贵已极，汝与张邯何复谀之，以为宜崇其制度，令万世后无以复加，糜有用之财，死无辜之众，徒竭肌髓，无益名，亦乐为之，又何意也？世间诸佞小人，侮圣人之言，为斯文之玷，若谷永、张禹、杨雄、孔光之徒，生用不荣，死犹遗臭，今刘歆、哀章、张邯等，已就诛戮，死将及汝，鬼如有灵，为问永、禹、雄、光等曰：'宠禄几时，富贵安在？'虽汉室当衰，故有妖孽，然汝与数辈，皆号为儒者，死或有灵，亦知愧悔否？"发大哭，叩头乞命。赐曰："天地之大，何难容汝？但汝素有虚名，为德之贼，不斩汝，恐小人得生，又将逞其故态，摇唇鼓舌，以惑天下，且令人谓谗佞竟无惨报，殊不足以示后世也。"遂拖赴市曹行戮。史谌、王延、王林、赵闳亦降而见杀。

初，诸假号兵人人望封侯。申屠建既斩王宪，又扬言三辅人大黠，共杀其主，于是吏民惶恐，皆哄去属县屯聚，建等不能下。乃传送乘舆服御，又遣中黄与从官，奉迎迁都。二年二月，更始自洛阳而西。时三辅吏士东迎更始，见诸将过，皆冠帻而服妇人衣，诸于绣裾，莫不笑之。时有知者，以为服之不中，身之灾也，恐祸及，奔入边郡避之。及见司隶僚属，皆欢喜不自胜，老吏或垂涕曰："不图今日复见汉官威仪。"由是识者皆属心焉。更始到长安，下诏大赦，非王莽子，他皆除其罪。故王氏宗族得全，三辅悉平。

初，王莽败，唯未央宫被焚，其余宫馆一无所毁，宫女数千，备列后庭，自钟鼓、帷帐、舆辇、器服、太仓、武库、官府、市里，不改于旧。更始居长乐宫，升前殿，郎吏以次列庭中。更始羞怍，府首刮席，不敢视。诸将后至者，更始问："掳掠得几何？"左右待官皆宫省久吏，各惊相视。李松与赵萌说更始，宜悉王诸功臣，朱鲔争之，以为高祖约非刘氏不王。更始乃先封宗室，太常将军刘祉为定陶王，刘赐为宛王，刘庆为燕王，刘歙为元氏王，大将军刘嘉为汉中王，刘信为汝阴王，王匡为比阳王，王凤为宜城王，朱鲔为胶东王，卫尉大将军张卬为淮阳王，廷尉大将军王常为邓王，执金吾大将军廖湛为穰王，申屠建为平氏王，尚书胡殷为随王，柱天大将军李通为西平王，五威中郎将李轶为舞阴王，水衡大将军成丹为襄邑王，大司空陈牧为阴平王，骠骑大将军宗佻为颍阴王，尹尊为郾王。唯朱鲔辞曰："臣非刘宗，不敢干典。"遂让不受。乃徙鲔为左大司马，刘赐为前大司马，使与李轶、李通、王常等镇抚关东。以李松为丞相，赵萌为右大司马，共秉内任。

更始欲令亲近大将循河北，未知所使，刘赐言："诸家子独有文叔可用。"大司马朱鲔等以为不可。更始疑不决，赐深劝之，乃拜光武为破虏将军，行大司马事，持节北渡河，镇慰州郡。

未知如何，下文再叙。

第十五回

渡滹沱神人指路

光武既渡河而北，所到部县，辄见二千石、长吏、三老、官属、下至佐史，考察黜陟，如州牧行部事。辄平遣囚徒，除王莽苛政，复汉官名。吏人喜悦，争持牛酒迎劳。

进至邯郸，故赵缪王子林，说光武曰："赤眉今在河东，但决水灌之，百万之众可使为鱼。"光武不答，去之真定。林于是乃诈以卜者王郎为成帝子子舆，立郎为天子，都邯郸。王郎一名昌，邯郸人，素为卜相，略明星历，常以为河北有天子气。刘林好奇数任侠，于赵魏间多通豪猾，而郎与之亲善。初王莽篡位时，长安有自称成帝子子舆者，莽杀之，郎缘是诈称真子舆，扇惑燕赵间。林等疑惑，会说光武不用，乃与赵国大豪李育、张参等通谋，规共立郎。时传闻赤眉将渡河，林等因此宣言"赤眉当立刘子舆"，以观众心，百姓多信之。林等遂率车骑数百晨入邯郸城，止于故赵王宫，立郎为天子，林为丞相，李育为大司马，张参为大将军。分遣将帅，循下幽、冀，移檄州郡曰：

制诏部刺史、郡太守曰：朕孝成皇帝子子舆也。昔遭赵氏之祸，因以王莽篡杀，赖知命者，将护朕躬，解刑河滨，削迹赵魏。王莽窃位，获罪于天，天命佑汉，故使东郡太守翟义，严乡侯刘信，拥兵征讨，出入胡汉。普天率土，知朕隐在人间。南岳诸刘，为其先驱。朕仰观天文，乃兴于斯，以今月壬辰即位赵宫。休气熏蒸，应时获雨。盖闻为国，子之袭父，古今不易。刘圣公未知朕，故且持帝号。诸兴义兵，咸以助朕，皆当裂土，享祚子孙，已诏圣公及翟太守，亟与功臣诣行在所。疑刺史二千石，皆圣公所置，未睹朕之沉滞，或不识去就，强者负力，弱者惶惑。今元元创痍，已过半矣，朕甚悼焉。故遣使者，班下诏书。

郎以百姓思汉，既多言翟义不死，故诈称之，以称人望，于是赵国以北，辽东以西，皆从风而靡。

初光武北渡，只带颍川兵千余人，相从诸将有铫期、祭遵、朱祐、冯异。先是光武还宛，异仍守父城。更始诸将攻父城者，前后十余辈，异坚守不下。及光武为司隶校尉，道径父城，异等即开门奉牛酒迎。光武署异为主簿，苗萌为从事，从至洛阳。时王霸在颍阳，闻光武过颍，请其父，愿从。父曰：“吾老矣，不任军旅，汝往勉之。”光武既为大司马，以朱祐为护军，霸为功曹令史。先宾客从霸者数十人，至是稍稍引去。光武谓霸曰：“颍川从我者皆逝，而子独留，当努力，疾风知劲草。”又有杜茂者，字诸公，南阳冠军人，闻光武义，来归。马成先为光武安集椽，后调守郏令，间光武讨河北，即弃官，步负追及随征。

却说光武自伯升之败，不敢显其悲戚，每独居，辄不御酒肉。枕席间，泪痕狼籍。独冯异察知，尝叩头宽譬哀情，光武止之曰：“卿勿妄言。”异复因间进曰：“天下同苦王氏，思汉久矣。今更始诸将，从横暴虐，所至掳掠，百姓失望，无所依戴。今公专命方面，施行恩德，夫有桀纣之乱，乃见汤武之功，人久饥渴，易为充饱。宜急分遣官属，循行郡县，理冤结，布惠泽。”光武深纳其言。至邯郸，遂遣异与铫期，乘传扶循属县，录囚徒，存鳏寡，亡命自诣者除其罪，阴条二千石长吏同心及不附者上之。

邓禹字仲华，南阳新野人也，年十三，能诵诗，受业长安。时光武游学京师，禹年虽幼，而见光武知非常人，遂相亲附。数年归家。及汉兵起，更始立，豪桀多荐举禹，禹不肯从。及闻光武安集河北，即杖策北渡，追及于邺。光武见之甚欢，谓曰："我得专封拜，生远来，宁欲仕乎？"禹曰："不愿也。"光武曰："然则欲何为？"禹曰："但愿明公威德加于四海，禹得效其尺寸，垂功名于竹帛耳。"光武笑，因留宿与闲语。禹进说曰："更始虽都关西，今山东未安，赤眉、青犊之属，动以万数，三辅假号者，往往群聚。更始既未有所挫，又不自听断，诸将皆庸人屈起，志在财帛，争用威力，朝夕自快而已，非有忠良明智，深虑远图，欲尊主安民者也。四方分崩离析，形势可见。明公虽建藩辅之功，犹恐无所成立。于今之计，莫如延揽英雄，务悦民心，立高祖之业，救万民之命，以公而虑天下，不足定也。"光武大悦，因令左右号禹曰"邓将军"，常宿止于中，与定计议。

忽报傅俊到，光武曰："傅子卫已归颍川，今亦为吾来耶。"初光武循襄城，俊以县亭长迎军，拜为校尉，襄城收其母弟宗族，皆灭之。及从破王寻后，又别击京、密，破之。乃遣归颍川，收葬家属。及上谒，使将颍川兵。于是大众花行，行至下曲阳，和成卒正邳彤举城降，复以为太守。彤字伟君，信都人，父吉为辽西太守。王莽分钜鹿为和成郡，居下曲阳，以彤为卒正也。光武留止数日，忽报有骑都尉至，光武惊疑，延入，其人姓耿名纯，字伯山，钜鹿宋子人也，父艾为王莽济平尹。纯学于长安，王莽败，更始使舞阴王李轶降诸郡国，纯父艾降，还为济南太守。时李轶兄弟用事专制方面，宾客游说者甚众，纯连求谒不得通，久之乃得见，说轶曰："大王以龙虎之姿，遭风云之时，奋迅拔起，期月之间，兄弟称王，而德信不闻于士民，功劳未施于百姓，宠禄暴兴，此智者之所忌也。兢兢自危，犹惧不终，而况沛然自足，可以成功者乎？"轶奇之，且以其钜鹿大姓，乃承制拜为骑都尉，授以节，令安集赵、魏。闻光武至，即谒见，光武深接之。纯退，见官属将兵法度不与他将同，遂求自结纳，献马及缣帛数百疋。光武乃留纯于邯郸，率众北至中山。

闻王郎兵起，众将佐请回击邯郸，光武曰："诈伪焉能成事，但彼新盛未可与争锋也。"乃北循蓟。忽王郎移檄至，其大略云：

> 朕孝平皇帝之子，遭王莽之乱，间关尘土。今天下思汉，朕以帝子，承业继兴，即位邯郸，上顺天心，下从民望，故檄书所至，无不从风归顺。汝以南阳宗室，早奋义戈，昆阳一战，野功允著，朕甚嘉之。即封以南阳十万户，世辅王家。已移檄圣公，修整宫府，汝当助朕扫清寰宇，复朕旧基，无得瞻循。"云云。

光武笑曰："此亦妄人也，已矣。"忽报故广阳王子刘接，起兵蓟中，以应王郎。光武大惊。又城中扰乱，言邯郸使者方到，二千石以下，皆出迎。于是急趣驾出，百姓聚观，喧呼满道，遮路不得行众中。铫期性起，睁圆环眼，倒竖虎须，奋就加鞭，突出众前，大呼曰："跸！"声如霹雳，众皆披靡。及至城门，门已闭，攻之得出。光武欲南还，狼狈不知所向，传闻信都独为汉拒邯郸兵，乃驰赴之。正行，忽见尘头大起，一枝人马迎面而来。光武叹曰："后有追兵，前复无路，奈何！"

不知何处人马，且听下回分解。

第十六回

循钜鹿将佐归心

却说光武大队正往信都进发，遇一标人马拦路，铫期急提戟策马迎去，原来却是邳肜遣来的。王郎使其将循地至和成，肜坚守不下。闻光武自蓟还，欲至信都，乃先使五官椽张万，督邮尹绥，选精骑二千余疋，缘路迎光武军。遂同之信都。信都太守乃是任光，初从光武破王寻、王邑，更始至洛阳，以光为信都太守。王郎起，郡国皆降之，光独不肯，乃与都尉李忠、信都令万修、功曹阮况、五官掾郭唐等同心固守。扶柳县廷掾持王郎檄诣府白光，光怒斩之，悬其头于市，以徇百姓，发精兵四千人守城。光等独守孤城无援，常恐不能全。闻光武至，大喜，吏民皆称万岁，即时开门，与李忠、万修率官属迎谒。光武入传舍时，邳肜亦至。

光武虽得二郡之助，而兵众未合。议者多言可因信都兵，相送西还长安。肜曰："议者之言皆非也。吏民歌吟思汉久矣，故更始举尊号而天下响应，三辅清宫除道以迎之；一夫苛戟大呼，则千里之将无不捐城遁逃，虏伏请降。自上古以来，亦未有感物动民，其如此者也。又卜者王郎，假名因势，驱集乌合之众，遂震燕赵之地。况明公奋二郡之兵，扬响应之威，以攻则何城不克，以战则何军不服。今释此而归，岂徒空失河北，必更惊动三辅，堕损威重，非计之得者也。若明公无复攻伐之意，则虽信都之兵，犹难会也。何者？明公既西，则邯郸城民不肯捐父母，背城主而千里送公，其离散亡逃，可必也。”光武喜曰：“伟君之言良善。但今势力虚弱，欲入城头子路、力子都兵中，何如耶？”任光曰：“不可。”光武曰：“卿兵少如何？”光曰：“可募发奔命，出攻傍县，若不降者，恣听掠之。人贪财物，则兵可招而致也。”光武从之，即日拜彤为后大将军、和成太守如故；拜光为左大将军，封武成侯，留南阳宗广领信都太守事，使光将兵从。彤兵居前，光乃多作檄文曰：“大司马刘公，将城头子路、力子都兵百万众，从东方来击诸反虏。”遣骑驰至钜鹿界中。吏民得檄，传相告语。邳彤先至堂阳，堂阳已反，属王郎矣。彤使张万、尹绥先晓譬吏民，光武与光等投暮入堂阳界，使骑各持炬火，弥满泽中，光炎烛天地，举城莫不震恐畏怖，其夜即降。旬日之间，兵众大盛。光武叹曰：“前日出蓟，得公孙豆粥，渡滹沱，赖元伯机权。今复得诸公相助，殆天不欲亡我也。”

初，光武自蓟东南驰，晨夜草舍，至饶阳无蒌亭。时天寒烈，众皆饥疲，冯异觅得豆粥进上。明旦，光武谓诸将曰：“昨得公孙豆粥，饥寒俱解。”及至南宫，遇大风雨。光武引车入道傍空舍，异抱薪，邓禹爇火，光武对灶燎衣。异复进麦饭、菟肩。时传闻王郎兵已追至，从者皆恐，及滹沱河，候吏还白：“河水流澌，无船不可济。”众益惧。令王霸往视之，霸恐惊众，又欲且前，水阻，追兵至，合得众士死力以胜敌，还即诡曰：“冰坚可渡。”官属皆喜。光武笑曰：“候吏果妄语也。”遂前。比至河，河冰亦合，乃令霸以沙布冰以渡，未毕数骑而冰解。光武谓霸曰：“安吾众得济免者，卿之力也。”霸谢曰：“此明公至德，神灵之祐，虽武王白鱼之应，无以加此。”光武谓官属曰：“王霸权以济事，殆天瑞也。”以为军正，爵关内侯。

汉中王刘嘉有一位上将，姓贾名复，字君文，南阳冠军人也。少好学，习《尚书》，事舞阴李生。李生奇之，谓门人曰：“贾君之容貌志气如此，而勤于学，将相之器也。”莽末，下江、新市兵起，复亦聚众数百人于羽山，自号将军。更始立，乃将其众归刘嘉，以为校尉。复见更始政乱，诸将放纵，乃说嘉曰：“臣闻图尧舜之事而不能至者，汤武是也；图汤武之事而不能至者，桓文是也；图桓文之事而不能至者，六国是也；定六国之规，欲安守之而不能至者，亡六国是也。今汉室中兴，大王以亲戚为股肱，天下未定而安守所保，所保得无不可保乎？”嘉曰：“卿言大，非吾任也。大司马刘公在河北，但持我书往。”复遂辞嘉受书，北渡河。嘉又荐长史陈俊，亦以书遣诸河北。俊字子昭，南阳西鄂人也。光武以俊为安集掾，署复为破虏将军，解左骖以赐之。时官属以复后来而好陵折等辈，共白欲以调补鄗尉，光武曰：“贾君有折冲千里之威，方任以重，勿以擅除。”

邓晨时为常山太守，闲行至钜鹿会光武，自请从击邯郸，光武曰：“伟卿以一身从我，不如以一郡为我北道主人。”乃遣晨归郡。后光武追铜马、高湖群贼于冀州，晨发积射士千人，又遣委输粮饷给军不绝。

却说王郎起邯郸，举尊号时，欲收耿纯。纯持节与从吏夜遁出城，驻节道中，诏取行者车马得数十，驰归宋子，与从昆弟䜣、宿、植共率宗族宾客二千余人，奉迎于育县。时众稍合，乃使邓禹别攻乐阳，李忠攻苦陉，冯异别收河间兵。铫期、傅宽、吕宴俱属邓禹，分循旁县。又发房子兵。禹以期为能，独拜偏将军。

王郎遣将攻信都，时王郎势大，响应者众。信都大姓马宠等，开城纳王郎将，收太守宗广及李忠母妻，而令忠亲属招呼忠。时马宠弟从忠为校尉，忠即时召见，责数以背恩反城，因格杀之。诸将惊曰：“家属在人手中，而杀其弟，何猛也？”忠曰：“纵贼不诛，是二心也。”光武闻而美之，谓忠曰：“今吾兵已成矣。将军可归救老母妻子，自募吏民能得家属者，赐钱千万，来从我取。”忠曰：“明公大恩，思得效命，诚不敢内顾宗亲。”光武乃使任光将兵救信都，光兵于道散，降王郎，无功而还。会更始遣振威将军马武与尚书令谢躬，共攻王郎，乃破信都。忠家属得全。光武因使忠还行太守事，收郡中大姓附邯郸者，诛杀数百人。及任光归郡，忠乃还复为都尉。

光武徇钜鹿，昌城人刘植开城迎。光武曰：“子何人也？”曰：“刘植，字伯先，昌城人。天下苦王氏久矣，今汉室中兴，王郎一卜者，亦思诈起，以梗天命，郡县不察，竟从风而靡。植闻明公威德，故率宗族宾客据此城以待。”因命弟喜、从兄歆出见。光武大喜，以植为骁骑将军，喜、歆偏将军，皆为列侯。忽报真定王刘扬，起兵以附王郎，众十余万，光武即欲进讨。植曰：“彼未知王郎之诈耳。请先往说之。”光武至，扬出迎，相见甚欢。因留真定，纳郭皇后，即扬之甥也。光武于是北降下曲阳，复北击中山，拔卢奴。所过发奔命兵，移檄边部，共击邯郸，郡县还复响应。南击新市、真定、元氏、房子，皆下之。因入扬界。

时王郎大将李育屯柏人。汉兵不知而进，前部偏将朱浮、邓禹为育所破，辎重尽失。光武在后闻之，急前收浮、禹散卒，追至郭门。李育回马来战，被光武接连几刀，劈得招架不及。后面一班战将俱到，李育急逃入城，将城紧闭。落后兵卒尽被杀死，尽得其所获。因率众四面攻打，数日不能下。邓禹进曰：“小城何烦旷时日，不如引兵拔广阿也。”光武曰：“正合我意。”

未知如何，下卷再为分说。

第十七回

诛王郎邓禹入关

且说自古地气大抵随天运而转，而人事应焉，所谓人杰地灵。观汉室中兴，将帅大半皆出南阳，所谓从龙而起，天之生材，非偶然也。今再说一位豪杰，亦是宛人，姓吴名汉，字子颜，家贫，给事县为亭长。王莽末，以宾客犯法，乃亡命至渔阳。以乏资用，贩马为业，往来燕蓟间，所至皆交结豪杰。更始立，使使者韩鸿循河北，或谓鸿曰："吴子颜，奇士也，可以计事。"鸿召见汉，甚悦之，遂承制拜为安乐令。

会王郎起，北州扰惑。汉素闻光武长者，独欲归心，乃往说太守彭宠。宠亦宛人，字伯通，父宏哀帝时为渔阳太守，伟容貌，能饮饭，有威于边。王莽居摄，诛不附己者，宏与何武、鲍宣并遇害。宠少为郡吏，地皇中，为太司空士，从王邑东拒汉军，到洛阳，闻同产弟在汉兵中，惧诛，与吴汉同亡至渔阳。鸿与宠乡间故人，相见欢甚，即拜宠偏将军，行渔阳太守事。

及光武至蓟，以书招宠，宠具牛酒，将上谒。会王郎遣将循渔阳、上谷，急欲发其兵，官属疑惑，多欲从之。适吴汉至，曰："渔阳、上谷突骑，天下所闻也。君何不合二郡精锐，附刘公击邯郸，此一时之功也。”宠以为然，而其时欲附王郎者众，宠不能夺。汉乃辞出，止外亭坐，念宠意虽从而才不能决众，须以计诈之，以祛众惑。方沉思，望见道中有一人似儒生者，汉使人召之，问以所闻。生因言刘公所过，为郡县所归；邯郸举尊号者，实非刘氏。汉大喜，即诈为光武书，移檄渔阳。使生赍以诣宠，令具以所闻告之。汉邀盖延随后入见，宠喜示以来檄。盖延渔阳人，字巨卿，身长八尺，常弯三百斤弓，边俗尚勇力，而延以气闻。历为列掾、州从事，所在职办。宠召署营尉，行护军，正议发兵方略，狐奴令王梁亦到，梁字君严，渔阳安阳人也。宠于是发步骑三千人，以吴汉行长史，及都尉严宣、护军盖延、狐奴令王梁，与上谷军合而南。

上谷太守耿况，字侠游，以明经为郎，后为朔调连率。及王莽败，更始立，诸将略地者，前后多擅威权，辄改易守令。况自以莽之所置，怀不自安，遣其子奉奏诣更始，因赍贡献以求自固。况子名弇，字伯昭，少学《诗》《礼》，明锐有权谋，常见郡尉试骑士，建旗鼓，肄驰射，由是好将帅之事。时年二十一。奉命至宋子，会王郎起兵邯郸，弇从吏孙仓、卫包于道共谋曰：“刘子舆成帝正统，舍此不归，远行安之？”弇按剑曰：“子舆弊贼，卒为降虏耳。我至长安，与国家陈渔阳、上谷兵马之用，还出太原、代郡，反覆数十日，归发突骑以辚乌合之众，如摧枯折腐耳。观公不识去就，族灭不久也。”仓、包不从，遂亡降王郎。

弇道闻光武在卢奴，乃驰北上谒，光武留署门下吏。弇因说护军朱祐求归，发兵以定邯郸。光武笑曰：“小儿曹乃有大意哉！”因数召见加恩慰。弇还檄与况，陈光武威德，自嫌年少，恐不见信，宜自来。弇因从光武至蓟。闻邯郸兵方到，光武欲南归，召官属议，弇曰：“今从南来，不可南行。渔阳太守彭宠，公之邑人，上谷太守即弇父也，发此两郡，控弦万骑，邯郸不足虑也。”光武官属腹心皆不肯，曰：“死尚南首，奈何北行入囊中。”光武指弇曰：“是我北道主人也。”会城中扰乱，官吏争出城迎郎兵，光武众夺城出，辎重皆遮绝。弇归，主人食未已，闻乱奔出，城已闭。弇急以马与城门亭长，乃得出，走昌平就况。

先况得弇书，檄召功曹寇恂计议，恂曰：“邯郸拔起，难可信向。昔王莽时，所难独有刘伯升耳。今闻大司马刘公，伯升母弟，尊贤下士，士多归之，诚可攀附。”况曰：“邯郸方盛，力不能独拒，如何？”恂对曰：“今上谷完实，控弦万骑，举大郡之资，可以详择去就。恂请东约渔阳，齐心合众，邯郸不足图也。”况然之。乃遣恂到渔阳，结谋彭宠。还至昌平，适王郎遣将徇上谷，恂袭击之，杀使者，夺其军。弇亦至。况发突骑二千疋，步兵千人，使长史景丹与子弇及寇恂将之，与渔阳兵合军而南，所过击斩王郎将帅。大将赵闳守蓟，攻之不下，吴汉曰：“诸公尽引而南，吾独留此，定斩闳也。”汉以五百人伏。闳见撤围去，果引军出城掩杀。吴汉突出，遂诛赵闳，降其众于路。斩王郎大将九卿校尉以下四百余级，得印绶百二十五，节二，斩首三万级，定涿郡、中山、钜鹿、清河、河间，凡二十二县。

时光武已拔广阿，将攻王郎，传闻王郎已发渔阳、上谷兵来，急召众计议。忽候骑飞报，有大兵杀来，捷如风雨，不知何处人马。光武急登城，勒兵在西门楼上。数将已及城下，光武问曰：“若辈是何等兵？”下对曰：“上谷、渔阳兵也。”又问：“为谁来乎？”曰：“为刘公。”光武大喜，开城请人，同引见。光武笑曰：“邯郸将帅数言我发渔阳、上谷兵，吾聊应言然。何意二郡果为吾来。当与上大夫共此功名耳。”乃皆以为偏将军，使各令其兵。加况大将军、兴义侯，彭宠大将军、建忠侯，因大飨士卒，人人劳勉，恩意甚备。俱从击邯郸。

至鄗，光武止传舍。鄗大姓苏公反城，开门纳王郎将李恽，耿纯先觉知，将兵逆与恽战，大破斩之。遂攻柏人，不下。议看以为守柏人，不如定钜鹿。乃引兵东北，围钜鹿。郎守将王饶据城，连攻月余，不克。郎遣大将倪宏、刘奉率数万人救钜鹿。光武逆战于南䜌。宏等冲来，势不可当，朱祐着伤，退。景丹突骑恰到，纵击，大破之，追奔十余里，斩首数千级，伤者纵横。丹还，光武谓曰："吾闻突骑为天下精兵，今乃见其战，乐可言耶？"乃率众复攻钜鹿。而王饶正出兵应倪宏，恰遇铫期，期便独冲阵，所向披靡，手杀五十余人。期被创中额，正帻复战，后军至，遂大破之。饶奔入城，众复围城。耿纯进说曰："久守王饶，士众疲敝，不如及大兵精锐，进攻邯郸。若诛王郎，王饶不战自服矣。"光武曰："善。"乃留将军邓满守钜鹿，而进军邯郸，屯其郭北门。

郎连次出战不利，乃使其谏议大夫杜威，持节请降。威曰："郎实成帝遗体。"光武曰："使成帝复生，天下不可得，况诈子舆者乎？"威请求万户侯，光武曰："顾得全身可矣。"威曰："邯郸虽鄙，并力固守，尚旷日月。终不君臣相率，但全身而已。"遂辞而去。因急攻之，二十余日，郎少傅李立为反间计，开城纳汉兵，遂拔邯郸。郎夜亡走，王霸觉，独骑追斩之，得玺绶，还报功，封王乡侯。时更始二年五月也。及收王郎文书，得吏人与郎交关谤毁者数千章。光武不视，会齐诸将军，尽焚之，曰："令反侧子自安。"复大飨将士，封邳彤武义侯，盖延号建功侯，吴汉号建策侯，贾复迁都护将军，万修拜右将军，朱祐偏将军，王梁关内侯，冯异应侯，铫期拜虎牙大将军，以岑彭为刺奸大将军。彭先迁颍川太守，会春陵刘茂起兵，略下颍川，彭不得之官，乃与麾下数百人，从河内太守韩歆。歆降光武，以为邓禹军师。彭从平河北，授节，使督察诸营。

铫期因间说光武曰："河北之地，界接边塞，人习兵战，号为精勇。今更始失政，大统危殆，海内无所归往。明公据河山之固，拥精锐之众，以顺万人思汉之心，则天下谁敢不从。"光武笑曰："卿欲遂前跸耶？"光武舍城楼上，披与地图，指示邓禹曰："天下郡国如是，今始得其一。子前言天下不足定，何也？"禹曰："方今海内淆乱，人思明君，犹赤子之慕慈母。古之兴者，在德厚薄，不以大小也。”

初，更始遣尚书令谢躬，率六将军攻王郎，不能下。会光武至，遂定邯郸。而躬裨将虏掠不相承禀，光武深忌之。虽俱在邯郸，遂分城而处，然每有以慰安之，躬勤于职事。光武常称曰：“谢尚书真吏也。”一日请躬及马武等置酒高会，因欲以图躬，不克。既罢，独与武登业台，从容谓武曰：“吾得渔阳、上谷突骑，欲令将军将之，何如？”武谢曰：“驽怯无方略。”光武曰：“将军久将习兵，岂与我掾史同哉。”武由是归心。

时更始征代郡太守赵永，耿况劝永不应召，令诣于光武。光武遣永复郡。比永北还，而代令张晔据城反畔，招迎匈奴、乌桓以为援助。光武以耿舒为复胡将军，使击晔，破之。永乃得复郡。时五校贼二十余万，北寇上谷。况与舒连击破之，贼皆退走。

更始见光武威声日盛，君臣疑虑，乃遣使立光武为萧王，令罢兵，与诸将有功者还长安。遣苗曾为幽州牧，韦顺为上谷太守，蔡充为渔阳太守，并北之部。时光武居邯郸宫，昼卧温明殿，耿弇入造床下请间，因说曰：“今更始失政，君臣淫乱，诸将擅命于畿内，贵戚纵横于都中。天子之命，不出城门。所在牧守，辄自迁易。百姓不知所从，士人莫敢自安。虏掠财物，劫掠妇女，怀金玉者至不生归。元元叩心，更思莽朝。又铜马、赤眉之属，数十辈，辈辄数十百万，圣公不能办也。其败不久，公首事南阳，破百万之军。今定河北，据天府之地，以义征伐，发号响应，天下可传檄而定。天下至重，不可令他姓得之。闻使者自西方来，欲罢兵，不可从也。今吏士死亡者多，弇愿归幽州，益发精兵以集其大计。”光武听罢，起坐指弇曰：“卿失言，我斩卿。”弇曰：“大王哀厚弇如父子，故披赤心为大王陈事。”曰：“我戏卿耳。”乃拜弇为大将军，使持节北发幽州十郡兵，曰：“当更得一人以助卿也。”乃夜召邓禹，问谁可使行者，禹曰：“尝数与吴汉言事，其人勇鸷，有智谋，诸将鲜能及者。”即拜汉大将军，持节北行。

苗曾闻之，暗勒兵，敕诸郡不得应调。汉乃将二十骑先驰至无终。曾以汉无备，出迎于路，汉突擒斩之，夺其军。北州振骇，城邑莫不望风弭从。弇到上谷，亦收韦顺、蔡充斩之。于是悉发幽州兵，引而南。

是时长安政乱，更始纳赵萌女为夫人，有宠。遂委政于萌，日夜与妇人饮宴后庭。群臣欲言事，辄醉不能见，或不得已，乃令侍中坐帷内与语。诸将识非更始声，皆怨曰："成败未可知，遽自纵放若此。"韩夫人尤嗜酒，每侍宴，见常侍奏事，辄怒曰："帝方对我饮，正以此时持事来乎？"起击破书案。赵萌专权，威福自用。郎吏有说萌放纵，更始怒，拔剑击之，自是无复敢言。萌私忿侍中，引下斩之，更始救请，不从。时李轶、朱鲔擅命山东，王匡、张卬横暴三辅。其所授官爵者，皆群小贾竖，或膳夫庖人，多著绣面衣，锦裤、襜、褕、诸于，骂詈道中。长安为之语曰："灶下养，中郎将；烂羊胃，骑都尉；烂羊头，关内侯。"军师将军豫章李淑上书谏曰："方今贼寇始诛，王化未行，百官有司宜慎其任。夫三公上应台宿，九卿下括河海，故天工人其代之。陛下定业虽因下江、平林之势，斯盖临时济用，不可施之既安。宜厘改制度，更延英俊，因才授爵，以匡王国。今公卿大位，莫非戎陈，尚书显官，皆出庸伍，资亭长、贼捕之用，而当辅佐纲维之任。唯名与器，圣人所重。今以所重加非其人，望其毗益万分，兴化致理。譬犹缘木求鱼，升山采珠。海内望此有以窥度汉祚。臣非有憎疾以求进也，但为陛下惜此举厝，败材伤锦，所宜至虑。惟割既往谬妄之失，思隆周文济济之美。"云云。更始怒，系淑诏狱。

自是关中离心，四方怨叛。梁王刘永擅命睢阳，公孙述称王巴蜀，李宪自立为淮南王，秦丰据黎邱，自号楚黎王，张步起琅邪，董宪起东海，延岑起汉中，田戎起夷陵，隗嚣据天水，窦融据河西，并置将帅，侵略郡县。又别号诸贼，铜马、大彤、高湖、重连、铁胫、大抢、尤来、上江、责犊、五校、檀乡、五幡、五楼、富平、获索等，各领部曲，众合数百万人，所在寇掠。将次第平之，难矣。

时铜马贼数十万入清阳、乃平。命铫期等击之，连战不利。期思以少击众，得死力方能取胜，乃背水挑战。期独登先陷阵，所向无敌。无奈贼众数十倍，愈杀愈盛，期军士杀伤甚多。但期所到处，贼兵纷纷倒地，期人本长大，贼远望见，便不敢近。却在危急不能顾及军士。会光武率陈俊、耿纯、吴汉、耿弇等大兵到来，吴汉、耿弇突骑十分利害，贼众大败。是日杀贼数万，大获全胜。光武大喜。忽报谢躬分其兵数万去邯郸，还屯于邺县。光武乃召吴汉、岑彭计之，嘱其便宜行事。不数日，铜马贼众又引众欲战。光武曰："贼众无粮，易破耳。"乃遣诸将，分营坚守。数挑战不出，贼出虏掠，辄击取之。凡十余日，贼食尽，夜遁去。追至馆陶，大破之。受降未尽，而高湖、重连从东南来，与铜马余众合。光武复与战，大破于蒲阳，悉降之，封其渠帅为列侯。然降者多不自安，光武知其意，敕令各归营勒兵，乃自乘轻骑，案行部陈，降者更相语曰："萧王推赤心置入腹中，安得不投死乎。"由是皆服。悉将降人分配诸将，众遂数十万，故关西号光武为"铜马帝"。

却说赤眉自杀莽更始将军廉丹后，其势益大，遂寇东海，掠楚、沛、汝南、颍川，还入陈留，攻拔鲁城，转至濮阳。会更始都洛阳，遣使降崇。崇等闻汉室复兴，即留其兵，自将渠帅二十余人，随使者至洛阳降更始，皆封为列侯。崇等既未有国邑，而留众稍有离叛，乃遂亡归其营，将兵入颍川。分其众为二部：崇与逄安为一部，徐宣、谢禄、杨音为一部。崇、安攻拔长社，南击宛，斩县令。而宣、禄等亦拔阳翟，引之梁，击杀河南太守。赤眉所向必胜，其别帅复与大彤、青犊入射犬，众十余万。

光武乃会谢躬谓曰："我追贼于射犬，必破之。尤来贼在山阳者，必当惊走，若以君威力，击此散虏，必成擒也。”躬曰：“善。”

光武遂率众至谢犬。铫期出阵，大肆击杀，见贼多处便杀入。光武见铫期勇猛无敌，贼众全无畏怯。又命贾复杀出，贾复一枝丈八蛇矛，如蛟龙出水，手起处，渠帅落马。奈贼人众多，贾复性起，只是横击，铁矛过处，十数人头破颈落。这边铫期贪杀贼，深入贼阵，却被贼众分一枝人马疾入期营，袭去辎重。及期觉时，贼正驱转，铫期大怒，画戟一挥，大喝声如霹雳振耳，贼众吓翻者数十人，借势杀回。贼众袭得辎重，正是得意，忽见铫期杀回，大怒曰：“世有如此上将耶？”各舍命攒上，将铫期围在垓心。却当不得铫期力大身捷，戟到处，便血溅肉糜，虽身被数创，其战益力。杀有两时辰许，但两员虎将所到之处，便尸横遍地。贼虽顽恶不畏死，至此时亦觉胆破心惊，魂飞魄散矣。时日已当午，贼仍不退。光武乃将大旗招动，鸣金收军，曰：“吏士皆饥矣，可且朝饭。”贾复曰：“先破之，然后食耳。”于是复又翻身杀出。众贼兵见汉兵收回，惊魂略定。而见满地血尸，及折臂断腰者，喊哭连天，无不深悔众不可恃，贼不可为。且欲造饭充饥，忽见汉兵复又杀来，势如疾风暴雨，贼众先已胆落心寒，此时不由的四散奔逃。复、期二人率军追杀一阵，然后回营。光武营上诸将看得眼花，咸服二人之勇云。

其尤来一众在山阳者，只见尘飞蔽天，鼓声振地，不知青犊等胜负如何。正欲过山，只见众贼败逃过来，尤来众急问交战情形，只说得“杀来也”三字，如飞而去。尤来大惊，又见后面尘头大起，急忙拔营而走。才到隆虑山，只见一军横开，截住去路，却是谢躬在此。尤来渠帅大惊曰：“今番休矣。”众贼面面相觑，其大肜等逃将曰：“前兵未知如何，后追者实不可当，唯有舍命而前耳。”众皆曰：“是。”遂奋勇而前，人人死战，杀得谢躬大败，死者数千人。

却说吴汉、岑彭各有随身突骑数千，因谢躬在外，遂同往袭取邺城。吴汉曰：“躬去，守邺者乃大将军刘庆，魏郡太守陈康，二人皆知兵者，不如先以辞说陈康使降。若径攻之，躬回，未免费时日。”岑彭曰：“吾当先入伏城中，如说之不下，子急攻之，吾为内应。”汉大喜，乃令辩士说康曰：“盖闻上智不处危以侥幸，中智能因危以为功，下愚安于危以自亡，危亡之至，在人所由，不可不察。今京师败乱，四方云扰，公所闻也；萧王兵强士附，河北归命，公所见也；谢躬内背萧王，外失众心，公所知也。今公据孤危之城，待灭亡之祸，义无所立，节先所成，不若开门纳军，转祸为福，免下愚之败，收中智之功，此计之至者也。”康大悦，乃计缚刘庆，收躬妻子，开门纳汉等。及躬从隆虑归，不知康已反之，与数百骑轻入城，岑彭擒之。吴汉至，见躬跪伏彭前，汉曰：“何故与鬼语。”遂拔剑斩之。其众悉降。躬字子张，南阳人。初其妻知光武不平之，常戒躬曰：“君与刘公积不相能，而信其虚谈，不为之备，终受制矣。”躬不纳，故及于难。

诸贼或以山川土地为名，或以军容强盛为号，是时都已敛迹。河北河内，粗为平定。忽闻青犊、赤眉皆入函谷关。光武急召邓禹计议曰：“赤眉西入，长安必破。吾欲定三辅，而方事山东，奈何？”

未知邓禹如何画策，且看下文分解。

第十八回

斩李轶光武即位

却说赤眉众在南方，虽数战胜，而疲敝厌兵，日夜愁泣，思欲东归。崇等计议，虑东向必散，不如西攻长安。更始二年冬，樊崇、逢安自武关，徐宣等从陆浑关，两道俱入。三年正月，俱至宏农。更始遣讨难将军苏茂拒之。茂军大败，死者千余人。赤眉众于是大集，乃分万人为一营，凡三十营，营置三老、从事各一人。进至华阴。更始将王匡、成丹、刘均等莫能当。

时光武料赤眉破长安，欲乘衅并关中。而自事山东不能西去，思诸将佐中，惟邓禹深沉有大度，且知人善任，每有所举，皆当其才，乃拜为前将军，持节，中分麾下精兵二万人遣西入关，令自选偏裨以下可以俱者。于是以韩歆为军师，李文、李春、程虑为祭酒，冯愔为积弩将军，樊崇为骁骑将军，宗歆为车骑将军，邓寻为建威将军，耿䜣为赤眉将军，左于为军师将军，引而西。正月自箕关将入河东。河东都尉守关不战。连攻十日，破之，获辎重千余乘。遂进围安邑，安邑坚守未能即下。

且说洛阳一路。更始见光武屡捷，河北复收，河内有中分天下之势，恐其还入河南，乃遣朱鲔、李轶、田立、陈侨将兵号三十万，与舞阴太守武勃共守洛阳。

光武将北循燕赵，乃拜寇恂为河内太守。恂字子翼，上谷昌平人，为郡功曹，经明行修，名重一时。称光武尝问邓禹曰："魏郡河内，独不逢兵，而城邑完全，仓廪充实，我欲守此，诸将中谁可使者。"禹曰："昔高祖任萧何于关中，无复西顾之忧，所以得专精山东，终成大业。今河内带河为固，户口殷实，北通上党，南迫洛阳。寇恂文武足备，有牧人御众之才，非此子莫可使也。"于是拜恂为太守，行大将军事。光武谓恂曰："河内完富，吾将因是而起。昔高祖留萧何镇关中，吾今委公以河内。坚守转运，给足军粮，率厉士马，防遏他兵，勿令北度而已。"又拜冯异为孟津将军，统二郡军于河上，与恂合势以拒朱鲔等。恂移书属县，讲兵肄射，伐淇园之竹，为矢百余万，养马二千匹，收租四百万斛，转以给军。异乃遣李轶书曰：

愚闻明镜所以照形，往事所以知今。昔微子去殷而入周，项伯畔楚而归汉，周勃迎代王而黜少帝，霍光尊孝宣而废昌邑，彼皆畏天知命，睹存亡之符，见废兴之事，故能成功于一时，垂业于万世。苟令长安尚可扶助，延期岁月，疏不间亲，远不逾近，季文岂能居一隅也。今长安坏乱，赤眉临郊，王侯构难，大臣乖离，纲纪已绝，四方分崩，异姓并起，是故萧王跋涉霜雪，经营河北。方今英俊云集，百姓风靡，虽邠岐慕周，不足以逾。季文诚能觉悟成败，亟定大计，论功古人，转祸为福，在此时矣。如猛将长驱，严兵围城，虽有悔恨，亦无及矣。

初轶与光武首结谋约，加相亲爱。及更始立，反共陷伯升。此时虽知长安已危，欲降又不自安，乃报异书曰：

轶本与萧王首谋造汉，结死生之约，同荣枯之计。今轶守洛阳，将军镇孟津，俱据机轴，千载一会，思成断金。唯深达萧王，愿进愚策，以佐国安人。

轶自通书之后，不复与异争锋，异因此得北攻天井关，拔上党两城，又南下河南成皋已东十三县，及诸屯聚，皆平之。降者十余万。武勃将万余人，攻诸畔降者，异引军度河，与勃战于士乡下。大破斩勃，获首五千余级。轶又闭门不救，异见其信效，具以奏闻。光武大喜，故宣露轶书，令朱鲔知之。鲔大怒，使人刺杀轶。由是城中乖离，多有降者。而朱鲔闻光武北伐，以河内势孤，使讨难将军苏茂，副将贾彊，将兵三万余人渡巩河攻温。自率数万人，攻平阴，以牵缀冯异。异思朱鲔自来，必以重兵攻温，温县有失，河内危矣，即遣护军将军刘隆将兵往助寇恂。然后自率兵度河击鲔。

却说寇恂闻苏茂将兵度巩，即勒军驰出，并移告属县，引兵会于温下。军吏皆谏曰："今洛阳兵度河，前后不绝，宜待众军毕集，乃可出也。"恂曰："温，此郡之藩蔽，失温，则郡不可守。"遂赴之，旦日合战。而冯异遣救及诸县兵适至，士马四集，幡旗蔽野。恂及令士卒鼓噪大呼言曰："刘公兵到。"苏茂军闻之，大恐，阵动。恂因奔击，遇贾彊出敌，只一合，斩之。苏茂赶上，战不数合，知非其敌，亦败下阵去。恂挥军追杀，茂兵落河死者数千人，生获万余人。追至洛阳，冯异亦到，言朱鲔败逃入城。恂、异合兵，围城一匝而还。自是洛阳震恐，城门尽闭。时光武传闻朱鲔破河内有顷，恂檄至，大喜曰："吾知寇子翼可任也。"异亦移檄上状。

先光武北行，耿纯军在前，去众营数里。上江、大肜、铁胫诸贼忽夜至，攻纯营，箭雨射入。纯勒部曲，坚守不动。选敢死二千人，俱持强弩，各傅三矢，使衔枚间行，绕出贼后，齐声呼噪，强弩并发，贼众惊走，追击，遂破之。驰白光武。明旦，光武与诸将俱至营劳纯曰："昨夜困乎？以大兵不可夜动，故不相救耳。"又曰："军营进退无常，卿宗族不可悉居军中。"乃以纯族人耿伋蒲吾长，悉令将亲属居焉。遂进追尤来、大抢、五幡于元氏，耿弇将突骑五千为先锋，辄破走之。

大军追至北平，连破之。又战于顺水北，贼急设伏，光武乘胜轻进，遇伏，贼死命斗，光武大败。尤来渠帅樊崇，紧追不舍，一枪刺到，光武接住，却破樊崇一扯，跌下马来。光武急拔剑砍倒樊崇的马，两下步战，群贼望见俱到，光武弃了樊崇，飞奔趋上高岸，贼又紧追。正在危急，恰好耿弇突骑到来，王丰望见，急加鞭前迎，下马授光武，抚其肩而上，顾笑谓耿弇曰："几为虏所嗤。"贼至，弇令射上逆射，稍退。计点士卒，死者数千人。时马武已归光武，独殿后，贼追至，武辄陷阵斩杀，以故不得迫及，乃归保范阳。军中不见光武，或云已战殁，诸将不知所为，吴汉曰："卿辈努力，王兄子在南阳，何忧无主？"众恐惧数日乃定。

贼虽战胜，而素摄大威，不能得其情，夜遂引去。大军复进，将至安次，贼涌至。马武奋方天画戟杀出，所向无前。诸将引而随之，斩杀无算。贼退至安次，五校刚到，五校渠帅高扈最是枭勇，接住马武厮杀。这边陈俊掉枪出马，大喊曰："马将军少息，我来也。"马武退下，陈俊举枪便刺，高扈还枪，却被陈俊操住，两人下马，高扈早一剑击到，陈俊一锏随下，将剑打落，复又一锏，高扈便走，陈俊后追，却不知高扈骠枪利害，五十步内取，百发百中。扈见陈俊赶来，心中暗喜，看相近，骠从肩际发出，恰到陈俊喉间，却被陈俊一手接住，俊见扈肩项斜闪，知有暗器，及连接数枪，俊大怒曰："顽贼终不免死，暂活亦多伤徒众耳。"奋步追上，一锏击死。于是双锏轮动，逢人便打。只见一渠帅，形容凶恶，一槊刺到，俊接槊带下马来，死于锏下，复飞身上马，即以贼槊杀贼，所向必破，贼众大败，追奔二十余里，复斩一渠帅而还。光武望而叹曰："战将尽如是，岂有忧哉。"群贼引退入渔阳，所过虏掠。俊言于光武曰："宜令轻骑出贼前，使百姓各自坚壁，以绝其食，可不战而殄也。"光武然之，即遣俊将轻骑驰出贼前，视人保壁坚完者，敕令固守；放散在野者，因掠取之。贼至无所得，遂散败。及军还，光武谓俊曰："困此虏者，将军策也。”乃遣吴汉率耿尊、陈俊、马武等十二将军，追战于潞东及平谷，大破灭之。

是时寇恂河内正捷，于是诸将议上尊号。马武先进曰：“天下无主，如更有贤智承敝而起，虽仲尼为相，孙子为将，犹恐无能有益。反水不收，后悔无及。大王虽执谦退，奈宗庙社稷何？宜且还蓟，即尊位，乃议征伐。今此谁贼而驰骛击之乎？”光武惊曰：“将军何出是言？可斩也。”武曰：“诸将尽然。”光武使出晓谕诸将，乃引军还至蓟。

夏四月，公孙述自称天子。光武从蓟还，过范阳，命收葬战死吏士。至中山，诸将复上奏曰：“汉遭王莽，宗庙废绝，豪杰愤怒，兆人涂炭。王与伯升，首举义兵，更始因其资以据帝位，而不能奉承大统，败乱纲纪，盗贼日多，群生危蹙。大王初下征昆阳，王莽自溃，后拔邯郸，北州弭定。参分天下而有其二，跨州据土，带甲百万。言武力则莫之敢抗，论文德则无所与辞。臣闻帝王不可以久旷，天命不可以谦拒。惟大王以社稷为计，万姓为心。”光武又不听。行到南棘，诸将复固请之。光武曰：“寇贼未平，四面受敌，何遽欲正号位乎？”诸将且出，耿纯进曰：“天下士大夫捐亲戚，弃土壤，从大王于矢石间者，其计固望攀龙鳞，附凤翼，以成其所志耳。今功业即定，天人亦应，而大王留时逆众，不正号位；纯恐士大夫望绝计穷，则有去归之思，无为久自苦也。大众一散，难可复合，时不可留，众不可逆。”纯言诚切，光武深感曰：“吾将思之。”

行至鄗，召冯异诣鄗，问四方动静。异曰：“三王反畔，更始败亡，天下无主，宗庙之忧在于大王，宜从众议，上为社稷，下为百姓。”光武曰：“我昨夜梦乘赤龙上天，觉悟，心中动悸。”异因下席再拜贺曰：“此天命发于精神，心中动悸，大王重慎之性也。”光武先在长安时同舍生彊华，适自关中来，奉《赤伏符》曰：“刘秀发兵捕不道，四夷云集龙斗野，四七之际火为主。”异与诸将复奏曰：“受命之符，人应为大，万里合信，不议同情。今上无天子，海内淆乱，符瑞之应，昭然著闻，宜答天神以塞群望。”光武于是命有司设坛场于鄗南千秋亭五成陌。六月己未，即皇帝位，燔燎告天，禋于六宗，望于群神，其祝文曰：

> 皇天上帝，后土神祇，眷顾降命，属秀黎元，为人父母，秀不敢当。群下百辟，不谋同辞，咸曰：王莽篡位，秀发愤兴兵，破王寻王邑于昆阳，诛王郎铜马于河北，平定天下，海内蒙恩。上当天地之心，下为元元所归，《谶记》曰："刘秀发兵捕不道，卯金修德为天子。"秀犹固辞，至于再，至于三，群下佥曰：皇天大命不可稽留。敢不敬承。

于是建元为建武，大赦天下，改鄗为高邑。

且说邓禹西入关，至此时恰是半年。演义只叙得光武一边，连三王反畔，更始改亡之事，亦只提得一两句。

欲知详悉，且看下文。

第十九回

更始亡光武都洛

却说隗嚣雄据陇西，更始二年遣使征嚣及崔、义等。嚣初起兵，本欲以应汉，闻召将行，军师方望以为更始未可知，固止之。嚣不听，望以书辞谢而去。嚣等遂至长安，更始以为右将军。方望初见更始政乱，知其必败，辞嚣去。乃于长安求得前孺子刘婴，将至临泾。三年正月，立为天子，聚党数千人，望为丞相。更始遣李松与苏茂等击破，皆斩之。

方望弟方阳，以更始杀其兄，闻赤眉至华阴，乃往说樊崇曰："更始荒乱，政令不行，故使将军得至于此。今将军拥百万之众，西向帝城而无称号，名为群贼，不可以久。不如立宗室，挟义征伐。以此号令，谁敢不服？"赤眉以为然。时有齐巫狂言城阳景王大怒，曰："当为县官，何故为贼！"有笑巫者，辄病。军中惊异，乃相与议曰："今迫近长安，而鬼神如此，当求刘氏共尊立之。"乃求得刘盆子，立以为帝，自号建世元年。盆子太山式人，城阳景王章之后也。先赤眉过式，掠得之，时年十五，被发徒跣，敝衣赭汗。见众拜，恐畏欲啼，尝走从牧儿游。崇虽起勇力，而为众所宗，然不知书数。徐宣故县狱吏，能通《易经》。遂共推宣为丞相，崇御史大夫，逄安左大司马，谢禄右大司马，自杨音以下皆为列卿。于是长驱而进。三月，更始遣李松会同朱鲔拒于蓩乡。松等大败，弃军走，死者三万余人。

先是邓禹围安邑，数月未能下。更始大将军樊参将数万人，度大阳欲击禹。禹遣诸将迎击于解南，大破之，斩参首。于是王匡、成丹、刘均等合军十余万，复共击禹。禹军大败，骁骑将军樊崇战死。会日暮罢战，军师韩歆及诸将见兵势已摧，皆劝禹夜去，禹不听。明日癸亥，匡等以六甲穷日，不出，禹因得理兵勒众。明旦，匡悉军出攻禹，禹令军中无得妄动。既至营下，因传发诸将鼓而并进，大破之。匡等皆弃军亡走，禹率轻骑急追，生擒刘均及河东太守杨宝、持节中郎将弭彊，皆斩之。收得节六，印绶五百，兵器不可胜数。遂定河东。承制拜李文为河东太守，悉更置属县令长以镇抚之。

王匡、张卬为禹所破，还奔长安。卬与诸将议曰："赤眉近在郑、华阴之间，旦暮且至。今独有长安，见灭不久，不如勒兵掠城中以自富，转攻所在，东归南阳，收宛王等兵。事若不集，复入湖池为盗耳。"申屠建、廖湛等皆以为然，共入说更始。更始怒不应，莫敢复言。及赤眉立刘盆子，更始使王匡、陈牧、成丹、赵萌屯新丰，李松军掫，以拒之，张卬、廖湛、胡殷、申屠建等与御史大夫隗嚣合谋，共劫更始以成前计。侍中刘能卿知其谋以告，更始托病不出，召张卬等皆入，将悉诛之。惟隗嚣不至。更始孤疑，使卬等四人且侍于外访庐。卬与殷湛疑有变，遂突出，独申屠建在，更始斩之。卬与湛殷，遂勒兵掠东西市。昏时，烧门入，战于宫中，更始大败。明旦，将妻子车骑百余，东奔新丰。更始复疑王匡、陈牧、成丹与张卬等同谋，乃并召入，牧、丹先至，即斩之。王匡惧，将兵入长安，与张卬等合。更始乃与李松、赵萌还长安，共攻匡、卬于城内，连战月余，匡等败走。更始徙居长信官。

却说隗嚣见赤眉入关，三辅扰乱，流闻光武即位河北，嚣即说更始归政于光武叔父，国三老刘良。更始不听。诸将欲劫更始东归，嚣与通谋。事发觉，更始召诸将及嚣，嚣称疾不入，勒兵自守。更始既斩申屠建，复使执金吾邓晔，将兵围嚣。嚣闭门拒守，至昏时，遂溃围与数十骑，夜斩平城门关，亡归天水。复招聚其众，据故地，自称西州大将军。嚣素谦恭爱士，倾身引接，为布衣交。以长安谷恭为掌野大夫，平陵范逡为师友，赵秉、苏衡、郑兴为祭酒，申屠刚、杜林为持书，杨广、王遵、周宗及平襄人行巡、阿阳人王捷、长陵人王元为大将军，杜陵、金丹之属为宾客。由此名震西州，闻于山东。

再说光武闻邓禹平定河东，大喜，遣使持节，拜禹为大司徒。策曰：

> 制诏前将军禹：深执忠孝，与朕谋谟帷幄，决胜千里，孔子曰："自吾有回，门人日亲。"斩将破军，平定山西，功效尤著。百姓不亲，五品不训，汝作司徒，敬敷五教，五教在宽。今遣奉车都尉，授印绶，封为酂侯，食邑万户。敬之哉。

邓禹时年二十四，才学为中兴二十八将之冠，故首封及之。越数日，以野王令王梁大司空，以吴汉为大司马，景丹为骠骑大将军，耿弇为建威大将军，盖延为虎牙大将军，朱祐为建义大将军，杜茂为大将军。时宗室刘茂，自号厌新将军，率众降，封为中山王。七月己亥，驾幸怀，遣耿弇率强弩将军陈俊，军五社津，备荥阳以东；使吴汉率朱祐及廷尉岑彭、执金吾贾复、扬化将军坚镡等十一将军围朱鲔于洛阳。邓禹亦自汾阴河入夏阳。更始中郎将左辅都尉公乘歙引其众十万，与左冯翊兵其拒禹于衙，禹破走之。而赤眉遂入长安。

先是赤眉至高陵，王匡等迎降之，遂共连兵而进。李松出战，败，死者二千余人，赤眉生得松。时松弟汎为城门校尉，赤眉使使谓之曰："开城门，活汝兄。"汎即开门。九月，赤眉入城，更始单骑走，从厨城门出。初侍中刘恭以赤眉立其弟盆子，自系诏狱。闻更始败，乃出，步从至高陵。赤眉下书曰："圣公降者，封长沙王。过二十日，勿受。”更始遣刘恭请降，赤眉使其将谢禄往受之。十月，更始遂随禄肉袒诣长乐宫，上玺绶于盆子。赤眉欲杀之，刘恭为请不能得，急拔剑欲自刎。樊崇等遽共救止之，乃赦更始。刘恭复为固请，得封长沙王。三辅苦赤眉暴虐，皆怜更始。而张印等以为虑，与谢禄谋，遂缢杀之于郊下。初光武闻赤眉入长安，更始破败，弃城逃走，妻子裸袒，流冗道路，甚愍之。急下诏封更始为淮阳王，吏人敢有贼害者，罪同大逆。至是乃诏大司徒邓禹及时进兵讨之，而令收葬更始于霸陵。

却说三辅连遭覆败，赤眉所过残贼，百姓不知所归。闻禹乘胜独克，而师行有纪，皆望风相携负以迎军。降者日以千数，众号百万。禹所止辄停车住节，以劳来之；父老童稚，垂发戴白，满其车下，莫不感悦，于是名震关西。帝嘉之，数赐书褒美。诸豪杰皆劝禹径攻长安，禹曰：“不然！今吾从虽多，能战者少，前无可仰之积，后无转馈之资。赤眉新拔长安，财富充实，锋锐未可当也。夫盗贼群居，无终日之计，财谷虽多，变故万端，宁能坚守耶？上郡、北地、安定三郡，土广人稀，饶谷多畜。吾且休兵北道，就粮养士，以观其弊，乃可图也。”于是引军北至栒邑。禹所到，击破赤眉别将诸营保，郡邑皆开门归附焉。

且说光武所遣攻洛阳十一将军，乃是吴汉、王梁、朱祐、万修、贾复、刘植、坚镡、侯进、冯异、祭遵、岑彭、王霸，而贾复作先锋，先度河。白虎公陈侨恰引兵迎来，侨曰：“杀不死的盐吏，何不知足也！”复答曰：“汝既闻我威名，便当卸甲归降，何敢逆时以抗天兵？大抵亦迷于进退者耳。无多言，请饮吾刃。”举矛便刺，十数回合，陈侨抵敌不住，大败而走，大军尽渡。朱鲔等逆战，连破之，遂围洛阳。贾复先王莽未为县椽，尝迎盐于河东。后大战青犊于射犬。又北与五校战于真定，虽大破贼，而身受重伤。光武大惊曰：“我所以不令贾复别将者，为其轻敌也！果然失吾名将。闻其妇有孕，生女耶，我子娶之，生男子，我妇嫁之。不令其忧妻子也。”复病寻愈，追及光武于蓟。故陈侨云云。

汉十一将军围洛阳，朱鲔等坚守，数月不下。帝以岑彭尝为鲔校尉，令岑彭往说之。彭至城下见鲔，相劳苦欢语如平生。彭因曰：“彭往者得执鞭侍从，蒙荐举拔擢，常思有以报恩。今赤眉已得长安，更始为三王所反，皇帝平定燕、赵，尽有幽、冀之地，百姓归心，贤俊云集，亲率大兵来攻洛阳。天下之事，逝其去矣。公虽婴城固守，将何待乎？”鲔曰：“吾非不知之。昔大司徒被害时，鲔与其谋，又谏更始无遣萧王北伐，诚自知罪深耳。”彭还，具言于帝。帝曰：“夫建大事者，不忌小怨，鲔今若降，官爵可保，况诛罚乎？河水在此，吾不食言。”

彭复往告鲔，鲔从城上下索曰：“必信，君然可乘此上。”彭趋索欲上，鲔见其诚，即许降。后五日，鲔将轻骑诣彭，顾敕诸部将曰：“坚守待我，我若不还，诸将径将大兵轘辕，归郾王。”乃面缚，与彭俱诣河阳行在所。帝即解其缚，召见之，复令彭夜送鲔归城。鲔深感，明旦悉其众出降。帝拜鲔为平狄将军，封扶沟侯。鲔淮阳人，后为少府，秩二千石，传封累代云。

十月，车驾入洛阳，幸南宫却非殿，遂定都焉。访求卓茂为太傅。茂字子康，宛人也。元帝时学于长安，事博士江生，习《诗》《礼》及历算，究极师法，称为通儒。性宽仁恭爱，乡党故旧，虽行能与茂不同，而皆爱慕欣欣焉。尝为密县令，劳心谆谆，视民如子，吏人亲爱而不忍欺之，教化大行，道不拾遗。平帝时天下大蝗，河南二十余县，皆被其灾，独不入密县界。及王莽居摄，以病免归。更始立，以茂为侍中祭酒，从至长安。知更始政乱，以年老乞骸骨归。光武初即，先访求之。茂时年七十余矣，诣河阳谒见，以为太傅，封褒德侯。初，茂与同县孔休、陈留蔡勋、安众刘宣、林国龚胜、上党鲍宣六人同志，不仕王莽，并名重当时。刘宣字子高，安众侯崇之从弟。知王莽当篡，乃变姓名，隐避林薮，至是乃出。光武以宣袭封安众侯，擢龚胜子赐为上谷太守；求休、勋子孙，赐谷以旌显之。又征琅邪伏湛，拜为尚书，使典定旧制。

时檀乡贼聚众数十万，纵横赵、魏间。建武二年春，大司马吴汉率大司徒王梁，建义大将军朱祐，大将军杜茂，执金吾贾复，扬化将军坚镡，偏将军王霸，骑都尉刘隆、马武、阴识共击之于邺东漳水上。大破之，降者十余万人。汉复率诸将击邺西山贼黎伯卿等，及河内、修武，悉破诸屯聚。

于是大封功臣，吴汉为广平侯，朱祐堵阳侯，景丹栎阳侯，杜茂苦陉侯，刘隆亢父侯，傅俊昆阳侯，坚镡溵强侯，马武山都侯，冯异阳夏侯，岑彭先已封归德侯，贾复已封冠军侯，至是益封穰、朝阳二县，盖延更封安平侯，陈俊是时攻匡城县贼，下四县，更封新处侯，臧宫封成安侯，耿弇更封好畤侯，食好畤、美阳二县，王霸为富波侯，祭遵拜征虏将军，封颍阳侯，任光阿陵侯，李忠中水侯，万修更封槐里侯，邳彤先已更封灵寿侯，刘植更为昌城侯，耿纯高阳侯。

力子都者，东海人也，莽末起兵乡里，钞击徐、兖界，众有六七万。更始立，遣使降，拜子都徐州牧。光武狼狈奔信都时，任光尝假称刘公将城头子路、力子都兵百万众，从东方来击诸反虏。城头子路，姓爰名曾，字子路，起兵卢城头，故号为城头子路，寇掠河、济间，众至二十余万，亦降更始云。力子都为其部曲所杀，余党相聚，与诸贼会于檀乡，因号为檀乡。檀乡渠帅董次仲始起茌平，遂渡河入魏郡清河，与五校合。

初吴汉率众击槽乡，有诏军事一属大司马，而大司空王梁，辄发野王兵。帝以其不奉诏敕，令止于所在县，而梁复以便宜进军。帝以梁前后违命，大怒，遣尚书宗广，持节即军中斩梁。广不忍，乃槛车送京师。既至，赦之。光武于功臣严而不峻，恩而不溺，惟始终保全，贤于高祖远矣。其功臣食邑大国四县，余各有差，下诏曰：

人情得足，苦于放纵，快须臾之欲，忘慎罚之义。惟诸将业远功大，诚欲传于无穷，宜如临深渊，如履薄冰，战战栗栗，日慎一日。其显效未酬，名籍未立者，大鸿胪趣上，朕将差而录之。

博士丁恭议曰："古帝王封诸侯，不过百里，故利以建侯，取法于雷，强干弱枝，所以为治也。今封诸侯四县，不合法制。"帝曰："古之亡国，皆以无道，未尝闻功臣地多而灭亡者。"乃遣谒者，即授印绶。策曰：

在上不骄，高而不危，制节谨度，满而不溢，敬之戒之，传玺子孙，长为汉戒。

先是檀乡、五楼贼，入繁阳、内黄，又魏郡大姓，数反覆，而更始将卓京谋欲相率反邺城。帝以铫期为魏郡太守，行大将军事。期发郡兵击卓京，破之。京亡入山，追斩其将校数十人，获京妻子。进击繁阳、内黄，复斩数百级，郡界清平。盗贼督李熊，邺中之豪，而熊弟陆，谋欲反城迎檀乡。或以告期，不应，告者至三四，期乃召问熊。熊叩头首服，愿与老母俱就死。期曰："为吏傥不若为贼乐者，可归与老母往就陆也。"使吏送出城。熊行，求得陆，与同诣邺城西门。陆不胜感愧，自杀以谢期。期嗟叹，以礼葬之，而还熊故职。于是郡中服其威信。

帝使岑彭击荆州，下犨、叶等十余城。是时南方尤乱。南郡人秦丰据黎邱，自称楚黎王，略有十二县；董䜣起堵乡；许邯起杏；又更始郾王尹遵，乃诸大将在南方，未降者尚多。帝召诸将议兵事，未有言，沉吟久之，乃以檄叩地曰："郾最强，宛为次，谁当击之？"贾复率然对曰："臣请击郾。"帝笑曰："执金吾击郾，吾复何忧！大司马当击宛。"遂遣复与骑都尉阴识，骁骑将军刘植，南度五社津击郾，连破之。月余，尹尊降，尽定其地。引东击更始淮阳太守暴汜，汜降，属县悉定。

时宗室刘永据梁地，自称天子，结连东海董宪，琅邪张步。帝欲遣将征之。忽闻赤眉尽焚西京宫室，发掘园陵，帝大惊曰：“克贼残暴至此耶？”乃更封大司徒邓禹为梁侯，食四县，敕速定关中。又闻延岑反汉中，拥兵关西，关西所在破散。帝曰：“邓司徒何能定此。”时偏将军冯异，击破阳翟贼严终、赵根，乃遣异代禹讨之。车驾送至河南，赐以乘舆，七尺玉具剑，勅异曰：“三辅遭王莽、更始之乱，重以赤眉、延岑之酷，元元涂炭，无所依诉。今之怔伐，非必略地屠城，要在平定安集之耳。诸将非不健斗，然好虏掠。卿本能御吏士，念自修敕，无为郡县所苦。”异领首受命，引兵而西。复以王梁为中郎将，使北守箕关。

赤眉如何暴乱，且听下回分解。

第二十回

赤眉败诸将平南

且说冯异为人谦退不伐，尝敕吏士，非交战受敌，常行诸营之后。与诸将相逢，辄引车避道。进止皆有表识，军中号为整齐。每所止舍，诸将并坐论功，异常独屏树下，军中号曰："大树将军。"光武破邯郸时，部分诸将，各有配隶，军士皆言愿属大树将军，光武以此重之。散任以西征，异所至皆布威信。宏农群盗称将军者，十余辈，皆率众降异。后赤眉东走，异拒之不得东。

初赤眉入长安，盆子居长乐宫，诸将日会论功。争言讙呼，拔剑击柱，不能相一。三辅郡县，遣使贡献，兵士辄劫夺之。又数虏暴吏民，公卿肴乱，动相辩斗。而兵众辄逾宫斩关，入掠酒肉。盆子惶恐，日夜啼泣，独与中黄门共卧起。刘恭见赤眉众乱，知其必败，自恐兄弟俱祸，密教盆子归玺绶，习为辞让之言。建武二年正月朔，崇等大会，盆子乃下床解玺绶，叩头曰："今设置县官而为贼如故，吏人贡献，辄见剽劫，流闻四方，莫不怨恨，不复信向。此皆立非其人所致，愿乞骸骨，避贤圣。必欲杀盆子以塞责，无所避死。诚欲诸君肯哀怜之耳。"言罢涕泣嘘欷。

崇等及会者数百人莫不哀怜之，乃皆避席顿首曰："臣无状负陛下，请自今已后，不敢复放纵。”因共抱持盆子，带以玺绶，盆子号呼不得已。既罢出，各闭营自守。三辅翕然，称天子聪明，百姓争还长安，市里且满。得二十余日，赤眉贪财物，复出大掠。城中粮食尽，遂收载珍宝。因大纵火烧宫室，引兵而西，过祠南郊，车甲兵马，最为猛盛，众号百万。自南山转掠城邑，与更始将军严春战于郿，破春，杀之。遂入安定、北地。至阳城、番须中，逢大雪，坑谷皆满，士多冻死，乃复还。发掘诸陵，取其宝货，遂汙辱吕后尸。凡贼所发，有玉匣殓者，率皆如生，故赤眉得多行淫秽。

却说邓禹闻赤眉西走，乃南至长安，列军昆明池，大飨士卒，率诸将斋戒，择吉日修礼谒祠高庙。收十一帝神主，遣吏奉诣洛阳。忽闻得赤眉发掘诸陵，淫污后尸。叹曰：“生为帝后，死犹受辱。张释之之计诚远矣。”因循行诸园陵，为置吏士奉守焉。

时赤眉在右扶风郁夷县，乃遣将击之，反为赤眉所败。禹怒，将悉众攻之。忽报延岑结连公孙述，刘嘉数败。禹叹曰：“赤眉未衰，汉中复起，帐下无能战之将，所在皆劲敌，将奈之何？”时延岑已至蓝田，禹急遣邓寻先行，自引大兵随后进发。及禹到，邓寻早已败下。延岑追来，禹随将行阵分为两翼，便叫数百骑出迎，嘱诸将士曰：“延岑万人敌，吾诱其入阵，以积弩合射，当取胜也。”岑至，禹笑谓之曰：“延叔牙欲以勇力逆天命耶？今天子智勇天授，率士归心，大丈夫欲立功名，要当自审耳。誓死无悔，甚无谓也。”岑大怒曰：“天命难知，事在人为。汉高亦一亭长耳。汝以天子必姓刘，何以更始继兴，而败不旋踵？足见汝言之妄。”言罢，举枪便刺。禹怒曰：“反覆小人，固不可以理喻。”还手便一枪扑去。二人战到数十回合，延岑见不能取胜，勒回马头，把枪一挥，数万人马齐冲过来。邓禹即退，中军内弓箭手一齐拥出，阵前乱射。岑军中伤甚多，急欲退回，禹军又走。延岑喝曰：“敌箭已尽，擒捉邓禹正在此时。”于是岑军舍命复又追上。转过山头，禹军中号钲一响，两翼抄拢，万弩齐发。岑军急退，邓禹驱兵掩杀，延岑大败，死伤万余。连日交战，互有输赢，而邓禹军粮将尽，料延岑一时难灭，乃就谷云阳郡。

延岑字叔牙，南阳人，初起兵汉中，刘嘉击降于冠军。后更始以嘉为汉中王，扶威大将军，持节就国，都于南郑。至建武二年，延岑复反，攻汉中，围南郑，嘉兵败走。岑遂定汉中，与邓禹正相拒于蓝田。忽报邓禹退入云阳，岑笑曰："此粮尽，当急掩之。"率兵径追，为禹伏兵所败。遂复进兵武都。正行间，忽见一军挡路，岑急自迎上前，原来是更始柱功侯李宝，闻刘嘉兵败，特来相助。李宝一见延岑，大骂："无耻反贼。"举刀便砍。延岑心慌，被李宝杀得大败，遂走天水。公孙述乃遣大将侯丹取南郑。时刘嘉收散卒得数万人，乃以李主为相，从武都南击侯丹，不利，还军河池，下辩。复与延岑连战，岑败，引兵北入散关，至陈仓。嘉追击，破之。于是军声复振。

先邓禹遣冯愔、宗歆守栒邑，二人争权相攻，愔遂杀歆，因反击禹。禹遣使报，帝问使人："愔所亲爱为谁？"曰："护军黄防。"帝度愔、防不能久和，因报禹曰："缚冯愔者，必黄防。"禹乃遣尚书宗广持节降之。后月余，防果执愔，将其众归罪。时更始诸将王匡、胡殷、成丹等，皆诣广降，与共东归。至安邑，王匡等以伯升之故，自恐，欲亡走，广悉斩之。愔至洛阳，赦不诛。而邓禹军威自此稍损焉。

李宝因谓刘嘉曰："禹军数战不利，东南沸乱，大军未暇西顾，此天与之时也。"嘉曰："文叔才器天授，非吾所及，真帝王资也。"嘉妻兄来歙，亦劝嘉归光武，宝曰："时未可知，当且观成败。"忽报更始邓王廖湛将赤眉十八万杀来，已至谷口。嘉大怒曰："逆贼犹敢猖厥耶？"与战，大破之，嘉手杀湛。时军中乏食，遂到云阳就谷。光武闻之，告邓禹曰："孝孙素谨善，少且亲爱，当是长安轻薄儿误之耳。"禹即宣帝旨，嘉乃因来歙诣禹于云阳。李宝倨慢无礼，禹斩之。宝弟乃收宝部曲，击禹，杀将军耿䜣。禹军屡败，又乏食，归附者渐离散。赤眉遂复入长安。禹与战，败走，至高陵，军士饥饿者，皆食枣菜。帝乃徵禹还，敕曰："赤眉无谷，自当来东，吾折捶笞之，非诸将忧也。无得复妄进兵。"禹大惭，数以饥卒徼战，战辄不利。

却说延岑出散关，屯扎杜陵。赤眉将逄安击之，为岑所败，死者十余万人。时三辅大饥，人相食，城郭皆空，白骨蔽野，遗民往往聚为营保，各坚壁自守，赤眉虏掠无所得，乃引而东归，众尚二十余万。光武乃遣破奸将军侯进等屯新安，建威大将军耿弇等屯宜阳，以要其还路。敕诸将曰："贼若东走，可引宜阳兵会新安，贼若南走，可引新安兵会宜阳。"

却说赤眉东还，沿途掳掠。将至华阴，忽遇冯异兵到，截住去路，大怒索战，冯异便与交锋，赤眉诸将，皆非异对手，异却不十分追杀。与相拒六十余日，降其将卒五千余人。光武既徵邓禹还，即以冯为征西大将军。邓禹无粮草，手下又无健将，至是徵还，深惭受任无功，愤怒与赤眉交战，战辄不利。乃率车骑将军邓宏等自河北度至湖，要冯异共攻赤眉。异曰："异与贼相拒数十日，虽虏获雄将，余众尚多，是可稍以恩信倾诱，难卒用兵破也。上今使诸将屯黾池要其东，而异击其西，一举取之，此万成计也。"禹、宏不从，宏遂大战移日，赤眉诈败，弃辎重走。车皆载土，以豆覆其上；兵士饥饿，见之争取。赤眉大军突还击宏，宏军溃乱。冯异与邓禹合兵救之，赤眉却退，禹挥众掩追，异曰："士卒饥倦矣，可且休息。"禹不听，复战，大为所败，死伤者三千余人，禹以二十四骑脱归宜阳。异弃马步走上回溪阪，与麾下数人归营，收其散卒复坚壁自守。时建武三年正月也。

至闰正月，冯异兵气稍复，乃与赤眉约期会战。暗使壮士兵变服，与赤眉同，埋伏道侧。次日赤眉使万人攻异前部，异笑曰："贼殊狡犹。"乃少出兵以应之。贼见势弱，遂悉众攻异，异乃纵兵大战。日昃，贼气衰，伏兵卒猝起，衣服相乱，赤眉不复别识，众遂惊溃。

异追击，大破之于崤底，死伤狼藉，男女投降乞命者八万人。帝降玺书劳异曰：“始虽垂翅回溪，终能奋翼黾池，可谓失之东隅，收之桑榆。方论功赏，以答大勋。”

帝乃自将幸宜阳，盛陈六军，以邀其走路。赤眉余众正东向宜阳，忽遇大军，惊震不知所为，乃遣刘恭乞降曰：“盆子将百万众降，陛下何以待之？”帝曰：“待汝以不死耳。”樊崇乃将盆子及丞相徐宣以下三十余人肉袒降，上所得传国玺绶，更始七尺宝剑，及玉璧各一，积兵器盔甲于宜阳城西，堆与熊耳山齐。帝令县厨赐食，众久困馁，十余万人皆得饱饫。明旦，大陈兵马临洛水，令盆子君臣列而观之。谓盆子曰：“自知当死不？”对曰：“罪当应死，犹幸上怜赦之耳。”帝笑曰：“儿大黠，宗室无蚩者。”又谓崇等曰：“得无悔降乎？朕今遣卿归营勒兵，鸣鼓相攻，决其胜负，不欲强相服也。”徐宣等曰：“臣等出长安东都门，君臣计议，归命圣德。百姓可以乐成，难以图始，故不告众耳。今日得降，犹去虎口，归慈母，诚欢诚喜，无所恨也。”帝曰：“卿所谓铁中铮铮，庸中佼佼者也。”又曰：“诸卿大为无道，所过皆夷灭老弱，溺社稷，汙井灶。然犹有三善：攻破城邑，周偏天下，本故妻妇无所改易，是一善也；立君能用宗室，是二善也；余贼立君，迫急皆持其首降，自以为功，诸卿独完全以付朕，是三善也。”乃令各与妻子居洛阳，赐宅人一区，田二顷。其夏，樊崇、逄安谋反，诛死。杨音在长安时，遇赵王有恩，乃赐爵关内侯，与徐宣俱归乡里，卒于家。刘恭为更始报杀谢禄，自系狱，赦不诛。帝怜盆子，赏赐甚厚，以为赵王郎中。此俱是后话。

赵王者，光武叔父良也。建武二年四月甲午，封叔父良为广阳王，兄子章为太原王，章弟兴为鲁王，舂陵侯嫡子祉为城阳王。良后徙为赵王，故称赵王云。五月，又封歙为泗水王。歙子终与光武少相亲爱。汉兵起，始及唐子，诱杀湖阳尉者。终也，封为淄川王。光武既受传国玺，乃祠高庙，赐天下长子当为父后者，爵人一级。

却说延岑既破赤眉兵，势复强盛。乃自称武安王，拜置牧守，欲据关中。时众寇犹多，王歆据下邦，芳丹据新丰，蒋震据霸陵，张邯据长安，公孙守据长陵，杨周据谷口，吕鲔据陈仓，角闳据汧，骆盖延据盩厔，任良据鄠，汝章据槐里，各称将军，拥兵转相攻击。延岑乃引张邯、任良共攻冯异。异击破之，诸附岑者，皆投降归异。岑乃走攻析县，异遣复汉将军邓晔，辅汉将军于匡要击岑，大破之，降其将苏臣等八千余人。岑遂自武关走南阳。时百姓饥饿，人相食，黄金一斤，易豆五升。道路隔断，委输不至，军士悉以果实为粮。帝闻，诏拜南阳赵匡为右扶风，将兵助异，并送缣谷。异兵既得食，乃稍诛击不从令者，褒赏降附有功劳者，悉遣其渠帅诣京师，散其众归本业。威行关中。唯吕鲔、张邯、蒋震降蜀，其余悉平。

延岑逃入南阳，复为寇，与秦丰、田戎等连合。先秦丰及更始诸将拥兵据南阳诸城。贾复自请击郾，月余诸县皆平定。光武并遣大司马吴汉击宛，汉领兵往南阳，一路进发。自南阳、宛、涅阳、郦、穰、新野诸城，皆下之，势如破竹。复引兵南进，以击秦丰。

却说吴汉起初说彭宠归光武及北发十郡突骑，收斩苗曾，击杀谢躬，数件功劳，最为上所重。又光武北击群贼，汉常将突骑先登陷阵，故光武即位，拜为大司马。后又破檀乡于漳水，复率诸将击邺西贼黎伯卿等及河内修武，悉破诸屯聚。车驾亲幸抚劳。汉功既高，宠荣亦至，其麾下军士未免意气扬扬。汉惟知立功，未尝察觉，故所过多侵暴。沿途百姓正无所控诉，却恼了一位虎将，原来破虏将军邓奉，时正谒归新野，闻知大怒曰："谁不为官家出力，谁不能战，敢自以为功耶！公然掠吾乡里，吾誓擒此狂夫，为诸君取笑。"于是众中大哗："愿助将军！"邓奉乃部勒士众，得数千人，下令曰："汉性勇鸷，尝自为军锋居前。当先袭其辎重，以破其胆。汉虽勇，非吾敌也。"

却说汉军正行，忽后队飞报，不知何处人马，突如其来，势不可当。汉大惊，急勒住前部，飞马来敌。邓奉一见，便骂：“无学狂夫，如何纵兵骚扰吾乡。”吴汉正待分说，邓奉一枪，早已飞到，二人接手数十回合，这边辎重已破获去矣。吴汉心慌，大败，落阵而逃，邓奉紧追不舍。

未知吴汉性命如何，看下文分解。

第二十一回

吴汉朱浮激楚蓟

且说邓奉乃西华侯邓晨之兄子也，骁勇绝伦。当日回家谒祖，见大司马吴汉军士放纵，掠其乡里。愤怒兴兵，杀得吴汉大败奔走，追赶不及。天色已晚，乃自收兵。因对众曰："这厮素未败北，为上所重，今经此挫，势必不可两立，奈何？"众曰："以将军之才，固可自立功业。方今秦、董诸人皆据地拥兵，何不与彼合从自卫。"奉叹曰："时固未可逆，恩亦不可负。今为此贼，自陷百死莫赎，且据地自守，俟再会战时，手戮此贼，以舒吾恨也。"遂率众屯据淯阳，与诸贼合从。

却说光武闻报吴汉激反邓奉，大惊曰："奉勇而用兵有法，诸将非其敌。须吾自往擒之。"正议亲征，忽南阳王常将妻子诣洛阳，肉袒来归。帝大喜曰："王廷尉来，吾不忧南方矣。"乃召公卿将军以下大会，具为群臣言："常以匹夫兴义兵，明于知天命，故更始封为知命侯。与吾相遇兵中，尤相厚善。"于是特加赏赐，拜为左曹，封山桑侯。乃遣朱祐、贾复及建威大将军耿弇，武威将军郭守，越骑将军刘宏，偏将军刘嘉、耿植，迁王常汉中将军，同南击邓奉、董䜣。时岑彭已破杏，降许邯，遂并力先击堵乡。邓奉见汉兵不到淯阳，料是重兵先困董䜣，乃将万余人往救之。䜣奉皆南阳精兵，岑彭等攻之，连月不克。

且说盖延先南击敖仓，转攻酸枣、封丘，皆拔之。其夏，遂督马武、刘隆、马成、王霸等南伐刘永。刘永者，梁郡睢阳人，梁孝王八世孙也。传国至父立，为王莽所诛。更始立，永先诣洛阳，绍封为梁王，都睢阳。永见更始政乱，遂据国起兵，以弟防为辅国大将军，防弟少公为御史大夫，遂招集诸郡豪杰，沛人周建等，并署为将帅，攻下济阴、山阳、沛、楚、淮阳、汝南，凡得二十八城。又遣使拜西防贼帅山阳佼彊为横行将军。时东海人董宪起兵据其郡，而张步亦定齐地。永遣使拜宪汉大将军，步辅汉大将军，与其连兵，遂专据东方。及更始败，永自称天子。建武二年夏，帝遣虎牙大将军盖延等伐之。延领兵而南，先攻拔襄邑，复进取麻乡，遂图永于睢阳。数月，拔之，永乃将家属走虞县。虞人反，杀其母及妻子，永与麾下数十人奔谯。盖延进攻，拔薛，斩其鲁郡太守梁邱寿，而彭城、扶阳、杼秋、萧皆降。又破永沛郡太守陈修，斩之。永将苏茂、佼彊、周建等三万余人救永，共攻延，战于沛西，延大破之，永军乱，遁没溺死者大半。永弃城走湖陵，苏茂奔广乐。延遂定沛、楚、临淮，修高祖庙，置啬夫、祝宰、乐人。

苏茂为更始讨难将军，与朱鲔等守洛阳。鲔既降汉，茂亦归命。光武因使茂与盖延俱攻刘永，军中不相能，茂遂反。杀淮阳太守，掠得数县；据广乐，臣于永。永以茂为大司马，淮阳王。永破败，茂遂仍还广乐。

帝使太中大夫伏隆持节安辑青、徐二州，招降张步。刘永闻降至，乃遣使立张步为齐王。步贪其爵号遂受之，乃杀伏隆，而理兵于剧，遣将循山东诸郡，拓地渐广。是时帝方北忧渔阳，未暇灭此，故步得专集齐地，据有十二郡焉。

却说渔阳彭宠自归光武，围邯郸时，宠转输粮食，前后不绝。及王郎死，光武追铜马，北至蓟。宠上谒，自负其功，意望甚高，光武接之不能满，以此心怀不平。及上即位，吴汉、王梁，宠之所遣者；并为三公，而宠无所加，愈快快不得志，叹曰：“我功当为王，但尔者，陛下忘我耶？”是时北州破散，而渔阳差完，有旧盐铁官，宠转以贸谷，以此益富强。朱浮与宠不相能，浮数谮构之。浮，沛国萧县人，初从破邯郸，拜为幽州牧，遂讨定北边。建武二年，封舞阳侯，食三县。浮年少有才能，颇欲厉风迹，收士心，辟召州中名宿，涿郡王岑之属，以为从事。及王莽时故吏二千石，皆引置幕府，乃多发诸郡仓谷廪，瞻其妻子。宠以为天下未定，师旅方起，不宜多置官属，以损军实，不从其令。浮性矜急，自是颇不平，因以峻文诋之，密奏宠遣吏迎妻，而不迎其母，又受货贿，多聚兵谷，意计难量。有诏徵宠，宠意浮卖己，上疏愿与浮俱徵。又与吴汉、盖延等书，盛言浮谮枉之状，固求同徵。帝不许、宠益以自疑。而其妻素刚，不堪抑屈，固劝无受召，宠亲信吏皆怀怨于浮，莫有劝行者。遂发兵反，拜署将帅，自将二万余人，攻朱浮于蓟，分兵循广阳、上谷、右北平。朱浮以书责宠曰：

盖闻智者顺时而谋，愚者逆理而动，常窃悲京城太叔以不知足而无贤辅，卒自弃于郑也。伯通以名字典郡，有佐命之功，临人亲职，爱惜仓库，而浮秉征伐之任，欲权时救急，二者皆为国耳。即疑浮相谮，何不诣阙自陈，而为族灭之计乎？朝廷之于伯通，恩亦厚矣，委以大郡，任以威武，事有柱石之寄，情同子孙之亲。匹夫媵母，尚能致命一餐，岂有身带三绶，职典大邦，而不顾恩义，生心外畔者乎？伯通与吏人语，何以为颜？行步拜起，何以为容？坐卧念之，何以为心？引镜窥影，何施眉目？举措建功，何以为人？惜乎！弃休令之嘉名，造枭鸱之逆谋，捐传世之庆祚，招破败之重灾，高论尧舜之道，不忍桀纣之性，生为世笑，死为愚鬼，不亦哀乎！伯通与耿侠游俱起佐命，同被国恩。侠游谦让，屡有降挹之言，而伯通自伐，以为功高天下。往时辽东有豕，生子白头，异而献之，行至河东，见群豕皆白，怀惭而还。若以子之功论于朝廷，则为辽东豕也。今乃愚妄，自比六国。六国之时，其势各盛，廓土数千里，胜兵将百万，故能据国相持，多历年世。今天下几里，列郡几城，奈何以区区渔阳，而结怨天子，此犹河滨之人，捧土以塞孟津，多见其不知量也。方今天下适定，海内愿安，士无贤不肖，皆乐立名于世。而伯通独中风狂走，自捐盛时，内听骄妇之失计，外信谗邪之谀言，长为群后恶法，永为功臣鉴戒，岂不误哉！定海内者无私仇，勿以前事自误。愿留意顾老母幼弟，凡举事无为亲厚者所痛，而为见仇者所快。

宠得书愈怒，攻浮转急。帝使游击将军邓隆救蓟。隆军潞南，浮军雍奴，遣吏奏状。帝读檄怒，谓使吏曰："两营相去百里，其势岂可相及？比汝还，北军必败矣。"宠果盛兵临河以拒隆，又别发轻骑三千袭其后，大破隆军。浮远，遂不能救，引而去。

明年春，宠遂拔右北平、上谷数县。遣使以美女缯采赂遗匈奴，要结和亲。单于使左南将军七八千骑，往来为游兵以助宠。又南结张步，及富平、获索诸豪杰，皆与交质连衡。涿郡太守张丰亦举兵反。

时二郡畔戾，北州忧恐，浮以为天子必自将兵讨之，而但遣邓隆助浮。浮怀惧，复上疏求救，诏报曰："往年赤眉跋扈长安，吾策其无谷必东，果来归降。今度此反虏，势无久全，其中必有内相斩者。今军资未充，故须后麦耳。"浮城中粮尽，人相食。曾上谷太守耿况遣骑来救浮，浮乃得遁走。南至良乡，其兵长恶浮恃才舞文，反遮截之，浮恐不得脱，乃下马刺杀其妻，仅以身免。城遂降于宠，宠乃自称燕王。

时张丰自称无上大将军、与宠连兵。帝遣建义大将军朱祐，建威大将军耿弇，征虏将军祭遵，骁骑将军刘喜讨张丰于涿郡。祭遵先至，急攻丰，禽之。初丰好方术，有道士言丰当为天子，以五采囊裹石系丰肘，云石中有玉玺。丰信之，遂反。既执当斩，犹曰："肘石有玉玺。"遵为椎破之，丰乃知被诈，仰天叹曰："当死无所恨。"

上诏耿弇进击彭宠，弇以父况与宠同功，又兄弟无在京师者，不敢独进，求诣洛阳。诏报曰："将军举宗为国，功效尤著，何嫌何疑而欲求徵？”况闻之，更遣弃弟国入侍。时祭遵屯良乡，刘喜屯阳乡，彭宠引匈奴兵欲击之。耿况使其子舒袭破匈奴兵，斩两王，宠乃退走。

后宠斋，独在便室，苍头子密等三人因宠卧寐，共缚著床，伪称宠命，呼其妻入。妻惊喊，奴乃捽其头，击其颊，将妻入取宝物，至宠所装之，又使妻缝两缣囊。昏夜后，解宠手，令作记告城门将军开门书。毕，即斩宠及妻头置缣囊中。持记出城，因以诣阙。明旦，阁门不开，行属逾墙而入，见两尸大惊怖。其尚书韩立等共立宠子午为王。国师韩利斩午首，诣祭遵降，夷其宗族。帝封子密为不义侯。

朱浮逃归洛阳，尚书令侯霸奏浮败乱幽州，构成宠罪，徒劳军师，不能死节，罪当伏诛。帝不忍，以浮代贾复为执金吾，徒封父城侯。这俱是后话。而平狄将军庞萌又背而为乱，杀楚郡大守孙萌，而东附董宪。史称光武知人善任，独诎于庞萌。知人则哲，惟帝其难哉！

欲知后事如何，且听下文分解。

第二十二回

盖延耿弇定梁齐

先是董䜣、邓奉、延岑等在南阳一带，岑彭、耿弇等攻之下下。三年夏，帝乃自将南征。大兵至叶，董䜣别将，将数千人遮道，车骑不能前进，岑彭奋勇奔击，大破之，遂至堵阳。

却说邓奉令候卒伏道傍，见车骑一日不绝，归语奉。奉大惊，连夜逃归淯阳。董䜣见邓奉夜遁，料来不可独支，遂降。岑彭与耿弇、贾复及积弩将军傅俊、骑都尉臧宫等从追邓奉于小长安。帝率诸将亲战，大破之。奉迫急，乃降。帝怜奉旧功臣，且衅起吴汉，欲全宥之。岑彭与耿弇谏曰："邓奉背恩反逆，暴师经年，致贾复伤痍，朱祐见获。陛下既至，犹不知悔善，而亲在行阵，兵败乃降。若不诛奉，无以惩恶。"于是斩之。先诸将击奉，朱祐军败，被奉生擒去，贾复与战，身被十二创，几乎不免。及奉降，帝复祐位，而厚加慰赐。复遣祐击新野、随县，皆平之。

是时野谷旅生、麻术尤盛，野蚕成茧，被于山阜，人收其利焉。六月戊戌，立贵人郭氏为皇后，于疆为皇太子，大赦天下。秋八月，帝自将征五校。丙辰，幸内黄，大破五校于戏阳。降之。九月，骠骑大将军景丹薨。丹病疟，在上前发寒栗，上笑曰："闻壮士不病疟，今汉大将军反病疟耶？”使小黄门扶起，赐医药，还归洛阳。病遂加。会陕贼苏况攻破宏农，生获郡守。帝以丹旧将，欲令强起领郡事，乃夜召入，谓曰：“贼迫近京师，但得将军威重，卧以镇之，足矣。”丹不敢辞，乃力疾拜命，将营兵到郡。十余日，薨。

延岑自被冯异杀败，走入南方与秦丰合。及邓奉既除，帝回洛阳，诸将乃并力以伐秦丰。六月，耿弇与延岑战于穰，大破之。七月，岑彭率三将军攻秦丰，战于黎邱，大破之，获其将蔡宏。延岑至东阳，遇朱佑、祭遵，大战一阵，岑将张成枭勇无比，被祭遵斩为两段，延岑败逃。今且阁处。

再说吴汉一边。汉自被邓奉杀败之后，光武便不令他在南阳地界，却与偏将军冯异同击昌城、五楼贼张文等，又攻铜马、五幡于新安，皆破之。三年春，率耿弇盖延击青犊于轵西，大破降之。及盖延战刘永于楚、沛，耿弇追邓奉于淯阳，时苏茂叛归刘永，后被盖延杀败，转至广乐，吴汉乃率杜茂、陈俊等，围苏茂于广乐。攻打一月，城已将破，吴汉曰：“苏茂困急矣，来日吾等只攻三面，缺一门，贼必走此，便好擒之。”正商议停安，忽探马来报，不知何处人马如潮水般涌来，吴汉大惊，谓杜茂等曰：“公等小心督营，汉自去迎之，看是如何。”乃引轻骑千余，迎上前去。原来是周建自沛西败后，别招聚收集得十余万人来救广乐。吴汉一见大怒，奋起画戟，便战周建。战到数十回合，周建抵敌不住，败下阵去，吴汉性起，大喝一声，拍马赶去，看看赶上，不料飞跑过急，马失前蹄，将吴汉一交翻下马来。周建听得，急勒回马，一刀盖下，却被众军一齐拥上，救汉回营。建等遂借势入城。

却说吴汉一交跌倒，左脚膝盖骨跌歪在一边，不能起床。周建、苏茂军势大振，率众来攻。陈俊谓汉曰：“大敌在前而公伤卧，众心惧矣。”汉乃勃然裹创而起，椎牛飨士，令军中曰：“贼众虽多，皆劫掠群盗，胜不相让，败不相救，非有仗节死义者也。今日封侯之秋，诸君勉之。”于是军中激怒，人倍其气。旦日，建、茂出兵围汉。汉选四部精兵黄头吴河等及乌桓突骑三千余人，汉躬被甲拔戟，令诸部将曰：“闻擂鼓声，皆大呼而进，后进者斩。”遂鼓而进之。建军大溃，反还奔城。汉长驱追击，争门并入，茂、建见汉兵追进城来，舍命复又突走出城。吴汉料茂、建必投睢阳，遂留杜茂、陈俊等守广乐，自却将兵往睢阳，以助盖延。

刘永先被盖延杀败，走保湖陵。后睢阳人反城迎永，于是盖延复率诸将围睢阳。将百日，却是攻不破。忽苏茂、周建领数千人马到来，刘永在敌楼望见大喜，以为已胜广乐，急率众开城迎入。茂、建哭诉战败情形，刘永伤感不已。次日，吴汉又到，将睢阳围成铁桶，盖延命架云梯上城。刘永吓得走头无路，周建等曰：“陛下勿忧，东有董宪，北有张步，足以制敌。又有五校之属，在牵掣其肘。今且走酂，收集散卒，并约五校之众为助，盖延之势孤矣。”苏茂、周建乃保定刘永，拼命杀出重围。盖延顾谓众将曰：“此寇前次大败，母亡妻丧，未久复聚众数十万。虚声最能惑众，天下愚人多，吾等须趁此时灭之，无为久苦苍生也。”军中大悦，遂拔营迅追。

却说刘永等众没命的走了一天，会日山西沉，霞光夕照中，探望征尘已静。料离追兵已远，方裁歇下营盘。旦日黎明，正待趱行，大将庆吾入帐曰：“人不可逆天，逆天而行，未有不亡。刘秀作天子，哀平之际已有此谶，水合滹沱，白衣指路，天命可知矣。以战功论之，南胜昆阳，北破邯郸，三辅氛靖，南阳叛诛，用兵若此，何有于齐梁哉！前有明诏，复宗室故国，诚不如倒戈归顺。朱鲔且封，况大王乎？”永闻言大怒，指庆吾骂曰：“佞贼见吾暂败，敢反耶？”言未已，庆吾早已赶上，一剑将刘永砍倒，提头在手。众卫士大惊，欲奔上前，庆吾大声对众曰：“为此一人不达天时，妄欲富贵，已害数十万生灵。今追骑已至，诸君欲延命乎？欲与妄竖同死乎？”苏茂、周建等闻变，急入中军。吴汉突骑如疾风骤雨到来，茂、建等大惊，挟得永子刘纡上马急逃。军士有大半随着庆吾投降。盖延大喜，命将追赶苏茂等。追之不及，延等乃分头安抚各郡邑，奏凯而回。

却说苏茂、周建等逃至垂惠，复招聚得数万人，立纡为梁王，据城自守。佼彊乃奔保西防焉。四年春，盖延又击苏茂、周建于蕲，进与董宪战于留下，皆破之。因率平敌将军庞萌攻西防，拔之。复追败周建、苏茂于彭城，茂、建逃奔。延所向必克，诸寇望风而惧。

董宪将贲休举兰陵城降。宪闻之大怒，自郯尽起大兵往兰陵围休。时盖延及庞萌在楚，急报帝，请往救之。帝敕曰："可直往捣郯，则兰陵之围自解。"延等以贲休城危，遂先赴之。董宪乃率千余人迎战，接手数合，便败下阵去。延等追杀一阵，因破围入城。原来董宪知延、萌到来，二将皆难力敌，故此诈败，明日乃大出兵，将兰陵围得水泄不通。延等大惊曰："不听帝言，果中贼计！今当趁此舍命杀出。"遂遽出突走。宪兵虽众，却当不住延、萌之勇。延等既出，因往攻郯。帝闻延败，让之曰："间欲先赴郯者，以不意故耳。今既奔走，贼计已立，围岂可解乎？"延等至郯，果不能克，而董宪遂拔兰陵，杀贲休。

秋七月，上遣捕虏将军马武，骑都尉王霸，围刘纡、周建于垂惠。攻之数月，不下。五年二月，苏茂将五校兵十余万，来救垂惠。马武为茂、建所败，奔过王霸营，大呼求救。霸曰："贼兵盛出，救必两败，努力而已。"乃闭营坚壁。军吏皆争曰："同受帝命，今败不相救，毋乃不可。"霸曰："茂兵精锐，其众又多，吾吏士心恐，而捕虏与吾相恃，两军不一，此败道也。今闭营固守，示不相援，贼必乘胜轻进，捕虏无救，战必倍力。如此茂众疲劳，吾乘其敝，乃可克也。"茂、建果悉出攻武，将武众围在垓心。马武见王霸坐视不救，怒发如雷，睁圆豹眼，倒竖虎须，大喊："众吏士随我出重围去也。"只这一声如霹雳振空，众军士齐声应曰："愿舍死助将军。"马武奋起青铜大砍刀，一马便去冲围。所到处，只见人翻马倒。马武只数千人，在十数万人之中，半日，虽是杀人如麻，却冲不出去。王霸营中只听得喊杀连天，半日不绝，人人怒发，愿去助阵。内有壮士数十人，按纳不住，自断其发，入营请战。王霸见士气已作，乃下令开营后，出精骑，抄敌背后袭杀。茂、建等众正杀得疲乏，被王霸生力军从后杀来，无不以一当百。马武一得知是王霸出救，又气增百倍的杀，茂、建前后受敌，惊乱败走。霸、武追杀一阵，各自归营。

不数日，茂、建复聚兵挑战，至霸营，霸坚卧不出，方飨士作倡乐。茂雨射营中，箭中霸前酒樽，霸安坐不动。军吏皆曰："茂前日已破，今易击也。"霸曰："不然，苏茂客兵远来，粮良不足，数挑战，以徼一时之胜。今闭营休士，所谓不战而屈人兵者也。"茂、建既不得战，乃引还营。周建、刘纡欲入城，周建兄子诵反闭城据之。建怒，自前责之。诵曰："叔负奇才，不能择主，而恃强逆天命，屡败而不知悔，是自求灭宗者也。既今求生有路，舍死无名，机决俄顷，后悔无及。"建听罢，气得目瞪口呆。又见城头上高竖降旗，大吼一声，鲜血直喷，仰下马来。刘纡命人救起，急自逃生。周建路死，纡往投佼彊，苏茂连夜奔下邳，与董宪合。垂惠已定。

是时大司马吴汉，率建威大将军耿弇击富平、获索贼于平原，大破，降其众四万余人。先是耿弇破南阳后，从上幸春陵，因见，自请北收上谷兵未发者，定彭宠于渔阳，取张丰于涿郡，还收富平、获索，东攻张步，以平齐地。帝壮其意乃许之。至是各功俱建，一应前言。因诏弇进讨张步。

时梁地董宪犹强，盖延等乃往来要击宪别将于彭城、郯、邳之间，颇有克获。帝以延轻敌深入，数以书诫之。延深感，乃上疏曰："臣幸得受干戈，诛逆虏，奉职未称，久留天诛。常恐污辱名号，不及等伦，天下平定已后，曾无尺寸可数，不得预竹帛之编。明诏深闵，儆戒备具，每事奉循诏命，必不敢为国之忧也。"

却说庞萌每当见诏书独下延而不及己，以为延谮己，自疑。遂反叛，袭破延军，引兵与董宪连和，自号东平王，屯桃乡之北。萌，山阳人。初为侍中，为人逊顺，帝信爱之，常称曰：“可以托六尺之孤，寄百里之命者，庞萌是也。”拜为平狄将军，与延共击董宪。至是反。帝王闻之大怒，自将讨萌，与诸将书曰：“吾常以庞萌为社稷之臣，将军得无笑其言乎？老贼当族。其各厉兵马，会睢阳。”庞萌攻破彭城，杀楚郡太守孙萌。

却说董宪闻帝自讨庞萌，乃与刘纡、苏茂、佼彊去下邳，还兰陵，使茂、彊助萌，合兵三万，急围桃城。帝时在蒙，闻之，乃留辎重，自将轻骑三千，步卒数万，晓夜驰赴。师次任城，去桃乡六十里。旦日，诸将请进，贼亦勒兵挑战。帝不听，乃休兵养锐，以挫其锋。城中闻车驾至，众心益固。时吴汉在东郡，驰使召之。诸将会者，汉忠将军王常，前将军王梁，捕虏将军马武，讨虏将军王霸与盖延俱到任城。先庞萌等见光武不战，乃悉兵攻城，二十余日，众已疲困而不能下。

及吴汉与诸将到齐，乃率众军进桃城。帝亲自搏战，董宪手下亦有数十员战将，早被光武斩了几员。宪大惊急自上前，不数合，亦招架不住，败下阵去。盖延、马武、王常等，见光武亲战，俱各愤勇恶杀，杀得萌、茂七零八落，尸横遍地，天晚方才收兵。庞萌、苏茂、佼彊弃辎重比夜逃奔，董宪乃与刘纡率残败数万人走屯昌虑，却自将锐卒拒新阳。相去数十里，忽见一标人马拦住，门旗开处，一将突出喝曰：“吾在此候多时矣。”原来吴汉到任城时，帝密谓汉曰：“此战贼必走昌虑，又必发精锐以拒新阳。将军乘胜即先驰往，伏要路以邀截之。”

却说董宪见是吴汉，惊曰：“何其捷速！真所谓用兵如神也。”急欲回军，吴汉早已杀到，宪败，复还昌虑。汉随后追击，亦进至昌虑，屯守之。宪大恐，乃招诱五校余贼步骑数千人，屯建阳，去昌虑三十里。帝至蕃，去宪所百余里。诸将请进，帝笑曰：“五校乏食当退，吾将乘其敝也。”敕各营坚壁以待之。数日，五校粮尽，果引去。帝乃亲临，四面攻宪，三日，复大破之。众皆奔散，遣吴汉追击之。后佼彊将其众降，苏茂奔投张步，董宪及庞萌走入缯山。数日，吏士闻宪尚在，复相聚得数百人，迎宪入郯城。吴汉等复攻拔郯，宪与庞萌走守朐县。刘纡不知所归，军士高扈斩其首降。梁地悉平。吴汉乃进兵围朐，后城中谷尽，宪、萌潜出，袭取赣榆。琅邪太守陈俊攻之，宪、萌走泽中。会吴汉攻下朐城，尽获其妻子，宪乃流涕谢其将士曰：“妻子皆已得矣，嗟乎！久苦诸卿。”乃将数十骑夜去，欲从间道归降，而吴汉校尉韩湛追斩宪于方与，方与人黔陵亦斩萌，皆传首洛阳。帝封韩湛为列侯，黔陵为关内侯。帝还京，因幸鲁，使大司空祠孔子焉。

且说耿弇既受命讨张步，乃收集降卒，结部曲，置将吏，一面檄率骑都尉刘歆、太山太守陈俊引兵而东。先是太山豪杰多拥众与张步连兵，吴汉言于帝曰：“非陈俊莫能定此郡。”于是拜俊太山太守，行大将军事。张步闻之，遣将击俊，战于嬴下，俊大破之，追至济南，遂定太山。后以琅邪未平，徙俊为琅邪太守，领将军如故。俊盖威振青齐云。

却说张步闻弇将至，乃使其大将军费邑军历下，又分兵屯祝阿，别于太山钟城列营数十以待之。弇从朝阳桥度河，先击祝阿。自旦攻城，日未中而拔之，故意开围一角，令其众得奔归钟城。钟城人闻祝阿已破，魂飞魄散，遂空壁亡去。弇将进兵历下，闻费邑遣其弟敢分兵守臣里，弇乃令先进兵胁巨里。却使兵众多伐树木，扬言以填塞坑堑。数日，闻费邑谋来救弟，弇因严令军中促修攻城器具，宣敕诸部，后三日当悉力攻巨里城。却阴纵生丁，令得逃归，以弇期告邑。邑大惊，急自将精兵三万余人前来。弇喜，谓诸将曰：“贼中吾计矣。所以修攻具者，欲诱至费邑耳。野兵不击，何以城为。”即分三千人守巨里，自引兵上冈阪，乘高台战，大破之，临阵斩邑，取其首级以示城中。城中凶惧，费敢悉众逃归张步。弇收其积聚，复纵兵击诸未下者，凡平四十余营，遂定济南。

时张步都剧，使弟蓝将精兵二万守西安，诸郡太守合万余人守临淄，相去四十里。弇进军画中，居二城之间。弇视西安城小而坚，且蓝兵又精，临淄名虽大，而实易攻，乃敕诸校："后五日，会集攻打西安。"蓝闻之，晨夜惊守。至期夜半，弇敕诸将皆蓐食，会明至临淄。护军荀梁等争之，以为攻临淄，西安必救之；攻西安，则临淄不能救。宜速攻西安。弇曰"不然。西安闻吾欲攻之，日夜为备。方自忧，何暇救人？临淄出不意而至，必惊忧，吾攻之一日必拔。拔临淄则西安孤，蓝与步隔绝，必复亡去，所谓击一而得二者也。若先攻西安，不能卒下，顿兵坚城，死伤必多。纵能拔之。蓝必引军还临淄，并兵合势，得以观人虚实。吾深入敌地，后无转输，旬月之间，不战而困矣。"遂攻临淄，半日拔之，入据其城。张蓝闻之，大惧，遂将其众亡归剧。

弇乃下令军中，无得妄掠剧下，待张步至乃取之。步闻大笑曰："以尤来、大彤十余万众，吾皆就其营而破之。今大耿兵少于彼，又皆疲劳，何足惧哉！"乃与三弟蓝、宏、寿及故大彤渠帅重异等，兵号二十万，至临淄大城东，将攻弇。弇大喜，上书光武曰："臣据临淄，深堑高垒，张步从剧县来攻，疲劳饥渴，欲进则诱而攻之，欲去则随而击之。臣依营而战，精锐百倍，以逸待劳，以实击虚，旬日之间，步首可获。"于是弇先出淄水上，只见前面尘头大起，突骑便欲上前厮杀，弇曰："来者必非张步也。"探之，乃是先锋重异。弇急令收回，众大异之，弇曰："重异易破，吾恐挫其锋，令步不敢进，故示弱以盛其气耳。"乃引归小城，陈兵于内，使刘歆、陈俊分阵于城下。

步至，直攻弇营，与刘歆等合战。临淄本齐国所都，小城即齐王宫，中有环台，弇升环台望之，视歆等战到酣处，乃引突骑冲出。步阵被弇冲为两节，遂大破之。飞箭射中弇股，以剑截之，左右无知者。一场恶战，至夜乃罢。明旦，弇复勒兵出。是时帝在鲁，闻弇为张步所攻，自往救之，未至。陈俊谓弇曰：“剧虏兵盛将勇，可且闭营休士，以须上来。”弇曰：“乘舆且到，臣子当击牛酾酒，以待百官，反欲以贼虏遗君父耶。”乃出兵大战，自旦及昏，复大破之。杀伤无数，沟堑皆满。弇知步困将退，预置左右翼，埋伏以待之。人定时，步果引去，伏兵起纵击，追至钜昧水上，八九十里僵尸相属，收得辎重二千余两。步大败还剧，兄弟各分兵散去。

后数日，车驾至临淄自劳军，郡臣大会。帝谓弇曰：“昔韩信破历下以开基，今将军攻祝阿以发迹，此皆齐之西界，功足相方，而韩信袭击已降，将军独拔劲敌，其功乃难于信也。又田横烹郦生，及田横降，高帝诏卫尉不听为仇，张步前亦杀伏隆，若步来归，吾当语大司徒，释其怨，又事尤相类也。将军前在南阳，建此大策，常以为落落难合，有志者事竟成也。”帝因进幸剧。弇复追张步，步奔平寿。

却说苏茂任城败后，逃归张步，至是将万余人来救之。因责步曰：“以南阳兵精，延岑善战，而耿弇走之。大王奈何往攻其营？且既呼茂，何不能少待耶？”步曰：“负负无可言者。”帝时遣使告步、茂，能相斩降者，封为列侯。步遂斩茂，诣耿弇军门，肉袒降。弇传诣行在所，而勒兵入据其城。树十二郡旗鼓，令步兵各以郡人诣旗下。众尚十余万，辎重七千余两，皆遣归乡里。弇复引兵至城阳，降五校余党，齐地悉平，振旅还京师。张步三弟，各自系所在狱，诏皆赦之。封步为安邱侯，与妻子居洛阳。耿弇为将，凡所平郡四十六，州城三百，未尝挫折焉。

是岁十二月，卢芳自称天子于九原。西州大将军隗嚣遣子恂入侍，交趾牧邓让率七郡太守遣使奉贡。

六年正月，扬武将军马成等拔舒城，获李宪。宪王莽时为庐江连率，莽败，遂据郡自守。建武三年，自立为天子，置公卿百官，拥九城，众十余万。四年秋，帝拜成扬武将军，督诛虏将军刘隆，振威将军宋登，射声校尉王赏，发会稽、丹阳、九江、六安四郡兵击李宪，围宪于舒。成令诸军各深沟高垒，宪数挑战，成坚壁不出。守之岁余，至是城中食尽，乃攻之。遂屠舒，斩李宪，追击其党羽，尽平江淮地。封成平舒侯，刘隆遣屯田武当，诸将还京师。帝乃大宴功臣，各加赏赐。

忽报公孙述遣将在满寇南郡甚急，欲知如何，下回再叙。

第二十三回

马援入洛识真主

却说公孙述字子阳，扶风茂陵人。哀帝时为清水长，太守以其能，使兼摄五县。政事修理，奸盗不发，郡中谓有鬼神。王莽天凤中，为导江卒正，居临邛，复有能名。及更始立，豪杰各起其县以应汉，南阳宗成自称虎牙将军，入略汉中。又商人王岑亦起兵于雒县，自称定汉将军，杀王莽庸部牧以应成，众合数万人。述闻之，遣使迎成等。成等至成都，掳掠暴横。述恶之，召县中豪杰谓曰："天下同苦新室，思刘氏久矣，故闻汉将军到，驰迎道路。今百姓无辜，而妇子系获，室屋烧燔，此寇贼，非义兵也。吾欲保郡自守，以待真主。诸卿欲并力者即留，不欲者便去。"豪杰皆叩头曰："愿效死"。述于是使人诈称汉使者，假述辅汉将军、蜀郡太守兼益州牧印绶，乃选精兵西击成等，杀之，并其众。

二年秋，更始遣李宝、张忠将军兵万余人徇蜀、汉。述恃其地险众附，有自立志，乃使其弟恢击忠、宝于绵竹，大破走之，由是威振益部。功曹李熊说述曰："方今四海波荡，匹夫横议，将军割据千里，地十汤武，若奋威德以投天隙，霸王之业成矣。宜改名号，以镇百姓。"述喜，遂自立为蜀王，都成都。民夷皆附之。建武元年，李熊复说述宜称天子。四月，有龙出其府殿中，述以为符瑞，因刻其掌文曰公孙帝。遂自立为天子，号成家，改元龙兴，民夷皆附之。以弟光为大司马，恢为大司空。遂使将军侯丹开白水关，北守南郑，将军任满从阆中下江州，东据扞关，于是尽有益州之地。时光武方事山东，未遑西伐，述遂大作营垒，会聚甲兵数十万人，积粮汉中，筑宫南郑。及秦丰败，延岑、田戎皆降于述。述乃以岑为大司马，封汝宁王，田戎翼江王。光武谓大中大夫来歙曰："今西州未附，子阳称帝，道里阻远，诸将方务关东，思西州方略，未知所任，奈何？"歙曰："臣尝与隗嚣相遇长安，其人始起，以汉为名。臣愿得奉陛下威命，开以丹青之信，嚣必束手就归，则述自亡之势，不足图也。"帝然之，乃令歙使于西州。

却说隗嚣自更始时亡归天水，复招聚十众，名震西州。建武二年，邓禹裨将冯愔叛禹，西向天水，嚣迎击破之。禹乃承制命嚣为西州大将军，得专制凉州、朔方事。及赤眉去长安，欲西上陇，嚣遣将军杨广迎击，追败之于乌氏、泾阳间。嚣既有功于汉，又受邓禹爵署，其腹心议者多劝通使京师。会来歙至，嚣乃上书诣阙。光武素闻其风声，报以殊礼，言称字，用敌国之仪，所以慰藉之甚厚。时陈仓人吕鲔，拥众数万，与公孙述通，寇三辅。嚣复遣兵，佐冯异击走之，遣使上状。帝报以手书，其略曰：

> 隔于盗贼，声问不数，将军操执款款，扶倾救危，南距公孙之兵，北御羌胡之乱，是以冯异西征，得以数千百人踯躅三辅。微将军之助，则咸阳已为他人禽矣。今关东寇贼，往往屯聚，志务广远，多所不暇，未能观兵成都，与子阳角力。如令子阳到汉中、三辅，愿因将军兵马，鼓旗相当。傥肯如言，蒙天之福，即智士计功割地之秋也。管仲曰："生我者父母，成我者鲍子。"自今以后，手书相闻，勿用傍人解构之言。云云。

自是恩礼愈笃。其后公孙述数出兵汉中，遣使至天水，以大司空、扶安王印绶授嚣，嚣怒曰：“汉帝且重嚣，子阳乃欲臣我哉！”乃斩其使，出兵击之，连破述军，以故述兵不复北出。时关中将帅数上书言蜀可击之状。帝以示嚣，因使讨蜀，以效其信。嚣乃遣长史上书，极言三辅单弱，刘文伯在边，未宜谋蜀。帝知嚣欲持两端，不愿天下统一，于是稍黜其礼，正君臣之仪。

嚣内怀观望，不能决，因使马援入蜀观探。援字文渊，扶风茂陵人，有三兄况、余、员，并有才能。援年十二而孤，少有大志，诸兄奇之。尝师事颍川满昌，受《齐诗》，意不能守章句。而见家用不足，乃辞况就边郡畜牧。况曰：“汝大才，当晚成，良工不示人朴，且从所好。”会况卒，援服丧，三年不离墓所，敬事寡嫂，不冠不入舍。后为郡督邮，送囚至司命府，囚有重罪，援哀怜纵之，自遂亡命北地。遇赦，因留天水牧畜。宾客多归附者，遂役属数百家，转游陇汉间。尝谓宾客曰：“丈夫为志，穷当益坚，老当益壮。”因处田牧，至有牛马羊数千头，谷数万斛。既而叹曰：“凡殖货财产，贵其能施赈也，否则守钱虏耳。”乃尽散与昆弟故旧。王莽末，四方兵起。莽从弟卫将军林广招雄俊，乃辟援及同县原涉为掾，荐之于莽。莽以涉为天水太守，援为汉中太守。及莽败，援兄员时为上郡太守，与援俱去郡，复避地凉州。光武即位，员先诣洛阳，帝遣复原郡，卒于官。援因留西州，隗嚣甚敬重之，以为绥德将军，与决筹策。至是使入蜀探察公孙述消息。

援与述同里闬，素相善，既至，以为当握手欢如平生，而述盛陈陛卫，以延援入，交拜礼毕，使出就馆，更制衣冠。旦日，会百官于宗庙中，立旧交之位，述鸾旗旄骑，警跸就车，磬折而入。礼飨官属甚盛，欲授援以封侯大将军之位。宾客皆乐留蜀，援晓之曰：“天下雌雄未定，公孙不吐哺走迎国士，与图成败，反修饰边幅，如偶人形，此子何足久稽天下士乎？”因辞归，谓嚣曰：“子阳井底蛙耳，而妄自尊大，不如专意东方。”

四年冬，嚣乃使援奉书洛阳。援至，引见于宣德殿。光武迎笑谓援曰：“卿遨游二帝间，今见卿，使人大惭。”援顿首辞谢，因曰：“当今之世，非独君择臣也，臣亦择君矣。臣与公孙述同县，少相善。臣前至蜀，述陛戟而进臣。臣今远来，陛下何知非刺客奸人，而简易若是？”帝复笑曰：“卿非刺客，顾说客耳。”援曰：“天下反覆，盗名字者不可胜数。今见陛下，恢廓大度，同符高祖，乃知帝王自有真也。”帝甚壮之。明年正月，帝使来歙持节送援归陇右。隗嚣与援共卧起，问以东方事，援曰：“前到朝廷，上引见数十，每接燕语，自夕至旦，才明勇略，非人所能敌也。且开心见诚，无所隐伏，阔达多大节，略与高帝同。经学博览，政事文辩，前世无比。”嚣曰：“卿谓何如高帝？”援曰：“不如也。高帝无可无不可，今上好吏事，动如节度，又不喜饮酒。”嚣意不悦，曰：“如卿言，反复胜耶？”然雅信援，遂遣长子恂随歙入质。援因将家属随恂归洛阳。

却说嚣将王元见嚣专心内事，愤曰：“天下成败未可知也。”遂说嚣曰：“昔更始西都，四方响应，天下喁喁，谓之太平。一旦败坏，大王几无所措！今南有子阳，北有文伯，江湖海岱，王公十数。而欲牵儒生之说，弃千乘之基，羁旅危国，以求万全。此循覆车之轨，计之不可者也。今天水完富，士马最强，北收西河、上郡，东收三辅之地，按秦旧迹，表里河山。元请以一丸泥为大王东封函谷关。此万世一时也。若计不及此，且畜养士马，据隘自守，旷日持久，以待四方之变。图王不成，其弊犹足以霸。要之鱼不可脱于渊，神龙失势，即还与蚯蚓同。”嚣心然元计，虽遣子入质，犹负险厄，欲专方面。因问于班彪曰：“往者周亡，战国并争，天下分裂，数世然后定。意者纵横之事，复起于今乎？将承运迭兴，在于一人也。愿生试论之。”彪字叔皮，扶风安陵人。性沉重好学，年二十余，避更始之乱，入天水，从嚣，嚣素重之。因对曰：“周之废兴，与汉殊异。昔周爵五等，诸侯从政，本根既微，枝叶强大，故其末流有纵横之事，势数然也。汉承秦制，改立郡县，主有专己之威，臣无百年之柄。至于成帝，假借外家，哀平短祚，国嗣三绝，故王氏擅朝，因窃位号。危自上起，伤不及下，是以即真之后，天下莫不引领而叹。十余年间，中外骚扰，远近俱发；假号云合，咸称刘氏，不谋同辞。方今雄杰带州域者，皆无六国世业之资，而百姓讴吟思仰，汉必复兴，已可知矣。”嚣曰：“生言周汉之势，可也，至于愚人习识刘氏姓号之故，而谓汉当复兴，疏矣。昔秦失其鹿，刘季逐而羁之，时民复知汉乎？”彪乃为之著《王命论》以风切之曰：

昔尧之禅舜曰：“天之历数在尔躬。”舜亦以命禹。洎于稷、契，咸佐唐虞，至于汤武，而有天下。刘氏承尧之祚，尧据火德，而汉绍之，有赤帝子之符，故为鬼神所福飨，天下所归往。由是言之，未见运世无本，功德不纪，而得屈起在此位者也。俗见高祖兴于布衣，不达其故，至比天下于逐鹿，幸捷而得之，不知神器有命，可以智力求也。悲夫！此世所以多乱臣贼子者也。夫饿馑流隶，饥寒道路，所愿不过一金，然终转死沟壑，何则？贫穷亦有命也。况乎天子之贵，四海之富，神明之祚，可得而妄处哉！故虽遭罹厄会，窃其权柄，勇如信、布，强如梁、籍，成如王莽，然卒润镬伏质，烹醢分裂，又况幺麿尚不及数子，而欲暗奸天位者乎？昔陈婴之母，以婴家世贫贱，卒富贵不祥，止婴勿王。王陵之母，知汉王必得天下，伏剑而死，卒固勉陵。夫以匹妇之明，犹能推事理之致，探祸福之机，而全宗祀于无穷，垂策书于春秋，而况大丈夫之事乎？是故穷达有命，吉凶由人，婴母知废，陵母知兴，审此四者，帝王之分决矣。加之高祖，宽明而仁恕，知人善任使，当食吐哺，纳子房之策，拔足挥洗，揖郦生之说，举韩信于行阵，收陈平于亡命，英雄陈力，群策异举，此高祖之大略，所以成帝业也。若乃灵瑞符应，其事甚众，故淮阴、留侯谓之天授，非人力也。英雄诚知觉悟，超然远览，渊然深识，收陵、婴之明分，绝信、布之觊觎，拒逐鹿之瞽说，审神器之有授。毋贪不可冀，为二母之所笑，则福祚流于子孙，天禄其永终矣。

却说隗嚣矜己饰智，每自比西伯，览班彪之论，心知其是而不能纳。乃与诸将议，欲称王。郑兴曰：“昔文王三分天下有二，尚服事殷。武王八百诸侯，不谋同会，犹还兵待时。高祖征伐累年，犹以沛公行师，今令德虽明，世无宗周之祚，威略虽振，未有高祖之功，而欲举未可之事，昭速祸患，无乃不可乎？”嚣乃止。后又广置职位，以自尊高。郑兴复止嚣曰：“夫中郎将、太中大夫、使持节官，皆王者之器，非人臣所当制也。无益于实，有损于名，非尊上之意也。”嚣病之而止。

兴河南开封人，更始时拜凉州刺史。赤眉入关，兴乃西归隗嚣，而耻为之屈，尝称疾不起。适嚣遣子恂入侍，将行，兴因恂求归葬父母。嚣不听而徙兴舍，益其秩礼。兴入见嚣曰：“前遭赤眉之乱，以将军僚旧，故敢归身明德。今为父母未葬，请乞骸骨。若以增秩徙舍，中更停留，是以亲为饵，无礼甚矣。将军焉用之？”嚣曰：“嚣将不足留故耶？”兴曰：“将军据七郡之地，拥羌故之众，以戴本朝，德莫厚焉，威莫重焉。居则为专命之使，入必为鼎足之臣。兴，从俗者也，不敢深居屏处。因将军求进，不患不达，因将军求入，何患不亲，此兴之计不逆将军者也。兴业为父母请，不可以已。愿留妻子，独归葬亲。”嚣令与妻子俱东。帝徵为大中大夫，于是陇中游士长者，多引去者。

申屠刚，文帝时丞相申屠嘉之后，平帝时为郡功曹。见王莽专政，隔绝帝外家，甚不平之。及举贤良方正，因对策极言其失，中有数语，激切之至，如“人无贤愚，莫不为怨，奸臣贼子，以之为便，不讳之变，诚难其虑。今之保傅，非古之周公。陛下宜昭然觉悟，而遣使者徵中山太后，置之别宫，令时朝见。又召冯、卫二族，裁与冗职，使得执戟，亲奉宿卫，以防未然之符，以抑祸患之端。上安社稷，下全保傅，内和亲戚，外绝鄙吝。”云云。书奏，莽令元后下诏，使罢归田里。后莽篡位，刚遂避地河西，转入巴蜀，往来二十许年。及是闻隗嚣欲背汉而附公孙述，乃说之曰：“愚闻人所归者，天所与人所畔者，天所去也。伏念本朝躬圣德，举义兵，恭行天罚，所当必摧，诚天之福，非人力也。将军本无尺土，孤立一隅。宜推诚附顺，与朝并力。上应天心，下酬人望，为国立功，可以永年。嫌疑之事，圣人所绝，以将军之威重，远在千里，动作举措，可不慎欤？今玺书数到，委国归信，欲与将军共同吉凶。布衣相与，尚有没身不负然诺之信，况于万乘者哉！今何畏何利，久疑如是？猝有非常之变，上负忠孝，下愧当世。夫未至豫言，固常为虚，及其已至，又无所及。是以忠言至谏，希得为用，诚愿反覆愚老之言。”嚣不纳。

班彪见嚣不听至言，知其必败，遂避地河西。窦融以为从事，甚礼重之。融字周公，扶风平陵人也。早孤。王莽居摄中，为明义侯王俊司马，随军东击翟义，还攻槐里，以军功封宁武男。女弟为王邑小妻。家长安中，以任侠为名，然事母兄，养弱弟，内修行义。及汉兵起，从王邑败于昆阳。后拜为波水将军，引兵至新丰。莽败，融以军降更始大司马赵萌，萌以为校尉，甚重之，荐为钜鹿太守。融见更始新立，东方尚扰，不欲出关。以累世在河西，知其土俗，因谓兄弟曰：“天下安危未可知。河西殷富，带河为固，张掖属国精兵万骑，一旦缓急，杜绝河津，足以自守。此遗种处也。”兄弟皆然之。融于是日往求萌，辞让钜鹿，图出河西。萌为言更始，乃得为张掖属国都尉，即将家属而西。既到，抚结雄杰，怀辑羌虏，甚得其欢心，河西翕然归之。时酒泉太守梁统，金城太守厍钧，张掖都尉史苞，酒泉都尉竺曾，敦煌都尉辛肜，并州郡英俊，融皆与厚善。及更始败，融与梁统等计议曰：“今天下扰乱，未知所归，河西斗绝在羌胡中，不同心戮力，则不能自守。权钧力齐，复无以相率，当推一人为大将军，共全五郡，观时变动。”议既定，而各谦让，咸以融世任河西，为吏人所敬向，乃推融行河西五郡大将军事。是时武威太守马期，张掖太守任仲，并孤立无党，乃共移书告示之，二人即解印绶去。于是以梁统为武威太守，史苞为张掖太守，竺曾为酒泉太守，辛肜为敦煌太守，厍钧为金城太守。融居属国，领都尉职如故，置从事，监察五郡。河西民俗质朴，而融等政亦宽和，上下相亲，晏然富殖。修兵马，习战射，明烽燧之警。羌胡犯塞，融辄自将破之，诸郡相救，皆如符要。其后匈奴惩乂，稀复侵寇，羌胡皆震服亲附。及光武即位，融等心欲东向，以西河隔远，未能自通。因隗嚣称建武年号，乃从嚣受正朔，嚣皆假其将军印绶。

却说隗嚣外顺人望，内怀异心，使辩士张玄游说河西。见窦融，融曰："前闻隗将军斩子阳之使，复遣子入侍，输诚纳忠，书使往还，恩礼俱笃。近闻用武将之谋，拒士之谏，季孟名士，奈何守志不贞，初终易辙如此哉。"玄笑曰："将军自审，智足以知来，力足以续绝耶？"融曰："不能。"曰："然则顾以己之不能，责人之能；己之愚，责人之不愚耶？玄请为将军筹之。更始事业已成，寻复亡灭，此一姓不再兴之明验也。今即有所主，便相系属，一旦拘制，自令失柄，后有危殆，虽悔无及。今豪杰竞逐，雌雄未决，当各据土宇，与陇蜀合从，高可为六国，下不失尉佗也。"融不能答，于是召豪杰及诸太守计议，其中智者皆曰："汉承尧运，历数延长。今皇帝姓号，见于图书，自前世博物道术之士，已建明汉有再受命之符。且以人事论之，今称帝者数人，而洛阳土地最广，甲兵最强，号令最明。观符命而察人事，他姓殆未能当也。"诸郡太守各有宾客，或同或异。融小心精详，与班彪区画，遂决策东向。遣长史刘钧奉书献马。

帝闻河西完富，地接陇蜀，常欲招之，见钧至，欢甚。礼飨毕，乃遣令还，赐融玺书曰：

制诏行河西五郡大将军事，属国都尉：劳镇守边五郡，兵马精强，仓库有蓄，民庶殷富，外则折挫羌胡，内则百姓蒙福。威德流闻，虚心相望，道路隔塞，邑邑何已。长史所奉书献马悉至，深知厚意。今益州有公孙子阳，天水有隗将军，方蜀汉相攻，权在将军，举足左右，便有轻重。以此言之，欲相厚岂有量哉！诸事具长史所见，将军所知。王者迭兴，千载一会。欲遂立桓、文，辅微国，当勉卒功业。欲三分鼎足，连衡合纵，亦宜以时定。天下未并，吾与尔绝域，非相吞之国。今之议者，必有任嚣效尉佗制七郡之计。王者有分土，无分民，自适已事而已。今以黄金二百斤赐将军，便宜辄言。

因授融为凉州牧。玺书既至，河西咸惊，以为天子明见万里之外。融复上书，中云：

前遣刘钧，口陈肝胆。自以底里上露，长无纤介，而玺书盛称蜀汉二主，三分鼎足之权，任嚣、尉佗之谋，窃自痛伤。臣融虽无识，犹知利害之际，顺逆之分，岂可背真旧之主，事奸伪之人，废忠贞之节，倾覆之事，弃已成之基，求无冀之利。此三者，虽问狂夫，犹知去就，而臣独何以用心。云云。

帝复赐融书，所以慰藉之甚备。

六年春，山东江淮悉平，诸将还京师。三月，公孙述使田戎、任满寇荆州，不克而去。帝积苦兵马之间，以隗嚣遣子内侍，公孙述亦远据边垂，乃谓诸将曰："且当置此两子于度外耳。"因休诸将于洛阳，分军士于河内。后陇蜀虽相继而灭，汉家却伤了数员大将，闹了七年干戈，才得平定。可见一统之不易也。

话分两回，下文便见。

第二十四回

窦氏请师封两侯

且说光武久于行阵，意殊厌兵，乃数腾书陇、蜀，告示祸福。公孙述亦屡移书中国，自陈符命以惑众。帝乃与述书曰：

> 图谶言公孙，即宣帝也。代汉者，姓当涂名高，君岂高之身耶？乃复以掌文为瑞，王莽何足效乎？君非吾贼臣乱子，仓卒时人皆欲为君事耳。君日月已逝，妻子弱小，当早为定计。天下神器，不可力争，宜留三思。

署曰“公孙皇帝”。述不答。

明年，隗嚣称臣于述，述骑都尉平陵荆邯说述曰：“汉高起于行阵之中，兵破身困者数矣。然军散复合，疮愈复战，何则？前死而成功，愈于却就于灭亡也。隗嚣遭遇运会，割有雍州，兵强士附，威加山东。遇更始政乱，复失天下，众庶引领，四方瓦解。嚣不及此时，推危乘胜，以争天下。而退欲为西伯之事，尊师章句，宾友处士，偃武息戈，卑辞事汉，喟然自以文王复出也。今汉帝释关陇之忧，专精东伐，四分天下而有其三，发闻使，名携贰，使西州豪杰咸居心于山东，则五分而有四。若举兵天水，必至沮溃，天水既定，则九分而有其八。陛下以梁州之地，内奉万乘，外给三军，百姓愁困，不堪上命，将有王氏自溃之变。臣之愚计，以为宜及天下之望未绝，豪杰尚可招诱，急以此时发国内精兵，令田戎据江陵，临江南之会，倚巫山之固，筑垒坚守。传檄吴、楚，长沙以南必随风而靡。令延岑出汉中，定三辅，天水、陇西拱手自服。如此则海内震摇，冀有大利。"

述以问群臣，博士吴柱曰："昔武王伐殷，先观兵孟津，八百诸侯不期同辞，然犹还师以待天命。未闻无左右之助，而欲出师千里之外，以广封疆者也。"邯曰："今东帝无尺土之柄，驱乌合之众，跨马陷敌，所向辄平。不亟乘时与之分功，而坐谈武王之说，是效隗嚣欲为西伯也。"述听邯言，欲悉发北军屯士及山东客兵，使延岑、田戎分出两道，与汉中诸将合兵并势。蜀人及述弟光以为不宜空国千里之外，决成败于一举，固争之。述乃止。延岑、田戎亦数请兵立功，述终疑不听，唯公孙氏得任事。述性苛细，察于小事，敢诛杀而不见大体，立其两子为王，各食数县。或谏曰："成败未可知，戎士暴露，而遽王皇子，示无大志，不可。"述不从，由此大臣皆怨。

却说光武素闻隗嚣能得士，常称嚣为长者，务欲招之。会公孙述寇南郡，乃诏嚣当从天水伐蜀。嚣上言白水险阻，栈阁绝败。帝知其终不为用，叵欲讨之。适征西大将军冯异自长安入朝，引见，帝大喜，谓公卿曰："是我起兵时主簿也。为吾披荆棘，定关中。"顾异曰："仓卒无蒌亭豆粥，滹沱河麦饭，厚意久不报。"异稽首谢曰："臣愿国家无忘河北之难，小臣不敢忘巾车之恩。"帝是之。既罢，使中黄门赐以珍宝、衣服、钱帛，后数引宴见，与定议图蜀。留十余日，令与妻子还西。

夏四月丙子，上行幸长安，谒园陵。诏虎牙大将军祭遵及耿弇、盖延、王常、马武、刘歆、刘尚，从陇道伐蜀。先使中郎将来歙，奉玺书赐嚣谕旨。嚣犹豫不决，歙愤曰："国家以君知臧否，晓废兴，故以手书畅意；足下推忠诚，既以伯春委质，而又用佞惑之言，为灭族之计耶？”因欲前刺嚣，嚣起入部，勒兵杀歙，歙随杖节就车而去。嚣使牛邯将兵围之，必杀歙，嚣将王遵急谏曰：“不可，君叔虽单车远使，而陛下之外兄也，杀之无损于汉，而益上怒。昔宋执楚使，遂有析骸易子之祸。小国犹不可辱，况于万乘之主，重以伯春之命哉。”歙为人有信义，言行不违，及往来游说，皆可案覆，西州士大夫皆信重之，多为其言，故得免而东归。

五月，隗嚣遂发兵反，使王元据陇抵，伐木塞道。诸将因与嚣战，汉将仰面争雄，陇兵顺步冲敌，势如山压，汉兵大败，急退，嚣众追杀下来。马武督后队正进，只见前军败回，武急选精骑千余，让过败军，迎上陇去。嚣正追来，马武怒发，一枝画戟，飞入嚣阵，如电掣雷轰，所选精骑随着砍杀。武偏只望人多兵厚处杀去，不一时间，杀人数千。嚣众大溃，武乃从容下陇。光武闻之，乃曰：“嚣占地利，故是劲敌，当徐图之耳。”于是下诏着耿弇军漆，冯异军栒邑，祭遵军汧，吴汉、盖延等还屯长安。

却说冯异引军未至栒邑。隗嚣乘胜，使王元、行巡将二万余人下陇，分遣巡取栒邑。异闻之，即驰兵欲先据之。诸将曰：“虏兵盛而乘胜，不可与争锋，宜军便地，徐思方略。”异曰：“虏兵临境，惯习小利，且欲深入。若令得栒邑，则三辅动摇矣，是吾忧也。夫攻者不足，守者有余，今先据城，以逸待劳，非所以争也。”潜往闭城，偃旗息鼓。行巡不知，驰赴之。异乘其不意，猝然击鼓建旗而出，巡军惊乱奔走，追击数十里，大破之。祭遵亦破王元于汧。于是北地诸豪长耿定等悉叛隗嚣来降。异乃上书言状，不敢自伐。诸将或欲分其功，帝乃下玺书褒奖异功，而赐吏士死伤者医药棺殓。令大司马以下亲吊死问疾，以崇谦让。于是使异进军义渠，并领北地太守事。青山胡肥头小卿率万余人降异。时卢芳将军贾览将胡骑击杀代郡太守刘兴，异击破之。上郡、安定皆降；异复领安定太守事。

卢芳，安定三水人也。王莽时，天下咸思汉德，芳由是诈称武帝曾孙刘文伯，诳惑安定间。莽末，乃与三水属国羌胡起兵。后更始败，三水豪杰以芳为刘氏子孙，宜承宗庙，乃其立芳为西平王，使使与西羌、匈奴结和亲。单于曰：“匈奴本与汉约为兄弟。后匈奴中衰，呼韩邪单于归汉，汉为发兵拥护，世世称臣。今汉中绝，刘氏来归，我亦当立之，令尊事我。”乃发数千骑迎芳入匈奴，立芳为汉帝。建武五年，李兴、闵堪等引兵至单于庭，迎芳入塞，都于九原县。掠有五原、朔方、云中、定襄、雁门五郡，并置守令，与胡通兵，侵苦北边焉。

且说河西窦融闻隗嚣反，乃与嚣书，责让之曰：

伏惟将军国富政修，士兵怀附，亲遇厄会之际，国家不利之时，守节不回，承事本朝，后遣伯春委身于国，无疑之诚，于斯有效。融等所以欣服高义，愿从役于将军者，良为此也。而忿之悁间，改节易图，君臣分争，上下接兵。委成功，造难就，去从议，为横谋，百年累之，一朝毁之，岂不惜乎！殆执事者贪功建谋，以至于此，融实痛之。当今西州，地势局迫，人兵离散，易以辅人，难以自建。计若失路不反，闻道犹迷，不南合子阳，则北入文伯耳。夫负虚交而易强御，恃远救而轻近敌，未见其利也。融闻智者不危众以举事，仁者不违义以要功。今以小敌大，于众何如？弃子徼功，于义何如？且初事本朝，稽首北面，忠臣节也，及遣伯春，垂涕相送，慈父恩也，俄而背之，谓吏士何？忍而弃之，谓留子何？自起兵以来，转相攻击，城郭皆为丘墟，生人转于沟壑，今其存者，非锋刃之余，则流亡之孤，迄今伤痍之耻未愈，哭泣之声尚闻。幸赖天运少还，而将军复重其难，是使积痾得遂瘳，幼孤将复流离，言之可为酸鼻，庸人且犹不忍，况君者乎！融闻为忠甚易，得宜实难。忧人太过，以德取怨，且以言获罪也，区区所献，唯将军省焉。

嚣得书，不能纳。窦融怒曰：“善言不入，是所谓下愚不移也。”乃与五郡太守，共砥厉兵马，上疏请师期。即与诸郡守将兵入金城，击嚣党先零羌封何等，大破之。梁统恐众心犹有疑惑，使人刺杀张玄。因并河扬威武，伺候车驾。时大兵未进，融乃引还。

五月辛未，帝下诏曰：“惟天水、陇西、安定、北地吏人为隗嚣所诖误者，又三辅遭难赤眉，有犯法不道者，自殊死以下，皆赦除之。”六月，以县官吏职繁多。诏各部条奏置长吏可并合者，于是并省四百余县。

却说马援既归光武，以三辅地旷土沃，而相随宾客猥多，乃上书求屯田上林苑中。帝许之。会嚣用王元计，欲贰于汉，援数以书责譬之。嚣怨援背己，得书增怒，竟发兵拒汉。援乃上疏求诣行在所，极陈灭嚣之术。帝乃召援计事，援具言谋画。因使援将突骑五千，往来游说嚣将高峻、任禹之属，下及羌豪，为陈祸福，以离嚣支党。又为书与嚣将杨广，使劝嚣勿反，广不答。其书恺切动人，篇长未录。

六年秋，延岑欲出汉中，遣前将军李通领侯进、王霸等十营击之，大胜。公孙述遣兵赴救，通等与战于西城，破之。初隗嚣以地占形胜，国富民附，歆王元之说，据陇坻以拒汉。及王元、行巡之败，稍识山东智勇，接闻冯异击破贾览，李通战胜延岑，遂惶惑忧惧。上书谢过曰：

> 吏人闻大兵卒至，惊恐自救，臣嚣不能禁止。兵有大利，不敢废臣子之节，亲自追还。昔虞舜事父，大杖则走，小杖则受，臣虽不敏，敢忘斯义。今臣之事，在于本朝，赐死则死，加刑则刑。如更得洗心，死骨不朽。

有司官以嚣言慢，请诛其子。帝不忍，复使来歙至汧，赐嚣书曰：

> 昔柴将军云：陛下宽仁，诸侯虽有亡叛而后归，辄复位号，不诛也。以嚣文吏，晓义理，故复赐书。今若束手，复遣恂弟归阙庭者，则爵禄获全，有浩大之福矣。吾年垂四十，在兵中十岁，厌浮语虚辞，即不欲，勿报。

嚣知帝审其诈，遂遣使称臣于公孙述。七年三月，述以嚣为朔宁王，遣兵往来，为之援势。

秋，隗嚣将步骑三万侵安定，至阴槃，冯异率诸将拒之。嚣又令别将下陇，攻祭遵于汧，皆不得利，乃引还。帝因令来歙以书招王遵，遵乃与家属东诣京师，拜为大中大夫，封向义侯。遵字子春，霸陵人也。父为上郡太守。遵少豪侠，有才辩。虽与嚣举兵，而常有归汉意。尝谓来歙曰:“吾所以戮力不避矢石者，岂要爵禄哉！先君蒙汉厚恩，思效万分耳。”数劝嚣遣子入侍。前后辞谏切甚，嚣不从，故去焉。

八年春，来歙与祭遵袭略阳，遵路中病还。乃分精兵随歙，合二千余人，伐山开道。从番须、回中径至略阳，斩嚣守将金梁，因保其城。嚣大惊曰:“何其神也。”帝闻得略阳，甚喜曰:“略阳，嚣所依阻，心腹已坏，则制其支体易矣。”吴汉等诸将闻歙据略阳，各引兵驰赴之。帝急遣人分头追诸将还，曰:“嚣失所恃，亡其要城，势必悉以精锐来攻。旷日久围，而城不拔，士卒顿敝，乃可乘危而进也。”隗嚣果使王元拒陇坻，行巡守番须口，王孟塞鸡头道，牛邯军瓦亭，嚣自悉其大众数万人围略阳。公孙述遣将李育、田弇引兵助嚣。斩山筑堤，激水灌城。来歙与将士固死坚守，矢尽，发屋断木以为兵器。嚣尽锐攻之，累月不能下。

夏闰四月，帝召吴汉、盖延、王霸、马成、寇恂，上自将征隗嚣。光禄勋汝南郭宪谏曰:“东方初定，未可远征。”帝不从，宪乃当车拔佩刀以断车靷，卒不听。西至漆，诸将亦多以王师之重，不宜远入险阻，计犹豫未决。帝先已召马援，会援夜至，帝大喜引入，具以群议质之。援因说隗嚣将帅有土崩之势，兵进有必破之状。又于帝前聚米为山谷，指画形势，开示众军所从道径往来，分析曲折，昭然可晓。帝曰:“虏在吾目中矣。”明旦遂进军至第一。窦融率五郡太守及羌虏小月氏等步骑数万，辎重五千余辆，与大军会。

是时军旅草创，诸将朝会礼容多不肃。融先遣从事问会见仪。帝闻而善之，以宣告百僚，乃置酒高会，待融等以殊礼。遂共进军，分数道上陇。使王遵以书招牛邯，下之。邯字孺卿，狄道人，有勇力，才气雄于边垂，帝拜邯大中大夫。于是嚣大将十三人，属县十六，众十六余万皆降。王元入蜀求救，嚣将妻子奔西城从杨广，而田弇、李育保上邽。略阳围解。帝劳赐来歙，班坐绝席，在诸将之右，赐歙妻缣千疋。进幸上邽，诏告嚣曰："若束手自诣，父子相见，保无他也。高皇帝云：横来，大者王，小者侯。若遂欲为黥布者，亦自任也。"嚣终不降。于是诛其子恂，而使吴汉、岑彭围西城，耿弇、盖延围上邽。帝嘉窦融功，以四县封之，为安丰侯；弟友为显亲侯；及五郡太守，皆封列侯，遣西还所镇。融以久专方面，惧不自安，数上书求代。诏报曰："吾与将军如左右手耳。数执谦退，何不晓人意？勉循士民，无擅离部曲。"

却说吴汉、耿弇等攻打西城、上邦两处。杨广等固守，急切不能下。帝正沉思方略，忽闻颍州盗贼蜂起，寇没属县，河东守兵亦叛，京师骚动，羽书雪片般纷纷不绝。帝大惊曰："吾悔不用郭子横之言。"急传命将士，车驾东发。赐岑彭等书曰："两城若下，便可将兵南击蜀虏。人苦不知足，既平陇，复望蜀。每一发兵，头须为白。"八月，帝自上邦，晨夜东驰。九月乙卯，至洛阳。庚申，帝驾亲征，军兵浩荡，往颍川进发。

未知胜负如何，下文再为分解。

第二十五回

扫陇西三将殒命

前为颍川太守者，昌平寇恂也。先治河内，大得人心。建武二年，坐系考上书者免官。其时颍川人严终为寇，以是复拜恂颍川太守，与破奸将军侯进，俱击之。数月平定。封恂雍奴侯，邑万户。三年，遣使者就拜为汝南太守，扫除盗贼，郡中无事。恂素好学，乃修乡校，教生徒，聘能为《左氏春秋》者，亲受学焉。七年，代朱浮为执金吾。明年，从车驾击隗嚣，而颍川盗贼群起，帝乃引军还，谓恂曰："颍川迫近京师，当以时定。惟念独卿能平之耳。然从九卿复出，以忧国可知也。"恂对曰："颍川剽轻，闻陛下远逾阻险，有事陇、蜀，故狂狡乘间相诖误耳。如闻乘舆南向，贼必惶怖归死。臣愿执锐前驱。"即日车驾南征，恂从至颍川，盗贼悉降。百姓遮道曰："愿从陛下复借寇君一年。"乃留恂长社，镇抚吏民，受纳余降。

车驾将还。忽报东郡济阴地方，盗贼群起。帝遣大司空李通，横野大将军王常率兵击之。帝有所省，复遣使拜东光侯耿纯为大中大夫，使与大兵会于东郡。先是真定王刘扬谋不轨，造作谶记，交通绵曼贼。纯用计诛之，真定震怖，无敢动者。纯还京师，自请曰："臣本吏家子孙，幸遭大汉复兴，圣帝受命，各位列将，爵为通侯。天下略定，臣无所用志，愿试治一郡，尽力自效。”帝笑曰：“卿既治武，复欲修文耶。”乃拜纯为东郡太守。时东郡未平，纯视事数月，盗贼清宁。后尝将兵击太山、济南及平原贼，皆平之。纯居东郡四岁，以事坐免。后从击董宪，道过东郡，百姓老小数千，随车驾泣涕曰：“愿复得耿君。”帝谓公卿曰：“纯年少被甲胄为军吏耳，治郡乃能见思若是乎？”六年，上令诸侯就国。纯先封耿乡侯，乃上书自陈：“前在东郡，案诛涿郡太守朱英亲属。今国属涿，诚不自安。”诏报曰：“侯前奉公行法，朱英久吏，晓知义理，何当以公事相是非。然已更择国土，令侯无介然之忧。”乃更封纯为东光侯。到国，吊死问病，民爱敬之。帝因颍川服寇君，忽忆东郡百姓思耿君正同，故已遣将，复调纯会东郡也。郡闻纯入界，盗贼九千余人，皆诣纯降，大兵不战而还。玺书复以纯为东郡太守，吏民悦服。

九月戊寅，车驾至洛。公卿奏安邱侯张步将妻子逃去，踹探寻奔临淮一路，已檄要地侦缉，尚无确耗。帝笑曰：“此固不能安享富贵者，行当就擒耳。”言未已，有司奏徐州申报，叛侯张步逃奔临淮，与弟宏、蓝招其故众，欲乘船入海，琅邪太守陈俊追击斩之。帝即赐俊玺书曰：“将军元勋大著，威震青、徐，有警，得专征之。”后俊得抚贫弱，表有义，检制军吏，不得与郡县相干，百姓歌颂之。数上书自请，愿奋击陇蜀。诏报曰：“东州新平，大将军之功也。负海猾夏，盗贼之处，国家以为重忧，且勉镇抚之。”

先是帝思陇西虽降，嚣众犹多，兼之陇、蜀有唇齿之忧，子阳势必力助，平之未有时日。乃下书敕吴汉曰：“诸部甲卒，新旧凡数十万，但坐费粮食耳。若有逃亡，则沮败众心，宜悉罢之。”敕到，汉等贪并力攻嚣，犹豫不能遣。日复一日，粮食渐少，吏士疲役，逃亡果多，汉等心慌。

十一月，嚣将杨广死，隗嚣穷困无策，汉等攻打益急。其大将王捷别在戎邱，登城呼汉军曰：“隗为王城守者，皆必死无二心。愿诸军悉罢，捷请自杀以明之。”遂自刎死。汉兵见之嗟异。汉大声喝曰：“此辈不达天时，罔识帝德，始既误投其主，久复自任其愚，不能迁善，九死滋愧。汝众稍有知识，亟当开城纳顺，帝德汪洋，永保乐佚。”只见城头上沸反声喊：“宁死不降。”吴汉大怒，嚜的一声，城上一人早已仰翻着箭。汉士卒一拥前攻。城上矢石如雨，只得退回。

却说各处城池虽小，却死守不能下。岑彭乃令军士运土，筑截各处山谷，激壅谷水，以灌西城。城未没，只丈余，嚣众大惊曰：“今番尽为鱼鳖矣。”嚣大哭，与妻子决别，欲自尽，左右救劝不住。忽听得城外金鼓齐鸣，喊杀连天，众急拥嚣上敌楼眺望，原来是王元、行巡、周宗将蜀救兵五千余人，乘高卒至，鼓噪大呼百万之众方至。汉军大惊，未及成阵。王元等决开木围，舍死恶战，遂得入城，迎嚣归冀。时吴汉军食尽，乃烧去辎重，引兵下陇，盖延、耿弇亦相随而退。嚣闻之，率众紧追，逼入汉营。却恼了一位大将，持偃月刀，飞马直入嚣阵，大骂：“败虏敢尔耶！”刀起处，早已纷纷人头落地。嚣众正在兴头，突然遇那天神般将横冲直撞，刀如疾电，马若怒龙，如入无人之境，嚣阵中一员大将，拍马赶来赴敌，才一合，大刀过处，连人带马，分为四段。嚣众大惊曰：“汉将中有此人，吾属无噍类矣。”遂纷纷然，各自逃生。那将犹砍杀不休，一时间，尸横遍地，其跌压践踏未死者，到处蠕蠕然惨目。直追杀十数里，然后一辔如云，腾回本阵。是谁？乃岑彭也。于是诸将乃得全军东归。惟祭遵屯汧不退，吴汉等复屯长安，岑彭还津乡。而安定、北地、天水、陇西、复反归嚣矣。

校尉温序为嚣将苟宇所获，欲降之。序怒，以节挝杀数人，伏剑而死。从事王忠持其丧归洛阳。帝曰：“此吴汉违吾敕，遂弃前功也。”赐温序冢地，拜其三子为郎。诏书赐祭遵缣曰：“将军连年距难，众却独留，功劳烂然。兵退无宿戒，粮食不豫具，今乃调度，恐力不堪。国家知将军不易，亦不遗力。今送缣千匹，以赐吏士。”

却说祭遵自春间进攻略阳，途中得病而回。至是诸将悉退，独遵留汧，兵粮不足，遵日夜操心军务，病益加重。九年春正月，遂薨于军。帝闻大惊，一面诏冯异守征虏将军，并将其营。遵丧至河南县，诏百官先会丧所，而车驾素服临之，望哭哀恸。还幸城门，阅过丧车，瞻望涕泣不能已。丧礼成，复亲祠以太牢。诏大长秋、谒者、河南尹护丧事，大司农给费至葬。车驾复临，赠以将军、侯印绶，朱轮容车，遣校尉发骑士四百人，被元甲兜鍪，兵车军阵送葬。谥曰成侯。既葬，车驾复临其坟，存见夫人室家。遵为廉约小心，克己奉公。赏赐辄尽与士卒，家无私财。身衣韦裤布被，夫人裳不加缘。帝以是重焉。遵无子，同产兄午，娶妾送之，遵以身任于国，军兵未靖，不敢图生虑继嗣之计，乃使人逆而不受。临死遗诫，牛车载丧，薄葬洛阳；问以家事，终无所言。其为将军，取士皆用儒术，对酒设乐，必雅歌投壶。又建为孔子立后，奏置五经大夫。虽在军旅，不忘俎豆，可谓好礼悦乐，守死善道者也。其后会朝，帝每叹曰："安得忧国奉公之臣如祭征虏者乎？"其见思如此。

且说隗嚣经岑彭一场恶战，惊吓成病。及祭遵死，闻冯异并其军，嚣将吏数惊。冯异军至，嚣卧病不得食。至出城餐糗糒，会有传说祭遵丧葬之荣，汉帝哭泣之哀者，津津不置。嚣闻之，恚愤而死。王莽末，天水童谣曰："出吴门，望缇群，见一蹇人，人言欲上天。令天可上，地上安得人？"时嚣初起兵于天水，后意稍广，欲为天子，遂遭破灭。嚣少病蹇，故云。嚣既死，王元、周宗立嚣少子纯为王，总兵据冀。公孙述遣将赵匡、田弇助纯。

光武闻之，诏冯异复行天水太守事，令攻赵匡等。久不能拔，诸将欲且还休兵，异固持不动。秋八月，诏来歙率冯异、耿弇、盖延、马成、刘尚入天水协攻赵匡、田弇等。于是诸将分击各部，耿弇循安定、北地诸营保，盖延西击街泉、略阳、清水诸屯聚，马成同刘尚合破河池、武都。赵匡等告急文书，纷纷往益州取救。蜀地震恐。时王元降蜀，因说公孙述遣田戎、任满、程汎将兵下江关，元与领军环安拒河池。

却说荆江一带乃岑彭之所经理。初，彭攻破秦丰、田戎，南方悉定。以将代蜀汉，而川谷水险，难于漕运，乃留威虏将军冯骏军江州，都尉田鸿军夷陵，领军李玄军夷道，自引兵还屯津乡。津乡，当荆、扬之咽喉也。建武八年，彭引兵从车驾，破天水。彭壅谷水灌西城，会汉军食尽而退，复还津乡。

且说任满、田戎，皆智勇宿将。且荆南是其昔日巢窟，地势远近险易，尤了然心目，此时将数万精兵，乘箄筏而下江关，真是势如破竹。数月之间，冯骏及田鸿、李玄等，俱战败，夷道、夷陵尽失。贼据荆门、虎牙，此处江水所出，荆门山在南，上合下开，其状似门，虎牙山在北，石壁之色红白相间类牙，故有此名。此二山，楚之西塞，极为险要。岑彭初闻田戎等下江关，使大惊曰："南郡不保矣！昔狐惊鼠窜之日，破之犹费数载之功。今挟全蜀之势，拥精锐之众，实为劲敌。"一面上奏，一面调拨各路机宜。及引兵到来，只见横江搭起浮桥斗楼，满江欑柱，拦绝水道，贼营扎于山上。彭水旱不能进，几次设计攻打，反为所败。只得拒住江面各路隘口，加意提防，却日夜督造直进楼船、露桡冒突数千艘，以待救到大进。

却说光武得奏，正要遣将助彭，忽报卢芳结连匈奴，寇边甚急。帝曰："荆楚有岑彭在，寇谅不能深入。且置之。"于是遣吴汉率王霸、王常、朱祐、侯进等五将军，将兵五万余人击之。军次高柳，芳将贾览、闵堪迎战，大败。会大雨，而匈奴救至，汉兵反为所挫。帝闻之，料芳非时日可克，乃召吴汉还洛阳。令朱祐屯常山，王常屯涿郡，侯进屯渔阳，拜王霸为上谷太守，领屯兵，得捕击胡虏，无拘郡界。

而冯异攻击赵匡、田弇等且一年矣，皆斩之。马成、刘尚已破河池，遂平武都。耿弇、盖延俱建功，扫平各部。因合兵共攻冀，数月不能拔。众欲且还休兵，以观其变，异固持不动，常为军前锋。十年夏，与诸将攻落门，未拔。异病发，薨于军。帝闻报大恸，谥之曰节侯。长子彰嗣。明年，帝思异功，复封彰弟䜣为析乡侯。异既薨，来歙等攻贼益力。

时高平未下，耿弇率太中大夫窦士，武威太守梁统等围之，不拔。初隗嚣将安定高峻拥兵万人，据高平、第一。帝使马援招降峻，由是河西道开。来歙承制拜峻通路将军，封关内侯。后吴汉军退，天水诸郡尽失。峻复逃归，助嚣拒陇坻。及嚣死，峻据高平，畏诛坚守不下。帝怒，入关将自征之。乃徵渔阳太守郭伋，拜颍川太守，而召寇恂从征陇州。时颍川贼事未净，伋召见辞谒，帝劳之曰："贤太守去帝城不远，河润九里，冀京师并蒙福也。君虽精于追捕，而山道险厄，自斗当一士耳，深宜慎之。"伋到郡，招怀山贼阳夏赵宏、襄城召吴等数百人，皆束手诣伋降，悉遣归附农。后宏、吴等党与闻汲威信，远自江南，或从幽、冀，不期俱降，骆驿不绝云。

恂至长安，谏帝曰："长安道里居中，应接近便，安定、陇西必怀震惧。此从容一处，可制四方也。今士马疲倦，方履险阻，非万乘之固汧，前年颍川可为至戒。"帝不从，进军用汧。峻犹不下。帝议遣使降之，乃谓恂曰："卿前止吾此行，今将烦卿，若峻不降，即引耿弇等五营击之。"恂奉玺书至第一，峻遣军师皇甫文出谒，辞理不屈。恂怒将诛文，诸将谏曰："高峻精兵万余人，率多强弩，西遮陇道，连年不下。今欲降之，而反戮其使，无乃不可乎？"恂不应，遂斩之。遣其副归告竣曰："军师无礼，已戮之矣。欲降急降，不降固守。"峻惶恐，即日开城门降。诸将皆贺，因曰："敢问杀其使而降其城，何也？"恂曰："皇甫文，峻之腹心，其所取计者也。今来辞意不屈，必无降心。全之，则文得其计；杀之，则峻亡其胆，是以降耳。"诸将皆曰："非所及也。"遂传峻还洛阳。

十月，来歙、耿弇等攻破落门，周宗、行巡、苟宇、赵恢等将隗纯降。宗、恢及诸隗分徙京师以东，纯与巡、宇徙宏农。陇右既平，西羌犹为患。自王莽末，羌虏多背叛，遂入居塞内，金城属县，多为虏有。而隗嚣招怀其酋豪，遂得为用。及嚣死后，五溪、先零诸种，数为寇掠，皆营堑自守，州郡不能讨。来歙乃大修攻具，率盖延、刘尚及太中大夫马援等，进击羌于金城，大破之。斩首虏数千人，获牛羊万余头，谷数十万斛。时大饥。流离相望，歙乃倾仓廪，转运诸县，以赈赡之。于是陇右遂安，而凉州流通焉。歙复奏言，陇西侵残，非马援莫能定。十一年夏，玺书拜援陇西太守。歙乃与盖延、马成进攻王元、环安于河池、下辩，陷之，乘胜遂进。蜀人大俱，使刺客刺歙。未殊死，驰召盖延至，见歙利刃插入胁中，惊伏悲哀，不能仰视。歙叱曰："虎牙何敢如此？今使者中刺客，无以报国，故呼巨卿，欲相属以军事，而反效儿女子涕泣乎？刃虽在身，不能勒兵斩公耶？"延收泪强起，受所诫嘱，歙复自书表曰：

臣夜入定后，为贼所伤，中臣要害。臣不敢自惜，诚恨奉职不称，以为朝廷羞。夫理国以得贤为本，太中大夫段襄，骨鲠可任，愿陛下裁察。又臣兄弟不肖，终恐被罪，望陛下哀怜，数赐教督。

投笔抽刃而绝。

帝闻大惊，省书揽涕不止。乃使太中大夫赠歙中郎将、征羌侯印绶，谥曰节侯，谒者护丧事。丧还洛阳，乘舆缟素临吊送葬。子褒嗣侯。帝嘉歙忠节，十三年，复封歙弟由为宜西侯。《后汉书》论曰：

世称来君叔天下信士，夫专使乎二国之间，岂厌诈谋哉！而能独以信称者，良其诚心在乎使两义俱安，而已不私其功也。

且说此刺客乃环安所遣也。王元遂欲乘丧复河池，安曰："东将才能愈出愈奇，全陇之盛，犹不足以当之，况残败之余。而马成、刘尚智勇足备，岂易争锋？”忽报盖延病回长安，又闻朝廷遣大司马吴汉及诛虏将军刘隆，辅威将军臧宫，骁骑将军刘歆，发南阳、武陵、南郡兵以助岑彭灭蜀。又发桂阳、零陵、长沙委输棹卒六万余人，骑五千疋，皆会荆门。任满等大败，环安等遂归蜀，王元往助延岑。

伐蜀胜负，下文分说。

第二十六回

灭子阳全蜀归心

建武九年，公孙述遣其将任满、田戎、程汎大下江关，击破冯骏等，据住荆门。岑彭兵少，数攻不利。于是大造战船、攻具，以待援兵到来。至十一年春，帝遣岑彭与吴汉及臧宫、刘隆、刘歆发南阳、武陵、南郡兵，又发桂阳、零陵、长沙水兵，皆会集荆门。时江中欑柱密布，岑彭乃同吴汉等沿江远远相度形势。吴汉曰:“似此水道横绝，无用武之地，兵多止费粮谷耳。当暂罢三郡蜀卒，俟隙观变，再行调取。”彭岑曰:“蜀兵势盛，我兵既集，不乘势以规进取，而复遣去，不益长寇志，而阻士心乎？”汉必欲罢之，彭乃上书言状。帝报彭书曰:“大司马习用步骑，不晓水战。荆门之事，一由征南公为重而已。”

彭乃令军中募攻浮桥先登者上赏。于是偏将军鲁奇应募而前。时东风大起，彭大喜曰:“此天助也。”因与鲁奇各领露桡冒突百艘，各带攻具，扬帆西进。露桡者，谓露桡在外，人在船中，触冒而冲突也。鲁奇领令，开船先进，只见帆饱流急，雪浪喷空，船去如弩箭离弦，顷刻将抵浮桥。正侍直冲而进，却是作怪，那船只在江中摇摆不得上。而斗楼上任满等早已望见，楼上弩弓密布，桥下战船一字摆开杀下，虽非顺风，却是顺水，摇动摧艄橹，纷纷迎来。鲁奇大惊，吩咐各船齐用劲弩，发火炬焚桥，自却舍命恶战，枪挑落水者，不计其数。任满正在斗楼指挥兵将，只见火炬如流星般飞来。一刻之间，楼桥俱着。吓得蜀将火急逃生不及，时风怒火盛，只听得轰天价一声响，桥楼崩坍。先是鲁奇船不得动，原来是欑柱上的反把钩，奇使善泅者入水，尽去其欑柱，此时岑彭亦到，于是数百号冒突楼船，顺风并进。蜀兵大乱，溺死者数千人。这一场大战，斩了任满，生擒程汎。只逃走田戎，却保守江州去了。

于是岑彭表上刘隆为南郡太守，自率臧宫、刘歆等长驱入江关，而下令军中，无得掳掠。所过百姓皆奉牛酒迎劳。彭每亲见诸耆老，为言大汉哀愍巴蜀，久见虏役，故与师远伐，以讨有罪，为人除害，让不受其牛酒。百姓皆大喜悦，争开门降。彭到江州，以田戎粮食多，难以卒拔，乃留冯骏守之。自引兵乘利直指垫江，攻破平曲，收其米数十万石。

时公孙述大惧，乃使延岑、吕鲔、王元及其弟恢，领倾国之兵，拒住广汉及资中，又遣侯丹率二万人拒黄石。岑彭探听的实，乃多张疑兵，使护军杨翕与臧宫拒延岑等，自却分兵浮江下还江州，溯成都江而上，袭击侯丹，大破之。因日夜倍道兼行二千余里，径拔武阳。使精骑驰上广都，离成都数十里，势若风雨，所至皆奔散。公孙述大惊，以杖击地曰:“吾以大兵拒广汉，乃绕出延岑军后，是何神也！”

先是六月，述将环安遣人刺杀中郎将来歙。帝乃自将大兵征蜀。七月，次长安。八月，岑彭破侯丹于黄石。时臧宫将降卒数万于广汉间，粮少，转输不至，降者皆欲散畔。所得郡邑，复各保聚，观望成败。宫彷徨无措，欲引还，恐为所反。会帝遣谒者将兵诣岑彭，有马七百疋。宫大喜，乃矫制取以自益，因日夜进兵，多张旗帜，登山鼓噪，右步左骑，挟船而引，呼声动山谷。延岑不意汉兵骤至，登山望之，大震恐。宫因从击，大破之。斩首无算，溺死者万余人，水为之浊流。延岑逃得性命，奔往成都，其众悉降，尽获其兵马珍宝，自是乘胜追杀。时王元人马屯扎平阳乡，臧宫一到，元已魂飞魄散，举众归降。遂进拔绵竹，破涪城，斩公孙述弟恢。复攻拔繁、郫。前后收得节五，印绶千八百，全蜀震恐。

帝欲降述，乃与述书，陈言祸福。述省书叹息，以示所亲常少、张隆，隆、少皆劝降，述曰："废兴，命也。岂有降天子哉。"左右莫敢复言。领军环安进曰："汉将中只岑彭一人难敌耳。追田戎于夷陵，拒隗嚣于陇坻，蜀人至今胆寒。"述笑曰："犹强于来君叔哉！"

却说岑彭既拔武阳，闻臧宫已破涪城，吴汉将南阳兵溯江而上，亦将到，喜曰："灭蜀可克期矣。"遂拔营前进。有成都亡奴来降，云述得帝书，光禄勋张隆，太常常少劝述降，述无降意，大臣皆怨，日夜离叛。岑信之，留于帐下，会日暮驻营，询地名，曰："彭亡。"彭恶之，以日暮未便他徙。夜半，营中有警巡营，见有黑影瞥如飞鸟，出投西去，追之莫及。传入中军，彭已被刺死。监军郑兴大惊，不俟天明，急领全营东退，以援吴汉。而武阳一带复失。彭持军整齐，所过秋毫无犯。邛谷王任贵闻彭威信，越数千里遣使迎降。会彭已薨，帝尽以任贵所献，赐彭妻子，谥曰壮侯。蜀人怜之，为立庙武阳，岁时祠焉。子遵嗣，徙封细阳侯。

吴汉稍休士卒，复率兵进。十二年正月，与蜀将魏党、公孙永战于渔涪津，大破之，遂围武阳。述遣子婿史兴将五千人救之。汉迎击兴，尽殄其众，因入犍为界。诸县皆城守，汉乃进军攻广都，拔之。时秋七月也，威虏将军冯峻已拔江州，生擒田戎。武阳以东诸小城皆降。汉闻各路兵俱到，乃遣轻骑烧成都市桥。帝驰书戒汉曰："成都十余万众，不可轻也。但坚据广都，待其来攻，勿与争锋。若不敢来，公转营迫之，须其力疲，乃可击也。"汉不听，乃自将步骑二万余人，进逼成都。去城十余里，阻江北为营，作浮桥，使副将武威将军刘尚将万余人屯于江南，相去二十里。帝闻之大惊，责汉曰："比敕公于条万端，何意临事悖乱，既轻敌深入，又与尚别营，事有缓急，不复相及。贼若出兵缀公，以大众攻尚，尚破，公既败矣。幸无他者，急引兵还广都。”此诏未到，述果使其将谢丰、袁吉将众十余万，分为二十余营，并出攻汉，使别将将万余人，劫刘尚，令不得相救。汉与大战一日，兵败走入壁，丰因围之。汉乃召诸集帐下曰：“吾共诸君逾越险阻，转战千里，所在斩获，遂深入敌地，至其城下。而今与刘尚两处受围，势既不接，其祸难量。欲潜师就尚于江南，并兵御之，若能同心一力，人自为战，则大功可立，如其不然，败必无余。成败之机，在此一举。”诸将皆曰：“诺。”

于是厉兵秣马，闭营三日不出，乃多树旗幡，使烟火不绝，夜衔枚引兵与刘尚合军。丰等不觉，明日，乃分兵拒江北，谢丰自将攻江南。汉尽出精锐迎战，自旦至脯，遂大破之，斩谢丰、袁吉，获甲首五千余级。于是引还广都，留刘尚拒述，具以状上，而深自谴责，帝报曰：“公还广都，甚得其宜。述必不敢略尚而击公也。若先攻尚，公从广都五十里，悉步骑赴之，适当值其危困，破之必矣。”帝复使谒者张堪，送委输缣帛，并领骑七千匹，诣吴汉。在道复追拜堪为蜀郡太守。堪字君游，南阳宛人也。早孤，年十六让父余财数百万与兄子，而受业长安，志美行厉，诸儒号为圣童。帝微时见堪志操，常嘉焉。及即位，来歙荐之，召拜郎中，三迁为谒者。

却说吴汉惩前失，自是与述将战于广都、成都间、八战八克，遂军于成都郭中。述惊惶无措，谓延岑曰：“事当奈何？”岑曰：“男儿当死中求生，可坐穷乎？财物易聚耳，不宜有爱。”述乃悉散金帛，募敢死士五千余人，以配延岑，出市桥，大建旗帜；鸣鼓挑战，而潜遣奇兵出吴汉军后。岑众无不以一当百，吴汉大败，延岑舍死追杀，汉落水中，缘马尾得出。正在危急，恰好张堪到来，七千匹马尘土蔽天。延岑大惊，退入城中。吴汉收聚残败，谓刘尚曰：“已逼贼城，犹有此败。今军中只余七日粮，而克城未有时日。速阴具船，将军先行，吾当断后耳。”

却说张堪正到，闻汉败欲遁去，急驰往见汉，说述必败，不宜退师之策。汉从之，乃示弱挑敌，相延数日为。十一月一日，见述众竞备西北，俄倾知辅威将军臧宫杀到。宫破涪城后，复连屠大城，兵马旌旗甚盛，乃乘兵入小雒郭门，直历成都城下。不一刻，只见宫随从数骑，来至汉营。汉大喜，为置酒高会，甚欢。饮毕，宫辞去，汉谓宫曰：“将军向者经虏城下，震扬威灵，风行电照。然穷寇难量，还营愿从他道矣。”宫不从，复路而归，贼亦不敢近之。

明日，臧宫攻咸门甚急。述视占书云：“虏死城下。”大喜，谓汉等当之。乃自将数万人，出城攻汉，使延岑拒臧宫。岑三合三胜，自旦及日中，军士不得食，并疲倦。先吴汉见述出，乃自勒兵，令敌与宫战。至是乃使护军高午、唐邯，将数万锐卒，突出击之。述兵大乱败走。高午正在酣战，忽见远远銮旗之下，盔甲鲜明，知是公孙述，乃急追上，大喝一声，“丑贼何逃，还我岑将军命来。”述急转身来斗，被午当胸一枪，直穿透背，跌下马来，却被左右抢救，舆入城去。述召延岑入，以兵属之。至夜创血不止，痛极而死。明旦，岑遂降。吴汉乃夷述妻子，尽灭公孙氏，并族延岑。

先是城拔，张堪先入据城，检阅库藏，收其珍宝，悉条列上闻，秋毫无私。及吴汉入，乃族灭两家，复放兵大掠，焚述宫室。帝闻之，怒以谴汉，又让汉副将刘尚曰：“城降三日，吏人从服，孩见老母，口以万数，一旦放兵纵火，闻之可为酸鼻。尚宗室子孙，尝更吏职，何忍行此？仰视天，俯视地，观放麑啜羹二者，孰仁？良失斩将吊人之义也。”时常少、张隆并以忧死。帝下诏追赠，以礼改葬之。其忠节志义之士，并蒙旌显。程乌、李育以有才干，皆擢用之。于是西土咸悦，莫不归心焉。以张堪能慰抚吏民。复拜臧宫为广汉太守。

明年正月，吴汉振旅浮江而下，至宛，有诏令过家上冢，赐谷二万斛。时又增臧宫邑；更封酂侯。帝思岑彭功，复封其幼子淮为谷阳侯。陇蜀俱平，于是大飨将士，班劳策勋，功臣增邑；更封凡三百六十五人，其外戚恩泽封者四十五人。益州传送公孙述瞽师，郊庙乐器、葆车、舆辇，于是法物始备。兵革既息，天下少事，文书调役，务从简，乃至十省其九焉。

帝诏窦融与五郡太守，奏事京师，官属宾客相随，驾乘千余辆，马牛羊被野。融到，诣洛阳城门，上凉州牧、张掖属国都尉、安丰侯印绶，诏遣使还侯印绶。引见，就诸侯位，赏赐恩宠，倾动京师。数月，拜为冀州牧，十余日，迁大司空，融自以非旧臣，一旦入朝，在功臣之右，每召会进见，容貌辞气卑恭已甚。帝以此愈亲厚之。融小心，久不自安，数辞让爵位。尝上疏曰：

臣融年五十三，有子年十五，质性顽钝。臣融朝夕教导以经艺，不得令观天文，见谶记，诚欲令恭肃畏事，恂恂循道，不愿其有才能，何况乃当传以连城广土，享故诸侯王国哉！

因复请间求见，帝不许。后朝罢，逡巡席后。帝知欲有让，遂使左右传出。他日会见，先诏融曰："日者知公欲让职还土，故命公暑热且自便。今相见，宜论他事，勿得复言。"融乃不敢重请。后又加位特进，行卫尉事。弟友为城门校尉，兄弟并典禁兵。融长子穆，尚内黄公主。穆子勋，尚东海恭王彊女沘阳公主。友之子固，亦尚光武女涅阳公主。窦氏一门，两侯三公主，四二千石，皆并时。自祖及孙，官府邸第相望，京邑奴婢以千数，于亲戚功臣中，莫以为比。范氏《后汉书》论曰：

窦融始以豪侠为名，拔起风尘之中，以投天隙，遂蝉蜕王侯之尊，终膺卿相之位，此则徼功趣势之士也。及其爵位崇满，至乃放远权宠，恂恂似若不能已者，又何智也。尝独详味此子之风度，虽经国之术无足多谈，而进退之礼良可言矣。

融卒时年七十八。谶曰戴侯。子孙显达，盖与国相终始云。此时天下底定，而西平诸羌，南靖交址，则马伏波之言语行事，颇足观览，次之后回。

第二十七回

三边绩用伏波死

却说羌戎种类不一，大抵得西方金行偏气，故性坚刚勇，以力为雄。然王政修则宾服，德教失则寇乱。三代以来，见诸《诗》《书》《左》《史》，姑不叙论，及秦始皇使蒙恬将兵略地，西逐诸戎，北却众狄，筑长城以界之，众羌不复南度。至于汉兴，匈奴冒顿兵强，破东胡，走月氏，威震百蛮，臣服诸羌，是以无事。武帝开边，障塞亭燧，复出长城外数千里。即宣帝时，先零诸羌叛，赵充国将兵破平之，直至王莽末，众羌始还，据西海为寇。更始、赤眉之际，羌遂放纵，寇金城、陇西。隗嚣虽拥兵，而不能讨之，乃就慰纳，因发其众，与汉相拒。及隗嚣死，司徒掾班彪上言："羌汉杂处，习俗既异，言语不通，数为小吏黠人所见侵夺，穷恚无聊，故致反叛。旧制益州、幽、凉各部，皆置校尉，持节领护，理其怨结，循受疾苦。又数遣使驿，通动静，以为儆备。今宜复如旧，以明威防。"光武从之，以牛邯为议羌校尉。未久邯卒，而职省十年。

羌寇金城，来歙与诸将破之。歙荐马援为陇西太守。时先零闻来歙已死，复寇临洮。马援乃发步骑三千人掩击，大破之，诸羌八千余人，诣援降。诸种复有数万屯聚寇钞，拒浩亹隘。援与扬武将军马成击之。羌败，因将妻子辎重，移阻于允吾谷。援乃潜行间道，掩赴其营。羌大惊溃，复远从唐翼谷中，援复追之。羌引精兵聚北山上，援即向山结阵。而分遣数百骑，绕袭其后，乘夜放火，击鼓叫噪，虏遂大溃，凡斩首千余级。援以兵少，不得穷追，收其谷粮、畜产而还。时夜战，援中弩，矢贯其胫，援战愈力，还营始去矢治创。是时朝臣以金城、破羌之西，途远多寇，议欲弃之。援上言，破羌以西，城多完牢，易可依固，其田土肥壤，灌溉流通。如羌在湟中，则为害不休，不可弃也。帝然之，于是诏武威太守梁统，令悉还金城客民，归者三千余口，使各返旧邑。援奏置长吏，缮城郭，起坞侯，开导水田，劝以耕牧，郡中乐业。乃罢马成军。

十三年，武都参狼羌与塞外诸种为寇，杀长吏，援将四千余人击之，至氐道县。羌在山上，援军据便地，夺其水草，不与战。羌遂穷困，豪帅数十万户尽亡出塞，诸种万余人悉降。于是陇右清净。

时王常屯固安，拒卢芳，薨于屯所。以杜茂屯北边，遣马武屯滹沱河，以备匈奴。杜茂、吴汉数击卢芳，并不克。而芳将随昱留守九原，见陇蜀俱平，知芳必随灭，计欲胁芳降汉。芳微觉，知羽翼外附，心膂内离，遂弃辎重，亡入匈奴。其众尽归随昱，昱乃随使者程恂诣阙，拜昱为五原太守，封镌羌侯。芳后病死。

四夷既安，乃益求贤俊，以图治安。先是丞相故事，四科取士，一曰德行高妙，志节清白；二曰学通行修，经中博士；三曰明达法令，足以决疑，能案章覆问，文中御史；四曰刚毅多略，遭事不惑，明足以决，才任三辅。令皆有孝悌廉公之行。

是时为建武十二年八月乙未，复下诏书：“三公岁举茂才各一人，廉吏各二人，光禄岁举茂才、四行各一人，察廉吏三人，中二千石岁察廉吏各一人，廷尉、大司农各二人，将兵将军岁察廉吏各二人，监察御史、司隶州牧岁举茂才各一人。”

帝初即位，即访求卓茂以为太傅，而以邓禹为大司徒，吴汉为大司马，王梁为大司空，是为三公。邓禹西征，以伏湛行大司徒事。湛字惠公，父理受《诗》于匡衡，为当世名儒，湛性孝友，少传父业。帝知湛才任宰相，建武三年，遂代邓禹为大司徒。湛虽在仓卒，造次必于文德，以为礼乐政化之首，颠沛犹不可违。会以细故坐免。六年，徙封不其侯，遣就国，以侯霸代之。霸字君房，河南密人也。矜严有威容，笃志好学，师事九江太守房元，治《穀梁春秋》。王莽时，为临淮大尹，有能名。建武四年，徵拜尚书令。时朝无故典，又少旧臣，霸明习故事，收录遗文，条奏前世善政法度，有益于时者，皆施行之。每春下宽大之诏，奉四时之令，皆霸所建也。及为大司徒，在位明察守正，奉公不同。建武二年，王梁以军事违敕，遂以宋宏为大司空。宏以清行致称，雅进贤士。

建武六年，茂陵杜林自陇西还三辅。光武闻之，乃徵拜侍御史。林字伯山，尝从外氏张竦受学，博洽多闻，时称通儒。东海卫宏、济南徐巡等，皆师事之。林前于西州得漆书《古文尚书》一卷，常宝爱之。虽遭艰困，握持不离身。出以示宏等曰："林流离兵乱，常恐斯经将绝。何意东海卫子，济南徐生，复能传之，是道竟不坠于地也。古文虽不合时务，然愿诸生无悔所学。"宏、巡益重之，于是古文遂行。林尝荐同郡范逡、赵秉、申屠刚及牛邯等，皆被擢用。十一年，代郭宪为光禄勋。内奉宿卫，外总三署，周密敬慎，选举称平。时群臣上言宜增科禁，诏下公卿议，林奏曰："夫人情挫辱，则节义之风损，法防繁多，则苟免之行兴。古之明王深识远虑，动居其厚，不务多辟，大汉初兴，蠲除苛政，更立疏纲，海内欢欣，人怀宽德。及至其后，渐以滋章，吹毛求疵，诋欺无限；果桃菜茹之馈，集以成臧，小事无防于义，以为大戮，故国无廉士，家无完行。至于法不能禁，令不能止，上下相遁，为敝弥深。臣愚以为宜如旧制，不合翻移。"帝从之。

帝好经术，所至先访儒雅，采求阙交。故四方学士莫不抱负坟策，云会京师，如范升、陈元、郑兴、杜林、卫宏、刘昆、桓荣之徒，继踵而集。故图籍之盛，考之史传，未有如东汉者。初光武迁还洛阳，其经牒秘书，载之二千余辆。自此以后，犹三倍于前云。

帝长于民间，颇达情伪，悉民疾苦，故勤约之风，行于上下。而临宰邦邑者，亦竞能其官。略表数人，所谓迹显当时，声施后世者，览之颇足兴顽起惰。

茂陵郭伋，字细侯，乃武帝时郭解之后也。少有志行，王莽时为并州牧。世祖即位，徵拜雍州牧。建武五年，转渔阳太守。时猾寇充斥，伋到，示以信赏，纠戮渠师，盗贼销散。又整勒士马，设攻守之略，匈奴远迹，不敢入塞，民得安业。在职五岁，赋口倍增。后寇恂从征西陇，征伋拜颍川太守，远近贼寇，束手归降。

十一年，上以卢芳未灭，调伋为并州守，所到县邑，老幼相携，逢迎道路焉。伋乃聘求耆德雄俊，设几杖之礼，朝夕与参政事。行部到西河美稷，有童儿数百，各骑竹马，迎拜道次，曰："闻使君到，人人生喜，故来奉迎。"伋笑谢之。及事讫，诸儿复欢聚，送至郭外。遮问使君何日当还，伋顾别驾从事计日以告之。行部既还，先期一日，伋为违信于诸儿，遂止于野亭，待期乃入。

南阳太守杜诗，性节俭，而政治清平。以诛暴立威，善于计略，省爱民役，造作农器，百姓便之。又修治陂池，广拓土田，郡内比室殷足。时人以方召信臣，语曰："前有召父，后有杜母。"召信臣，元帝时为南阳太守，为人兴利，务在当之。字翁卿，寿春人也。

孔奋，字君鱼，扶风茂陵人。少从刘歆受《春秋左氏传》，歆称之，谓门人曰："吾已从君鱼受道矣。"遭王莽乱，与老母幼弟避兵河西。建武五年，窦融请署议曹椽，守姑臧长。时天下扰乱，惟河西独安，而姑臧称为富邑。陇蜀既平，河西守令咸被徵召，财货连毂，弥竟川泽。惟奋无资，单车就路。姑臧吏民及羌胡更相谓曰："孔君清廉仁贤，举县蒙恩，如何今去，不共报德？"遂相赋敛牛马器物，至千万以上，追送数百里。奋谢之而已，一无所受。后拜武都太守，举郡改操。

张堪先为蜀郡太守，吏民大悦。后拜渔阳太守，捕击奸滑，赏罚必信，吏民皆乐为用。匈奴尝以万骑入渔阳，堪率数千骑奔击，大破之，郡界以静。乃于狐奴开稻田八千余顷，劝民耕种，以致殷富。时麦多双穗，百姓歌曰："桑无附枝，麦穗两岐，张君为政，乐不可支。"帝尝召见诸郡计吏，问其风土及前后守令能否。蜀郡计椽樊显进曰："渔阳太守张堪昔在蜀汉，仁以惠下，威能讨奸。前公孙述破，珍宝山积，卷握之物，足富十世，而堪去职之日，乘折辕车，布被囊而已。"帝闻之叹息，即拜显为鱼复长。

卫飒，河内修武人。初除襄城令，政有名迹，迁桂阳太守。郡与交州接境，颇染其俗，不知礼则。飒下车修痒序之教，设婚姻之礼，期年间，邦俗从化。飒理恤民事，居官如家，其所施政，莫不合于物宜。

宛人任延，年十二为诸生，学于长安，明《诗》《易》《春秋》，显名太学，学中号为"圣童"。避兵之陇西，时隗嚣已据四郡，遣使请延，延不应。更始元年，拜会稽都尉，时年十九，迎官惊其少。及到，静泊无为，惟先礼祠延陵季子，聘请高行，如董子仪、严子陵等，敬待以师友之礼。掾吏贫者，辄分奉禄以赈给之。省诸卒，令耕公田，以周穷急。建武初，延上书，愿乞骸骨，归拜王庭。诏徵为九真太守。九真俗以射猎为业，不知牛耕，民常告籴交址，每致困乏。延乃令铸作田器，教之垦辟日畴，岁岁开广，百姓充给。又骆越之民，无嫁娶礼法，各因淫好，无适的对之匹，不识父子之性，夫妇之道。延乃移书属县，各使男年二十至五十，女年十五至四十，皆以年齿相配，其贫无礼聘，令长史以下，各省奉禄以赈助之。同时相娶者，二千余人。是岁，风雨顺节，谷稼丰衍，其产子者，始知种姓，咸曰："使我有是子者，任君也。"视事四年，徵诣洛阳。九真吏人，生为立祠。后拜武威太守，帝亲见，戒之曰："善事上官，无失名誉。"延对曰："臣闻忠臣不私，私臣不忠；履正奉公，臣子之节；上下雷同，非陛下之福。善事上官，臣不敢奉诏。"帝叹息曰："卿言是也。"既之武威，郡之大姓，聚众为害，延发兵破之。自是威行境内，吏民累息。郡北当匈奴，南接种羌，民畏寇抄，多废田业。延到，集武略之士，明其赏罚，令屯要害，有警击讨。虏多残伤，遂不敢出。河西旧少雨泽，延乃为置水官吏，修理沟渠，人蒙其利。又立校官，自掾吏子孙，皆令诣学受业，郡遂有儒雅之士。后坐擅诛羌不先上，左转召陵令。及显宗即位，拜颍川太守，又为河内太守。数年，病卒。

前汉鲁人徐生善为仪容，文帝以为礼官大夫。刘昆者，陈留东昏人，少习容礼，通《易经》，能弹雅琴。王莽时教授弟子，恒五百人，每春秋飨射行礼，县宰辄率吏属而观之。后天下大乱，昆避难河南负犊山中。建武五年，举孝廉，不行，遂逃，教授于江陵。光武闻之，即除为江陵令，时县多火灾，昆辄向火叩头，辄能降雨止风。徵拜议郎，迁宏农太守。先是崤黾驿道多虎灾，行旅不通。昆为政三年，仁风大行，虎皆负子渡河。帝闻而异之。后徵代杜林为光禄勋，帝问曰："卿前在江陵，反风灭火；后守宏农，虎北渡河。行何德政，而致是事？"昆对曰："偶然耳。"左右皆笑其质讷。帝叹曰："此乃长者之言也。"顾命书诸策。乃令入教授皇太子及诸王小侯五十余人。建武三十年，以老乞骸骨，诏赐洛阳第舍，以千石禄终其身焉。

光武自幼学长安之时，便亲淑贤俊，及即位以来，尤加意访求，孜孜不倦。故一时内辅外任，济济多贤，不可胜数。而蒲输旌帛，犹不绝于岩薮。

北海逢萌，王莽时挂冠东都城门，浮海客辽东。及光武即位，乃之琅邪崂山，养志修道，人皆化其德。帝连徵之，不起。

太原广武人周党，亦不仕莽，敕身修志。莽末，贼暴纵横，残灭郡县，至广武，贼闻党高行，过城不入。帝强徵之，乃著短布单衣待见尚书。及引见，党伏而不谒，自陈愿守所志，帝乃许焉。博士范升奏曰：“臣闻尧不须许由、巢父，而建号天下，周不待伯夷、叔齐，而王道以成。伏见太原周党等，蒙加厚恩，使者三聘，乃肯就车。及陛见帝廷，偃蹇骄悍，不以礼屈。党等文不能演义，武不能死君，钓采华名，庶几三公之位。臣愿与坐云台之下，考试图国之道，不如臣言，伏虚妄之罪。而敢私窃虚名，夸上求高，皆大不敬。”书奏，帝诏曰：“自古明王圣主，必有不宾之士。伯夷、叔齐不食周粟，太原周党不受朕禄，亦各有志焉。”其赐帛四十匹，党遂隐居黾池。

时齐国上言：有一男子披羊裘钓泽中。帝喜曰：“此当是子陵也。”子陵姓严名光，一名遵，会稽余姚人。少有高名，与光武同游学。及光武即位，光乃变姓名，隐身不见。帝思其贤，令天下以物色访之。至是乃备安车玄纁，遣使聘之。三反而后至，舍于北军，给床褥，太官朝夕进膳。司徒侯霸与光素旧，遣使奉书。光于床上箕踞抱膝，发书读讫。问曰：“君房素痴也。今为三公宁小差否？”使对曰：“位已鼎足，不痴也。”光曰：“遣卿来何言？”因传霸言，光曰：“君言不痴，是非痴语耶？天子徵我三，乃来，人主尚不见，当见人臣乎？”使求报书。光曰：“我手不能书。”乃口授曰：“君房足下，位至鼎足，甚善。怀仁辅义天下悦，阿谀顺旨要领绝。”使者嫌少，求更足。光曰：“买菜乎？求益也。”霸得书，封奏之。帝笑曰：“狂奴故态也。”车驾即日幸其馆。光卧不起，帝就其卧榻，抚光腹曰：“咄咄！子陵不可相助为理耶？”光又眠不应，良久，乃张目熟视曰：“昔唐尧著德，巢父洗耳。士故有志，何至相迫乎？”帝曰：“子陵，我竟不能下汝耶？”于是升舆叹息而去。复引光入，论道旧故，相对累日。帝从容问光曰：“朕何如昔时？”对曰：“陛下差增于往。”因共偃卧，光以足加帝腹上。明日，太史奏客星犯御坐甚急，帝笑曰：“朕故人严子陵共卧耳。”除为谏议大夫，不屈，用耕于富春山。后人名其钓处为严陵濑焉。宋朝范文正公有《钓台记》云：

非光武不能遂子陵之高，非陵不能成光武之大。

《后汉书·逸民传赞》曰：

江海冥灭，山林长往，远性风疏，逸情云上，亦足高尚而惩薄俗矣。

又有向子平者，名长，河内朝歌人也。隐居不仕，性尚中和，好通《老》《易》，贫无资食。好事者更馈焉，向受之取足，而反其余。王邑辟之，连年乃至。欲荐之于莽，固辞乃止，潜隐于家。一日读《易》至“损”“益”卦，喟然叹曰：“吾已知富不如贫，贵不如贱，但未知死何如生耳！”建武中，男女娶嫁既毕，乃敕断家事，勿复相关，当如我死也。于是与同好北海禽庆，俱游五岳名山，竟不知所终。

是时前后祥瑞叠见，甘露降南行唐，黄龙见东阿。九真徼外蛮夷，率种人内属，日南徼外变夷，献白雉白兔，广汉徼外白马羌豪，率种人内属，匈奴遣使奉献，莎车国、鄯善国并遣使奉献。初巴、蜀既平，大司马吴汉上书请封皇子，不许。重奏连岁，至是乃诏群臣议。十五年四月，遂封皇子辅为右翊公，英为楚公，阳为东海公，康为济南公，苍为东平公，延为淮阳公，荆为山阳公，衡为临淮公，焉为左翊公，京为琅邪公。又追谥兄伯升为齐武公，兄仲为鲁哀公。时朱佑奏：“古者人臣受封，不加王爵，可改诸王为公。”故诸王皆为公，后仍复为王者。

有诏下州郡，检核垦田顷亩及户口年纪。河南尹张伋及诸郡太守十余人，坐度田不实，皆下狱死。而郡国大姓，及兵长群盗，处处并起，郡县追讨，到则解散，去复屯结，青、徐、幽、冀四州尤甚。乃遣使者下郡国，听群盗自相纠发，五人共斩一人者，除其罪；吏虽逗留回避故纵者，皆勿问，以擒讨为效。其牧守令长，境内坐盗贼而不收捕者，又以畏愞捐城委守者，皆不以为负，但取获贼多少为殿最；惟蔽匿者乃罪之。于是更相追捕，贼并解散。徙其魁怮于他郡，赋田受禀，使安生业。自是牛马放牧，邑门不闭。

时有妖民李广等，诳惑百姓，无识下愚多信从之，遂共聚徒党，攻没皖城，杀皖侯刘闵，自称“南岳太师”。帝遣谒者张宗，将兵数千人讨之，为广所败。愚民益信之，其众大炽。时马援已还京师，于是使援发诸郡兵数万人击之。援曰：“是皆不乐太平之愚民，稍有膂力，遂自谓无敌，所谓蚁敌蜂屯，一燎无遗者耳。”遂发万余人四布，自率数百人奔击。李广出战，只一合斩之，万余人四合围剿，遂尽歼其众。援轻重回京，忽玺书复下拜授为伏波将军，大发三军，南征交址。

未知如何，且听下回分解。

第二十八回

少海波覃薄后尊

却说南方诸国，虽自秦时分置郡县，然言语各异，礼教未通。及光武中兴，锡光为交址，任延守九真。于是教其耕稼，制为冠履，始知姻娶，渐习礼义。故慕化来献者不绝。及建武十六年，交址女子徵侧及其妹徵贰造反，大乱南边。徵侧者，麊泠县雒将之女也，嫁为朱鸢人诗索妻。姊妹皆精通武艺，勇力超群，遂恃勇霸害一方。太守苏定以法绳之，侧忿不受制，故反。于是九真、日南、合浦蛮夷皆应之，遂自立为王，寇略岭外六十余城。交址刺史及诸太守，仅得自守。光武乃诏长沙、合浦、交址具车船，修道桥，通障溪，储粮谷。至十八年四月，乃拜马援为伏波将军，以扶乐侯刘隆为副，督楼船将军段志等讨之。于是发长沙、桂阳、零陵、苍梧兵万余人，随山刊道千余里，至浪泊大战，贼败。斩首数千级，降者万余人。援追徵侧等，连败之，乃奔入禁溪穴中，援守之。时段志病卒，刘隆等追散余贼。明年正月，穴中食尽，徵侧、徵贰出战，援悉斩之，传首洛阳。帝封援新息侯，食邑三千户。

援乃击牛酾酒，劳飨军士，从容谓官属曰：“吾从弟少游常哀吾慷慨多大志，曰：‘士生一世，取衣食裁足，乘下泽车，御款段马，为郡掾吏，守坟墓，乡里称善人，斯可矣。致求盈余，但自苦耳。'当吾在浪泊、西里间，虏未灭之时，下潦上雾，毒气重蒸，仰视飞鸢，跕跕堕水中，卧念少游平生时语，何可得也。今赖士大夫之力，被蒙大恩，猥先诸君纡佩金紫，且喜且惭。”吏士皆欢呼称颂。援将楼船二千余艘，战士二万余人，击九真余党都羊等。自无功至居风，斩获五千余人，岭南悉平。援所过辄为郡县治城郭，穿渠灌溉，以利其民。又与越人申明旧制，以约束之，自后骆越皆奉行马将军故事。二十年秋，振旅还至京师。故人多迎劳之，平陵人孟冀亦于坐贺。

冀。名下士。援因谓之曰："吾望子有善言，反同众人耶！昔伏波将军路博德开置七郡，裁封数百户。今我微劳，猥飨大县，功薄赏厚，何以能长久乎？先生何以相济？”冀曰："愚不及也。”援曰："方今匈奴、乌桓尚扰北边，欲自请击之。男儿要当死于边野，以马革裹尸还葬耳，何能卧床上在儿女子手中耶？”冀曰："谅为烈士，当如此矣。”还京月余，会匈奴、乌桓寇扶风，援请行复出，屯襄国。

后武威将军刘尚击武陵、五溪蛮夷，深入军没。援因复请行，时年六十二。帝悯其老，未许之。援自请曰："臣尚能披甲上马。”帝令试之，援据鞍顾眄，以示可用。帝笑曰："矍铄哉！是翁也。”遂率中郎将马武、耿舒、刘延、孙永等，将四万余人征五溪。援夜与送者决别，谓友人杜愔曰："吾受厚恩，年迫余日索，常恐不得死国事。今获所愿，甘心瞑目，但畏权要子弟等，或在左右，或与从事，殊难得调。介介独恶是耳。”明年春，军至临乡，遇贼攻县，援迎击，破之。寇被逼饥困欲降，会援病卒，谒者宋均入虏受降，为置吏司，群蛮遂平。

初军次下隽，有两道可入，从壶头则路近而水险，从充则涂夷而运远，帝初以为疑。及军至，耿舒欲从充道，援以为弃日费粮，不如进壶头，扼其咽喉，充贼自破。以事上之，诏从援策。遂进营壶头。贼乘高守隘，水疾，船不得上。会暑甚，士卒多疫死，援亦中病，乃穿岸为室，以避炎气。贼每升险鼓噪，援辄曳足以观之，乃作歌曰：

> 滔滔武溪一河深，鸟飞不渡，兽不敢临，嗟哉！武溪多毒淫。

慷慨悲歌，左右闻之，莫不为之流涕，咸愿舍死杀贼焉。

时耿舒与兄弇书曰：

> 前舒上书，当先击充，粮虽难运，而兵马得用，军人数万，争欲先奋。今壶头竟不得进，大众怫郁行死，诚可痛惜。前到临乡，贼无故自致，若夜击之，即可殄灭。伏波类西域贾胡，到一处辄止，以是失利。今果疾疫，皆如舒言。

弇得书，奏之。帝乃使虎贲中郎将梁松，乘驿责问，因代监援军。会援病卒，而寇亦平。松，梁统子，尚舞阴公主。先是援尝有疾，松来候之，独拜床下，援不答拜。松去，诸子问曰："梁伯孙帝婿，贵重朝廷，公卿以下莫不惮之，大人奈何独不为礼。"援曰："我乃松父友也，虽贵，何得失礼以轻其父乎？"松由是恨之。至是遂奏陷援。帝大怒，追收援新息侯印绶。又援在交阯，尝饵薏苡仁，以能轻身胜瘴气。而南方薏苡实大，援欲以为种，军还，乃载之一车。时人以为南土珍宝，权贵皆望之。援时方有宠，故莫以闻。及卒后，有上书谮之者，以为前所载还，皆明珠文犀。马武与侯昱皆上章言其状，帝益怒。援妻孥惶惧，不敢以丧还旧茔，裁买城西数亩地，槁葬而已。宾客故人，莫敢吊会。援兄子严与援妻子，草索相连，诣阙请罪。帝乃梁松书以示之，方知所坐，上书诉冤。前后六上，辞其哀切。然后得葬。

有前云阳令朱勃诣阙上书曰：

> 臣闻玉德圣政，不忘人之功，采其一美，不求备于众。故高祖赦蒯通，而

以王礼葬田横，大臣旷然，咸不自疑。夫大将在外，谗言在内，微过辄记，大功不计，诚为国之所慎也。故章邯畏口而奔楚，燕将据聊而不下，岂其甘心末规哉，悼巧言之伤类也。窃见故伏波将军新息侯马援，拔自西州，钦慕圣义，间关险难，触冒万死，孤立群贵之间，傍无一言之佐，驰深渊，入虎口，岂顾计哉！宁自知当要七郡之使，徼封侯之福耶？八年，车驾西讨隗嚣，国计狐疑，众营未集，援建宜进之策，卒破西州。及吴汉下陇，惟狄道为国坚守，士民饥困，寄命漏刻。援奉诏西使，镇慰边众，乃招集豪杰，晓诱羌戎，谋如涌泉，势如转规，遂救倒悬之急，存几亡之城。兵全师进，师进辄克，铢锄先零，缘入山谷，猛怒力战，飞矢贯胫。又出征交址，士多障气，援与妻子生诀，无悔吝之心，遂斩灭徵侧，克平一州。间复南讨，立陷临乡，师已有业，未竟而死，吏士虽疫，援不独存。夫战或以久而立功，或以速而致败，深入未必为得，不进未必为非。人情岂乐久屯绝地不生归哉！惟援得事朝廷二十二年，北出塞漠，南渡江海，触冒害气，僵死军事，名灭爵绝，国土不传。海内不知其过，众庶未闻其毁，卒遇三夫之言，横被诬罔之谗。家属杜门，葬不归墓，怨隙并兴，宗亲怖栗。死者不能自列，生者莫为之讼。臣窃伤之。夫明主于用赏，约于用刑。高祖赏与陈平金四万斤，以间楚军，不问出入所为，岂复疑以钱谷间哉！夫操孔父之忠，而不能自免于谗，此邹阳之所悲也。《诗》云："取彼谗人，投畀豺虎、豺虎不食，投畀有北，有北不受，投畀有昊。"此言欲令上天而平其恶。惟陛下留思竖儒之言，无使功臣怀恨黄泉。臣闻《春秋》之义，罪以功除，圣王之祀，臣有五义。若援，所谓以死勤事者也。愿下公卿平援功罪，宜绝宜续，以厌海内之望。臣年已六十，常伏田里，窃感栾布哭彭越之义，冒陈悲愤，战栗阙庭。

书奏，报归田里。至肃宗皇帝即位，乃追念之，下诏曰：

故云阳令朱勃，建武中以伏波将军爵土不传，上书陈状，不顾罪戾，怀旌善之志，有烈士之风。《诗》云："无言不雠，无德不报。"其以县见谷二千斗，赐勃子若孙，勿令远诣阙谢。

《东观汉记》曰："援长七尺五寸，色理发肤眉目容貌如画。"闲于进对，尤善述前世行事。每言及三辅长者，下至阁里少年，皆可观听。自皇太子诸王侍，闻者莫不属耳忘倦。又善兵策，光武尝言：'伏波论兵，与我意合。'每有所谋，未尝不用。援有四子三女，卒后，梁松、窦固等谮之，家益失势，数为权贵所侵侮。兄子严，不胜忧愤。白蔺夫人，绝窦氏婚，求进女掖庭。书上，选援幼女入太子宫。显宗即位，立为后，即明德皇后也。这都是后话。亦昌黎所谓得牵连书者也。

且说光武初起宛时，娶于阴氏。明年春，击王郎至真定，又纳郭后。及即位，令侍中傅俊至新封迎阴后与胡阳、宁平公主诸宫人至洛阳。二后俱封为贵人。是年郭贵人生子彊。三年，群臣请立后，帝以阴后雅性宽仁，欲立之。后以郭氏有子，固辞不肯当。遂立郭氏为皇后，以子彊为皇太子。其后郭后宠稍衰，数怀怨怼。十七年十月，遂废为中山王太后，立贵夫人阴氏为皇后。进后中子右翊公辅为中山王，以常山郡益中山国。其余九国公，皆归旧封，进爵为王。时太子侍讲郅恽言于帝曰："臣闻夫妇之好，父不能得之于子。况臣能得之于君乎？是臣所不敢言。虽然，愿陛下念其可否之计，无令天下有议社稷而已。"帝曰："恽善恕己量主，知我必不有所左右而轻天下也。"

郭后弟况，小心谨慎，帝善之。年始十六，拜黄门侍郎，封绵蛮侯。以后弟贵重，宾客辐凑。况谦恭下士，颇得声誉。十四年，迁城门校尉，至是复徙封大国，为汤安侯。后迁大鸿胪。帝数幸其第，赏赐丰盛，京师号况家为"金穴"云。阴后兄识，弟兴，皆有名望。识初从伯升起兵，有功，更始封为阴德侯，行大将军事。建武元年，随贵人至，以为骑都尉，更封阴乡侯。随征，以军功增封，识叩头让曰："天下初定，将帅有功者众，臣托属掖庭，仍加爵邑，不可以示天下。"

帝甚美之，以为关都尉，镇函谷。十五年，定封原鹿侯。兴为人有膂力，建武二年，为黄门侍郎。守期门仆射，典将武骑，从征伐，平定郡国，甚见亲信。兴与同郡张宗，上谷鲜千裒，不相好，知其有用，犹称所长而荐达之。友人张汜、杜禽与兴厚善，以为华而少实，但私之以财，终不为言。是以世称其忠平。九年迁侍中，赐爵关内侯。帝后召兴欲封之，置印绶于前，兴固让曰："臣未有先登陷阵之功，而一家数人，并蒙爵土，令天下觖望，诚为盈溢。臣蒙陛下、贵人恩泽至厚，富贵已极，不可复加。至诚不愿。"帝嘉之，不夺其志。贵人问其故，兴曰："贵人不读书耶？'亢龙有悔'，夫外戚家，苦不知谦退，嫁女欲配侯王，取妇眄睨公主，愚心实不安也。富贵有极，人当知足，夸奢益为观听所讥耳。"贵人感其言，深自降挹，卒不为宗亲求位。

帝舅寿张侯樊宏，为人谦柔畏慎，不求苟进。常戒其子曰："富贵盈溢，未有能终者。吾非不喜荣势也，天道恶满而好谦，前世贵戚皆明戒也。保已全身，岂不乐哉。"宏所上便宜及言得失，辄手自书写，毁削草本。公朝访逮，不敢众对。宗族染其化，未尝犯法。帝甚重之。及后病困，车驾临视，留宿。问其所欲言，宏顿首自陈："无功享食大国，诚恐子孙不能保全厚恩，令臣魂神惭负黄泉。愿还寿张，食小乡亭。"帝悲伤其言，而竟不许。二十七年卒。子儵嗣，谨约有父风焉。

却说光武皇帝十一子，郭皇后生东海王彊，沛王辅，济南王康，阜陵王延，中山王焉，许美人生楚王英，光烈皇后生显宗，东平王苍，广陵王荆，临淮公衡，琅邪王京。衡未及进爵为王而薨，无子，国除。彊为皇太子，郭后废，彊常戚戚不自安。数因左右及诸王陈其恳诚，愿备藩国。光武不忍，迟回者数岁。至十九年，乃立东海王阳为皇太子，改名庄。而以彊为东海王。帝以彊废不以过，去就有礼。故优以大封，兼食鲁郡，合二十九县。赐虎贲旄头，宫殿钟虡之悬，拟于乘舆。二十年，徙封辅为沛王，郭后为沛太后。

是时朝野肃清，只有匈奴鲜卑犹时入塞，杀略吏人，朝廷以为忧。而中兴诸大将，已老死略尽，高密侯邓禹，胶东侯贾复，固始侯李通，好畤侯耿弇，扬虚侯马武，朗陵侯臧宫皆以特进奉朝请。全椒侯马成先为中山太守，以征武陵蛮无功，上太守印绶，就国。王霸以识边事，在上谷二十余年。祭遵从弟祭彤，初以遵故，拜为黄门侍郎。及遵死无子，帝伤之。乃以彤为偃师长，令近遵坟墓，四时奉祠之。彤有权略，视事五岁，县无盗贼，课为第一，迁襄贲令。时襄贲盗贼，白日公行。彤至，诛破奸猾，殄其支党，数年政清。帝以为能当匈奴、鲜卑，及赤山、乌桓连和强盛，数入塞，帝忧之，乃拜彤为辽东太守。彤有勇力，能贯三百斤弓，虏每犯塞，常为士卒锋，数破走之。

二十一年秋，鲜卑万骑寇辽东，彤率数千入迎击之，自被甲陷阵上，大奔，死者过半，遂穷追出塞。自后鲜卑震怖，不敢复窥塞。彤以三虏连和，卒为边害。二十五年，乃招呼鲜卑，示以财利。其太都护偏何，遣使奉献，愿得归化。彤慰纳赏赐。于是满离、高句骊之属，不骆驿款塞，上貂裘好马，帝辄倍其赏赐。其后偏何邑落诸豪并归义，愿自效。彤曰："审欲立功，当归击匈奴，斩送头首，乃信耳。"偏何等皆仰天指心曰："必自效，即击匈奴，持头诣郡。"其后岁岁相攻，辄送首级受赏。自是匈奴衰弱，边无寇警，鲜卑、乌桓并入朝贡。

却说大司马吴汉自平蜀后，十五年，同马成北击匈奴。自后帝念汉功劳，不复令其征伐。汉在朝廷斤斤谨质，形于体貌。初汉出征，妻子尝买田业。汉还责之曰："军师在外，吏士不足，何忍多买田宅乎！"遂尽以分与昆弟外家。又性强毅。每出师，朝受命，夕即引道，初无办严之日。帝深重之。尝叹曰："吴公治军，差强人意。"十八年，蜀郡守将史歆反于成都，而宕渠、朐忍等处，各起兵应之。帝以史歆昔为岑彭护军，晓习兵事，乃复遣汉率刘尚及太中大夫臧宫将兵讨之。汉至，诛歆平之。二十年，汉病笃，车驾亲临。及薨，有司奏议以武为谥，诏特赐谥曰忠侯。发北军五校、轻车、介士送葬，如大将军霍光故事。汉以质简而强力，故光武始终倚爱之。

昔贤有云：“仁义不足以相怀，则智者以有余为疑，而朴者以不足取信。”观汉高之任平、勃，犹贤于光武之怒马伏波矣。嗟乎！志士之就功名，固愿马革裹尸，英主之凭喜怒，独不念及生平，且固必不移，西域贾胡一语，云阳令六百余言，不足以解之，诚足悼痛！此周党所以短布单衣，子陵张目熟视，其旷怀远览，岂虚博清高之誉哉！语虽如此，然光武待功臣，较之高帝，不啻天渊。其推诚眷爱，有如父子家人，厌塞众心。又每能回容，宥其小失，而有功辄增邑赏，不任以吏职。故皆保其福禄，终无诛谴者。尝与诸功臣宴语，从容言曰：“诸卿不遭际会，自度爵禄何所至乎？”高密侯禹先对曰：“臣少尝学问，可郡文学博士。”帝曰：“何言之谦乎，卿邓氏子志行修整，何为不掾功曹？”余各以次对，至马武曰：“臣以武勇，可守尉，旨盗贼。”帝笑曰：“且勿为盗贼，自致亭长斯可矣。”君臣相得甚欢如此。

上幸章陵故里，置酒作乐。时宗室诸母因酣悦，相与语曰：“文叔少时谨信，不与人款曲，唯直柔耳。今乃能如此。”上大笑曰：“吾治天下，亦欲以柔道行之。”乃悉为舂陵宗室起祠堂。时有五凤凰见于颍川之郏县。《东观汉记》曰：“凤高八尺，毛五彩，群鸟并从，行列盖地数顷，停一十七日”云。十九年，南巡狩，进幸南顿县。舍置酒会，赐吏人，诏复田租一岁。父老前叩头言：“皇考居此日久，愿加厚恩，赐复十年。”帝曰：“天下重器，常恐不任，日复一日，安敢远期十岁乎？”吏人又言：“陛下实惜之，何言谦也？”帝大笑，复增一岁。二十六年，作寿陵。诏所制地不过二三顷，无为山陵，陂池裁令流水而已。使迭兴之后，与丘陇同体。

上东巡，群臣请封禅，诏曰：“即位三十年，百姓怨气满腹，吾谁欺，欺天乎？何事污七十二代之编录。”于是群臣不敢复言。后读《河图会昌符》云：“赤刘之九，会命岱宗。”遂禅泰山，宣布图谶于天下。上以《赤伏符》即位，信用谶文，多以决定嫌疑。桓谭上疏，极言谶之非经。上大怒曰："桓谭非圣无法，将下斩之。"谭叩头流血，良久乃得解。先是上与郑兴议郊祀事，上欲断以谶，兴对曰："臣不为谶也。"上怒曰："卿不为谶，非之耶？"兴曰："臣于书有所未学，而无所非也。"上意乃解。

时禁纲尚疏，诸王皆在京师，竞修名誉，争礼四方宾客。寿光侯刘鲤，更始幼子也，得幸于沛王辅。鲤怨刘盆子害其父，因辅结客，报杀盆子之兄故式侯恭。诏收案法抵死。辅坐系诏狱，三日，乃得出。时沛太后郭氏已薨，于是诏郡县捕王侯宾客，更相牵引，坐死者数千人。有吕种者，前为马援行军司马，临诛叹曰："马将军诚神人也。"先是援尝谓种曰："自今以往，海内当安耳，但忧国家诸子并壮，而旧防未立。若多通宾客，则大狱起矣。卿曹戒慎之。"至是果应其言云。始诏东海王彊，沛王辅、楚王英，济南王康、淮阳王延，皆就国。

上乃大会百官，诏求太子傅。郡臣承望上意，皆言太子舅阴识可任。博士张佚正色曰："今陛下立太子，为阴氏乎？为天下乎？为天下，宜用天下之贤才。"帝称善，曰："欲置傅者，以傅太子也。今博士不难正朕，况太子乎？"即拜佚为太子太傅，以博士桓荣为少傅。荣字春卿，沛郡龙亢人也。少学长安，事九江朱普。贫窭无资，常客庸以自给十五年，精力不倦。至王莽篡位，乃归。会朱普卒，荣奔丧九江，负土成坟。莽败，天下乱，荣抱其经书与弟子逃匿山谷。虽常饥困，而讲论不辍。后复客授江、淮间。

建武十九年，始辟大司徒府。显宗始立为皇太子，选求明经，擢荣弟子豫章何汤为虎贲中郎将，以《尚书》授太子。光武问汤本师为谁，汤对曰："事沛国桓荣。"帝即召荣，令说《尚书》。帝称善，曰："得生几晚。"因拜为博士。车驾尝幸太学，会诸博士论难于前。荣辩明经义，每以礼让相猒，不以辞长胜人，儒者莫之及。至是为少傅，赐以辎车、乘马。荣大会诸生，陈其车马印绶，曰："今日所蒙，稽古之力也，可不勉哉！"三十年，拜为太常。初荣未达，与族人桓元卿同饥厄，而荣讲诵不息。元卿嗤曰："但自苦气力，何时复施用乎？"荣笑不应。及为太常，元卿来候，因叹曰："我农家子，岂意学之为利乃若是哉！"后显宗即位，尊以师礼，封关内侯。年八十余卒，帝亲自变服临丧送葬。子郁袭爵，官至太常，教授肃宗、和帝。其门人杨震、朱宠皆位至三公焉。郁子普传爵至曾孙。郁中子焉，能世其家学。孙鸾。曾孙典、彬、严。彬少与蔡邕齐名。桓氏之学，代作帝师，与西汉伏生世为名儒，同其显盛。敦崇圣学，足可宗也。

帝既厌兵事，偃武修文，武臣亦多敦儒学。胶东侯贾复，少习《尚书》，后复治《易经》，关门养威重。高密侯邓禹，欲远名势，不修产利。有子十三人，各使守一艺。禹内文明，笃行淳备，事母至孝；其修整闺门，教养子孙，皆可为系世法。帝并重之。

是时四裔宾服，西域则役属匈奴、而匈奴敛税重刻，诸国皆不堪命。二十一年，车师、前王、鄯善、焉耆等十八国，俱道遣子入侍，献其珍宝。及得见，皆流涕稽首，愿得都护。上以天下初定，未遑外事，皆还其侍子，厚遣之。后莎车王贤，自负兵强，欲并兼西域。诸国忧恐，复上书，愿复遣子入侍，更请都护。天子不许，报曰："今使者大兵未能得出，如诸国力不从心，东西南北自在也。"于是车师、鄯善复附匈奴，而莎车王贤益横。会匈奴饥役，自相分争，帝以问朗陵侯臧宫，宫曰："匈奴贪利无信，穷则稽首，安则侵盗。今人畜疫死，旱蝗赤地，万里死命悬在陛下。愿得五千骑以立功。"帝笑曰："常胜之家，难以虑敌。吾方自思之。"宫后复与扬虚侯马武上书，请喻告高句骊、乌桓、鲜卑攻其左，发河西四郡、天水、陇西击其右，以为万世刻石之功。诏报曰："《黄石公记》曰：'务广地者荒，务广德者强；有其有者安，贪人有者残。残灭之政，虽成必败。'今国无善政，灾变不息，百姓惊惶，人不自保，而复欲远边外乎？孔子曰：

‘吾恐季孙之忧不在颛臾’。且北狄尚强，而屯田警备，传闻之事，恒多失实。诚能举天下之半，以灭大寇，岂非至愿？苟非其时，不如息人。”自是诸将莫敢复言兵事。三十一年，北匈奴遣使奉献。

明年，改元中元元年，大赦天下。是岁初起明堂、灵台、辟雍及北郊兆域。使司空告祠高庙曰：

> 高皇帝与群臣约，非刘氏不王。吕太后贼害三赵，专王吕氏。赖社稷之灵，禄、产伏诛。天命几堕，危朝更安。吕太后不宜配食高庙，同祧至尊。薄太后母德慈仁，孝文皇帝贤明临国，子孙赖福，延祚至今。其上薄太后尊号曰高皇后，配食地祇。迁吕太后庙主于园，四时上祭。

是夏，京师醴泉涌出，饮之者固疾皆愈，惟眇蹇者不瘳。又有赤草生于水崖，郡国频上甘露。群臣奏言 :“嘉瑞显庆，宜令太史撰集，以传来世。”帝自谦无德，不纳。

二年，岁在丁巳二月戊戌，帝崩于南宫前殿，年六十二。遗诏曰：

> 朕无益百姓，皆如孝文皇帝制度，务从约省。刺史，二千石长吏，皆无离城郭，无遣吏及因邮奏。

帝精勤政事，每旦视朝，日昃乃罢。数引公卿郎将，备论经理，夜分乃寐。皇太子见帝勤劳不怠，每次问谏曰：“陛下有禹汤之明，而失黄老养性之福。愿颐养精神，优游息宁。”帝曰：“我自乐此不为疲也。”虽身济大业，兢兢如不及。故能明慎政体，总揽权纲；量时度力，举无过事。退功臣而进文吏，戢弓矢而散马牛，虽道未方古，斯亦止戈之武焉。明帝即位，上尊庙曰世祖。案谥法，能绍前业曰光，克定祸乱曰武，此功此德，故谥称光武云。明章以后，迄于灵献，叙其大纲，次之未卷。

第二十九回

二十八宿画云台

显宗孝明皇帝讳庄，光武第四子也。中元二年二月，即皇帝位，年三十。尊母阴后曰皇太后。三月，葬光武皇帝于原陵。四月，赐天下男子爵，人二级；三老、孝悌、力田，人三级；爵过公乘，得移与子若同产、同产子；及流人无名数欲自占者，人一级；鳏、寡、孤、独笃癃粟，人十斛。赦罪免刑。以高密侯禹为太傅，东平王苍为骠骑将军。又诏："今选举不实，邪佞未去，权门请托，残吏放手，百姓愁怨，情无告诉。有司明奏罪名，并正举者。"

是年九月，西羌寇陇右，遣谒者张鸿讨之，战于允吾。鸿军大败，战殁。冬十一月，拜马武捕虏将军，王丰副之，与监军使者窦固，将四万人击之。明年为永平元年，秋七月，马武大破之。羌引众出塞，武追击至东西邯，斩首四千六百级，获生口千六百人，余皆降散。振旅还京。

二年正月辛未，宗祀光武于明堂。帝及公卿列侯始服冠冕、衣裳、玉佩、绚履以行事。礼毕，登灵台，望元气，吹时律，观物变。冬十月，幸辟雍，行养老礼。以李躬为三老，桓荣为五更。引桓荣及子弟升堂，上自为辩说，诸儒执经问难于前。冠带缙绅之人环桥门而观听者，盖亿万计。

三年，立贵人马氏为皇后，子炟为皇太子。后，前伏波将军马援女也。初入太子官时，年十三，奉承阴后，傍接同列，礼则修备，上下安之，遂见宠异。显宗即位，以后为贵人。时后前母姊女贾氏亦以选入，生肃宗。帝以后无子，令养之，谓曰："人未必当自生子，但患爱养不至耳。"后于是尽心抚育，劳悴过于所生。至是，有司奏立长秋宫，帝未有所言，皇太后曰："马贵人德冠后宫，即其人也。"遂立为皇后。后身长七尺二寸，方口美发，能诵《易》，好读《春秋》《楚辞》，尤善《周官》、董仲舒书。既正位宫闱，愈自谦肃。常衣大练，裙不加缘。朔望诸姬主朝请望见后袍衣疏粗，反以为绮縠，就视乃笑。后辞曰："此缯特宜染色，故用之耳。"六宫莫不叹息。

是岁夏旱，而大起北宫，及诸官府。尚书仆射钟离意免冠上疏曰：

> 伏见陛下以天时小旱，忧念元元，降避正殿，躬自克责，而比日密云，遂无大润，岂政有未得应天心者耶？昔成汤遭旱，以六事自责曰："政不节耶？使人疾耶？宫室荣耶？女谒盛耶？苞苴行耶？谗夫昌耶？"窃见北宫大作，人失农时，此所谓宫室荣也。自古非苦宫室小狭，但患人不安宁，宜且罢止，以应天心。臣意以匹夫之才，无有行能，久食重禄，擢备近臣，比受厚赐，喜惧相并，不胜愚憨征营，罪当万死。

帝报曰："汤引六事，咎在一人。其冠履勿谢。敕大匠止作，诸宫减省不急。"因谢公卿百僚，诏下，遂应时澍雨焉。

时窦融年老，子孙纵诞，多不法，诏切责之。融惶恐乞骸骨，诏令归第养病，以赵熹代为卫尉。熹字伯阳，宛人也，少有节操。初更始攻舞阴不下，云闻宛有赵氏孤孙熹，信义著名，愿得降之。更始乃徵熹。熹年未二十，既见，更始笑曰："茧栗犊岂能负重致远乎？"即除为郎中，行偏将军事，使诣舞阴城，遂降。因进入颍川，击诸不下者。又助光武战昆阳，熹被创，有战功，封勇功侯。更始败，熹亡归，遇更始亲属，裸跣涂炭，饥困不能前。熹将所装缣帛资粮，悉以与之，将护归乡里。

时邓奉反南阳，熹素与奉善，数遗书切责之，而谗者因言熹与奉合谋。及奉败，帝得熹书，乃惊曰："赵熹真长者也。"即徵熹，引见，赐鞍马，待诏公车。后拜怀令，迁平原太守。擢举义行，诛锄奸恶。后青州大蝗，侵入平原界辄死，百姓歌之。二十六年，徵入为太仆。二十七年，拜太尉，赐爵关内侯。及帝崩，受遗诏典丧礼。时藩王皆在京师，自王莽篡乱，旧典不存，皇太子与东海王等杂止同席，宪章无序。熹乃正色，横剑殿阶，扶下诸王，以明尊卑。时藩国官属，出入宫省，与百僚无别。熹表奏谒者将护，分止他县，诸王并令就邸，惟朝晡入临。整礼仪，严门卫，内外肃然。永平元年，封节卿侯。三年，以事免。其冬，为卫尉。

以郭丹为司徒，虞延为太尉。郭丹与侯霸、杜林、张湛、郭伋齐名相善，杜诗亦叹服，至是为司徒，年已八十六矣。明年以事免，而河南尹范迁代之。迁初为渔阳太守，以智略安边，匈奴不敢入界。迁有清行，其妻尝谓曰："君有四子而无栖身之地，可余俸禄，为后世业乎？"迁曰："吾备位大臣，而蓄财求利，何以示后世耶？"在位四年薨，家无担石，与郭丹同。虞延字子大，长八尺六寸，腰带十围，力能负千斤，手能擒虎。建武中，除细阳令，百姓感悦之。后迁洛阳令，尝忤信阳侯阴就，于是外戚敛手。

以太仆伏恭为司空。前是梁松尚光武女舞阴长公主，宠幸莫比。光武崩，受遗诏辅政。永平元年，迁太仆。而松数为私书请托郡县，二年，发觉免官，以伏恭代之。松益怀怨望，乃悬飞书诽谤，下狱死。弟竦、恭俱坐徙九真，后诏还本郡。竦闭门自养，以经籍自娱，著书数篇，名曰《七序》，班固见而称之。竦好施，不事产业。自负其才，郁郁不得意。尝登高远望，叹息言曰："大丈夫居世，生当封侯，死当庙食。如其不然，闲居可以养志，《诗》《书》足以自娱。州郡之职，徒劳人耳。”后辟命交至，并无所就。有三男三女，肃宗纳其二女，皆为贵人。小贵人生和帝，窦皇后养为己子，而竦家私相庆。后诸窦闻之，恐梁氏得志，终为己害，遂谮杀二贵人，而陷竦等以恶逆。竦死狱中，家属复徙九真。这俱是后话不表。

且说光武旧将存者，贾复于中元元年薨。刘隆、马成中元二年薨。永平元年臧宫、耿弇、邓禹薨。永平二年王霸薨。只有马武一人，至永平四年亦薨。显宗甚为悲悼。按中兴二十八将，当世以为上应二十八宿。大抵真主定世，一时承命，感会风云，奋其智勇，理应然也。而后世俗说，乃有二十八宿闹昆阳之语，战昆阳时，只有臧宫、王霸、傅俊、任光、马成、朱祐、王常、马武，其余将帅皆在后。于颍阳得祭遵、铫期，于父城得冯异，及讨河北而后，诸将始出。旧演义竟架空杂奏，甚至以光武骑神牛，严子陵作军师，荒唐不已，且不贯串。读传奇，虽以消暇，而亦足以资感发。故唯按史书实事，纪事编年，错综出入，则披览之余，启人神志，不无裨益。且座间席次，偶为谈助，亦不致遗讥市俗，见笑通人也。

却说明帝追感前世功臣不已，乃图画二十八将于南宫云台，所谓二十八宿是也。其外又画王常、李通、窦融、卓茂，合三十二人。今依其本第，列之于左，以志名臣列将之次云：

太傅高密侯邓禹	中山太守全椒侯马成
大司马广平侯吴汉	河南尹阜成侯王梁
左将军胶东侯贾复	琅邪太守祝阿侯陈俊
建威大将军好畤侯耿弇	骠骑大将军参蘧侯杜茂
执金吾雍奴侯寇恂	积弩将军昆阳侯傅俊
征南大将军舞阳侯岑彭	左曹合肥侯坚镡
征西大将军阳夏侯冯异	上谷太守淮阳侯王霸
建义大将军鬲侯朱祐	信都太守阿陵侯任光

征虏将军颍阳侯祭遵	豫章太守中水侯李忠
骠骑大将军栎阳侯景丹	右将军槐里侯万修
虎牙大将军安平侯盖延	太常灵寿侯邳彤
卫尉安成侯铫期	骁骑将军昌成侯刘植
东郡太守东光侯耿纯	横野大将军山桑侯王常
城门校尉朗陵侯臧宫	大司空固始侯李通
捕虏将军扬虚侯马武	大司空安丰侯窦融
骠骑将军慎侯刘隆	太傅宣德侯卓茂

时东平王苍观图，言于帝曰："何故不画伏波将军像？"帝笑而不言。苍少好经书，雅有志思，在朝至诚敢言，多所隆益，显宗甚爱重之。而苍自以至亲辅政，声望日重，意不自安，上疏归职，其疏曰：

臣苍疲驽，特为陛下慈恩覆护，在家被教导之仁，升朝蒙爵命之首，制书褒美，班之四海，举负薪之才，升君子之器。凡匹夫一介，尚不忘箪食之惠，况臣居宰相之位，同气之亲哉！宜当暴骸膏野，为百僚先，而愚顽之质，加以固病，诚羞负乘，辱汙辅将之位，将被诗人三百赤绂之刺。今方域晏然，要荒无儆，将遵上德无为之时也，文官犹可并省，武职尤不宜建。昔象封有鼻，不任以政。诚由爱深，不忍扬其过恶。前事之不忘，来事之师也。自汉兴以来，宗室子弟，无得在公卿位者，惟陛下审览虞帝优养母弟，遵承旧典，终卒厚恩。乞上骠骑将军印绶，退就蕃国，愿蒙哀怜。

帝阅疏叹息，优诏不听。其后数陈乞，辞甚恳切。五年，乃许还国，而不听上将军印绶，厚加赏赐。六年冬，帝幸鲁，徵苍从还京师。明年皇太后崩，既葬，乃归国。帝临送归宫，凄然还思，乃遣使手诏国中傅曰：

辞别之后，独坐不乐，因就车归，伏轼而吟。瞻望永怀，实劳我心，诵及《采菽》，以增叹息。日者问东平王，处家何者最乐？王言为善最乐，其言甚大，副是腰腹矣。今送列侯印十九枚，诸王子年五岁已上能趋拜者，皆令带之。

苍为人美须髯，腰带十围，故云。

苍于十王中最贤，而显宗友爱亦笃。沛王辅，亦好经书，善《京氏易》《孝经》《论语》，在国谨节，终始如一，称为贤王。东海王彊，恭谦好礼，永平元年薨，礼遇尤为殊异。楚王英，许美人所生也。自显宗为太子时，英常独归附太子，太子特亲爱之。及即位，数受赏赐。元年，特封英舅子许昌为龙舒侯。英少好游侠，交通宾客，晚节更学为浮屠斋戒。浮屠者，佛也，西域天竺国其人修浮屠道，不杀伐，遂以成俗。《后汉书》载云："世传明帝梦见金人，长大，项有光明，以问群臣。或曰：'西方有神，名曰佛，其形长丈六尺，黄金色，梦或是此。'帝于是遣使天竺问佛道法，遂于中国图画形象焉。楚王英始信其术，中国因此颇有奉其道者"云。其教大抵慈悲不杀为主，而专务清静；又以为人死精神不灭，随复受形，生时善恶，皆有报应，故所贵修练精神，以至无生而得为佛。精于其道者，号曰沙门，善为宏阔胜大之言，以劝诱愚俗。

按史书，明帝并无遣使西域之事，大抵亦后世好奇喜异者托说耳。《西域传》永平十六年，明帝乃命将帅，北征匈奴，取尹吾卢地，置宜禾都尉以屯田，遂通西域。于阗诸国，皆遣子入侍。西域自王莽时与中国绝，至是凡六十五载，乃复通焉。而楚王英好佛，则永平八年，已有入缣赎罪之文，十四年已谋逆自杀矣。其为后人托说无疑。故《后汉书》金人入梦，天竺问佛之说，著以"世传"二字，亦明文，故以世传之说入书。而于十六年通西域，复特书西域自与中国绝者六十五载，以明后世传说为乌有子虚。世多通儒，当有辩证，姑不具论。

且说永平八年，诏令天下死罪，皆入缣赎，英奉黄缣白纨诣国相曰："托在藩辅，过恶累积，欢喜大恩，奉送缣帛，以赎衍罪。"国相大为诧异，只得奏闻。诏报曰：“楚王诵黄老之微言，尚浮屠之仁慈，洁斋与神为誓，何嫌何疑，当有悔吝，其还赎，以助伊蒲塞桑门之盛馔。”英后遂大交通方士，作金龟玉鹤，刻文字以为符瑞。十三年十月，有男子燕广，告英与渔阳王平、颜忠等造作图书，有逆谋。事下案验，有司奏英招聚奸猾，造作图谶，擅相官秩，置诸侯、王公、将军、二千石，大逆不道，请诛之。帝以亲亲不忍，乃废英，徙于丹阳径县，赐汤沐邑五百户，男女为侯主者，食邑如故。许太后勿上玺绶，留住楚官。明年，英至丹阳，自杀。诏以诸侯礼葬于泾，而封燕广为折奸侯。于是穷治楚狱，遂至累年。其辞语相连，自京师亲戚、诸侯、州郡豪杰及考案吏，阿附相陷，坐死徙者以千数，而系狱者，尚数千人。

初，樊儵弟鲔，为其子赏求楚王英女，儵闻而止之曰：“建武中吾家并受荣进，一宗五侯。时特进一言，女可配王，男可尚主，但以贵宠过盛，即为祸患，故不为也。且尔一子，奈何弃之于楚乎。”鲔不从，及楚事觉，儵已卒。上追念儵谨恪，故其诸子皆得不坐。

英尝阴疏天下名士，上得其录，有吴郡太守尹兴名，乃征兴及掾史五百余人诣廷尉就考。诸吏不胜掠治，死者大半。唯门下掾陆续，主簿梁宏，功曹史驷勋，备受五毒，肌肉消烂，终无异辞。续母自吴来洛阳。觇侯消息。狱特严急，无缘相闻，母但馈食付门卒以进之。续在狱虽刑考，辞色未尝变。忽对食悲泣，不能自胜。治狱使者怪而问之，续曰：“母远来，不得相见，故悲痛耳。”问：“何从得知母来？”续曰：“因馈食，识母所自调和。吾母截肉，未尝不方，断葱以寸为度，故知母来耳。”使者嘉之，以状闻帝，即赦兴等还乡里，禁锢终身。续，会稽人，太守尹兴尝因岁饥，使续于都亭赈民饘粥。续悉简阅其民，讯以名氏。事毕，兴问所食几何，续因口说六百余人，皆分别姓氏，无有差谬。以老病卒。

再说颜忠、王平辞引隧乡侯耿建、朗陵侯臧信、护泽侯邓鲤、曲成侯刘建。建等辞未尝与忠、平相见。是时显宗怒甚，吏皆惶恐，诸所连及，率一切陷入，无敢以情恕者。侍御史寒朗心伤其冤，试以建等形状独问忠、平，而二人错愕不能对。朗知其诈，乃上言："建等无奸，专为忠等所诬，疑天下无辜，类多如此。"帝曰："即如是，忠、平何故引之？"对曰："忠、平自知所犯不道，故多有虚引，冀以自明。"帝曰："即如是，何不早奏？"对曰："臣恐海内别有发其奸者。"帝怒曰："吏持两端，促提下，捶之。"左右方引来，朗曰："愿一言而死，小臣不敢欺，欲助国耳。"帝闻曰："谁与共为章？"对曰："臣独作之。"帝曰："何不与三府议？"对曰："臣自知当必族灭，不敢多污染人。"帝曰："何故族灭？"对曰："臣考事一年，不能穷尽奸状，反为罪人讼冤，故知当族灭。然臣所以言者，诚冀陛下一觉悟而已。臣见考囚在事者，咸共言妖恶大故，臣子所宜同疾，今出之不如入之，可无后责。是以考一连十，考十连百。又公卿朝会，陛下问以得失，皆长跪言，旧制大罪祸及九族。陛下大恩，裁止于身，天下幸甚。及其归舍，口虽不言，而仰屋窃叹，莫不知其多冤，无敢牾陛下言者。臣今所陈，诚死无悔。"

帝下诏遣朗出。后二日，车驾自幸洛阳狱，录囚徒，理出千余人。时天旱，即大雨。马后亦以楚狱多滥，乘间为帝言之。帝恻然感悟，夜下暗思，由是多所降宥。

任城令汝南袁安，迁楚郡太守。到任不入府，先往案楚王英狱事，理其无明验者，条上出之。府丞掾史，皆叩头争，以为阿附与反虏，法与同罪，不可。安曰："如有不合，太守自当坐之，不以相及也。"遂分别具奏，帝感悟，即报许。得出者四百余家，亦见楚狱惨矣。

千乘太守薛汉，世习《韩诗》，政有异迹，而善说灾异谶纬。建武初，为博士，受诏校定图谶，弟子常数百人，亦坐楚事诛死。故人门生莫敢视。独府掾廉范，往收敛之。吏以闻，帝大怒，召范入，诘责曰：“薛汉与楚王同谋，交乱天下。范公府掾，不与朝廷同心，而反收敛罪人，何也？”范叩头曰：“臣无状愚憨，以为汉等皆已伏诛，不胜师资之情，罪当万坐。”帝怒稍解，问范曰：“卿廉颇后耶？与右将军褒、大司马丹有亲属乎？”范对曰：“褒，臣之曾祖，丹，臣之祖也。”帝曰：“怪卿志胆敢尔。”因赦之。范由是显名，举茂才。数月，再迁为云中太守。

显宗性偏急，而闻义亦能徙，殆所谓情理之枢，有开塞之感耶。又好以耳目隐发为明，故公卿大臣数被诋毁。近臣尚书以下，至见提曳。常以事怒郎药崧，以杖撞之。崧走入床下，帝怒甚，疾言曰：“郎出！郎出！”崧曰：“天子穆穆，诸侯煌煌，未闻人君自起撞郎。”帝赦之，朝廷莫不悚栗，争为严切，以避诛责。尚书钟离意独敢谏争，数封还诏书，臣下过失，辄救解之。会连有变异，复上疏曰：

> 伏惟陛下躬行孝道，修明经术，郊祀天地，畏敬鬼神，忧恤黎元，劳心不怠。而天气未和，日月不明，水泉涌溢，寒暑违节者，咎在群臣不能宣化理职，而苛刻为俗，吏杀良人，继踵不绝。百官无相亲之心，吏人无雍雍之志。至于骨肉相残，毒害弥深，感逆和气，以为天灾。百姓可以德胜，难以力服，先王要道，民用和睦，故能致天下和平，灾害不生，祸乱不作。《鹿鸣》之诗，必言宴乐者，以人神之心洽，然后天气和也。愿陛下垂圣德，揆万机，诏有司，慎人命，缓刑罚，顺时气，以调阴阳，垂之无极。

帝知其减，然不能用。以此不得久留，出为鲁相。意视事五年，爱利百姓，人多殷富，以病卒官。遗言上书，陈升平之世，难以急化，宜少宽假。帝感伤其意，下诏嗟叹，赐钱二十万。

按意《别传》载：意为鲁相，到官，出私钱万三千文，付户曹孔䜣，修夫子车。身入庙，拭几席剑履。男子张伯除堂下草，土中得玉璧七枚。伯怀其一，以六枚白意。意令主簿安置几前。孔子教授堂下床首有悬瓮，意召孔䜣问：“此何瓮也？”对曰：“夫子瓮也，背有丹书，人莫敢发。”意曰：“夫子为人所以遗瓮，欲悬示后贤。”因发之，中得素书，文曰：“后世修吾书，董仲舒；护吾车，拭吾履，发吾瓮，会稽钟离意。璧有七，张伯藏其一。”意召问伯，果服焉。又建武初董宪裨将屯兵于鲁，侵害百姓。太守鲍永击讨，大破之。唯别帅彭丰、虞休、皮常等各千余人，称将军，不肯下。

顷之，孔子阙里，无故荆棘自除，从讲堂至于里门。永异之。谓府丞及鲁令曰：“方今危急，而阙里自开，斯岂夫子欲令太守行礼，助吾诛无道耶？”乃会人众，修乡射之礼，请彭丰等其会观，欲因此擒之。丰等亦欲图永，乃持牛酒劳飨，而潜挟兵器。永觉之，手格杀丰等，其党羽悉破平之。《记》曰：“至诚之道，可以前知。”又曰：“至诚如神。”固如是哉。乃好异者，至舍圣人之道而他求。若楚王英者，固以尧舜周孔之道为不足法也。性情如此，其不善终也亦宜。

广陵王荆，性刻急阴险，有才能而喜文法。光武崩，荆哭不哀，而作飞书，令苍头诈称东海王彊舅郭况与彊书，以彊无罪被废，劝彊乘丧起兵，夺天下。彊得书惶怖，即执其使，封书上之。显宗以荆母弟，秘其事，遣荆出止河南宫。时西羌反，荆不得志，冀天下因羌惊动有变，私迎能为星者与谋议。帝闻之，徙封荆广陵王，遣之国。后荆复呼相工谓曰：“我貌类先帝，先帝三十得天下，我今亦三十，可起兵未？”相者诣吏告之。荆惶恐，自系狱。帝复加恩，不考极其事，使中尉谨宿卫之。荆犹不改，九年使巫祭祀咒诅，有司举奏，请诛之。荆自杀，帝怜伤之，赐谥曰思王。十四年，封荆子元寿为广陵侯。服王玺绶，食故国六县。荆之罪，浮于英，帝何独恨英之深也。显宗深明经术者，殆于还赎一诏有隐悔与？

十五年夏四月，封皇子恭为钜鹿王，党为乐成王，衍为下邳王，畅为汝南王，昺为常山王，长为济阴王，赐天下男子爵人三级，大赦天下。诸不应宥者，皆赦除之。天下大酺五日。酺，布也。汉律三人以上，无故群饮者，罚金四两。今布恩于天下，得聚会饮食五日也。

时天下又安乌桓、鲜卑、南匈奴，皆附汉内属。独北匈奴虽遣使入贡，而寇钞不息，边城昼闭。耿秉数上言请击之。秉字伯初，况孙，大司马国之子。有伟体，腰带八围，博通书记，能说《司马兵法》，尤好将帅之略。常以中国虚费，边陲不宁，其患专在匈奴。以战去战，盛王之道。显宗欲遵武帝故事，阴然其言。显亲侯窦固，窦融弟友之子也。永平初，坐从兄穆有罪，废于家十余年。帝以固旧随融在河西，明习边事。十五年冬，拜耿秉为驸马都尉，窦固为奉车都尉，乃使秉、固与太仆祭肜，虎贲中山郎将马廖，下博侯刘张，好畤侯耿忠等共议之。

如何建议，下回分解。

第三十回

三十六人平西域

匈奴之分南北，自建武二十四年十二月始。初，呼韩邪单于死，诸子以次立。至单于舆，骄踞自比冒顿，数寇边。光武方平诸夏，未遑外事。九年，遣吴汉击之，经岁无功，而匈奴转盛，钞暴日增，北边无复宁岁。单于弟右谷蠡王伊屠知牙师，以次当为左贤王。左贤王即是单于储副，当为单于者也。单于舆欲传其子，遂杀知牙师。知牙师者，王昭君之子也。乌珠留单于之子比怒曰："以兄弟言之，右谷蠡王次当立，以子言之，我前单于长子，我当立。何得诛弟自立其子？"遂内怀猜惧，庭会稀阔。单于疑之。先舆以比为右薁鞬日逐王，部领南边及乌桓，至是乃遣两骨都侯，监领比所部兵。比不得立，益愤恨，密遣人奉汉以匈奴地图。

二十三年，诣西河太守，求内属。两骨都侯觉之，因白单于。比惧，遂敛所主南边八郡，众四五万人；待两骨都侯还，欲杀之。骨都侯且到，知其谋，皆轻骑亡去，以告单于。单于发万骑击之，见比众盛，不敢进而还。二十四年春，八部大人共议，立比为呼韩邪单于，以其大父尝依汉得安，故欲袭其号。乃款五原塞，愿永为藩蔽，扞御北虏。帝用中郎将耿国议，乃许之。其冬，比自立为呼韩邪单于。

二十五年春，南单于遣其弟左贤王莫，将万余人击北单于弟薁鞬，左贤王，生获之。北单于震怖，却地千余里。南单于复遣使诣阙贡献，求使者监护，遣侍子修旧约。诏南单于入居边内地，遣中郎将段彬，副校尉王郁，将兵西河，护卫之。单于亦列置诸部王，助汉扞戎，为郡县侦逻耳目。北单于惶恐，颇还所掠汉民。

二十七年，北匈奴遣使诣武威，求和亲。帝诏公卿廷议，不决。时显宗为太子，言曰："南单于新附，北虏惧于见伐，故倾耳而听，争欲归义耳。今未能出兵；而反交通北虏，臣恐南单于将有二心，北虏降者，且不复来矣。"帝然之，告武威太守，勿受其使。明年，复遣使诣阙贡马及裘，更乞和亲，并请音乐；又求率西域诸国胡客，与俱献见。帝下三府议酬答之宜。司徒掾班彪奏曰："北匈奴见南单于来附，惧谋其国耳。今既未获助南，亦不宜绝北。"因拟答辞并上曰：

单于不忘汉恩，追念先祖旧约，欲修和亲，以辅身安国，计议甚高，为单于嘉之。往者匈奴数有乖乱，呼韩、郅支自相仇隙，并蒙孝宣皇帝垂恩救护，故各遣侍子，称藩保塞。其后郅支忿戾，自绝皇泽，而呼韩亲附，忠孝弥著，及汉灭郅支，遂保国传嗣，子孙相继。今南单于携众向南，款塞归命，自以呼韩嫡长，次第当立，而侵夺失职，猜疑相背，数请兵将，归埽北庭。策谋纷坛，无所不至。惟念斯言不可独听，又以北单于比年贡献，欲修和亲，故拒而未许，将以成单于忠孝之义。汉秉威信，总率万国，日月所照，皆为臣妾，殊俗百蛮，义无亲疏，服顺者褒赏，逆者诛罚。善恶之效，呼韩、郅支是也。今单于欲修和亲，款诚已达，何嫌而欲率西域诸国，俱来献见。西域国属匈奴与属汉何异？单于数连兵乱，国内虚耗，贡物裁以通礼，何必献马裘。今赍杂绘五百疋，弓鞬韇丸一，矢四发，遣遗单于。又赐献马左骨都侯、右谷蠡王，杂缯各四百匹，斩马剑各一。单于前言，先帝时所赐呼韩邪竽瑟空侯皆败，愿复裁赐。念单于国尚未安，方厉武节，以战攻为务，竽瑟之用，不如良弓利剑，故未以赍。朕不爱小物，于单于便宜所欲，遣驿以闻。

自后边界相安。

至明帝永平五年，北匈奴寇五原及云中，南单于击走之。自此数寇钞边郡，焚烧城邑，杀掠甚众，河西城门昼闭。显宗患之。十五年冬，乃使诸将共议北征之策。耿秉以为当先击白山，得伊吾，破车师，通使乌孙诸国，以断其右臂。伊吾亦有匈奴南呼衍一部，为此复为折其左角，然后匈奴可击也。上善其言。议者或以为今兵出白山，匈奴必并兵相助，又当分其东以离其众。上从之。遂以耿秉为驸马都尉，以骑都尉秦彭副之；以窦固为奉车都尉，耿忠副之。皆置从事司马，出屯凉州。十六年二月，乃大发缘边兵，遣诸将四道出塞。祭彤与度辽将军吴棠将河东、西河、羌胡及南单于兵万一千骑，出高阙塞。窦固、耿忠率酒泉、敦煌、张掖甲卒及卢水羌胡万二千骑，出酒泉塞。耿秉秦彭率武威、陇西、天水募士及羌胡万骑出张掖、居延塞。骑都尉来苗、护乌桓校尉文穆将太原、雁门、代郡、上谷、渔阳、右北平、定襄郡兵及乌桓、鲜卑万一千骑，出平城塞。

且说窦固、耿忠军至天山，击呼衍王，斩首千余级。呼衍王走，假司马卒起，复邀到，勇不可当，虏遂大败。追至蒲类海，取伊吾卢地，遂置宜禾都尉，留吏士屯田伊吾卢城，而使班超与从事郭恂使西域。耿秉、秦彭击匈林王，绝幕六百余里。来苗、文穆至匈河水上，虏皆奔走，不战而还。祭彤、吴棠与南单于左贤王信出高阙，期至涿邪山。左贤王信有嫌于彤，出塞九百余里有小山，信乃妄言以为涿邪山。彤到，不见虏，遂还。时诸将惟窦固有功，加位特进。彤、棠坐逗留畏懦，不至涿邪山，免为庶人下狱。

彤建武中，为辽东太守，威声畅于北方。西自武威，东尽玄菟及乐浪胡夷皆来内附，野无风尘，悉罢缘边屯兵。十二年，显宗徵为太仆。彤在辽东三十几年，衣无兼副，帝嘉其功，又美彤清约，拜日赐钱百万，马三匹，衣被刀剑，下至居室什物，大小无不悉备。帝每见彤，常叹息以为可属以重任，及坐法下狱，随赦之。而彤性沉毅内重，自恨见诈无功，出狱数日，呕血死。临终谓其子曰：“吾蒙国厚恩，奉使不称，微绩不立，身死诚惭义不可以无功受赏。死后，汝悉簿上所得赐物，身自诣兵屯，效死前行，以副吾心。”既卒，其子逢上疏，具陈遗言。帝雅信重肜，方更任用，闻之大惊，召逢问疾状，嗟叹者良久。后乌桓、鲜卑追思肜无已，每次朝贺京师，常过冢拜谒，仰天号泣乃去。辽东吏人为立祠，四时奉祭焉。肜葬后，子参遂诣窦固从军，击车师有功，稍迁辽东太守。此是后话。

且说班超字仲升，扶风平陵人，徐令彪之少子也。为人有志，不修细节。然内孝谨，居家常执勤苦，不耻劳辱。有口辩，而涉猎书传。兄固，字孟坚，九岁能文，及长，遂博贯载籍，九流百家之书，无不穷究。以父彪所续前史未详，乃潜精研思，欲就其业。既而有人上书，告固私改作国史者，有诏下郡，收固系京兆狱，尽取其家书。超恐固为郡所覈考，不能自明，乃驰诣阙上书，得召见，超具言固所著述意，而郡亦上其书。显宗甚奇之，召固诣校书部，除兰台令史，使终成前书。固后积思二十余年，至建初中乃成。即今所谓《前汉书》也。初，固被召诣校书郎，超与母随至洛阳。家贫，常为官佣书以供养，久劳苦。尝投笔叹曰：“大丈夫无他志略，犹当效傅介子、张骞立功异域，以取封侯，安能久事笔研间乎？”左右皆笑之，超曰：“小子安知壮士志哉！”后有相者，谓当封侯万里之外，超问其状，相者指曰：“生燕颔虎颈，飞而食肉，此万里侯相也。”久之，显宗问固：“卿弟安在？”固对：“为官写书，受值以养老母。”帝乃除超为兰台令史，后坐事免官。及窦固出击匈奴，以超为假司马，将兵别击伊吾，战于蒲类海，多斩首虏而还。固以为能，遂复遣同郭恂俱使西域云。

超到西域鄯善国，鄯善王广奉超礼敬甚备，后忽更疏懈。超谓其官属曰：“宁觉广礼意薄乎？”官属曰：“胡人不能常久耳。”超曰：“此必有北虏使来，狐疑未知所从故也！明者睹未萌，况已著耶？”乃召侍胡，诈之曰：“匈奴使来数日，今安在乎？”侍胡惶恐曰：“到已三日，去此三十里。”超乃闭侍胡，悉会其吏士三十六人，与共饮，酒酣，因激怒之曰：“卿曹与我俱在绝域，今虏使到裁数日，而王广礼敬即废。如今鄯善收吾属送匈奴，骸骨长为豺狼食矣。为之奈何？”官属皆曰：“今在危亡之地，死生从司马。”超曰：“不入虎穴，不得虎子。当今之计，独有因夜以火攻虏，使彼不知我多少，必大震怖，可殄尽也。灭此虏，则鄯善破胆，功成事立矣。”众曰：“当与从事议之。”超怒曰：“吉凶决于今日，从事文俗吏，闻此必恐而谋泄。死无所名，非壮士也。”众曰：“善！”

初夜，超遂将吏士往奔虏营。会天大风，令十人持鼓藏虏舍后，约曰见火然，皆当鸣鼓大呼。余人悉持兵弩夹门而伏。超乃顺风纵火，前后鼓噪。虏众惊乱，超手格杀三人，吏兵斩其使及从士三十余级，余众百许人悉烧死。明日乃还，告郭恂。恂大惊，既而色动。超知其意，举手曰：“掾虽不行，班超何心独擅之乎？”恂乃悦。超于是召鄯善王广，以虏使首示之，一国震怖。超告以汉威德，自今以后，勿复与北虏通。广叩头，愿属汉无二心，遂纳子为质。还白窦固，固大喜，具上超功效，并求更选使使西域。帝曰：“吏如班超，何故不遣，而更选乎？今以超为军司马，令遂前功，复使于寘。”固欲益其兵，超曰：“愿将本所从三十六人足矣。于寘国大而远，今将数百人，无益于强，如有不虞，多益为累耳。”

是时于寘王广德，新攻破莎车国，遂雄张南道，而匈奴使监护其国。超既至，广德礼意甚疏。且其俗信巫，巫言：“神怒何故欲向汉？汉使有騧马，急求取以祠我。”广德乃遣国相私来比就超请马。超知其状，报许之，而令巫自来取马。有顷巫至，超即斩其首，收私来比，鞭笞数百，以巫首送广德，因责让之。广德先闻超在鄯善，诛灭虏使，大惶恐，即杀匈奴使者而降。超重赐其王以下，因镇抚焉。于是诸国遣子入侍。西域与汉绝六十五载，至是乃复通焉。

却说伊吾、车师为西域之门户，故汉常与匈奴争车师、伊吾以制西域。既属汉，匈奴益窘，遂大人寇云中，烽火不绝。云中太守廉范，立传吏士出拒。故事虏人过五千，当移文傍郡。吏乃请传檄求救，范不听，自率士卒拒之。虏众盛而范兵不敌，会日暮，范令军士各交缚两炬，三头爇火，手持一端。虏遥望营中火光星列，谓汉兵救至，大惊，待旦将退。范乃令军中蓐食，晨往赴之，斩首数百级。虏自相辚藉，死者千余人。北匈奴由此不敢复向云中。

十七年冬，乃遣窦固率耿秉、刘张出敦煌昆仑塞，以击西域，取车师。伊吾北通车师千二百里，自车师前王庭，傍南山北陂河西行，至莎车，为南道，随北山陂河行，至疏勒，为北道。南道西逾葱岭，则出大月氏、安息诸国；北道西逾葱岭，则出大宛、康居、奄蔡、焉耆诸国。班超知汉必出白山击车师，遂从间道北至疏勒。疏勒东北为龟兹，龟兹王建，为匈奴所立，倚恃匈奴，据有北道，攻杀疏勒王，自立其臣兜题为疏勒国王。超至疏勒，去兜题所居槃台城九十里，逆遣吏田虑先往降之。敕虑曰："兜题本非疏勒种，国人必不用命。若不即降，便可执之。"虑既到，兜题见虑轻弱，殊无降意。虑因其无备，遂前劫缚兜题。左右出其不意，皆惊惧奔走。虑驰报超，超即赴之，悉召疏勒将吏，说以龟兹无道之状，因立其故王兄子忠为王。国人大悦。忠及官属，皆请杀兜题。超欲示汉威信，不听，遂释而遣之。疏勒由是与龟兹结怨。

窦固等合兵万四千骑。十一月，击破白山虏于蒲类海上。遂进击车师。车师北与匈奴接，有前后部，车师前王即后王之子也，其廷相去五百余里。固以后王道远，山谷深，士卒寒苦，欲攻前王。耿秉以为先赴后王，则前王自服。固计未决，秉奋身而起曰："请行前。"乃上马引兵北入。众兵不得已，遂并进。纵兵抄掠，斩首数千级。后王安得震怖，从数百骑出迎秉。而固司马苏安欲全功归固，即驰谓安得曰："汉贵将独有奉车都尉，天子姊婿，爵为通侯，当先降之。"安得乃还，更令其诸将迎秉。秉大怒，被甲上马，麾其精骑，径造固壁，言曰："车师王降，讫今不至，请往枭其首。"固大惊曰："且止！将败事。"秉厉声曰："受降如受敌。"遂驰赴之。安得惶恐。走出门，脱帽趋抱马足降。秉以诣固。其前王亦归命，遂定车师。固奏复置西域都护及戊己校尉，以陈睦为都护，耿恭为戊校尉，屯后王都金蒲城，关宠为己校尉，屯前王部柳中城。屯各置数百人。

十八年，诏窦固等罢兵还京师。固等去，北单于遂遣左鹿蠡王率二万骑击车师。耿恭遣司马将兵三百人救之，尽为所没。匈奴遂破杀车师后王安得，而攻金蒲城。恭乘城搏战，以毒药缚矢。传语匈奴曰："汉家箭神，其中创必有异。"因发强弩射之，虏中矢者，视创皆沸，遂大惊。会天暴风雨，随雨击之，杀伤甚众。匈奴震怖相谓曰："汉兵神，真可畏也。"遂解去。恭以疏勒城傍有涧水可固。五月，乃引兵据之。恭字伯宗，亦况孙，国弟广之子也。少孤，慷慨多大略，有将帅才。刘张请恭为司马，车师定，乃以为戊校尉。恭既据城，七月，匈奴复来攻。恭募先登数千人直驰之，胡骑散走。匈奴遂于城下拥绝涧水。恭于城中穿井十五丈，亦不得水。吏士渴乏，笮马粪汁而饮之。恭仰叹曰："闻昔贰师将军拔佩刀刺山，飞泉涌出。今汉德神明，岂有穷哉！"乃整衣服，向井再拜，为吏士祷。有顷，水泉奔出，众皆称万岁。乃令士且勿饮，先和泥涂城，扬水示之。虏以为神明，遂引去。

时焉耆、龟兹攻殁都护陈睦，北匈奴亦围关宠于柳中。会显宗驾崩，救兵不至。车师复叛，与匈奴共攻耿恭。

未知耿恭生死如何，下回再为分解。

第三十一回

肃宗爱色容权戚

永平十八年秋八月壬子，帝崩于东宫前殿。年四十八。遗诏无起寝庙，藏主于皇后更衣别室。帝初作寿陵，制令流水而已，无得起坟。万年之后，埽地而祭，杅水脯糒而已。过百日，唯四时设奠，置吏卒数人，供给洒埽，勿开修道。敢有所兴作者，以擅议宗庙法从事。帝遵奉建武制度，无敢违者。后宫之家，不得封侯与政。馆陶公主为子求郎。不许，而赐钱千万。谓群臣曰："郎官上应列宿，出宰百里，苟非其人，则民受其殃，是以难之。"故吏称其官，民安其业，远近肃服，户口滋殖焉。

肃宗孝章皇帝讳炟，显宗第五子也。少宽容，好儒术。即位年十九。尊马后曰皇太后。十月，大赦天下，赐民爵与粟如先代。以节乡侯赵熹为大傅，司空牟融为太尉。融经行纯备，举动方重，显宗每延谋政事，以经明才高，善议论，朝廷皆服其能云。擢第五伦为司空。伦字伯鱼，少有义行。王莽末，盗贼起，伦依险筑营以保宗族。贼至，辄奋厉其众，引强持满以拒之。铜马、赤眉之属前后攻杀，皆不能下。后京兆尹阎兴召为主簿。时盖延代鲜干褒为冯翔，多非法。伦数切谏，延恨之，故滞不得举。伦每读诏书，常叹息曰："此圣主也，一见决矣。”等辈笑之曰：“尔说州将尚不下，安能动万乘乎？”伦曰：“未遇知己，道不同故耳。”

建武二十七年，举孝廉，补淮阳国医工长，从王朝京师，随官属得会见。帝问以政事，伦因此酬对政道，帝大悦。明日，复特召入，与语至夕。诏以为扶夷长，未到官，追拜会稽太守。会稽俗好淫祀，其巫觋多依托鬼神，诈怖愚民，百姓财产以之困乏。伦到官，移书属县，晓告百姓，执愚者，皆案论之。民初颇恐惧，或咒诅妄言，伦案之愈急，后遂断绝，百姓以安。永平五年，坐法徵，老少攀车啼呼相随，日裁行数里，不得前。伦乃伪止亭舍，阴乘船去。众知，复追诣京师，守阙上书者千余人。后免归田里，身自耕种。数岁，拜为宕渠令，迁蜀郡太守。伦所举吏，多至九卿、二千石，时以为知人云。

且说是时北匈奴正围关宠于柳中城。会闻中国有大丧，救兵不出，车师亦叛，与匈奴共攻取耿恭。恭率厉士众御之，数月，食尽穷困，乃煮铠弩，食其筋革。恭与士卒推诚同死生，故皆无二心，而稍稍死亡，余数十人。单于知恭困，欲必降之，遣使招恭曰：“若降者，当封为白屋王，妻以女子。”恭诱其使上城，手击杀之，炙诸城上。单于大怒，更益兵围恭，不能下。

关宠上书求救，诏公卿会议。第五伦以为不宜救。司徒鲍昱曰：“今使人于危难之地，急而弃之。外则纵蛮夷之暴，内则伤死难之臣。诚令权时后无边事可也！匈奴如复犯塞为寇，陛下将何以使将？又二部兵人裁各数十，匈奴围之，历旬不下，是其寡弱力尽之效也。可令敦煌、酒泉太守各将精骑二千，多其幡帜，倍道兼行，以赴其急。匈奴疲极之兵，必不敢当。四十日间，足还入塞。”帝然之。乃遣征西将军耿秉屯酒泉，行太守事，遣酒泉太守秦彭与谒者王蒙、皇甫援发张掖、酒泉、敦煌三郡及鄯善兵合六千余人，以救之。时十一月也。

明年为建初元年，正月，秦彭等兵会柳中城，击车师，攻交河城，斩首三千八百级。北匈奴惊走，车师复降。会关宠已殁，王蒙等闻之，便欲引兵还。耿恭军吏范羌时在军中，固请迎恭。诸将不敢前，乃分兵二千人与羌，从山北迎恭，遇大雪丈余，军仅能至。城中夜闻兵马声，以为虏来，大惊。羌遥呼曰："我范羌也，汉遣军迎校尉耳。"城中皆称万岁。开门，共相持涕泣。明日，遂相随俱归。虏兵追之，且战且行。吏士久饥困，发疏勒时，尚有二十六人，随路死没。三月至玉门关，唯余十三人。衣屦穿决，形容枯槁。中郎将郑众为恭已下洗沐，易衣冠。上疏曰："耿恭以单兵固守孤城，当匈奴之冲，对数万之众，连月逾年，心力困尽，凿山为井，煮弩为粮，出于万死无一生之望。前后杀伤丑虏数百千计，卒全忠勇，不为大汉耻。恭之节义，古今未有；宜蒙显爵，以厉将帅。"及恭至洛阳，鲍昱奏恭节过苏武，宜蒙爵赏。于是拜为骑都尉，以恭司马石修为洛阳市丞，张封为雍营司马，军吏范羌为共丞，余九人皆补羽林。

后恭复将兵讨西羌，恭与羌接战，斩获无算。勒姐、烧何羌等十三种数万人，皆诣恭降。初，恭出陇西时，上言故安丰侯窦融，昔在西州，甚得羌胡腹心。今大鸿胪固，即其子孙，前击白山，攻冠三军，宜奉大使，镇抚凉部。令车骑将军马防屯军汉阳，以为威重。由是大忤于防。谒者李谭遂承防旨，奏恭不忧军事，被诏怨望。坐徵下狱，免官归本部，卒于家。

防，明德太后兄也，虽性奢纵，有忿于恭，构之未必遂出其本意，大抵贵显之门，承颜趋旨者作威福，为害一时，遗讥后世，可胜道哉！防兄廖亦倾身结交，冠盖之士争赴趣之。于是第五伦上疏，其略曰：

《书》曰："臣无作威作福，其害于而家，凶于而国。"近世光烈皇后，虽友爱天至，而抑损阴氏，不假以权势。其后书记请托，一皆断绝。窃闻卫尉廖以布三十匹，城门校尉防以钱三百万，私赡三辅衣冠，知与不知，莫不毕给。越骑校尉光，腊用羊三百头，米四百斛，肉五千斤。臣愚以为不应经义。惶恐不敢不以闻。陛下情欲厚之，亦宜所以安之。

后帝欲封爵诸舅，太后不听。会大旱，言事者以为不封外戚之故。有司奏宜依旧典。太后诏曰：

凡言事者，皆欲媚朕以要福耳。昔王氏五侯同日俱封，黄雾四塞，不闻澍雨之应。夫外戚贵盛，鲜不领覆。故先帝防慎舅氏，不令在枢机之位。诸子之封，裁令半楚、淮阳诸国，常谓我子不当与先帝子等。今有司奈何欲以马氏比阴氏乎？且阴卫尉天下称之，省中御者至门，出不及履，此蘧伯玉之敬也。新阳侯虽刚强微失理，然有方略，据地谈论，一朝无双。原鹿贞侯勇猛诚信。此三人者，天下选臣，岂可及哉。马氏不及阴氏远矣。吾不才，夙夜累息，常恐亏先后之法，有毛发之罪吾不释，言之不舍书昼夜，而亲属犯之不止，治丧起坟，又不时觉，是吾言之不立，而耳目之塞也。吾为天下母，而身服大练，食不求甘，左右俱著帛布，无香薰之饰者，欲身率下也。以为外亲见之，当伤心自敕，但笑言太后素好俭。前过濯龙门上，见外家问起居者，车如流水，马如游龙，苍头衣绿褠，领袖正白，顾视御者，不及远矣。故不加谴怒，但绝岁用而已，冀以默愧其心，犹懈怠无忧国忘家之虑。知臣莫若君，况亲属乎？吾岂可上负先帝之旨，下亏先人之德，重袭西京败亡之祸哉。

固不许。帝省诏悲叹，重复请曰：

汉兴，舅氏之封侯，犹皇子之为王也。太后诚存谦虚，奈何令臣独不加恩三舅乎？且卫尉年尊，两校尉有大病，如令不讳，使臣长抱刻骨之恨，宜及吉时，不可稽留。

太后报曰：

吾反复念之，思令两善，岂徒欲获谦让之名，而使帝受不外施之嫌哉！高祖约，无军功不侯。今马氏无功，岂得与阴、郭中兴之后等耶？常观富贵之家，禄位重叠，犹再实之木，其根必伤。且人所以愿封侯者，欲上奉祭祀，下求温饱耳。今祭祀则受太官之赐，衣食则蒙御府余资，斯岂不书足，而必当得一县乎？吾计之孰矣，勿有疑也。夫至孝之行，安亲为上。今数遭变异，谷价数倍，忧惶昼夜，不安坐卧，而欲先营外家之封，违慈母之拳拳乎。吾素刚急，有胸中气，不可不顺也。子之未冠，由于父母，已冠成人，则行子之志。念帝人君也，吾以未逾三年之故，自吾家族，故得专之。若阴阳调和，边境清静，然后行子之志，吾但当含饴弄孙，不能复关政矣。

上乃止。太后尝诏三辅，诸马婚亲有属托郡县，干乱吏治者，以法闻。其外亲有谦素义行者，辄假借温言，赏以财位。如有纤介，则先见严恪之色，然后加谴。于是内外从化，被服如一，诸家惶恐，倍于永平时。

至四年夏，有司连据旧典，请封诸舅。帝以天下丰稔，方垂无事，四月癸卯，遂封廖为顺阳侯，防为颍阳侯，光为许侯。太后闻之曰："吾少壮时，但慕竹帛，志不顾命。今虽已老，犹戒之在得。故日夜惕厉，思自降损，冀乘此道，不负先帝。所以化导兄弟，共同斯志。欲令瞑目之日，无所复恨。何意老志不从哉！万年之日长恨矣。"廖等并辞让，愿就关内侯，帝不许。廖等不得已受封爵，而退位归第焉。

是年六月，太后崩。帝既为太后所养，专以马氏为外家，故贾贵人不登极位，亲族无受宠荣者。及太后崩，方策书加贵人王赤绶，安车一驷，宫婢二百，御府杂帛二万匹，黄金千斤，钱二千万。

肃宗初即位，岁大旱，谷贵。问群臣何以消复旱灾。校书郎杨终奏，以为广陵、楚、淮阳、济南之狱，徙者万数，又远屯绝域，吏民怨旷，足以动天地。上问司徒鲍昱，昱对曰："陛下始践天位，虽有失得，未能致异。臣前为汝南太守，典治楚事，系者千余人，恐未能尽当其罪。夫大狱一起，冤者过半。又诣徙者骨肉离分，孤魂不祀。宜一切还诸徙家，蠲除禁锢，使死生获所，则和气可致。"第五伦亦议宜罢边屯。帝悉纳其言。元年三月，诏徵还班超。二年三月，罢伊吾卢屯兵。诏还坐楚、淮阳事徒者四百余家。

匈奴复遣兵，守伊吾卢地。班超被徵，将发还，疏勒举城忧恐。其都尉黎弇曰："汉使弃我，我必复为龟兹所灭耳。诚不忍见汉使去。"因以刀自刭。超还至于窴，王侯以下，皆号泣曰："依汉使如父母，诚不可去。"互抱超马脚，不得行。超亦欲遂其本志，乃更还疏勒。疏勒两城已降龟兹，而兴与尉头连兵。超捕斩反者，击破尉头。杀六百余人，疏勒复安。

建初三年三月，立贵人窦氏为皇后。四年，立皇子庆为皇太子。初，明德马后闻平陵宋扬二女皆有才色，扬以恭孝称于乡间，扬姑即后之外祖母也，乃迎而训之。永平末，选入太子宫，甚有宠。肃宗即位，并为贵人。后，窦勋女也。勋尚东海王疆女沘阳公主。勋父穆，尚内黄公主。勋父子皆坐交通轻薄，属托郡县，下狱死。

建初二年，后与女弟俱以选入宫。肃宗先闻后美，及见，雅爱之，因入掖庭。后性敏给，倾心承接，称誉日闻。明年，遂立为皇后。梁贵人者，梁竦之女也，亦以二年选入。宋贵人生皇太子庆，梁贵人生和帝。后既无子，并嫉忌之，数间于帝，渐致疏嫌。因诬宋贵人挟邪媚道，遂出贵人姊妹于暴室，饮药死，废庆为清河王。立梁贵人子肇为皇太子，后养为己子。欲专名外家，而忌梁氏，遂谮杀梁贵人，父梁竦先坐兄松事徙九真，后赦还，至是乃陷以恶，逆死狱中，家属复徙九真，嫂舞阴公主亦坐徙新城。宫省事密，莫有知和帝梁氏生者。

后宠日隆，兄宪为侍中、虎贲中郎将，弟笃为黄门侍郎，并侍宫省，赏赐累积，而喜交通宾客。司空第五伦奏曰："窦宪椒房之亲，典司禁兵，出入省闼，而好士交结。诸出人贵戚者，类多瑕衅禁锢之人，尤少守约安贫之节。士大夫无志之徒，更相贩卖，云集其门，盖骄佚所从生也。臣愿陛下、中宫严敕宪等，闭门自守，无妄交通士大夫。防其未萌，永保福禄。"宪恃宫掖声势，自王、主及阴、马诸家，莫不畏惮。宪以贱值请夺沁水公主园田，主逼畏不敢计。后帝出过园，指以问宪，宪阴喝不得对。后发觉，帝大怒，召宪切责曰:“深思前过夺主田园时，何用喻赵高指鹿为马！久念使人惊怖。今贵主尚见枉夺，何况小民哉！国家弃宪，如孤雏、腐鼠耳。”宪大惧。皇后为毁服深谢，良久乃得解，使以田还主。虽不绳其罪，然亦不授以重任。

下邳周纡好韩非之术，性仇猾吏，志除豪贼。专任刑法，而善为辞案。拜洛阳令，下车先问大姓、主名。吏数闾里豪强以对，纡厉声曰:“本问贵戚若马、窦等辈，岂能知此卖菜庸乎？”于是部吏承望风旨，争以激切为事，贵戚跼蹐，京师肃清。

肃宗初政承永平故事，治尚严切。尚书陈宠谏曰:“为政犹张琴瑟，大弦急者小弦绝。陛下宜全广至德，以奉天心。”帝敬纳宠言，每事务于宽厚。第五伦亦以秦酷虐亡国，莽苛法自灭。后遂诏有司绝钻鑽诸惨酷之科，解妖恶之禁，除文致之请谳五十余事，定著于令。是后人俗和平，屡有嘉瑞。宠，王莽时挂冠去，祭用汉家祖腊之，陈咸之曾孙也。世习法律，皆务宽详。

时诏议贡举大鸿胪韦彪上议曰:“国以简贤为务，贤以孝行为首，是求忠臣必于孝子之门。夫忠孝之人，持心近厚，煅炼之夫，持心近薄。士宜以才行为先，不可纯任阀阅。然其要归在于选二千石，二千石贤，则贡举皆得其人矣。”帝常戒俗吏矫怖，诏曰:“夫俗吏矫饰，外貌似是而非，朕甚厌之。安静之吏，悃愊无华，日计不足，月计有余。如襄城令刘方，事吏民同声谓之不烦，虽未有他异，斯亦殆近之矣。间敕二千石，各尚宽明。夫以苛为察，以刻为明，以轻为德，以重为威，四者或兴，则下有怨心。其勉思旧令，称朕意焉。”

帝尝诏诸儒会白虎观，讲议五经同异。又赐诸怀妊者胎养谷，人千斛，复其夫算一岁，著以为令。诏告卢江太守、东平相，赐郑均、毛义谷各十斛，常以八月长吏存问，赐羊酒，以显异行。郑均，字仲虞，少好黄老书。兄为县吏，颇受礼遗。均数谏止，不听，即脱身为佣，岁余得钱帛，归以与兄曰："物尽可复得，为吏坐臧，终身捐弃。"兄感其言，遂为廉洁。均好义笃实，养寡嫂孤儿，恩礼敦至，常称疾家廷，不应州郡辟召。建初六年，公车特徵，再迁尚书。数纳忠言，帝敬重之。后以病乞骸骨，拜议郎告归。

元和二年，帝东巡，过任城，乃幸均舍，敕赐尚书禄以终其身。时人号为"白衣尚书"。毛义，卢江人，前为安邑令。初，张奉慕义名，往谒，适檄召义为令，义捧檄而入，喜动颜色，奉心贱之。后义母死，徵辟皆不至。奉乃叹曰："贤者固不可测，往者之喜，乃为亲屈也。"

章帝在位十三年，章和二年正月崩，年三十三。孝和皇帝讳肇，即位，年十岁。窦太后临朝，窦宪兄弟皆在亲要之地。宪以前太尉邓彪仁厚委随，故尊崇之以为太傅，令百官总己以听。其所施为，辄外令彪奏，内白太后，事无不从。又校尉桓郁性和退自守，荐令授经禁中。所以内外协附，莫生疑异。

宪性暴横，睚眦之怨，莫不报复。故谒者韩纡，考劾宪父勋狱。宪令客斩纡子，以首祭勋冢。齐都乡侯畅吊国忧，太后数召见之。宪惧畅分宫省之权，遣客刺杀之，而归罪于畅弟利侯刚，使侍御史杂考刚。

未知如何，下回分解。

第三十二回

桓帝诛贤宠宦官

却说和帝十岁即位，太后临朝，而窦氏悉居亲要之地，汉势动摇矣。幸有几位忠鲠大臣，名望所归，却推荡不动。袁安、任隗、韩棱、何敞等，皆严重有威，不为势挠者。都乡侯被刺死，有司畏宪威，委疑于畅弟刚所使。诏遣侍御史往齐案其事。尚书韩棱曰："贼在京师，不宜舍近问远，恐为奸臣所笑。"太后怒，以切责棱，棱固执其议。何敞乃说太尉宋由曰："畅宗室肺腑，茅土藩臣，致此残酷。奉宪之吏，莫适讨捕，主名不立。敞备数股肱，职典贼曹，欲亲至发所，以纠其变。而二府以为故事三公不与盗贼，公纵奸慝。敞请独奏案之。"由乃许焉。二府闻敞行，皆遣王曹随之。于是推举，具得其实。太后怒，闭宪于内宫。宪惧，乃白太后。求击匈奴以赎死。太后许之。

先是章帝末年，北匈奴衰耗，党众离叛。南部攻其前，丁零寇其后，鲜卑击其左，西域侵其右，不复自立，乃远引而去。章和元年，北匈奴五十八部，口三十八万，诣云中、五原、朔方、北地降。二年，南单于上言，宜及北虏分争，出兵讨伐，破北成南，并为一国，令汉家长无北念。太后以示耿秉，秉上言以为时遭天授，国家之利，宜可听许。尚书宋意上书曰：

夫戎夷自汉兴以来，征伐数矣，其所克获，曾不补害。光武皇帝因其来降，羁縻畜养，边民得生，劳役休息，于兹四十年矣。今鲜卑奉顺，斩获万数，中国坐享大功。所以然者，夷虏相攻，无损汉兵也。臣察鲜卑侵伐匈奴，正是利其抄掠。及归功圣朝，实由贪得重赏。今若听南虏还都北庭，则不得不禁制鲜卑。鲜卑外失暴掠之愿，内无功劳之赏，必为边患。今北虏西遁，请求和亲，宜因其归附，以为外扞。巍巍之业，无以过此。若引兵费赋，以顺南虏，则坐失上略，去安即危矣，诚不可许。

太后竟以宪为车骑将军，伐北匈奴，耿秉为副，发缘边十二郡骑士及羌胡兵出塞。

和帝永元元年春，窦宪将征匈奴。三公九卿诣朝堂上书谏，以为匈奴不犯边塞，而无故劳师远涉；损费国用，邀功万里，非社稷之计。书连上辄寝，宋由惧，遂不敢复署议，而诸卿稍自引止。唯袁安、任隗守正不移，免冠固争，书且十上，众皆为之危惧，安、隗正色自若。侍御史鲁恭上疏曰：

国家新遭大忧，陛下方在谅阴。今乃以盛春之月，兴发军役，扰动天下，以事戎夷，诚非所以垂恩中国，改元正时，由内及外也。夫戎狄者，四方之异气也。是以圣王之制，羁縻不绝而已。今匈奴为鲜卑所破，远藏于史侯河西，去塞数千里，而欲乘其虚耗，利其微弱，是非义之所出也。今始征发，大司农调度不足，上下相迫，民间之急，亦已甚矣。群僚百姓，咸曰不可。陛下独奈何以一人之计，弃万人之命，不恤其言乎！上观天心，下察人志，足以知事之得失。臣恐中国不为中国，岂徒匈奴而已哉。

尚书令韩棱，骑都尉朱晖，议郎乐恢，皆上疏谏。太后不听。

六月，窦宪、耿秉出朔方鸡鹿塞，南单于出满夷谷，度辽将军邓鸿出稒阳塞，皆会涿邪山。宪分遣阎盘、耿夔将南匈奴精骑万余，与北单于战于稽落山，大破之。单于遁走，追至私渠北鞮海。斩名王以下万三千级，诸裨小王率众降者，前后八十一部，二十余万人。宪、秉出塞三千余里，登燕然山，命中护军班固刻石勒功，纪汉威德而还。单于遣弟奉贡入侍，南单于复袭击之，北单于被创，仅而得免。宪以北匈奴微弱，欲遂灭之。三年二月，复遣耿夔、任尚出塞，大破之，单于逃走，不知所在，出塞五千里而还。自汉出师，所未尝至也。

北单于既亡，其弟于除鞬自立为单于，遣使款塞。宪请遣使立于除鞬为单于，置护如南单于故事。事下公卿议，宋由等以为可许。袁安、任隗奏以为光武诏怀南虏，非谓可永安内地，正以权时之算。可得扞御北狄故也。今朔漠既定，宜令南单于反其北庭，并领降众，无缘复更立，以增国费。安与宪更相难折，宪负势诋安，安终不移，然上竟从宪策。自此南北互叛，边戎靡宁矣。

且说窦宪既平匈奴，威名大盛，以耿夔、任尚等为爪牙，邓叠、郭璜为心腹，班固、傅毅之徒，皆置幕府，以典文章，刺史守令，多出其门。而郅寿、乐恢并以忤意，相继自杀。由是朝臣震摄，望风承旨。而窦氏父子兄弟，并为卿校，充满朝廷。宪弟景尤骄纵，奴客缇骑，依倚形势，侵陵小人，强夺财货，篡取罪人，妻掠妇女，商贾闭塞，如避寇仇。有司莫敢举奏。

初，卢江周荣，辟袁安府，安举奏窦景及争立北单于事，皆荣所具草。窦氏容恶之，胁荣曰：“子为袁公腹心之谋，排奏窦氏，窦氏悍士、刺客满城中，谨备之矣。”荣曰：“荣江淮孤生，得备宰士，纵为窦氏所害，诚所甘心。”因敕妻子，若猝遇飞祸，无得殡敛，冀以区区腐身，觉悟朝廷。

时穰候邓叠，叠弟磊及母元，宪女婿郭举，举父璜，共相交结。元、举并出入禁中，举得幸太后，遂共图为杀害。帝知其谋，是时宪兄弟专权，帝与内外臣僚，莫由亲接。所与居者，阉宦而已。中常侍郑众，谨敏有心机，不事豪党，遂与众定议诛宪。以宪在外，虑其为乱，忍而未发。会宪与邓叠皆还京师，时清河王庆常入省宿止，令庆取《外戚传》，并索求故事。帝遂幸北宫，诏执金吾、五校尉勒兵屯卫南北宫，闭城门，收捕郭璜、郭举、邓叠、邓磊皆下狱死。遣谒者仆射收宪大将军印绶，更封为冠军侯，与笃、景、瓌皆就国。帝以太后故，不欲名诛宪，为选严能相督察之，宪、笃、景到国，皆迫令自杀。宗族宾客，以宪为官者，皆免归。瓌少好经书，节约自修，不被迫，明年徙封罗侯，不得臣吏人。后被梁氏兄弟迫之，亦自杀。

初，班固奴尝醉骂洛阳令种兢，兢因逮考窦氏宾客，收捕固，死狱中。固尝著《汉书》，尚未就，诏固女弟曹寿妻昭踵成之。初，窦宪纳妻，天下郡国皆有礼庆。汉中郡亦遣吏行，户曹李郃谏曰："窦将军椒房之亲，不修德礼而专权骄恣，危亡之祸，可翘足而待。愿明府一心王室，勿与交通。"太守固遣之，郃不能止，乃请求自行许之。郃遂所在迟留，以观其变，行至扶风，而宪败。凡交通者，皆坐免官，汉中太守独不与焉。郃南郑人，有隐德，通五经，善河洛风星，外质朴，人莫之识。子固为汉重臣，与林虑杜乔皆忠正不挠，世称李杜。夫权贵纵恣，为祸最烈。故列序数事，为后世龟鉴云。

永元九年，窦太后崩。上本梁贵人出，不得其死。太后崩，始有言之者，三公奏请贬太后尊号，不宜合葬先帝。上手诏勿议，但尊母梁贵人为皇太后，封梁竦三子棠、雍、翟皆为侯，而梁氏日盛矣。

时班超大破焉耆、尉犁，斩其王，传首京师。先是章帝初，诏徵还班超，而疏勒、于窴王侯以下，号泣不舍，遂复还疏勒。至永元五年，超欲遂平西域，上疏请兵。帝知其功可成，议欲给兵。而平陵徐幹上疏，奋身佐超。帝遂以幹为假司马，将千人就超，击诸叛者，大破之。

八年冬，帝拜超为将兵长史，以徐幹为军司马，别遣卫侯李邑，护送乌孙使者，先超以乌孙兵强，宜因其力，上言遣使招尉，上纳其谋。邑送使者至于寘，适值龟兹攻疏勒，恐惧不敢前，因上书陈西域之功不可成，又盛毁超，拥爱妻，抱爱子，安乐外国，无内顾心。超闻之叹曰："身非曾参，而有三至之谗，恐见疑于当时矣。"遂去其妻。帝知超忠，乃切责邑曰："纵超拥爱妻，抱爱子，思归之士千余人，何能尽与超同心乎。"令邑旨超受节度。超即遣邑将乌孙侍子还京师。徐幹曰："邑前亲毁君，欲败西域。今何不缘诏书留之，更遣他吏送侍子乎？"超曰："是何言之陋也。以邑毁超，故今遣之，内省不疚，何恤人言？快意留之，非忠臣也。"

超发于寘诸国兵二万五千人，攻莎车，而龟兹王遣左将军发温宿、姑墨、尉头合五万人救之。超召将校及于寘王议曰："今兵少不敌，其计莫若各散去。于寘从是而东，长史亦于此西归。可须夜鼓声而发，阴缓所得生口。"龟兹王闻之大喜，自以万骑于西界遮超，温宿王将八千骑于东界徼于寘。超知二虏已出，密召诸部勒兵，鸡鸣驰赴莎车营。胡大惊乱奔走，追斩五千余级。莎车遂降，龟兹等因各退散。

初，月氏尝助汉击车师有功，是岁贡奉珍宝，符拔，师子，因求尚公主。超拒还其使，由是怨恨，遣其副王谢将兵七万攻超。超众少，皆大恐，超譬军士曰："月氏兵虽多，然数千里逾葱岭来，非有运输，何足忧也。但当收谷坚守，彼饥穷自降。不过数十日，决矣。"谢遂前攻超，不下，又抄掠无所得。超度其粮将尽，必从龟兹求食，乃遣兵数百，于东界要之。谢果遣骑赍金银珠玉，以赂龟兹。超伏兵遮击，尽杀之，持其使首以示谢。谢大惊，愿得生归，超纵遣之。月氏由是大震，岁奉贡献。而龟兹、姑墨、温宿，诸国皆降。于是以班超为西域都护，徐幹为长史。

超遂发龟兹诸国兵讨焉耆，到其城下，诱焉耆王广、尉犁王汎等于陈睦故城，斩之，传首京师。于是西域五十余国，悉纳内属，至于海滨四万里外，皆重译贡献。超遣掾甘英使大秦、条支，穷西海，皆前世所不至，莫不备其风土，传其珍怪焉。明年，下诏封超为定远侯。

超久在绝域，年老思土，上书乞归曰："臣不敢望到酒泉郡，但愿生入玉门关。谨遣子勇。随安息献物入塞。及臣生在，令勇目见中土。"书上未报，超妹曹大家复上书请，辞意尤为宛至。帝感其言，乃征超还。永元十四年八月，至洛阳，拜为射声校尉。其九月，病卒，年七十一。朝廷愍惜，使者吊祭，赠赗甚厚。

初超被征，以任尚代之。尚与超交代，谓超曰："君侯在外国三十余年，而小人猥承君后，任重虑浅，宜有以诲之。"超曰："年老失智，任君数当大位，岂班超所能及哉。必不得已，愿进愚言。塞外吏士，本非孝子顺孙，皆以罪过徙补边屯。而蛮夷怀鸟兽之心，难养易败。今君性严急，水清无大鱼，察政不得下和，宜佚荡简易，宽小过，总大纲而已。"超去后，尚私谓所亲曰："我以班君当有奇策，今所言平平耳。"尚屯数年而西域反乱，以罪被征，如超所言。后遂罢西域都护，迎还屯兵。

安帝时，北匈奴复以兵威役属之，与共为边寇。长史索班将兵往屯伊吾，全军覆殁。公卿议弃西域，闭玉门关。邓太后闻军司马班勇有父风，召问之，勇曰："昔武帝患匈奴强盛，于是开通西域，以夺匈奴府藏，断其右臂。光武未遑外事，故匈奴复强，至敦煌河西诸郡，城门昼闭。及孝明命将西征，而匈奴远遁，边境得安。宜复敦煌营兵，置护西域校尉，如永元故事。又宜遣长史将兵屯楼兰，西当焉耆、龟兹径路，南强鄯善于窴心瞻，北捍匈奴东近敦煌。"朝臣与勇反复辩难，乃从勇议。但复营兵，未能出屯。

其后匈奴果数与车师共入寇抄，河西大被其害。敦煌太守张珰上书陈三策，朝廷下其议，陈忠曰："今北虏已破车师，势必南攻鄯善，弃而不救，则诸国从矣。若然，则虏财贿益增，胆势益殖，威临南羌，与之交通。如此，河泗四郡危矣。河西既危，不可不救，则百倍之役兴，不訾之费发矣，非良计也。”帝然之，于是以班勇为西域长史，将兵五百人出屯柳中。勇至楼兰开以恩信，鄯善、龟兹、姑墨、温宿皆归附。因发其兵到车师前王庭，击走匈奴，复击后部王军就，大破之，生擒军就及匈奴使者，将至索班殁处，斩之，传首京师。至顺帝时，诸国悉平，大击匈奴，呼衍王遂远徙，自后西域无复虏迹。这俱是后话，冗长不必细表。

且说和帝自窦宪诛后，躬亲万机，每有灾异，辄延问公卿，极言得失。立邓贵人为皇后。恭肃小心，动有法度。帝在位十七年崩，年二十六。长子平原王有疾，少子隆即位，时诞育百余日，皇太后临朝。后以鬼神难征，淫祀无福，乃诏有司罢诸祠官不合典礼者。又诏赦除建武以来诸犯妖恶，及马、窦家属被禁锢者，皆复之为平人。减省费用，免遣诸园赢老宫人五六百人。

殇帝立二年，崩。太后定策，立安帝，犹临朝政。帝讳祜，清河王庆子也。庆自被废，小心恭孝，畏事慎法，和帝特亲爱之。以母宋贵人葬礼有阙，每切感恨。及窦太后崩，乃求上冢致哀。上许之，诏太官四时给祭具。庆垂涕曰：“生虽不获供养，终得奉祭祀，私愿足矣。”欲求作祠堂，恐有同梁后之嫌，遂不敢言。和帝崩，庆号泣前殿，呕血数升，顺以发病。安帝立，阅数月遂薨。

和熹皇后，高密侯禹第六子训之女也。训宽中容众，而严于家范。尝奏罢通漕役，岁省费亿万计，全活徒士数千人，数任边塞。训死，乌桓家家为立祠，每有疾病，辄此请祷求福。五子皆谦退，遵祖父禹教训，皆守法度，深戒窦氏，检敕宗族。后兄骘尝推进天下贤士何熙、祋讽、羊浸、李郃、陶敦等列于朝廷，辟杨震、朱宠、陈禅，置之幕府。骘子凤，亦尝荐马融，以为宜在台阁。其忠贤可知。

安帝少号聪敏，及长，多不德。而太后久不归政，帝乳母王圣，小黄门李闰，常谮太后兄悝等，言欲废帝立平原王。帝每忿惧。及太后崩，令有司奏悝等大逆无道，诸邓皆废为庶人，骘以不与谋，但免特进。遣就国，悉籍没其财产。诸邓归郡县，逼迫皆自杀，骘与子凤并不食死。惟骘弟宏之子广德甫德，以母阎后戚属，得留京师。时大司农朱宠，痛骘无罪遇祸，乃肉袒舆榇，上疏曰：

“伏惟和熹皇后圣善之德，为汉文母，兄弟忠孝，同心忧国，功成身退，历世外戚无以为比。而横为宫人单辞所陷，罪无申证，狱不讯鞠，遂令骘等罹此酷滥，一门七人，并不以命，尸骸流离。逆天感人，率土丧气。”云云。

帝意颇悟，乃谴让州郡擅自逼迫，令还葬旧茔，遣使者祠以中牢。

后顺帝追感太后恩训，愍骘无辜，乃诏复骘宗亲朝见如故事。除骘兄弟子及门从十二人为郎中。擢朱宠为太尉，录尚书事。邓氏自中兴后，累世贵宠，共侯者二十九人，公二人，大将军以下十三人，中二千石十四人，列校二十二人，州牧、郡守四十八人，其余侍中、将、大夫、郎、谒者，不可胜数。初太傅邓禹叹曰：“吾将百万之兵，未尝妄杀一人，后世必有兴者。”子孙复能恪守祖训，其久盛不亦宜乎！

阎后以才色见宠，安帝元初二年立为后。专房妒忌，帝幸宫人李氏，生皇子保，遂鸩杀李氏。邓太后崩，兄显及弟景、耀、晏并为卿校，典禁兵，与朝权。后遂与江京、樊丰等共谮皇太子保，废为济阴王。明年春，后从帝幸章陵，帝道疾，崩于叶县。后、显兄弟及江京、樊丰等谋曰：“今晏驾道次，济阴王在内，公卿立之，还为大害。”及伪言帝疾甚，徙御卧车，行四日还宫。明日，诈遣司徒诣郊庙告天请命，其夕乃发丧。尊后曰皇太后，临朝。以阎显为车骑将军。太后欲久专国政，择立幼年，乃迎立章帝孙济北王子北乡侯懿即帝位。显等遂诛樊丰，废耿宝，乳母王圣等皆死徙。显等威福自由。

北乡侯立二百日，疾薨。阎显、江京等白太后，秘不发丧，而更征立诸王子。未至，中黄门孙程等十九人合谋杀江京等，立济阴王，是为顺帝。显、景、晏及党与皆伏诛。迁太后于离宫，封十九人为侯。

帝立六年，立梁贵人为皇后，梁商女也。以商为大将军，商子冀为河南尹，少子不疑为奉车都尉。时小黄门曹节等用事于中，商遣二子与为交友。而宦官张逵等忌其宠，反谮陷商。帝不信，张逵等伏诛。及商死，以冀为大将军，不疑为河南尹。冀为人鸢肩豺目，纵暴自恣。帝遣杜乔、周举、周栩、张罔等八人分行州郡，表贤黜贪，张纲独埋其车轮不行曰："豺狼当道，安问狐狸？"遂劾奏冀、不疑以外戚专肆，宜加大辟。帝知纲直，而不能用。李固对策，请除阿母之封，损外戚之权，罢宦官之任。朝廷肃然，以固为议郎。

帝崩，太子炳即位，年二岁，曰冲帝。梁太后临朝，以李固为太尉。冲帝立一年，崩。征清河王蒜，渤海王鸿之子缵至京师。蒜为人严重有法度，公卿皆归心焉。李固谓梁冀曰："今立帝，愿详察周、霍之立文、宣，戒邓、阎之利幼弱。"冀不从，与太后定策，禁中立缵，是为质帝。蒜罢归国。

时扬、徐剧贼，寇扰州郡，西羌、鲜卑及日南蛮夷，攻城暴掠。太后夙夜勤劳，乃委任李固等，拔忠良，斥贪恶，故海内获安。而梁冀深忌嫉之。奸佞既怨，又希冀旨，遂共作飞章陷固。太后不听。质帝时年八岁，少而聪慧，尝因朝会，目梁冀曰："此跋扈将军也。"冀闻深恶，遂鸩杀帝。及议立嗣，李固、杜乔皆议立蒜。冀乃忌蒜严明，乃迎立蠡吾侯志，是为桓帝。而诬杀李固、杜乔，并贬徙清河王蒜自杀。李杜既死，内外丧气，群臣侧足而立。冀益暴横。

冀妻孙寿色美而香为妖态，能制御冀，冀宠惮之。冀大起第舍，寿亦对街为宅，殚极土木，互相夸兢。又多拓林苑，禁同王家。西至宏农，东界荥阳，南极鲁阳，北达河淇。近含山薮，远带丘荒。周旋封域，殆将千里。又起别第于城西，以纳奸亡。或取良人，悉为奴婢，至数千人。冀爱监奴秦宫，得出入寿所，寿因以私焉。宫内外兼宠，威权大震。孙氏宗亲，为侍中、卿校、郡守者，亦十余人。皆贪叨凶淫，各遣私客籍属县富人，被以他罪，闭狱拷掠，使出钱自赎，货物少者，至于死徙。

帝以冀有援立之功，崇以殊典。入朝不趋，剑履上殿，谒赞不名，机事大小，莫不咨决。朝臣忤意，辄如斩杀，威行内外，百僚侧目，莫敢违命。帝不堪之，遂与中常侍单超等谋，使尚书令尹勋持节勒丞郎以下，皆操兵守省阁。黄门令具援将左右都侯剑戟士与司棣校尉张彪共围冀第，使光禄勋袁盱持节收冀大将军印绶。冀及妻寿即日皆自裁，悉收诸梁及孙氏中外宗亲送诏狱，无长少，皆弃市。其他所连，及公卿、列校、刺史、二千石，死者数十人，故吏宾客免黜者三百余人，朝廷为空。收冀财货，斥卖，合三十余万万，以充王府用，减天下税租之半，散其园囿，以业穷民。百姓莫下称庆。帝封毕超等五人为侯。又封小黄门刘普等八人为乡侯。

自是权归宦官。天下名士，号为党人。李膺下狱，陈蕃策免。迨灵帝即位，李膺传天子诏，窦武、陈蕃共秉朝政。时宦言曹节、王甫等弄权，武、蕃欲诛之，而节等反矫诏杀武、蕃，李膺自诣，皆死。宦官复奏钩于党人，死者百余人。

郭林宗私恸曰："《诗》云：'人之云亡，邦国殄瘁。'汉室灭矣，但未知瞻乌爰止于谁之屋耳。"想古好臧否人物，而不为危急激论，故能处浊世而怨祸不及焉。初，桓帝时陈蕃尝荐处士徐樨、姜肱、袁闳、韦著、李昙，上备礼徵之，皆不至。又称魏桓，其乡人劝之行，桓曰："后宫千数，其可去乎？厩马万匹，其可减乎？左右权豪，其可去乎？"皆对曰："不可。"桓乃慨然叹曰："使桓生行死归，于诸子何有哉。"遂隐身不仕。

按安帝、顺帝在位皆十九年，桓帝二十二年，灵帝二十三年，献帝虽在位三十年，播迁之余，徒为曹操所挟以令诸侯耳。有《三国志》，在故灵帝以后，不复缕述。